KB148492

사르트르와 폭력

변광배 지음

사르트르와 폭력

사르트르의 철학과
문학에 나타난 폭력의 얼굴들

그린비

일러두기

1 외국어 인명, 지명 등 고유명사는 2002년에 국립국어원에서 펴낸 외래어 표기법을 따랐다.
2 본문과 주에 나오는 인용문들은 모두 저자가 원서의 내용을 직접 번역했으며, 우리말 번역본이 있는 경우에 그것을 참고했다.
3 본문에 언급되는 사르트르의 작품 중에서 우리말 번역본이 있는 경우에는 국내 출간 제목을 따랐다.

부모님과 아내에게

차례

서론 11

1. 문제의 제기 11 | 2. 라 로셸에서의 체류 14 | 3. 의사소통적 윤리모델 22
4. 방법론과 구성 38

1부 사르트르의 관점에서 본 폭력의 기원과 정의 43

1장_폭력의 기원에 대한 존재론적 관점 46

'신'이 되고자 하는 욕망 46
'백지 상태'로서의 인간 46 | '신'이 되고자 하는 실현 불가능한 욕망 47

타자, 존재의 제3영역 54
시선 54 | 타자의 상반된 지위 57

타자와의 구체적 관계들 66
제1태도와 사랑, 언어, 마조히즘 66 | 제2태도와 무관심, 성적 욕망, 사디즘, 증오 79

2장_폭력의 기원에 대한 인간학적 관점 100

욕구에서 폭력으로 100
욕구에서 실천으로 100 | 다수의 인간들과 희소성 108

실천적-타성태: 가공된 물질의 '반(反)실천적' 특징 114
가공된 물질과 물질적 인간의 사회성 114 | 물질적 인간과 가공된 물질과의 관계 118 | '계급-존재'의 물질성 127

집렬체: 실천적-타성태의 일상성 133
버스 승객들의 예 133 | 직접적 군집과 간접적 군집 140 | 계급의 이중 지위 153

집렬체에서 융화집단으로 162
묵시록적 순간 162 | 이중의 매개 173 | 공포, 희망, 자유 및 폭력 179

융화집단에서 서약집단으로 185
서약 185 | 공포와 형제애 193

조직화된 집단과 제도화된 집단 200
서약집단에서 조직화된 집단으로 200 | 조직화된 집단에서 제도화된 집단으로 204

3장 _ 폭력에 대한 사르트르의 정의 226

폭력에 대한 정의의 일반 문제 226
난점들 226

폭력의 기본 구성요소들 233
폭력의 일차적 의미 233 | 폭력의 네 가지 구성요소 234

폭력에 대한 다양한 정의 251
정의들 251 | 사르트르의 정의 258

2부 팡데모니움 또는 악의 소굴 : 폭력이 난무하는 사르트르의 문학 세계 263

1장_타자에 대한 폭력 266

낙태 또는 생명 선택의 권리 266

낙태방지법 266 | 불발로 끝난 낙태 271 | 기존폭력에 대한 폭력 311

억압적인 아버지들 317

아버지의 상반된 지위 317 | 그 아버지의 그 자식(들) 322 | 제2의 아버지 421

시선에 의한 객체화와 절도 439

시선에 의한 객체화 439 | 절도 465

사디즘 476

빗나간 사디즘 476 | 성적 사디즘 483 | 불발로 끝난 사디즘 490

살인 517

의사소통 수단으로서의 살인 517 | 오레스테스의 살인 521

2장_자기에 대한 폭력 542

마조히즘 542

존재론적 힘의 불균형 542 | 마조히즘의 사례들 544

자살적 타살 567

공포와 동지애 567 | 소르비에의 강요된 자살 568 | 프랑수아의 죽음 573

자살적 타살의 또 다른 경우 588

3부 폭력에 대한 대안
: 의사소통적 윤리모델로서의 '작가-독자' 관계 599

쓰기 행위 또는 대항폭력 602
순수폭력에 대한 두 가지 대안 602 | 상호보완적 경쟁관계 606

작가와 독자의 공동 행진을 향하여 609
쓰기 행위의 동기 609 | 이중의 환원: '함-가짐'과 '가짐-있음' 618

작가와 독자의 공동 행진 632
작가의 불가능한 구원 632 | 쓰기 행위와 읽기 행위의 결합 640
독자의 자유에 대한 호소로서의 쓰기 행위 651

결론 677

저자 후기 693

참고문헌 699

서론

1. 문제의 제기

"거대한 인물, 지성의 전방위에서 활동한 밤의 감시자"[1)]의 칭호를 부여받았던 사르트르는 평생 '폭력' 문제에 관심을 표명했다. 폭력이 그의 사유를 떠받치는 유일한 초석은 아니다. 하지만 그의 사유는 대부분 폭력 문제로 수렴된다. 폭력은 그의 모든 저작에 두루 나타난다. 사후에 출간된 저작에 대한 검토 후 작성된 "사르트르 대륙의 지도"[2)]를 탐사해도 결과는 크게 달라지지 않는다.

사르트르 대륙에서 폭력 문제는 어느 정도 탐사되었다. 철학 분야에서는 세 권의 저서가 있다. 랭과 쿠퍼의 『이성과 폭력: 사르트르 철학 10년(1950~1960)』, 아롱의 『폭력의 역사와 변증법』, 베르네르의 『폭력에서

1) Michel Contat & Michel Rybalka, *Les écrits de Sartre*, Paris: Gallimard, 1970, p. 11. (이하 LES.)

2) Cf. "Le continent Sartre"(interview avec Michel Contat), *Magazine littéraire*, n° 282, novembre 1990, p. 20.

전체주의로: 카뮈와 사르트르의 정치사상』이 그것이다.

『이성과 폭력』은 1950~1960년 사이에 출간된 사르트르의 『방법의 문제』, 『성자 주네: 배우와 순교자』, 『변증법적 이성비판』(이하 『변증법』) I권에 대한 입문서이다. 정신의학자들인 저자들은 정신질환의 치료에서 사르트르의 "실존적 접근"[3]에 관심을 갖는다. 이런 접근은 사르트르가 시도하고 정립한 정신분석학과 마르크스주의의 결합과 "전진-후진 방법, 분석적-종합적 방법"[4]에 바탕을 두고 있다. 사르트르가 인간을 총체적으로 이해하고자 하는 포부, 즉 인간을 둘러싼 "개인적 판타지, 개인들의 관계, 사회제도들과 집단들의 관계에 이르는 전체"[5]를 파악하려는 포부를 가졌기 때문에, 두 저자는 정신질환을 치료하는 과정에서 환자의 가정환경과 사회환경을 고려해야 할 필요성을 강조한다.

『폭력의 역사와 변증법』은 『변증법』 I권에 전적으로 할애된 강의의 산물이다.[6] 저자인 아롱은 친구였던 사르트르가 어떻게 '자유의 철학자'에서 '폭력의 철학자'로 변신했는가를 밝히고자 한다. 아롱은 『존재와 무』에서는 불가능했던 의식들의 융화가 『변증법』에서 어떻게 가능한지 묻는다. 답은 폭력을 매개로이다. 아롱은 폭력의 사도가 된 친구를 강하게 비판한다.

---

3) Ronald D. Laing & David G. Cooper, *Raison et violence: Dix ans de la philosophie de Sartre(1950-1960)*, Paris: Payot, 1971, p. 5.

4) Jean-Paul Sartre, *Critique de la raison dialectique* précédé de *Questions de méthode*, t. 1, Paris: Gallimard, 1985(1960)[장폴 사르트르, 『변증법적 이성비판』, 변광배 외 옮김, 나남출판, 2009], p. 112. (이하 CRDI. II권은 CRDII.)

5) Laing & Cooper, *Raison et violence*, p. 8.

6) Raymond Aron, *Histoire et dialectique de la violence*, Paris: Gallimard, 1973, p. 8.

『폭력에서 전체주의로』의 내용은 카뮈와 사르트르의 정치철학 비교이다. 이 저서의 부제가 보여 주듯이 저자인 베르네르는 그들의 이념적 논쟁에 주목한다. 그는 이 논쟁이 타자에 대한 관점의 차이에서 기인한다고 본다. 홉스를 계승한 사르트르에게 타자는 '부정적' 존재인 반면, 루소를 따르는 카뮈에게는 '긍정적' 존재라는 것이다.[7] 카뮈는 폭력을 반대하고 민주주의를 옹호하는 반면, 사르트르는 폭력에 대한 호소를 강조하면서 전체주의로 기운다는 것이 저자의 주장이다.[8]

사르트르에게서 폭력이 문제가 될 때, 이 세 권의 저서에 베르스트라텐의 『폭력과 윤리: 사르트르의 정치극에 입각한 변증법적 도덕 소묘』가 더해져야 한다. 사르트르가 "자신의 드문 후계자 중 한 명"[9]으로 지목한 베르스트라텐은 그의 몇몇 극작품을 분석하면서 『존재와 무』의 말미에서 예고된[10] 도덕 정립에 주목한다.[11] 그는 "현실적 비전"과 "윤리적 비전"을 종합하고 지양하는 "변증법적 도덕"[12]의 윤곽을 제시한다.

이렇듯 폭력 문제는 사르트르 대륙에서 이미 탐사되었다. 그로부터 다음과 같은 의혹이 제기된다. 이 연구에서는 이미 검토된 문제를 다시

---

7) Eric Werner, *De la violence au totalitarisme: Essai sur la pensée de Camus et de Sartre*, Paris: Calmann-Lévy, 1972[에릭 베르네르, 『폭력에서 전체주의로』, 변광배 옮김, 그린비, 2012], p. 242.

8) *Ibid.*, pp. 243~244.

9) LES, p. 320.

10) Jean-Paul Sartre, *L'être et le néant: Essai d'ontologie phénoménologique*, Paris: Gallimard, 1943[장폴 사르트르, 『존재와 무』, 정소성 옮김, 동서문화동판, 2009], p. 722. (이하 EN.)

11) Pierre Verstraeten, *Violence et ethique: Esquisse d'une critique de la morale dialectique à partir du théâtre politique de Sartre*, Paris: Gallimard, 1972, p. 11, note 5.

12) Cf. *Ibid.*, pp. 17~18, note 6.

다루려 하는 것은 아닌가 하는 의혹이다. 정확히 그 지점에서 이 연구의 근본적인 문제가 제기된다. 왜 다시 사르트르에게서 폭력 문제를 다루고자 하는가? 이 문제는 이 연구가 선행 연구들, 그중에서도 특히 베르스트라텐의 그것과 어떤 면에서 차별화되는가의 문제에 다름 아니다.

2. 라 로셸에서의 체류

답을 위해 사르트르가 라 로셸(La Rochelle)에서 체류한 시기에 주목하고자 한다. 이 시기는 그의 청소년기의 막이 오른 시기이다. 어머니 안마리 슈바이처가 폴리테크니크 졸업생이자 들로네벨빌 공장 책임자였던 조제프 망시와 재혼한 후, 사르트르는 파리에서 라 로셸로 간다. 그가 12세였던 1917년의 일이다. 그는 그곳에서 3~4년 정도 체류한다. 그에게서 폭력이 문제될 때, 그곳에서의 체류의 의미는 아무리 강조해도 지나치지 않다. 그가 그곳에서 평생 동안 영향을 받는 중요한 사실을 발견했기 때문이다. "인간관계는 폭력에 의해 정초된다."[13)]

하지만 이 시기의 의미는 이런 발견에만 국한되지 않는다. 후일 사르트르는 라 로셸에서 겪었던 폭력에 대해 세 가지 태도로 반응했다는 사실을 알려 준다. 수동적 · 능동적 · 상상적 태도가 그것이다. 이런 "체험"[14)]을

---

13) Jean-Paul Sartre, *Ecrits de jeunesse*, Paris: Gallimard, 1990, pp. 56~57, note 3. Jean-Paul Sartre, "Matériaux autobiographiques", Annie Cohen-Solal, *Sartre: 1905-1980*, Paris: Gallimard, 1985, p. 75에서 재인용.

14) 의식을 중요시하는 사르트르는 무의식의 존재를 부정한다. 『존재와 무』에서 프로이트의 정신분석을 비판적으로 수용하면서 그만의 고유한 실존적 정신분석(psychanalyse existentielle)을 정립하고 있음에도 그렇다. 하지만 그 이후에는 '체험' 개념을 내세워 언어

눈여겨볼 필요가 있다. 이를 토대로 이 연구의 분석틀인 '의사소통적 윤리모델'(modèle de l'éthique communicationnelle)을 정립하고자 하기 때문이다. 우리는 이 모델에 힘입어 이 연구가 특히 베르스트라텐의 연구와 차별화되기를 바란다. 사르트르가 "재 속에"[15] 묻어 두길 바랐던 라 로셸에서의 체류를 집중적으로 탐사해야 할 이유가 거기에 있다.

라 로셸로 가기 전에 사르트르는 파리에서 "평탄한"[16] 어린 시절을 보냈다. 후일 『말』에서 그는 이렇게 말한다. "나는 폭력과 증오를 몰랐다."[17] 하지만 이 시기는 오래 지속되지 못한다. 또한 이 시기에 사르트르는 큰 상처로 남게 되는 하나의 사건을 겪는다. 어머니의 재혼이다. 이 사건 이후에 사르트르는 파리 소재 외조부모 집을 떠나 새로이 결합한 부모를 따라 라 로셸로 간다.

사르트르는 그곳에서 폭력을 경험한다. 그는 오늘날 외젠프로망탱 고등학교가 된[18] 남자중고등학교에 입학한다. 그곳의 학교생활은 파리의 그것과는 달랐다. 파리 친구들에게 폭력은 가벼운 주먹질 정도였다.[19] 하지만 그는 새로운 친구들에게서 진짜 폭력을 경험한다. 제1차 세계대

로 도달할 수 없는 지점, 살아가면서 계속 침잠하게 되는 지점을 상정하기에 이른다. 이런 의미에서 이 개념은 무의식 개념을 대체한다고 할 수 있다. Cf. Jean-Paul Sartre, *Situations, X*, Paris: Gallimard, 1976, p. 108. (이하 SX.)

15) Cf. Francis Jeanson, *Sartre dans sa vie*, Paris: Seuil, 1974, p. 289.

16) Jean-Paul Sartre, *Sartre*(texte intégral d'un film réalisé par Alexandre Astruc & Michel Contat), Paris: Gallimard, 1977, p. 18. (이하 SF.)

17) Jean-Paul Sartre, *Les mots*, Paris: Gallimard, 1964[장폴 사르트르, 『말』, 정명환 옮김, 민음사, 2008], p. 17. (이하 LM.)

18) Jean-Paul Sartre, *Œuvres romanesques*, Paris: Gallimard, 1981, p. XXXIX. (이하 OR.)

19) Simone de Beauvoir, *La cérémonie des adieux* suivi de *Entretiens avec Jean-Paul Sartre*, Paris: Gallimard, 1981, p. 191. (이하 LC.)

전이 원인이었다. 그는 파리에서 이 전쟁을 조용히 겪었지만 그의 새로운 친구들은 달랐다. 친척들의 참전 때문이었다.[20] 전쟁을 내면화시킨[21] 그들은 거칠었다. 그들 중에는 건달이나 불량배도 있었다.

사르트르는 「시골 선생, 멋쟁이 예수」에서 그 당시의 분위기를 잘 묘사하고 있다. 전쟁의 영향으로 과격해진 친구들을 만나게 된 키가 작은 전학생의 모습을 상상해 보라. 친구들의 텃세 탓에 그는 평탄치 않은 생활을 하게 된다. 라 로셸 체류의 초창기는 바로 그가 친구들의 놀림감이 되었다는 사실, 곧 그들의 폭력의 대상이 되었다는 사실에 의해 특징지어진다.[22]

기이하게도 사르트르는 같은 학교 친구들의 폭력이 가장 견디기 힘들었다. 방금 그가 그들의 놀림감이 되었다고 했다. 하지만 그가 '누구로부터' 폭력을 당했는가를 보아야 한다. 후일 그는 두 부류의 적이 있었다고 회상한다. "훌륭한 아버지를 둔 학교, 종교학교"에 다니는 아이들과 "학교를 등한시하는 불량배들"이다.[23]

사르트르가 같은 학교 친구들과 그들의 공동의 적에게서 오는 폭력에 다르게 대응했다는 사실은 흥미롭다. 후일의 회상에 따르면 그는 공동의 적과 혼자서도 잘 싸웠다. 같은 학교 친구들이 그를 돕기도 했다. 이것은 그가 그들의 집단에 속한다는 증거이다. 그는 또한 같은 학교 친구들

---

20) *Idem*.
21) SF, p. 18.
22) LC, pp. 191~192.
23) *Idem*.

과 싸우기도 했다. "우정 속에서"였다.[24] 역설적으로 그는 이 순간이 가장 힘들었다. 공동의 적과 싸울 때 그는 잘 싸웠다. 하지만 적개심 없이[25] 같은 학교 친구들과 싸울 때 그는 수동적으로 싸우는 데 그쳤다.

왜 그랬을까? 답을 위해 라 로셸에 도착했을 때의 상황을 보자. 사르트르는 그곳에서 폭력을 고독과 함께 배웠다. 그는 외조부모와 파리 친구들과 헤어졌다. 어머니의 재혼으로 집에서는 내적 결렬이 발생했다. 그는 의붓아버지를 침입자로 여겼다. 그런데 사르트르에게서 인간은 홀로 자신의 존재를 정당화시키지 못한다. '타자'가 필요하다. 라 로셸에 온 사르트르에게 타자의 역할을 한 자들이 바로 같은 학교 친구들이었다.[26]

이런 이유로 사르트르는 친구들과의 의사소통을 위한 수단 확보에 애를 먹는다. 우리는 풀루(Poulou), 즉 어린 사르트르가 뤽상부르 공원 테라스에서 놀던 아이들 틈에 끼지 못했을 때 큰 슬픔을 느꼈다는 사실을 알고 있다. 우리는 또한 호텔 데 그랑 좀과 장 자크 루소 동상 사이에서 공놀이를 하면서 "적재적소"에 있었을 때 풀루가 "강철" 같은 즐거움을 느꼈다는 사실도 알고 있다.[27]

이런 사실들로 미루어 보면 라 로셸로 옮겨 간 사르트르에게는 같은 학교 친구들의 일원이 되는 것, 이것이 중요한 과제였다. 하지만 그는 그들과의 의사소통을 위한 효율적인 수단을 갖지 못했다. 그들의 폭력을 무

---

24) *Idem*.

25) 사르트르는 주네의 진짜 도둑질과 가짜 도둑질 사이의 차이점에 대해서 거론하고 있다. Cf. Jean-Paul Sartre, *Saint Genet: Comédien et martyr*, Paris: Gallimard, 1952, p. 141. (이하 SG.)

26) SF, pp. 17~20.

27) LM, p. 185.

기력하게 감내하는 것, 그들과 그들 공동의 적과의 싸움에서 힘을 보여 주는 것,[28] 또한 그렇게 함으로써 그들의 위계질서에서 좀 더 높은 자리를 차지하는 것 등이 그 수단이었을 뿐이다. 특히 이 두 번째 방법은 「시골 선생, 멋쟁이 예수」에서 루스드렉 선생의 아들 아돌프와 라 로셸에서의 사르트르의 모습을 보여 주는 폴 사이의 싸움에서 잘 드러나고 있다.[29]

이제 사르트르가 같은 학교 친구들의 폭력에 수동적인 태도로 대응한 이유를 말할 수 있다. 그 기저에는 존재 정당화의 문제가 놓여 있다. 그는 그들과 어울리면서 그들에게 '필요한 존재'가 되고자 했다. 그 대가는 비쌌다. 놀림감이 되었기 때문이다. 하지만 이 대가가 가장 비싼 것은 아니었다. 그에게 가장 힘든 상황은 그들 틈에 끼지 못하는 것이었다. 그는 그들과 싸우기도 했다. 하지만 작은 체구로 인해 결과는 신통치 않았다. 그는 그들의 폭력에 수동적으로 대응할 수밖에 없었다.

그런데 사르트르는 파리에서 왔다. 이것은 그의 장점이자 단점이다. 그는 몸싸움에 약한 반면에 "말재주, 뻐기는 태도"[30]를 벌써 익혔다. 그는 '상상력'이 가미된 '이야기'에 호소한다.[31] 그의 새로운 친구들은 모두 연애담에 호기심을 가졌다. "무엇보다도 처음에, 나를 돋보이게 한다고 생각하면서 ── 그들 모두 재미를 봤다고 하는 자신들의 여자친구나 여자에 대해 말했습니다 ── , 나 역시 여자친구가 있다는 이야기를 지어낼 생

28) Cf. SG, p. 141.
29) Cf. Jean-Paul Sartre, "Jésus la chouette, professeur de province", *Ecrits de jenesse,* p. 125.
30) LC, p. 192.
31) 뒤에서 사르트르가 『말』에서 이야기하고 있는 가정에서의 코미디 역시 그가 가족들에게서 받았던 폭력과 무관하지 않다는 것을 보게 될 것이다.

각을 했어요. 해서 친구들에게 파리에서 호텔로 같이 자러 간 애인이 있다고 말해 버렸어요(열한 살이었어요!)."[32]

사르트르는 "자기를 돋보이게 한다고 생각하면서" 이야기를 지어낼 생각을 했다. 자기를 돋보이게 하는 것은 누군가의 눈에 띄고, 그에게 잘 보이기 위함이다. 누구에게? 당연히 새로운 친구들에게이다. 하지만 곧장 이야기의 진정성 문제가 제기된다. 그의 이야기는 나이와 평균을 밑도는 키 때문에 희극적 효과만을 낳는다.[33] 계책이 실패한 것이다. 그는 멋지게 행동하려 했지만 바보처럼 행동한 꼴이 되어 버렸다.

물론 이런 이야기가 전혀 효과를 발휘하지 않은 것은 아니었다.[34] 이야기가 그 나름의 효과를 발휘하는 한, 그는 친구들의 폭력에서 벗어날 수 있었다.[35] 하지만 문제는 이런 효과의 지속성이다. 사르트르는 새로운 친구들의 집단에 합류하기 위해 연애 이야기를 계속 꾸며 내야 했다. 매사는 과유불급, 곧 무리수를 두게 된다.

연애 이야기를 계속 지어내기 위해 사르트르는 자기 집의 가정부에게 연애편지를 써서 자기에게 보내라는 계책을 쓴다. 하지만 계제 나쁘게 이 편지가 그의 친구들의 손에 들어가 버렸다. 이 사건 이후를 짐작하는 것은 그다지 어렵지 않다. 그는 그들로부터 더 심한 놀림을 받게 된다. 그는 그들의 찬사를 받고자 했으나 그 자신이 희생자가 되고 만 것이다.

이 사건 이후 사르트르는 전략을 바꾼다. 그는 어머니의 돈을 훔친

32) SF, pp. 18~19.

33) LC, p. 193.

34) Cf. "상상계는 타자에 대한 공격적인 무기, 행동의 수단이어야 했다." SG, p. 411.

35) Cf. *Ibid.*, p. 230.

다. 보부아르가 그 이유를 대신 설명해 준다. "당신의 친구들과 동등하게 되고자 하는 욕망이었지요. 그들을 극장에 데리고 가고, 또 그들에게 여러 가지를 사 주고픈 욕망 말이에요…."[36] 사르트르는 친구들의 폭력에 돈의 힘으로 대응하고자 한 것이다. 그는 그들과 맞서기 위해 인간 실존의 주요 세 범주 중 하나인 '가짐'(Avoir)의 범주를 동원한 셈이다. 그는 '있음'(Etre)의 범주를 강화하기 위해 돈이라는 '가짐'의 범주에 호소한 것이다.[37]

사르트르의 목표는 새로운 친구들의 폭력을 피하면서 그들과 원만한 관계를 유지하는 것이다. 그는 전략을 수정한다. 그들 모두를 유혹하는 대신 힘이 센 두세 명의 환심을 사고자 한다.[38] 그들 두세 명의 우두머리의 지지를 얻는다면 사르트르는 그들의 도움으로 다른 친구들의 폭력에 굳이 대응하려 애쓰지 않아도 될 것이다. 이것은 그대로 그가 경제적으로, 즉 작은 대가를 지불하면서 다른 친구들의 폭력에서 벗어날 수 있는 왕도일 수 있다.

하지만 불행하게도 좀도둑질이 발각되고 만다. 어머니가 아들의 돈을 수상히 여긴다. 아들은 거짓 속으로 도피하고자 한다. 그가 지어낸 이야기는 거짓, 공모, 일시적 성공, 파국으로 진행된다. 한 편의 연극을 보는 것 같다. 거짓은 제1막에서 준비된다. "이 돈은 제가 장난으로 카르디노에게 훔친 거예요. 그의 어머니가 그에게 준 거예요. 이 돈을 오늘 그에게

36) LC, p. 193.
37) 뒤에서 다시 보겠지만 이 세 범주 사이에는 "이중의 환원"(double réduction)이 있다. '함'의 범주는 '가짐'의 범주로, 또한 이 '가짐'의 범주는 재차 '있음'의 범주로 환원된다.
38) SF, p. 20.

돌려줄 참이에요. 좋다. 어머니가 말했다. 하지만 내가 이 돈을 그에게 돌려주마. 오늘 저녁에 그를 집으로 데려와라. 대체 무슨 돈인지 영문을 좀 알아봐야겠다."[39)]

제2막은 카르디노와의 공모에 할애된다. "일이 잘못되었어요. 왜냐하면 문제의 카르디노 — 내가 그를 왜 지목했는지 모르겠어요 — 는 나의 가장 큰 적이었거든요. … 어쨌든 그는 우리 집으로 오겠다고 했어요. 돈을 받고, 그 돈의 5분의 3을 내게 돌려주고, 나머지 5분의 2는 그가 갖기로 했어요."[40)] 카르디노는 약속을 지킨다. 그는 받은 돈으로 전등을 구입한다. 모든 것이 계획대로이다. 제3막이다.

제4막에서 파국이 발생한다. 카르디노의 어머니가 아들의 이상한 행동을 눈여겨보았고, 이어 대질신문이 이루어졌다. 그녀가 사르트르의 어머니를 만나 자초지종을 물었고, 사건의 전말이 드러나게 된다. 사르트르는 이 사건에서 무사히 빠져나오지 못한다.

사르트르의 외조부가 이 사건을 알지 못했더라면 이 사건으로 인한 상처는 비교적 가벼웠을 것이다. 하지만 샤를 슈바이처는 외손자의 비행을 알게 되었고, 충격과 실망으로 그에 대해 엄격한 태도를 취했다. 그 결과 사르트르는 "두 번째 결렬"[41)]을 겪는다. 좀도둑 사건은 파리로 되돌아가는 계기가 된다. 3년여 동안 체류했던 라 로셸을 사르트르가 아무런 유감없이 떠난 것은 아니었다. 그는 추방당한 느낌이었다고 술회한다.

라 로셸에서 겪었던 폭력은 사르트르에게 선명한 각인을 남긴다. "그

---

39) LC, pp. 189~190.
40) *Ibid.*, p. 190.
41) SF, p. 21. 재혼한 어머니와의 결렬이 첫 번째 결렬이다.

렇다고 생각해요. 우선 내 생각엔 내가 그곳에서 경험했던 폭력을 결코 잊지 않았어요. 난 인간들 사이의 관계가 그렇다고 보았으니까요. 그 뒤로 난 내 친구들과 원만한 관계를 맺은 적이 없어요. 그들 사이에 혹은 그들과 나 사이에 항상 폭력이 있다는 생각이 들었어요. 물론 그건 우정이 부족하다는 게 아니에요. 그건 폭력이 인간들의 관계에 자리 잡고 있다는 증거인 거지요."[42]

인간관계가 폭력 위에 정립된다는 것에 주목한 것, 이것은 사르트르의 타자에 대한 철학적 사유의 맹아이다. 후일 그는 인간을 인간의 가장 잔인한 적으로 규정하면서 라 로셸에서의 폭력 체험의 탯줄을 완전히 끊지 못하고 있다. 이렇게 해서 사르트르가 가장 불행한 3~4년이라고 규정했던 라 로셸 시대가 막을 내리게 된다.

3. 의사소통적 윤리모델

사르트르가 라 로셸에서 보낸 시기가 단순히 불행한 시기라고 말하는 것은 중요하지 않다. 오히려 그 시기로부터 그의 폭력에 대한 성찰에 도움이 되는 요소들을 끌어내는 것이 더 중요하다. 이것이 의사소통적 윤리모델과 더불어 우리가 세웠던 목표였다. 앞서 이 모델이 라 로셸에서 사르트르가 친구들의 폭력에 대해 취했던 세 가지 태도 ― 수동적 · 능동적 · 상상적 ― 와 무관하지 않다고 했다. 이와 관련하여 두 가지를 지적하자. 첫째, 이 세 태도는 보통 인간이 폭력 앞에서 취하는 전형적인 태도일 수

42) LC, p. 193.

있다는 점이다. 둘째, 이 세 태도 중 가장 특징적인 것은 상상적인 태도라는 점이다.

이런 지적들은 이 모델의 적용 범위가 단지 라 로셸에서 사르트르가 보여 준 폭력에 대한 대응에만 그치는 대신, 인간이 일반적으로 폭력에 대해 취하는 태도에까지 미칠 수 있음을 내다보게 한다. 따라서 의사소통적 윤리모델과 더불어 제시되는 목표는 이중적이다. 사르트르가 고안한 폭력에 대한 대안의 독창성을 가늠해 보는 것과 이 모델을 폭력의 일반 현상에 적용함으로써 그 적용 가능성과 효율성을 타진해 보는 것이다. 지금 가장 시급한 문제는 의사소통적 윤리모델이 어떤 모델인가를 살펴보는 것이다. 이를 위해 먼저 '폭력', '의사소통', '윤리' 사이에 어떤 관계가 있는지를 보자.

폭력은 보통 두 가지 모순적인 방식으로 기능한다. 폭력은 해롭고 부정적으로 기능한다. 폭력은 인간성을 파괴한다. 인간은 폭력 앞에서 무기력하다. 사르트르의 수동적 태도를 떠올리자. 하지만 폭력은 해방적이고 긍정적으로 기능하기도 한다. 폭력은 종종 기존폭력(violence déjà existante)에 대한 효율적인 저항 수단이기도 하다. 사르트르가 라 로셸에서 보여 준 폭력에 대한 적극적인 대응을 기억하자. 이렇듯 폭력을 두 범주로 구분해야 할 필요성이 대두된다. 해롭고 부정적인 기능을 가진 폭력과 이 폭력에 대응하는 폭력이다. 여기서는 첫 번째 범주의 폭력을 순수폭력(violence pure)으로, 두 번째 범주의 폭력을 대항폭력(contre-violence)으로 부르기로 한다.

대항폭력의 출현은 순수폭력을 전제한다. 순수폭력은 대항폭력을 반드시 전제하지 않는다. 물론 대항폭력이 다른 폭력을 초래할 수 있다.

폭력의 악순환의 시작이다. 대항폭력(폭력 no. 2)의 사용이 정당화되지 못하고 또 순수폭력(폭력 no. 1)에 종지부를 찍지 못하다면, 이 대항폭력은 또 다른 새로운 폭력(폭력 no. 3)을, 그리고 이것은 또 다른 대항폭력(폭력 no. 4)을 야기할 수 있다.

대항폭력의 사용에는 정당성과 효율성 문제가 따른다. 또한 이 문제에는 '목적-수단'에 관련된 여러 이차적인 문제가 포함되어 있다. 대항폭력으로 어떤 목적을 추구하는가? 대항폭력에의 호소는 정당화될 수 있는가? 그렇다면 그것은 어떤 상황에서인가? 악순환에 빠질 위험은 없는가? 등등…. 이런 문제들이 바로 대항폭력이 갖는 해방적이고 긍정적인 기능을 연구하는 장을 형성한다.

정확히 그 지점에서 폭력과 윤리의 결합 가능성이 나타난다. 윤리가 무엇인가에 대해서는 여러 답이 가능하다. 하지만 윤리는 넓게 보아 인간이 인간다운 생활을 영위하는 권리의 향유에 대한 요청과 무관하지 않다. 이 경우에 윤리와 폭력의 관계를 말할 수 있다. "실제로 폭력은 무엇보다도 한 명의 인간이 완전히 인간이 되는 권리와 관련된다. 이것은 단번에 폭력을 윤리 차원에 위치시키는 것이다."[43] 그런데 윤리와 관련된 폭력은 주로 대항폭력이다. 순수폭력 역시 윤리와 무관하지 않다. 하지만 이 관계는 부정적으로 보인다.

이 연구의 문제틀과 관련하여 폭력이 종종 의사소통의 수단인 '언어'로 여겨진다는 점은 흥미롭다. "결국 이 점에 대해 지적할 수 있는 가장

---

43) Pierre Viau, "Violence et condition humaine", éds. Philippe Bernoux et al., *Violences et société*, Paris: Economie et humanisme, les éditions ouvrières, 1969, p. 162.

중요한 점은, 표현과 드러냄과 마찬가지로 인간의 폭력이 어떤 식으로든 하나의 언어라는 사실이다. 폭력은 개인이나 집단과 이것들이 속해 있는 사회 사이의 의사소통의 한 수단이다."[44] 이처럼 폭력은 의사소통과도 밀접하게 관련되어 있다.

그렇다면 폭력은 구체적으로 어떤 면에서 의사소통과 연관되는가? 답을 위해 우선 의사소통이 무엇인지를 보자. 의사소통은 무엇보다 언어학의 기본 개념 중 하나이다. 이 영역에서 의사소통은 당사자들 사이에서 이루어지는 주체성의 '언어적 교환'으로 이해된다.[45] 그런데 이 의사소통에는 인간관계의 정립이라는 또 다른 의미가 있다. "인간의 행동은 전체적으로 보아 두 개의 주요 축 위에서 이루어지는 것으로 여겨진다. 하나는 사물에 대한 행동의 축으로, 이 축을 통해 인간은 자연을 변화시킨다. 이것이 생산의 축이다. 또 하나는 인간이 인간에 대해 하는 행동의 축으로, 상호주관적 인간관계를 만들어 내는 축이다. 이 축이 바로 의사소통의 축이다."[46]

이런 정의를 통해 의사소통이 윤리와 밀접하게 연결되어 있음을 알 수 있다. 의사소통이 인간관계 정립을 결정하는 중요한 요소라면, 거기에서 각자의 존재는 항상 "증가하거나 감소하는"[47] 상태에 있다. 윤리가 최

---

44) Gérard Mendel, "La violence est un langage", Gérard Mendel, Jean Duvignaud & Jean-Marie Muller, *Violences et non-violence*, Paris: Nouvelles éditions rationalistes, 1980, p. 39.

45) Jean Dubois et al., *Dictionnaire de linguistique*, Paris: Larousse, 1973, p. 96.

46) Algirdas Julien Greimas & Joseph Courtés, *Sémiotique: Dictionnaire raisonné de la théorie du langage*, t. 1, Paris: Hachette, 1979, p. 46.

47) *Ibid.*, p. 47.

소한 인간이 '인간'이 될 수 있는 권리를 향유해야 한다는 요청과 무관하지 않다면, 의사소통은 윤리와 무관하지 않다. 그도 그럴 것이 의사소통은 참여 당사자들 각자의 존재의 증가와 감소를 결정하는 주요 요소이기 때문이다. 요컨대 의사소통은 윤리 정립을 위한 가장 기본적인 조건이다.

이런 의미에서 의사소통은 폭력과도 무관하지 않다. 폭력은 종종 의사소통에 개입한다. 물론 개입방식은 일정하지 않다. 그레마스의 용어를 빌리자면 그 방식은 둘로 나뉜다. '반대자'와 '조력자'의 방식이다.[48] 폭력이 의사소통의 실현을 방해하는 경우는 비일비재하다. 의사소통의 두 당사자는 각자의 존재실현에서 결코 불리한 입장에 있고자 하지 않는다. 이것은 개인을 넘어 집단이나 국가에도 적용된다.

하지만 이상은 종종 현실과 대립된다. 의사소통이 행해지는 상황은 두 당사자 중 일방에게 곧잘 유리하게 돌아간다. 어떻게 해서든 이 상황을 자기에게 유리하게 만들고자 하는 자들도 없지 않다. 성공한 경우, 이런 상황을 계속 유지하기 위해 그들은 여러 수단 — 힘, 위협, 구속, 억압 등 — 에 호소한다. 폭력도 그중 하나이다. 이 경우에 의사소통과의 관계에서 폭력이 맡는 역할은 반대자의 그것이다. "폭력을 행사하는 것은 항상 침묵을 강요하는 것"[49]으로 여겨지는 만큼 이런 역할은 빈번하게 눈에 띈다.

의사소통과 폭력의 조력자 관계가 문제될 경우, 우리는 폭력 희생자의 능동적이고 적극적인 태도를 본다. 그는 의사소통을 재개하고자 한다.

---

48) Algirdas Julien Greimas, *Sémantique structurale: Recherche de méthode*, Paris: PUF, 1986, pp. 178~179.

49) Jean-Marie Muller, "Significations de la non-violence", *Violences et non-violence*, p. 27.

의사소통은 대항폭력의 해방적 기능을 수행할 수 있다. “말하는 것이 더 이상 불가능하고, 이해하는 것이 더 이상 불가능할 때, 폭력을 일방적으로 당하고 싶지 않을 때, 그때 인간의 존재를 선언하기 위해 폭력에 호소할 수 있다.”[50)]

이렇듯 폭력이 의사소통과 윤리와 밀접한 관계를 맺고 있다는 것은 명백하다. 폭력은 의사소통의 실현을 돕거나 방해하며, 그 결과 의사소통의 당사자들은 각자 자신의 존재가 증가하거나 감소하는 상태에 있게 된다. 자유롭고 평화로운 상황에서 두 사람의 주체성이 동등하게 교환되는 것이 이상적일 것이다. 하지만 폭력은 쉽게 이상적인 의사소통과 윤리의 정립에 자리를 내주지 않는다. 인간들 사이에서 폭력이 자행되는 한, 이 두 요소의 조화로운 관계는 항상 추구되어야 할 것으로 남아 있다.

그렇다면 계속되는 폭력의 개입 앞에서 인간은 체념하고 말 것인가? 폭력에 호소하지 않으면서 그가 자신의 존재를 실현할 수 있는 길은 없는가? 대항폭력은 순수폭력에 대한 유일한 대안인가? 순수폭력을 극복하기 위해서는 이런 물음들에 주목해야 할 것이다. 폭력에 대한 대안을 마련하려는 노력에는 의혹의 그림자가 드리워지곤 한다. 하지만 폭력과의 투쟁을 끝까지 밀고 나가고자 하는 자들도 없지 않다. 사르트르도 예외가 아니다. 그는 폭력에 대한 이론적 성찰에만 그치지 않고 폭력과의 전쟁에 직접 뛰어들었다. 이런 그의 자세와 행동은 의사소통적 윤리모델과 무관하지 않아 보인다.

---

50) Alain Peyrefitte éd., *Réponses à la violence: Rapport du Comité d'etudes sur la violence, la criminalité et la délinquance*, t. 1, *Rapport général*, Paris: Presses Pocket, 1977, p. 149.

이제 이 모델의 윤곽을 희미하게나마 제시할 수 있다. 이를 위해 한 번 더 사르트르가 라 로셸에서 친구들의 폭력에 응수하기 위해 호소했던 싸움, 좀도둑질, 상상 놀이로 돌아가 보자. 우선 지적할 수 있는 것은, 그가 새로운 친구들과 했던 싸움은 그들 앞에서 그의 존재를 소리 높여 외치고자 했던 의사소통 수단 중 하나라는 점이다. 이 싸움은 그들의 폭력에 대항하기 위한 대항폭력이었다고 할 수 있다.

하지만 같은 학교 친구들로부터 고립된다는 두려움이 너무 컸기 때문에 사르트르는 친구들과의 관계 정립을 거절할 수 없었다. 그가 그들의 집단에서 배제되는 것, 이것이 가장 큰 폭력이었을 것이다. 그로부터 이들의 집단에 들어가야 한다는 강한 필요성이 기인한다. 그렇기 때문에 그는 그들의 놀림감이 되면서 자신에게 가해지는 폭력에 수동적으로 대응할 수밖에 없었다. 요컨대 의사소통이 중요했다. 사르트르는 이렇게 말한다. "나는 의사소통 불가능한 것을 경계한다. 그것이 바로 모든 폭력의 근원이다."[51] 이것은 사르트르의 사유에서 의사소통과 윤리는 밀접하게 연결되어 있음을 보여 준다. 거기에서 의사소통적 윤리모델의 첫 번째 윤곽이 드러난다.

앞서 사르트르가 라 로셸에서 친구들의 폭력에 대응하기 위한 조치가 수동적인 태도나 적극적인 싸움에만 국한되지 않았다고 했다. 그는 상상력이 가미된 이야기에도 호소했다. 그런데 상상력을 통해 지어낸 이야기는 일종의 대항폭력 또는 '언어적 폭력'이 아니고 무엇이겠는가? 언어의 도움으로 이루어진 이 상상의 유희가 사르트르 자신의 용어로 "작은

51) Jean-Paul Sartre, *Situations, II*, Paris: Gallimard, 1948, p. 305. (이하 SII.)

실천"(mini-praxis)[52]의 역할을 하는 대항폭력과 같은 것으로 보인다.

라 로셸에서 사르트르가 친구들의 폭력에 맞서기 위해 호소했던 언어는 대항폭력과 같은 기능을 수행했고, 또 그렇기 때문에 이 언어가 그들과 관계를 맺을 수 있는 유력한 수단의 하나였다는 점은 분명하다. 파괴적 힘을 가진 언어는 그의 가장 효율적인 무기였던 셈이다. 이처럼 친구들로부터 오는 폭력에 대한 대응에서 그가 고안해 낸 가장 독창적인 수단은 바로 "상상의 차원"[53]에 속한 것으로 보인다. 그로부터 의사소통적 윤리모델의 두 번째 윤곽이 드러난다.

이런 사실들에 입각해 이제 이 연구의 가장 본질적인 문제, 곧 어떤 점에서 이 연구가 특히 베르스트라텐의 그것과 차별화되는가를 보자. 의사소통적 윤리모델은 베르스트라텐의 연구에 모종의 논리적 궁지가 있는 것을 보여 준다. 이것은 순수폭력에 대한 투쟁에서 '쓰기 예술', 곧 문학 ― 작가와 독자 사이의 의사소통을 전제로 하는 ― 과 대항폭력 사이의 경쟁과 관련된 것이다. 장송에 의해 제시된 '사생아' 개념[54]에 주목하고 있는 베르스트라텐이 사르트르의 사유에서 의사소통이 갖는 중요성을 모르진 않았을 것이다. 이 사생아 개념은, 한 개인이 그가 속한 공동체에서 배척당한 상황에 의해 설명된다. 따라서 이 사생아에게는 그가 속한 공동체의 다른 구성원들과 의사소통을 해야 하는 필요성이 항상 제기된다.[55]

---

52) Jean-Paul Sartre, *L'idiot de la famille*, t. 1, Paris: Gallimard, 1971, p. 1014. (이하 IFI.)

53) Sartre, *L'idiot de la famille*, t. 2, p. 2001. (이하 IFII.)

54) Cf. Francis Jeanson, *Sartre par lui-même*, Paris: Seuil, 1955.

55) 『파리 떼』의 오레스테스, 『더러운 손』의 위고, 『악마와 선한 신』에서 괴츠와 하인리히, 『킨』에

그로부터 사생아가 시도하는 대항폭력이나 상상력 유희에의 호소가 기인한다. 사생아는 종종 그가 속한 공동체의 구성원들이 자행하는 폭력의 희생자가 된다. 또한 다음과 같은 도식, 즉 1) 사생아 혹은 혼자라는 느낌, 2) 기존폭력, 3) 타자들과의 의사소통의 필요성, 4) 그들과의 의사소통 불가능성, 5) 대항폭력 또는 언어에의 호소, 6) 윤리의 문제 제기 등으로 이루어지는 도식은 사르트르의 거의 모든 문학작품에서 관찰 가능하다. 하지만 베르스트라텐은 순수폭력과의 투쟁에서 대항폭력과 언어, 특히 문학 사이의 경쟁에 대해서는 침묵을 지키고 있다.

물론 이런 침묵에는 이유가 없지 않다. 우선 연대기적 이유이다. 베르스트라텐의 연구는 1972년에 이루어졌다. 그런 만큼 그는 사르트르가 라 로셸에서 겪은 폭력 체험을 알 수 없었다. 사르트르가 이 시기에 대해 밝힌 것은 1974년에 이루어진 대담을 토대로 1981년 보부아르에 의해 간행된 『이별의 양식』과 아스트뤽과 콩타에 의해 1977년 간행된 영화 「사르트르」의 대본에서였다. 그다음으로 사르트르가 이 시기에 대해 1964년에 간행된 『말』에서조차 침묵으로 일관했다는 점을 들 수 있다. 그는 『말』에서 그 속편을 쓴다면 여러 주제 중 라 로셸에서의 폭력의 경험을 다룰 것이라는 사실을 암시하고 있을 뿐이다.

이처럼 라 로셸에서의 체류는 사르트르 자신이 "그다지 말을 하지 않은" 11세에서 19세의 시기에 포함된다.[56] 대체 그는 왜 이 시기에 대해 침묵으로 일관했을까? 재혼한 어머니를 비난하는 것이 두려웠을까? 그

서 킨 등이 거기에 해당한다.

56) LC, p. 188.

릴 수 있다. 이것은 여기서 다룰 문제는 아니다. 지금 중요한 것은 오히려 베르스트라텐의 저서가 출간된 시기로 인해 사르트르에게서 폭력에 대한 대안으로서의 대항폭력과 언어(특히 쓰기 예술, 곧 문학) 또는 상상력의 유희 사이의 경쟁에 대한 관심이 충분해 보이지 않는다는 점이다.

실제로 제2차 세계대전 이후 사르트르에게서 중요한 주제로 부각되는 문학적 참여의 주요 주제들을 고려한다면, 그에게서 문학이 폭력과의 투쟁에서 해방적 기능, 즉 대항폭력적 기능을 한다는 것은 분명하다. 쓰기 행위는 드러내기와 변화시키기가 동시에 동반된다. 참여작가의 쓰기 행위는 중성적이지 않다. 그의 임무 중 하나는 불의에 저항하는 것이다. 거기에 폭탄을 던지는 것이다. 이처럼 그의 쓰기 행위는 해방적 기능과 무관하지 않다. 거기에 쓰기 행위로 대항폭력을 대체할 수 있는 가능성이 자리한다.

사르트르가 라 로셸에서 겪은 친구들의 폭력에 대한 대응에서는 이 야기가 가장 특징적이었다. 하지만 베르스트라텐은 대항폭력과 쓰기 행위가 경쟁관계에 있다는 사실과 대치 가능성을 제대로 부각시키지 못하고 있다. 그 결과는 사소하지 않다. 왜냐하면 쓰기 행위는 사르트르에 의해 고안된 순수폭력의 대안 문제와 직접 맞닿아 있기 때문이다. 따라서 그에게 폭력에서 벗어나기 위한 수단의 강구라는 점에서 대항폭력과 쓰기 행위의 경쟁 양상은 어떤 모습을 띠고 있는가, 그리고 이 두 수단은 단지 경쟁관계일 뿐인가 등을 묻는 것은 중요한 문제로 보인다.

이 문제와 관련하여 사르트르의 참여문학 차원에서 쓰기 예술, 곧 미학이 윤리와 결합된다는 점은 흥미롭다. 왜 그럴까? 답을 위해 『구토』에서 로캉탱이 부빌(Bouville)을 떠나기 전에 내린 결정을 보자. 이 작품의 마지막 부분에서 로캉탱은 재즈곡 「멀지 않은 어느 날」(Some of These Days)을 듣고 소설을 쓰겠다고 결심한다.[57] 그런데 이 꿈을 실현하는 데 필수불가결한 하나의 조건이 있다. 이 소설이 '타자들'에 의해 읽혀야 한다는 조건이다.

로캉탱이 재즈곡을 듣고 유대인 작곡자와 흑인 여가수를 생각하듯이, 그의 소설을 읽고 그의 존재를 생각해 주는 사람들이 있어야 한다. 이 사람들이 바로 '독자들'이다. 쓰기는 로캉탱의 구원을 위한 필요조건이다. 충분조건은 못 된다. 그가 문학에 의해 구원받기 위해서는 그의 쓰기 행위는 또 다른 행위, 곧 읽기 행위에 의해 보완되어야 한다.[58]

이렇게 제시된 읽기 행위의 중요성은 사르트르의 참여문학론에서 점점 더 커진다. 그 귀착점은 다음 선언이다. "타자를 위한, 타자에 의한 예술만이 있을 뿐이다."[59] '타자를 위한 문학'과 '타자에 의한 문학'! 그렇다. 이것이 사르트르의 참여문학론을 지탱하는 두 축이다. 그는 독자의 중요성을 강조하기 위해 문학작품을 팽이에 비교한다. 쓰기 행위는 작품 생산의 불완전하고 추상적인 계기에 불과하다. 여기서 쓰기 행위와 읽기 행위가 결합해야 할 필요성이 제기된다. 문학작품은 읽기 행위가 쓰기 행위에 더해지는 조건하에서만 존재할 뿐이다.[60]

한편 사르트르는 문학작품이 작가와 독자의 노력이 결합되어 완성

---

57) Jean-Paul Sartre, *La nausée*[장폴 사르트르, 『구토』, 방곤 옮김, 문예출판사, 1999], in OR, p. 210. (이하 LN.)
58) Gérald Prince, "Roquentin et la lecture", *Obliques*, n° 18-19, 1979, p. 72.
59) SII, p. 93.
60) *Idem*.

될 때, 두 가지 종류의 감정이 나타난다고 본다. 작가의 존재론적 안정감과 독자의 미학적 기쁨이다. 이 두 감정에 주목해야 할 이유가 있다. 왜냐하면 두 감정은 문학작품의 창작에 참여하는 두 당사자, 곧 작가와 독자의 자유의 상호인정 위에서 나타나기 때문이다. 사르트르는 이런 인정을 인간들의 자유 사이의 협정 또는 작가와 독자 사이의 관용의 협정으로 부른다.

이처럼 참여작가의 쓰기 행위, 곧 미학과 윤리는 동떨어져 있지 않다. 사르트르는 작가-독자의 관계를 미학과 윤리의 종합모델로 여긴다. 윤리가 개략적으로 인간이 '인간'이 되고자 하는 권리의 요청에 응하는 것이라면, 작가와 독자 사이에 이루어지는 자유의 상호인정은 사르트르가 구상하는 윤리의 중핵이라고 할 수 있다. "문학과 도덕은 전혀 다른 것이지만, 미적 요청의 밑바닥에는 도덕적 요청이 깔려 있는 것을 우리는 알 수 있다."[61]

방금 사르트르의 사유에서 미학이 윤리와 연결된다고 했다. 하지만 이때 이 두 영역을 매개하는 문학작품은 작가와 독자의 주체성의 융화가 이루어지는 장소이다. 그들 사이에 맺어지는 관용의 계약은, 이 계약의 두 당사자가 '인간'이 되는 권리를 완벽하게 누리는 이상적인 의사소통 실현의 징표이다. 이 단계에서 우리는 작가와 독자 사이에 맺어지는 자유와 관용의 계약과 더불어 이 연구의 분석틀의 주요 구성요소인 의사소통 개념과 합류하게 된다.

이런 지적을 토대로 이제 쓰기 행위가 대항폭력을 대체할 수 있다고

---

61) *Ibid.*, p. 111.

말할 수 있다. 거기에 선택의 문제가 제기된다. 사르트르에게서 대항폭력에 호소하지 않고 순수폭력을 제압할 수 있는 대안 모색이 가능한가의 문제이다. 폭력에 바탕을 둔 윤리의 모색이 아니라, 비폭력적 수단에 바탕을 둔 윤리의 모색 문제이다. 사르트르에게서 이런 수단은 쓰기-읽기의 결합에서 그 주체인 작가-독자의 관용의 계약 혹은 자유의 계약에서 발견된다.

사르트르는 종종 순수폭력에 대한 대안 마련에서 대항폭력에 우선권을 주었다. 『파리 떼』에 나오는 엘렉트라의 다음 대사가 그 좋은 예이다. "나는 이곳 사람들을 말로 사로잡을 수 있다고 생각했어요. … 하지만 그들을 폭력을 통해 사로잡아야 해요. 악은 다른 악을 통해서만 극복할 수 있기 때문이에요."[62]

하지만 사르트르는 또한 두 극 사이를 왕복한다. '손을 더럽히는 것'과 그렇지 않은 것의 두 극이다. 물론 순수폭력에 대한 개인적 또는 집단적 투쟁에서 대항폭력이 쓰기 행위보다 더 효율적이다. 그 효과는 더 직접적이고 더 가시적이다. 쓰기 행위의 효과가 일부 독자들에만 국한된다는 의미에서 국부적인 데 비해, 대항폭력의 그것은 전체적일 수 있다. 혁명의 경우이다. 대항폭력의 결과는 즉석에서 소비될 수 있다.

게다가 사르트르는 젊은 시절부터 "사회는 전체적으로, 단번에, 격렬한 변화에 의해서만 바뀔 수 있다"[63]는 생각을 가졌다. 이처럼 대항폭력

---

62) Jean-Paul Sartre, *Les mouches*, in *Théâtre, I*, Paris: Gallimard, 1947, p. 63. (이하 각각 LMO, THI.)

63) Simone de Beauvoir, *La force de l'âge*, Paris: Gallimard, 1960 [시몬 드 보부아르, 『여자 한창 때』, 이혜윤 옮김, 동서문화동판, 2010], p. 37.

은 당연히 쓰기보다 더 효과적이다. 그렇다고 사르트르에게서 대항폭력이 쓰기 행위를 압도했다는 결론을 내릴 수 있을까?

순수폭력에 대한 대항에서 사르트르는 대항폭력보다는 오히려 쓰기 쪽에 더 비중을 두었던 것으로 보인다. 그 근거는 무엇인가? 그것은 사르트르가 평생 간직했던 쓰기, 곧 문학에 대한 꿈이다. 문학이 그의 유일한 목표였다는 점은 잘 알려진 사실이다. 이 사실에 대한 보부아르의 증언은 결정적이다.[64]

사르트르에게서 쓰기 행위의 첫 번째 목표는 그 자신의 개인적 구원이었다. 하지만 그는 제2차 세계대전 이후에 참여문학 시대의 문을 활짝 열었다. 그는 쓰기 행위가 갖는 해방적 기능에 무관심할 수 없었다. 게다가 참여문학의 시기는 그가 독자의 중요성을 인정한 시기이기도 하다. 그로부터 참여문학의 근간이 되는 원칙이 유래한다. '독자를 위한 문학'과 '독자에 의한 문학'만이 존재한다는 원칙이다. 이것은 결국 사르트르의 참여문학이 작가와 독자의 '의사소통' 위에 성립한다는 것을 보여 준다.[65]

사르트르는 문학의 본질을 의사소통에서 찾는다. 그런데 앞서 대항폭력이 이 연구의 분석틀인 의사소통적 윤리모델에서 의사소통의 한 수단, 곧 언어라는 점을 지적했다. 이것은 쓰기 행위와 대항폭력이 어느 정도 같은 목표, 즉 의사소통을 지향한다는 것을 보여 준다. 이와 관련하여 참여지식인 사르트르가 세운 목표 중 하나가 억압자들에 의해 자행되는 폭력이 난무하는 세계를 급격하게 변화시키는 것이라는 점은 의미심장

64) Simone de Beauvoir, *Mémoires d'une jeune fille rangée*, Paris: Gallimard, 1958[시몬 드 보부아르, 『처녀시절』, 이혜윤 옮김, 동서문화동판, 2010], pp. 476~477.

65) Madeleine Chapsal, *Les écrivains en personne*, Paris: UGE, 1973, p. 280.

하다.

그렇다면 이런 급격한 변화는 어떻게 가능할까? 답은 분명하다. 폭력을 통해서이다. 하지만 여기서 강조하고 싶은 것은, 사르트르가 이처럼 순수폭력(폭력 no. 1)과의 투쟁에서 대항폭력(폭력 no. 2)에 우선권을 주었다고 해도 ― 뒤에서 보겠지만 이것이 바로 집렬체(série)에서 융화집단(groupe en fusion)으로의 이행에서 나타난다 ―, 그는 항상 쓰기 행위를 통한 대항폭력을 더 선호했다는 점이다. 사르트르는 '행동하는 인간'은 아니었다. 하지만 쓰기 행위가 하나의 행동으로 여겨진다는 조건하에서 그가 행동하는 인간이었다고도 할 수 있다.

이런 태도는 『톱니바퀴』의 뤼시앵이 폭력 앞에서 취한 태도와 일치한다. "나는 폭력에 맞서 싸우고자 하네. 하지만 내 방식으로일세. 나는 행동하는 인간이 아니네. 난, 나는 글을 쓰네. 나는 펜으로 폭력을 고발하고자 하네."[66] 이처럼 펜을 칼로 여기는 것, 이것이 라 로셸에서의 폭력뿐만 아니라 일반적으로 순수폭력에 대항하기 위해 사르트르가 가장 선호했던 방법으로 보인다. 결국 그가 구상한 순수폭력에 대한 대안은 쓰기 행위, 곧 문학이었다고 할 수 있다.

바로 거기에 이 연구의 분석틀인 의사소통적 윤리모델의 세 번째이자 마지막 모습이 자리한다. 의사소통을 핵심으로 하는 쓰기 행위가 윤리와 맺는 조화가 그것이다. 윤리는 의사소통을 필요로 한다. 이 의사소통에 참여하는 쌍방은 모두 주체성의 상태에서 완벽한 의사소통을 통해 '인간'이 될 수 있는 권리를 향유해야 한다. 하지만 폭력(순수폭력)의 발생은

---

66) Jean-Paul Sartre, *L'engrenage*, Paris: Nagel, 1948, p. 115.

윤리와 의사소통 사이의 조화로운 관계를 방해한다. 그로부터 폭력이 가진 두 개의 상반된 모습이 기인한다. 이 연구모델에서 대항폭력과 쓰기 행위, 곧 언어적 폭력은 길항하면서도 상호보완적이다. 두 폭력 모두 해방적 기능을 가지고 있다. 특히 대항폭력이 의사소통을 위한 하나의 수단, 곧 언어로 여겨진다.

정확히 거기에서 선택의 문제가 제기된다. 왜냐하면 사르트르의 참여문학에 충실한다면, 쓰기 행위 역시 해방적 기능을 수행할 수 있기 때문이다. 그리고 이런 쓰기 — 미학적 차원 — 는 윤리와 무관하지 않다. 대항폭력과 쓰기 행위 사이에서 선택이 필요하다. 물론 이 두 수단이 폭력과의 전쟁에서 보완 역할을 수행하는 것은 사실이다. 하지만 이 두 수단은 종종 길항한다. 그렇다면 사르트르는 최종적으로 어떤 수단을 선택했을까?

사르트르는 대항폭력에 호소하는 경우에 나타날 수 있는 이점이 어떤 것인지를 잘 안다. 또한 그는 종종 이 대항폭력 쪽으로 경도되기도 한다. 이것이 특히 『변증법』에서 볼 수 있는 그의 인간학의 면모 중 하나이다. 그렇다고 해서 그가 쓰기 행위로의 행보에서 방해받는 것은 아니다. 그는 행동하는 인간이 아니라 작가였다. 그는 펜, 곧 그의 가장 강한 무기이자 지속 가능한 무기인 펜을 들고 순수폭력에 맞서 싸웠다고 할 수 있다. 요컨대 폭력에 대한 대안 마련에서 순수한 대항폭력보다 쓰기 행위를 더 선호했던 것으로 보인다.

이상의 지적들을 통해 우리는 이 연구의 분석틀인 의사소통적 윤리 모델을 이루는 네 가지 요소, 즉 폭력(순수폭력과 대항폭력), 의사소통, 윤리(의사소통적 윤리), 윤리와 미학(쓰기 행위)을 확인하고 또 그 관계를 제시할 수 있었다. 실제로 이 모델을 바탕으로 겨냥했던 목표 중 하나는 다음 물음에 답을 하기 위함이었다. 왜 사르트르에게서 폭력을 다시 거론하려고 하는가? 이제 이 연구가 선행 연구들, 특히 베르스트라텐의 연구와 어떤 면에서 차별화되는지를 말할 수 있다.

다음 두 가지 점에서 그렇다. 첫째, 대항폭력과 의사소통 사이의 관계와 의사소통과 윤리와의 관계라는 점이다. 둘째, 이 연구를 베르스트라텐의 그것과 구분시켜 주는 요소들이 랭과 쿠퍼, 아롱, 베르네르 등과 같은 선행 연구자들 모두 침묵을 지키고 있는 사르트르의 라 로셸에서의 체류에 내재되어 있다는 점이다. 폭력이 문제시될 때 그곳에서의 체류는 가장 중요한 요소임에 틀림없다. 그는 나선형으로 이루어지는 그의 삶에서 계속 그곳에서의 체류로 되돌아간다. 이렇게 말할 수 있다면, 라 로셸에서의 체류는 사르트르의 폭력을 구성하는 기본적인 요소들, 곧 이 연구의 분석틀인 의사소통적 윤리모델의 모든 요소들이 집약되어 있는 보고라고 할 수 있다.

4. 방법론과 구성

의사소통적 윤리모델의 중요성은 이 책에서 사르트르의 소설과 극작품에 나타난 폭력 현상에 대한 연구를 시도하는 만큼 더욱더 크다. 이 모델은 연구가 진행되는 동안 끝까지 참고하게 될 분석틀로 소용될 것이다. 하지만 이 분석틀은 사르트르의 철학적 사유에 대한 이해를 요구한다. 그도 그럴 것이 의사소통은 넓은 의미에서 인간들 사이의 관계의 초석이 되는 축이기 때문이다. 그런 만큼 사르트르에게서 '나'와 '타자' 사이의 존재관계는 이 분석틀의 결정적 요소 중 하나이다.

여기에 더해 사르트르의 문학작품에 대한 연구에서 그 유효성이 부인되지 않는 하나의 경향이 존재한다. 그의 문학과 철학 사이의 친화성을 강조하는 경향이다.[67] 이런 사실은 의사소통적 윤리모델이 '내적 관점'에 의해 보충되어야 한다는 주장으로 이어진다. 여기서 내적 관점이란 사르트르의 문학작품을 이해하고 해석하기 위해 그의 철학적 사유를 참고한다는 것을 의미한다.

또한 사르트르의 문학작품에 나타난 다양한 폭력현상을 분석하기 위해 '주제비평'이라는 문학비평 방법론을 원용하게 될 것이다. 이 방법론은 두 가지 이유로 관심을 끈다. 이 방법론은 우선 다른 비평 방법론의 유익한 결과들, 가령 사회학적·구조적·정신분석학적 방법 등의 결과를 활용하는 것을 막지 않는다. 그다음으로 이 방법론은 다른 방법론에서 소홀히 다루어진 주제들에 주목할 수 있는 기회를 제공해 줄 수 있다. 물론 이런 장점들은 그대로 단점들이 될 수도 있다. 그중 일관성과 집중력의 감소가 두드러진다. 왜냐하면 문제가 되는 주제는 종종 작가 —— 여기에서는 사르트르 —— 의 여러 작품의 여기저기에 산재해 있어 분석이 끝날 때까지 일관된 관점을 유지하기가 어렵기 때문이다. 이 연구에서는 이런 함정에 빠지지 않도록 유의하면서 이 비평 방법론에서 일반적으로 인

67) Cf. Francis Jeanson, *Le problème moral et la pensée de Sartre*, Paris: Seuil, 1965, p. 13; René-Maril Albérès, *Jean-Paul Sartre*, Paris: Éditions universitaires, 1964, p. 13; Benjamin Shul, *Sartre: Un philosophe, critique littéraire*, Paris: Éditions universitaires, 1971, p. 28, p. 242; Michel Contat, *Explications des* Séquestrés d'Altona *de Jean-Paul Sartre*, Paris: Minard, 1968, p. 9.

정되는 몇몇 원칙들, 가령 미시적 독서, 문제되는 주제 — 폭력 — 와 그 변이체의 수집, 그리고 그에 대한 분석과 그 결과의 기술 등에 주의하게 될 것이다.

한편 우리는 지금 폭력이라는 개념을 정의하지 않은 채 사용하고 있다. 폭력이란 무엇인가? 특히 사르트르에게서 폭력이란 무엇인가? 폭력의 정의 문제는 종종 그 기원 문제와 같이 제기된다. 앞서 의사소통적 윤리모델에서는 대항폭력이 순수폭력의 뒤를 잇는다고 했다. 그렇다면 이 순수폭력은 어디에서 오는가? 폭력의 기원 문제는 사르트르의 전, 후기 사상을 대표하는 『존재와 무』와 『변증법』을 중심으로 탐구될 것이다. 사르트르의 사유 체계에서 폭력의 기원과 정의라는 두 문제에 답을 하는 것, 이것이 1부의 주요 과제이다.

2부는 사르트르의 소설과 극작품에 산재해 있는 다양한 폭력현상의 분석에 할애될 것이다. 분석해야 할 자료체를 확대하는 작업은 연구의 일관성을 사라지게 할 수도 있다. 이런 위험을 피하기 위해, 또한 다양한 폭력 현상을 무한정 나열하는 것을 피하기 위해 의사소통적 윤리모델에 의해 제공되는 기준에 따라 이 현상들을 정리, 분류, 분석하게 될 것이다.

3부이자 마지막 부에서는 사르트르에 의해 제시된 순수폭력에 대한 대안에 주목할 것이다. 이를 위해 그가 제시한 순수대항폭력과 언어적 대항폭력을 중점적으로 살펴볼 것이다. 순수대항폭력으로 순수폭력(또는 기존의 폭력)을 제압하기 위한 장치를 탐사하기 위해서는 주로 『변증법』을 참조할 것이다. 또한 순수언어적 대항폭력, 곧 쓰기를 바탕으로 작가와 독자 사이의 관용의 계약을 탐사하기 위해서는 주로 『상황 2』와 『도덕을 위한 노트』를 참고하게 될 것이다. 특히 이 두 권의 저서에서 볼 수 있는 '호소,' '증여', '관용' 등과 같은 개념들을 집중적으로 살펴볼 것이다. 그 과정에서 의사소통적 윤리모델의 적용 범위가 어디까지 확장될 수 있는가를 가늠해 볼 것이다.

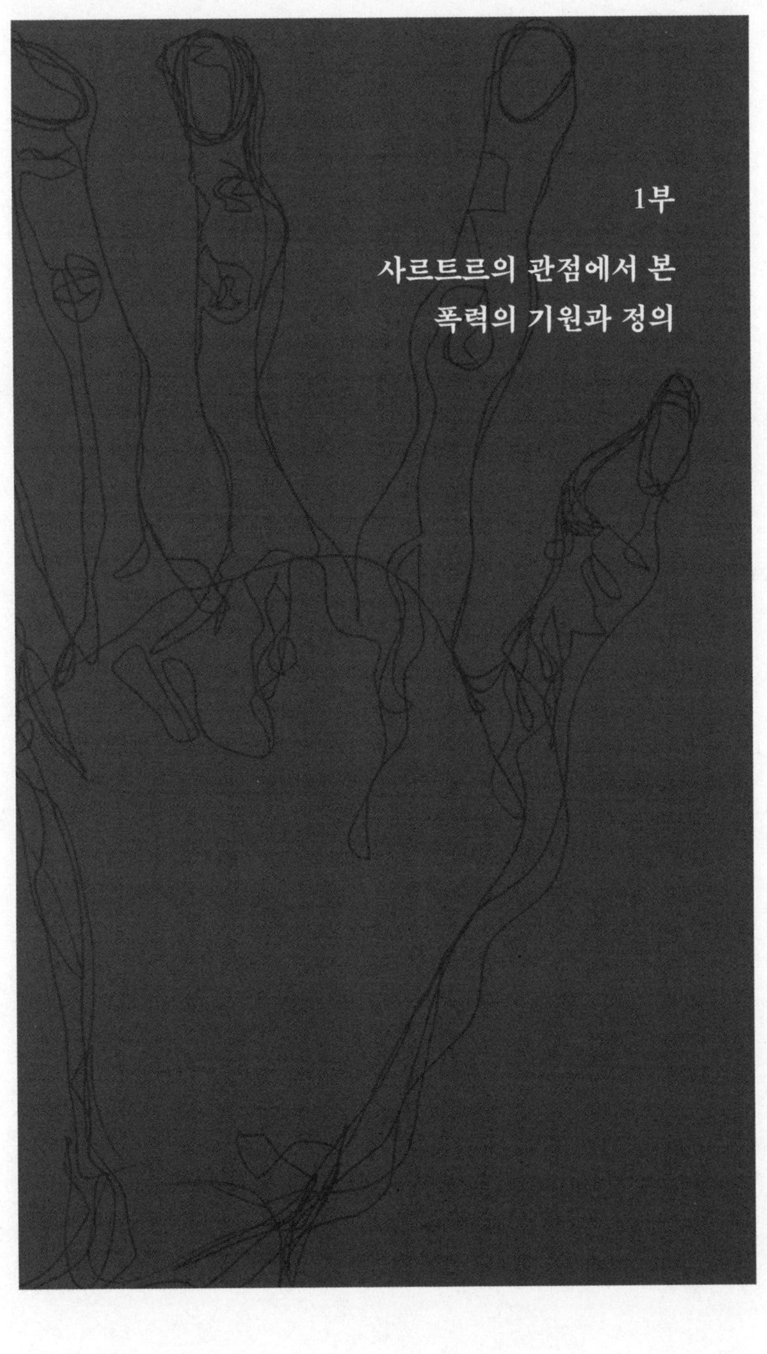

1부

사르트르의 관점에서 본 폭력의 기원과 정의

이 연구의 분석틀로 소용될 의사소통적 윤리모델을 정립하는 과정에서 대항폭력의 출현은 기존폭력, 곧 순수폭력을 전제한다는 점을 지적했다. 거기에 폭력현상의 검토를 위한 가장 기본적인 문제가 제기된다. 폭력의 기원 문제, 보다 정확하게는 순수폭력의 기원 문제이다. 폭력은 어디에서 오는가?

폭력은 인간의 행위 중 하나이다. 그렇기 때문에 그 기원 문제의 설명을 위해 여러 분야에서 제공되는 다양한 관점이 동원될 수 있다. 수많은 결과들이 쌓여 있다.[1)]

하지만 이런저런 관점을 배척하거나 옹호하는 것이 여기서의 주된 관심사는 아니다. 우리의 목표는 순수폭력의 기원에 대한 사르트르의 관점을 이해하는 것이다.

이를 위해 사르트르의 지적 여정의 두 단계를 대표하는 『존재와 무』와 『변증법』을 주로 참고하고자 한다. 폭력에 대한 사르트르의 관심이 대부분 그의 철학, 정치, 문학 분야에서 나타나고 있다는 점은 분명하다. 하지만 그가 폭력에 대한 이론적 토대를 제공하고 있는 것은 철학 분야에서이다. 그런

---

1) Cf. Yves Michaud, *La violence*, Paris: PUF, 1986, pp. 73~109; Jean-Marie Domenach et al., *La violence et ses causes*, Paris: Unesco, 1980.

만큼 순수폭력에 대한 사르트르의 관점을 잘 포착하기 위해 위의 두 저서를 참고하는 것은 당연하다.

『존재와 무』에서 『변증법』으로의 이행에 대해서는 많은 논의가 있다. 특히 이 두 저서 사이의 '인식론적 단절'의 여부가 문제이다. 하지만 우리의 관심은 사르트르가 바라보는 순수폭력의 기원 문제에 집중된다. 이 문제의 해결을 위해 그의 관점을 둘로 나누고자 한다. 『존재와 무』에서 기술되고 있는 관점과 『변증법』에서 제시되고 있는 관점이다. 이 두 관점을 각각 '존재론적 관점'과 '인간학적 관점'으로 명명할 것이다. 이 두 관점에서 폭력의 기원 문제를 다루는 것, 이것이 1부의 앞부분에서 다루게 될 주제이다.

순수폭력의 기원에 대한 분석에 이어 폭력의 정의 문제를 다루게 될 것이다. 앞서 폭력이 발생하는 시간적 순서와 그 기능에 따라 순수폭력은 대항폭력과 근본적으로 다르다는 점을 지적했다. 그런데 자세히 보면 이 두 종류의 폭력은 본질상 크게 다르지 않다는 것을 알 수 있다. 그로부터 이 두 폭력에 적용되는 공통요소가 없는지, 만일 있다면 그것은 어떤 것인지에 대한 질문을 던져야 할 필요성이 제기된다.

하지만 여기서 관심의 대상은 폭력에 대해 사르트르가 어떤 정의를 내리고 있는지를 알아보는 것이다. 그가 내리는 폭력의 정의는 폭력에 대한 일반적 정의에 포함될 수 있는가? 그렇지 않다면, 그 차이는 무엇인가? 이 문제에 답을 하면서 실제로 '폭력'이라는 단어를 입에 올리면서 (사르트르를 포함해) 사람들이 말하고자 하는 바가 무엇인지를 확인하는 것, 이것이 1부의 뒷부분에서 다루게 될 주제이다.

1장 | 폭력의 기원에 대한 존재론적 관점

'신'이 되고자 하는 욕망

'백지 상태'로서의 인간

사르트르의 무신론을 받아들이면, 인간은 태어나면서부터 외부로부터 아무런 본성을 부여받지 않은 것으로 이해된다. 사르트르의 사유에서 인간은 그 스스로를 만들어 가는 존재이다. 따라서 인간의 본성은 그의 기투(projet)와 함께, 그리고 그 이후에 나타난다. 인간에게는 "실존이 본질에 선행한다"[1)]라는 주장의 의미가 그것이다.

인간의 본성은 이렇듯 결정 불가능하다. 그런 만큼 그는 선험적으로 공격적이지도 폭력적이지도 않다. 사르트르는 단번에 인간의 선천적 폭력성을 주장하는 자들 ── 공격성을 타고났다고 주장하는 로렌츠 같은

---

1) Jean-Paul Sartre, *L'existentialisme est un humanisme*, Paris: Nagel, 1946[장폴 사르트르, 『실존주의는 휴머니즘이다』, 박정태 옮김, 이학사, 2008], pp. 21~22. (이하 EH.); Cf. Marc Forment-Meurice, *Sartre et l'existentialisme*, Paris: Nathan, 1984, pp. 16~17; LES, pp. 654~655; Jean-Paul Sartre, *Cahiers pour une morale*, Paris: Gallimard, 1983, p. 40. (이하 CPM.)

학자들[2] —, 그리고 폭력적 인간에게는 범죄 염색체로 불리는 뒤틀린 염색체가 있다고 주장하는 몇몇 유전학자들[3]과도 입장을 달리한다. 인간이 처음부터 폭력적'인'(être) 것이 아니라 폭력적이 '된다'(devenir)는 것이 사르트르의 주장이다.[4]

그렇다면 사르트르의 사유에서 인간은 어떻게 타자를 파괴하는 폭력적 존재로 변하는가? 이 질문은 다시 이렇게 제기될 수 있다. '나'는 '타자'와의 관계에서 어떻게 폭력의 주체가 되는가? 그런데 나와 타자의 관계 정립은 결국 의사소통 정립에 다름 아니다. 이처럼 사르트르의 존재론적 관점에서 포착되는 폭력 기원의 기저에는 결국 인간들의 관계, 곧 그들의 의사소통이 놓여 있다. 그로부터 사르트르의 존재론적 관점에서 폭력의 기원을 밝히기 위해서는 나와 타자 사이의 관계, 곧 의사소통에 주목해야 할 필요성이 대두된다.

'신'이 되고자 하는 실현 불가능한 욕망

사르트르에 의하면 인간의 최후 목표는 그 존재방식이 '대자-즉자'인 '신'의 존재이다. 인간은 "신이 되고자 하는 욕망"[5]이다. 이 욕망의 실현

---

2) Cf. Konrad Lorenz, *L'agression: Une histoire naturelle du mal*, Paris: Flammarion, 1969, pp. 118~129.

3) Cf. Pierre Clément, Nelly Blaes & Anne Luciani, "Le mythe tenace du 'Chromosome du crime'(encore appelé 'Chromosome de l'agressivité')", Gerard Mendel, Jean Duvignaud & Jean-Marie Muller, *Violences et non-violence*, Paris: Nouvelles éditions rationalistes, 1980, pp. 109~127.

4) CRDI, p. 243.

5) 사르트르만이 폭력의 기원을 욕망에서 찾는 것은 아니다. 지라르도 같은 입장을 취하고 있는 것으로 보인다. 그는 폭력을 욕망의 특징 중 하나인 "모방의 딸"로 여긴다. René Girard, *Critique dans un souterrain*, Lausanne: L'âge d'homme, 1976, p. 171.

가능성 문제는 일단 유보하자. 지금 중요한 것은 오히려 이 욕망이 사르트르의 존재론적 관점에서 포착되는 폭력의 기원의 기저에 놓여 있다는 점이다. 이 지점을 탐사하려면 사르트르의 존재론에서 인간은 이중성을 가진다는 사실, 즉 자신만만하면서도 불안에 떠는 존재라는 사실을 먼저 보아야 한다.

인간의 이중성을 이해하기 위해 '우연성' 개념에서 출발하자. 사르트르는 왜 이 세계에 아무것도 없지 않고 무엇인가가 있는지, 또한 존재가 어디에서 오는지 알 수 없다고 본다. 존재는 신의 '지적 대기획'에서 벗어나 있다. 이처럼 존재는 우연성의 지배하에 있다. 이것은 존재가 '잉여'라는 사실과 동의어이다. 존재는 아무런 이유 없이 그저 거기에 내던져 있다. 존재방식이 즉자(en-soi)인 사물과 존재방식이 대자(pour-soi)인 인간 역시 마찬가지이다.

우연성의 관점에서 보면 인간과 사물 사이에는 차이가 없다. 하지만 공통점은 거기에서 멈춘다. 인간은 '의식'을 가진 존재이다. 인간은 그를 통해 이 세계에 의미가 도래하는 존재이다. 그런데 사르트르는 의식을 그 자체로 텅 비어 있는 무(néant)로 보며, 이 무는 항상 다른 존재에 의해 보충되는 경우에만 그 존재권리를 갖는다. 사르트르는 이 관계를 의식의 지향성(intentionnalité) 개념으로 설명한다. 현상학의 창시자인 후설을 따라 사르트르는 "의식은 항상 무엇인가에 대한 의식"(conscience est conscience de quelque chose)의 구조를 취한다고 본다.[6]

사르트르는 이렇듯 데카르트의 "나는 생각한다. 그러므로 나는 존재

6) EN, p. 28.

한다"라는 명제에서 동사 '생각하다'(penser)를 자동사가 아닌 타동사로 파악하고 있는 듯하다. 이 동사는 그 목적어로 다음 두 대상을 요구한다. 하나는 의식이 그것 외부로 나아가 거기에서 만나는 무언가이고, 다른 하나는 의식 그 자체이다. 사르트르는 의식과 두 대상 사이에 정립되는 관계를 구별한다. 이를 위해 의식이 자기 자신과 관계를 맺는 경우에는 'de'를 괄호 안에 넣는다. '의식에 (대한) 의식'[conscience (de) conscience] 또는 '자기에 (대한) 의식'[conscience (de) soi]으로 표시한다. 요컨대 의식은 "이 세계를 향해 스스로 폭발하면서",[7] 이 세계를 "겨냥하면서"[8]만 존재할 뿐이다.

그로부터 인간에게만 해당되는 하나의 특징이 유래한다. 인간은 이 세계에서 조우하는 모든 것을 '무화'시킬 수 있다는 특징이다. 인간은 그를 통해 이 세계에 무가 도래하는 존재이다. 사르트르는 이런 의미에서 인간의 이 세계의 출현을 존재에게 발생한 절대적 사건으로 여긴다. 그런데 이 사건은 위험하기조차 하다. 사르트르는 이 위험성을 설명하기 위해 하나의 비유를 들고 있다. 에너지 보존의 법칙에 의하면 우주를 구성하는 원자들 중 하나가 없어지는 경우, 그로 인해 우주 전체의 파멸이 발생할 것이라는 비유이다.[9]

의식의 무화 작업은 가늠쇠 구멍을 통해 목표물을 주위의 다른 것들

---

7) Cf. Jean-Paul Sartre, *La transcendance de l'ego: Esquisse d'une description phénoménologique*, Paris: Vrin, 1978[장폴 사르트르, 『자아의 초월성』, 현대유럽사상연구회 옮김, 민음사, 2017], p. 110.
8) Francis Jeanson, *Le problème moral et la pensée de Sartre*, Paris: Seuil, 1965, p. 105.
9) EN, p. 711.

에서 분리해 겨냥하는 사격수의 작업과 비슷하다.[10] 인간은 이 사격수처럼 하나의 사물을 다른 사물들과 분리시켜 그 자신의 의식의 지향성 구조를 충족시키는 그 무엇인가로 포착한다. 이렇게 하면서 인간은 이 사물에 의미를 부여한다.

더군다나 인간이 의미를 부여하는 존재라는 사실은 다음 사실로 이어진다. 다른 존재와 아무런 관계도 맺을 수 없는 사물과는 달리, 인간은 '행동'임과 동시에 '자유'라는 사실이다. 인간으로 있음은 행동하는 것과 동의어이다. 이것은 당연하다. 왜냐하면 그는 자신의 의식의 지향성 구조를 충족시키는 그 무엇인가를 선택하면서만 존재할 뿐이기 때문이다. 또한 인간은 자유이다. 이것 역시 당연하다. 왜냐하면 인간은 이 무엇인가를 언제, 어떤 상황에서도 마음대로 선택할 수 있기 때문이다.

이렇게 해서 인간은 이 세계의 중심에 서게 된다. 인간이 없다면 이 세계의 모든 존재는 어둠에 묻혀 버린다. "인간을 제거해 보세요. 사물들은 멀리도 가까이도 있지 않을 겁니다. 그것들은 더 이상 존재하지 않을 겁니다."[11] 하지만 인간의 자신감은 허망한 것이다. 인간은 분명 존재가 있게끔 한다. 이것은 사물들에 비해 인간이 우월하다는 증거이다. 하지만 이 사실로 인해 인간은 세계를, 더 정확하게는 이 세계에 존재하는 사물들에 의미를 부여하는 일을 끊임없이 수행해야 한다. 이것이 인간의 실존적 고뇌에 해당한다.

이와 관련하여 대자에 대한 즉자의 존재론적 우월성은 흥미롭다. 대

---

10) *Ibid.*, p. 43.

11) Madeleine Chapsal, *Les écrivains en personne*, Paris: UGE, 1973, p. 264; Jean-Paul Sartre, *Situations, IX*, Paris: Gallimard, 1972, p. 20. (이하 SIX.)

자의 방식으로 존재하는 인간은 그 자신의 의식을 위한 사물의 선택에서 자유롭다. 그런데 인간의 존재방식이 대자라는 것에는 벌써 그가 '결여의 존재'라는 사실이 함축되어 있다. 사물이 그 자체로 자기와 자기의 종합이자, 자기의 존재이유를 그 자체 안에 포함하고 있다는 의미에서 육중한 존재인 반면, 인간은 스스로를 불완전한 존재로 체험한다. 따라서 인간은 자기에게 결여된 것을 추구해야 하는 입장에 있다. 요컨대 인간은 충만한 존재가 되고자 한다.

이처럼 사르트르에게서 존재의 결여인 인간은 '욕망하는 존재'이다. 충만한 긍정성인 사물은 욕망을 알지 못한다. 왜냐하면 그것은 있는 그대로 존재하기 때문이다. 이와는 반대로 욕망으로서의 인간은 자기에게 결여되어 있는 것으로 향한다. 이것은 인간은 자기 존재의 결여분을 항상 추구해야 한다는 것과 동의어이다.

그렇다면 인간에게 결여된 것은 무엇인가? 방금 즉자의 방식으로 존재하는 사물이 자기와 자기의 종합이라고 했다. 이것은 즉자존재와 자기 사이에는 메워야 할 거리가 없다는 사실, 곧 사물은 존재 감압(減壓) 상태에서 자기동일성으로 있다는 사실을 보여 준다. 따라서 사물은 다른 사물을 향한 최소한의 호소도 할 필요가 없다. 하지만 인간에게는 이 '자기'가 결여되어 있다. 이와 관련하여 '대자'라는 용어로 번역되는 불어 단어 'pour-soi'에는, 인간이 자기에게 현전하지만 그것과 일치하지 못한다는 의미가 포함되어 있다. 사물은 그 자체에서 자기와 일치하지만, 인간은 자기를 '향해' 있을 뿐 —이것이 대자에서 'pour'가 가지는 의미이다—, 그 사이에는 일정한 거리가 있으며, 따라서 이 거리를 항상 뛰어넘어 자기와 일치하려고 노력해야 한다.

이 거리가 있는 한 인간은 결코 자기 존재의 충만함을 실현할 수 없다. 그 대신 인간은 항상 결여 상태로 존재한다. 그러면서 인간은 불안과 고뇌를 겪는다. 이로 인해 인간은 사물을 부러워하고 모방하면서 실존의 어려움에서 도피하고자 한다. 인간은 고정되고, 사물화되고, 화석화되고자 한다.[12] 그러면서 실존의 불안과 어려움에서 도피하고자 한다.[13] 사르트르는 이런 태도를 '비열한 자들'(salauds)의 태도로 규정한다.

『구토』의 로캉탱이 부빌시의 부르주아들을 비판하는 것처럼, 사르트르 역시 인간의 즉자를 향한 도피를 '근엄한 정신'의 이름으로 비판한다. 이런 태도는 인간의 "자유에 대한 거절이 자기 스스로를 즉자존재로서 포착하려는 시도로서만 생각될 수 있고,"[14] 따라서 진정하지 못한 것으로 여겨진다. 게다가 인간은 세계와 자기 자신에 대해 책임이 있으며, 자기 자신의 어깨 위에 세계라는 짐을 지고 있다. 이 책임은 무겁다. 왜냐하면 인간이 "자기를 통해 세계가 존재하게 되는 자"이기 때문이다.[15]

인간에게서 자유의 거절은 세계라는 짐을 자기 어깨 위에 올려놓는 책임을 포기하는 것과 동의어이다. 인간은 그 자신의 자유를 토대로 자기와 자기 사이의 거리를 극복하기 위해 부단히 노력해야 한다. 이런 의미에서 사르트르는 인간은 자유에 처형당했다고 선언한다. 인간이 자신을 사물과 같은 존재로 여긴다면 결코 그 자신의 존재결핍을 메울 수 없다.

---

12) CPM, p. 23.

13) Robert Campbell, *Jean-Paul Sartre ou une littérature philosophique*, Paris: Éditions Pierre Ardent, 1945, pp. 53~54.

14) EN, p. 515.

15) *Ibid.*, p. 639.

이것이 가능하다면 그는 자유이기를 그친다. 이처럼 인간은 자유롭지 않을 자유가 없다. 그렇기 때문에 인간은 자신의 자유를 향유하면서 자신의 자기, 곧 그에게 결핍된 것을 추구해야 한다. 거기에 진정한 기투가 자리 잡는다.[16)]

그렇다면 인간에게서 그의 존재방식인 대자와 그에게 결핍된 자기의 종합은 무엇을 의미하는가? 이 질문에 대한 답은 바로 이 자기로부터 온다. 이 자기가 인간의 욕망의 궁극적 대상이자 그 자신의 존재근거인 그의 즉자에 해당하기 때문이다.[17)] 그가 이 즉자를 포착하는 데 성공한다면 그는 우연성에서 벗어날 수 있다. 달리 말해 그는 존재이유를 가지면서 잉여존재가 아니라 '정당화된 존재'가 될 수 있다.[18)]

이렇게 해서 대자와 즉자의 결합이 인간의 모든 기투를 지배하게 된다. 인간이 신이 되고자 하는 욕망이라는 주장은, 그가 자신의 존재근거를 확보하면서 완벽한 존재, 곧 대자-즉자의 결합 상태를 실현하고자 하는 것 이외의 다른 것이 아니다.

이 단계에서 사르트르 존재론의 근본적인 문제가 제기된다. 인간은 이 대자-즉자의 결합을 실현할 수 있는가? 사르트르에 따르면 이 결합은 인간의 능력 밖에 있다. 사르트르는 이것을 보여 주기 위해 마차를 끌면서 마차 앞에 매달려 있는 당근을 먹으려 하는 당나귀의 비유를 들고 있다. 이 당나귀는 여정이 끝날 때까지 당근을 먹을 수가 없다. 당근을 먹기 위해 몸을 앞으로 움직이면 마차 앞에 매달린 당근도 그만큼 앞으로 움직

---

16) *Ibid.*, p. 515.
17) "따라서 대자의 욕망의 대상이 되는 존재는 그 자체에 존재근거가 될 즉자이다." *Ibid.*, p. 653.
18) *Ibid.*, p. 611.

이기 때문이다.

이와 마찬가지로 인간 역시 그 자신의 존재근거를 담고 있는 즉자, 곧 자기를 '향해' 있을 뿐, 거기에 도달할 수 없다. 자기와 자기를 분리시키고 있는 거리를 극복하고자 하는 인간의 시도, 즉 대자-즉자의 결합을 실현하고자 하는 그의 시도는 영원한 실패라는 것이 사르트르의 주장이다. 만약 인간이 이 결합을 실현하게 된다면, 바로 그 순간 그는 더 이상 대자이기를 그칠 것이다.

이처럼 인간에게서 그 자신의 자기와의 일치는 곧 그의 의식의 사라짐과 같은 것이다. 인간이 더 이상 의식이기를 그치고, 자유이길 그칠 때, 그는 그저 하나의 사물에 불과하다. 하지만 그가 대자-즉자의 결합을 실현할 수 있기 위해서는 자유여야 한다. 이것은 대자의 기투의 대상, 즉 자기는 결코 주어져서는 안 된다는 것을 의미한다.[19] 그렇다고 해서 인간이 자기를 향한 기투를 포기해야 한다는 것은 아니다. 그는 항상 자기를 소유하면서 완벽한 존재가 되고자 한다. 하지만 그에게서 이 자기와의 일치는 항상 그가 해결해야 할 과업으로 남아 있게 된다.

타자, 존재의 제3영역

시선

신이 되고자 하는 욕망을 실현하면서 자신의 존재근거를 끊임없이 추

19) "인간 실재는 결로 주어지지 않는 자기와의 일치를 향한 항구적인 뛰어넘기이다." *Ibid.*, p. 133.

구하는 것, 이것이 바로 인간이 감내해야 하는 첫 번째 존재론적 조건이다. 하지만 이것만이 전부가 아니다. 거기에 또 하나의 조건이 더해진다. '타자'와의 만남이 그것이다. 사르트르에게서 타자는 '대타존재'(l'être-pour-autrui)를 구성하는 '존재의 제3영역'에 해당한다. 인간이 이 세계에 홀로 있다면 그의 자유는 완벽할 것이다. 하지만 이런 특권적인 위치는 그 자신에 대한 진실의 희생 위에서만 가능하다. 왜냐하면 나와 관련된 진실은 타자에게서 오기 때문이다. 사르트르에 의하면 내가 누구인지, 내가 어떤 존재인지를 알기 위해서는 내가 타자를 통과해야 한다.[20]

사르트르는 『존재와 무』에서 인간과 사물의 관계를 현상학적으로 기술하고 난 다음에 이 관계를 좀 더 철저하게 기술하기 위해 타자에게로 향한다. 타자에 대한 두 가지 근본적인 문제가 제기된다. '타자의 존재 문제'와 '타자와의 존재관계 문제'이다. 두 문제를 상세하게 살펴볼 필요가 있다. 왜냐하면 인간이 다른 인간과의 관계에서 공격적이고 폭력적이 되는 근본적인 이유가 이 두 문제와 밀접하게 관련되어 있기 때문이다.

사르트르의 대타존재에 관련된 이 두 문제에 대한 논의에서 '시선' 개념의 중요성은 아무리 강조해도 지나치지 않다. 실제로 사르트르는 이 개념에 의지해 타자를 "나를 바라보는 자"[21]로 정의함과 동시에 나와 타자와의 존재관계를 '시선의 투쟁'으로 규정한다. 그렇다면 시선은 구체적으로 어떤 개념인가?

사르트르로 하여금 타자에 대한 적극적 이론 정립을 가능케 해준 시

20) EH, p. 67; IFI, p. 175, note 1.
21) EN, p. 315.

선과 관련하여 이 개념이 인간에게 고유하다는 점을 먼저 지적하자. 사물에는 시선이 없다. 설사 인간을 닮은 존재가 있다고 해도 이 존재는 시선을 가지고 있지 않다. 『구토』에서 귀스타브 엥페트라즈의 동상이 좋은 예이다. 이 동상은 부빌시 부르주아들의 자랑거리이다. 그들은 이 동상을 존경심을 가지고 우러러본다. 하지만 로캉탱은 이 동상을 무시한다.

어떤 방식으로? 시선을 통해서이다. 완전히 인간적인 모습을 하고 있음에도 이 동상은 다른 사물과 차이가 없다. 물론 이 동상에는 눈이 있다. 하지만 죽은 눈일 뿐이다. 이 죽은 눈은 시선을 알지 못한다. 『파리 떼』의 주피터 동상에도 눈이 있다. 하지만 이 눈 역시 죽은 눈이며, 따라서 이 동상도 시선을 알지 못한다. 시선은 인간에게만 있으며 ―시선의 주체는 나 아니면 타자이다―, 또한 인간을 고귀하게 만들어 준다는 것이 사르트르의 주장이다.[22)]

그다음으로 시선은 강력한 '힘'이라는 사실을 지적하자. 시선은 단순히 두 눈동자의 집중이 아니다. 눈과 시선은 같은 것이 아니다. "우리를 바라보는 것은 결코 눈이 아니다. 그것은 주체로서의 타자이다."[23)] 하지만 눈은 인간의 '신체'의 일부이고, 또 사르트르에게서 신체는 대자 이외의 다른 것이 아니기 때문에, 시각 기관으로서의 눈은 인간의 의식을 발산하는 일종의 안테나라고 할 수 있다. 시선은 그 주체의 의식과 같다. 따라서 시선은 자유, 초월과 구별되지 않는다.

이처럼 시선은 의식과 같은 것이기 때문에, 그 주체는 그의 시선 끝

---

22) Cf. "시선은 얼굴의 고귀함이다. 왜냐하면 시선은 이 세계에 대해 거리를 부여하며, 사물들이 어디에 있는지를 파악하기 때문이다." Jean-Paul Sartre, "Visages", LES, p. 567.
23) EN, p. 336.

에 와 닿는 모든 것을 객체화시킬 수 있다. 이렇듯 시선은 의식과 마찬가지로 힘이다. 게다가 이 힘은 맹수조차 견딜 수 없을 정도로 강하다.[24] 이처럼 시선은 모든 것을 객체로 사로잡는 힘이다. 이런 힘을 가진 시선은 모든 것을 화석화시키는 메두사의 시선과 비교된다.[25] 타자는 그의 시선을 통해 힘을 "측정하고", 나 역시 마찬가지이다.[26]

타자의 상반된 지위

나의 '지옥'으로서의 타자

타자가 "나를 바라보는 자"라는 정의는 나와 타자의 관계를 시선의 투쟁으로 이끈다. 나와 타자의 관계는 갈등으로 귀착된다. 그 내력은 이렇다. 사르트르의 사유에서 인간은 주체여야 한다. 나는 타자를 보면서 그를 객체화시킬 수 있다. 타자 역시 그의 시선으로 나를 객체로 사로잡을 수 있다. 하지만 나와 타자는 결코 객체일 수 없다. 인간이 객체로 있고자 함은 실존의 어려움에서 도피하는 것과 동의어이다. 이런 태도는 진정하지 못한 태도이다. 따라서 인간이 진정한 태도로 삶을 영위하고자 한다면, 그는 항상 타자와의 관계에서 주체여야 한다. 그로부터 타자의 만남에서 나의 첫 번째 관심사는 그를 객체화하는 일이라는 주장이 도출된다.[27]

그런데 나에게 적용되는 것은 타자에게도 적용된다. 나와 마찬가지

---

24) Jean-Paul Sartre, "Erostrate", *Le mur*[장폴 사르트르, 「에로스트라트」, 『벽』, 김희영 옮김, 문학과지성사, 2005], in OR, p. 270.

25) EN, p. 502.

26) *Ibid.*, p. 324.

27) *Ibid.*, p. 358.

로 타자도 역시 신이 되고자 하는 욕망의 자격으로 그의 존재근거를 마련하고자 한다. 타자도 우연성의 지배하에 있다. 또한 나와 마찬가지로 타자도 객체로 사로잡히는 것을 거부한다. 그도 주체이다. 타자와의 관계에서 나의 첫 번째 관심사는 그를 객체화시키는 것이다. 그 역시 나와의 관계에서 나를 객체화시키기 위해 모든 노력을 경주한다. 하지만 내가 그에게로 시선을 돌리는 순간, 그는 다시 객체, 곧 대상이 된다.

하지만 나의 시선에 의해 이 세계에 나타난 '타자-대상'은 다른 대상들과는 다르다. 이 세계에서 순수한 도구성과 유용성의 상징인 다른 대상들과는 달리, 타자-대상은 잠재적 시선이다. 타자-대상은 시선을 통해 '타자-주체'로 변할 수 있다. 이런 의미에서 이 타자-대상은 내가 조심해서 다뤄야 하는 폭발성 있는 도구이다. 이처럼 타자-대상은 언제라도 자신의 시선을 폭발시킬 준비가 되어 있기 때문에 위험한 존재이다.

타자의 출현은 무엇보다 한 명의 인간의 출현이다. 따라서 그의 시선의 의미를 더 잘 이해하기 위해서는 그를 한 명의 인간으로 지각할 때 어떤 현상이 발생하는지를 보아야 한다. 한 명의 인간의 출현은 내가 중심으로 있는 세계에 하나의 작은 균열이 나타나는 것으로 이해된다. 사르트르는 이 인간의 출현과 더불어 나의 의식에 의해 정립된 세계에 금이 갈 수 있다는 것을 보여 준다. 이 인간의 출현과 더불어 나의 세계의 내출혈이 시작되는 것이다.

이 세계에서 나에게 속했던 대상들은 이 작은 균열을 통해 세계의 또 하나의 극(極)을 향해 빠져나간다. 이렇게 해서 이 극을 중심으로 새로운 세계가 조직된다. 물론 새로운 세계를 조직하는 것은 바로 그 인간이다. 게다가 새로운 조직은 나의 세계 한복판에서 이루어진다. 이것은 나의 것이 아닌 새로운 공간이 나의 세계 내부에서 펼쳐진다는 것을 의미한다. 나는 이 사람에 의해 나의 세계를 도둑맞는다. 사르트르는 이처럼 나의 세계에서 한 명의 인간이 출현하는 것을 나의 세계의 와해를 낳는 하나의 요소의 출현과 같은 것으로 본다.[28)]

하지만 다음 사실을 지적하자. 나의 세계에서 발생한 내출혈은, 이 세계에 출현한 인간이 그 자신의 시선을 폭발시키기 전에는 멈춰질 수 있다는 사실이다. 그는 나에게 여전히 '인간-대상'이다. 달리 말해 '타자-주체'에 의해 응시당하지 않은 상태에서 나는 여전히 이 세계의 주인이다. 또한 나는 그를 나의 의식의 무엇인가로 삼아 객체로 포착할 수 있다. 이것은 나의 세계의 와해가 아직은 총체적이지 않으며 다시 회복될 수 있음을 의미한다.[29)]

그런데 타자의 시선이 한번 폭발하면 상황이 일거에 변한다. 그는 이제 '응시당하는-시선'이 아니라 '응시하는-시선'이 된다. 타자의 시선이 폭발하는 순간 타자-대상에게 '승격'[30)]이 나타난다. 타자-대상이 타자-주체로 변하는 것이다. 이 순간에 나의 세계는 완전히 붕괴된다. 내가 보는 것을 타자-주체가 보는 경우, 그리고 그가 나를 보는 경우, 나는 나의 시선의 힘과 나에게 속했던 모든 것들을 상실한 채 하나의 대상으로 포착된다. 이렇게 해서 타자의 시선 폭발 이후에 나는 나의 존재와 나의 세계

---

28) *Ibid.*, pp. 311~313.

29) *Ibid.*, p. 313.

30) "하지만 이런 모든 술수가 무너지고, 또 내가 새로이 타자의 승격을 체험하기 위해서는 타자의 한 번의 시선으로 충분하다." *Ibid.*, p. 358.

의 완전한 소외를 경험한다.[31]

방금 내가 타자를 타자-대상으로 지각할 때 모든 것은 다시 회복된다고 했다. 이와는 달리 내가 타자에 의해 응시당하는 경우, 나의 세계의 내출혈은 끝이 없다. 나의 세계의 와해는 총체적이다. 모든 것은 마치 타자-주체에 의해 형성된 하나의 새로운 조직이 나의 것이었던 옛 조직을 완전히 제거하는 것처럼 진행된다. 나의 세계는 타자-주체가 중심이 된 새로운 세계에 의해 완전히 대치된다. 이처럼 타자가 나를 바라보는 순간부터 나는 더 이상 이 세계의 주인이 아니다. 그 결과 타자의 시선이 폭발하는 것에 이어 나는 나의 세계 내부에서 발생하는 "근본적인 변화"를 감내해야 한다.[32]

이런 지적을 통해 타자의 응시당하는-존재에서 응시하는-존재로의 변화에는 나에게 나타나는 '강등'이 동반됨을 알 수 있다. 나의 응시하는-존재에서 응시당하는-존재로의 변화가 그것이다. 뒤에서 '나의 응시당한 존재'의 의미를 다시 살펴볼 것이다. 지금은 내가 타자와 맺는 기본적인 관계가 승격과 강등의 변증법에 의해 특징지어지고, 또 이 변증법은 두 사람 중 한 명이 사라지지 않으면 끝나지 않을 것이라는 사실만을 지적하자. 왜냐하면 죽음은 이 세계에서 주체로 드러나게 될 모든 가능성의 상실을 의미하기 때문이다. 그로부터 다음 사실이 기인하다. 하이데거의 주장과는 달리 사르트르에게서 인간들은 "함께-있는-존재"(Mit-Sein) 상태가 아니라 "갈등"[33] 상태에 있다는 사실이다. 요컨대 타자는 나와의

31) *Ibid.*, pp. 321~324.
32) *Ibid.*, pp. 318~323.
33) *Ibid.*, p. 502.

"쌍생아적 출현"에도 불구하고, 나와 "함께하는" 존재가 아니다.[34)]

이처럼 사르트르에게 나와 타자의 만남은 근원에서부터 대립되고 서로 반대 방향을 향하는 두 개의 부정 사이의 만남으로 이해된다. 그로부터 당연히 갈등은 대타존재의 근본적 의미라는 결론이 도출된다. 『닫힌 방』에 등장하는 가르생의 대사처럼 타자는 "나의 지옥"[35)]으로 규정된다. 사르트르는 이처럼 타자가 존재하는 이 세계에서의 나의 출현을 "나의 원죄"[36)]로 규정한다.

나의 매개자로서의 타자

나의 삶에서 타자의 역할은 단지 그의 시선을 통해 나를 객체화시키는 것에만 국한되지 않는다. 앞서 본 것처럼 자신의 시선을 통해 나를 객체화시키려 하고, 또 이 사실로 인해 그는 나와 경쟁관계에 돌입한다. 하지만 그는 나의 지옥과는 완전히 반대되는 또 하나의 역할을 수행한다. 그는 나와 나 자신 사이의 필수불가결한 매개자이기도 하다. 그가 그의 내부에 나의 존재근거를 품고 있기 때문이다.

하지만 다음 사실에 주목하자. 사르트르의 사유에서 나에 관련된 진실은 타자로부터 온다는 사실이다. 따라서 나 자신에 대해 알려고 하면 나는 그를 통과해야 한다. 이런 이유로 나와 타자 사이의 관계를 총체적으로 기술하려면, 이 관계가 단지 시선투쟁에 의해 특징지어진다는 사실

---

34) *Ibid.*, p. 347.
35) Jean-Paul Sartre, *Huis clos*[장폴 사르트르, 『닫힌 방』, 지영래 옮김, 민음사, 2013], in THI, p. 182. (이하 HC.)
36) EN, p. 347.

을 단언하는 것만으로는 부족하다. 그 대신에 어떤 경로를 통해 그가 나의 존재근거를 제공하는가를 보아야 한다. 이 과정이 앞서 제기하고 답을 하지 않은 채 남겨 두었던 문제, 곧 나의 응시당한-존재의 의미와 밀접하게 연결되어 있다.

타자는 나를 바라보면서 나에게 객체성을 부여한다. 하지만 여기서 정작 중요한 것은 나의 응시당한-존재, 곧 타자의 시선에 포착된 이 대상의 구체적 모습이다. 이와 관련하여 첫 번째로 지적하고 싶은 점은, 나의 응시당한-존재는 나에게 타자의 자유를 드러내 보임과 동시에 나의 자유의 한계를 드러내 보인다는 것이다. 이것은 의식이 다른 의식에 의해서만 제한될 수 있다는 사실에서 기인한다.[37] 나는 어떤 경우에도 대상을 위한 대상일 수 없다. 내가 하나의 대상이 되려면 나의 의식을 제한할 수 있는 하나의 존재가 있어야 한다. 그런데 타자가 아니라면 이 존재는 어떤 존재가 될 수 있을까?

타자는 이처럼 이 세계에서 유일하게 나를 객체화할 수 있고, 그렇게 하면서 "나의 초월"과 자유를 앗아 가고, 또한 "내가 그에게서 대상인 존재, 즉 그를 통해 내가 나의 객체성을 얻는 그런 존재"이다.[38] 이처럼 나의 응시당한-존재는 타자의 자유 속에, 그의 자유에 의해 각인된 대로의 나의 존재이다. 나의 응시당한-존재의 기원에는 타자의 자유가 놓여 있다. 그런 만큼 내가 타자에 의해 이 세계에 출현한 나의 응시당한-존재를 체험하는 경우, 나는 그의 자유를 "직접적으로" 체험하게 된다.[39]

---

37) *Ibid.*, p. 346.
38) Cf. *Ibid.*, p. 321.
39) *Ibid.*, pp. 320~329.

게다가 나의 응시당한-존재를 이 세계에 오게끔 한 타자의 자유는 무한하다. 그의 자유의 폭과 깊이는 측정 불가능이다. 그 결과 나는 나의 응시당한-존재를 알지 못한다. 이 존재의 한 항은 분명 나이다. 나는 이 존재의 질료이다. 하지만 나는 이 존재의 다른 항에 접근할 수 없다. 그것은 나의 권역 밖에 있다. 이 항이 정확히 타자의 자유와 연결되어 있다. 이처럼 나는 나의 응시당한-존재와 더불어 실존의 새로운 차원, 즉 드러나지 않은 차원으로 들어서게 된다는 것이 사르트르의 주장이다.

그런데 나의 응시당한-존재가 속하는 이 차원은 나의 자유의 한계를 보여 준다. 내가 이 존재의 출현에 관여하는 것은 분명하다. 하지만 나는 이 존재를 직접 만들어 내지 못한다. 이 존재를 정초하는 것은 내가 아니라 타자이다. 게다가 내가 이 존재와 맺는 관계는 존재관계이다. 나는 이 존재가 있는 대로 존재한다(je suis ce que cet être est). 하지만 타자가 이 존재를 이 세계에 오게끔 하고 또 그것을 정초하기 때문에 나는 이 존재가 무엇인지를 알 수 없다. 이처럼 나의 응시당한-존재가 나와의 관계에서 예견 불가능하다는 것은 두 가지 사실을 내포하고 있다. 이 존재가 나의 가능성이 아니라는 사실과 나의 자유는 타자의 자유에 의해 제한된다는 사실이다.[40]

우리는 나의 응시당한-존재에 대한 가장 멋진 표현을 『자유의 길』의 마티외에게 빚지고 있다. 그는 이렌과 사랑을 한 후에 그녀의 눈을 "맑고, 깊이가 없는 두 개의 얼음 호수"로, 또 그녀의 시선의 뒤쪽을 "밤"으로 묘사한다. 또한 이렌이 자기를 보는 순간, 마티외는 "이 익명의 밤 속에" "한

---

40) *Ibid.*, pp. 319~320.

명의 발가벗은 남자"로 존재한다고 생각한다.[41] 마티외가 그의 응시당한-존재의 모습을 짐작해 보지만 — 발가벗은 남자의 이미지 —, 그는 이 존재가 어떤 존재인지를 결코 알 수 없다.

다시 나의 응시당한-존재로 돌아오자. 이 존재는 타자의 자유에 의해, 또 그의 자유 속에 각인된 존재라는 사실과 나는 이 존재와 존재관계를 맺는다는 사실을 상기하자. 또한 대자의 방식으로 존재하는 인간은 스스로를 창조해 나가는 존재라는 사실도 떠올리자. 사르트르에게서 나는 실존하기 전에는 아무것도 아니다. 하지만 타자의 시선을 경험하고 난 후, 나는 나의 응시당한-존재로 존재한다. 나는 타자가 시선을 통해 나에게 부여해 준 존재로 있게 된다. 이것이 의미하는 바는, 나는 나의 응시당한-존재와 존재관계를 맺게 되고, 그 결과 나는 나의 존재와 관련이 있는 '외부'(dehors) 또는 '본성'(nature)의 출현을 목격한다는 것이다. 이런 의미에서 사르트르는 타자의 존재를 "나의 원초적 추락"[42]으로 여긴다.

분명 타자는 나를 객체로 사로잡으면서 나에게 외부를 부여한다. 이 외부는 전적으로 타자의 소관이다. 나는 나의 응시당한-존재에 해당하는 이 외부에 대해 아무런 권리를 갖지 못한다. 또한 이 외부는 그대로 내가 어떤 존재인지를 보여 주는 나의 본성에 해당한다. 나는 이 본성을 어쨌든 떠맡아야 한다. 이런 의미에서 나는 타자의 '노예'이다. 타자가 나의 원초적 추락이라는 주장의 의미가 바로 이것이다.

사르트르에 의하면 나는 나의 것이 아닌, 나의 존재의 조건 그 자체

---

41) Jean-Paul Sartre, *Le sursis*, in OR, p. 1080. (이하 LSS.)
42) EN, p. 321.

인 하나의 자유로 인해 나의 존재에서 의존적이다. 이런 의미에서 내가 타자에 의해 응시당하는 순간, 나는 위험에 처한다. 왜냐하면 응시당하는 것은 나를 나의 자유를 방어하지 못하는 존재로 구성하기 때문이다. 게다가 타자의 시선에 맞서 나를 방어하기 위해 나는 그를 바라보아야 한다. 따라서 나와 타자의 관계는 결국 갈등으로 귀착될 수밖에 없다.[43)]

이런 사실에도 불구하고 타자가 나에게 본성 또는 외부를 부여해 준다는 사실은 좀 더 면밀히 보아야 할 필요가 있다. 왜냐하면 바로 거기에 내가 나의 존재근거를 확보하면서 나의 이상, 즉 대자-즉자의 결합을 실현할 수 있는 가능성이 자리하기 때문이다. 대자의 자격으로 나는 존재근거를 확보하기 위해 노력하는 과정에서 내가 존재관계를 맺게 되는 하나의 존재와 조우하게 된다. 이 존재를 세계에 출현시킨 존재는 타자이다. 이 존재는 나의 응시당한-존재 이외의 다른 것이 아니다. 이 존재는 즉자의 방식으로 존재한다.[44)] 하지만 이 존재의 존재방식은 보통 사물의 그것과는 근본적으로 다르다. 왜냐하면 타자에 의해 이 세계에 출현했고 또 그에 의해 정초된 나의 응시당한-존재는, 그 자체 내부에 나의 존재에 관련된, 하지만 나의 영향력 밖에 있는 "비밀"을 지니기 때문이다.[45)]

그로부터 그 존재방식이 즉자인 나의 응시당한-존재는 그 자체로 타자에 의해 부여되는 나의 존재근거와 같은 것이라는 결론이 도출된다. 타자는 나를 바라보면서 내가 어떤 존재인지를 보여 준다는 의미에서 "나

---

43) *Ibid.*, p. 326.
44) *Ibid.*, p. 320.
45) *Ibid.*, p. 431.

와 나 자신 사이를 매개하는 순수한 자유"이다.[46] 이렇게 나의 응시당한-존재는 그 안에 나의 외부, 나의 본성, 나의 비밀을, 그것도 타자의 자유 속에, 자유에 의해 주조된 그것들을 포함하고 있다. 그런 만큼 이 존재는 내가 어떤 존재인지를 알려 주는 타자의 보증, 곧 나의 우연한 존재의 존재근거에 해당한다고 하겠다.

그렇기 때문에 타자가 나와의 관계에서 차지하고 있는 비중은 작지 않다. 오히려 절대적이라고 할 수 있다. 하지만 시선을 통해 나에게 출현하는 타자의 존재론적 지위는 이중적이면서도 상반된다. 그는 그의 주체성을 확보하기 위해 나를 바라본다. 그러면서 나를 객체로 사로잡는다. 이것이 타자가 갖는 나의 지옥으로서의 지위이다. 하지만 타자는 그 과정에서 나의 존재근거를 담고 있는 하나의 존재를 이 세계에 출현시킨다. 이것이 타자가 갖는 나와 나 자신 사이의 매개자로서의 역할이다. 그런데 이런 타자의 이중적이고 상반된 지위가 이번에는 나와 타자 사이에 정립되는 '구체적 관계들'의 토대가 된다는 것이 사르트르의 주장이다.

타자와의 구체적 관계들

제1태도와 사랑, 언어, 마조히즘

나와의 관계 정립에서 타자가 맡은 역할이 이중적임과 동시에 상반된다는 사실에는 내가 그에게 취하는 태도가 두 가지라는 사실이 함축되어 있다. 사르트르에 의하면 이 두 태도가 나와 타자의 구체적 관계들을 결정

---

46) *Ibid.*, p. 336.

한다. 그렇다면 이 두 태도는 어떤 것일까? 또한 이 두 태도에 의해 결정되는 구체적 관계들은 어떤 것들일까? 사르트르는 두 질문에 답하면서 "존재 일반에 대한 형이상학 이론"[47]을 정초하고자 한다. 우리에게 이 두 질문은 중요하다. 이를 토대로 사르트르의 존재론적 관점에서 포착할 수 있는 폭력의 기원 문제에 접근할 수 있기 때문이다.

첫 번째 질문을 보자. 타자는 그의 시선을 통해 나를 객체로 포획함과 동시에 나에게 존재근거를 부여하는 존재이기 때문에, 나는 다음 기준에 따라 그와 관계를 정립하게 된다. 타자가 나를 객체로 응고시키면서 지옥으로서의 역할을 하는 경우, 나는 나의 주체성을 방어하기 위해 노력할 것이다. 나는 어떤 경우에도 객체성의 상태에 있을 수가 없기 때문이다.[48] 이와는 반대로 타자가 나와 나 자신 사이의 매개자 역할을 하는 경우, 나는 그가 마련해 주는 존재를 내 안으로 흡수하려 할 것이다. 그가 나의 존재근거를 가지고 있기 때문이다.

따라서 내가 타자에 대해 취하는 태도는 다음 둘 중 하나이다. 타자에 의해 객체화된 나의 존재를 내 안으로 흡수하든가, 아니면 타자를 바라보면서 그를 객체성 속에 가두려고 하든가이다.[49] 사르트르는 이 두 태도를 각각 "타자에 대한 제1태도"와 "타자에 대한 제2태도"로 규정한다. 그리고 제1태도 위에 정립되는 구체적 관계로 사랑, 언어, 마조히즘을, 제2태도 위에 정립되는 구체적 관계로 성적 욕망, 사디즘, 무관심, 증오를

47) *Ibid.*, p. 428.
48) 마조히즘의 경우에는 이 원칙의 예외가 된다는 사실을 곧 보게 될 것이다.
49) *Ibid.*, p. 430.

제시한다.[50)]

나와의 관계에서 타자는 나와 나 자신을 연결해 주는 매개자이기 때문에, 그가 나를 바라보면서 부여해 주는 존재를 내 안으로 흡수하려는 시도는 충분히 가능하다. 이것이 제1태도이다. 그런데 내가 완전한 존재가 되기 위해 필요한 즉자를 타자가 나에게 부여해 줄 때, 나는 다음과 같은 딜레마에 빠지게 된다. 나의 존재근거를 얻기 위해 나는 타자에 의해 응시당해야 하는 반면, 그가 나를 바라보는 순간에 나는 더 이상 자유의 상태로 있지 못하게 된다. 그로 인해 타자의 도움으로 내가 즉자를 소유하면서 대자-즉자의 결합을 이루려는 순간, 나는 이 결합을 이루는 힘을 상실하게 된다.

그로부터 내가 타자와 제1태도를 중심으로 구체적 관계를 맺는 데 필요한 두 개의 조건이 기인한다. 내가 대자-즉자의 결합을 실현하기 위해 필요한 즉자를 나에게 부여할 수 있기 위해 타자는 자유이자 초월 상태에 있어야 한다.[51)] 이것이 필요조건이다. 또한 이 즉자가 나에게 주어지는 순간, 나는 자유이자 초월이어야 한다. 이것이 충분조건이다. 이처럼 제1태도에서 문제가 되는 것은 바로 내가 대자로서 나를 바라보는 타자의 자유를 인정하는 것이다.

내가 타자에 의해 나에게 주어지는 즉자를 소유한다면 무슨 일이 발생할까? 나는 대자-즉자의 결합을 실현하게 될 것이다. 이론적으로는 그렇다. 그리고 이 결합에서 타자의 시선에 의해 주어지는 대로의 즉자는

50) Cf. *Ibid.*, p. 431, p. 447.

51) "내가 동화하고자 하는 타자는 결코 타자-대상이 아니다." *Ibid.*, p. 432.

그 안에 나의 존재근거를 담고 있기 때문에, 나는 이 즉자를 소유하면서 나의 존재를 정당화시킬 수 있다. 사르트르에 의하면 이런 상태가 바로 내가 타자와 제1태도를 바탕으로 맺는 구체적 관계들 중 하나인 사랑의 이상으로 여겨진다.

그렇다면 사랑의 이상은 실현될 수 있는가? 방금 제1태도를 바탕으로 나와 타자 사이의 구체적 관계들을 지배하는 필요충분조건을 지적했다. 실제로 사랑의 성공과 실패는 이 조건의 충족 여부에 달려 있다. 하지만 이 조건은 그 자체로 모순적이다. 그도 그럴 것이 타자가 나를 볼 때 그는 나의 존재의 정당화에 필요한 즉자를 나에게 주지만, 바로 그 순간에 나는 객체가 되기 때문이다. 이것은 그대로 사랑이 그 자체 안에 이미 실패의 싹을 안고 있다는 것을 의미한다.

사랑은 '사실상, 권리상' 실패라는 것이 사르트르의 주장이다. 사랑에는 두 의식의 실현 불가능한 융화가 전제된다. 사랑이 실현될 수 있는 유일한 경우는 내가 나 자신을 속일 때이다. 왜냐하면 타자에 의해 응시된 나는 응시당한-존재와 동시에 응시하는-존재가 될 수 없기 때문이다. 이런 사실을 고려해 사르트르는 사랑의 관계는 본질적으로 속임수라고 규정한다. 이것이 "사랑의 삼중의 파괴성"[52] 중 하나이다. 사랑은 또한 타자의 각성 때문에 실패로 끝난다. 이것이 삼중의 파괴성의 두 번째 요소이다. 나와 마찬가지로 타자 역시 객체성 속에 갇히길 원치 않기 때문에 그는 매 순간 나를 객체로 사로잡고자 한다. 그로부터 '사랑하는 자'인 나의 계속되는 불안이 기인한다. 사랑의 파괴성의 세 번째 요소는 바로 사

---

52) *Ibid.*, p. 445.

랑이 타자들에 의해 계속적으로 상대화되는 절대라는 점이다. 사랑에 참여하는 '사랑하는 자-사랑받는 자'의 한 쌍은 항상 타자들의 시선에 노출되어 있다. 이 쌍은 이렇게 해서 '우리-주체'(nous-sujet)가 아니라 '우리-객체'(nous-objet)가 된다.[53)]

그런데 사르트르가 사랑을 '유혹'과 같은 것으로 보는 것은 흥미롭다. 사랑의 관계에서 나는 사랑하는 자의 자격으로 사랑받는-타자에게 나를 계속해서 사랑해 달라고 요구한다. 이런 요구에는 유혹이 수반된다. 그러니까 나는 타자를 유혹해야 한다. 사르트르가 이처럼 사랑과 유혹의 유사성을 지적하는 이유는 무엇일까? 그 이유는 사랑하는 자는 사랑받는 자를 유혹하기 위해 많은 경우 '언어'에 호소한다는 사실에 있다. 유혹은 다른 수단, 가령 돈, 권력, 관계 등에 의해서도 이루어질 수 있다. 하지만 언어는 이 모든 수단의 기저에 놓여 있다. 이렇게 해서 사르트르는 나와 타자 사이에 제1태도를 중심으로 정립되는 구체적 관계들 중 '언어'로 옮겨 간다.[54)]

그렇다고 해서 사르트르가 언어와 유혹을 완전히 같은 것으로 여기는 것은 아니다. 그에 따르면 언어는 유혹의 완전한 실현이고, 유혹은 언어 이전의 그 어떤 형식도 전제하지 않는 것으로 이해된다. 그로부터 내가 사랑하는 자의 자격으로 타자를 유혹하기 위해 사용하는 모든 수단은 언어로 환원된다는 결론이 도출된다. 물론 이 언어가 음성언어만을 지칭하는 것은 아니다. 이 언어에는 모든 종류의 표현이 포함된다는 것이 사

53) *Idem*.
54) *Ibid*., pp. 439~440.

르트르의 주장이다.

언어가 유혹의 완전한 실현이기 때문에 언어는 사랑에 종속되는 것처럼 보인다. 사랑은 유혹과 구별되지 않으며, 따라서 모든 것은 마치 언어가 사랑을 위해서만 사용되는 것처럼 진행된다. 하지만 언어는 사랑에 종속되기는커녕 그 자체로 "원초적으로 대타존재를 전제한다"[55]는 것이 사르트르의 주장이다.

그렇다면 언어를 구사하는 자와 그것을 듣는 자 사이에는 어떤 관계가 정립되는가? 이 문제를 다루기 전에 내 자신을 타자에게 제시하기 위해 내가 사용하는 언어는 내 존재의 표현이라는 사실을 지적하자. 달리 말해 타자를 유혹하려는 시도에서 "나는 언어이거나", 혹은 하이데거의 표현에 의하면, "나는 내가 말하는 것으로 존재한다".[56] 사정이 이렇다면, 언어는 그것을 사용하는 자의 자유, 그의 주체성, 그의 대자와 구별되지 않는다고 할 수 있다.

그런데 언어가 그것을 사용하는 사람의 주체성을 표현한다는 것은, 이 사람이 그의 말을 듣는 사람과 맺는 관계가 사랑과 크게 다르지 않다는 것을 의미한다. 사랑에서 나타나는 현상이 언어에서도 나타난다. 말하는 자의 자격으로 내가 언어와 더불어 설정한 목표 — 그 목표는 유혹이다 — 를 실현하기 위해 나는 하나의 수단만을 이용할 수 있을 뿐이다. 그것은 바로 나 자신을 타자를 통해 객체로 체험하는 것이다. 하지만 여기에는 조건이 따른다. 내가 말을 건네는 타자는 자유여야 한다는 조건이

55) *Ibid.*, p. 440.
56) *Idem.*

다. 이것은 언어에 관여하는 두 주체성의 공존이 전제된다는 것을 의미한다. 이렇듯 언어는 사랑과 같이 제1태도를 중심으로 형성되는 구체적 관계들에 속한다.

이렇듯 언어와 사랑 사이에는 큰 차이가 없는 것처럼 보인다. 하지만 언어와 사랑은 구별된다. 이 두 관계를 갈라놓는 거리를 측정하기 위해 다음 사실을 유념하자. 타자는 나에게 나의 대자-즉자 결합에 필요한 즉자를 주기 위해 사랑의 관계에서 초월의 상태를 유지해야 한다는 사실이다. 이것이 사랑의 이상이 실현되기 위한 필수조건이기도 하다. 게다가 타자는 언어에서도 초월의 상태에 있어야 한다는 사실을 지적했다. 하지만 사르트르는 "언어는 나에게 침묵 속에서 내 말을 듣는 자의 자유, 즉 그의 초월을 드러낸다"[57] 고 말하면서 더 멀리 나아가고 있다.

이런 단언은 사랑과 언어의 차이가 어디에 있는지를 가늠하게 해준다. 사랑에서는 타자가 자유여야 하는 대신, 언어에서는 이미 타자의 자유가 인정되고 있다. 다시 말해 타자의 주체성은 내가 말하는 행위 자체, 즉 언어 그 자체 속에 이미 내포되어 있다. 이 점에 대해 사르트르는 언어는 "타자의 존재에 대한 인정"과 구별되지 않으며, 또한 "언어는 인간 조건의 일부이다"고 말하고 있다.[58]

사랑과 언어를 구별해 주는 또 다른 요소가 있다. 앞서 사랑은 삼중의 파괴성으로 인해 실패로 귀착된다고 했다. 하지만 언어의 경우, 이것이 실패로 끝날지 아니면 성공으로 끝날지를 결정하는 것이 쉽지 않다.

57) *Ibid.*, p. 442.
58) *Ibid.*, p. 441.

언어에서는 내가 말한 것에 대해 타자가 의미를 부여한다. (사랑에서는 타자가 나를 직접 바라보면서 나에게 즉자를 부여한다.) 그런 만큼 타자가 내 말을 듣는 것을 거절한다면, 그와 나 사이에는 어떤 관계도 정립될 수 없다. 게다가 이 경우에 언어는 소기의 목적을 달성할 수 없게 된다.

하지만 다음 사실에 주목하자. 언어의 두 주체인 화자와 청자가 동시에 자유여야 한다는 것이 언어의 성공을 좌우하는 필수불가결한 조건이 되지 못한다는 사실이다. 이것 역시 사랑과 언어를 구별해 주는 또 다른 요소이다. 사랑에서는 사랑하는 자와 사랑받는 자가 자유여야 한다. 하지만 언어에서는 위의 조건이 이미 충족되어 있다. 우선 화자로서 타자에게 말을 할 때 나는 자유이다. 왜냐하면 나는 내가 말하는 것으로 존재하는 과정에서 아무런 제약을 받지 않기 때문이다. 그다음으로 타자 역시 자유이다. 왜냐하면 사르트르가 지적하고 있는 것처럼, 언어는 나에게 침묵 속에서 내 말을 듣는 자의 자유를 드러내기 때문이다.

그렇다면 언어는 항상 성공으로 끝나는가? 사르트르는 답을 유보하고 있는 것으로 보인다. 왜 그런가? 이 문제를 다루기 위해 언어의 특징, 곧 내가 말한 것에 대해 타자가 부여하는 의미로 눈을 돌려 보자. 그런데 내가 말한 것에 대해 타자가 부여하는 '객체적 측면'이 이 의미가 아니라면 무엇이겠는가? 따라서 내가 언어를 통해 타자에게 말을 걸 때, 나는 내가 말한 것 속에서 타자에 의해 객체화되는 위험을 무릅쓴다. 바로 거기에 언어의 성공을 좌우하는 하나의 요소가 나타난다. 이런 위험이 완전히 보상을 받으려면, 내가 사랑에서 타자가 내게 부여하는 즉자를 내 안으로 흡수해야 하는 것처럼, 타자가 내 말을 들으면서 거기에 부여하는 의미가 어떤 것인지를 완전히 알고, 또 그것을 내 안으로 흡수해야 한다.

하지만 나는 이 의미에 접근 불가능하며, 심지어는 그것이 무엇인지도 알 수 없다. 왜냐하면 이 의미는 내 말을 듣는 타자의 자유에 의해, 자유 속에 각인되기 때문이다. 이런 상황에서 내가 할 수 있는 것은, 내가 내 자신을 표현하는 것의 의미, 즉 내가 있는 바의 의미를 추측하는 것일 뿐이다. 또한 언어에서 내가 원하는 바를 표현할 수 있는지, 내가 의미를 드러내는지조차 알 수 없다는 것이 사르트르의 주장이다. 이처럼 언어에서 "나는 타자에 대한 나의 객체성이라는 추상적이고 텅 빈 형태로서만 나 자신을 안내할" 뿐이다.[59]

그렇다면 언어는 항상 실패로 끝나는가? 긍정·부정의 답이 가능할 것이다. 우선 긍정의 답이 가능한 경우를 보자. 타자가 내가 말한 것에 의해 그의 내부에 발생한 효과를 내게 알려 주는 수고를 해주지 않을 경우이다. 반면, 타자가 이런 수고를 해주는 것을 거절하지 않는 경우에는 부정의 답이 가능하다. 이 경우에 나는 타자에 의해 포착되는 나의 객체성이라는 추상적이고 텅 빈 형태에 의해 안내되는 대신, 내가 말한 것에 타자가 부여한 의미가 어떤 것인지를 추측할 수 있을 것이다. 이것은 또한 언어에서 내가 말한 것의 객체적 측면 혹은 그 의미에 해당하는 즉자 덕택에 대자-즉자의 결합을 실현하면서 내가 우연성에서 벗어나게 된다는 것을 의미하기도 한다.

이처럼 언어에서 나의 존재를 정당화시켜 주는 길이 마련되어 있는 것으로 보인다. 하지만 제약이 있다. 왜냐하면 타자가 내가 말한 것에 부여한 의미를 나에게 알려 주는 것을 거절한다면, 나는 결코 존재근거를

---

59) *Idem.*

확보할 수 없기 때문이다. 결국 나는 언어에서 '유예' 상태에 있다고 할 수 있다. 나는 언어에서 신이 되고자 하는 나의 욕망을 실현할 수 있는 길을 발견한다. 하지만 이것은 타자가 나를 끝까지 돕는다는 조건하에서이다. 사르트르는 이런 이유로 언어의 운명에 대해 답을 유보하고 있는 것으로 보인다.[60] 사르트르는 언어를 나의 능력을 벗어나는 도피의 불완전한 현상이라고 규정한다.

우리는 3부에서 사르트르가 그의 참여문학론에서 쓰기 행위와 읽기 행위의 결합을 통해 어떻게 순수폭력에서 벗어나는 대안을 구상하게 되는가를 살펴보면서 이 언어 문제를 더 자세하게 다룰 것이다. 하지만 여기서 단언할 수 있는 것은, 실패로 귀착될 수밖에 없는 사랑과는 달리, 나는 언어를 통해 우연성에서 벗어날 수 있는 기회를 확보할 수 있다는 점이다. 물론 나는 타자에게 항상 말을 해야 하고, 또 그러면서 그의 자유를 인정함과 동시에 마지막 순간까지 그가 나에게 협력을 해주어야 한다. 그렇다면 나는 어떤 수단을 통해 타자로 하여금 나의 말을 들어 주도록 할

---

60) 하지만 이것이 언어의 운명에 대해 사르트르가 유보적인 답을 하고 있는 유일한 이유는 아니다. 거기에 타자, 곧 나의 말을 들어 주는 자에게서 오는 또 다른 이유를 덧붙여야 할 것이다. 그가 나에게 내가 말하는 것의 의미를 가르쳐 주면서 나에게 협력하지 않는 한, 나는 나의 말의 객체적인 면이 어떤 것인지를 알 수 있는 방법이 없다. 그 이유는 당연히 이 객체적인 측면이 그의 자유에 의해 만들어지기 때문이다. 하지만 타자는 나의 말을 들으면서 내가 나의 말을 통해 전달하고자 하는 의도를 완전히 파악할 수 있는 특별한 수단을 가지고 있지 않다. 왜냐하면 내가 그와 의사소통을 하기 시작하면, 나 역시 자유이기 때문이다. 사정이 이렇다면, 언어의 성공을 결정짓는 필요충분조건은 이 언어에 참여하는 쌍방인 나와 타자가 각자의 자유를 서로에게 인정하면서 완벽한 상호성을 실현하는 일이라는 것은 분명해 보인다. 게다가 이와 같은 자유의 상호인정은 작가와 독자의 관용의 협정과 밀접하게 연결되어 있다고 할 수 있다. 여기에 대해서는 뒤에서 다시 자세하게 살펴볼 것이다. 이 단계에서 분명한 것은 언어의 성공은 두 개의 자유의 공현전(co-présence)뿐만 아니라 특히 이 두 자유의 상호인정에 달려 있다는 점이다.

것인가? 나는 그에게 무엇을 말할 수 있는가? 언어의 성공 여부를 결정하기 위해서는 이 질문들에 답을 할 수 있어야 할 것이다. 이 연구의 3부에서 이 문제들로 다시 돌아올 것이다.

지금으로서는 사랑과 언어에 대한 결론을 내려 보자. 제1태도를 중심으로 정립되는 이 두 관계는 다음 사실을 가르쳐 준다. 사랑에서 나는 불가능한 꿈, 즉 대자-즉자의 결합을 겨냥한다는 사실이다. 왜냐하면 사랑은 삼중의 파괴성으로 인해 실패로 끝날 수밖에 없기 때문이다. 반면, 언어를 통해 나는 이런 꿈을 실현할 수 있는 가능성을 갖는다. 하지만 제한적이고 조건적인 가능성이다. 나의 이 불가능한 꿈의 실현에 필요한 열쇠가 타자의 손에 쥐어져 있다. 이 두 관계를 경험하고 난 뒤, 나는 타자 앞에서 어떻게 행동할 것인가? 사르트르에 따르면 두 노선이 남아 있다. 완전한 절망과 새로운 시도가 그것이다.

사랑의 실패는 마조히즘이라는 새로운 관계의 정립을 위한 계기가 될 수도 있다는 것이 사르트르의 주장이다. 이 관계에 주목해야 할 충분한 이유가 있다. 왜냐하면 이 관계로부터 '자기에 대한 폭력'이라고 명명할 수 있는 폭력의 한 형태가 도출되기 때문이다. 마조히즘을 이해하기 위해 사랑의 이상적 관계에 부과되는 두 조건에 재차 주목해 보자. 타자의 자유와 나의 자유가 그것이다. 앞서 타자의 시선하에서 나는 응시당한-존재임과 동시에 응시하는-존재가 될 수 없기 때문에, 내가 사랑의 목표를 실현했다고 주장하는 것은 속임수로만 가능하다는 사실을 지적했다. 그로부터 사랑을 실패로 몰고 가는 하나의 원인이 기인했다. 하지만 사르트르는 그로부터 마조히즘이 나타날 수도 있다고 주장한다.

사랑에서 두 주체성 ─ 나와 타자의 것 ─ 의 융화가 실패로 끝날 수밖에 없기 때문에, 나는 그가 나를 바라보면서 나에게 부여하는 즉자를 내 안으로 흡수하는 대신, 내가 먼저 그 앞에서 객체성에 갇히도록 시도할 수도 있다. 하지만 내가 나의 자유를 포기하는 것이 아니라면 어떻게 이런 시도가 가능하겠는가? 이제 나는 사랑의 실패를 통해 다음과 같은 교훈을 끌어낸다. 나의 자유를 내 스스로 부정해야 한다는 교훈이 그것이다. 이것은 내가 나의 자유와 주체성을 나의 대자-즉자 결합의 "방해물"로 여긴다는 것을 의미한다.[61)]

아울러 내 자신의 자유의 부정에는 항상 타자의 자유에 대한 인정이 뒤따른다는 사실에 유의하자. 사르트르의 사유에서 자유는 다른 자유에 의해서만 제한될 수 있다. 타자의 자유를 전제로 한다는 면에서 보면 마조히즘은 당연히 제1태도를 바탕으로 정립되는 관계에 속한다. 하지만 마조히즘은 사랑과 언어와는 뚜렷이 구별된다. 앞서 살펴본 것처럼 사랑과 언어에서 나는 자유의 상태에 있어야 하지만, 마조히스트로서 나는 타자에게 내 스스로를 객체로 제시한다.

그렇다면 나는 타자 앞에서 내 자신을 객체로 제시하면서 무엇을 기대할까? 답을 위해 인간은 자만심과 동시에 실존의 불안에 사로잡혀 있다는 사실을 상기하자. 실존의 불안이 고조되는 경우, 마조히스트의 자격으로 나는 대자-즉자의 결합에 필요한 즉자를 확보하는 임무를 타자에게 맡길 수 있다. 내가 나의 존재근거를 나의 자유를 통해 추구하는 대신에, 나는 자유를 스스로 포기하면서 나에게 필요한 즉자를 마련해 주는 임무를 타자에게 전적으로 일임한다. "따라서 나는 나 자신을 나의 객체-

61) *Ibid.*, pp. 445~446.

존재에 완전히 구속시킨다. 나는 객체 이외의 그 무엇이 되는 것을 거절한다. 나는 타자 안에서 휴식을 취한다."[62] 이렇듯 마조히즘의 목표는 타자 안에서 휴식을 취하는 것, 즉 그가 마련해 주는 즉자 속에서 휴식을 취하는 것이다.

그런데 마조히즘은 실패로 끝난다. 내가 마조히스트라고 해도 나는 타자를 다시 객체화시킬 수밖에 없다. 나는 자기기만에 빠지지 않고서는 나의 자유를 포기할 수 없다. 그로부터 마조히즘이 실패여야 하고 또 실패라는 사실이 기인한다. 게다가 마조히즘은 또 다른 이유로 인해 실패로 끝난다. 타자가 나를 객체로 여기면서 나의 즉자를 제공해 주는 순간, 내가 그것을 소유하기 위해서는 나는 자유 상태에 있어야 한다. 하지만 나는 타자의 자유 안에서 객체로 존재한다. 이것은 마조히즘을 통해 내가 얻는 휴식은 환상에 불과하다는 것을 의미한다. 요컨대 마조히즘은 항상 실패에 대한 진력나고 달콤한 의식을 동반한다는 것이 사르트르의 주장이다.

마조히즘의 실패와 관련하여 사르트르가 이 관계를 유죄성(coupabilité)으로 여긴다는 점은 흥미롭다. 또한 죄악으로도 여겨진다. 이것은 그대로 마조히즘이 순수폭력의 탄생과 밀접하게 관련되어 있음을 내다보게 한다. 아직까지 폭력이 무엇인지를 규명하지 않았기 때문에, 마조히즘이 '자기에 대한 폭력'으로 지칭될 폭력과 어떤 점에서 관련이 있는지를 결정할 수 없다. 하지만 적어도 다음 사실을 단언할 수는 있다. 뒤에서 다시 보겠지만, 순수폭력이란 인간의 육체적 훼손은 물론이거니

---

62) *Ibid.*, p. 446.

와 그의 심리적 차원에 유해한 효과와도 무관하지 않다는 사실이다. 이런 점에서 볼 때 자기 자신의 자유를 포기하면서 스스로를 객체로 여기는 마조히즘은 자기에게 가하는 폭력에 해당한다고 할 수 있을 것이다.

제2태도와 무관심, 성적 욕망, 사디즘, 증오

제1태도 위에 정립되는 나와 타자 사이의 구체적 관계들에서 나의 목표는 당연히 타자가 나에게 부여하는 즉자를 내 안으로 흡수하면서 대자-즉자의 결합을 실현하는 것이었다. 특히 내가 언어를 통해 우연성에 벗어날 수 있는 가능성이 있기는 했다. 하지만 사랑과 마조히즘은 실패로 끝날 수밖에 없었다. 그런데 제1태도를 중심으로 맺어지는 구체적 관계들의 실패는 제2태도를 취하는 계기가 된다는 것이 사르트르의 주장이다. 두 태도는 정면으로 배치된다. 제1태도에서와는 달리 제2태도를 통해서 나는 타자를 객체로 사로잡고자 한다.[63]

만약 내가 타자를 그의 객체성 속에 가두는 데 성공한다면, 나는 대자-즉자의 결합을 실현할 수 있다. 나는 대자의 자격으로 즉자의 존재방식을 가진 타자-객체와 더불어 나의 의식의 지향성 구조를 충족시킬 수 있기 때문이다. 이를 토대로 우리는 제2태도의 기저에도 제1태도와 마찬가지로 신이 되고자 하는 욕망이 놓여 있음을 알 수 있다. 또한 제2태도 위에 정립되는 구체적 관계들, 즉 무관심, 성적 욕망, 증오, 사디즘 등이 모두 실패로 귀착된다고 예상할 수 있다. 왜냐하면 나의 시선을 통해 타자가 객체성 속에 갇히기 때문에, 그는 결코 나에게 즉자, 곧 내가 나

63) *Ibid.*, pp. 447~448.

의 대자-즉자를 결합하기 위해 꼭 필요한 즉자를 제공해 줄 수 없기 때문이다.[64] 하지만 중요한 것은 제2태도를 바탕으로 정립되는 구체적 관계들 하나하나에 대한 검토이다. 게다가 이 관계들 중 무관심, 증오, 사디즘은 특히 관심을 끈다. 이 관계들에서 사르트르의 존재론적 차원에서 포착되며 '타자에 대한 폭력'이라고 명명할 수 있는 폭력의 기원을 볼 수 있기 때문이다.

먼저 무관심을 보자. 사르트르는 무관심의 특징을 맹목성에서 찾는다. 맹목성으로 침윤된 무관심에서 나는 타자의 시선이 결코 나의 가능성과 나의 신체를 객체화시킬 수 없다는 의식을 갖는다. 왜냐하면 나의 시선으로 타자를 객체로 사로잡으며, 그에 의해 내가 객체화되리라고 전혀 생각하지 않기 때문이다. 무관심에서 나는 사실상의 유아론 상태에 있다. 나에게 즉자를 부여하는 자로서의 타자가 갖는 주체성을 무시하면서 나는 이 세계에 혼자만 존재하는 것처럼 행동한다. 그 결과 타자에게 무관심을 내보이면서 "나는 뻔뻔하다". 나는 '소심함'과는 정반대의 상태에 있다.[65]

사르트르는 이런 무관심이 두 가지 이유에서 실패로 귀착된다고 본다. 우선 나는 타자에 의해 언제든지 응시될 위험에 처해 있다. 왜냐하면 나의 무관심에 의해 주체성의 자격을 빼앗긴 타자는 폭발 가능한 도구의 자격으로 항상 나를 그의 시선을 통해 객체화할 수 있기 때문이다. 그것도 내가 알지 못하게 말이다. 그로부터 나의 맹목성은 나의 불안 그 자체

64) *Ibid.*, p. 448.
65) *Ibid.*, p. 449.

이고, 내가 무관심 속에서 실패의 위협을 받고 있다는 결론이 도출된다.[66)]

무관심이 실패로 끝나는 두 번째 이유는, 타자가 이 세계에서 나에게 존재근거를 마련해 줄 수 있는 유일한 존재라는 사실에서 기인한다. 맹목적 상태에서 타자를 무시하면서 뻔뻔하게 굴기 때문에 나는 항상 그를 방어할 수 있다고 뻐긴다. 하지만 그 대가로 나는 대자-즉자의 결합에 필요한 즉자를 확보하지 못하게 된다. 응시당한-시선의 자격으로 타자가 나에게 응시당한-존재를 부여하는 것은 불가능하다. 이것은 무관심을 통해 내가 대자-즉자의 융화를 추구해 봤자 소용없다는 것을 의미한다.[67)] 그로부터 무관심의 폐해와 실패의 원인이 기인한다.

그런데 무관심의 실패는 제2태도를 중심으로 정립되는 또 하나의 관계로 이어진다는 것이 사르트르의 주장이다. 성적 욕망이 그것이다. 무관심의 실패가 자동적으로 성적 욕망으로 이어지는 것은 아니다. 하지만 나의 입장에서 대자-즉자의 결합을 실현해야 된다는 필요성으로 인해 무관심의 실패 이후에 내가 새로운 시도를 하는 것은 당연해 보인다. 이런 시도가 이번에는 성적 욕망으로 나타난다는 것이 사르트르의 주장이다. 성적 욕망은 어떤 관계일까?

사르트르는 성적 욕망을 우선 내가 타자의 초월을 나에 대한 그의 객체성을 통해 초월하려는 시도로 정의한다. 이런 일차적 정의는 성적 욕망이 제2태도의 구체적 관계들에 속한다는 것을 보여 준다. 성적 욕망에서 핵심적인 역할을 하는 것은 신체(corps)이다. 사르트르에게서 의식과 신

66) *Ibid.*, p. 450.
67) *Idem.*

체는 하나를 이룰 뿐이기 때문에,[68] 나는 타자의 신체를 매개로 그의 주체성을 굴복시키고자 할 수 있다. 물론 이를 위해 단순히 나의 시선만을 이용하는 것이 아니라 나 역시 나의 신체를 매개로 타자와 관계를 맺어야 한다는 조건이 따른다.[69] 그렇다면 나와 타자는 신체를 매개로 어떤 과정을 통해 성적 욕망의 관계를 맺게 되는가?

성적 욕망에서는 '애무'가 중요한 역할을 한다. 사르트르에 의하면 애무는 단순히 두 신체의 '접촉', '스치기'가 아니다. 애무는 타자의 신체를 육체(chair)로 변화시킨다는 의미에서 일종의 작업(façonnement)이다. 애무는 타자를 육화시키는 의식 전체로 여겨진다. 이처럼 나는 성적 욕망에서 애무를 통해 타자의 육화(incarnation), 즉 그의 신체를 육체로 변형시키길 시도한다.

그렇다면 나의 애무에 의해 이루어지는 타자의 육화는 무엇을 의미하는가? 이 질문은 다음 형태로 다시 제기될 수 있다. 타자의 육체의 드러남은 어떤 의미를 갖는가? 답을 하기 전에 먼저 내가 애무를 통해 타자를 육화하면서 나는 어떤 상태에 있는지를 보자. 타자의 육체가 드러나기 위해서는 나 역시 육화되어야 한다. 다시 말해 타자의 신체를 육체로 변화시키기 위해서는 나 역시 내 신체를 육체화시켜야 한다. 이렇게 해서 성적 욕망에서 타자와 나는 이중의 상호적인 육화 상태에 있게 된다.

하지만 다음 사실에 주의하자. 성적 욕망은 제2태도 위에 정립되기 때문에, 내가 이 관계에서 겨냥하는 목표는 나의 애무를 통해 타자를 객

68) Cf. *Ibid.*, p. 395.
69) Cf. *Ibid.*, p. 455.

체로 사로잡아 그를 소유하는 것이라는 사실이다. 그렇다면 이제 성적 욕망이 나를 위한 타자의 신체의 소유, 하지만 나의 애무를 통해 육체로 변한 타자의 신체(즉 그의 자유, 초월, 주체성)를 겨냥한다는 것은 분명하다. 물론 이런 목표는 내 자신의 육화를 통해 육체로 변형된 나의 신체를 통해서만 이루어질 뿐이다. 이처럼 "나는 타자의 육체를 소유하기 위해 타자의 현전 앞에서 내 자신을 육체로 만들게 된다".[70]

그런데 사르트르에 의하면 나는 나의 성적 욕망의 '공모자'이다. 다시 말해 성적 욕망은 나를 끌어들인다. 이것은 무엇을 의미하는가? 이 질문은 타자의 육화가 갖는 의미는 무엇인가와도 무관하지 않다. 앞서 살펴본 대로 성적 욕망은 이중의 상호적인 육화를 전제하기 때문이다. 실제로 나의 애무를 통해 타자의 육체가 나타나는 순간, 나는 순수한 의식이 아니라 불순한 의식으로 있게 된다는 것이 사르트르의 주장이다.

지금으로서는 '불순한'이라는 수식어를 그대로 사용하자. 우리는 아직 성적 욕망에서 내가 유지하는 의식 상태를 규정할 수 있는 적당한 수식어를 가지고 있지 못하다. 하지만 지금 이 단계에서 다음 사실을 단언할 수 있다. 내가 타자를 애무하면서 나 역시 육화되기 때문에, 나의 순수한 의식에 뭔가 알 수 없는 이질적인 요소가 나타난다는 사실이다. 타자의 신체를 육체로 변화시키는 것은 단순히 '나의 신체'가 아니라 "나의 육체의 신체"라고 할 수 있다.[71] 이제 중요한 것은 나에게 '신체'로부터 '육체의 신체'로의 변화가 이루어지는 순간, 나의 순수한 의식에 어떤 요소

70) *Ibid.*, p. 458.
71) *Ibid.*, p. 460.

가 침투하는가를 알아보는 것이다.

이 문제를 다루기 위해 성적 욕망에서 나는 애무를 통해 타자를 육화시키면서 순수한 신체의 상태에 있다고 가정해 보자. 그러면 어떤 일이 발생할까? 나는 타자의 객체성을 나타나게 할 수 있다. 하지만 그의 주체성을 내 것으로 만들 수는 없다. 왜냐하면 나는 순수한 의식으로 있는 반면(사르트르가 의식과 신체를 구별하지 않는다는 점을 거듭 강조하자), 타자는 나의 손가락 밑에서 하나의 순수한 객체에 불과할 것이기 때문이다.

그다음으로 타자가 나의 애무를 받는 순간, 그가 신체에서 육체로 변화하지 않는다고 가정해 보자. 이때는 또 무슨 일이 발생할까? 나는 결코 타자의 객체성을 소유할 수 없게 된다. 왜냐하면 그 순간에 객체로 포착되는 대신 타자는 순수한 신체, 따라서 순수한 의식으로 남아 있을 것이기 때문이다. 하지만 내가 성적 욕망에서 겨냥하고 있는 목표가 나에 대한 타자의 객체성을 통해 그의 주체성을 사로잡는 것이라는 점을 잊지 말자. 결국 타자가 나의 애무 밑에서 육체로 변화하지 않는다면, 그의 객체성은 항상 나의 가능성 밖에 놓이게 된다.

이런 지적을 통해 내가 성적 욕망에서 타자를 육화시킬 때 내가 어떤 상태에 있어야 하는지를 내다볼 수 있다. 우선 나는 순수한 주체성일 수 없다. 이와 반대되는 경우 타자는 완전히 나에 의해 객체화될 것이기 때문이다. 이것은 내가 그의 초월을 완전히 초월할 수 없다는 것과 동의어이다. 그다음으로 나는 순수한 객체성일 수 없다. 그렇지 않다면 나는 타자를 객체화시킬 수 없을 것이고, 그 결과 나는 성적 욕망에서 겨냥하는 목표에 도달할 수 없을 것이다. 이처럼 성적 욕망에서 나는 순수한 주체성이나 순수한 객체성 상태에 있는 것이 아니라 이 두 상태를 동시에 구현하고 있어야 한다.

그로부터 다음 결론이 도출된다. 내가 타자를 애무하는 순간, 내가 나의 순수한 의식에 덧붙이는 요소는 나의 객체성 이외의 다른 것이 아니라는 결론이다. 또한 같은 순간에 내가 성적 욕망에서 유지하는 의식은 정확히 주체성과 객체성의 "반죽"(empâtement) 상태에 있게 된다.[72] 따라서 성적 욕망을 기술하면서 나의 의식을 수식하는 수식어, 즉 '불순한'이라는 수식어는 여기서 "반죽된"(empâtée)으로 대치될 수 있게 된다.[73] 하지만 성적 욕망에서 타자와 나는 함께 이중의 상호적인 육화 상태에 있다는 사실에 주의하자. 그런 만큼 나와 마찬가지로 타자의 의식 역시 객체성에 의해 침윤되어 반죽된 상태에 있게 된다.

이런 사실을 염두에 두고 앞서 제기했던 두 개의 문제, 즉 타자의 육화와 그의 육체의 드러남에 관련된 문제로 되돌아가 보자. 내가 타자를 애무하면서 그를 육화시킨다는 것은 무엇을 의미하는가? 그 답은 바로 내가 타자의 자유, 주체성, 초월을 그의 객체성 속에 끈끈히 붙게 하는 것이다. 다시 말해 그의 순수한 의식이 그의 육체-객체성에 달라붙게 하는 것이다. 이런 의미에서 성적 욕망은 "홀리는 행위"[74]로 이해된다.

지금으로서는 성적 욕망에서 내가 겨냥하는 목표가 실현될 수 있는가의 여부를 묻는 것은 중요하지 않다. 이 문제로 곧 돌아올 것이다. 여기

72) *Ibid.*, p. 457.

73) Cf. CPM, p. 189.

74) EN, p. 463. 게다가 정확히 이런 이유로 「내밀」에서 룰루는 건강한 피에르와 니스로 가는 것보다 성무능력자 앙리와 계속 살고자 한다. Jean-Paul Sartre, "L'intimité", *Le mur*[장폴 사르트르, 「내밀」, 『벽』, 김희영 옮김, 문학과지성사, 2005], in OR, pp. 305~306.

서 중요한 것은 오히려 성적 욕망에서 내가 나의 주체성과 객체성이 혼합된 상태에 있으면서 어떻게 타자의 주체성을 포획할 수 있는가를 아는 것이다. 이 문제는 좀 더 면밀히 살펴볼 필요가 있다. 나의 반죽된 의식이 주체성이자 객체성이기 때문에, 나는 타자에 대해 다음 두 가지 상태에 있게 된다. 어떤 때 나는 그를 순수한 객체로 구성하기 위해 그에게 순수한 주체성으로 다가간다. 또 어떤 때는 그의 초월과 주체성의 상태를 유지하기 위해 객체로 다가간다. 이와 관련하여 사르트르가 "혼탁한 물에 대한 유비"를 이용해 성적 욕망을 "혼탁"으로 규정하고 있는 것은 흥미롭다.[75)]

이런 유비를 통해 두 가지 사실을 알 수 있다. 하나는 맑은 물이 이물질에 의해 혼탁해져도, 이 이물질은 맑은 물과 하나가 되면서 반죽 상태를 이룬다는 점이다. 다른 하나는 '혼탁한 물은 여전히 물이다'라는 점이다. 이런 시각에서 보면, 설사 성적 욕망에서 나의 육화가 이루어지는 순간에 나의 의식이 혼탁해져도, 내가 성적 욕망에서 유지하는 의식은 ― 사르트르의 표현을 빌리자면 욕망하는 의식이다 ― 초월로서의 특징을 그대로 간직하게 된다. 이처럼 성적 욕망에서 나의 순수한 의식이 나의 객체성의 침범에 의해 혼탁해지기는 하지만, 나는 항상 타자에게 객체성을 부여할 수 있게 된다.[76)]

하지만 성적 욕망은 "실패"로 귀착될 수밖에 없다.[77)] 두 가지 이유에서이다. 방금 내가 성적 욕망에서 나의 주체성과 객체성이 혼합된 상태에 있기는 하지만, 그래도 나의 욕망하는 의식은 여전히 초월적 특징을 가진

---

75) EN, p. 456; Cf. CPM, p. 189.
76) EN, p. 456.
77) *Ibid.*, p. 466.

다고 했다. 그로부터 성적 욕망의 실패를 결정짓는 첫 번째 이유가 도출된다. 분명 타자와 내가 성적 욕망에서 욕망의 합일을 실현할 때, 타자 역시 나와 마찬가지로 그의 초월을 간직하고 있다. 거기에 성적 욕망의 실현을 결정하는 하나의 조건 — 필요조건 — 이 나타난다. 타자가 주체성이어야 한다는 조건이다. 내가 성적 욕망을 통해 겨냥하는 것은 바로 내가 그의 주체성을 그의 객체성을 통해 포획하는 것이기 때문이다.

하지만 내가 성적 욕망에서 타자의 초월을 나에 대한 그의 객체성을 통해 겨냥한다는 것을 잊지 말자. 그로부터 성적 욕망의 실현을 결정하는 또 하나의 조건 — 충분조건 — 이 기인한다. 내가 성적 욕망의 목표를 실현하기 위해 타자는 객체로 포획되어야 한다. 타자와 내가 이중의 육화를 경험하는 순간에 얼핏 이 조건이 충족되는 것처럼 보인다. 왜냐하면 그 순간 나와 마찬가지로 타자의 순수한 의식은 그의 객체성과 혼합된 상태에 있기 때문이다.

그런데 성적 욕망에서 내가 타자의 육체를 태어나게 하면서 나 역시 육화된다면, 혹은 더 정확하게 말해 나 역시 나의 객체성이 나의 의식에 달라붙게 방치한다면, 그것은 오직 내가 그의 자유와 초월을 포획하기 위함이다. 이런 이유로 내가 그의 주체성을 포획하는 일에 몰두할 때, 나는 다시 나 자신을 육체에서 신체, 곧 순수한 의식으로 변화시켜야 한다. 나는 육체이기를 그치고 혼탁의 상태, 즉 나의 욕망하는 의식의 혼합 상태에서 빠져나와야 한다. 이 순간에 정확히 무슨 일이 발생하는가? 타자는 그의 주체성을 벗어던진 채 하나의 순수한 객체가 되고 만다.[78] 이것이 성

78) *Ibid.*, p. 468.

적 욕망을 실패로 몰고 가는 첫 번째 이유이다.

사르트르는 성적 욕망의 실패를 결정하는 또 하나의 이유를 '쾌락'에서 찾는다. 쾌락은 성적 욕망의 죽음이다. 왜냐하면 그것은 성적 욕망의 완결이자 그 종말, 끝이기 때문이다. 대체 쾌락은 어떻게 성적 욕망의 죽음과 실패일 수 있는가? 답을 위해 다음 사실을 지적하자. 의식을 신체 속에 달라붙게 하는 것은 일종의 특별한 황홀 상태를 전제로 한다는 사실이다. 타자와 내가 함께 성적 욕망에서 이중의 육화 혹은 합일을 실현한다고 말하는 것은, 결국 두 사람이 모두 황홀 상태에 도달한다는 것을 의미한다. 하지만 내가 쾌락을 느끼는 순간, 나의 순수한 의식은 나의 객체성에 의해 반죽되고 만다는 사실에 주의하자. 이것은 내가 성적 욕망에서 유지하는 의식은 이제 더 이상 "신체에 대한 의식"이 아니라 "신체성에 대한 반성적 의식"라는 것을 의미한다.[79)]

하지만 내가 성적 욕망의 주체의 자격으로 쾌락을 만끽하기 위해서는 혼탁한 상태, 곧 나의 욕망하는 의식의 반죽 상태에서 빠져나와야 한다. 쾌락을 느끼고, 음미하고, 판단하는 것은 동일한 차원에서 이루어지지 않는다. 내가 다시 순수한 의식으로 돌아온다면 타자는 어떻게 되는가? 답은 분명하다. 타자는 하나의 단순한 객체가 되고 말며, 나는 이 객체를 가지고 나의 의식이 가진 지향성의 구조를 채우려 할 것이다.

이처럼 성적 욕망은 내가 주체의 자격으로 쾌락을 얻는 그 순간에 실패로 막을 내린다. 쾌락의 출현은 이 쾌락에 대한 반성적 의식을 유도한다. 처음에 나는 성적 욕망에서 나에 대한 타자의 객체성을 통해 그의 초

---

79) *Ibid.*, pp. 466~467.

월을 포획하는 것을 목표로 삼았다. 하지만 쾌락을 느낀 후에 나는 타자-객체만을 소유할 뿐이다. 이것은 의심의 여지없이 내가 성적 욕망에서 시도하는 모든 노력이 실패로 끝날 수밖에 없다는 것을 보여 준다.

그런데 사르트르는 성적 욕망의 실패가 마조히즘으로의 이행이 될 수 있다고 본다. 왜냐하면 성적 욕망에서 타자의 욕망은 나의 것과 마찬가지로 반죽 상태여서, 만약 내가 순수한 신체, 따라서 순수한 의식으로 다시 돌아오는 대신에 내가 타자의 의식에 의해 타자에-대한-신체로서 초월되고 또 포획되는 것이 요구된다면, 나는 그의 시선하에서 나를 객체로 구성하면서 휴식을 취할 수 있기 때문이다. 게다가 타자가 나에게 순수한 의식으로 다가오는 경우, 나는 그에게 단순한 하나의 객체가 되고 만다. 이런 상태는 정확히 내가 자유이기를 거부한 채 타자의 자유 속에서 객체이기를 바라는 마조히즘에 해당한다. 하지만 마조히즘이 실패로 끝난다는 것은 이미 지적한 대로이다.

그런데 사르트르에 의하면 성적 욕망의 실패는 마조히즘과는 정면으로 배치되는 또 하나의 구체적 관계의 출현으로 이어질 수도 있다. 사디즘이 그것이다. 성적 욕망의 실패 후에, 그리고 내가 타자의 의식에 의해 하나의 단순한 객체이기를 요구받는 것과는 정반대로, 나는 이제 혼탁한 의식으로 있는 것, 즉 나는 나의 주체성과 객체성이 반죽된 상태를 모욕적인 상태로 여기면서 타자의 면전에서 나 자신을 순수한 초월로 여기려고 할 수 있다. 이런 태도가 사디즘의 기저에 놓여 있다.

사르트르는 성적 욕망 내부에 이미 이 욕망의 실패로서의 사디즘이 맹아의 형태로 자리 잡고 있다고 본다. 그리고 성적 욕망은 마조히즘이나 사디즘으로 이어질 수 있기 때문에, 즉 이 두 극 사이를 왕복할 수 있기 때문에, 이 두 관계는 성적 욕망의 두 개의 암초로 규정된다. 그렇다면 사디즘은 어떤 관계인가? 그 목표는 무엇인가? 사디즘 역시 실패로 끝나는가? 이 질문들을 자세히 살펴볼 필요가 있다. 정확히 이 사디즘으로부터 타자에 대한 폭력이라고 명명한 폭력이 기인하기 때문이다.

우선 사디즘과 성적 욕망의 목표는 크게 다르지 않다. 성적 욕망에서와 마찬가지로 나는 사디즘에서 타자의 주체성을 그의 객체성을 통해 포획하려 한다.[80] 하지만 이 두 관계의 공통점은 거기에서 그친다. 사실 성적 욕망에서 나는 타자의 육체를 탄생시키기 위해 내 자신을 육화시키고, 또 그렇게 하면서 그의 주체성을 소유하려 한다는 사실을 보았다. 또한 내가 타자의 주체성을 소유하려고 할 때, 타자는 나에게 단순한 객체에 불과하다는 사실도 보았다. 실제로 나는 그 순간에 육체이기를 그치면서 타자를 객체화시켜 버리는 순수한 의식 상태로 되돌아온다. 이런 이유로 성적 욕망은 실패로 막을 내렸다.

게다가 사디스트가 원하는 상태는 정확히 내가 성적 욕망에서 타자의 주체성을 사로잡으면서 순수한 의식으로 있는 상태와 비슷하다. 이때 타자가 객체로 포획되는 것은 분명하다. 더 정확하게 말하자면 성적 욕망에서 내가 타자의 자유를 포획하려 할 때, 그의 의식은 반죽 상태에 있다. 설사 성적 욕망의 마지막 단계에서 나의 시선을 통해 그가 객체성 속에 갇히게 된다고 해도, 그는 다시 주체성을 회복할 수 있다. 이런 이유로 성적 욕망에서 마조히즘으로의 이행이 가능했다.

하지만 마조히즘 역시 실패로 끝날 수밖에 없었다. 또한 마조히즘은

---

80) *Ibid.*, p. 469.

그 자체로 유죄성이고 죄악이었다. 이런 상황에서 타자에 의해 객체로 사로잡히지 않기 위해 나는 무엇을 할 수 있을까? 나에게는 하나의 선택지만 남아 있는 것으로 보인다. 그것은 모든 수단을 강구하여 타자가 그의 육체에서 벗어나지 못하게 하고, 그렇게 함으로써 그 자신의 자유를 품고 있는 객체-도구로 만들어 버리는 것이다. 이를 위해 나는 당연히 타자 앞에서 순수한 자유이자 초월로 있어야 한다. 바로 거기에 사르트르가 폭력을 통해 타자를 육화시키기 위한 노력으로 정의한 사디즘이 자리한다.

사디즘은 분명 성적 욕망과 구분된다. 성적 욕망은 타자와 나의 이중의 육화 위에 정립된다. 하지만 사디즘에서 나는 내 자신을 육체로 만드는 대신에 나의 순수한 의식을 통해 타자의 육체가 나타나게 한다. 게다가 나는 사디즘에서 '도구'를 이용한다. 이렇게 해서 나는 사디즘에서 이중의 육화가 아니라 나의 비육화(non-incarnation), 따라서 비상호성(non-réciprocité)을 추구한다.

사디스트의 운명에 대해서는 다시 거론하게 될 것이다. 여기서는 다음 사실만을 지적하자. 내가 폭력을 통해 타자의 육체가 나타나게 하는 것은, 그를 단순히 객체로 포획하는 것이 아니라, 그의 육체 속에 달라붙은 상태로 있는 그의 자유를 소유하고자 하기 때문이라는 사실이다.[81] 이것은 분명 사디즘이 제2태도 위에 정립되는 구체적 관계들 중 하나라는 것을 보여 준다. 그렇다면 이 사디즘의 종말을 보여 주는 징후가 있는가? 앞서 성적 욕망의 끝은 성적 황홀로 장식된다는 것을 보았다. 사디즘에도 이런 징후가 있는가? 만약 있다면, 그것은 어떤 것일까? 이 징후는 어떤

81) *Ibid.*, p. 473.

순간에 나타날까?

사디즘의 끝에 나타나는 현상을 기술하기 위해 사디즘에 '강제'가 동반된다는 사실을 지적하자. 사디스트(가령 고문자)가 힘을 강화하면 그의 희생자는 육화를 향해 떠밀리게 된다. 물론 희생자는 저항하려 할 것이다. 희생자가 사디스트의 강요에 이기지 못하고 무너진다는 것은 그의 주체성 상실을 의미하기 때문이다. 하지만 사디스트는 희생자를 결코 놓아줄 생각이 없다. 이 희생자의 자유와 초월을 포획할 때까지 그렇다. 따라서 사디스트는 희생자에게 패배의 뚜렷한 증거들을 요구한다. 거기에는 희생자의 가장 소중한 것, 즉 그의 '자유'를 부정하는 행위, 수치심과 모욕감이 동반된다.

게다가 희생자가 사디스트의 강요를 더 이상 견뎌 내지 못하면서 그 자신의 가장 소중한 것 — 그의 자유이다 — 을 내주는 순간, 그는 싸움에서 패하게 된다. 희생자에게는 이 순간이 모욕의 순간이지만, 사디스트에게는 쾌락의 순간이다. 사디스트는 자기 자신을 희생자의 굴욕의 주된 원인으로 여기기 때문이다. 이처럼 성적 욕망에서와 마찬가지로 사디즘에도 쾌락의 순간이 존재한다. 그리고 이 쾌락의 순간은 자신의 패배를 보여 주는 뚜렷한 증거를 내보이면서 사디스트 앞에 무릎을 꿇고 마는 희생자의 자백이 항상 동반된다.[82]

하지만 사르트르는 사디즘이 실패로 끝난다고 주장한다. 사디즘의 목표는 타자를 타자-객체뿐만 아니라 육화된 초월로 포획하는 것이다. 사실 희생자가 자백할 때, 그는 그 자신의 무너지고 포획된 자유의 이미

82) *Ibid.*, pp. 473~474.

지를 반영하면서 헐떡거리고 일그러진 '신체'로 있다. 하지만 같은 순간에 희생자가 육체화되어 초월을 빼앗긴 채 객체로 있는 것도 사실이다. 왜냐하면 사르트르의 존재론에서 두 주체성은 항상 갈등 상태로 있기 때문이다. 따라서 사디즘에서 나는 타자 앞에서 내 자신을 주체성으로 체험하면서 그의 자유를 장악하려는 의도로 시작하지만, 정작 그의 육화가 이루어지면 나는 그에게서 부서지고 종속된 자유, 곧 그의 객체성만을 볼 뿐이다.

사디즘이 막을 내릴 때 나에게는 다음 두 가지 가능성 중 하나를 선택하는 길밖에 남지 않게 된다. 내가 놀라서 주시하는 상태 — 이것은 사디즘의 실패를 의미한다 — 에 있거나, 아니면 다시 혼탁에 사로잡히는 것 — 이것은 사디즘이 목표 달성 순간에 성적 욕망에 자리를 내어 주는 것을 의미한다 — 이 그것이다. 이것은 사디즘이 실패로 끝나고 만다는 것을 보여 준다.

또한 사디즘은 전혀 다른 차원에서 실패라는 것이 사르트르의 주장이다. 사디스트는 타자의 자유를 장악하고 굴종시키기 위해 노력한다. 하지만 역설적으로 사디스트는 희생자의 도움을 필요로 한다. 사디즘의 목표는 타자의 자유롭고 전적인 가담에 의해서만 실현될 수 있다. 희생자가 사디스트의 압력을 더 이상 견딜 수 없어 그에게 자백을 한다고 해도, 이것은 결국 희생자 자신의 자발적이고 자유로운 결정의 결과이기 때문이다. 희생자는 이런 이유로 그 자신이 내린 결정에 책임이 있기도 하다.[83]

희생자가 사디스트에게 자신의 패배를 입증하는 명백한 증거를 보

---

83) *Ibid.*, pp. 436~474.

이는 순간, 곧 그 자신의 자유가 굴종되는 순간에 사디즘은 막을 내린다. 하지만 그 순간이 다가오면 올수록 사디스트는 "모호하고 모순적인" 상황을 즐긴다.[84] 그는 우선 희생자 앞에서 자신감에 차 있다. 그는 또한 희생자의 자유를 굴종시키기 위해 모든 수단을 강구한다. 마치 자물쇠에 맞는 열쇠를 찾는 열쇠공처럼 말이다. 따라서 희생자의 저항이 거세면 거셀수록 사디스트는 더 즐거워한다. 그는 "참을성 있게 보편적인 결정론의 한복판에서 자동적으로 달성될 목표를 위한 여러 수단들을 이용하는 자처럼, 열쇠공이 맞는 열쇠를 찾는 순간 자동으로 열리는 자물쇠처럼" 행동한다.[85]

하지만 사디즘의 목표는 마지막 순간에 예견 가능함과 동시에 예견 불가능한 것이 된다. 우선 예견 가능하다. 왜냐하면 사디스트는 희생자의 자유를 포획하지 않는 한 결코 그 자신의 행동을 포기하지 않을 것이기 때문이다. 그다음으로 예견 불가능하다. 왜냐하면 사디즘에서 모든 것은 희생자의 결심에 달려 있기 때문이다. 이처럼 사디즘은 실패로 끝나고 만다. 게다가 사르트르에 의하면 사디스트에 의해 이루어진 모든 결과는 그의 희생자가 그를 한 번 바라보기만 하면 그대로 무너지게 된다. 희생자는 항상 시선을 폭발시킬 수 있는 능력을 갖고 있으며, 그로 인해 사디스트는 자신의 헛수고를 인지하게 된다. 결국 사디스트는 "그의 희생자가 그를 바라볼 때, 즉 그 자신 타자의 자유 속에서 자기 존재의 절대적 소외를 체험하는 순간에 자신의 실수를 발견하게 된다".[86]

---

84) *Ibid.*, p. 474; Cf. CPM, p. 185.
85) EN, p. 474.
86) *Ibid.*, pp. 474~477.

사르트르는 사디즘 이후에 제2태도 위에서 정립될 수 있는 나와 타자의 구체적 관계 중 하나로 증오를 제시한다. 나와 타자는 제1태도와 제2태도를 바탕으로 여러 구체적 관계들 속에서 응시하는-존재와 응시당한-존재 사이를 왕복하면서 하나의 원을 형성하게 된다.[87] 그런데 사르트르에 의하면 계속되는 이런 왕복운동에 종지부를 찍기 위해 내가 타자를 '살해'하려 할 수 있다고 본다. 이런 시도가 증오의 기저에 놓여 있다.[88]

증오는 근본적인 체념에서 기인한다. 내가 타자를 살해하려는 결심은 타자의 자유를 내게로 동화시키려는 노력 — 제1태도 — 과 그의 자유를 내가 초월하려는 노력 — 제2태도 — 위에 정립된 모든 관계들이 실패로 돌아간 후에 나타나기 때문이다. 정확히 이런 의미에서 사르트르는 증오를 내가 타자에 대해 "제3태도"[89]를 취하면서 맺는 구체적 관계로 규정한다. 이렇듯 증오는 최후의 시도, 절망의 시도를 보여 준다.

그렇다면 나는 타자의 살해를 통해 무엇을 겨냥하는가? 이 질문과 관련하여 다음 사실을 상기하자. 사르트르에게서 나의 죽음은 타자에게 내가 더 이상 주체로 나타날 가능성의 상실과 동의어라는 사실이다. 증오는 타자의 죽음을 겨냥하기 때문에, 결국 나는 증오를 통해 타자가 주체로 나타날 가능성을 영원히 제거하고자 한다. 타자에게서 초월하는 능력을 완전히 박탈하고, 그에 의해 객체로 사로잡히는 것 자체를 아예 부인하면서, 나는 한계를 알지 못하는 절대 자유이고자 한다. 결국 증오에서는 타자가 존재하지 않는 세계를 실현하는 것이 관건이다.

---

87) Cf. *Ibid.*, pp. 478~479.
88) *Ibid.*, p. 481.
89) *Ibid.*, p. 477.

하지만 증오는 실패로 막을 내린다. 그 이유는 분명하다. 내가 타자를 살해하면서 그의 자유를 제거한다고 해도 그가 이 세계에 존재했다는 흔적을 완전히 없앨 수는 없다. 게다가 내가 타자에 의해 응시당하면서 나의 존재에서 소외를 경험했다면, 설사 그가 완전히 사라진다고 해도 나는 그에게 한번 존재했던 모습에서 결코 벗어날 수 없다. 나의 대타존재는 만회 불가능한 차원에 속하게 된다. 타자는 자신의 죽음과 더불어 나의 존재에 관련된 비밀의 열쇠를 무덤 속으로 가져가고, 따라서 현재와 미래에서 나를 수정 불가능한 객체로 구성하기 때문이다. 요컨대 내가 타자에게 존재했던 모습은, 타자의 완전한 사라짐에도 불구하고 영원히 그의 자유에 의해 '감염되어' 있으며, 나는 결코 이것을 떨쳐 버릴 수 없다.[90] 사정이 이렇다면 타자를 살해하는 것을 목표로 하는 증오는 그 자체에 이미 실패의 싹을 담고 있다.

이처럼 타자와 내가 형성하는 순환의 원, 즉 영원히 계속되는 승격과 강등, 혹은 초월-하강 상태와 초월-상승 상태 사이의 끊임없는 왕복운동으로부터 벗어나게 해주기는커녕, 실패로 귀착될 수밖에 없는 증오 이후에 두 사람에게는 다음 가능성만이 남아 있을 뿐이다. 이 순환의 원으로 다시 들어가는 것, 즉 근본적인 두 태도의 양 끝 사이를 끝없이 왔다 갔다 하는 것이 그것이다.

그로부터 사르트르는 다음 결론을 도출하고 있다. "인간의 삶은 그 어떤 것이라도 실패의 역사이다."[91] 이는 달리 진행될 수 없다. 왜냐하면

90) *Ibid.*, p. 483.
91) *Ibid.*, p. 561.

나와 타자는 각자의 시선을 통해 서로를 객체화시키고자 하면서 영원히 서로 싸우고 부딪쳐야 하기 때문이다. 이런 의미에서 인간들 사이의 화해 불가능함은 인간을 "무용한 정열"[92]이라 규정한 사르트르의 주장의 한 요소를 구성한다.

이렇게 해서 제2태도 위에 정립된 나와 타자의 구체적 관계들 ── 무관심, 성적 욕망, 사디즘, 증오(이 관계는 제3태도 위에 정립되었다) ── 에 대한 기술의 끝에 이르렀다. 이 단계에서 지적하고 싶은 점은, 이 구체적 관계들 중에서 특히 사디즘, 증오, 무관심이 사르트르의 존재론적 관점에서 포착되는 폭력의 기원과 무관하지 않다는 사실이다. 이 세 관계가 어느 정도까지 폭력의 기원 문제와 관련이 있는가를 결정하려면 폭력에 대한 정의 문제를 제기해야 한다. 이 문제는 곧 살펴볼 것이다. 지금으로서는 다음 사실을 단언할 수 있다. 사디스트가 희생자의 자유를 굴종시키기 위해 주저 없이 힘을 사용한다는 이유로, 증오의 주체는 타자의 죽음을 추구한다는 이유로, 그리고 무관심의 주체는 타자에 대해 마치 그가 존재하지 않는 것처럼 행동한다는 이유로, 이 세 관계는 사르트르의 존재론에서 포착되는 폭력에 해당하며 ── 물론 '타자에 대한 폭력'으로 명명된 폭력이다 ──, 또한 이런 폭력은 다른 유형의 폭력, 가령 고문, 절도, 강도, 살인 등의 원형에 해당한다는 사실이 그것이다.

신이 되고자 하는 욕망으로 이해되는 인간에게서 출발하여 나와 타자 사이의 존재관계를 기술한 것은 사르트르의 존재론 차원에서 폭력의 기원을 설명하기 위함이었다. 출발점에서 다음 질문을 던졌었다. 아무런

---

92) *Ibid.*, p. 708.

본성도 가지지 않은, 따라서 처음에는 아무것도 아닌 인간이 어떻게 타자의 죽음을 추구하는 과격하고 공격적인 존재가 되는가? 사르트르의 존재론적 차원에서 보면 이 질문에 대한 답은 우선 인간이 결여의 존재라는 사실에서 온다. 결여의 존재인 인간은 신의 존재방식에 해당하는 대자-즉자의 결합을 실현하기 위해 즉자존재를 필요로 한다. 하지만 인간은 자기에 대한 사물존재의 존재론적 우위를 경험한 후에 그와 마찬가지로 근본적인 존재영역 중 하나를 구성하는 또 하나의 존재인 타자에게로 향하게 된다.

하지만 타자존재의 나에게의 직접적·구체적 현전을 가능케 해주는 시선은, 이 주체가 보는 모든 것을 객체로 사로잡아 버리는 힘이기 때문에, 내가 타자와 맺는 관계는 갈등으로 귀착될 수밖에 없다. 왜냐하면 타자와 나는 결코 객체성의 상태로 있으려 하지 않기 때문이다. 게다가 시선의 주체로서 타자는 나에게 존재근거를 제공해 주는 존재임과 동시에 나를 객체화할 수 있기 때문에, 그는 나와의 존재관계에서 이중의 상반된 위치에 있다. 이런 위치로 인해 나는 타자에게 두 개의 대립되는 태도를 취하게 된다. 그로부터 내가 타자와 맺는 구체적 관계들이 유래한다. 이 구체적 관계들을 기술하면서 특히 마조히즘, 사디즘, 무관심, 증오가 사르트르의 존재론적 차원에서 포착된 폭력의 출현을 주도한다는 것을 보았다.

하지만 다음 사실을 지적하자. 우리가 사르트르의 존재론적 차원에만 머물고, 앞서 의사소통적 윤리모델을 정립하면서 큰 중요성을 부여했던 하나의 개념을 고려하지 않고서는 폭력의 기원 문제를 제대로 해결할 수 없다는 사실을 말이다. '의사소통' 개념이 그것이다. 내가 나의 존재근거를 획득하기 위해 내가 이용할 수 있는 유일한 수단은 타자를 통과하는 것이라는 사실을 지적했다. 또한 나와 타자 사이의 모든 구체적 관계들은 제1태도나 제2태도 — 물론 제3태도를 덧붙여야 할 것이다 — 위에 정립된다는 사실, 그리고 이 관계들 중 마조히즘, 사디즘, 무관심, 증오 등이 나 또는 타자를 결국 폭력의 주체로 유도한다는 사실을 지적했다.

그런데 이 모든 지적들이 내가 타자와 의사소통을 해야 한다는 사실 — 이런 의미에서 '신이 되고자 하는 욕망'은 '타자-와-소통-하고자 하는-욕망'이다 — 을 의미하지 않는다면, 또한 내가 타자와의 의사소통에 참여하며 이 욕망을 실현하는 과정에서 폭력의 주체가 될 수 있다는 것을 의미하는 것이 아니라면 무엇을 의미할 수 있을까? 폭력 — 타자에 대한 폭력이든 자기 자신에 대한 폭력이든 간에 — 의 기원에 관련된 사르트르의 존재론적 사유에서 핵심적인 역할을 하는 것이 의사소통 개념이라는 것은 이제 분명해 보인다. 하지만 다음 사실을 잊지 않도록 하자. 사르트르의 사유에서 나에게 해당되는 모든 것은 그대로 타자에게도 해당되며, 그런 만큼 타자 역시 나와 마찬가지로 나와의 관계에서 폭력의 주체가 될 수 있다는 사실을 말이다.

2장 | 폭력의 기원에 대한 인간학적 관점

욕구에서 폭력으로

욕구에서 실천으로

지금까지 사르트르의 존재론적 차원에서 타자에 대한 두 개의 상반된 태도 위에 맺어지는 구체적 관계들로부터 폭력이 기인한다는 사실을 보았다. 그 과정에서 다음 사실을 확인했다. 나와 타자 사이의 관계가 갈등으로 귀착될 수밖에 없다고 해도, 인간은 자신의 존재근거를 마련하기 위해 다른 인간과 의사소통을 해야 하며, 이 연구의 문제틀에 해당하는 의사소통적 윤리모델의 핵심 개념 중 하나인 의사소통이 폭력 출현의 기저에 놓여 있다는 사실이다.

하지만 이 의사소통에 참여하는 두 주체 — 나와 타자 — 는 고립되고 추상적인 존재가 아니라 역사적 · 사회적 상황에서 스스로를 창조해 나가는 존재이다. 나와 타자는 살아가면서 자신을 창조해 나가고, 또 그렇게 하면서 역사의 형성에 기여한다. 요컨대 인간은 사회적 · 역사적 존재이다. 게다가 인간이 타자와 존재관계를 맺는 과정에서 폭력의 주체가 될 수 있는 것과 마찬가지로, 역사적 · 사회적 존재로서의 인간 역시 "모든 역사 속에서" 폭력의 주체가 되었고, 되고 있고 또 될 것이다.[1)]

이런 이유로 사르트르의 사유에서 폭력의 기원 문제를 충분하게 검토하기 위해서는 그의 존재론적 차원에만 머물러서는 안 되며, 『변증법』으로 눈을 돌릴 필요가 있다. 주지의 사실이지만 사르트르는 이 미완의 저서에서 마르크스주의와 그 자신의 실존주의를 결합시키려고 노력하며 "구조적 · 역사적 인간학"[2)]을 정립하고자 한다. 그러면 인간학적 관점이라고 명명된 『변증법』의 관점에서 포착한 폭력의 기원은 어떻게 설명될 수 있을까?

답을 위해 사르트르가 역사적 · 사회적 차원을 고려하면서 인간을 규정하기 위해 사용하고 있는 하나의 개념에 주목해 보자. '욕구' 개념이 그것이다. 『존재와 무』의 차원에서 불완전한 존재로서의 인간은 자기에게 결여된 것, 즉 그 자신의 존재근거를 추구해야 한다. 그런데 『변증법』의 차원에서도 인간은 '결여의 존재'로 정의된다.[3)] 그렇다고 해서 이 인간이 그 자신의 존재근거만을 추구하는 것은 아니다. 이와는 달리 이 인간은 그의 존재의 유지를 결정하는 '생물학적 욕구'의 충족을 겨냥한다. 이처럼 사르트르의 인간학적 차원에서 포착된 순수폭력 기원의 탐사는 '욕구' 개념을 고려해야 한다. 사회적 · 역사적으로 정의되는 인간의 가장 중요한 위상은 자기 존재를 유지하기 위해 생물학적 욕구를 충족시켜야 한다는 점이다.

---

1) CRDI, p. 816.
2) *Ibid.*, p. 14.
3) CRDII, p. 400.

인간의 근본적 위상에 대한 이런 지적은 욕구에 대한 사르트르의 정의를 더 잘 이해하게끔 해준다. '부정의 부정'이 그것이다. 이 정의의 정확한 의미는 무엇일까? 답을 위해 우선 인간은 자기 주위를 에워싸고 있는 환경 속에서 얻는 수단을 통해 그 자신의 생물학적 욕구를 충족시켜야 한다는 점을 지적하자. 이런 관점에서 인간은 그의 존재유지에서 주위 환경에 직접적으로(산소) 또는 간접적으로(음식물) 의존적이다. 따라서 만약 인간이 그 자신의 욕구를 충족시키기 위해 주위 환경에서 무엇인가를 획득하지 못한다면, 그는 죽은 육체로 환원될 것이다. 그는 죽음의 위험을 무릅쓸 수밖에 없게 된다. 이처럼 인간은 그의 주위를 에워싸고 있는 주변의 물질성과의 관계에서 이 물질성에 의해 부정될 수 있는 가능성이 항상 존재한다.

그로부터 사르트르의 욕구에 대한 정의인 '부정의 부정'의 첫 번째 '부정'이 기인한다. 하지만 또한 이 부정은 재차 인간에 의해 부정되어야 한다. 왜냐하면 그의 생물학적 욕구를 충족시킬 수 있는 수단의 부재는 그의 비존재의 가능성으로 나타날 수 있기 때문에, 그는 이런 상태로 환원되지 않기 위해 그 자신 주위 환경에서 오는 부정을 부정해야 할 것이다. 거기에서 욕구의 정의에서 볼 수 있는 두 번째 '부정'이 자리한다.

사르트르에 의하면 물질적 존재로서의 인간이 그 자신이 포함된 물질적 총체와 맺는 총체화하는 일차적 관계가 욕구에 해당하고, 또 이 관계는 일의적이고 내재적으로 여겨진다. 인간이 물질적 존재라는 사실과 그가 이런 자격으로 물질적 총체의 일부라는 사실은 분명하다. 왜냐하면 그는 그 자신의 육체가 이미 물질이며, 또한 그는 자신의 욕구를 충족시키면서 이 물질을 이용하기 때문이다. 게다가 욕구를 통해 첫 번째 부정이 나타난다면, 인간과 물질적 총체 사이의 관계는 그를 에워싸고 있는 물질적 환경과의 일차적 관계라는 것 역시 분명하다. 그렇다면 이 관계는 왜 총체적일까? 또 이 관계는 왜 일의적이고 내재적일까?

이 질문과 관련하여 두 가지 사실을 지적하자. 하나는 물질적 인간과 그를 에워싸고 있는 환경은 '물질성'이라는 동일한 위상을 가지고 있다는 사실이고, 다른 하나는 이런 사실에도 불구하고 그들의 관계는 '모순적'이라는 사실이다.[4] 인간과 그의 주위 환경 사이의 관계는 일의적일 수밖에 없다. 왜냐하면 이 환경은 순수한 외재성에 속하기 때문에 당연히 인간에 비해 수동적 상태에 있기 때문이다. 게다가 사르트르의 존재론 차원에서 인간만이 유일하게 활동성이란 사실을 생각하면, 인간과 사물과의 관계가 사물의 존재론적 우위에 의해 지배된다고 해도, 이 둘 사이의 관계를 주도하는 것은 여전히 인간임에 틀림없다.

그런데 욕구의 인간과 물질성과의 관계는 『존재와 무』에서 볼 수 있는 대자존재와 즉자존재 사이의 관계에 아무것도 추가하지 않는 것으로 보인다. 물질적 인간의 보존이 주위 환경에 의존적이기는 하지만, 이 인간이 출현하면서부터 수동적인 통일을 부여받는 것은 오히려 환경 쪽이다. 물질적 인간이 유기적 총체라는 사실에 대해서는 곧 살펴볼 것이다. 여기서 단언할 수 있는 것은, 물질적 총체는 오로지 인간의 매개에 의해 드러나고, 그런 만큼 이 관계는 일의적이라는 점이다.

또한 이 관계는 내재적이기도 하다. 방금 물질적 인간은 결여의 존재라는 사실을 보았다. 하지만 이번에는 이런 자격으로 인간은 총체성과의

---

4) CRDI, p. 195.

관계 속에서 정의된다. 생물학적 욕구를 충족시킬 수 있는 수단의 부족으로 인해 인간이 죽음의 위험을 무릅쓸 때, 정말로 위험에 처하는 것은 그의 존재의 일부가 아니라 전체이다. 또한 인간은 그 자신이 온전히 그 일부를 구성하고 있고, 또 그 안에서 자기 존재의 보존을 위해 주위 환경으로부터 그 자신의 욕구를 충족시킬 수 있는 요소들을 획득한다. 이런 의미에서 인간과 주위 환경과의 관계는 당연히 내재적이다.

그로부터 다음 결론이 도출된다. 총체성 없이 욕구의 개념을 생각하는 것이 불가능하고, 또한 물질적 인간의 원초적 지위를 통일로서의 총체와 부분들 사이의 관계로 상정하는 것 역시 불가능하다는 결론이다. 그러니까 물질적 인간의 모든 활동은 그가 총체적으로 속해 있는 물질 환경 속에서 이루어진다. 이렇게 해서 사르트르에게 욕구는 "유기체가 먹고 사는 것을 찾는 한에서 이 유기체가 주위 환경과 맺는 일의적이고 내재적 관계"[5)]의 성격을 띠게 된다. 게다가 사르트르는 인간과 물질적 총체 사이에 맺어지는 일차적 관계인 욕구를 총체화하는 특징을 가진 것으로 여긴다. 이것은 어디에서 바탕을 둔 것일까?

방금 욕구가 나타나는 순간부터 주위 환경은 수동적 통일성을 부여받는다고 했다. 또한 물질적 인간이 주위 환경의 물질성과 관계를 맺으면서 그 자신을 유기적 총체성으로 드러낸다고도 했다. 그런데 이 순간에 그는 또한 환경을 그 자신의 욕구 충족 가능성의 물질적·총체적 장으로 무한정 드러낸다. 이것은 정확히 물질적 총체는 그 안에서 그 자신의 존재를 발견하고자 하는 하나의 존재에 의해 수동적 총체성으로 드러난다

5) *Ibid.*, p. 194.

는 것을 의미한다. 따라서 욕구는 다음과 같은 의미에서 총체화의 특징을 내보이게 된다. 물질적 인간이 물질적 총체와 맺는 관계는 하나의 유기체적 총체성과 비유기체적임과 동시에 수동적인 총체성과의 만남으로 해석될 수 있다는 의미가 그것이다.[6]

그런데 욕구에 대한 이런 설명을 통해 다음 사실을 지적할 수 있다. 사르트르의 존재론에서 본 것과 달리, 물질적 인간의 '실천'이 절대적 자유 위에서 행해지는 것이 아니라 물질적 환경에 의해 제한된다는 사실이다. 사르트르는 물질적 인간이 생물학적 욕구를 충족시키면서 스스로를 보존하고자 하는 모든 운동을 실천과 같은 개념으로 여긴다.

> 부정의 부정으로서의 욕구란, 그 자체의 고유한 가능성으로서, 따라서 또한 그 자체의 불가능성의 가능성으로서 현재의 무질서를 거치면서 미래에 있어 자신을 살려 나가는 유기체 그 자체이다. 그리고 실천이란 우선 외적인 미래의 목적으로서의 유기체와 위협을 겪는 총체성으로서의 현재의 유기체 사이의 관계 이외의 다른 것이 아니다. 이것은 외재화된 기능이다. 내적 동화작용으로서의 기능과 어떤 목적을 위한 도구의 구성 사이에는 진정한 차이가 존재하지 않는다.[7]

실천에 대한 위의 정의에서 새로운 것은 거의 없다. 『존재와 무』에서 이미 이 정의에 관련된 대부분의 요소가 나타나 있다. 사르트르의 존재론

---

6) *Ibid.*, pp. 194~195.
7) *Ibid.*, p. 197.

적 차원에서 인간은 스스로를 창조하면서 최종 목표인 대자-즉자의 결합을 위해 나아간다. 또한 인간의 존재론적 기투는 부정성, 미래, 가능성, 긍정성, 창조 등과 무관하지 않다. 인간은 자신의 현재 모습을 부정하면서 살아가고, 또 현재 모습이 아닌 것을 추구하면서 살아간다. 이와 마찬가지로 기투라는 개념 ── 인간학적 차원에서의 기투이다 ── 또는 실천 개념은, 욕구의 주체인 인간이 그의 부정성을 통해 기존의 물질적 조건뿐만 아니라 긍정성을 통해 가능성의 장과 맺는 이중의 동시적 관계를 전제한다. 이처럼 존재론적 기투와 마찬가지로 인간학적 기투, 즉 실천도 부정성, 긍정성, 미래, 가능성, 창조 등과 긴밀하게 연결되어 있다.[8)]

하지만 인간학적 기투인 실천은 존재론적 기투와 구별된다. 존재론적 차원에서 인간은 자유이기 때문에, 그는 자기 스스로를 만들어 가는 과정에서 어떤 제한도 받지 않는다. 『존재와 무』에서 기술된 자유는 '상황 속의' 자유이다. 하지만 이것은 인간이 외부적 조건에 의해 그의 자유로운 기투에서 제한을 받는다는 것을 의미하지 않는다. 왜냐하면 인간은 자유의 영역 안에서만 방해물을 만날 뿐이기 때문이다. 물론 타자의 존재가 나의 자유에 제한을 가한다. 하지만 이런 제한도 상대적이다. 내가 타자의 자유에 의해 부여되는 한계를 만나는 것도 나의 자유 안에서이다.[9)]

하지만 인간학적 기투가 행해지는 상황은 존재론적 기투가 행해지는 상황과는 다르다. 존재론적 기투는 외부적 여건들과는 독립적으로 이루어지는 반면, 인간학적 기투는 이 여건들에 의해 조건 지어져 있다. 물

---

8) Cf. Jean-Paul Sartre, *Situations, VIII*, Paris: Gallimard, 1965, pp. 379~380; CRDII, pp. 364~365.

9) EN, pp. 569~608.

론 인간학적 기투가 부정성과 연결되어 있어 이 기투 안에 그 주체, 즉 물질적 인간에 의한 외부적 상황의 초월이 포함되어 있는 것은 사실이다. 하지만 이 인간이 욕구의 존재라는 사실로 인해, 그가 외부적 상황을 초월하고자 하는 시도 속에서 상황에 의해 부과된 제한을 경험하는 것 역시 사실이다.

물론 이런 제한을 물질적 인간의 무능력과 같은 것으로 볼 수는 없다. 왜냐하면 그가 욕구의 존재라고 말하는 것은 그 자신의 삶을 보장하기 위해 주위 환경과 맞서 싸운다는 것을 의미하기 때문이다. 하지만 그가 자신의 생물학적 욕구를 충족시키기 위해 주위 환경에서 뭔가를 획득해야 하는 한, 그의 실천이 환경에 의해 제한되고 있음은 여전히 사실이다. 요컨대 물질적 인간의 특징은 무엇보다도 그의 실천이 그를 에워싸고 있는 물질 환경에 의해 제한된다는 것이다.[10)]

사르트르는 『뉴 레프트 리뷰』 1969년 11~12월 호와 가진 한 인터뷰에서 『존재와 무』를 쓸 당시에 가졌던 자유 개념에 대한 이해가 잘못되었음을 털어놓고 있다.[11)] 물질적 인간의 실천이 기존 여건에 의해 제한된다는 사실을 고려하면서 자유에 대한 새로운 생각을 갖게 된 것은 사르트르가 2차 세계대전을 거치면서이다.[12)]

10) 사르트르에게서 인간의 실천이 주위 환경에 의해서만 조건 지어지는 것은 아니다. 그의 실천은 이 실천의 결과물에 의해서도 조건 지어진다. 사르트르는 이런 사실을 '실천적-타성태' 개념으로 설명하고 있다. 여기에 대해서는 곧 살펴보게 될 것이다.

11) Cf. Jean-Paul Sartre, *Un théâtre en situations*, Paris: Gallimard, 1992, p. 289. (이하 TS.)

12) SIX, pp. 101~102; Cf. SG, p. 63.

다수의 인간들과 희소성

욕구 개념에서 출발해서 물질적 인간의 자유로운 실천이 물질적 환경에 의해 제한된다는 사실을 지적한 것은, 『변증법』 차원에 머물면서 사르트르에게 폭력의 출현을 결정하는 원인을 밝히기 위함이다. 물질적 인간이 그의 욕구를 충족시키는 과정에서 폭력적이거나 공격적이라는 사실을 보여 주는 것은 아무것도 없다. 하지만 사르트르의 인간학 차원에서도 인간은 인간의 가장 잔인한 적이 된다. 따라서 욕구의 인간이 실천의 과정에서 자기와 같은 종에 속하는 다른 인간의 파괴를 추구하는 자로 탈바꿈하게 만드는 주요 원인이 무엇인지를 살펴보는 일이 긴요하다.

이를 위해 우선 실천이 고립된 개인의 소관이 아니라는 사실을 지적하자. 욕구의 인간이 물질적 환경에서 스스로를 만들어 가는 실천의 장은 그가 타자들과 공존하는 곳이다. 물론 하는 일의 사회적·기술적 여건이 혼자 일하는 것을 요구하는 경우, 그가 고독 속에 있는 것은 가능하다. 하지만 사르트르는 고독이 물질적 인간들 사이에서 정립되는 관계의 "한 특수한 양상에 불과할 뿐"[13]이라고 본다. "한 사람이 일을 한다는 것을 생각하는 것은 완전히 추상적이다. 왜냐하면 현실에서 노동은 인간들 사이의 관계이기도 하고 한 인간이 물질적 세계와 맺는 관계이기도 하기 때문이다."[14] 요컨대 물질적 인간은 주위의 물질적 환경과 맺는 관계 속에서 타자들에 의해 매개되어 있다.

욕구의 인간들 사이의 관계가 처음부터 비극적 성격을 띠는 것은 아

13) Cf. *Ibid.*, p. 652.
14) CRDI, p. 204.

니다. 사르트르는 그들이 실천의 장에서 만날 때 처음부터 투쟁으로 돌입하지 않는다는 사실을 지적한다. 『존재와 무』에서 내가 타자와 맺는 존재관계의 목표는 그를 바라보면서 객체화시키는 것이었고, 그 역도 마찬가지였다. 하지만 『변증법』에서는 서로 투쟁하는 것이 그 누구의 목표도 아니고, 오히려 이 세계에 존재하지 않은 것을 존재케 하는 과정에서 이루어지는 결과라고 할 수 있다. 그 결과, 만약 인간들이 서로 방해하지 않으면서 각자의 욕구를 충족할 수 있다면, 그들은 서로 지옥 같은 투쟁의 관계로 접어드는 대신 오히려 평화로운 공존을 실현할 수도 있을 것이다.

정확히 이 단계에서 물질적 인간들 사이의 관계를 설명하기 위한 근본적인 질문이 제기된다. 그들의 관계가 항상 평화적 공존으로 귀착될 것인가? 인간들의 상호적 인정이 항상 가능한가? 이 질문들은 중요하다. 왜냐하면 그 답이 긍정적이라면 『변증법』 차원에서는 폭력을 거론할 이유가 없을 것이기 때문이다. 그런데 이 질문에 대한 사르트르의 답은 긍정적임과 동시에 부정적이다. 우선, 상호성에 내포된 다음의 네 가지 조건이 충족되는 경우에는 긍정적이다.

> 1) 내 자신이 수단임과 같이 타자가 수단이라는 조건, 내가 내 스스로 수단인 것과 같이 정확히 타자도 수단이다. 즉 타자는 초월적 목적의 수단이지 나의 수단이 아니다. 2) 나는 타자를 실천으로, 즉 진행 중인 전체화로 인정함과 동시에 그를 나의 전체화하는 투기에 대상으로 통합시킨다. 3) 내가 나의 고유한 목적을 향해 투기하는 운동 속에서 나는 타자의 고유한 목적을 향한 그의 운동을 인정한다. 4) 타자를 나의 목적을 위해 객관적 도구로 구성하는 행위 그 자체를 통해 나는 나 자신을 그의 목적의

대상과 도구로서 발견한다.[15)]

상호성에 포함된 이 네 가지 조건의 충족은 사르트르의 사유에서 줄곧 발견된다. 게다가 뒤에서 보겠지만 '융화집단'이 형성되는 극적인 순간에 이 집단에 속하는 모든 인간들은 '우리'(nous)를 형성하기 위해 협력한다. 하지만 지금으로서는 이런 이상적인 공동체는 요원하다. 이것은 긍정적이고 완전한 상호성의 정립은 '형식적으로만'[16)] 가능할 뿐이라는 것을 의미한다. 다시 말해 이상적인 공동체와 아무런 관계가 없는 현실 세계에서 위의 네 가지 조건은 거의 충족되지 못하고 있다.

여기에 더해 사르트르는 물질적 인간들의 만남이 부정적 상호성으로 귀착되는 순간, 그들 사이에 투쟁이 발생한다고 본다. 왜냐하면 타자를 목적으로 삼는 대신, 내가 그를 내 자신의 고유한 목적의 도구 중 하나로 포착하려 하기 때문이다. 하지만 상호성을 규제하는 네 가지 조건의 충족 거부에서 기인하는 이런 투쟁의 실질적인 목표는 적의 존재를 완전히 무화시키는 것이 아니다.[17)] 하지만 사르트르의 사유에서 인간은 그와 같은 종의 가장 무서운 적이 되고 만다. 따라서 중요한 것은 물질적 인간들을 그들 각자의 존재를 파괴하고 폭력을 발생케 하는 자들로 변하게끔 하는 것이 무엇인가를 알아보는 일이다.

이 문제를 살펴보기 위해 다음 사실에 주목하자. 모든 인간의 모험은 순전히 우연적이고 불가피한 사태이자 그의 주위 환경을 지배하는 '희소

---

15) *Ibid.*, pp. 224~225.
16) Cf. *Ibid.*, p. 224.
17) Cf. *Ibid.*, p. 225.

성'을 극복하기 위한 치열한 투쟁이라는 사실이다. 비극적인 것은, 지금까지 계속된 노력에도 불구하고 인류는 희소성을 완전히 극복하지 못한 상태에 있다는 것이다. "수천 년의 역사가 흐른 지금에도 지구의 4분의 3 이상이 영양 부족 상태에 있다"는 사실 — 『변증법』은 1960년에 출간되었다 — 이 그 증거이다.[18)]

그런데 이처럼 희소성이 물질적 환경을 지배한다고 말하는 것에는 물질적 인간들의 만남이 서로에게 죽음의 위협이라는 사실이 함축되어 있다. 그들이 희소성의 환경에서 만나는 한, 하나의 물건이 한 사람에 의해 '지금, 여기에서' 사용된다면, 다른 사람은 '지금, 여기에서' 그것을 사용할 수 없게 된다.[19)] 그로 인해 그들은 서로를 군식구로 여기게 된다. 이렇듯 희소성의 세계에서 인간은 다른 인간에게 비인간적 인간 혹은 낯선 종이 된다. 요컨대 각자는 타자에게 죽음의 위협을 가하는 "반인간" (contre-homme)으로 변모한다.

> 순수한 상호성 속에서 나와 다른 자 역시 나와 동일자이다. 희소성에 의해 변형된 상호성 속에서 이 동일자는 우리들에게 반인간으로 나타난다. 이것은 이 동일자가 근본적으로 타자(즉 우리들에게 죽음의 위협을 가진 자)로 나타나는 점에서 그러하다.[20)]

따라서 이제부터는 욕구의 인간이 희소성의 세계에서 행하는 실천

---

18) *Ibid.*, p. 235.
19) Cf. *Ibid.*, p. 239.
20) *Ibid.*, p. 243.

은 선악이분법적 행위가 되고, 또 이런 행위를 규제하는 법칙 ——사르트르는 이 법칙을 '윤리'라고 부른다 —— 이 타자의 구조로서 포착되는 악을 파괴하는 것이라는 점에는 놀랄 만한 점이 전혀 없다.[21)]

이런 지적을 통해 사르트르의 인간학적 관점에서 볼 때 폭력이 어디에서 기인하는지를 알 수 있다. 폭력은 우선 물질적 인간들에게서 기인한다. 인간은 자신의 실천에서 권리상 타자들을 절대적 목적으로 여기면서 그들의 인간성을 인정할 수 있다는 사실을 지적한 바 있다. 하지만 융화집단 형성의 경우를 제외하고 인간은 그들을 그 자신의 목표 달성을 위한 도구로 삼을 수 있다는 점은 부인할 수 없다. 그로부터 상호성에 포함된 네 조건의 충족 거부 위에서 이루어지는 폭력이 출현할 수 있다는 게 사르트르의 주장이다.

분명, 이런 투쟁에는 폭력의 싹이 들어 있다. 하지만 이런 투쟁이 폭력의 출현과 직접적으로 연결되어 있다고 단언하는 것은 아직 이르다. 왜냐하면 이 투쟁이 진행되는 과정에서 인간은 그의 적을 제거하는 데까지 나아가지 않기 때문이다. 모든 인간들의 실천을 지배하는 희소성이 개입하는 지점이 바로 거기이다. 사르트르의 인간학적 관점에서 포착되는 폭력의 기원이 문제가 될 때, 희소성이 가지는 중요성을 아무리 강조해도 지나치지 않다.[22)] 실제로 욕구의 인간을 타자들과의 만남에서 그들 존재의 파괴를 추구하는 반인간으로 변모시키고, 따라서 순수폭력의 주체로 변모시키는 것이 이 희소성이기 때문이다.

---

21) *Ibid.*, pp. 244~245; Cf. CRDII, pp. 33~34.
22) CRDI, p. 243.

하지만 두 가지 사실을 지적하자. 첫째, 타자가 나와의 만남에서 비인간적인 존재가 되는 것은, 그가 본질상 비인간적이어서가 아니라[23] 그도 그의 실천에서 나처럼 희소성에 의해 지배되는 환경에 의존적이기 때문이라는 점이다. 이 사실은 의미심장하다. 왜냐하면 이 사실을 통해 사르트르의 관점(존재론적이든 인간학적이든 간에)에서 포착되는 폭력이 결코 인간의 본성에 내재된 것이 아니라는 것을 알 수 있기 때문이다. 둘째, 비록 타자가 내 앞에서 나의 존재를 무화시키는 반인간으로 나타난다고 해도, 그가 항상 첫 번째 폭력의 주인공은 아니라는 사실이다. 내가 타자에게 행사하는 폭력에 이어 그가 나에게 폭력을 행사하는 것은 가능하다. 나의 폭력에 맞서 그가 그 자신의 존재를 방어하기 위해 폭력에 호소할 수밖에 없는 상황에 처할 수도 있다. 그렇다면 그와 나 중에서 누가 첫 번째 폭력을 행한 자인가?

사실을 말하자면, 이 질문에 답을 하는 것은 불가능하다. 심지어는 둘 중 누가 먼저 이 세계에 출현하는가를 결정할 수도 없다. 쌍둥이처럼 출현하면서 나와 타자는 존재의 우연성의 질서, 곧 형이상학의 질서에 속하기 때문이다. 하지만 『변증법』 차원에서 일단 폭력이 이 세계에 나타나게 되면 ― 그것이 타자에서 오든 나에게서 오든 간에 ―, 이 폭력에는 대항폭력이 뒤따를 수 있다는 것은 분명하다.[24]

이처럼 물질적 인간들이 처음부터 폭력적이지 않다고 해도, 그들의 관계는 함께 살고 있는 물질적 환경을 지배하는 희소성에서 해방될 때까

---

23) Cf. *Ibid.*, p. 242.
24) *Ibid.*, p. 245.

지 순수폭력과 대항폭력 사이의 왕복에 의해 특징지어진다. 물질적 인간의 다수성과 희소성은 사르트르의 인간학적 차원에서 포착된 폭력의 기원을 결정하는 주요 요소이다.

실천적-타성태: 가공된 물질의 '반(反)실천적' 특징

가공된 물질과 물질적 인간의 사회성

앞서 우리는 애초에 폭력적이지도, 공격적이지도 않은 물질적 인간이 희소성의 지배하에서 동류 인간들의 존재를 제거하는 것을 겨냥하면서 폭력의 주체로 변모해 가는 과정을 보았다. 이 단계에서 다음 두 가지 사실에 주목하는 것이 유익할 것 같다. 하나는 이 과정을 기술하기 위해 인간의 실천이 순수한 물질에 의해서만 제한된다는 사실에서 출발했다는 것이다. 다른 하나는 인간의 노동이 고립된 개인의 것이 아님에도 불구하고, 우리가 물질적 인간들의 관계를 사회적 조직들, 가령, 계급, 제도, 집단, 국가 등, 요컨대 사회적 총체들[25]과 완전히 독립적인 것으로 여겼다는 사실이다.

그런데 물질적 인간의 실천은 단순히 순수한 물질에 의해서만 조건지어지는 것이 아니다. 인간은 또한 '가공된 물질', 즉 그가 그 자신의 표지를 새겨 넣은 물질에 의해서도 조건 지어진다. 게다가 인간은 태어나면서부터 사회적 대상에 속해야 하는 운명을 타고나며, 그의 실천이 그의 사회적 지위, 특히 그의 계급존재에 의해 제한된다는 것이 사르트르의 주

25) Cf. CPM, p. 124.

장이기도 하다.

이런 상황에서 우리는 앞 장에서 다룬 내용, 즉 사르트르의 인간학적 관점에서 포착된 폭력의 기원은 희소성의 지배하에 있는 인간들 사이의 관계에 있다는 주장을 재검토해야 하는 필요성에 직면한다. 우리의 관심이 폭력의 기원 문제에 있는 만큼, 과연 이런 재검토 후에 물질적 인간이 여전히 실천의 장 속에서 타자들에게 죽음의 위협을 가하는 반인간이자 폭력의 주체로 변모하는지에 대한 결론을 내릴 수 있을 것이다.

앞서 희소성의 지배하에서 인간이 타자와의 관계에서 비인간적이 되기 때문에 이 희소성의 역할이 부정적이라고 했다. 하지만 희소성이 긍정적 역할을 수행할 수도 있다. 왜냐하면 희소성으로 인해 인간들의 관계가 폭력으로 점철되기는 하지만, 역으로 그들이 희소성 그 자체에 맞서 싸우면서 단합하기 때문이다.[26)]

이처럼 희소성이 인간들에게 단합할 수 있는 기회를 제공해 주는 것이 사실이라면, 사회적 노동에 흡수될 개인의 생산적 노동은 당연히 그들 사이에서 나타나는 이타성(altérité)의 긴장을 누그러뜨리는 데, 따라서 폭력의 발생을 막는 데 기여해야 할 것이다. 그리고 그들이 이런 상태에 도달한다면, 그들의 실천의 결과는 긍정적 획득물이 될 것이다. 왜냐하면 그들은 희소성에 맞선 투쟁에서 단합하기 때문이다.

하지만 기술의 비약적 발전으로 인한 풍부한 생산에도 불구하고 인간들 사이의 긴장이 누그러지기는커녕, 인류의 전 역사를 통해 더욱더 커지는 상황이 계속되고 있다. 그들이 물질을 가공하면서 한데 뭉치게 된

---

26) CRDI, p. 247.

이유는 희소성의 지배로부터 벗어나기 위함이다. 하지만 역으로 그들의 실천의 결과는 그들에게 긍정적인 모습 대신에 오히려 반목적성(contre-finalité)의 모습을 내보이게 된다.

사르트르는 그 한 예로 중국에서 수 세기에 걸쳐 이루어진 삼림채벌을 들고 있다. 중국인들이 삼림채벌을 하면서 내세웠던 목표는 경작지 확보였다. 어느 정도 성공을 거두기도 했다. 이것이 그들의 실천의 긍정적 측면이다. 하지만 삼림채벌로 인해 숲이 황폐화되었고, 강이 범람하면서 홍수가 더 빈번하게 발생하기도 했다. 이것이 부정적 측면이다. 이렇듯 중국인들이 소망했던 것과는 달리, 삼림채벌은 죽음의 위협을 동반한 부정적 단합을 낳게 되었다.

이 예에서 볼 수 있는 것처럼, 인간들에 의해 가공된 물질은 원칙적으로 그들을 희소성에서 해방시켜야 한다. 하지만 현실에서는 오히려 이 물질을 가공해 낸 자들을 부정하는 결과로 나타난다. 이처럼 희소성과 마찬가지로 가공된 물질은 인간과의 관계에서 이중의 특징을 갖는다.

> 가공된 물질은 그 완전한 순응성 속에서 사회의 새로운 총체화 작용으로서, 그리고 사회의 근본적인 부정으로서 나타난다.[27]

앞서 물질적 인간들의 위상은 기존 환경과 이 환경을 바탕으로 만들어 내는 대상과의 이중의 관계 속에서 결정된다는 점을 지적했다. 여기서 가공된 물질은 그들이 기존 여건에서 이 세계에 오게끔 한 대상과 일치한

---

27) *Ibid.*, p. 275.

다. 그런데 사르트르는 이 대상에 대해 이렇게 지적한다. 이 가공된 물질이 그 자체를 이 세계에 오게끔 한 인간들에게 그들을 소외시킴과 동시에 그들에게 타자로 작용하면서, 그들의 다음 차례의 실천에 새롭고도 필요한 계기를 구상하는 반실천(anti-praxis)으로 부과된다고 말이다.

이것은 물질적 인간들의 실천의 결과물 속에서 그들의 기대와는 달리 다음 실천을 제약하는 하나의 요소가 나타나는 상황에 직면한다는 것을 의미한다.[28] 그로부터 그 유명한 '실천적-타성태'(pratico-inerte) 개념이 도출된다. 사르트르는 일반적으로 인간과 인간에 의해 가공된 물질의 상징이라고 할 수 있는 '기계' 사이의 상호관계에 기대어 이 개념의 의미를 개략적으로 제시한다.

> 사람이 기계를 만드는 것과 마찬가지로 기계 역시 자기 사람을 만든다(우리는 뒤에서 이 과정을 자세히 보게 될 것이다). 이것은 시간적이고 목적론적인 하나의 과정을 통해서 기계가 자기에게 봉사하는 사람을 자기 자체를 작동시키는 하나의 기계로 만든다는 것을 의미한다.[29]

이 단계에서 다음 질문이 자연스럽게 제기된다. 원칙적으로 긍정적 획득물이어야 할 가공된 물질이 어떻게 그 자체의 출현을 빚지고 있는 인간들에게 이처럼 적대적이 되는가? 가공된 물질은 인간들에게 유순해야 한다. 인간들이 이것을 만든 것은 그 자신들을 위협하는 희소성과 투쟁하

28) 이런 의미에서 사르트르는 "피드백"(feed-back)을 지적하기도 한다. Cf. CRDII, p. 294.
29) CRDI, p. 317.

기 위함이다. 그렇다면 위의 질문은 재차 이렇게 제기될 수 있다. 대체 가공된 물질은 어디에서 인간들의 실천을 무력하게 만드는 힘을 길어 올리는가? 사르트르는 이렇게 주장한다. 인간들이 가공된 물질에 의해 소외를 겪는 것은, 이 가공된 물질 자체가 힘이기 때문이 아니라, 이 가공된 물질의 타성태가 타자들의 노동의 힘을 불리하게 되돌려주는 것을 가능케 해주기 때문이라고 말이다.

이 사실을 눈여겨볼 이유가 있다. 왜냐하면 그로부터 가공된 물질을 매개로 정립되는 인간들 사이의 관계가 어떤 형태를 띠는가를 예상할 수 있기 때문이다. 이 관계의 기본적인 도식을 미리 제시하면, 그것은 갈등과 투쟁의 연속이다. 다시 말해 가공된 물질의 매개 후에도 그 관계는 폭력의 출현을 예비하고 있다. 하지만 가공된 물질의 영향하에서 그들이 폭력을 낳으면서 서로가 서로의 적으로 변모하는 과정을 기술하기 위해서는 무엇보다도 먼저 그들 각자가 이 가공된 물질과 맺는 관계를 보아야 한다. 사르트르는 이 관계를 '요구', '이해관계', '운명'으로 규정하고 있다.

물질적 인간과 가공된 물질과의 관계

요구

사르트르는 요구를 가공된 물질이 물질적 인간에게 불리하게 되돌아오는 관계의 한 형태로 규정한다. 그렇다면 이 요구의 의미는 무엇인가? 답을 위해 한 인간이 하나의 도구를 사용하는 경우를 예로 들어 보자.

이 예와 관련하여 첫 번째로 지적할 수 있는 것은, 이 도구를 이용하는 경우에 이 인간은 그것에 의해 모종의 행동이 기대되는 자로 지목된다는 것이다. 이 도구는 그에게 일정한 법칙을 부과하고 또 그에 따라 행동할 것을 명령한다. 그가 복종하지 않을 경우에 어떤 일이 발생하는가? 그의 불복종은 이 도구 사용의 정지로 이어지고, 또한 이 정지는 그가 속한 공동체의 해체로 이어질 것이다. 왜냐하면 그가 타자들과 함께 세운 목표는 희소성에 맞서 공동으로 대응하는 것이기 때문이다. 따라서 그가 어떤 도구를 이용하는 경우, 그는 이 도구가 그에게 부과하는 법칙을 준수할 수밖에 없다. 이런 관점에서 보면 그는 도구로부터 오는 요구를 거절할 수 없는 정언명령으로 여긴다고 할 수 있다. 이렇듯 요구는 그 자체 안에 물질적 인간에 대한 가공된 물질의 지배를 포함하고 있다.

요구에 대해 두 번째로 지적할 수 있는 것은, 도구를 이용하는 인간으로부터 모종의 행동이 기대된다고 해도, 이런 기대가 도구 자체에서 오는 것이 아니라 '외부', 즉 이 도구를 만들어 낸 타자들의 노동의 힘에서 온다는 점이다. 앞서 지적한 것처럼 가공된 물질은 그 자체로 온순하며, 따라서 아무런 힘도 가지고 있지 않다. 인간이 도구로부터 오는 정언명령에 따를 때, 실제로 그는 이 도구를 이 세계에 오게끔 한 여러 인간들의 힘에 복종하는 것이다. 그 결과는 다음 두 가지이다. 하나는 가공된 물질을 통해 인간이 다른 인간들과 관계를 맺게 된다는 점이다. 다른 하나는 인간은 가공된 물질을 통해 다른 인간에 대해 우위를 확인한다는 점이다.[30)]

하지만 다음 두 가지 사실에 주목하자. 하나는 물질적 인간이 가공된 물질과의 관계에서 자신의 무기력을 경험한다고 해도, 그가 그의 실천에서는 자유롭다는 것이다. 『변증법』의 목표 중 하나는 굳어 버린 마르크스주의에 자유롭게 살아가는 인간의 초극 불가능한 개별성을 도입하면서

30) *Ibid.*, p. 298.

사르트르 자신의 실존주의를 위해 독립적인 영역을 마련하는 것이다. 다른 하나는 비록 인간이 희소성의 지배하에서 폭력을 낳으면서 타자들과 투쟁관계로 접어들기는 하지만, 아직까지 그가 그들과의 관계 정립에서 권위를 체험한 적은 없다는 것이다.

하지만 사르트르는 요구를 다루면서 인간이 가공된 물질을 통해 타자에게 명령을 내리는 권리를 갖게 된다는 사실을 보여 준다. 인간이 가공된 물질에 의해 모종의 행동이 기대되는 자로 여겨진다면, 그것은 정확히 이 가공된 물질에는 거기에 자신들의 표지를 기입하면서 이것을 출현시킨 자들의 노동의 힘이 투사되어 있기 때문이다. 그리고 이 힘은 가공된 물질을 이용하는 자들에 대한 그들의 우위를 보증해 주는 것이기도 하다. 요컨대 요구는 가공된 물질의 매개에 의해 이루어지는 인간과 인간 사이의 권위와 복종을 그 자체 내에 함축하고 있다.

이해관계

물질적 인간과 가공된 물질 사이의 두 번째 관계는 이해관계이다. 사르트르는 이 개념을 정언명령으로 실천을 조건 지우는 것으로서의 "사물-내-자기-외부-존재-전체"[31]로 규정한다. 이를 통해 이해관계와 요구 사이에는 큰 차이점이 없다는 것을 알 수 있다. 게다가 사르트르 자신도 이해관계를 특별한 상황에서 특별한 개인 또는 집단에 의해 이루어지는 요구의 단순한 특수화로 이해한다. 하지만 이해관계는 요구와 구별된다. 어떤 면에서 구분될까?

---

31) *Ibid.*, p. 307.

답을 위해 우선 이해관계의 기원을 보자. 사르트르에 따르면 이해관계는 희소성이 지배하는 실천의 장에서 이루어지는 인간의 자유로운 실천에서도, 타자들과의 만남에서도 직접 기인하지 않는다. 물론 이해관계의 기원을 욕구를 가진 인간과 주위 환경과의 관계 속에서 찾아볼 수도 있을 것이다. 왜냐하면 생물학적 유기체의 자격으로 그는 자신의-세계-내-자기-외부-존재이기 때문이다. 하지만 이것은 추상적 기원일 뿐이다. 사르트르는 더 구체적인 차원에서 이해관계는 인간과 사물 사이의 관계(소유권이 그 예이다)에서 기인한다고 본다. 다만 거기에는 한 가지 조건이 따른다. 이 관계가 사회적 실천의 장에서 정립되어야 한다는 조건이 그것이다.[32)]

가령, 한 명의 소유자가 '이해관계를 가진다'고 선언할 때, 그는 무엇을 주장하는 것일까? 사르트르에 따르면 이 선언에는 소유주의 존재와 소유된 대상 전체 사이의 '동일시' 현상이 있는 것으로 이해된다. 소유대상 전체는 그 자체에 인간적인 내면성을 투사하는 소유주와 하나가 된다. 사르트르에게서 가짐의 범주가 있음의 범주로 환원된다는 사실을 기억하자. 그런 만큼 소유자가 그 소유대상을 잃는 것은 곧 그의 존재의 감소라는 등식이 성립한다.

또한 소유주는 어떤 대가를 치르더라도 자기 자신의 존재보존이라는 최종 목표를 향해 나아간다. 그 결과 다음과 같은 상황이 발생한다. 소유자가 그 자신의 실천에서 그의 소유대상인 사물들에 의해 조건 지어지는 상황이다. 그리고 소유대상이 되는 사물들은 그에게 그 보존과 증가를

---

32) *Idem.*

요구한다. 하지만 다음 사실에 주의하자. 실제로 이해관계가 사회적 실천의 장에서 정립되는 인간과 사물들의 관계에서 기인하므로, 이 사물들의 보존, 특히 그 증가는 타자들의 소유물, 곧 그들의 존재의 희생 위에서만 실현될 수 있다는 사실이다. 왜냐하면 그들 역시 그들이 소유하는 것으로 존재하기 때문이다.[33]

이제 물질적 인간으로서 내가 갖는 이해관계는 무엇보다도 먼저 타자의 그것의 부정으로 나타난다고 말할 수 있다. 나와 타자는 사회적 실천의 장에서 함께 살고 있고 또한 희소성의 지배하에 있어서, 내가 나의 이해관계를 실현하기 위해서는 타자의 그것을 부정하는 것, 따라서 그의 존재를 파괴하는 것 이외의 다른 방법이 없다.[34] 그 결과 만약 나의-외부-존재가 부정된다면, 이런 부정은 타자에 의해 이루어지게 된다.[35]

이런 설명을 통해 요구와 구별되는 이해관계의 주요 특징을 포착할 수 있다. 일종의 정언명령으로서 요구가 인간들 사이의 관계에서 권위의 출현을 가능케 해준다는 사실을 지적한 바 있다. 요구에서 발생한 이런 권위로 인해 그들의 관계가 항상 갈등으로 귀착된다고 하는 것은 잘못된 생각일 것이다. 하지만 이해관계가 문제되는 경우, 사정은 이와 다르다. 이해관계에 바탕을 둔 인간관계는 필연적으로 경쟁적이 될 수밖에 없다. 달리 말해 요구 차원에서 나타나는 인간의 인간에 대한 종속이 이해관계의 차원에서는 투쟁으로 바뀐다. 왜냐하면 이해관계는 그 당사자에게 소유대상 전체를 보존하고 증가시킬 것을 요구하는데, 이런 과정은 반드시

---

33) *Ibid.*, p. 309.
34) Cf. CPM, pp. 195~196.
35) CRDI, p. 312.

타자가 소유한 것, 혹은 그의 존재의 희생 위에서만 이루어질 수 있기 때문이다.

운명

요구와 이해관계에 더해 사르트르는 물질적 인간과 가공된 물질 사이의 관계를 기술하기 위해 운명을 제시하고 있다. 그렇다면 실천적-타성태의 제3의 특징으로 명명되는 운명은 무엇인가? 답을 위해 내가 공장을 가진 고용주이고, 내가 소유한 기계를 작동시키기 위해 노동자를 고용했다고 가정하자. 이 가정과 관련하여 당장 지적할 수 있는 것은, 이 기계가 나에게 소속되는 한, 나는 이 기계와 노동자가 맺는 관계와는 전혀 다른 성질의 관계를 맺는다는 점이다. 내가 이 기계에서 나의 이해관계를 본다면, 이 노동자는 같은 기계에서 그의 운명을 본다는 것이 사르트르의 주장이다. 이것은 이해관계와 운명이 가공된 물질의 양면이라는 사실, 하지만 이 양면은 대립적이라는 사실을 의미한다.

분명, 나는 나의 소유대상인 기계에서 나의 존재를 확인한다. 왜냐하면 나는 거기에 나의 내면성을 투사하기 때문이다. 나는 이 기계와 혼융되면서 거기에 내 자신을 객체화시키는 것이다. 따라서 이 기계는 나의 이해관계에 해당한다. 그리고 내가 이 기계에서 내 존재를 소유하는 방식은 긍정적이다. 내가 사업을 확장시키기 위해 경주하는 노력은 이 기계를 보존하고 확장시키는 결과를 낳기 때문이다. 그런데 고용된 노동자가 이 기계를 작동하기 시작하는 순간부터 그 역시 나와 마찬가지로 이 기계에서 그 자신의 존재를 소유하게 된다. 다만 그 방식은 부정적이다.[36] 그가 이 기계의 보존과 증가, 따라서 나의 존재의 강화에 기여하면 할수록, 그의 이해관계, 곧 그의 존재는 감소하게 되고, 최악의 경우 죽음의 위험에 직면하게 된다.

그렇다면 이런 반대되는 현상은 어디에서 기인하는가? 사실을 말하자면, '고용주-나'와 '노동자-타자' 사이에 정립되는 관계는 그를 고용하면서 내가 합당한 급료를 지불하고, 그는 합당한 노동을 제공해야 한다는 의미에서 직업적인 관계이다. 그리고 급료는 이 노동자가 그 안에서 자신의 개별성을 갖는 그의-외부-존재이다. 물론 이 급료는 내가 내 소유의 기계를 가동시키기 위해 지불할 수밖에 없는 비용과 일치한다.

내가 급료로 지불하는 비용은 그대로 나의 존재의 부분적인 상실로 이해된다. 이 비용은 그대로 나의-외부-존재이기 때문이다. 그 결과 내가 나의 이해관계에 집착하게 되면, 나는 모순적인 목표를 설정해야 한다. 이익창출의 극대화와 비용의 최소화라는 목표이다. 그렇다면 어떤 수단을 통해 이런 목표를 이룰 수 있을까? 답은 분명하다. 가능한 한 노동자에게 돌아가는 비용을 줄이는 것이다. 하지만 한 인간의 외부-존재의 보존과 증가는 오직 타자들의 그것의 희생 위에서만 가능하다는 사실을 떠올리자. 이제 나의 비용의 축소는 노동자에게서 직접적으로 그의 급료의 감소로 나타난다. 그런데 이 급료는 노동자의 외부-존재이기 때문에, 결국 그의 급료의 감소는 그의 존재의 감소로 이어지게 된다.

이렇듯 내가 내 소유의 기계를 보존하고 또 그 수를 늘리는 의도를

36) *Ibid.*, p. 316.

가지고 나의 이해관계를 추구하는 한, 이 기계의 유지를 위해 고용된 노동자에게서 그의 급료의 형태로 나타나는 그의 존재는 항상 부정될 위험에 처해 있다. 이해관계가 정언명령으로서 실천을 조건 지우는 자기-외부-존재-전체라는 사실을 기억하자. 이 정의는 중요하다. 왜냐하면 이 정의를 통해 기계가 노동자의 이해관계가 아니라 그의 운명이라는 사실을 알 수 있기 때문이다.

얼핏 보면 내 소유의 기계를 다루는 노동자의 급료를 삭감하기로 결정하는 것은 고용주로서의 나이다. 하지만 실제로 나에게 이런 결정을 하도록 명령을 내리는 것은 기계 그 자체이다. 정확히 이것이 실천적-타성태이다. 내가 나의 존재의 상실을 막기 위한 조치를 취할 때, 나는 이 기계에 의해 부과된 정언명령에 따라 행동한다. 나는 이 기계의 요구에 응할 뿐이다. 그런데 내가 이 정언명령에 복종하는 한, 이 기계는 노동자의 이해관계가 될 수 없다.

이와는 달리 이 기계는 노동자의 운명이다. 노동자가 이 기계에서 그 자신의 존재를 소유하는 것은 사실이다. 하지만 그는 이 기계가 고용주인 나를 통해 내리는 정언명령으로 인해 그 자신의 존재가 희생될 상황에 처하게 된다. 일단 노동자가 기계의 작동을 위해 고용된다면, 그는 이 기계와의 관계에서 무기력을 경험할 수밖에 없다. 이 기계는 소유자에게 이 노동자를 급료가 더 낮은 다른 노동자나 다른 기계로 대치할 것을 명령하기 때문이다.[37] 이렇듯 자기-외부-존재인 기계가 소유주에게 속하는 한, 이 기계는 노동자의 이해관계가 될 수 없다. 이와는 반대로 이 기계는 노

37) Cf. *Ibid.*, pp. 317~318.

동자의 반이해관계(contre-intérêt), 곧 운명이 되고 만다.[38]

이런 상황에서 나-고용주와 타자-노동자 사이의 관계가 갈등으로 귀착된다고 말하는 것은 자연스러워 보인다. 노동자는 당연히 내가 그의 급료, 즉 그의 존재를 희생시키기 위한 조치에 대항할 준비가 되어 있는 반면, 나는 나의 존재를 보존하고 강화시키기 위해 그의 급료, 곧 그의 존재를 감소시켜야 하는 입장에 있기 때문이다. 그런 만큼 이해관계와 마찬가지로 운명도 인간들 사이의 관계가 투쟁으로 귀착될 수밖에 없는 주요 원인에 해당한다.

그렇다고 이해관계와 운명 사이에 아무 차이가 없다고 말할 수는 없다. 이와는 달리 이 두 개념은 완전히 분리된다. 어떤 점에서 구별될까? 이해관계는 인간들 사이의 관계에 갈등이 나타나는 지점에서 멈추는 반면, 운명은 이런 갈등이 구체적으로 가공된 물질을 소유하는 자와 그것을 소유하지 못하고 그것에 봉사하는 자 사이에서 발생한다는 점에서 그 차이가 발견된다. 요컨대 운명은 이해관계와 정면으로 대립되는 개념이다.

요구, 이해관계, 운명에 대한 이 모든 설명의 결과는 무엇인가? 두 가지 사실을 지적하자. 우선, 물질적 인간은 그 안에 그의 표지를 기입하는 가공된 물질에 의해 지배되고, 따라서 그의 실천에서 무기력을 경험한다는 것이다. 그다음으로 그가 가공된 물질과의 관계에서 경험하는 이 무기력은 타자들의 노동의 힘에 그 기원을 두고 있기 때문에, 그가 그들과 맺는 관계는 갈등일 수밖에 없다는 것이다. 앞서 보았듯이 요구, 이해관계, 운명은 권위, 경쟁, 투쟁 등과 같은 개념들을 포함하고 있기 때문이다. 이

38) *Ibid.*, p. 318.

제 다음 사실을 단언할 수 있다. 인간들 사이의 경쟁적 관계에 함축되어 있는 폭력의 출현은 그들의 본성에 내재된 것이 아니라 그들의 실천의 결과라는 사실이 그것이다. 그런 만큼 사르트르의 체계에서 가공된 물질이 지배하는 사회적 실천의 장은 지옥과도 같은 상태에서 벗어날 수가 없는 것으로 이해된다.

'계급-존재'의 물질성

한 명의 고용주가 자신의 소유인 기계를 작동시키기 위해 한 명의 노동자를 고용할 때, 그들은 이 기계에 의해 일반적인 개인들 또는 계급에 속하는 개인들로 여겨진다는 것이 사르트르의 주장이다.[39] 이 고용주가 한 사회의 생산수단 대부분을 소유하는 자들로 구성된 계급에 속하는 것처럼(자본가), 이 노동자도 그와 유사한 불특정 다수(프롤레타리아)에 속한다. 그들은 태어나면서부터 각자의 자리가 이미 소속 계급에 기입되어 있다는 사실을 곧 보게 될 것이다. 하지만 여기서 중요한 것은 고용주에 의해 고용된 노동자들은 기계 앞에서 같은 운명을 겪는다는 점이다. 이것은 그대로 운명이 한 명의 노동자에게만 국한되는 것이 아니라 그와 유사한 상황에 있는 노동자들에게도 해당된다는 것을 보여 준다. 이런 의미에서 운명의 '일반적'인 특징을 지적할 수 있다.

물론 이런 특징은 운명에만 국한되지 않는다. 요구와 이해관계에도 해당된다. 요구의 일반성을 보자. 하나의 도구는 그 누구에 의해 이용되더라도 그에게 복종해야 할 법칙을 부과한다. 따라서 요구는 일반적이다.

---

39) Cf. *Idem*.

이해관계도 일반적이다. 왜냐하면 모든 고용주는 그의 소유대상 전체에 의해 부과된 정언명령에 따라 움직이기 때문이다. 그런 만큼 한 명의 노동자의 운명이 기계 안에서 그의 고유한 실존 가능성의 부정으로 나타날 때, 그는 이 부정을 타자들(즉 소유주들) 전체에 의해 소유된 전체 기계들 속에서 포착한다.

그런데 요구, 이해관계, 운명의 일반성은 물질적 인간의 사회적 위상, 그중에서도 '계급-존재'로서의 위상의 표현이다. 이것은 그대로 그가 물질적 환경으로부터 욕구를 충족시키면서 살아가려고 노력함과 동시에 그와 같거나 다른 계급에 속한 타자들과 관계를 맺으면서 살아가기 위해 노력한다는 것을 의미한다. 이 사실을 더 면밀히 보아야 한다. 왜냐하면 물질적 인간의 계급-존재가 실제로 가공된 물질과는 아무런 관계가 없지만, 이 계급-존재 역시 그와 같은 계급에 속하는 자들과 함께 수행하는 개인적 또는 집단적 실천에 영향을 미치기 때문이다. 요컨대 한 개인의 사회적 위상은 그의 실천을 제한하는 물질적 특징을 갖는다.

이 점과 관련하여 물질적 인간의 사회적 위상은 태어나면서부터 하나의 계급에 속하게끔, 즉 하나의 계급-존재가 되도록 예정되어[40] 있다는 점을 지적하자. 인간은 태어나면서 앞 세대들의 정화된 실천에서 기인하는 일반적인 조건들에 의해 이미 소묘된 그의 실존을 발견한다. 사르트르에 의하면 이 인간의 실천과 관련된 특정 종류의 노동, 비슷한 물질적 조건, 유사한 생활수준, 또 엄격하게 제한된 가능성의 장이 주어진다. 이런 시각에서 보면 이 인간은 태어나면서부터 그에 앞서 살았던 자들에 의

40) Cf. SX, p. 98.

해 부과된 모종의 행동을 해야 하는 사명을 띤 것처럼 보인다. 이처럼 한 명의 인간이 사회적 존재라고 하는 것은 출생부터 그가 하나의 계급에 속한다는 것, 그의 실천이 그의 계급-존재로 나타나는 '이미 형성된 운명'에 의해 조건 지어진다는 것을 의미한다.

이런 지적은 의미심장하다. 왜냐하면 그로 인해 사르트르의 "실존이 본질에 선행한다"는 명제와 자유 개념이 부정되는 것처럼 보이기 때문이다. 그의 존재론적 차원에서 인간은 외부로부터 그 어떤 본질도 부여받지 않았다. 그의 인간학적 차원에서 물질적 인간은 그의 실천에서 순수한 물질과 동시에 가공된 물질에 의해 제한되어 있다. 물론 절대적인 제한은 아니다. 그런데 사르트르는 여기서 사회적 존재로서 인간이 하나의 계급에 소속되도록 예정되어 있고, 또 그에게 미리 마련된 자리를 차지하게끔 예정되어 있다고 주장한다. 그로부터 인간에게 '선험적으로' 외부에서 주어진 본질이 있다는 결론을 내려야 할까? 사르트르 자신이 이런 질문을 던지고 있다.[41]

하지만 위의 질문에 답을 하면서 사르트르가 과거의 주장을 폐기처분하는 것은 아니다. 인간의 예정된 운명을 내세우면서 사르트르가 결정론에 빠지진 않는다. 여기서 결정론은 예정설로 대치되고 있다.[42] 인간이 미리 예정되어 태어난다면, 그가 개인으로서 완수하는 모든 행위는 그에게 부과된 객관적 존재를 강화하고 강조하게 될 뿐이라는 것은 명백하다. 또한 그가 태어나면서 기존의 사회적·역사적 조건들 전체에 의해 이미

41) *Ibid.*, p. 340.
42) "나에게서는 예정설이 결정론을 대체합니다." *Ibid.*, pp. 98~99.

내려진 선고를 도외시할 수 없다는 것 역시 명백하다. 그러면서 그는 이미 소묘된 그의 운명을 따라가게 된다. 이것은 그의 기투와 실천이 이미 그의 예정된 운명에 의해 조건 지어졌다는 것을 보여 준다.

이런 사실에도 불구하고 사르트르는 인간에게 외부로부터 선험적으로 오는 본질이 있다고 단언하는 데까지 나아가지 않는다. 인간이 태어나면서 예정된 운명으로부터 자유롭지 못해도, 그가 이 운명으로 인해 그 자신의 자유를 완전히 박탈당하지는 않는다. 이미 구성된 과거로 인해 그가 저당 잡힌 미래 속에서 살아간다는 것은 부인할 수 없다. 하지만 그에게 자신을 창조할 수 있는 모든 가능성이 봉쇄되는 것은 아니다.[43] 이렇듯 사르트르가 내세운 예정설에는 인간의 선택의 완전한 부재가 포함되어 있지는 않다.[44]

게다가 사르트르는 "복잡한 행동에 대한 아주 편리한 요약어인 비겁함, 용기 등과 계급에 속함을 비교할 여지가 없다"[45]고 주장한다. 이것은 결정론 속에서 인간이 비겁하고 용기 있는 존재로 규정되는 반면, 비록 예정설을 고려한다 해도 그는 결코 선험적으로 부르주아도, 프롤레타리아도 아니라는 것을 의미한다. 물론 그는 이미 주어진 운명에서 출발해서 스스로를 창조해 나간다. 하지만 이것이 그가 외부로부터 받은 선험적인 본질과 같은 것은 아니다. 만약 그럴 경우, 그는 이미 그에게 부과된 모습에서 벗어날 수 있는 자유로운 결단을 내릴 수 없을 것이다. 또한 무엇을

43) *Ibid.*, p. 99.
44) 게다가 이것이 바로 사르트르가 제2차 세계대전 이후에 자유에 대해 내리고 있는 정의에서 볼 수 있는 것이다. Cf. CRDI, p. 437.
45) *Ibid.*, p. 340.

하든 그는 이미 예정된 운명에서 결코 벗어날 수 없을 것이다. 물론 그의 미래가 이미 형성된 운명, 이전 세대들의 정화된 실천에 의해 제한된다는 점을 잊어서는 안 된다. 이 모든 사실은 인간의 계급-존재에도 해당된다.

하지만 인간이 그 자신의 계급-존재 앞에서 겪는 이런 제한에는 새로울 것이 없다. 왜냐하면 인간의 모든 실천은 기존의 여러 요소들과 현재의 여러 요소들과의 관계 속에서 이루어지기 때문이다. 그렇다면 사르트르는 왜 인간이 그의 계급-존재 앞에서 겪는 제한을 강조하는가? 이 물음에 대한 답은 인간이 개인적 · 집단적 차원에서 이 계급-존재의 지배를 받는다는 점에 있다.

인간은 개인적으로 그 자신의 실천에서 계급-존재의 지배하에 있다. 하지만 이것만이 전부가 아니다. 이런 지배는 그와 같은 계급에 속하고, 따라서 동일하게 예정된 운명을 가진 다른 인간들과 함께 수행하는 집단적 실천으로까지 이어진다. 요컨대 그들이 태어나면서 같은 계급의 구성원의 자격으로 발견하게 되는 계급-존재는 그들 모두의 집단적 실천을 조건 지우는 요소들 중 하나로 드러난다.

이와 관련하여 사르트르가 계급-존재를 — 노동자계급이든 자본가 계급이든 간에 — 계급투쟁의 범주로 확대시키고 있다는 사실은 흥미롭다.[46] 앞서 인간이 노동자가 되는 운명을 타고났을 때, 그가 이미 주조된 운명을 홀로 마주하는 것이 아니라고 했다. 하지만 이 노동자들의 운명은 자본가들의 그것과 근본적으로 다르다는 점이 중요하다. 노동자들이든 자본가들이든 모두가 하나의 계급에 속하게 될 운명을 타고난 것은 사실

---

46) Cf. *Idem*.

이다. 하지만 자본가들의 이해관계와 노동자들의 운명이 서로 대립되듯이, 그들의 실천을 지배하는 계급-존재는 상반된 모습을 하고 있다. 같은 이유로 그들의 관계는 투쟁, 보다 더 정확하게는 계급투쟁으로 귀착될 모든 준비를 완료하고 있다는 점은 의심의 여지가 없다.

물론 우리의 의도는 이 계급투쟁에 대한 통시적·공시적인 전체 모습을 파악하는 데 있지 않다. 여기서는 이 계급투쟁이 발발하기 위해 노동자들과 자본가들이 자신들의 진영에서 구체적이고 활동적인 통일을 이룩해야 한다는 사실만을 지적하고자 한다. 그들은 자신들의 진영에서 '공동 실천'을 행함과 동시에 거기에 필요한 수단으로 무장하고서 자신들의 계급-존재 앞에서 겪는 제한과 무기력을 극복해야 한다. 게다가 사르트르는 부르주아계급의 구체적인 통일은 노동자계급의 공동 실천에 대한 공동 거부 속에서만 실현될 수 있을 뿐이라고 주장한다. 계급투쟁의 발발을 위해 자신들의 현재 운명을 미래의 이해관계로 변형시킬 만큼 충분히 강하고 효율적인 구체적 통일을 이룩해야 하는 것은 우선 노동자들이다.[47]

노동자들은 성공할 수 있을까? 만약 성공한다면, 어떤 조건에서인가? 만약 성공하지 못한다면, 어떤 이유에서인가? 이 문제들을 곧 살펴볼 것이다. 여기서는 사르트르에게 계급은 이중의 지위를 갖는다는 사실만을 지적하고자 한다. 계급은 그 구성원들의 집단적 실천을 단순한 여건으로 구성하는 한편, 무기력의 모든 형태를 그 내부에서 제거하는 것을 목적으로 하는 순수한 실천을 겨냥한 계속되는 통일 운동과 그 자체의 시

47) CPM, p. 418.

도에 의해 정의되는 활동적이고 조직된 집단으로 규정된다. 물질적 인간들의 집단적 실천이 그들의 계급-존재에 의해 어떤 방식으로 영향을 받는가를 알기 위해, 일상생활에서 나타나는 것과 같이 실천적 장에서 가장 뚜렷하고, 가장 즉각적이고, 가장 피상적인 군집으로 사르트르가 정의하는 집렬체적 집단적 존재, 곧 '집렬체'로 향해야 한다. 게다가 이런 시각에서 우리는 한 개인에 의해서가 아니라 집단에 의해 발생하는 폭력의 탄생에 주목해야 할 필요가 있다.[48)]

집렬체: 실천적-타성태의 일상성

버스 승객들의 예

계급-존재가 개인의 실천을 조건 지우는 요소 중 하나로 나타나는 과정을 설명하면서 우리는 노동자들과 자본가들의 미리 만들어진 운명 사이의 근본적인 차이에 대해 언급했다. 하지만 좀 더 자세히 보면 그들의 사회적 지위가 비슷하지도 교환 가능하지도 않다는 사실을 알 수 있다. 더군다나 비록 그들의 구체적인 통일 이후에 그 관계가 투쟁으로 귀착될 수밖에 없다고 해도, 그들이 살고 있는 현실 세계는 그들의 계급 차이에도 불구하고 대부분의 경우 희소성을 극복하기 위해 그들이 함께 참여해 군집을 형성한다는 점에 의해 특징지어진다. 이것은 그들의 이미 만들어진 운명이 서로 완전히 대립적이지만 종종 그들의 사회적 지위에서 유사하고 또 교환 가능하게 되는 일이 종종 발생한다는 것을 의미한다.

---

48) CRDI, pp. 360~363.

그런데 이런 군집이 집렬체와 무관하지 않다는 사실은 흥미롭다. 물론 이것은 모든 사회적 군집과 마찬가지로 그 나름의 구조를 가지고 있다. 다만 이 집렬체는 그 형성과 구조 면에서 활동적이고 조직된 집단과는 구분된다.[49] 따라서 집렬체가 무엇인지를 알기 위해서는 그 형성 과정과 구조를 고찰할 필요가 있다. 이를 위해 사르트르가 『변증법』에서 제시하고 있는 버스 정류장에서 줄을 서고 있는 승객들, 라디오 청취자들, 경쟁시장에서 가격 결정에 참여하는 자들의 예를 분석하게 될 것이다.

먼저, 버스 정류장에서 버스를 기다리고 있는 승객들에 의해 형성되는 줄의 예를 보자.[50] 사르트르는 무엇보다도 먼저 그들에 의해 형성된 군집이 그들의 '고립'에 의해 특징지어진다고 주장한다. 버스를 기다리면서 같은 시간, 같은 장소에 모여 있는 것을 제외하고 그들 사이에는 아무런 공통점도 없다. 그들은 아주 다른 나이, 성, 계급, 환경에 속하며, 그런 만큼 그들이 활동적이고 조직된 집단으로 통일되는 것은 거의 불가능하다. 이렇듯 버스 승객들의 군집은 복수의 고독한 존재들의 모임일 뿐이다.

이어서 사르트르는 버스 정류장에 모여 있는 이 승객들이 서로 교환 가능하다고 본다. 하지만 그들이 서로 교환 가능하기 위해서는 동일해야 한다. 이 조건은 충족되는가? 답은 긍정적이다. 두 가지 이유에서이다. 하나는 그들이 버스라는 하나의 물질적 대상과 공통관계를 맺기 때문이다. 다른 하나는 버스를 기다리면서 같은 시간, 같은 장소에 모여 있다는 의미에서 그들이 이 버스에서 공동 이해관계를 보기 때문이다. 이와 관련하

---

49) *Ibid.*, p. 364.
50) Cf. *Idem*.

여 사르트르는 하나의 군집의 구성원들이 가진 공동의 이해관계가 나타나는 것은 그들의 동일성과 그 궤를 같이 한다고 본다.[51)]

이렇듯 버스 정류소에 함께 있는 승객들이 이 버스에서 공동의 이해관계를 갖는다는 단 하나의 이유로 그들은 서로 차별화되지 않는다. 그들의 관계는 상호교환 가능성에 의해 특징지어진다. 버스를 기다리고 있는 승객들에 의해 구성된 군집이 가지는 이 두 가지 특징을 강조할 이유가 있다. 왜냐하면 그로부터 집렬체의 구성에서 중요한 역할을 하는 하나의 개념이 파생되기 때문이다. 이타성이 그것이다.

분명, 하나의 군집의 구성원들이 하나의 물질적 대상에서 공동으로 동일한 객체적 실재를 갖는 경우 — 버스이다 —, 그들의 분리는 동일성으로 끝난다. 그럼에도 그들은 고립 상태를 극복하지 못한다. 그들은 분리되어 있다. 그들의 동일성과 분리는 군집에서 공존한다. 이 군집에서 각자는 다른 구성원들과 동일하지만, 그는 자기와는 다른 자(autre que soi)의 자격으로 그러하다. 이처럼 군집의 구성원들 사이의 상호교환 가능성은 그들의 분리, 즉 이타성을 고려하지 않고서는 포착될 수 없다. 그런데 이번에는 그들이 서로 교환 가능하다고 말하는 것은, 각자가 다른 구성원들에 비해 잉여라고 말하는 것과 같다. 왜냐하면 그들을 스스로 동일하다고 여기게끔 하는 물질적 대상은 실제로 희소성에 의해 지배되기 때문이다.[52)]

게다가 우리의 예에서 버스를 탈 수 있는 정원은 제한되어 있다.[53)] 그

---

51) *Ibid.*, p. 367.
52) *Ibid.*, pp. 367~368.
53) *Ibid.*, p. 368.

로부터 군집의 구성원들 사이에 갈등이 발생할 수 있는 가능성이 도출된다. 앞서 희소성의 지배하에서 각자는 각자에게서 타자를 본다는 사실, 즉 죽음의 위협의 담지자인 반인간을 본다는 사실을 지적했다. 이와 마찬가지로 승객들은 버스를 기다리면서 서로 자기와는 다른 자를 발견하게 되고, 이 버스와의 관계에서 자신들 스스로를 잉여존재로 파악하게 된다. 그로 인해 그들의 관계는 언제든지 갈등으로 전환될 수 있다. 하지만 희소성에 의해 지배되는 물질적 환경에서와는 달리 버스 승객들 사이의 관계는 항상 갈등으로 귀착되지는 않는다. 그 이유는 어디에 있을까?

사르트르에 의하면 그 답은 희소성의 자격으로 버스 승객들의 집렬체적 질서를 결정하는 물질적 대상에서 나온다. 따라서 물질적 대상인 버스가 어떤 방식으로 이런 집렬체적 질서를 결정하는가를 알아보는 것이 중요하다. 이를 위해 두 가지 사실을 지적하자. 첫째, 정류소에서 각자가 타자와의 관계에서 스스로를 잉여존재로 포착하는 것은 정확히 버스라고 하는 이 물질적 대상과의 관계 속에서라는 사실이다. 그런데 이 버스가 물질적 대상으로 또 희소성으로 모든 승객들에게 '요구'로 나타난다. 이 버스 앞에서 그들 모두는 모종의 행동이 기대되는 자들이 된다. 물론 이 행동의 내용은, 버스가 그들에게 부과하는 정언명령에 따르는 것이다. 그들이 투쟁을 피하고자 한다면 정류소에 도착하는 순서대로 줄을 서는 수밖에 없을 것이다.

둘째, 버스 승객들이 모두 동일하기 때문에 그 누구도 줄을 서면서 앞자리를 차지할 수 있는 특권을 가지고 있지 않다는 사실이다. 누군가가 제일 먼저 도착했다면 그는 버스에 제일 먼저 탈 수 있는 권한을 부여받게 된다.[54] 늦게 도착한 자는 다음 버스를 이용해야 한다. 이것은 승객들 중 누가 선험적으로 잉여인가를 결정할 수 없음을 의미한다. 그로부터 그들이 선험적으로 자신들의 순번을 결정하는 것의 불가능성을 용인하고 또 도착 순서대로 줄을 선다면, 즉 버스가 발하는 정언명령에 복종한다면,[55] 그들의 상호적 관계는 그 안에서 모든 대립이 해소되어 집렬체적 질서를 지키는 집렬체적 통일체로 바뀌게 된다.

이제 버스를 기다리며 군집을 형성하는 자들이 집렬체적 질서를 형성하는 과정에 대한 질문에 답을 할 수 있다. 이 과정은 세 단계로 구성된다. 우선 물질적 대상인 버스가 그 이용자들에게 요구로 드러나는 단계이다. 그다음으로 그들이 이 버스에 의해 모종의 행동이 기대되는 자들로 규정되면서 그들 각자의 잉여성이 나타나는 단계이다. 마지막으로 이 버스가 그들에게 부과하는 정언명령에 따라 집렬체적 질서를 수립하는 단계이다. 이처럼 버스 승객들의 줄이라는 집렬체적 통일체의 기저에는 그들이 공동의 이해관계를 가짐과 동시에 그것 앞에서는 잉여존재가 되는 물질적 대상, 곧 버스가 놓여 있다.

이 점에 대해 사르트르는 하나의 군집에 속하는 개인들을 분리시키는 사회적 이성으로서의 집렬체적 질서를 결정하는 것은 바로 물질적 대상이라고 지적한다. 하지만 그들의 상호적 관계가 그들에게 공통으로 나타나는 물질적 대상이 발하는 정언명령에 의해 집렬체적 질서로 바뀐다고 해도, 결국 이런 변화는 이타성의 토대 위에서 발생할 뿐이다. 이타성은 집렬체적 통일의 형성에 항상 관여한다. 버스 승객들은 분리 속에서도

54) *Ibid.*, p. 369.

55) 이 정언명령을 부과하는 것이 버스이기는 하지만, 그 기원은 이 버스를 제작한 자들의 노동에 있다는 것을 잊지 말자.

동일하다. 또한 그들이 그 안에서 공동의 이해관계를 갖는 물질적 대상이 발하는 규칙에 복종하면서 누가 먼저 잉여인가를 결정할 수 없다는 사실을 받아들인다면, 그들의 상호적 관계는 항상 갈등으로 전환되지 않을 수도 있다.

그렇다고 다음과 같이 단언할 수 있을까? 이 승객들이 집렬체적 통일에서 자신들의 완벽한 상호성을 실현하는 데 성공했다고 말이다. 아마 불가능할 것이다. 왜냐하면 비록 그들이 버스를 타는 순서가 물질적 대상의 요구에 의해 결정된다고 해도, 그들은 여전히 분리된 개인들이기 때문이다. 버스 승객들은 단지 정류소에서 버스를 기다린다는 사실만으로 동일하다는 사실을 떠올리자.

하지만 승객들이 버스를 기다린다는 행동에서는 동일하지만, 실제로 그들의 기다리는 행동이 공동으로 이루어진 행동은 아니다. 그 이유는 "기다리는 행동이 동일한 기다리는 행동임에도 각자에게서 분리되어 체험되기 때문이다."[56] 이것은 집렬체적 통일에서 이타성이 완전히 제거되는 것은 아니라는 사실을 보여 준다. 그로부터 두 가지 중요한 결론이 도출된다. 하나는 집렬체적 통일에서 포착된 상호성은 가짜 상호성이라는 것이다. 다른 하나는 그들의 동일성과 상호교환 가능성에도 불구하고 이타성은 그들의 차별화를 주재하면서 항상 이 집렬체적 통일의 내부에 자리 잡고 있다는 것이다.[57] 요컨대 이타성은 집렬체 구성의 중핵이다.

이런 지적을 통해 우선 집렬체의 모든 구성원들의 통일이 외관적일

---

56) *Idem*.
57) *Ibid*., p. 371.

뿐이라는 사실을 알 수 있다. 왜냐하면 그들은 자신의 법칙을 부과하는 물질적 대상 앞에서 동일하고 상호교환 가능하지만, 항상 분리 속에서 그렇기 때문이다. 이것은 고독을 극복하기 위한 계속되는 노력에도 불구하고 그들의 통일은 이타성에 의해 서로 분리된 자들의 군집으로서만 포착될 수 있음을 의미한다.

그다음으로 집렬체 구성원들의 통일이 외관적일 뿐이라고 말하는 것은 그대로 공동 기도, 공동 목표, 이 목표를 달성하기 위한 공동 수단의 부재로 인해 그들이 활동적인 집단을 형성하기에는 아직 시기상조라는 것을 의미한다. 그들 구성원들의 위치가 그들에게 공통된 물질적 대상의 명령하에서 결정되기 때문에, 그들의 상호적 관계가 추상적이고 형식적이기는 하지만 구조화되어 있다는 것을 부정할 수는 없다. 하지만 또한 그들의 상호적 관계가 물질적 대상을 기반으로 이루어지는 한, 이런 집렬체적 구조는 수동적인 통일의 구조, 즉 외부로부터 주어진 요소에 의해 이루어진 통일의 구조일 수밖에 없다는 것 역시 부정할 수 없다.

바로 거기에 집렬체의 또 다른 특징이 자리한다. 그 구성원들의 통일은 그들의 상호적 관계의 내부가 아니라 항상 '다른 곳'에서 찾을 수밖에 없다는 것이다.[58] 여기서 다른 곳이란 당연히 그들을 모종의 행동이 기대되는 자들로 여기면서 그들에게 정언명령에 따라 행동할 것을 요구하는 물질적 대상을 가리킨다. 이 두 번째 특징은 이중으로 의미심장하다. 왜냐하면 이 특징을 통해 집렬체적 통일은 예외 없이 도피의 통일이라는 것을 알 수 있기 때문이고, 또 이를 바탕으로 집렬체는 공동의 물질적 대상

---

58) *Ibid.*, p. 374.

앞에서 무기력을 경험하는 자들의 군집이라는 사실[59]을 알 수 있기 때문이다. 물론 공동의 물질적 대상은 그들에게 정언명령을 부과하면서 그들로 하여금 집렬체적 통일을 이루도록 유도하는 것은 사실이다.

직접적 군집과 간접적 군집

구분의 기준

집렬체가 어떤 것인지를 알기 위해 우리는 버스 승객들에 의해 형성되는 군집에서 출발하였다. 그 과정에서 이 군집의 구성원들이 물질적 대상에 의해 부과된 정언명령에 복종하는 한, 그들은 통일을 이루기는 하지만 여전히 이 대상 앞에서 무기력을 경험한다는 사실을 지적한 바 있다. 이것은 그대로 집렬체가 실천적-타성태적인 사회적 장으로 드러난다는 것을 보여 준다.

그런데 구성원들이 맺는 관계에 따라 집렬체의 존재양상은 달라진다. 사르트르는 두 양상을 구분한다. 직접적 양상과 간접적 양상이다. 구성원들의 '현전' 또는 '공현전' 위에 이 관계가 실현되는 경우에는 직접적이고, 반대로 그들의 '부재' 위에 실현되는 경우에는 간접적이다. 하지만 직접적·간접적 군집의 구분을 가능케 해주는 이 기준은 군집의 구성원들 사이에 놓인 물리적 '거리'가 아니다.[60] 여기서 문제가 되는 것은 오히려 그들이 자신들의 완벽한 상호성을 실현하기 위한 즉각적인 수단을 가

---

59) *Ibid.*, p. 376.

60) 예컨대 비행기 조종사와 관제탑 사이에는 물리적 거리가 있음에도 불구하고 이 거리가 없는 것으로 이해된다. Cf. *Ibid.*, p. 377.

지고 있느냐의 여부이다.[61)]

버스를 기다리는 승객들의 경우 — 이 군집은 직접적이다 — 이 버스와의 관계에서 무기력을 겪는다는 사실을 기억하자. 또한 그들의 통일 형성에도 불구하고 그들의 상호적 관계는 이타성 위에서 정립되고, 따라서 이 통일의 구조는 집렬체적일 뿐이라는 사실을 기억하자. 게다가 이것은 직접적 군집의 구성원들은 아직 활동적 집단을 조직할 수 없다는 것을 보여 준다. 이 단계에서 다음과 같은 질문을 제기하자. 버스 승객들의 줄과 같은 직접적 군집에 적용되는 원칙들이 간접적 군집에도 그대로 유효한가? 답을 위해 사르트르가 제시하고 있는 두 개의 예를 보자. 라디오 청취자들과 경쟁시장에서 가격 결정에 참여하는 사람들의 예가 그것이다.

라디오 청취자들의 예

라디오 청취자들의 예를 보자. 이 예와 관련하여 첫 번째로 지적하고자 하는 것은, 그들이 어떤 시간에 어떤 프로그램을 청취할 때, 그들은 하나의 군집을 이룬다는 것이다. 그들이 실질적인 거리에 의해 분리되어 있는 것은 사실이다. 하지만 그들이 단지 라디오를 켜는 동작만으로도 이미 서로에게 현전한다는 것 역시 사실이다. 그들은 라디오를 매개로 관계를 맺는다. 분명 이 관계는 그들의 부재 위에서 정립된다. 이것은 그들이 서로에게 현전하는 방식이 간접적임을 의미한다.

두 번째로 이 군집은 그 구성원들의 고독에 의해 특징지어진다. 가령, 한 정당에 등록한 당원의 자격으로 그들 중 일부가 어떤 프로그램에

---

61) Cf. *Ibid.*, pp. 377~378.

대해 동일한 태도를 취하는 것은 가능하다. 하지만 실질적인 거리, 생물학적 특징, 사회적 특징 등에 의해 서로 분리되어 있는 대부분의 라디오 청취자들은 자신들의 상호성의 관계를 부정적으로 체험한다. 이것은 그들의 간접적 군집은 버스 승객의 군집과 마찬가지로 다수의 고독한 자들의 군집이라는 것과 동의어이다.

세 번째로 라디오 청취자들은 같은 시간에 같은 프로그램을 청취한다는 조건하에서는 서로 상호교환이 가능하다. 어떤 프로그램 소개자가 '친애하는 청취자 여러분'이라고 말할 때, 그들은 모두 이 목소리에 의해 연루되어 있다. 그들은 라디오 앞에서 자신들을 동일한 존재들로 여긴다. 물론 그들의 상호교환 가능성은 분리 위에서만 생각될 수 있다. 이것은 동일성에도 불구하고 그들이 항상 분리되어 있음을 의미한다. 여기서 라디오 청취자들의 상호적 관계의 구조를 결정하는 원칙, 즉 이타성을 발견하게 된다. 각자는 타자들과 동일한 존재이지만, 이것은 각자가 자기와는 다른 존재인 한에서 그렇다는 원칙이 그것이다.

이렇게 해서 라디오 청취자들의 군집은 간접적 성격을 띤 집렬체로 여겨진다. 우선, 그들은 각자 라디오 앞에서 무기력하다. 내가 지금 어떤 연사가 연설하는 장소에 있다고 가정해 보자. 그가 제시하는 생각에 나는 찬성일 수도 있고 반대일 수도 있다. 이것은 그 장소에 있는 모든 사람들의 반응이 능동적이라는 것을 의미한다. 이 연사가 자신의 견해를 밝히면 그들은 찬성을 표하든 반대를 표하든 반응을 보이기 때문이다.[62]

하지만 라디오 청취자들의 경우에는 사정이 다르다. 어떤 프로그램

---

62) *Ibid.*, p. 379.

때문에 화가 나서 내가 더 이상 그 프로그램을 안 듣거나 다른 프로그램을 선택할 수 있다는 것은 분명하다. 또한 어떤 프로그램에 열광한 나는 책임자에게 비슷한 장르의 프로그램을 정기적으로 더 많이 들려 달라고 요청할 수 있다는 것도 분명하다. 하지만 내가 어떤 프로그램에 대해 어떤 태도를 취하든 간에, 이 프로그램 진행자의 목소리는 수많은 가정에서, 수백만의 청취자들 앞에서 울려 퍼지는 것이다.

모든 것은 마치 이 진행자의 목소리가 실천으로 주어진다고 해도, 나는 이 목소리에 의해 실천의 대상으로 구성되는 것처럼 진행된다. 이것은 이 목소리와 나 사이에 내면성의 일의적 관계가 정립된다는 것을 의미한다. 이 목소리를 부정하는 대신, 나는 이 프로그램을 반대하는 나의 행동 자체 내에서 이 목소리에 의해 부정된다.[63] 이렇듯 청취자의 자격으로 나는 라디오와의 관계에서 수동성을 체험하게 된다. 하지만 우리가 이 단계에서 멈춘다면, 내가 청취자로서 라디오 앞에서 겪는 무기력을 부분적으로만 기술하게 될 뿐이다. 이런 무기력을 전체적으로 기술하려면 나와 다른 청취자들의 관계를 고려해야 할 것이다.

앞서 내가 화가 나서 어떤 프로그램을 더 이상 듣지 않아도 수많은 가정에서 수많은 청취자들이 이 프로그램을 청취할 수 있다는 사실을 지적했다. 하지만 이번에는 나는 다른 청취자들과 동일하기 때문에, 그리고 내가 그들에게 현전하는 방식이 부재이기 때문에, 내가 그들로 하여금 문제의 프로그램 — 이데올로기가 반영된 프로그램이 방송되고 이 프로그램에 대한 반대가 심하다고 가정해 보라 — 을 더 이상 듣지 못하게끔 한

63) *Idem.*

명 한 명씩 설득할 수 있는 충분한 수단을 갖고 있지 않다. 그로부터 한 명의 청취자가 사회자가 말하는 것을 반대하는 실천적 행동을 고려하게 되면, 그는 이 행동을 집렬체적으로만 생각하는 결과가 도출된다. 이것은 라디오 앞에서 이 청취자와 같은 태도를 취하는 수많은 청취자들이 존재함에도 불구하고, 그들이 모두 라디오 앞에서 무기력을 경험하는 한, 그들은 집렬체적 구조를 갖는 통일만을 형성할 수 있을 뿐이다.[64]

이런 관점에서 보면 구성원들이 서로 관계를 맺는 방식을 제외하고 직접적인 군집과 간접적인 군집 사이에는 커다란 차이가 없는 것처럼 보인다. 하지만 좀 더 자세히 보면 이 두 군집이 구별된다는 것을 쉽게 알 수 있다. 어떤 점에서 구별될까? 이 문제를 해결하기 위해 버스 승객들의 군집과 관련하여 다음 두 가지 사실을 상기하자. 첫 번째 사실은 좌석의 부족, 즉 희소성으로 인해 이 승객들이 서로 잉여존재가 된다는 것이다. 두 번째 사실은 그럼에도 그들이 이 버스에 의해 부과된 정언명령에 복종하는 한, 그들은 서로 갈등관계로 빠지지 않는다는 것이다.

그런데 라디오 청취자들은 서로에게 잉여존재로 나타나지 않는다. 그들이 같은 시간에 어디에서건 같은 프로그램을 듣는다면, 그들은 동일함과 동시에 상호교환 가능하다는 점은 분명하다. 여기에 더해 그들의 수가 너무 많아 그 수를 헤아리는 것은 불가능할 수 있다. 그렇지만 그들의 상호적 관계는 그들의 잉여성 위에서 정립되지 않는다. 이것은 그들의 관계 정립에서 갈등의 출현 가능성이 근본적으로 존재하지 않는다는 사실을 내포하고 있다.

---

64) *Ibid*., pp. 379~380.

바로 거기에 직접적 군집과 간접적 군집을 구별해 주는 첫 번째 요소가 자리한다. 그렇다면 이런 갈등 출현의 불가능성은 어디에서 오는 것일까? 라디오 청취자들이 서로를 잉여존재로 포착하지 않는 주된 이유는 그들을 가르는 거리이다. 청취자들은 각자 라디오 앞에 있기 때문에 ―부재가 그들의 상호 현전 방식이다―서로에게 잉여적으로 나타날 기회를 가질 수 없다.

이것만이 전부가 아니다. 또 다른 이유가 있다. 라디오 청취자들이 집렬체적 통일을 형성하는 과정에서 희소성의 중요성이 거의 발휘되지 않는다는 것이 그것이다. 버스 승객들의 군집에서 그들이 서로 잉여존재가 되었던 것은 바로 이 버스의 정원이 제한되어 있기 때문이었다. 물론 그들은 물질적 대상인 버스가 내리는 명령에 복종하면서 집렬체적 통일을 이룬다. 이런 통일이 형성되지 않는다면 이 군집은 곧바로 갈등과 투쟁 상태로 빠지게 될 것이다.

하지만 라디오 청취자들의 경우는 다르다. 그들 사이의 갈등관계는 곧바로 눈에 띄지 않는다. 그 이유는 분명하다. 버스의 정원이 한정된 데 비해 수많은 라디오 청취자들은 시간과 공간을 막론하고 주파수를 거의 무한대로 잡을 수 있기 때문이다. 이것은 라디오를 가지고 있음에도 불구하고 ―얼마나 많은 사람들이 라디오를 가지고 있는지는 그다지 문제가 안 된다. 현재 라디오를 한 대 구입하는 것은 어려운 일이 아니다―이것을 끄는 결정을 내리는 순간, 희소성은 별다른 역할을 하지 못한다는 것을 의미한다. 이렇듯 라디오 청취자들은 라디오에 의해 표상되는 희소성을 필연적으로도, 직접적으로도 겪지 않는다. 그들의 무한 숫자와 상호교환 가능성에도 불구하고 그들의 상호관계에서 희소성의 역할은 거의 감지되지 않는다. 그 결과 그들은 경쟁과 투쟁에서 벗어나 있다고 말할 수 있다.

그렇다고 해도 라디오 청취자들이 완벽한 상호성을 실현하는 것은 아니다. 이와는 반대로 그들은 사르트르에 의해 "조직되지 않는 폭력"[65]으로 명명된 현상의 출현에 관여한다. 따라서 간접적 군집의 구성원들로서 그들이 어떤 방식으로 이런 폭력을 낳게 되는가에 주목해 볼 필요가 있다. 이 문제를 해결하기 위해 다음 사실을 상기하자. 어떤 라디오 프로그램에 실망한 나머지 내가 더 이상 이 프로그램을 듣지 않겠다고 결정했을 때, 나는 이 라디오 앞에서 무기력을 겪는다는 사실이다. 두 가지 이유에서였다. 첫 번째 이유는 비록 내가 자유로운 상태에서 문제의 프로그램을 듣지 않겠다고 결심하지만, 나는 다른 청취자들이 이 프로그램을 계속 듣는 것을 막을 수 없었다. 두 번째 이유는 나와 그들의 관계가 정립되는 방식이 부재이기 때문에, 내가 그들 한 명 한 명으로 하여금 그 프로그램을 듣지 말라고 설득하는 것은 불가능했다.

그런데 여기서 지적하고 싶은 것은, 내가 더 이상 듣지 않는 라디오 앞에서 내가 겪는 이런 무기력은 항상 라디오를 듣고 있는 다른 청취자들의 능동적 힘과 짝을 이룬다는 사실이다. 이 사실을 좀 더 면밀히 살펴볼 필요가 있다. 왜냐하면 라디오 청취자들이 간접적 군집의 구성원 자격으로 상호관계 정립에서 여전히 갈등 상태에 빠질 수도 있다는 것이 암시되고 있기 때문이다. 그것도 라디오라는 물질적 대상이 발휘하는 희소성의 위력이 감소된 상태에서도 말이다.

---

65) *Ibid.*, p. 384.

라디오 청취자들 모두가 하나, 곧 '우리'가 되어 같은 시간에 같은 프로그램을 듣는다면, 그들이 동일하면서도 상호교환 가능할 것이라는 점은 분명하다. 또한 그들의 관계가 이타성 위에 정립되기 때문에, 우리는 분리되어 있는 동시에 동일자라는 것도 분명하다. 따라서 내가 더 이상 듣지 않는 라디오 프로그램을 다른 청취자들이 듣는다면, 그 숫자가 얼마나 되든 나는 이 라디오가 내리는 명령에 복종하는 것을 결코 피할 수 없다.[66] 달리 말하자면 내가 라디오를 자유롭게 끈다고 해도, 이 라디오를 켜고 있는 다른 청취자들이 있다는 사실, 즉 그들이 라디오가 내리는 명령에 복종하고 있다는 사실 하나만으로도 나는 라디오 앞에서 무기력을 겪을 수밖에 없다. 라디오를 듣고 있는 다른 청취자들은 나와 라디오와의 관계에서조차 그들의 능동적인 힘을 발휘하는 것이다.[67]

이런 지적들을 통해 다음 사실을 알 수 있다. 나는 내가 듣지 않는 라디오를 매개로 발생하는 폭력을 겪는다는 사실이다. 물론 이런 폭력은 라디오 앞에서 나와 다른 태도를 취하는 다른 청취자들로부터 온다. 게다가 이런 종류의 폭력은 비조직화된 것이다. 이 폭력이 내가 다른 청취자들과 직접 맺는 상호적 관계에서 기인하는 것이 아니라, 집렬체적 통일을 이루고 있는 다른 청취자들에게서 기인한다는 의미에서 그렇다. 방금 듣지 않는 라디오 앞에서 무기력을 경험할 때, 이 무기력은 라디오를 계속 들으면서 라디오가 부과하는 명령에 복종할 수밖에 없는 다른 청취자들에게 그 기원이 있다는 사실을 지적했다.

---

66) 이것은 또한 그 반대의 경우, 즉 다른 청취자들은 라디오를 껐으나, 내가 계속 듣는 경우에도 해당된다.

67) *Idem*.

하지만 다음 사실을 주목하자. 내가 듣지 않는 라디오를 듣는 다른 청취자들이 직접적으로 복종하는 명령은 — 나는 거기에 간접적으로 복종할 뿐이다 — 물질적 대상인 라디오 그 자체에서 나오는 것이 아니라는 사실이다. 버스 승객들의 군집의 경우에는 이 버스가 희소성을 발휘하면서 그들에게 직접 명령을 내리는 것은 분명하다. 이와는 달리 라디오 청취자들의 군집의 경우에는 희소성의 역할이 두드러지지 않는다. 그럼에도 라디오는 그것을 듣는 자들과 듣지 않는 자들의 구분이 있는 곳에서는 항상 그 자체의 명령을 그들에게 전달하고 있는 것은 분명하다.

그렇다면 이처럼 라디오가 부과하는 법칙, 명령은 어디에서 오는가? 이 문제와 관련하여 요구 개념으로 한 번 더 돌아가 보는 것이 좋을 듯하다. 앞서 가공된 물질이 그 이용자 또는 소유자에게 모종의 행동을 기대하고 요구하는 정언명령을 내릴 때, 거기에는 이 가공된 물질의 출현에 관여한 여러 사람들의 노동의 힘이 포함되어 있다는 점을 지적한 바 있다. 게다가 요구는 인간들 사이의 관계에서 지배 개념을 나타나게 한다.

그런데 라디오 청취자들의 군집은 이런 요구의 개념이 잘 적용되는 사회적 실천의 장 중 하나로 보인다. 그들이 복종하는 법칙은 라디오 프로그램 제작에 관련이 있는 타자들의 노동의 힘에 그 기원을 두고 있다. 예컨대 국영 라디오의 경우, 이런 힘은 분명 현재 정권을 쥔 정부의 정치적 실천의 사회적 결과일 수 있고, 또 집렬체적 상태에 있는 일군의 청취자들의 지지를 받을 수도 있다.

실제로 버스라는 가공된 물질에 자신들의 표지를 새겨 넣은 자들의 힘은 이 버스와 그 이용자들 사이의 관계에서도 나타난다. 물론 버스의 경우, 희소성의 지배가 아무리 강하다고 해도 이것을 생산한 자들의 승객들에 대한 지배는 전면에 부각되지 않는다. 하지만 라디오 청취자들의 경우에는 상황이 역전될 수 있다. 라디오 프로그램 제작에 직간접적으로 관여한 자들의 청취자들에 대한 지배가 전면에 부각될 수 있다. 이런 지배가 강하면 강할수록 내가 한 명의 청취자일 때 라디오를 매개로 정립되는 다른 청취자들과의 관계에서 더 강한 무기력, 곧 비조직적 폭력을 겪을 수 있게 된다.

이렇듯 라디오 청취자들이 종종 이 라디오 — 더 넓게는 매스 미디어 — 를 통해 전파되는 정치 선전이나 홍보 등에 의해 비조직적 폭력의 위험에 노출되는 것을 보는 것은 그리 놀라운 일이 아니다.[68] 이에 걸맞게도 사르트르는 라디오 프로그램 담당자의 목소리를 현기증 나는 것으로 규정하고, 또 이 목소리 앞에서 청취자들이 겪는 무기력한 스캔들에 대해 언급하고 있다. 이를 통해 사르트르가 말하고자 하는 것은 분명 이 담당자가 진행하는 라디오 프로그램 제작에 영향을 미치는 자들의 힘이 너무 강해서 청취자들은 그들과의 관계에서 거의 종속 상태에 있는 것 이외의 다른 선택의 여지가 없다는 점일 것이다.

이 사실은 강조될 필요가 있다. 왜냐하면 이를 바탕으로 이렇게 단언할 수 있기 때문이다. 한 명의 청취자의 자격으로 내가 듣지 않기로 한 프로그램 앞에서 무기력을 경험할 때, 이 무기력에는 이 프로그램 제작에 관여하고 또 그것을 지속적으로 통제하고 감시하는 자들의 힘이 들어 있다고 말이다. 물론 이런 단언은 라디오 앞에서 무기력을 겪는 것이 비조직화된 폭력을 겪는 것과 같다는 사실을 함축하고 있다. 바로 거기에 직

68) 사르트르는 그의 극작품 중 하나인 『네크라소프』에서 이것을 통렬히 고발한다.

접적 군집과 간접적 군집을 구별해 주는 두 번째 특징이 자리한다. 직접적 군집의 경우에는 갈등, 투쟁, 폭력의 출현이 직접적인 데 비해, 간접적 군집의 경우에는 이것들의 출현이 간접적으로 드러난다.

시장에서의 가격 결정의 예

사르트르는 라디오 청취자들에 이어 간접적 군집의 또 다른 예로 경쟁시장에서의 가격 결정에 관여하는 자들을 제시하고 있다. 라디오 청취자들 사이에 발생하는 무기력에 대한 설명은 대부분 경쟁시장에서의 가격 결정에도 적용된다. 물론 차이가 있다. 라디오 청취자들 사이에서 발생하는 무기력은 일방적이다. 한 청취자가 라디오를 듣지 않고자 해도 그는 라디오를 듣는 다수의 사람들이 일방적으로 행사하는 능동적 힘의 영향하에 있다. 물론 그 역도 마찬가지이다. 하지만 경쟁시장에서 가격 결정에 관여하는 사람들의 경우에는 사정이 다르다. 그들의 경우에는 능동적 힘의 행사가 쌍방향적으로 이루어진다. 그로부터 '회귀'(récurrence)라는 간접적 군집의 또 다른 특징이 도출된다는 것이 사르트르의 주장이다.

회귀가 무엇을 의미하는지를 알기 위해 다음 세 가지 사실을 지적하자. 첫째, 경쟁시장이 문제가 되기 때문에 가격 결정은 불특정 다수의 개인들 — 판매자들이든 구매자들이든 — 의 존재를 전제한다는 사실이다. 둘째, 여기서 가격은 서로 직접적으로 의견의 일치를 보는 두 사람 또는 집단들의 직접적인 협정의 결과가 아니라, 계약관계에 있는 다수의 사람들(판매자들과 구매자들)과 경쟁적 투쟁, 따라서 부정적 상호성(판매자들과 구매자들 사이의)의 결과라는 사실이다. 셋째, 경쟁시장에서 그들의 상호적 관계는 수요공급의 법칙에 의해 결정된다는 사실이다. 경쟁시장에서 가격이 수요와 공급의 교차점에서 결정된다는 것은 잘 알려진 사실이다. 이것은 경쟁시장에서 가격은 수요와 공급이 일치될 때 결정된다는 것을 의미한다.[69]

그런데 한 명의 판매자가 이익을 높이기 위해 수요와 공급의 교차점에서 결정된 가격보다 더 높은 가격으로 물품을 공급하기로 결심했다고 하자. 이 경우 무슨 일이 발생하는가? 이 판매자가 이익을 얻을 경우, 공급은 수요를 초과하게 될 것이다. 공급의 법칙에 따르면 공급의 양은 가격에 비례하기 때문에 다른 판매자들이 공급량을 늘릴 것은 명약관화하다. 따라서 판매자가 가격을 올려 지속적으로 이익을 얻는 것은 거의 불가능하다. 게다가 수요의 법칙에 다르면 수요는 가격 상승과는 반비례한다. 따라서 판매자가 상승한 가격에 계속해서 물품을 공급한다면 구매자들은 더 낮은 가격으로 물품을 파는 다른 판매자들에게 향할 것이다.

이것은 이 판매자의 행위가 타인들, 즉 다른 판매자들과 구입자들의 행동에 실질적인 반향을 일으킨다는 것을 보여 준다. 이것만이 전부가 아니다. 판매자의 능동적 힘의 행사에 대해 타자들은 자신들의 능동적 힘을 되돌려준다. 물품의 가격 상승은 판매자에게 불리하게 작용한다. 방금 그가 가격을 적정 가격보다 높이 책정할 경우 구매자들을 잃게 될 것이라고 했다. 이런 상태가 계속되면 그는 구매자들을 모두 잃게 될 수도 있다. 이것은 그가 시장에서 살아남기 위해서는 다시 적정 가격으로 되돌아와야 한다는 것을 의미한다. 이것은 그대로 그가 타자들(다른 판매자들이나 다른 구매자들)로부터 오는 법칙, 그것도 그가 복종해야 하는 법칙을 부과받

69) *Ibid.*, pp. 388~389.

고 있다는 사실을 함축하고 있다. 이렇듯 그의 미래 차원의 행동을 결정하는 것이 이 타자들이다.

처음에는 판매자 자신이 타자들에 대해 그의 능동적 힘을 행사했다. 하지만 결국 그들은 그가 따라야만 하는 법칙을 그에게 부과하게 된다. 정확히 이 지점에서 라디오 청취자들의 관계에서는 볼 수 없었던 하나의 현상이 나타나게 된다. 회귀 현상이 그것이다. 라디오 청취자들의 경우에는 능동적인 힘이 일방적으로 행사되는 반면, 경쟁시장에서는 쌍방향적으로 행사된다. 경쟁시장에서 다른 판매자들과 구매자들은 이 판매자가 적정 가격보다 높은 가격을 책정해 이익을 보는 것을 방치할 수 없기 때문에, 단결하여 그에 맞서는 반응을 보일 수 있다. 또한 그들이 모두 같은 시장에 있고 또 그에 맞서 함께 투쟁한다고 해도, 그들 각자는 실질적인 거리에 의해, 즉 "각자는 육체적으로 실천적으로 타자가 아니라는 사실, 벽뿐만 아니라 실질적인 투쟁 혹은 그들의 상호적 실존에 대한 무지가 그들을 갈라놓고 있다는 사실"[70]로 인해 함께 투쟁하는 데 한계가 있다.

결국 다른 판매자들과 구매자들은 문제의 판매자에 의해 초래된 가격 인상을 시차를 두고 느낄 수밖에 없을 것이다. 이것은 그의 능동적 힘이 일시적으로가 아니라 순차적으로 행사됨을 의미한다.[71] 그러니까 경쟁시장에서는 판매자들과 구매자들 사이에 가격 결정을 위한 수많은 상호작용이 일어난다. 물론 이런 상호작용이 한꺼번에 일어나는 것은 아니다. 사르트르에 의하면 이런 현상이 회귀로 이해된다.

---

70) *Ibid.*, p. 393.
71) *Ibid.*, p. 395.

그로부터 판매자들과 구매자들의 통일은 하나의 공동 실천의 결과라기보다는 오히려 분리의 지표로서 자신들의 고독을 나타내는 자들의 다양한 반응의 결과라는 결론이 도출된다. 그리고 이런 결론은 그들의 통일이 집렬체를 지배하는 규칙인 이타성의 영향하에 있다는 것을 보여 준다. 물론 그들이 통일을 이룬 후에 경쟁시장에서는 새로운 균형 가격이 책정되게 된다. 한 가지 분명한 것은, 시장경쟁의 균형 가격이 이제 집렬체에 속하는 것으로 드러난 판매자들과 구매자들의 능동적 힘의 왕복운동에 의해 결정되는 만큼, 그들의 상호적 관계는 항상 능동적 힘의 사용, 곧 폭력의 사용과 함께 고려되어야 한다는 점이다. 물론 이런 힘을 통해 각자는 타자의 파괴를 추구한다는 점을 잊지 말자.

계급의 이중 지위

우리가 집렬체를 이해하려고 노력한 것은 정확히 사르트르에게서 계급(자본가계급이든 노동자계급이든 간에)이 그 한 예에 해당되기 때문이다.[72] 하지만 이 계급은 또 다른 지위를 가지고 있다. 계급은 그 구성원들이 자신들의 계급-존재 앞에서 겪는 무기력을 공동 실천을 통해 제거할 수 있는 사회적 장으로도 여겨진다. 따라서 중요한 것은 물질적 인간들이 계급 구성원의 자격으로 참여하는 집단적 실천이 그들의 계급-존재에 의해 어떤 방식으로 조건 지어지는가, 그리고 어떤 조건에서 계급이 집렬체에서 구체적이고 활동적인 통일체로 변하게 되는가를 알아보는 일이 될 것이다. 이 문제들을 알아보기 위해 여기서는 먼저 노동자계급부터 살펴보

---

72) 사르트르는 이외에도 "여론조사", "대공포", "식민주의" 등을 언급한다. *Ibid.*, pp. 400~409.

도록 하자. 왜냐하면 이미 암시했던 것처럼 자본가계급의 단합은 노동자계급의 단합에 달려 있기 때문이다.

사르트르에 의하면 노동자들이 태어날 때부터 이미 형성된 자신들의 운명을 발견한다 해도 그들이 단결해서 행동하는 데 많은 어려움이 도사리고 있다. 우리는 한 명의 노동자가 기계를 작동시킬 때, 그가 이 기계에 의해 모종의 행동이 기대되는 자로 여겨진다는 사실을 알고 있다. 게다가 이런 사실에 기초해서 우리는 요구 개념에 대한 정의를 내렸다.

하지만 사르트르는 이른바 만능기계(machine dite universelle)가 문제가 되는 경우, 이 기계에 의해 그 이용자들의 전문화 현상이 나타난다고 본다. 이것은 이 만능기계를 작동할 수 있기 위해서는 충분한 교육을 받아야 할 것이 요구된다는 것을 의미한다. 물론 이런 요구는 만능기계에서 나온다. 따라서 꽤 오랫동안 교육을 받은 사람들만이 유일하게 이 만능기계에 접근할 수 있게 된다.

그로부터 자본가들의 착취에 맞서 노동자들이 단결하여 행동하는 것을 방해하는 두 가지 근본적인 요소가 기인한다. 각각의 계급 내부에서 발생하는 분열과 그 안에 나타나는 위계질서가 그것이다. 우선, 노동자계급의 경우에는 전문직 또는 엘리트 노동자들과 보통 노동자들 사이의 분열이 불가피하다. 보통 노동자들은 전문 교육을 받을 기회를 갖지 못해 자신들의 존재실현에 불리한 상태에 있는 반면,[73] 전문직 또는 엘리트 노동자들은 전문 교육 덕택에 유리한 상태에 있다.

이런 구분은 노동자들 사이의 위계질서의 정립으로 이어진다. 두 가

73) *Ibid.*, p. 349.

지 이유가 있다. 첫째, 이런 구분 이후에 그들은 자신들이 이용하는 만능기계에 의해 사물의 법칙처럼 그들에게 부과되는 기능들의 '분화'를 받아들이게 되기 때문이다. 둘째, 그로 인해 보통 노동자들의 존재실현은 자본가나 전문직 노동자들 또는 엘리트 노동자들에게 의존적이 되기 때문이다. 바로 거기에 프롤레타리아의 수동적 구조, 즉 노동자들 상호관계의 위계질서화를 보여 주는 태양계 구조가 나타난다.

다만 다음 사실을 지적하자. 이 태양계 구조는 노동자계급이 집렬체의 하나라는 것을 보여 줄 뿐이라는 사실이다. 노동자들이 분열과 위계질서를 경험하기 전에, 그들은 동일하고 상호교환 가능한 존재들이었다. 왜냐하면 그들은 태어나면서부터 이미 예정된 같은 운명, 즉 계급-존재라는 운명에 직면해 있으며, 또한 이 운명을 공동으로 거부하고자 하기 때문이다. 하지만 엘리트 노동자들이나 전문직 노동자들이 만능기계를 다루는 자신들의 능력, 기술, 힘을 의식하게 되면서부터 점차 그들은 더 낮은 급료, 더 작은 가치, 더 작은 존재를 받아들일 수밖에 없는 보통 노동자들과 구분되고자 한다. 엘리트 또는 전문직 노동자들은 이제 더 이상 자신들이 인간 이하의 삶을 누리는 자들로 분류되지 않기를 원한다.[74)]

이런 상황에서 보통 노동자들과 엘리트 또는 전문직 노동자들 사이에 불화가 나타난다. 가공된 물질의 상징인 기계가 부과하는 정언명령에 복종하면서 한때나마 동일성과 상호교환 가능성을 가졌던 노동자들은 분열되기에 이른다. 그런 만큼 그들의 상호관계 역시 이제부터는 이타성에 기초해 정립된다고 할 수 있다. 노동자계급에서 분열과 위계질서가 나

---

74) Cf. *Idem*.

타난 이후, 그 구성원들의 관계에서 진짜 투쟁이 아닌, 혹은 적어도 처음에는 그런 것이 아닌, 하지만 보통 노동자들에게 애매한 감정을 주기에 충분한 긴장, 즉 엘리트 또는 전문직 노동자들이 '항상' 같은 목표를 추구하지 않는다는 인상이 생긴다는 것이 그 뚜렷한 증거이다. 그리고 노동자들 전체가 이런 긴장을 극복하지 못한다면, 그들은 자신들의 현재 운명을 거절하는 것을 목표로 하는 공동 실천을 할 수 없게 될 것이다. 그로부터 노동자계급이 갖는 집렬체로서의 지위가 도출된다.

이 단계에서 노동자들의 미래와 관련된 중요한 질문이 제기된다. 과연 그들이 집렬체의 구성원들이 되는 것만으로 체념할 것인가? 답은 부정적이다. 왜냐하면 그들이 이런 지위에 체념한다면, 그들은 영원히 인간 이하의 삶을 영위하게 될 것이기 때문이다. 이것은 그들이 자신들의 계급-존재를 영원히 감내해야 한다는 것과 동의어이다. 모든 것은 마치 그들이 자신들의 선택 가능성이 전무한 상태에서 살아가는 것처럼 진행될 것이다. 이제 그들이 자신의 계급-존재 앞에서 겪는 무기력에서 관건이 되는 건 실제로 그들이 자유라는 사실이다. 또한 그들의 집단적 지위는 어떤 대가를 지불하고서라도 그런 상태에서 벗어나야 한다는 필요성 위에서 이해되어야 한다. 이것이 이 계급이 갖는 집단적 지위의 특징 중 하나이다.

그런데 노동자들이 자본가들과 투쟁을 벌일 수 있는 힘의 원천을 발견하는 것은 바로 "실천적-타성태의 한복판, 무기력의 불투명한 물질성 안에서"라는 사실은 흥미롭다.[75] 자신들의 삶의 조건을 바꾸는 것의 "불

75) Cf. *Ibid.*, p. 422.

가능성"을 안고 사는 것이 더 이상 불가능한 상태에서 그들은 공동 실천을 통해 지금까지 겪어 왔던 무기력을 타파하고자 하는 시도를 감행하게 된다는 것이 사르트르의 주장이다.[76]

이런 시도가 감행되는 순간, 이 순간이 바로 노동자계급이 집렬체에서 구체적이고 활동적인 통일체로 변화하는 순간에 해당한다. 물론 노동자계급이 수행하는 이런 임무는 힘들고 무한하고, 또 노동의 역사에서 아주 드문 순간에(모두 혁명적이다)만 달성될 뿐이다. 하지만 여기서 한 가지 분명하게 드러나는 것은, 노동자계급이 단지 하나의 집렬체에 불과한 것이 아니라 그 안에 구성원들 전체를 공동의 실천으로 유도할 수 있는 맹아를 담고 있다는 사실이다. 바로 거기에 노동자계급의 또 다른 집단적 지위가 자리한다. 능동적인 집단이라는 특징이 그것이다.

그러면 이런 잠재적 변신이 가능한 노동자계급에 맞선 자본가계급 내에서는 무슨 일이 벌어지는가? 외관적으로 보면 자본가들의 집단적 실천 역시 그들의 계급-존재에 의해 제한되어 있다. 노동자들과 마찬가지로 그들 역시 태어나면서 이미 예정된 운명을 따라야 하기 때문이다. 특히 그들이 소유하고 있는 기계가 발하는 정언명령, 곧 그 수와 양을 보존하고 늘리라는 요구에 복종해야 한다. 게다가 노동자들이 보통 노동자들과 엘리트 또는 전문직 노동자들로 나뉘는 것과 마찬가지로, 자본가들 역시 자신들의 계급 안에서 이와 비슷한 경험을 하게 된다. 어떤 자본가가 지금까지 생산해 온 제품을 다른 자본가가 생산하기로 결심한 경우에 발

---

76) *Ibid.*, p. 436, p. 454; CRDII, p. 40.

생하는 내부 경쟁이 그 예이다.[77]

하지만 노동자계급에서 발생하는 것과는 다르게 자본가들은 자신들의 경쟁을 항상 통일이나 보편성이라는 추상적인 형태로 녹여 버릴 수 있다는 것이 사르트르의 주장이다. 지금으로서는 그들의 통일이 추상적 형태로 이루어진다는 사실을 언급하는 것은 중요하지 않다. 여기서 중요한 것은 오히려 자본가들이 실제적으로 자신들의 적극적인 통일을 이런저런 방식으로 확언할 수 있다는 것이다. 그것도 자신들이 인류 전체의 부의 생산자들이라고 주장하면서 말이다. 그들은 자기기만에 빠져 자신들이 신에 의해 시작된 창조를 지상에서 계속한다고 여긴다. 그런 만큼 그들은 자신들의 분열을 자신들의 존재강화를 위해 불가피한 과정으로 여긴다.

하지만 자본가들의 구체적 통일은 노동자들이 펴는 공동 전선에 맞서서만 이루어진다. 바로 거기에 자본가계급이 가지는 집단적 지위에 대한 이해에서 두 가지 중요한 결론이 도출된다. 하나는 만약 노동자들이 자신들의 현재 운명을 거절하기에 충분하고 효율적인 통일을 이룩하지 못한다면, 때로는 노동자계급에 대한 거짓 순진함, 또 때로는 이 계급에 대한 철저한 무시[78] 속에서 자본가들이 자신들의 현재 이해관계를 방어하는 데 전혀 어려움을 느끼지 않게 될 것이라는 결론이다. 다른 하나는 노동자들이 하나로 뭉쳐 자본가들의 착취를 분쇄하고자 할 때, 그들 자본가들도 역시 하나로 뭉쳐 자신들이 소유하고 있는 모든 것을 지키기 위해

77) CRDI, p. 322.
78) *Idem*.

구체적이고 활동적인 통일체를 구성하게 된다는 결론이다. 요컨대 노동자계급과 마찬가지로 자본가계급 역시 이중의 집단적 지위에 의해 특징지어진다.

이처럼 노동자계급과 자본가계급이 각각 자신들의 활동적인 통일체를 형성해 정면으로 맞부딪힐 때 계급투쟁이 발생한다. 그런데 다음 사실에 유의하자. 이런 순간은 역사상 아주 드물게 나타나며 — 자본가들의 통일은 노동자들의 통일에 의존적이고, 그들의 정면충돌은 혁명적이라고 할 수 있는 아주 드문 순간에 발생한다는 사실을 기억하자 —, 따라서 그들 모두의 삶은 일상생활에서 대부분의 경우 가공된 물질과 그들 각자의 계급-존재에 의해 지배되는 세계에서 영위된다는 사실이다. 이것은 일상생활에서는 그들 모두가 활동적인 집단의 일원이라기보다는 오히려 집렬체의 일원이라는 것을 의미한다. 그로부터 필연적으로 그들이 일상생활을 영위하는 공간인 이 세계는 "종속"[79]의 공간, 그런 만큼 반드시 벗어나야 하는 공간인 실천적-타성태가 지배하는 실천적 장과 구별되지 않는다.

앞서 본 것처럼 이런 실천적-타성태의 장으로부터 먼저 벗어나야 하는 필요성을 느끼는 것이 바로 노동자들이다. 하지만 이런 목적을 위해 그들이 단지 활동적인 통일체를 이루는 것만으로는 충분하지 않다. 거기에는 자본가계급 진영에서의 근본적인 개종 역시 필요하다. 왜냐하면 노동자들의 현재 운명의 부정은 자본가들이 향유하는 현재 이해관계의 부정 위에서만 가능한 만큼, 이 자본가들이 활동적인 통일체를 형성하면서

79) Cf. *Ibid.*, p. 437.

노동자계급에 맞서는 것은 항상 가능하기 때문이다. 그로부터 계급 간의 투쟁은 불가피하다. 하지만 여기서 지적하고자 하는 것은, 자신들의 승리를 담보해 주는 완벽한 수단을 가지지 못한 자본가들은 항상 이 투쟁의 결과를 두려워한다는 사실이다. 정확히 이런 이유로 자본가들은 항상 노동자들과 전면적인 투쟁에 돌입하기보다는 집렬체의 구성원들로 남아 있는 것을 더 선호하게 된다.

하지만 주의하자. 자본가들이 노동자들에게 억압자로 나타날 수 있다고 해도, 이것은 그들이 자신들의 소유대상 전체가 발하는 정언명령, 곧 요구에 대한 복종 속에서만 가능할 뿐이다. 만약 자본가들이 이런 복종을 거부하고자 한다면 ―이런 복종에서 문제가 되는 것은 여전히 자유라는 사실을 기억하자 ―, 그들은 실천적-타성태적 장에서 벗어나야 한다. 이런 상황이 발생하게 되면 자본가들과 노동자들은 서로 협력하여 계급투쟁, 곧 폭력에 호소하지 않고서도 실천적-타성태에서 벗어날 수 있을 것이다. 사르트르에 의하면 이 경우에 그들은 "자연-변증법"에서 "문화-변증법"으로 이행할 수 있으며, 이런 이행은 그대로 '인간'의 지배의 서막에 해당한다.[80)]

물론 자본가들이 자신들의 현재 이해관계를 노동자들에 의해 부정되도록 방치하지 않을 수도 있다. 아니, 결코 방치하지 않을 것이다. 하지만 노동자들에게는 자신들의 현재 운명을 부정해야 할 필요성이 너무 커서 그들은 자신들의 생명을 바칠 각오가 되어 있다. 따라서 만약 자본가들이 자신들의 이해관계를 방어하기 위해 악착같이 노력한다면, 만약 노

80) Cf. *Ibid.*, p. 446.

동자들이 끝까지 그들과 싸우기로 마음먹는다면, 그들은 모두 계급투쟁 발발의 도화선에 불을 붙이게 될 것이다. 그리고 그들이 투쟁이 끝나고 나서 '목적의 도시'라고 할 수 있는 계급 없는 사회를 건설하게 된다면, 그들은 이제 더 이상 분리되지 않고 하나가 되어 집렬체의 구성원들이 아니라 융화집단의 구성원들이 될 것이다.

사실을 말하자면 우리는 현재 이 세계에서 이런 융화집단을 형성할 수 있는 충분한 수단을 가지고 있지 못하다. 이 집단의 형성에 대해서는 곧이어 살펴보게 될 것이다. 하지만 이 단계에서 다음 두 가지 사실을 단언할 수 있다. 하나는 여러 집단이 존재한다고 해도 노동자계급이 이런 집단의 도래를 위해 가장 큰 노력을 경주한다는 사실이다.[81] 다른 하나는 자본가든 노동자든 간에 물질적 인간들이 영위하는 일상생활의 양상은 — 뒤에서 보겠지만, 혁명적이고 묵시록적 순간을 제외하고 — 실천적-타성태의 지배하에서 지옥과도 같은 양상을 보인다는 사실이다. 다시 말해 그들의 일상생활은 '인간'이 아니라 '존재'에 의해 에워싸이고 지배되는 생활,[82] 곧 순수 물질과 가공된 물질의 가공할 만한 영향하에서 폭력의 출현과 거기에 대응하는 폭력의 출현으로 점철되고 있다는 것이다. 요컨대 우리가 살고 있는 이 세계는 원하든 원하지 않든 간에 피를 흘려야 하는 그런 세계로 규정된다.

81) *Ibid.*, pp. 423~424.
82) *Ibid.*, p. 355.

집렬체에서 융화집단으로

묵시록적 순간

앞에서 우리는 자본가든 노동자든지 간에 물질적 인간들이 삶을 영위하는 실천적-타성태의 장은, 한편으로 가공된 물질로부터 오는 법칙에 복종해야 한다는 사실, 다른 한편으로 그들이 개인적 혹은 집단적 실천에서 자신들의 계급-존재의 영향을 받을 수밖에 없다는 사실에 의해 특징지어진다는 사실을 보았다. 또한 이런 삶의 조건을 바꾸는 것이 불가능하다고 여겨지는 순간부터 그들은 활동적이고 통일된 집단의 구성원들이 아니라 집렬체의 구성원들이라는 사실 역시 보았다. 그렇다면 집렬체와 대조를 이루는 이 활동적이고 통일된 집단은 무엇인가? 집렬체에서 활동적이고 통일된 집단으로의 이행은 어떤 과정을 통해 이루어지는가?

이 문제들을 직접 다루기 전에 우선 두 가지 사실을 지적하자. 첫 번째 사실은 이 활동적 집단이 집렬체의 부정 위에서 이루어진다는 것이다. 어느 것이 시간적으로 먼저 존재하는가는 알 수 없다. 집렬체에 시간적인 우선권이 있는 것처럼 보인다. 하지만 이것이 존재론적 우선권을 보장해 주는 것은 아니다. 실제로 사르트르는 "어떤 집단이든 그 안에 군집의 타성태적 존재로 다시 추락하는 이유를 안고 있다"고, 즉 "집단의 해체가 … 선험적인 가지성(intelligibilité)을 가지고 있다"[83]고 본다.

그렇다면 이런 해체는 어떤 상황에서 일어나는가? '존재'의 지배하에서 무기력을 더 이상 경험하지 않으려면 어떤 조치를 취해야 하는가?

---

83) *Ibid.*, pp. 452~453.

융화집단의 존속의 문제를 다룰 때 이 문제들로 되돌아올 것이다. 하지만 여기서 분명하게 드러나는 것은, 군집에서 집단으로, 집단에서 군집으로의 계속되는 변신이 어쨌든 역사적으로 어떤 군집이 먼저인지 혹은 수동성의 장에 의해 재구성된 집단의 잔재인지를 결정하는 것을 불가능하게 만들 것이라는 점이다. 따라서 융화집단의 형성 연구에서 중요한 것은 집렬체와 집단 중 어느 것이 시간적으로 먼저 출현하는가를 결정하는 것이 아니라(사르트르는 이 문제를 "의미가 퇴색된" "형이상학"에 속하는 문제로 여긴다), 오히려 "계급투쟁에 의해 조건 지어진 역사 속에서" "집렬체, 즉 억압받는 계급에서 집단의 혁명적 실천으로의 이행"을 보여 주는 것이 될 것이다.[84)]

두 번째로 지적하고자 하는 것은, 물질적 인간들이 자신들의 무기력을 겪는 실천적-타성태의 장을 전복시킬 수밖에 없는 입장에 처하더라도, 이런 필연성은 선험적으로 주어지지 않다는 점이다. 이와는 달리 실천적-타성태의 장은 단지 그들이 단합하여 "집단을 형성할 수 있는 가능성의 기본적인 조건들만"을 제공할 뿐이다.[85)] 그리고 이런 기본적인 조건들은 그들에게 융화집단을 형성해야 하는 필연성이 아니라 그것을 형성할 수 있는 가능성만을 제공해 줄 따름이다. 그렇다면 문제는 이제 그들이 자신들로 하여금 융화집단을 형성할 수 있는 원동력을 어디에서 길어내느냐를 알아보는 것이다.

이 문제와 관련하여 다음 사실은 흥미롭다. 사르트르에게서 물질을

---

84) *Ibid.*, pp. 452~467.
85) Cf. *Ibid.*, p. 449.

구성하는 단순한 "물리적 분자"와는 달리 사회를 구성하는 "사회적 분자"인 인간은 단지 "그가 먼저 통일의 요소인 경우에만 분산의 요소일 뿐이라는 사실"이 그것이다.[86] 더욱 흥미로운 것은, 다수성 속에 체념하면서 머무는 대신 사회적 분자로서의 인간은 "그 자신의 행동을 통해 다수성을 종합적인 통일체로" 조직한다는 것이다.[87] 이것은 각자의 실천이 집렬체에서 융화집단으로의 이행의 기저에 놓여 있다는 것을 의미한다. 하지만 집렬체의 구성원 자격으로 각자가 개인적으로 그 자신의 존재를 위협하는 위험을 감내해야 한다는 사실을 지적하자. 또한 개인들의 실천은 다양하고도 다르다는 사실도 지적하자.

이런 사실들에도 불구하고, 곧 보겠지만, 활동적인 집단은 그 모든 구성원들이 이런 위험에 공동으로 대처하는 과정에서 개인적 실천들이 모여서 하나의 공동 실천을 정초한다는 사실에 의해 특징지어진다. 그런 만큼 집렬체에서 융화집단으로의 이행에 대한 연구에서 중점적으로 살펴보아야 하는 것은, 바로 이 융화집단이 구성될 때 그 구성원들의 개인적 실천들의 동질성과 공동 실천이 실현되는 방식이다. 사르트르는 이 방식에 대해 집렬체에 대한 부정은 항상 적대적인 실천의 압력하에서 이루어진다는 점을 부각시키고 있다.

앞서 노동자들이 착취당하는 계급 구성원의 자격으로 실천적-타성태적 장을 전복시키려 할 때, 그들이 이런 시도 자체에서 자본가들의 강한 저항에 부딪치게 된다는 사실을 지적한 바 있다. 물론 이 자본가들은

86) *Ibid.*, p. 393.
87) *Idem.*

그들이 함께 사는 사회의 생산수단 대부분을 가지고 있으며, 이런 자격으로 그들에게 적대 세력으로 나타나게 된다. 따라서 노동자들의 실천은 자본가들의 그것과 정면으로 충돌한다. 하지만 노동자들의 존재를 위협하는 위험은 자본가들의 이해관계, 보다 더 정확하게는 자본가들에게 정언명령을 부과하는 물질적 대상 전체에 그 근원을 두고 있다.

그 결과, 자본가들이 자신들의 소유대상으로부터 오는 요구의 지배하에서 현재의 이해관계를 방어하고자 하는 노력을 하면 할수록, 노동자들에게서 공동으로 행동하고자 하는 필요성은 그에 비례하여 더 크다. 그로부터 다음 결론을 도출해 낼 수 있다. 적대적이고 억압적인 자본가들의 실천은 모든 노동자계급 구성원들의 개인적 실천에서 동질성을 실현하는 자양분이라는 결론이 그것이다.

하지만 이런 결론은 단지 기초적인 설명에 불과하다. 집렬체에서 융화집단으로의 이행에 관련된 모든 문제를 보다 구체적으로 다루기 위해 사르트르는 하나의 역사적 사건에 기댄다. 1789년 7월 14일에 발발한 프랑스대혁명 때 바스티유 감옥을 탈취하기 위해 쇄도한 파리 군중이 그것이다. 그들은 처음에는 집렬체적 군집들에 속했을 뿐이다. 하지만 그들은 점차 융화집단으로 변모하게 된다.

사르트르가 제시하고 있는 이 사건은 이중으로 유의미하다. 우선, 이 사건에서 출발해서 사르트르가 집렬체에서 융화집단으로의 이행은 혁명 또는 죽음을 건 투쟁, 즉 폭력을 통해서만 이루어질 뿐이라는 사실을 보여 주기 때문이다. 물론 이때의 폭력은 대항폭력에 속한다. 또한 사르트르는 이 사건에서 출발해서 『존재와 무』에서는 불가능한 것으로 여겨졌던 의식들 또는 자유들의 융화가 이 융화집단의 형성의 징후인 '우리'의 형성 순간에 가능한 것으로 드러난다는 사실을 보여 주고 있기 때문이다.

집렬체가 와해되는 순간은 그 구성원들에게 현재의 불가능한 삶의 조건을 바꾸는 것이 불가능한 것으로 여겨지는 순간에 해당된다는 사실을 앞서 지적한 바 있다. 이런 지적에는 그들을 죽음의 위협으로 몰고 가는 요소가 있다는 사실이 전제되어 있다. 사르트르는 이런 위협을 융화집단 형성의 동력이 되는 사건으로 명명한다. 그러니까 이런 종류의 위협은 집렬체 구성원들로 하여금 무기력과 집렬체성의 공동의 장인 실천적-타성태의 장을 전복시키는 것을 목표로 하는 실천 속으로 뛰어들게 한다.

우리는 이런 현상을 정확히 1789년 7월 12일 이후 봉기 상태에 있었던 프티부르주아들, 소상인들, 장인들 등을 포함한 파리 시민들의 삶을 지배하고 있던 현실에서 포착할 수 있다. 그 당시에 그들은 그 이전 해의 혹독한 추위, 기근 등으로 아주 열악해진 상황에서 힘든 삶을 영위했다.[88] 따라서 그들은 자신들을 봉기로 내몬 자들에 맞서 투쟁을 할 만한 충분한 이유를 가지고 있었던 것이다.

이미 암시된 것처럼 다음 사실을 상기하는 것이 좋을 듯하다. 집렬체 구성원들의 삶을 위협하는 위험이 이 군집의 와해의 필연적인 조건이 아니라 기본적인 조건이라는 사실이다. 자신들의 개인적 실천들이 통일되어 융화집단을 형성하기 위해서는 이런 통일에 정면으로 맞서는 또 하나의 실천이 있어야 한다. 위의 예에서도 이런 실천이 드러나고 있다. 그리고 이런 실천의 장본인들은 바로 대부분의 세속적인 특권을 누리고 있는 '타자들'이다.

---

88) *Ibid.*, p. 455.

이 타자들의 면면은 이렇다. 우선, 수도 파리의 질서를 유지한다는 구실로 군대를 소집하고 진압 명령을 내린 루이 14세,[89] 그리고 지배계급의 주요 직책을 차지하고 있는 성직자들과 귀족들이다. 그들이 누리는 현재의 이해관계, 즉 그들의 소유대상의 보호와 유지, 그리고 그들의 존재 강화는 당연히 왕이 취하는 조치에 달려 있다. 그다음으로 탈계급을 위해 자신들에게 부과되는 끔찍한 조건에도 불과하고 귀족계급에 속하고자 하는 부유한 부르주아들이다. 이처럼 착취계급의 구성원들은 서로 도우면서도 상호적인 관계를 강화하며 자신들의 정치 체제의 전복을 시도하는 파리 시민들의 봉기를 일거에 분쇄할 만반의 준비를 갖추고 있다.

이런 지적들은 '타자-적'의 외부적 실천이 파리에서 봉기를 일으킨 시민들에게 그들 개인적 실천들의 총체성을 형성하는 것을 가능케 해주는 결정적 요소들 중 하나라는 사실을 보여 준다. 지금 단계에서는 외부적 실천 —특히 수도를 포위한 군인들의 행동 —하에서 형성된 이런 실천들의 총체성은 파리 시민들에 의해 '집렬체성'으로 나타났다는 사실에 주의를 기울이자. 이것은 파리 시민들의 상호적 관계가 타자에게서의 자기의 직접적 계시로서의 이타성의 관계라는 것과 동의어이다.

하지만 이런 이타성이 버스 승객들의 군집에서 보았던 것과 같은 것은 아니다. 버스 승객들 사이의 이타성은 순수하다고 할 수 있다. 승객 각자가 타자에게서 자기를 보지만, 각자의 자기는 서로 다르다. 그 결과 자신들의 고독 속에 갇혀 있는 그들이 완벽한 통일체를 이룰 수 있는 가능성은 아주 낮다. 하지만 봉기한 파리 시민들의 이타성은 순수하지 않

89) Cf. *Ibid.*, pp. 456~457.

다고 할 수 있다. 이것의 의미는 정확히 이 이타성이 학살이라는 부정적 명령을 실천하는 군인들 — 그들이 모두 무장했다는 사실을 잊지 말자 — 의 조직적인 행동의 영향하에서 변화를 겪는다는 것이다.

어떤 변화가 문제시될까? 버스 승객과 마찬가지로 각각의 봉기인도 옆에 있는 다른 봉기인들, 곧 타자들 안에서 자기를 보기는 한다. 하지만 이 봉기인은 타자들의 내부에서 그 자신을 죽일 수 있는 칼이나 총에 의해 위협받고 있는 파리 시민들의 총체화를 본다. 버스 승객들의 관계를 지배하는 이타성과 비교해 보면 이런 변화는 결코 사소하지 않다. 봉기한 파리 시민들의 경우, "이런 결과에서 출발해서 타자들에게서 자신의 현재 행동"을 발견하면서, 봉기한 시민 각자는 타자들을 모방하면서 행동하게 된다. 이와 관련하여 사르트르가 모방을 "준-상호성의 이타성"의 발현으로 여긴다는 것은 흥미롭다.[90]

이런 지적은 중요하다. 왜냐하면 이를 바탕으로 봉기를 일으킨 파리 시민들이 준수하는 규칙은 순수한 이타성이 아니라 준-상호성이라고 할 수 있기 때문이다. 그리고 그들이 무장의 필요성에 떠밀려 — 그들이 무장한 군대와 대치하고 있다는 사실을 잊지 말자 — 무기창고를 약탈한다고 해도 상황은 크게 변하지 않는다. 사르트르에 따르면 이 순간부터 그들의 봉기는 혁명적 성격을 띠기 시작한다. 왜냐하면 그들의 군집은 외부적 실천의 영향하에서 막강한 대중의 힘을 행사하는 군집으로 바뀌기 때문이다.

사르트르는 주저하지 않고 무기를 탈취하려는 봉기한 시민들의 행

---

90) *Ibid.*, pp. 457~458.

위가 공동 실천의 결과가 아니라 여전히 집렬체적 실천의 결과라고 단언한다. 시민들 각자가 무장을 원한다면, 그것은 정확히 그의 주위에 무기를 들고자 하는 타자들이 있기 때문이다. 게다가 그들은 칼이나 총의 수효가 부족해서 (따라서 희소성 때문에) 서로 다툴 수도 있다.[91] 이것은 파리 시민들의 이타성이 모방에 의해 더 강화될 수 있다는 것을 보여 준다. 하지만 이것은 또한 역설적으로 그들이 이타성을 완전히 없애지 못한 상태에 있다는 것을 보여 준다. 각자가 타자의 행동을 모방할 때, 그들 사이에는 아직 '합의'도 '협정'도 존재하지 않는다.[92] 요컨대 지금 단계에서 완벽한 상호성의 실현, 즉 융화집단의 형성을 말하는 것은 시기상조이다.

방금 봉기한 파리 시민 각자가 타자들의 뒤를 따라 행동하게끔 유도하는 주요 요소들 중 하나는, 바로 공동의 위협에 맞서 그가 타자들에게서 자기 자신을 보는 것이라는 사실을 지적한 바 있다. 그런데 이 사실을 더 자세히 보면, 그가 타자들의 행동을 모방할 때 그는 아직까지 그들 내부에서 완벽한 자기를 보는 것이 아니라는 사실을 어렵지 않게 볼 수 있다. 그러니까 완벽한 상호성과 준-상호성을 가르는 거리가 완전히 극복되지는 않은 상태이다. 그들 사이의 관계에는 여전히 이타성의 잔재가 남아 있다.

하지만 봉기한 파리 시민들이 자신들의 완벽한 상호성을 실현하기 위해서는 이 거리가 절대적으로 극복되어야 한다. 만약 그렇지 못한다면 그들은 중간에서 멈추게 될 것이다. 자신들의 군집이 막강한 대중의 힘

---

91) Cf. *Ibid.*, p. 458.
92) *Idem.*

으로 변했다 할지라도 그들은 결코 융화집단을 형성하지는 못할 것이다. 이 단계에서 다음과 같은 질문을 제기하는 것은 유익하다. 그들의 준-상호성에서 발견되는 이타성이 언제 완전한 상호성으로 바뀌게 되는가? 이 질문은 다시 이렇게 제기될 수 있다. 언제부터 그들 각자가 타자들 속에서 완벽한 자기가 되는가?

이 질문과 관련하여 다음 사실을 지적하자. 봉기인 각자가 타자들을 모방하면서 행동한다고 해도 그의 행동은 또한 그 자신의 고유한 결단의 결과라는 사실이다. 실제로 그들은 모두 자신들을 위협하는 군대 앞에서 공동의 운명을 맞이하고 있다. 이런 이유로 각자는 타자들의 행동을 모방하면서 행동한다. 하지만 그는 이런 위협을 개인적으로 경험한다. 군대의 위협으로 인해 위험에 처하게 되는 것은 바로 그 자신의 목숨이다. 이제 무장을 포함한 그의 행동이 타자들의 노력에 의해 야기되는 것이 아니라 자신의 존재를 방어하기 위한 그 자신의 고유한 의지의 산물이라는 것은 전혀 놀라운 일이 아니다. 그의 결정에서 모방은 아무런 역할도 못 하게 된다. 그의 선택을 결정하는 모든 힘을 그 혼자 보유하게 된다. 무장할 것인가 말 것인가, 이것은 오직 그 자신의 결정에 달려 있다.

이처럼 봉기한 파리 시민들 각자는 자신의 실천에서 자유롭다. 하지만 완전한 자유를 향유하면서 행동하는 것은 혼자만이 아니다. 각자에게 적용되는 모든 것은 그와 같은 실천의 장에 있는 다른 타자들에게도 적용된다. 물론 그와 마찬가지로 개인적으로 죽음의 위험을 감내하면서 타자들도 역시 완전한 자유 속에서 행동한다. 그런 만큼 봉기한 파리 시민들의 수만큼의 자유로운 실천, 그러니까 봉기의 진원지가 있는 것이다.

하지만 다음 사실에 주목하자. 비록 봉기한 파리 시민들이 각자 자유롭게 행동한다 해도 그들의 종합적인 통일의 실현 가능성이 완전히 배제되는 것은 아니라는 사실이다. 게다가 이런 통일체가 형성되는 과정에서 각자는 타자들을 모방하면서 행동하지 않기 때문에, 그는 부지불식간에 그들과 동일한 실천을 수행하게 된다. 달리 말하자면 그가 외부에서 오는 위협에 그 나름의 방식대로 반응할 때, 그는 결국 타자들 속에서 자기가 되는 것이다. 하지만 그들이 모두 공동의 적과 맞서 싸우고 있다는 사실을 잊어서는 안 될 것이다.

그로부터 만약 봉기한 파리 시민들이 공동의 목표를 가지고 군대에 의해 대표되는 타자-적과 계속해서 싸운다면, 그들은 각자의 자유롭고 개인적인 실천에도 불구하고 이타성의 마지막 잔재를 털어 버리면서 완벽한 상호성을 실현할 수 있게 된다. 그러니까 그들은 이제 집렬체성에서가 아니라 완벽한 상호성 속에서 자신들의 개인적인 실천들의 통합을 실현하게 된다.

우리는 곧 완벽한 상호성이 이중의 매개를 필요로 한다는 사실을 보게 될 것이다. 하지만 이 단계에서 분명한 것은 봉기한 파리 시민들의 준-상호성에서 완벽한 상호성으로의 변모는 정확히 그들 각자의 자유의 출현과 일치한다는 것이다. 그리고 이런 완벽한 상호성의 실현은 자유롭고도 개인적인 그들의 실천의 총체성과 쌍을 이루기 때문에, 그들의 종합적 통일체의 실천과 같은 이런 총체성이 그 자체로 완전한 자유라는 사실은 의심의 여지가 없다. 집렬체의 모든 구성원들의 자유의 출현, 이것이 그 와해를 가능케 하는 결정적 요인 중 하나이다.[93)]

93) Cf. *Ibid.*, p. 459.

이처럼 봉기한 파리 시민들이 자신들의 자유를 향유하면서 군대의 조직된 실천에 맞선 전투에 참가한 이후, 그들이 자신들에게 오는 위협에 대처하는 방식은 분명 과거와는 다르다. 먼저 이 방식은 더 이상 수동적이 아니다. 각자의 행동은 여전히 타자들의 행동에 의해 제한되었다. 왜냐하면 자신들의 관계를 규정하는 규칙은 준-상호성에 잠식된 이타성이기 때문이다. 하지만 여기서 각자의 행동은 능동적이고 자발적이다. 그가 이런 행동을 할 수 있는 힘을 그 자신의 자유에서 길어 올리기 때문이다.

그다음으로 비록 각자가 그의 행위에서 타자들의 예를 따르지 않는다고 해도, 그는 결국 그들과 같은 방식으로, 즉 완벽한 상호성을 실현하면서 행동한다. 설사 각자가 자신만의 고유한 방식으로 행동한다고 해도, 모든 것은 마치 그가 자신의 고유한 행동 속에 다른 모든 타자들의 실천을 육화시킨 것처럼 진행된다. 요컨대 봉기한 파리 시민들이 타자-적으로부터 오는 위험에 맞서는 방식은, 그들 각자가 완전한 자유 속에서 행동하는 순간부터 새로운 모습을 띠게 된다.

> 그러니까 각자는 새로운 방식으로 반응하게 된다. 물론 개인으로서도, 타자로서도 아니고, 공동 인간에 대한 개별적 구현으로서이다. 이런 새로운 대응은 그 자체로 그 어떤 마술적인 면도 지니고 있지 않다. 이 대응은 단지 상호성의 재내면화를 보여 줄 따름이다.[94]

사르트르에 의하면, 정확히 이 순간부터 "집렬체의 융화집단으로의

---

94) *Ibid.*, p. 461.

융해", 즉 "말로가 『희망』에서 묵시록이라고 불렀던" 것과 유사한 현상이 발생한다.[95)]

이중의 매개

이렇게 해서 융화집단이 형성된다. 프랑스혁명 당시 바스티유 감옥을 공격하던 파리 시민들은 융화집단의 탄생을 목격한다. 하지만 이 집단이 태어나자마자 곧 존속의 문제가 제기된다. 이 집단은 자신의 패배에서 교훈을 얻은 타자-적의 새로운 위협과 반격 앞에서 곧 사라질 수도 있다. 또한 이 집단이 그 구성원들의 결정에 따라 해체될 수도 있다. 왜냐하면 바스티유 감옥을 탈취한 후에는 공동 실천을 행하면서 단결해 하나의 통일체를 구성할 필요성을 더 이상 느끼지 않을 수 있기 때문이다.

하지만 다음 두 가지 사실을 기억하자. 하나는 봉기한 파리 시민들이 내세운 주요 목표는 자신들의 불가능한 삶의 조건을 바꾸는 것이 불가능한 실천적-타성태의 장을 전복하는 것이었다는 사실이다. 다른 하나는 융화집단의 집렬체로의 와해는 항상 가능하다는 사실이다. 따라서 만약 그 구성원들이 이 집단을 유지하는 데 실패한다면, 그들은 자신들의 목숨을 걸고 벗어나기를 원했던 상황으로 항상 다시 추락할 것이다. 이것은 필요한 조치가 취해지지 않는다면 이 집단은 태어나자마자 곧바로 다시 집렬체로 되돌아갈 수 있다는 것을 의미한다. 하지만 그들의 절대적 임무는 '존재'의 지배하에서 자신들의 무기력을 다시 겪지 않기 위해 이 집단을 지속적으로 유지하는 것이 아닌가? 따라서 중요한 것은 융화집단을

95) *Idem.*

존속시키기 위해 그들이 어떤 조치를 취할 수 있는가를 알아보는 일이다.

이 문제를 직접 거론하기 전에 먼저 융화집단을 형성하는 구성원들 사이에 정립되는 완벽한 상호성을 특징짓는 이중의 매개(double médiation) 개념을 보고자 한다. 앞서 봉기를 일으킨 파리 시민 각자가 자신의 자유에 따라, 즉 모방에 의지하지 않고 행동하더라도, 그는 자기도 모르는 사이에 자기 이웃들과 동일한 실천을 행하게 된다는 사실을 지적했다. 게다가 이 사실에 근거를 두고 융화집단에서의 이타성의 완전한 제거를 말할 수 있었다. 하지만 바로 그 지점에서 융화집단에 대한 인지가능성과 관련하여 중요한 질문이 제기된다. 자신들의 자유롭고 개인적인 실천에도 불구하고 봉기한 파리 시민들은 어떻게 자기들끼리 경쟁에 휩싸이지 않고 — 무기의 수가 절대적으로 부족하기 때문에 그들 사이에도 다툼이 가능하다 —, 또 완벽한 상호성을 실현하면서 융화집단을 형성하게 되는가?

답을 위해 봉기에 참여하면서 융화집단의 일원이 되고자 하는 두 명의 파리 시민 L과 M이 있다고 가정하자. 앞서 지적했듯이 이 집단의 모든 구성원들이 자유롭게 행동하기 때문에 두 사람 역시 각자의 행동에서 자유라는 것은 분명하다. 각자가 자신의 행동에서 자유롭다고 말하는 것은, 그가 완전히 독립적이라는 것 또한 의미한다. 따라서 그는 타자로부터 어떤 영향도 받지 않는다. 그는 타자의 행동을 모방하면서 행동하지도 않는다. L은 자기 행동의 주인이고, M도 그렇다.

하지만 주의하자. 융화집단은 그 구성원들의 완벽한 상호성과 더불어서만 가능하기 때문에, L은 M에게서 자신의 자기를 발견해야 하고, 그 역도 마찬가지이다. 이것은 L이 단순히 M과 비슷한 사람으로 출현하는 대신 M과 동일한 자로 나타나야 한다는 것을 의미한다. L은 어떤 방법으로 이를 실행할 수 있을까? 답은 분명하다. 유일하게 그의 행동을 통해서이다. 그로부터 융화집단의 실체적인 특징이 아니라 실천적 특징이 기인한다. 이 문제에 대해서는 다시 다루게 될 것이다. 하지만 지금으로서는 다음 사실을 지적해야 할 것이다. "집단을 쌍방적인 관계(개인-공동체)로 여기는" 사회학자들을 비난하면서 사르트르가 '제3자' 개념에 의지해 이 집단 구성원들의 실천의 동질성을 설명하고 있다는 사실이다.[96] 실제로 제3자 ―N이라고 하자― 개념에 대한 참고를 통해 다음 추론이 가능하다. 만약 L과 N의 실천이 동일하고, 만약 M이 N과 같은 방식으로 행동한다면, L과 M이 그들 각자의 실천에서 서로 구분되지 않을 것이다.

이처럼 제3자의 매개는 봉기한 파리 시민들의 실천의 동질성이 실현되는 과정에서 결정적인 역할을 한다. 그런데 사르트르에 따르면 이 제3자는 각자이자 모든 사람이다.[97] 따라서 N 혼자서만 제3자가 아니다. L과 M도 제3자가 될 수 있다. 실제로 L과 M의 실천이 동일하다는 것을 증명하기 위해 우리는 제3자인 N의 실천에 의지했다. 물론 L과 M도 서로에게 제3자이기 때문에 그들 각자의 실천 역시 제3자의 것과 동일하다.

이런 추론을 하면서 우리는 N의 매개 위에 정립되는 다음 두 명제를 지적했다. 'L과 N의 실천이 같다'와 'M과 N의 실천이 같다'는 명제이다. 그런데 여기서 주의해야 하는 것은, 이 두 명제의 진리가 여전히 증명되지 않고 있다는 사실이다. 그렇다면 이 두 명제가 진리라는 것을 증명하

---

96) Cf. *Ibid.*, p. 476.
97) "어떤 조직을 고려하더라도 여기서 제3자는 각자이자 모두이다." *Ibid.*, p. 220.

기 위해 L과 M의 실천을 각각 참고해야만 할 것이다. 실제로 이 두 명제는 L과 M의 실천의 동질성을 위한 필요충분조건이다.

L은 M과 N사이에서, 그리고 M은 L과 N사이에서 제3자로서 매개 역할을 한다. 융화집단은 그 구성원들의 완벽한 상호성 위에 형성될 뿐만 아니라 또한 그들의 총체적 실천 위에 형성된다. 여기에는 다음 사실이 내포되어 있다. L과 M은 동일자임과 동시에 그들이 공동의 유일한 실천을 실행한다는 사실이다. 물론 이 실천의 목적은 그들이 예외 없이 자신들의 불가능한 삶의 조건을 변경시키는 것이 불가능한 상태로 여겨지는 실천적-타성태의 장을 전복시키는 것이다.

L과 M의 실천의 동질성 증명 추론으로 잠깐 되돌아가 보자. 이 추론에서 실제로 제3자인 N의 실천을 참고했다. 그런데 여기서 중요한 것은, L과 M의 실천의 동질성을 보증해 준 N의 실천이 융화집단의 형성에 무관해서도 안 되고 적대적이어서도 안 된다는 사실이다. 그 이유는 단순명료하다. 왜냐하면 그 반대의 경우에는 N의 실천에 의해 매개되어 L과 M이 완벽한 상호성을 실현하는 데 성공한다고 해도, 이 두 명의 실천이 융화집단 전체의 실천과 일치하지 않을 수도 있기 때문이다.[98]

사정이 이렇다면, 융화집단의 구성에서 N이 L과 M과 동일한 실천을 행해야 한다는 점, 또한 N이 그들과 함께 각자의 자유롭고 개인적인 실천에도 불구하고 종합적인 통일체를 이룩해야 한다는 점을 새삼 거론할 필요가 없다. 이 집단의 모든 구성원들이 그들의 총체적 실천과 그 궤를 같이 하기 위해서는 제3자가 이 집단과 다른 제3자들 사이 — 제3자는 각

98) 게다가 M의 매개(L과 N), L의 매개(M과 N)에 대해서도 같은 지적을 할 수 있다.

자이자 모든 사람이라는 사실을 기억하자 ― 의 매개자 역할을 해야만 한다. 물론 이를 위해서는 제3자의 이해관계가 이 집단의 그것과 같아야 한다. 그런데 N이라는 제3자의 실천이 이 집단의 그것과 그 궤를 같이 한다는 사실을 말할 수 있기 위해서는 이 두 실천을 직접 비교해 보아야 할 것이다. 이런 지적은 의미심장하다. 그도 그럴 것이 여기서 우리는 융화 집단의 구성원들 사이에 정립되는 관계의 구조를 특징짓는 또 하나의 매개를 확인할 수 있기 때문이다. 이 집단 자체에 의한 매개가 그것이다.

이런 현상은 봉기 후 도주했던 파리 시민들의 재결집에서 관찰될 수 있다. 내가 도주 후에 투쟁의 필요성을 다시 느끼고, 건물 뒤에서 무장한 왕의 군대와 싸우고 있는 자들에게 L, M과 함께 새로이 합류하려는 상황을 가정해 보자. 또한 내가 혁명군에 합세하고 있을 때, 저쪽 길에서 나와 이 집단으로 합류하기 위해 다가오는 제3자 N을 보았다고 가정해 보자.

이와 관련하여 첫 번째로 지적할 수 있는 것은, 제3자 N의 집단으로의 가세는 분명 내 안에서 ― L과 M 안에서도 ― 희망을 알리는 뜻밖에 즐거운 일이 될 것이라는 사실이다. 왜냐하면 이미 타자들이 줄을 서서 기다리고 있는 버스 승객들의 군집과 같은 집렬체에서 한 명의 승객이 더 늘어나는 것은 경쟁 가능성의 증가로 나타나는 것과는 달리, N이 혁명군에 가세하는 것은 내 입장에서 보면 타자-적을 물리칠 수 있는 기회의 증가이자 혁명군들이 체포되거나 사살될 위협의 감소이기 때문이다. 그 다음으로 N이 제3자의 자격으로 저항군 세력에 가담하기로 결정한 순간, 그는 완전히 자유라는 사실을 지적하자. 이런 결정을 내리면서 그는 타자들로부터 그 어떤 영향도 받지 않는다. 그는 그들의 실천을 모방하지도 않는다. 그로 하여금 적군과 투쟁하도록 유도한 것은 바로 실천적-타성

태의 장에서 영원히 사는 것에 대한 그 자신의 강력한 거부이다.[99)]

이런 사실에도 불구하고 N이 혁명군에 접근할 때, 그의 시도는 전적으로는 아니라 해도 상당 부분 그 숫자에 달려 있다는 것이 사르트르의 주장이다.[100)] 혁명군의 수가 많으면 많을수록 그가 그들의 집단에 가세할 가능성이 더 크다. 혁명군의 규모가 적의 그것에 비해 너무 작다면, 그가 혁명군에 가담하는 것 자체가 불가능할 수도 있다. 물론 이 경우에 N은 혁명군의 세력 강화에 아무런 기여도 하지 못한다. 이처럼 혁명군 세력의 숫자는 N의 가담 여부를 결정짓는 또 다른 요소이다.

또한 N에게 해당되는 것은 모두 나에게도 해당된다. 우선 내가 왕의 군대의 공격으로 동강 난 본대로 돌아갈 것인가의 여부를 결정하는 것은 전적으로 나의 자유의 소관이다. 그다음으로 N이 혁명군으로 되돌아가는 것을 결정하기 전에 그 세력을 대략 가늠해 보는 것과 같이, 나 역시 같은 판단을 한다. 마지막으로 사르트르에게 제3자는 각자이자 모든 사람이기 때문에, N이 나에 대해 제3자인 것처럼, 나 역시 그에게 제3자로 나타난다. 이것은 L과 M에게도 적용된다.

그렇다면 N이 나처럼 혁명군에 가세할 때 무슨 일이 발생하는가? 이 문제를 직접 다루기 전에 다음 사실을 지적하자. N과 내가 타자-적에 맞서 투쟁을 시작하기 전, 즉 실천적-타성태의 장에 있을 때, N은 나에게 타자였다는 사실이다. 그런데 이번에는 내가 가담해 있는 혁명군에 N이 가세한다는 이유만으로, 그는 나에게 타자가 아니라 나의 다른 나, 즉 나

---

99) Cf. *Ibid.*, p. 477.
100) Cf. *Ibid.*, p. 478, note 1.

의 분신인 것이다. 다시 말해 그는 나의 내부에서 나와 똑같은 자기가 된다.[101] 더군다나 그와 마찬가지로 나 역시 그에 대해 제3자이다. 따라서 그에게서 나는 정확히 나에게서 그와 같다. 혁명군의 수는 나와 N의 내부에서 ―N은 나의 옛 타자라는 사실을 잊지 말자― 그와 나에 의해 증가하고, 또 나의 내부에서 그에 의해, 그의 내부에서 나에 의해 증가하게 된다.[102] 이 사실은 N과 내가 소속된 집단에서 이타성, 즉 그와 나 사이에 나타나는 갈등이 완전히 일소되는 것으로 해석될 수 있다. 하지만 이런 현상은 그와 내가 제3자의 자격으로 분리된 채로이지만 자유롭게 혁명군의 강화에 기여할 수 있다는 조건에서만 가능하다는 점에 주의하자.

그런데 이것은 융화집단 자체가 직접 제3자들의 실천들을 매개한다는 것 이외에 다른 무엇을 의미할 수 있을까? 이 집단에 의해 매개된 것은 모든 구성원들의 완벽한 상호성 이외의 다른 것이 아니다. 그로부터 출발해서 융화집단 안에서 하나가 되는 봉기한 파리 시민들의 완벽한 상호성은 이중으로 매개되었다고 단언할 수 있다. 한편으로 이 집단과 다른 제3자들 사이에 있는 각각의 제3자에 의해, 다른 한편으로 제3자들 사이의 매개자 역할을 하는 이 집단에 의해서라고 말이다.[103]

공포, 희망, 자유 및 폭력

봉기한 파리 시민들의 완벽한 상호성을 위한 이중의 매개에 대한 이런 지적을 통해 무엇을 얻게 되었는가? 먼저 그들이 자신들의 실천에서 완전

101) *Ibid.*, p. 479.
102) Cf. *Ibid.*, p. 478.
103) *Ibid.*, pp. 476~478.

한 자유를 향유한다는 사실이다. 각자의 실천이 그의 자유와 자발성에 기원을 두고 있기 때문에, 그가 융화집단의 형성에서 그만의 고유한 역할을 담당한다는 것은 분명하다. 하지만 각자가 수행하는 이런 특별한 역할은 타자들의 실천과 구분되지 않는다. 왜냐하면 봉기한 파리 시민들 사이의 차이에도 불구하고 그들의 실천은 방금 살펴본 이중의 매개 이후 동등자로 나타나고, 또 그것들은 결국 융화집단의 형성을 겨냥하기 때문이다. 그 증거는 봉기한 파리 시민들이 아직까지 어떤 위계질서도 체험하지 않았다는 사실이다. 이 집단에는 그들이 복종해야 할 지도자가 없다. 누구라도 지도자가 될 수 있다. 자신들이 속한 집렬체를 무너뜨리는 것을 목표로 삼는 공동 실천을 수행한다는 이유만으로 그들은 모두 평등하다. 게다가 이런 이유로 봉기한 시민 한 명 한 명이 집단에 가세하는 것은 갈등의 출현이 아니라 이 집단의 힘을 증가시키는 효과를 낳게 된다.[104)]

결국, 봉기한 파리 시민들은 미래의 융화집단 구성원들의 자격으로 다음과 같은 원칙이 적용되는 실천적-타성태의 장에 있다. "수가 더 많은 것은 더 강한 것이다."[105)] 그런데 그들 시민들이 융화집단의 형성에서 자신들의 자유롭고도 개인적인 실천에도 불구하고 이처럼 평등하다고 말하는 것에는, 내가 파리 시민의 한 사람으로 지금, 여기에 있는 것은 모든 곳에 있는 것과 같다는 사실이 함축되어 있다. 이것은 당연하다. 왜냐하면 내가 지금, 여기서 적과 싸우지만, 이 싸움은 또한 모든 곳에서, 그리고 시차 없이 나와 이웃한 시민들에 의해 치러지고 있기 때문이다. 실천적-

---

104) *Ibid.*, p. 495.
105) *Ibid.*, p. 480.

타성태의 장에서 그들 시민들은 나의 입장에서 보면 타자들이라는 사실, 그리고 그 결과 이타성이 모두의 상호적 관계의 정립을 지배한다는 사실을 기억하자.

융화집단이 형성된 때부터는 나의 개별성이 곧 나의 편재성이 된다. 그런데 나는 여전히 타자-적과의 싸움에 자유롭게 참여한다. 나는 융화집단의 형성에 참여하는 순간에 자유로운 상태에 있다. 이것은 나의 이웃들에게도 적용된다. 사정이 이렇다면 나와 지금까지 '타자들-적'으로 나타났던 내 이웃들에 의해 구성된 융화집단은 그 자체로 온전한 자유이며, 자유로운 실천 안에서만 그 존재이유를 가질 뿐이다. 정확히 이런 의미에서 융화집단의 근본적 특징은 자유의 갑작스러운 부활이라는 것이 사르트르의 주장이다.

하지만 융화집단에서 나의 개별성은 나의 편재성이라는 사실을 잊지 말자. 또한 나의 이웃들처럼 나는 이 집단에서 자유 상태에 있어야 함과 동시에 실천을 수행해야 한다는 사실 역시 잊지 말자. 그로부터 두 가지 중요한 사실이 도출된다. 하나는 이 집단의 자유와 구별되지 않는 나의 자유는 나의 개별성과 편재성의 주요 상징이라는 사실이다. 다른 하나는 이 집단의 자유는 실천과 구분되지 않는다는 사실이다.

> 그런데 각각의 제3자 안에서 타자(과거의 타자)를 동일자로 포착하는 현상이 발생하는 것은 바로 자유가 가지고 있는 이와 같은 특징 때문이다. 자유는 나의 개별성임과 동시에 편재성이다.[106)]

---

106) *Ibid.*, p. 502.

이 편재성은 실천적이다. 이 편재성은 하나의 존재 또는 하나의 상태의 편재성이 아니라, 진행 중에 있는 하나의 행동이 갖는 편재성이다.[107)]

이처럼 융화집단은 이 집단의 형성의 완성, 또는 이렇게 말하자면 '완벽한 순간'[108)]의 상징인 '우리'의 형태를 띤다. 또한 이 순간은 실체적이 아니라 실천적인 특징, 곧 자유롭다는 특징을 갖는다.

여기에서 최초의 '우리'가 본질적인 것이 아니라 실제적이며 내면화된 다수성인 자아의 자유로운 편재성으로 나타난다. 그 까닭은 내가 타자 안에 나의 자아이기 때문이 아니라, 실천 안에는 타자가 없고 나 자신들이 있기 때문이다.[109)]

이것이 바로 융화집단을 형성하는 자들의 완벽한 상호성에 내재된 이중의 매개에 대한 설명에서 우리가 얻게 되는 두 번째 사실이다. 하지만 다음 사실에 주의하자. 융화집단의 형성이 그 구성원들 모두의 자유와 실천과 더불어서만 가능하다면, 이 집단은 그 자체 내부에 폭력 출현의 맹아를 담고 있다는 사실이다. 앞서 여러 차례 반복했듯이 그들이 추구하는 목표는 자신들에게 부과된 불가능한 삶의 조건을 바꾸는 것이 불가능한 상태로 여겨지는 실천적-타성태의 장을 전복시키는 것이다. 또한 집

107) *Ibid.*, p. 501.

108) Cf. Raymon Aron, *Histoire et dialectique de la violence*, Paris: Gallimard, 1973, p. 77, note 1.

109) CRDI, p. 495.

렬체의 와해는 항상 타자-적의 적대적이고 반동적인 억압 아래서 이루어진다. 따라서 각자가 그의 자유로운 실천을 통해 융화집단의 구성을 이루기 위해, 그리고 또 그렇게 하면서 이 집단의 구성에 협조하기 위해 타자-적으로부터의 위협이나 위험이 계속 존재해야 하는 것은 분명하다.

그런데 이런 위협이나 위험이 타자-적으로부터 오는 폭력, 즉 기존폭력이 아니라면 무엇일 수 있을까? 융화집단은 거기에 자유롭게 저항할 수 있는 자들로 구성되기 때문에 ―사르트르는 그들 각자가 '주권적'(souverain)이라고 본다. 각자는 타자들이 복종해야 하는 명령을 내릴 수 있다[110] ―, 타자-적의 항구적인 현전은 집단 자체의 실천적이고 자유로운 특징 유지를 위한 필수불가결한 조건이 된다. 그로부터 융화집단 각 구성원의 주권적 자유는 그 기능이 해방적인 폭력, 더 정확하게는 대항폭력과 그 궤를 같이 한다는 결론이 도출된다.[111] 이는 달리 진행될 수 없다. 왜냐하면 만약 이 구성원이 이런 폭력에 호소한다면, 그것은 그의 삶을 불가능하게 만들고 그의 존재를 위협하는 기존폭력 중 하나 ―이것은 순수폭력 중 하나이다 ―를 분쇄하기 위함이기 때문이다.

이와 관련하여 사르트르가 융화집단 구성원들이 의지하는 이런 종류의 대항폭력을 지칭하기 위해 '공포' 개념을 사용한다는 점은 흥미롭다. 앞서 피착취계급에 속하는 자들 ―프랑스혁명의 경우, 그들은 주로 상인, 노동자, 장인 등이 포함된 프티부르주아들이다 ―이 실천적-타성태의 장을 전복시키기 위한 모험에 뛰어드는 순간은 정확히 그들의 삶

110) Cf. *Ibid.*, p. 497.
111) Cf. *Ibid.*, p. 506.

과 죽음이 문제되는 순간과 일치한다는 사실을 지적한 바 있다. 물론 이런 순간이 착취계급에 속하는 자들 — 왕, 성직자, 귀족, 부유한 부르주아 — 로부터 오는 순수폭력의 행사에 의해 도래한다는 사실을 잊어서는 안 될 것이다. 이런 폭력으로부터 벗어나는 것은 피착취자들의 입장에서 보면 자신들의 존재가 무화될 수 있는 상황으로부터 자유롭고도 주권적으로 벗어나는 것과 동의어이다.

그런데 타자-적과의 이런 위험하고도 목숨이 걸린 투쟁은 공포 이외의 다른 것이 아니다. 피착취자들의 저항에는 당연히 이런 공포에서 '희망'으로의 이행이 함축되어 있다. 그들이 추구하는 목표가 자신들의 적에 의해 야기된 인간 이하의 상태에 종지부를 찍는다. 하지만 비극적인 것은, 자신들이 인간이라는 사실을 주장하기 위해서는 폭력에 호소하면서 결국 타자-적에게 승리를 거두는 것 이외의 다른 선택지가 없다는 것이다. 그들이 타자-적과의 싸움에서 패할 경우, 그들은 다시 실천적-타성태의 장으로 떨어지게 된다. 곧 보게 되겠지만, 융화집단은 사르트르에 의해 재차 공포라고 명명된 또 다른 폭력에 의해서만 보존될 수 있을 뿐이다. 하지만 앞서 언급했던 공포 — 그들이 순수폭력에 맞서 싸우기 위해 동원한 대항폭력이다 — 와는 달리, 이번에는 이 공포가 호소하는 자신들의 집단 내에서 발생한다. 이 집단을 와해시키려는 위험이 외부, 즉 타자-적으로부터 올 수도 있다. 하지만 융화집단 형성 이후에 이런 위험은 집단 내부에서 나타날 수도 있다. 이타성의 재출현이 그것이다.

그런데 해방된-피착취자들의 입장에서 보면 자신들의 '인간'의 지위를 보장해 주는 융화집단을 지속적으로 보존시키는 것은 절대적 과제이다. 하지만 역설적으로 그들은 자신들의 집단을 언제라도 음흉한 화석화나 혹은 군집의 무기력 속으로의 재추락으로 유도할 수 있는 그 내부의 은밀한 이타성에 더 잘 대처하기 위해 자신들의 동료들을 살해하는 데까지 나아갈 수 있다. 그로부터 그 기능이 '방어적'이라고 할 수 있는 두 번째 '공포'가 기인하다. 이 개념을 다시 살펴볼 것이다. 이처럼 집렬체에서 융화집단으로의 이행에는 서로 어울리지 않는 것처럼 보이지만 실제로는 상호의존적인 다음 네 가지 요소가 포함되어 있다는 것이 분명하다. 공포, 희망, 자유, 폭력이 그것이다.

> 그토록 빈번히 — 반동적 주체들에 의해 — 반박되었던 이 특징들 안에는 변증법적 이외의 다른 모순은 없다. 이 모순은 희망과 공포 사이의 모순, 각자에게서 볼 수 있는 주권적 자유와 집단 외부에서, 그리고 자기 내부에서 타자에게 행사되는 폭력 사이의 모순이다. 이것은 차라리 (가장 분화되지 않은 실재에, 그러나 앞으로 보게 되듯이 가장 복합적인 형태를 띤) 혁명집단의 본질적인 구조이다.[112]

융화집단에서 서약집단으로

서약

집렬체 구성원들의 공동 구원의 순수한 수단인 융화집단은, 이미 언급한 것처럼, 그 형성 직후에 지속의 문제에 봉착한다. 이 집단을 위협하는 요소는 외부, 내부에서 발생할 수 있다는 의미에서 '이중적'이다. 우선 외부

---

112) *Idem.*

에서 올 수 있다. 왜냐하면 어떤 대가를 치르고서라도 상황을 반전시키려 하는 타자-적의 반격 때 ── 이 반격은 개연적이고 심지어 그 개연성이 아주 크다 ──, 이 집단의 구성원들이 분열될 수 있는 가능성은 항상 있기 때문이다.

그다음으로 내부에서 올 수 있다. 왜냐하면 자신들의 목표를 달성한 후에 이 집단의 구성원들은 더 이상 통일체를 유지할 필요성을 느끼지 않을 수도 있기 때문이다. 이 집단의 존속에 필요한 조건들 중 하나가 적대 세력의 지속적인 현전이라는 사실을 상기하자. 그 반대의 경우에 이 집단이 집렬체적 군집으로 와해될 수 있다는 것은 분명하다.

하지만 파리 시민들이 목숨을 담보로 구제도, 즉 실천적-타성태의 장에 반기를 든 이유 중 하나는, 그들이 지배계급의 착취로 인한 인간 이하의 삶을 영위하는 것을 더 이상 견딜 수가 없었기 때문이다. 그들의 봉기는 자신들의 불가능한 삶의 조건을 바꾸는 것이 불가능한 때 일어난 것이다. 따라서 집렬체로 회귀하는 경우, 융화집단의 형성에서 주역을 담당했던 그들은 다시 자신들의 무기력, 예속 상태, 요컨대 실천적-타성태의 공포를 겪을 수 있다. 그로부터 사태를 되돌아보고 반성하는 시간에[113] 그들은 이 집단을 지속적으로 유지하기 위한 적당한 조치를 강구하려 할 것이다.

무엇을 할 것인가? 답을 하기 위해 사르트르는 『존재와 무』에서 시선의 개념만큼 중요한 의미를 가진 것으로 보이는 하나의 개념에 의지한다. '서약'이 그것이다. 이 개념이 어떤 의미를 가지는가를 보기 위해 한 번 더

---

113) *Ibid.*, p. 513.

다음 사실을 주목하자. 인간들 사이의 집렬체적 관계 정립을 규정하는 이타성은 융화집단에서는 그들의 완벽한 상호성으로 대치된다는 사실이다. 실제로 이런 이타성으로 인해 나는 집렬체의 한 구성원의 자격으로 내 이웃들에게 타자로 나타날 수밖에 없었던 반면, 융화집단에서 나는 그들에게 그들과 동일자로 나타났다. 그런데 사르트르는 융화집단으로의 이행 과정에서 완전히 제거되었던 이런 이타성이 이 집단 형성 후에 적의 반격을 기다리는 동안 은밀하게 이 집단 내부에서 다시 나타날 수 있다고 본다.

우선, 융화집단의 모든 구성원들이 보여 준 용기, 인내, 열기 등이 새로운 전투를 준비하는 과정에서 증발될 수 있을 것이다. 상황이 봉기 이전과 같지 않을 수도 있다. 따라서 그들은 더 이상 목숨을 걸고 싸우려 하지 않을 수도 있다. 타자-적으로부터 오는 압박이 느슨해짐에 따라 그들이 산발적인 군중이 될 가능성이 높아지게 된다.

그다음으로, 이 집단 구성원들 사이의 이중의 매개에 의해 이루어진 완벽한 상호성은 완전한 승리의 경우에 사라질 수 있다. 왜냐하면 그들의 완전한 승리에는 적의 완전한 파괴가 전제되기 때문이다. 완벽한 상호성이 사라진다면 어떤 일이 발생할까? 적의 부재, 즉 공동의 적의 부재로 인해 제3자였던 각자는 다시 타자의 지위로 돌아갈 것이다. 다시 말해 이타성이 다시 출현한다. 게다가 이 집단 구성원들의 자격으로 그들이 자신들의 결정에서 자유롭기 때문에, 그들의 실천이 어느 방향으로 전개될지 예측할 수 없다.

정확히 이 단계에서 '의심'이 나타난다. 융화집단 구성원들은 각자의 충성심을 의심할 수 있다. 배신의 가능성이 있는 것이다. 누가 먼저 제3자에서 타자로 변신할지 모른다. 이처럼 융화집단 내부에서 이타성이 다시 나타날 수 있는 가능성을 배제할 수 없다. 그런데 이타성의 재출현은 이 집단이 집렬체로 회귀하는 것, 즉 실천적-타성태적 장으로 회귀하는 것을 의미한다. 그런 만큼 이 집단 구성원들은 이타성의 재출현을 극도로 경계한다. 이 집단을 지속시키려면 이타성에서 기인하는 의심을 불식시켜야 한다.

어떤 방법으로 그렇게 할 수 있을까? 그 답이 바로 서약이다. 제3자의 자격으로 이 집단 구성원들 각자는 자기에게 제3자로 나타나는 타자들 앞에서 그들을 배반하지 않고 또 이 집단을 배반하지 않으면서 이타성을 나타나게 하는 타자가 되지 않겠다고 맹세하는 것이다. 또한 이렇게 함으로써 그들이 목숨을 걸고 함께 조직한 융화집단을 지속시키는 데 기여하겠다고 맹세하는 것이다. 이것이 서약이다.

하지만 이것은 서약에 대한 기본적인 정의일 뿐이다. 보다 더 구체적으로 서약은 무엇보다 융화집단의 실천적 고안물이라는 것이 사르트르의 주장이다. 왜냐하면 서약의 기저에는 이 집단을 와해시키는 집렬체성에 맞서 스스로를 보호하는 도구가 되기 위해 노력하는, 또 실천적-타성태의 위협에 맞서 이 집단을 보호하는 인위적인 무기력을 만들어 내는 이 집단 자체의 자유로운 실천이 놓여 있다. 서약에 대한 이런 첫 번째 정의에서 다음 두 가지 사실이 관심을 끈다. 하나는 집렬체로 와해되는 위험에 맞서 이 집단이 자유롭게 인위적인 무기력을 고안해 내면서 스스로 안전을 보장하려고 하기 때문에, 서약은 미래에 대한 무기력한 결단에 불과하다는 사실이다. 달리 말하자면 이 집단은 스스로 서약을 부과하면서 미

래에 그 자체의 자유를 제한한다.[114]

다른 하나는 서약을 할 때 — 그 순간부터 이 집단은 "서약집단"이 된다 — 이 집단의 행동은 모든 구성원들의 그것이라는 점이다. 왜냐하면 이 집단은 실천적-타성태에 의해 야기된 인간 이하의 상태를 겪은 수많은 개인들의 군집이기 때문이다. 서약을 하면서 이 집단이 실천적-타성태의 지배에 맞서 스스로를 보호할 수 있는 인위적 장치를 고안해 내는 데 성공하는 경우, 그들 모두의 자유가 이 서약에 의해 저당 잡히게 된다. 서약을 통해 각자는 자기 자신의 자유에 일정한 한계를 부여하면서 자기 자신의 무기력을 수용한다.

여기에는 다음 두 가지 조건이 요구된다. 하나는 이런 무기력이 이 집단 구성원들 각자에 의해 고안되고 수용되어야 한다는 조건이다. 다른 하나는 이런 무기력이 이 집단 자체의 최고의 안전에 기여해야 한다는 조건이다. 이 두 조건에는 서약이 매개된 상호성이라는 사실이 함축되어 있다. 이 점에 대해서는 곧 살펴보게 될 것이다. 이 두 가지 조건을 전제로 이루어지는 서약은 의미심장한데, 그도 그럴 것이 우리는 두 번째로 인간이 자기 자신의 자유를 제한하는 것을 받아들이는 장면을 목격하기 때문이다. 앞서 보았듯이 마조히즘이 그 첫 번째 경우에 해당한다.

물론 서약은 마조히즘과는 뚜렷이 구분된다. 마조히즘은 타자의 자유가 가지는 절대적 주권을 인정하는 한 명의 주체의 완전한 객체화를 가정한다.[115] 이런 의미에서 우리는 마조히즘을 자기에 대한 폭력의 하나

---

114) *Ibid.*, p. 520.

115) 이 점과 관련하여 사르트르가 종교 영역에서 볼 수 있는 '성스러움'과 이것을 포함하거나 상징하는 사물들에 대한 경외, 공포, 제의 등을 연결시키고 있는 것은 아주 흥미롭다. Cf. *Ibid.*,

로 규정했다. 반면, 타자들 앞에서 서약하는 자는 그들에게 완전한 객체가 아니라 '준-객체', 즉 그들 자유의 '준-주권적'[116] 특징을 인정하는 자로 나타난다. 이 점에 대해서는 곧 다루게 될 것이다. 하지만 여기서 분명하게 나타나는 것은, 융화집단의 서약은 이 집단 스스로 살아남기 위해 자신에게, 따라서 그 구성원들 모두에게 자유의 한계를 부과한다는 사실이다. 요컨대 모든 것이 마치 그들이 자신들의 자유를 자유롭게 제한해야 한다는 요구, 또한 그들에게 뛰어넘을 수 없는 것으로서의 '집단-내-존재'의 지위를 부여하는 요구에 복종해야 하는 것처럼 진행된다.[117]

융화집단의 일원으로 내가 서약을 하는 순간, 나는 나의 자유를 제한하는 것을 자유롭게 용인한다는 사실에 재차 주목해 보자. 방금 이 순간에 나는 타자들에게 준-객체로 나타난다고 했다. 내가 나의 자유에 한계를 부과하는 것은, 나의 고유한 무기력의 고안을 통해 내가 계속 융화집단의 일원으로 남아 있기를 원하기 때문인 것은 분명하다. 정확히 이 차원에서 서약의 설명에 필수불가결한 질문이 제기된다. 왜 나는 나의 서약에서 내 이웃들에게 '준-객체'로 나타나는가?

이 질문은 서약을 더 잘 이해할 수 있게 해주는 또 다른 요소와 밀접하게 연결되어 있다. 앞서 언급한 매개된 상호성이 그것이다. 그렇다면 그 정확한 의미는 무엇일까? 이 질문을 먼저 살펴보고, 이어서 준-객체 문제로 돌아오자. 우선 서약은 매개된 상호성이다. 내가 속해 있는 집단 앞에서 서약을 하는 순간, 이 서약은 자신들의 생명을 건 나의 이웃들 앞

---

pp. 540~541.

116) Cf. *Ibid.*, p. 522, p. 667.

117) *Ibid.*, p. 521.

에서 이루어진다. 이 집단 내부에서 나와 내 이웃들은 제3자의 자격으로 서로를 발견하기 때문에 내가 그들과 맺는 관계는 완벽한 상호성에 의해 특징지어진다. 다시 말해 이 관계는 이타성의 완전한 폐기 위에 정립된다. 나의 서약 내용은 이 집단에서 타자가 되지 않겠다는 다짐이다. 누구에게 하는 다짐인가? 나 자신과 내 이웃들에게 하는 다짐이다. 또한 내 자신과 그들이 속한 이 집단에게 하는 다짐이다.

하지만 융화집단을 존속시키는 것은 나 혼자만의 서약으로는 충분하지 못하다. 이타성은 나의 이웃들로부터 나에게 올 수 있다. 그로부터 이 집단의 존속을 보증하려면 모든 구성원들이 서약을 해야 하는 필요성이 도출된다. 사르트르는 정확히 명령어가 일인칭 복수형의 명령형인 '맹세하자'(Jurons)라고, 즉 서약 행위는 공동적일 수밖에 없다고 주장한다. 게다가 내가 제3자의 자격으로 타자들 — 그들도 역시 제3자들이다 — 앞에서 타자가 되지 않겠다고 서약을 할 때, 나는 그들에게 계속 제3자로 남겠다는 객관적인 보증을 해준다. 이런 사실들은 모두 서약에서 상호성이 매개되었다는 사실을 여실히 보여 준다.[118]

내가 내 이웃들 앞에서 제3자의 자격으로 서약을 하는 것은, 결국 내가 그들로 하여금 각자 내 앞에서 같은 자격으로 서약을 하게끔 하는 것이기도 하다. 하지만 다음 사실을 잊지 말자. 그들로 하여금 서약을 하게끔 하기 위해 나는 나의 자유를 제한하고 — 이런 행동이 이루어지는 것은 나의 고유한 자유를 통해서이다[119] —, 또 '우리' 사이에 맺어진 상호

118) *Ibid.*, pp. 520~521.

119) 아롱은 이 자유를 "서약된 자유"라고 지칭한다. Aron, *Histoire et dialectique de la violence*, p. 78.

적 관계를 훼손하는 것을 스스로 금지한다는 사실이다. 그런데 내 이웃들이 나의 서약에 응답하면서 서약을 하는 순간, 그들의 서약은 "나의 자유에 맞서는 보증으로", 그것도 나의 자유를 통해서가 아니라 그들의 자유를 통해서 나에게 되돌아온다.[120] 이것은 서약이 그 안에 본질적인 두 계기를 포함하고 있다는 것을 의미한다.[121]

이런 지적을 토대로 우리는 앞서 제기한 문제에 답을 할 수 있다. 나는 왜 나의 서약 행위에서 이웃들에게 준-객체로 나타나는가? 답은 그들에게 충성을 약속하면서 나는 나의 자유에 스스로 제한을 가한다는 사실 그 자체에 있다. 실제로 서약을 하면서 나는 내가 그들에게 하는 다짐 속에서 스스로를 객체로 포착한다. 하지만 나는 이 객체를 나의 온전한 자유 속에서 맞아들인다. 그런데 이것만이 전부가 아니다. 서약은 매개된 상호성이기 때문에 내가 그들에게 충성을 약속할 때, 나도 그들에게 나에 대한 충성을 요구한다. 이것은 정확히 서약에서 내가 그들에 대해 주권자로 있다는 것을 의미한다. 하지만 나의 주권성은 절대적일 수 없다(물론 그 역도 마찬가지이다). 왜냐하면 서약이 매개된 상호성이기 때문이다. 이것은 결국 융화집단 구성원들 전체가 준-객체 상태에 있다는 것을 의미한다.[122]

---

120) CRDI, p. 522.

121) *Idem.*

122) 이런 이유로 베르네르는 서약을 "애매한 행위"로 여긴다. Eric Werner, *De la violence au totalitarisme: Essai sur la pensée de Camus et de Sartre*, Paris: Calmann-Lévy, 1972, p. 149.

사르트르에 의하면 서약은 추상적이고 관념적인 개념이다. 서약은 일차적으로 '언어'를 바탕으로 한다. 하지만 융화집단의 뒤를 잇는 서약집단의 미래는 단순히 언어로 된 수많은 명령과 결정을 위해 들어 올리는 손에만 달려 있지 않다.[123] 서약집단의 통일이 모든 구성원들의 서약 속에서 존재하는 것은 사실이다. 하지만 서약이 언어에만 국한된다면 이런 통일은 기호와 의미의 유희나 제스처에 불과할 것이다.

이처럼 서약집단 구성원들 사이의 상호적 관계에서 그 어떤 것도 물질적이지 않다.[124] 또한 그들의 서약이 죽음이나 고문 같은 극단적인 상황에 직면해서 그 효율성과 가치를 잃게 되는 것도 가능하다. 그런 만큼 서약이 가진 이런 추상적이고 관념적인 특징은, 서약집단이 융화집단의 지위를 유지하는 것을 방해하는 취약한 요소들 중 하나가 될 수 있다. 게다가 적으로부터 집단 구성원들에게 오는 위협은 직접적이지 않기 때문에 ―물론 적이 반격을 준비하는 과정에 대해 오판할 수 있다―, 그들로 하여금 서약을 하게끔 했던 요인이 서약 이전보다 더 줄어들 수 있다.

사르트르에 의하면 정확히 이 단계에서 서약집단 내에 새로운 두려움이 나타난다. 이 집단의 구성원들 중 누구도 사태에 대해 충분한 두려움을 가지지 못한다는 두려움이 그것이며, 따라서 이것은 '반성적' 두려움이다. 그런데 이런 종류의 두려움은 이 집단의 취약점을 보여 주는 징후이다. 적의 반격이 있을 경우, 그 어떤 것도 이 집단이 융화집단의 지위

123) CRDI, p. 528.
124) *Idem*.

를 보존하는 것을 보장해 주지 못할 수 있는 것이다. 이때부터 집단의 존속을 위한 요건 중 하나는 "두려움 부재의 부정"이 된다.[125)]

이것은 이런 두려움이 이 집단 내부에서 다시 고안되어야 한다는 것을 의미한다. 물론 그 목적은 구성원들의 서약 이후에도 여전히 이 집단이 융화집단의 지위를 가질 수 있게끔 하는 데 있다. 이런 두려움의 재고안의 목표는 위험에 처할 수 있는 서약집단과 그 구성원들의 공동의 이해관계의 보존 이외의 다른 것이 아니다. 하지만 이런 위험이 다음 사실로부터 기인한다는 점을 잊지 말자. 제3자의 자격으로 자기 자신과 타자들에게서 죽음의 위험에 처한 집단을 발견하는 각자의 눈에는 그들 중 그 누구도 충분히 두려움을 느끼지 못한다는 사실이다.

이제 집렬체로의 와해에 맞서 투쟁하는 서약집단 내에서는 이런 두려움을 다시 고안해 내기 위한 조치가 강구된다. 이런 조치는 '강제적' 성격을 띤다. 두 가지 이유에서이다. 하나는 이런 두려움이 구성원들 각자의 서약이 효력을 발휘하고 있는 중에 다시 고안되기 때문이다. 다른 하나는 분열을 가능케 하는 주체의 자격으로 이 집단 내에서 죽음의 위험을 무릅쓰는 그들 각자는 이런 위험을 피하기 위해서 반드시 이런 두려움을 서로 용인해야 하기 때문이다. 물론 이런 인정은 자유롭게 이루어진다. 그렇지 않다면 각자는 이 집단에 소속될 기회를 영원히 잃게 될 것이다.

여기에 더해 다음 사실을 지적하자. 이 집단의 운명이 전적으로 이 집단의 모든 구성원들이 이런 두려움을 용인하느냐의 여부에 달려 있기 때문에, 이것을 수용해야 하는 압력이 그들 모두의 어깨를 짓누를 것이라

---

125) *Ibid.*, pp. 528~529.

는 사실이다. 그런데 집렬체로의 와해에 맞서 서약집단이 그 자체의 자유에 바탕을 둔 강제적 행위, 또 그 자체의 자유로운 고안으로서 갖게 된 이런 두려움, 이것은 '공포'가 아니라면 무엇일 수 있을까? 융화집단의 기본적인 특징을 기술하면서 공포를 이렇게 정의한 바 있다. 이 집단의 모든 구성원들이 자신들을 억압하는 폭력에 자유롭고도 공동으로 대처하는 폭력이라고 말이다. 따라서 서약집단 내에서 자유롭게 고안된 공포는 실제로 집단의 모든 구성원을 지배하는 절대적 폭력이라 할 수 있다.[126]

이런 지적을 통해 다음 사실을 알 수 있다. 융화집단이 특히 그 구성원들의 집렬체로의 와해를 가능케 하는 주체들이라는 지위에 맞서 스스로를 보존하기 위해 그들에게 언어로 된 서약뿐만 아니라, 이런 서약에 물질성을 부여하면서 구체화시킬 것을 요구한다는 사실이다. 그리고 그들이 점차 커져 가는 두려움으로 인해 야기되는 죽음의 위험을 최소화시키는 조치를 용인함에 따라, 서약에 필요한 이런 물질적 차원은 그들의 죽음이 아니라 오히려 삶과 관계된다. 달리 말하자면 이 집단은 그들에게 두 가지 선택을 부과한다. 집단이 부과하는 공포와 폭력을 용인하면서 계속해서 집단 자체와 하나가 되든지(이런 의미에서 집단 내에서 폭력의 행사는 자유와 밀접하게 연결되어 있다고 할 수 있다),[127] 아니면 배신할 경우에 목숨을 걸든지이다.

이처럼 서약집단에 의해 고안되고, 그 구성원들에 의해 용인된 공포와 폭력에서 저당 잡히게 되는 것은 바로 자신들의 삶과 죽음에 대한 권

126) *Ibid.*, p. 529.
127) *Idem.*

리이다. 사르트르는 이런 권리를 이 집단의 근본적인 지위와 연결시키고 있다. 게다가 서약이 매개된 상호성이기 때문에, 이런 공포와 폭력을 용인한 후에 서약집단의 한 구성원의 자격으로 내가 이 집단과 다른 구성원들을 배신하는 경우, 나는 그들에게 나를 집단의 이름으로 자유롭게 처형할 수 있는 권리를 부여한다. 물론 이런 권리 부여에는 조건이 수반된다. 다른 이웃들이 이 집단과 나를 배신하는 경우, 나 역시 그들을 자유롭게 처벌할 수 있다는 조건이다.[128)]

> 나는 구성하는 자유 실천으로서의 내 인격을 제거하는 것에 자유롭게 동의했다. 이와 같은 자유로운 동의는 나의 자유에 대한 타자의 자유의 우월성으로, 즉 나의 실천에 대한 집단의 권리로서 나에게 되돌아온다.[129)]

한편, 사르트르에게서 한 인간의 죽음은 타자에게 주체로 나타날 수 있는 모든 가능성의 상실, 혹은 자기비판이나 자기변신 능력의 완전한 박탈로 이해된다. 따라서 서약집단에서 나를 처단해도 좋다는 권리를 내 이웃들에게 부여하는 것은, 그들이 집단의 이름으로 나에게 부과하는 '집단-내-존재'를 내가 결코 뛰어넘을 수 없음을 수용하는 것과 동의어이다. 이것은 나에게 그들의 처벌 권리를 위임한 내 이웃들에게도 그대로 적용된다.

실제로 서약집단의 안전과 지위는 결코 언어적 서약에 의해 보장되

---

128) *Ibid.*, pp. 530~531.
129) *Ibid.*, p. 532.

지 않는다. 또한 이 집단은 그 자체 내부에 항상 집렬체로 와해될 싹을 안고 있다. 그런 만큼 집단이 그 구성원들에게 공포와 폭력을 부과하는 것은 결국 이런 싹을 제거하기 위함이다.[130] 내가 집단의 구성원으로서 이웃들에게 내 앞에서 맹세할 것을 요구하며 그들 앞에 내가 맹세를 할 때, 나는 순수한 객체도 절대적 자유도 아닌 상태, 즉 준-객체, 준-주권성의 상태에 있다는 사실을 떠올리자. 게다가 우리는 이런 사실에 바탕을 두고 이 집단의 잠재적인 와해 가능성을 언급한 바 있다.

하지만 서약집단 내에서 공포와 폭력이 고안되고 난 뒤로는 상황이 급변한다. 이제 이웃들과의 관계에서 준-객체성, 준-주체성의 상태에 있는 대신에 나는 자유롭게 이런 공포와 폭력을 수용하며, 그들과의 관계에서 완전히 객체이거나 절대적인 주권성을 가지게 된다. 내 이웃들도 마찬가지이다. 이는 달리 진행될 수 없다. 왜냐하면 내 이웃들의 완전한 자유를 인정하지 않은 상황에서 나는 절대로 그들에게 나를 처형할 수 있는 권리를 위임할 수 없기 때문이다. 물론 그 역도 마찬가지이다. 사르트르에게서 죽음이란 나의 회복할 수 없는 객체로의 변신과 동의어라는 사실을 상기하자.

이것은 안전과 존속을 위해 스스로 공포와 폭력을 고안해 낸 서약집단에서 인간은 처음으로 다른 인간에 대해 절대적 힘을 갖는다는 것을 의미한다. 물론 이런 절대적 힘은 상호적이다. 왜냐하면 내가 이 집단의 존속을 위해 이웃들이 나에게 행한 폭력을 자유롭게 수용한다는 것은, 내가

---

130) 서약집단의 모든 구성원들이 이런 공포와 폭력을 용인해야 한다. 이런 의미에서 이 공포와 폭력은 집단의 모든 곳에 퍼져 있다. *Ibid.*, p. 533.

그들에게 동일한 폭력을 가할 수 있는 권리의 이양을 받아들인다는 것을 의미하기 때문이다. 권리의 교환은 완전한 균형 속에서 이루어진다. 이처럼 서약집단이 그 자체 내에 도입한 공포와 폭력은 집단 구성원들에게 그들이 서로 헤어지면서가 아니라 단결하면서 완전한 평등과 절대적인 자유를 향유할 수 있게끔 해준다.

사르트르에 의하면 이 순간이 정확하게 인간성의 시작 또는 형제애(또는 동지애) 출현의 순간과 일치한다. '우리'는 모두 형제들이다. 우리는 모두 같은 흙에서 태어났다. 각자가 개인적으로 행동한다고 해도 우리는 단 하나의 목표를 겨냥한다. 자유의 선포라는 목표가 그것이다. 이 목표를 실현하기 위해 우리는 공동으로 같은 의무를 이행하고 또 같은 권리를 함께 행사한다. 우리가 신체적으로 닮진 않았지만, 우리는 같은 자식들이며, 공동의 고안물이다. 이렇게 해서 서약집단 구성원들 각자는 다른 구성원들과의 형제관계에서 그 자신의 탄생을 공동 개인의 탄생으로 여긴다. 물론 이 집단은 그들 모두에게 공포와 폭력을 요구한다. 요컨대 형제애(또는 동지애)와 우정은 그들 모두의 상호적이고 연대적인 관계의 기본적이고 실천적인 구조가 된다.[131)]

하지만 이런 형제애가 공포와 폭력에 그 기원을 두고 있다는 사실을 잊지 말자. 내가 나의 이웃들과 연대감을 느낀다면, 이런 연대는 공동으로 겪은 위험 속에서만, 그리고 우리가 자유롭게 공동으로 수용한 공포와 폭력 속에서만 그 존재이유를 갖기 때문이다. 또한 이런 이유로 우리가 형제가 되는 것은 정확히 서로를 처단할 수 있는 권리, 곧 폭력 행사의 권

---

131) *Ibid.*, p. 535.

리에 의해서일 뿐이다.[132] 우리는 이 사실을 더 면밀히 살펴보아야 할 충분한 이유가 있다. 왜냐하면 거기에서 출발해서 공포와 폭력이 갖게 되는 특징을 정확히 알 수 있기 때문이다.

앞서 희망과 자유와 더불어 융화집단의 근본적인 특징을 결정짓는 공포와 폭력의 기능이 해방적이라는 사실을 지적한 바 있다. 그렇기 때문에 이 공포와 폭력을 대항폭력으로 규정할 수 있었다. 그런데 이번에는 이런 공포와 폭력이 집렬체로의 와해 가능성에 직면해 서약집단이 그 자체의 보존을 목적으로 고안해 낸 조치이기 때문에, 그 기능은 원칙적으로 방어적이라고 할 수 있다. 왜냐하면 실제로 이런 공포와 폭력은 집단의 적으로부터 오는 폭력에 직접 관여하는 것이 아니기 때문이다. 물론 융화집단의 형성 과정에서 공포와 폭력은 해방적이고 치유적 기능을 수행했다. 하지만 이제 이 기능은 방어적 기능에 자리를 양보하게 된다.[133] 지금까지 적과의 싸움에서 유력한 도구로 사용된 공포와 폭력이 이제는 집단 자체의 재정비를 위해 요청된다.[134]

공포와 폭력—해방적이거나 치유적 폭력 또는 대항폭력이다—위에 형성되는 융화집단을 항구적으로 존속시키는 수단은 이처럼 이 집단 자체에 의해 고안된다. 실제로 이 수단은 집단의 존속을 위협하는 내외의 위험을 극복하기 위해, 한편으로는 서약에 의존하고, 다른 한편으로는 집단 자체 내에서 만들어진 폭력과 공포—그 기능은 방어적이거나 예방

132) *Ibid.*, p. 537. 또한 사르트르는 "폭력-우정"이라는 표현을 사용하기도 한다. *Ibid.*, p. 538.
133) Cf. René Girard, *La violence et le sacré*, Paris: Grasset, 1972[르네 지라르, 『폭력과 성스러움』, 김진식 · 박무호 옮김, 민음사, 2000], p. 25.
134) CRDI, pp. 537~538.

적이다 ― 에 의존한다. 이것은 집단 내에서 존속의 가능성을 발견할 수 있다는 것을 보여 준다.

하지만 비극적인 것은, 이 융화집단의 탄생 ― 집렬체보다 먼저 출현한다고 가정한다면 ― 과 존속이 폭력과 공포에 의해서만 보장될 수 있을 뿐이라는 사실이다. 더 비극적인 것은, 이 집단의 모든 구성원들이 자신들의 인간성을 확보하려면 자신들의 자유에 한계를 자유롭게 설정하는 것을 받아들여야 하고 ― 서약의 경우이다 ―, 또한 자신들의 죽음 가능성에도 자유로이 동의해야 한다 ― 공포와 폭력의 경우이다 ― 는 것이다. 그 반대의 경우에 그들은 수동적으로, 창피를 무릅쓰고, 또 고통스럽게 타인들에 의해 야기된 비인간성을 감내하는 길을 따라갈 수밖에 없을 것이다. 다시 말해 융화집단의 구성원들은 실천적-타성태의 지배를 받으면서 자신들의 불가능한 삶의 조건을 변화시키는 불가능성을 감내해야 할 것이다.

조직화된 집단과 제도화된 집단

서약집단에서 조직화된 집단으로

융화집단이 그 자체의 존속을 위해 서약, 공포, 폭력을 낳게 되는 과정을 기술한 후, 사르트르는 어떻게 이 집단이 계속 강제력을 상실하는 상황에 대응하는가를 보여 주고 있다. 게다가 서약집단에 의해 행사되는 강제력이 아주 강해 그 구성원들이 거기에 절대적으로 복종할 수밖에 없다고 해도, 이 강제력은 결국 그들의 시공간적인 거리와 노동의 분화 등으로 인해 점차 약해진다는 것은 당연하다.

그로부터 사르트르에 의해 임무의 분할로 여겨지는 집단의 조직화가 기인하다. 그리고 이 집단 조직화의 순간은 서약집단에서 '조직화된 집단'으로 이행하는 순간과 일치한다. 그뿐만이 아니다. 사르트르에 의하면 이 조직화된 집단은 다시 '제도화된 집단'으로 이행하게 된다. 실제로 『변증법』 I권의 약 200쪽은 서약집단에서 조직화된 집단으로의 이행에, 조직화된 집단에서 제도화된 집단으로의 이행에 할애되고 있다.[135)]

하지만 우리의 관심은 사르트르의 인간학적 관점에서 본 폭력의 기원을 밝히는 것이기 때문에, 그리고 이 관점과 관련이 있는 그의 사유 대부분이 이미 집렬체와 융화집단, 서약집단 등의 형성 과정을 통해 드러났기 때문에, 조직화된 집단과 제도화된 집단과 관련하여서는 다음 두 가지 사실에만 주목하고자 한다. 하나는 조직화된 집단은 이 집단을 더 잘 통제하기 위해 그 안에 이타성을 재수용하게 된다는 사실이다. 다른 하나는 제도화된 집단을 다루면서 사르트르가 전체주의 체제와 개인의 우상숭배를 정당화하고 있다는 사실이다.

먼저 조직화된 집단이 문제되는 경우, 조직화는 실제로 계속해서 공동 실천을 규정하고, 지도하고, 통제하는 서약집단이 취하는 조치 중의 하나라는 것이 사르트르의 주장이다. 조직화는 공동 실천에 따라 집단이 그 자체에 대해 임무의 분할을 실행하는 활동으로 이해된다. 물론 그 목표는 구성원들에게 서약을 하고 또 공포와 폭력을 부과하면서 실천적-타성태가 지배하는 집렬체로 다시 추락하는 것을 막는 데 있다. 하지만 바로 거기에서 조직화된 집단의 이해를 위해 아주 중요한 물음이 제기된

---

135) Cf. *Ibid.*, pp. 542~738.

다. 이 집단이 어떤 점에서 서약집단과 구별되는가?

답을 위해 조직화된 집단의 한 예로 축구팀을 보자.[136] 우선, 한 명의 선수가 골키퍼이고 다른 선수가 공격수라고 해도, 그들은 모두 수행해야 할 역할 면에서 완전히 동일한 입장에 있다. 왜냐하면 그들이 같은 팀에 소속되어 있어 각자의 전문 영역에도 불구하고 그들의 실천은 형제의 실천이기 때문이다. 게다가 그들의 실천은 팀의 승리라는 동일한 목표를 지향한다. 그다음으로 경기 중에 한 선수의 임무는 팀 — 집단 — , 또는 더 정확하게는 팀이 정한 공동 목표에 완전히 좌우된다고 해도, 그는 이 임무를 그의 포지션, 다시 말해 지금, 여기에서의 그의 기능의 바탕 위에서 수행한다.

그런데 이런 지적들은 이 축구팀에 속한 한 선수의 개인적 실천의 특징은 '모순적'일 수밖에 없다는 것을 보여 준다. 그 이유는 두 가지이다. 하나는, 비록 이 선수의 과거[137] 행동이 미래에서 그 실천적 정당성 — 연봉 상승, 다음 경기에의 출전 또는 유보 등 — 을 갖게 된다고 해도, 그는 지금 진행 중인 경기의 매 순간 그 자신이 정한 부분적인 목표의 실현을 바라면서 자유롭게 경기를 할 수 있기 때문이다. 이런 의미에서 그의 자유는 창의적이다. 이것은 분명 그가 동료 선수들에게 한 서약의 권리적인 측면에 해당하는 것으로 보인다.[138]

하지만 바로 거기에 이 선수의 개인적 실천의 모순을 결정하는 두 번째 이유가 자리한다. 그의 자유로운 행동의 창의적인 측면은 동료 선수들

136) Cf. *Ibid.*, p. 553.
137) 사르트르는 이런 과거 행동이 "환원 불가능한 것"으로 여긴다. *Ibid.*, p. 554.
138) *Ibid.*, pp. 554~558.

의 행동에 의해 조건 지어질 뿐만 아니라 팀의 승리라고 하는 공동 목표에 의해서도 조건 지어진다. 그러니까 이 선수의 창의적인 자유는 그 자신이 속한 집단을 위한 이른바 '공동 개인'으로서만 창의적일 뿐이다. 이것은 이 선수가 그 자신의 자유롭고 창의적인 행동의 결과를 무화시키거나 객체화시켜야 하는 것을 수용해야 한다는 걸 의미한다. 물론 모든 결과는 그의 동료 선수들, 즉 제3자들의 행동과 그가 속한 팀, 즉 이 팀의 공동 실천에 비춰 보아 평가되어야 한다. 이것이 바로 그가 동료 선수들에게 행한 서약의 의무적인 측면, 곧 그의 권리의 이면에 해당한다.

그 결과, 서약집단은 하나의 역설에 의해 지배된다. 한편으로 이 집단은 그 자체의 공동 실천을 규정하고 통제하면서 그 구성원들에게 폭력과 공포를 계속 부과해야만 한다. 물론 그 목적은 그들의 가능한 분산을 막기 위함이다. 다른 한편으로 같은 목적을 위해 이 집단은 그 구성원들 각자의 가치를 인정해야만 한다. 다시 말해 그들 각자의 개인적 실천이 갖는 중요성, 곧 각자가 자연적 능력과 지난 행동을 토대로 결정하는 전문화를 인정해야만 한다. 만약 한 선수의 개인 플레이가 지나치게 빛을 발한다면 ―가령 연극에서 대배우의 경우이다―, 이런 행동은 그를 권력 너머에 위치시키면서 그 자신을 위한 권력의 찬탈 또는 장악으로, 다시 말해 단체정신에 대한 방해로 이어지게 될 것이다.

하지만 여기서 눈여겨보아야 할 점은, 이런 위험에도 불구하고 서약집단은 방금 지적한 역설에 대처하기 위해 적절한 조치를 취하게 된다는 것이다. 어떤 조치일까? 사르트르에 의하면 이 조치는 이타성에 더 잘 대응하기 위해 집단 내부에 이타성 자체를 다시 수용하는 것이다. 그러니까 집단은 조직화를 감행하면서 동질성(각자는 여기, 모든 곳에서 동일자이기 때문이다)에서 이질성으로의 이행을 단행한다. 요컨대 이 집단 구성원들의 "동일자의 독재", "극단적인 무차별화", "엄격한 동일성"이 이타성에 대한 투쟁의 효율성 제고를 위해 "동일자 안에서 타자"를 규정하는 "기능적 이타성"에 의해 대체된다.[139]

바로 거기에 조직화된 집단이 서약집단과 구별되는 중요한 요소가 자리한다. 또한 다음 사실도 지적해야 할 것이다. 이타성의 재도입에도 불구하고 조직화된 집단의 모든 구성원들은 아직 자신들의 상호적 관계에서 소외를 경험하지는 않는다는 사실이다. 왜냐하면 그들의 개인적 실천이 공동 목표를 향하는 공동 의지에 바탕을 두고 이루어지기 때문이다.[140] 또한 비록 그들이 각자 서로 다른 기능을 수행하면서 자기 전문 분야에서 타자처럼 드러나는 것은 사실이지만, 각자는 여전히 서로에게서 자기를 보고 있기 때문이다.

조직화된 집단에서 제도화된 집단으로

증가된 이타성

방금 서약집단이 이타성을 재도입하면서 이 집단 자체의 와해를 노리는 위험 요소에 맞서기 위해 조직화되기에 이른다는 사실을 보았다. 하지만 서약집단을 계승한 이 조직화된 집단은 이타성을 인정함으로써 와해될 위험에 직면한다. 융화집단에서 서약집단으로의 이행과는 달리 이 조직화된 집단을 집렬체로 와해시킬 수 있는 위험은 그 구성원들의 분열 가능

---

139) *Ibid.*, pp. 560~561.
140) *Ibid.*, p. 555.

성이 아니다. 조직화된 집단은 그 존속을 더 확실하게, 더 효율적으로 보장하기 위해 이미 그 내부에 이타성을 재도입했다. 따라서 이번에 그 위험은 구성원들 각자가 수행해야 할 임무의 분화에서 기인한다. 임무가 분할되면 될수록 그들은 각자에게 고유한 기능을 수행하게 될 것이다. 사르트르에 의하면 정확히 이 차원에서 조직화된 집단에서 제도화된 집단으로의 이행이 일어난다.

조직화가 제도화로 이행하는 계기를 정확하게 포착하기 위해 한 번 더 조직화된 집단 구성원들 각자의 개별적 실천과 이 집단의 공동 실천 사이의 모순에 주목해 보자. 앞서 이 집단이 집렬체로 와해되는 것을 막아야 하는 필요성으로 인해 이타성을 그 자체 내부로 재도입하는 것을 수용했을 때, 이 모순이 해결된 것처럼 보인다고 했다. 그런데 사르트르에 따르면 이 모순은 집단에 의해 이런 조치가 취해졌을 때 완전히 해결되지 않았다. 대체 이런 실패는 어디에서 오는가?

이 질문에 직접 답을 하기 전에 다음 세 가지 사실을 지적하자. 첫째, 비록 인간들이 융화집단 내에서 단결하면서 타자-적이 가진 힘에 개인적으로, 자유롭게 대응한다 해도, 그들은 결국 유일한 기능을 수행하면서 서로를 동일자로 포착한다는 사실이다. 둘째, 서약, 공포, 그리고 폭력의 지지를 받으며 동일자의 독재는 융화집단을 계승한 서약집단에서도 여전히 효력을 발휘한다는 사실이다. 이것은 어떤 임무라도 이 집단의 모든 구성원들에 의해 수행되어야 한다는 것을 의미한다. 셋째, 수행해야 할 임무의 분할에도 불구하고 서약집단을 계승한 조직화된 집단은 실천적-타성태의 장에서 겪었던 순수한 이타성을 아직 알지 못한다는 사실이다. 다시 말해 조직화된 집단이 이타성에 효율적으로 맞서기 위해 재도입한 이 이타성의 특징은 바로 그 구성원들 모두가 타자들이 되는 것, 하지만 형제의 자격으로 타자들이 되는 것에서 찾아볼 수 있다. 그러나 각자가 자기 일에 완전히 전문화될 때부터 상황은 급격히 바뀌게 된다. 어떤 변화가 발생할까?

첫 번째 변화는 각자가 자기 일에서 대체 불가능하게 된다는 것이다. 왜냐하면 벌써 과거 경험을 지닌 채, 따라서 그 자신의 역사성을 지닌 채, 그는 자신의 일에서 다른 사람들보다 훨씬 더 능률적일 수 있기 때문이다. 그로부터 그의 고립이 기인한다. 이것이 두 번째 변화이다. 그가 조직화된 집단의 일원일 때, 그의 역할은 타자들에 의해서도 수행될 수 있었다. 달리 말해 그가 자신의 장점들로, 또 어떤 경우에는 우연에 의해 하나의 일을 시작했다고 해도, 그는 이타성에도 불구하고 여전히 다른 구성원들의 형제이다. 하지만 그가 그 자신의 고유한 일에 집중함에 따라, 그는 타자들과 분리되는 것을 피할 수가 없다. 심지어 그는 타자들에게서 그 자신을 알아볼 수 없게 된다.

이런 고립으로 인해 집단의 응집력이 약화되는 현상이 발생한다. 이것이 세 번째 변화이다. 분명, 각자가 자신의 일에서 획득하는 개별적인 능력은 그 자신의 전문화에 비례해서 커진다. 하지만 이것은 그가 속한 집단의 강제력 약화라는 대가를 치르고서만 가능할 뿐이다. 왜냐하면 그는 자신의 개별적 실천을 통해 이 집단이 그에게 계속 부과하는 공동 실천을 수행하기 때문이다. 물론 그는 그 과정에서 그가 했던 서약, 그가 받아들였던 폭력과 공포를 점차 잊게 된다. 하지만 자기의 자유를 집단에 저당 잡히기로 한 것은 그 자신이었고, 심지어는 삶과 죽음의 결정권을 이 집단의 영속을 위해 저당 잡힌 것도 그 자신이었다. 그로부터 필연적으로 구성원들 각자가 자신의 고유한 기능을 수행하면서 만족하는 한, 그의 개인적인 능력과 자유의 증가는 이 집단의 강제력 감소와 쌍을 이루는 결과가 도출된다.

이렇듯 조직화된 집단의 구성원들 각자가 자기 일에서 전문화된 이후로 그의 개별성은 집단성보다 우위를 점하게 되며, 그로 인해 이 집단은 마침내 이타성의 부활 문제에 부딪치게 된다. 더군다나 집단 내에서 각 구성원들의 개별적 능력과 자유의 강화는 그의 창의적인 자유의 증가로 나타나지 않는다. 오히려 감소한다. 이런 모순적인 결과와 관련하여 ― 이 결과는 개인적인 실천과 공동 실천 사이의 모순 해결 실패와 무관하지 않다 ― 조직화된 집단을 다루면서 제시한 축구팀으로 다시 한 번 되돌아가는 것도 유익할 것이다.

앞서 다음 사실을 지적했다. 축구팀의 한 선수가 자신의 능력을 자유롭게 최대한 발휘하면서, 또 그 자신의 기능에서 출발해서 부분적인 목표를 실현하면서 ― 따라서 그는 그의 플레이에서 능동적이고 창의적이다 ― 경기를 하고 싶어 해도, 결국 그의 개인적 실천은 동료 선수들의 실천과 특히 이 팀의 공동 실천에 의해 조건 지어져 있다는 사실 ― 이것은 그가 그의 기능 수행에서 수동적인 입장에 있다는 것을 보여 준다 ― 이 그것이다.

하지만 이 선수가 한 포지션에 전문화되기 시작하면 그의 능동적 수동성은 수동적 능동성으로 바뀌게 된다. 그는 그의 플레이에서 자유롭고도 능동적이다. 왜냐하면 그는 항상 자기 포지션에서 자신의 기능을 수행할 개인적인 자유를 가지고 있기 때문이다. 이미 본 것처럼, 그는 자기 포지션에 더 익숙해짐에 따라 점차 그 포지션에서 더 효율적이 된다. 심지어 그는 그 포지션에서 대체 불가한 선수가 된다. 이것은 그가 팀에서 차지하고 있는 가치와 중요성을 보여 주는 의심할 수 없는 증거이다.

하지만 자세히 들여다보면 이 선수의 능동성이 결국 수동적이라는 사실을 어렵지 않게 알 수 있다. 왜냐하면 비록 그의 개인적 실천이 자유롭고 능동적이라 해도, 이 실천이 실제로 팀의 공동 실천에 종속되어 있기 때문이다. 그 결과 이 팀의 강제력에 맞서 그가 창의적인 자유를 향유하는 것도 결국 그가 서약을 통해 동료 선수들에게 맹세했던 종속, 무기력 위에서이다. 달리 말하자면 그는 자신의 창의적인 자유를 이용하지만, 결과적으로는 소속 팀에 대한 그의 종속을 자유롭게 체험할 뿐이다.

이것은 이 선수가 동료 선수들과의 관계에서 그의 자유가 포획되는 상황을 낳는 집렬체적 이타성을 다시 경험한다는 것을 의미한다. 사르트르는 조직화에서 제도화로의 이행이 정확히 능동적 수동성에서 수동적 능동성으로의 이행과 일치한다고 본다. 그는 또한 이 이행이 인간에 의한 인간의 체계적 자동-길들이기에 의해 설명된다고 보고 있기도 하다.

권위의 '준-주권적' 특징

하지만 다음 사실을 다시 한번 지적하자. 조직화에서 제도화로의 이행은 조직화된 집단이 더 강화된 이타성에 의해 재도입된 집렬체성과 더 효율적으로 싸울 목적으로 취해지는 조치 중 하나라는 사실, 그리고 이런 이유로 이 조치가 동시에 집렬체로의 와해를 향한 한 발자국이라는 사실이다. 따라서 만약 이 집단의 구성원들이 이런 점진적인 와해를 막지 못한다면, 그들이 극구 피하고자 했던 그런 상황으로 되돌아가게 된다. 바로 거기에 실천적-타성태의 완전한 회귀를 막기 위해 또 다른 조치를 취해야 하는 필요성이 나타난다.

실제로 제도화된 집단이 조직화된 집단을 계승한다고 해도, 이 조직화된 집단 구성원들의 상호적 관계가 아직은 집렬체성에 의해 완전히 침윤된 것은 아니다. 그 증거는, 그들이 비록 서로에게 했던 서약의 효과가 많이 줄어들긴 했지만 자신들의 개인적 실천을 통해 여전히 이 집단에 의해 정해진 공동 실천을 행하고 있다는 사실이다. 이것은 우리로 하여금 이 집단이 완전히 집렬체로 와해되는 것을 방지하기 위해 스스로 취할 조치가 그들의 기능 수행에서 능력과 자유의 증가로 인해 약해진 강제력의 강화를 지향하는 것이라는 점을 내다보게 한다.

그렇다면 이 집단은 어떤 수단을 통해 거기에 이를 수 있을까? 사르트르에 의하면 그 답은 조직화에서 제도화로의 이행의 두 번째 계기에 해당하는 '권위'에서 온다. 사실 융화집단의 구성원들은 하나의 기능을 완전한 자유 속에서 수행하기 때문에 그들은 모두 이 집단의 공동 실천과 구별되지 않는 각자의 실천 속에서 완전한 주권자이다. 또한 그들 각자는 그런 자격으로 지도자이기도 하다. 왜냐하면 이 집단에서 누군가에 의해 주어진 명령은 곧 다른 모든 누군가에 의해 주어진 명령이기 때문이다. 이렇듯 이 집단에서는 명령권이 모든 구성원들에게 귀속된다. 이것은 서약집단에도 마찬가지로 해당된다. 서약집단의 모든 구성원들이 서로에게 서약을 하는 순간부터, 이 집단의 명령권이 이 집단 자체에 의해 독점된다. 왜냐하면 여러 차례 지적한 것처럼, 배신의 경우에 서로가 서로를 폭력과 공포를 통해 처단할 수 있는 권리를 자유롭게 용인하고 양도하기 때문이다.

하지만 이런 용인과 양도가 서약집단 구성원들의 인간성과 형제애

(또는 동지애)의 이면인 것은 여전히 사실이다. 이것은 이 집단에서 명령권이 모든 구성원들에게 완전히 평등하게 분할되어 있다는 것을 의미한다. 물론 이런 명령권의 분할은 그들의 기능의 분할로 인해 흔들리게 된다. 집단 구성원들 각자의 일의 특화는 그의 개인적인 능력과 자유의 증가로 이어지기 때문이다. 그리고 이런 혼란은 조직화의 정도가 커짐에 따라 가속화된다.

조직화된 집단의 구성원들 각자는 자기 자리에서 특화됨에 따라 대체 불가능한 존재가 된다는 사실을 떠올리자. 이것은 융화집단과 서약집단과는 다르게 조직화된 집단에서는 명령권이 모든 구성원들에게 동등하게 분할되어 있는 것이 아니라는 것을 보여 준다. 그렇다고 해서 조직화에서 제도화로의 이행이 앞서 지적한 바 있는 모순에 의해 특징지어진다는 사실을 잊어서는 안 된다. 이런 이행 덕택으로 조직화된 집단이 그 내부에서 증가 일로에 있는 이타성에 맞서는 싸움의 효율성 증가에 기여할 뿐만 아니라 또한 이 집단을 계속해서 좀먹는 이타성의 증가에도 기여한다는 모순을 말이다. 만약 이 이행의 과정에서 적절한 조치가 이루어지지 않는다면, 조직화된 집단은 완전히 집렬체로 와해되고 말 것이다. 사르트르에 의하면 정확히 이 수준에서 집단은 제도화된 집단의 형태로 스스로를 변화시키게 된다.

여기서 특히 주의를 끄는 것은, 조직화된 집단에서 제도화된 집단으로의 이행은 실제로 이 집단이 가지고 있는 주권의 제도화와 더불어서만 이해될 수 있다는 점이다. 이 사실은 중요하다. 왜냐하면 이 사실을 통해 우리는 제도화된 집단의 근거가 되는 권위가 어떤 상황에서 출현하고, 이 권위는 어떤 특징을 가지는지, 또 이 권위가 무엇인지 등을 알 수 있기 때문이다.

분명 조직화된 집단의 임무는 이타성의 침투에 맞서 집단 자체를 보호하는 것이다. 하지만 이 집단이 그 자체를 더 잘 통제하기 위해 이타성을 스스로 재도입했기 때문에, 이 집단은 서약집단과 같은 정도로 명령권을 독점할 수 없다. 그런 만큼 집단이 안전을 위해 취하게 되는 조치는 다음 두 가지 조건을 동시에 만족시켜야 할 것이다. 하나는 집단 내부에 재도입된 이타성의 효율성을 인정하는 것이다. 이것은 명령권이 더 이상 그 구성원들에게 차례대로 돌아가지 않는다는 것을 의미한다. 다른 하나는 그들 각자의 임무의 분할, 전문화, 특화 이후에 약해지기 시작한 강제력을 다시 강화하는 것이다.

따라서 문제는 조직화된 집단이 어떻게 이 두 조건을 동시에 충족시키는가를 알아보는 일이 될 것이다. 물론 이상적인 것은 서약집단으로 회귀이다. 하지만 이런 회귀가 불가능한 것으로 드러난 상황에서 — 왜냐하면 이 집단은 그 자체 내에 이미 이타성의 재도입을 수용했기 때문이다 — 집단은 실제로 구성원들 모두의 서약에 대한 점진적인 망각을 통해 야기되는 연대의식의 약화를 보완하는 것 말고는 다른 뾰족한 수단을 가지고 있지 않다.

앞서 이런 조치를 취하기 위해 조직화된 집단이 그 고유한 주권을 제도화를 통해 조정하려 한다는 사실을 지적했다. 이것은 분명 이 조직이 점증하는 이타성에 맞서 주권 — 이 주권 안에 집단의 명령권의 원천이 있다는 것을 잊지 말자 — 을 집단의 존속을 보장해 줄 수 있는 전문화된 기관이나 제3의 조정자에게 일임한다는 것을 의미한다. 게다가 사르트르는 이런 의미에서 이렇게 주장하고 있다. "이처럼 집단은 존속을 하기 위해 스스로 행동하고 또 스스로 행동하면서 스스로 해체된다."[141] 그런데 여기서 주목하고자 하는 것은 사르트르의 '권위'에 대한 정의이다. 그에 따르면 권위는 제도화된 집단에서 점증하는 이타성에 맞서 집단 자체를 지키는 것을 목적으로 삼는 제도화된 주권이다.

> 권위는 그 완전한 전개 과정에서 제도의 수준에서만 나타난다. 힘을 축적하고, 이 힘에 지속적 권리를 보장하기 위해서는 제도들, 즉 집렬체성과 무기력의 재탄생이 필요하다. 달리 말하자면 권위는 필연적으로 타성태와 집렬체성 위에 근거한다. 권위가 구성된 권력이기 때문이다.[142]

이처럼 권위는 제도화된 집단이 제도들의 제도적 보장을 이용할 수 있게끔 하는, 또는 집단이 집렬체로 완전히 와해되는 것을 막는 안전장치를 이용할 수 있게끔 하는 개념이다. 하지만 다음 사실을 지적하자. 서약집단에서 주권이 절대적인 것과는 달리, 권위, 즉 그 위에 제도화된 집단이 구성되는 제도화된 주권이고, 또 전문화된 기관이나 제3의 조정자에게 부여된 힘인 권위는 절대적이지 않다는 사실이다. 왜냐하면 제도화된 집단은 이미 이타성의 부활을 인정한 조직화된 집단을 계승하기 때문이다. 그렇다고 해도 제도화된 집단이 완전히 강제력을 상실한 것은 아니다. 이 집단은 강제력을 가지고 있으며, 그 구성원들에게 여전히 이것을 행사한다.

---

141) *Ibid.*, p. 677.
142) *Ibid.*, p. 694.

실제로 권력의 제도화는 제도화된 집단이 그 구성원들의 서약의 점진적인 망각을 보완하기 위해 취하는 조치들 중 하나이다. 이 집단에서 강제력이 여전히 살아 있다는 증거가 거기에 있다. 물론 이 집단이 점증하는 이타성에 의해 침윤된 것은 사실이다. 그렇다고 해서 이 집단이 그 강제력을 완전히 상실한 것은 아니다. 이 집단 내에서 폭력과 공포의 기능은 과거, 즉 서약집단에서와 같지는 않지만, 그래도 이 집단에서 여전히 유효하다. 게다가 그로부터 다음과 같은 권위의 근본적 특징이 기인한다. 이 권위가 제도화된 집단 구성원들의 이타성 위에 근거를 두고 있는 한, 또 이 권위가 전문기관 및 제3의 조정자에게 맡겨지는 한, 그것은 결국 '준-주권'에 불과할 뿐이라는 특징이 그것이다.[143)]

소외, 전체주의 및 개인숭배

그런데 이처럼 권위가 절대적이 아니라 준-주권에 불과할 뿐이라는 사실을 통해 우리는 집단의 존재론적 지위를 결정하는 세 가지 기본적인 요소가 무엇인지를 알게 된다. 그것은 소외, 전체주의라고 부를 수 있는 정치 체제의 출현, 그리고 독재자의 출현이다. 첫 번째 요소부터 살펴보자.

앞서 이미 암시한 대로 융화집단은 그 구성원들이 결코 소외를 겪지 않는다는 특징을 갖는다. 우선, 이 집단의 실체가 완전히 그들의 개별적 실천에 의존적이기 때문에, 그들은 집단과 맺는 관계에서 결코 소외되지 않는다. 달리 말하자면 그들이 자유롭게 행동해도 자신들의 개인적 실천을 통해 집단의 공동 실천의 강화에 기여하게 된다. 그다음으로, 그들은

143) *Ibid.*, p. 696.

또한 상호적 관계에서도 소외를 겪지 않는다. 왜냐하면 집단의 주권이 그들 구성원들에게 완전히 균등하게 분할되어 있어 명령권이 각자에게 귀속되기 때문이다. 게다가 이를 바탕으로 그들이 모두 자신들의 고유한 행동에서 주권적이라는 사실, 그리고 그들이 예외 없이 이 집단의 지도자라는 사실을 지적한 바 있다. 또 그들이 서약집단의 구성원들로 변화하더라도 그들은 계속해서 지도자의 역할을 수행하게 된다.

서약집단을 가능케 해주는 서약은 집단 구성원들이 집단에게 주권을 독점하는 것을 허용했다는 의미를 함축하고 있다. 그런 만큼 그들이 집단과의 관계에서 겪는 소외는 총체적이다. 또한 그들이 집단의 주권에 대해 행하는 복종은 절대적이다. 하지만 이 복종은 능동적이다. 그도 그럴 것이 집단에 절대적 주권을 위임하기로 결정한 것은 바로 구성원들 자신이기 때문이다.

게다가 서약집단이 행하는 강제력에 대한 구성원들의 절대적 복종은 그들의 인간성과 형제애(또는 동지애)에 의해 보상된다. 물론 그들이 이 집단에게 자신들의 생사여탈권을 포함한 절대적 권리를 위임한 것은 사실이다. 하지만 그들이 최종적으로 자신들의 상호적 관계에서 소외를 겪는 것은 아니다. 그들은 각자 여전히 다른 구성원들에게 명령을 내리면서, 또 필요한 경우 그들을 처단하면서 지도자로의 모습을 가질 수 있다. 그렇다고 다음 사실을 잊어서는 안 될 것이다. 그의 모든 행동은 이 집단의 공동 이해관계 안에서 이루어져야 한다는 사실이다.

한편, 서약집단을 계승하는 조직화된 집단 역시 그 구성원들 사이의 상호적 관계가 문제시될 때, 소외를 겪지 않는다는 사실을 지적하자. 왜냐하면 이 조직화된 집단이 그 내부에 이타성을 더 잘 통제하기 위해 이타성을 재수용하긴 했지만, 그 구성원들은 여전히 폭력과 공포를 인정하고 있기 때문이다. 또한 그들 각자가 전문화된 임무를 수행하면서 다른 구성원들에게 타자로서 나타날 때, 그는 그들과 동등한 형제로서 나타난다는 사실을 지적해야 할 것이다. 하지만 조직화된 집단의 뒤를 잇는 제도화된 집단에서는 명령권이 각 구성원들에게 차례대로 돌아가지 않는다. 이와는 반대로 명령권은 이 집단의 주권이 부여된 전문화된 기관이나 제3의 조정자에게 귀속된다. 이런 의미에서 이 기관들과 제3자가 지도자의 역할을 수행한다고 말할 수 있다.

특히 제3의 조정자에 의해 수행되는 임무가 문제가 될 때, 이 임무는 지도자 자신의 임무라고 불릴 만하다. 왜냐하면 이 제3자는 혼자 집단에 의해 제도화된 권력을 구현하고, 이를 바탕으로 집단의 안전을 도모하기 때문이다. 하지만 이처럼 전문화된 기관이나 제3의 조정자에게 권력이 위임된 이후로는 제도화된 집단 내에서 소외의 출현이 불가피하다.

거기에는 두 가지 이유가 있다. 하나는 제도화된 집단이 명령권을 전문화된 기관이나 제3의 조정자에게 위임할 때, 이 집단은 기관에 관련된 구성원들에게, 또 제3의 조정자에게 지도자가 되면서 집단의 강제력에 충실하게 남아 있을 것을 요구하기 때문이다. 물론 그 과정에서 기관 구성원들과 제3의 조정자는 서약을 하고, 또 집단에 의해 부과된 폭력과 공포를 수용하며, 따라서 집단을 위해 자신들의 주권을 양도하면서 소외를 겪게 된다. 물론 그 대가로 그들은 자신들의 인간성과 형제애(또는 동지애)를 향유한다. 다른 하나는 전문화된 기관에서 배제되거나 제3의 조정자들이 되지 못한 다른 구성원들은 그 숫자에 관계없이 명령권을 가질 수 있는 기회를 갖지 못하기 때문이다. 그 결과 그들 모두는 상호적 관계에서 소외를 겪게 된다.

이런 소외가 명령권에 접근할 수 없는 자들의 점증하는 이타성의 결과라는 것은 분명하다. 제도화된 집단 구성원들이 각자의 직능에 전문화되면서 얻게 되는 것은 개인적 자유와 능력의 증가이다. 하지만 만약 그들이 인간 이하의 삶을 영위해야 하는 위험 상태로 떨어지는 것을 방어할 수 있기를 원한다면, 그들은 이 집단의 강제력에 복종해야 한다. 물론 이런 강제력이 과거에는 형제들(또는 동지들)에 의해 행사되었지만, 지금은 명령권을 손에 쥔 채 그들에게 타인들로 나타나는 자들에 의해 행사된다는 것은 분명하다.

게다가 제도화된 집단을 결정하는 권위가 부분적이기는 하지만 점증하는 이타성에 의해 침윤되었다고 말하는 것에는 다음과 같은 사실이 함축되어 있다. 이 집단의 존재론적 지위가, 이미 앞서 암시한 것처럼, 전체주의적이라고 할 수 있는 정치 체제와 독재자의 출현에 의해 특징지어진다는 사실이다. 앞서 점증하는 이타성으로 인해 야기된 집단의 강제력 약화에도 불구하고 집단은 그 구성원들에게 강제력을 계속 행사한다는 사실을 지적한 바 있다. 이것은 의심의 여지없이 강제력이 곧 이 집단의 힘이라는 것을 보여 준다. 하지만 이 힘은 또한 점증하는 이타성에 의해 약해지고, 또 이타성은 항상 집단을 와해시킬 수 있는 주요 요소 중 하나이기 때문에, 집단은 이제 존속을 위해 이 힘을 어떻게든 강화시켜야 한다. 이것은 이 집단이 이행해야 하는 의무이다.

이 점에 대해 사르트르는 이 집단의 강제력은 권위의 의무이자 동시에 권리라고 말한다. 하지만 이 집단에서 강제력이 그 안전을 책임지고 있는 전문화된 기관이나 제3의 조정자를 통해 실행된다는 사실을 상기하

자. 이것은 방금 지적한 의무를 담당해야 하는 것이 바로 기관이나 제3의 조정자라는 사실을 의미한다. 어쨌든 이 의무는 점증하는 이타성으로 인해 부분적으로 침윤된 권위, 곧 제도화된 주권의 강화를 통해서만 이행될 수 있을 뿐이라는 사실에 주의하자.

그렇다면 이런 권위를 강화하기 위해서는 무엇을 해야 하는가? 전문화된 기관 또는 제3의 조정자는 자신들에게 명령권을 행사하게끔 해준 집단의 폭력과 공포를 강화해야 할 것이다. 이런 의무 이행에 실패할 경우나 이행하지 않는 경우, 이 집단이 집렬체로 완전히 와해될 위험에 노출되게 된다. 이런 상황에서 전문화된 기관이 전체주의적이 되고, 또 제3의 조정자가 독재로 흐르는 경향이 나타날 수 있다.

전문화된 기관이나 제3의 조정자가 겨냥하고 있는 제도화된 집단의 강제력 강화는, 집렬체로 와해되는 것을 방지하고자 하는 집단의 연대의식에 대해 전혀 해를 끼치지 않는 것으로 보인다. 이것은 제도화된 주권인 권위가 전문화된 기관이나 제3의 조정자에게 집중되면 될수록 집단의 안전 역시 더 보장될 수 있다는 것을 의미한다. 하지만 기관이나 제3의 조정자는 집단에게 절대적 주권을 되돌려주지 못한다. 왜냐하면 실제로 이 집단은 이미 이타성과의 투쟁을 효율적으로 수행하기 위해 이타성 자체를 그 내부로 재도입한 조직화된 집단을 계승하고 있기 때문이다.

그렇다고 해도 다음 사실에 주목해야 할 필요가 있다. 제도화된 집단 자체가 강화된 권위에 의해 더 잘 보호될 수 있다고 해도, 이 권위가 그 구성원들 전체의 동의를 받을 수 없다는 사실이다. 이와는 반대로 이 권위는 그들 중 일부의 동의를 받을 수 있을 뿐이다. 이 일부에 해당하는 자들은 누구일까? 그들은 당연히 집단의 강제력에 복종하고 또 그것을 강화하려고 하는 자들, 즉 전문화된 기관에 속하는 자들 또는 제3의 조정자일 것이다. 그도 그럴 것이 강화된 힘에 대한 복종의 대가로 자신들의 인간성과 형제애(또는 동지애)를 향유하면서 ―― 이 형제애(또는 동지애)는 집단이 부과한 폭력과 공포를 수용하는 경우에만 가능하다 ――, 그들은 결국 집단의 실천에서 자신들의 이해관계를 보기 때문이다. 이것은 이 집단의 강화된 주권이 집단 전체의 이해관계와 일치하는 그들의 개인적인 이해관계를 보호하는 효과를 낳는다는 것과 동의어이다. 그로부터 전문화된 기관과 제3의 조정자가 억압적이고 독재적인 기관이나 지도자로 변신하는 것이 정당화될 수 있다는 결론이 도출된다.

그럼에도 이런 변신은 특히 명령권을 박탈당한 제도화된 집단의 다른 구성원들과는 거리가 멀다. 왜냐하면 그들이 추구하는 목표가 집단의 공동 목표와 일치하지 않으며, 그 결과 그들의 개인적 이해관계가 전문화된 기관이나 제3의 조정자에 의해 부인될 수 있는 가능성이 항상 있기 때문이다. 이것은 그들이 전문화된 기관에 소속된 자들이나 지도자의 역할을 수행하는 제3의 조정자와의 관계에서 소외를 겪게 된다는 것을 의미한다. 물론 이 소외가 집단의 권위, 곧 제도화된 주권이 강화되면서 더 커질 수 있다는 것은 분명하다.

이렇게 해서 제도화된 집단의 안전을 좌우하는 강제력은 이 집단의 명령권을 담당하지 못하는 자들의 소외 정도와 반비례 관계에 있다. 그로부터 집단 구성원들의 계층화 가능성이 기인한다. 이 계층화의 가능성은 서로 대립하는 부르주아계급과 프롤레타리아계급과 같은 두 계급의 출현과 밀접하게 연결되어 있다. 사르트르는 "전문화된 주권을 가진 제도화된 집단의 범주"에 속하는 '국가'에 관심을 집중하면서 프롤레타리아계급이 어떻게 부르주아계급을 타도하고 난 뒤에 제도화된-전체주의적 집단(당이 문제가 된다)으로 변화하게 되는가를 제시하고 있다. 여기서 사르트르는 특히 1917년에 발생한 러시아혁명에 주목하면서 궁극적으로 이 혁명이 어떤 과정을 거쳐서 개인숭배(스탈린이 문제가 된다)로 귀착되는가에 주목하고 있다.

이와 관련하여 여기서는 단순히 다음 사실을 지적하는 것으로 그치고자 한다. 프롤레타리아국가는 제도화된 집단 중 하나이고, 그 운명은 이 집단에 재도입되어 점증하는 이타성에 의해 위협받는 혁명을 지속시키기 위해 당(또는 지도자)이 혁명 대중들에게 적용한 폭력과 공포와 무관하지 않다는 사실이다. 이것은 사르트르의 사유에서 '휴머니즘'이 '폭력-공포'와 공존한다는 것을 의미한다. 그로부터 그 유명한 사르트르와 아롱, 카뮈 등의 이념적 논쟁이 기인한다. 이 논쟁은 역사의 가지성, 곧 역사의 흐름과 진리를 이해하는 과정에서 그들 사이의 입장 차이를 극명하게 보여 준다. 사르트르에게서 역사는 폭력 없이는 이해될 수 없는 반면, 아롱이나 카뮈에게는 폭력이 오히려 부차적인 요소에 불과하다.

그렇다면 이런 논의를 통해 폭력의 기원에 대해서 무엇을 알 수 있는가? 지금까지 이 질문에 답을 하기 위해 사르트르가 제시하고 있는 역사를 형성하는 실천적 단위들의 기본적이고 형식적인 구조에 주목해 보았다. 이제 사르트르의 인간학적 관점에서 포착된 폭력의 기원이 어디에 있는지를 정리해 보자. 무엇보다 『변증법』 차원에서 폭력 발생의 첫 번째 요인은 생물학적 존재, 곧 필요의 주체로서의 물질적 인간이 결여의 존재라는 사실이다. 그의 모든 실천을 결정하는 목표는 물질적 욕구를 충족시키고 그 자신의 존재를 보존하는 것이다.

이를 위해, 또는 더 정확히 말해 비존재의 나락으로 떨어지지 않기 위해 이 물질적 인간은 그를 에워싸고 있는 물질적 환경으로 달려가야 한다. 하지만 물질적 환경은 희소성이라는 우연한 사실에 의해 지배되고 있다. 바로 거기에 폭력 발생의 두 번째 요인이 자리한다. 희소성이 지배하는 세계에서 한 인간이 '지금, 여기'에서 무엇인가를 소비하는 것은 '지금, 저기'에서 타자가 그것을 사용할 수 있는 기회를 앗아 간다. 이것은 희소성으로 인해 인간들은 서로를 남아도는 존재로 여긴다는 것과 동의어이다. 이렇게 해서 각자는 타자를 죽음으로 내몰 수 있는 반인간이 된다.

그런데 역설적인 것은 바로 희소성이 긍정적인 역할도 수행한다는 것이다. 희소성은 인간들에게 이 희소성 자체에 맞서 싸우기 위해 단결하는 기회를 제공해 준다. 하지만 문제는 그들이 이 희소성에 맞서 싸우는 동안 서로에게 폭력적인 존재가 된다는 데 있다. 왜 그럴까? 그 답은 실천적-타성태에서 기인한다. 인간의 실천의 결과로서 가공된 물질은 당연히 희소성을 줄이는 데 기여를 해야 할 것이다. 그런데 정반대의 상황이 발생한다. 가공된 물질이 오히려 인간의 미래 차원에서의 실천을 제약하는 반목적성을 내보이게 된다. 게다가 가공된 물질은 그 안에 소외시키는 힘을 가진 타자들의 노동을 함축하고 있기 때문에, 이 가공된 물질을 매개로 정립되는 인간들의 관계는 공격적이고 폭력적이고 투쟁적인 특징을 갖고 만다. 왜냐하면 이 가공된 물질을 소유하고 있는 자는 그 안에서 방어해야 할 그 자신의 존재를 보기 때문이다. 이것이 그의 이해관계에 해당한다. 또한 이 가공된 물질을 이용하는 자는 그 자신의 존재의 희생과 같은 의미를 지닌 운명을 보게 된다. 따라서 그들의 충돌은 불가피하다. 이것이 폭력 발생의 세 번째 요인이다. 하지만 그들의 충돌은 가공된 물질이 그들에게 부과하는 요구, 즉 정언명령의 결과라는 사실을 잊지 말도록 하자.

폭력의 발생을 결정하는 네 번째 요인은 물질적 인간의 지위가 사회적임과 동시에 역사적이라는 사실에 있다. 우선 사회적이다. 그는 태어나면서 사회체에 소속되기 때문이다. 그다음으로 역사적이다. 왜냐하면 그의 자리는 과거 세대들의 누적된 실천에 의해 출생 이전에 이미 사회에서 어느 정도 예정되어 있기 때문이다. 사르트르는 이런 사회체 중에서 특히 계급에 주목한다. 왜냐하면 한 인간의 계급-존재는 그의 실천을 제약하는 조건 중 하나이기 때문이다. 게다가 그가 태어나면서부터 이런 예정된 운명을 혼자서 경험하는 것이 아니다. 그로부터 각자의 계급-존재의 일반적인 특징이 유래하고, 또 이해관계, 요구, 운명의 일반적 특징도 유래한다. 이전 세대들의 실천에 의해 누적된 부를 물려받는 자본가들이 그것을 지키는 것을 목적으로 삼는 반면, 노동자들은 태어나면서부터 자신들의 존재를 보호하기 위해 그들과 투쟁해야 하는 상황에 처하게 된다. 물론 노동자들이 영원히 이처럼 예정된 운명을 살아가야 하는 것은 아니며, 자신들의 운명을 바꿀 수 있을 정도로 자유롭다는 사실을 지적해야 할 것이다. 그러니까 그들은 자신들의 계급-존재에서 벗어날 수 있는 것이다.

노동자들이 자신들의 예정된 운명을 감내하면서 비참하게 살 것인가, 아니면 자신들의 목숨까지 걸고 자유롭게 반항할 것인가, 이것이 그들에게 남은 두 가지 선택지이다. 그들이 두 번째 선택지를 택한다면 ―이를 위해서는 융화집단을 형성해야 한다―, 계급투쟁이 불가피할 것이다. 왜냐하면 그들의 적인 사용주들 역시 자신들의 이해관계를 방어하기 위해 적극적으로 대응할 것이기 때문이다. 하지만 확실한 것은, 계급투쟁의 발발 이전에 모든 사람들이 삶을 영위하는 사회적 실천의 장 ― 이 장은 집렬체이다 ― 은 '지옥과도 같다'는 것이다. 왜냐하면 그들 모두 실천적-타성태의 지배하에 놓여 있기 때문이다.

폭력의 발생을 결정하는 다섯 번째 요인은 융화집단을 형성하면서 단합하는 피착취자들의 노력 속에서 찾아볼 수 있다. 그들의 성공은 착취자들의 폭력을 물리치기 위해 흘린 피의 대가라는 사실을 잊지 말자. 앞서 살펴본 것처럼 융화집단 형성이라는 묵시록적 순간이 지나게 되면 착취자들에 의한 자신들의 무기력을 다시 겪지 않기 위해 이 집단을 계속 유지해야 하는 의무를 스스로 지게 된다. 물론 이를 위해서는 이 집단의 영속을 보장해 줄 수 있는 장치를 고안해야 할 필요가 있다. 서약이 그것이다. 이 집단의 구성원들 각자는 다른 구성원들 앞에서 배신하지 않을 것을 자유롭게 맹세한다. 또한 서약은 상호적이다. 집단 구성원의 자격으로 서로가 서로에게 맹세를 하기 때문이다.

이처럼 서약의 기저에는 우선 집단 구성원들 모두의 자유가 놓여 있고, 그다음으로는 폭력-공포가 놓여 있다. 자신들의 인간성과 형제애를 향유할 수 있는 융화집단의 존속이라는 유일한 목적을 실현시키기 위해서 그들은 배신의 경우 자유롭고도 상호적으로 서로가 서로를 처단할 수 있다는 것을 용인해야 하기 때문이다. 따라서 폭력-공포의 기능은 예방적이다. 더 큰 폭력을 작은 폭력으로 막는다는 의미에서이다. 그리고 이런 폭력-공포의 사용이 정당화된다면, 그것은 그 사용이 항상 이 집단 전체의 공동 이익의 이름으로 이루어지기 때문이다. 개략적으로 말해 이런 요소들이 사르트르의 인간학적 관점에서 포착된 폭력 발생을 결정짓는 다섯 가지 요인이다.

사르트르에게서 폭력이 어떻게 정의되는가의 문제를 다루기 전에 두 가지 사실을 지적하자. 첫째, 앞서 의사소통적 윤리모델이라고 불렸던 것의 주요 요소 중 하나인 의사소통이 사르트르의 인간학적 관점에서 포착된 폭력의 기원에 놓여 있다는 사실이다. 융화집단 형성의 순간, 집렬체적 군집을 규제하는 이타성은 완전한 상호성으로 변한다. 이 집단에서 나는 나 자신의 자격으로 타자와 같은 지위를 가진다. 이것이 융화집단 형성의 징표인 '우리'의 출현에 함축된 의미이다. 타자와 나 사이에는 그 어떤 거리도 존재하지 않는다.

이렇듯 융화집단 구성원들 사이의 '의사소통'은 — '우리'의 형성을 방해하고 억압하고 착취하는 자들의 개입에 의해 항상 방해받을 수 있다 (가장 좋은 증거는 그들이 태어날 때부터 누렸던 구별의 징후를 끝까지 포기하지 않으려는 것이다) — 완벽하다. 그도 그럴 것이 내가 나의 이웃들에게서 나 자신의 분신을 보고, 그 역도 마찬가지이기 때문이다. 그리고 이런 완벽한 의사소통은 시공간적 조건을 초월해서 이루어진다. 달리 말하자면 나의 개별성이 나의 편재성이기도 하다. 나는 지금, 여기에 있음과 동시에 지금, 저기에 있게 된다. 이 집단 안에서라면 나는 나의 이웃들을 통해 모든 곳에 있을 수 있다. 게다가 이런 의사소통은 각자의 자유로운 실천 위에서 이루어진다. '우리'는 피착취자들의 자격으로 우리의 적에 의해 봉쇄된 의사소통의 길을 다시 열기로 자유롭게 결정하기 때문이다.

이런 관점에서 서약은 융화집단 구성원들 사이의 완벽한 의사소통을 계속 유지하려는 목적에서 취해진 조치들 중 하나이다. 실제로 형제애(또는 동지애)와 인간성을 다시 잃고 싶지 않다. 그런 만큼 우리가 스스로 폭력-공포를 부과한다는 것은 정확히 우리가 목숨을 걸면서 재정립한 의사소통을 계속 유지하고 싶다는 것을 보여 준다. 그리고 이런 의사소통이 '피착취자들-우리'와 '착취자들-그들' 사이에도 이루어진다면 — 거기에는 후자들이 태어날 때 누리고 있는 특권의 포기가 전제된다 —, 그 순간은 정확히 '인류애'가 시작되는 순간이기도 하다. 물론 이런 순간이 도래할지 알 수 없다. 하지만 폭력의 기원에는 의사소통 개념이 자리하고 있다는 사실은 분명하다.

그다음으로 지적해야 할 점은, 융화집단을 항구적으로 유지시키기 위해 피착취자들이 의지하는 공포-폭력과 관련된 것이다. 이 공포-폭력의 기능이 더 큰 폭력을 미연에 방지한다는 의미에서 예방적이라는 사실을 지적한 바 있다. 다시 말해 실천적-타성태의 지배하에서 비인간적이고 불가능한 삶을 더 이상 영위할 수 없는 상태로의 회귀를 결정짓는 이 타성의 재출현을 막기 위한 것이다. 그런데 여기서 지적하고자 하는 것은, '예방적'이라는 표현에는 융화집단에 비해 집렬체가 시간적으로 먼저 존재한다는 사실이 전제되어 있다는 점이다. 하지만 사르트르에게서 역사의 실천적 단위들인 이 두 군집 중 어느 것이 먼저 출현하는가의 문제에 대해서는 답을 알 수 없다.

그 결과 집렬체에 대한 융화집단의 존재론적 우선성을 받아들인다면, 방금 지적한 공포-폭력은 지라르의 용어로 '초석적'(fondatrice)[144]이라고 규정할 수 있을 것이다. 왜냐하면 지라르에 의하면 하나의 공동체, 특히 폭력을 제압할 수 있는 사법제도가 마련되지 못한 원시공동체의 경우, 한번 폭력이 발생하게 되면 이 폭력은 공동체 전체로 퍼지게 되고, 공

144) Cf. Girard, *La violence et le sacré*, p. 47, p. 135.

동체의 안위와 질서를 위협하는 이런 폭력의 악순환에 종지부를 찍기 위해서는 또 다른 폭력에의 호소가 필요하기 때문이다.[145] 정확히 여기서 호소의 대상이 되는 '또 다른 폭력'의 기능이 바로 '초석적'이다. 이와 마찬가지로 사르트르에게서 융화집단 역시 집단의 안위를 위협하는 요소인 이타성을 분쇄하기 위해 공포-폭력에 호소하며, 그런 만큼 그 기능은 당연히 초석적이라고 할 수 있다.

145) 지라르에 의하면 한번 출현한 폭력이 악순환에 빠지는 것은, 이 폭력이 가진 모방적 특징 때문이다. 지라르는 이런 악순환이 고대 문헌에서 주로 불꽃, 폭풍, 전염병(특히 페스트), 홍수, 지진 등의 비유적인 모습으로 나타나고 있음을 지적하고 있다. Cf. *Ibid*., p. 52. 이런 폭력의 악순환에 종지부를 찍기 위해서는 당연히 또 다른 폭력에 호소해야 한다는 것이 지라르의 주장이다.

3장 | 폭력에 대한 사르트르의 정의

폭력에 대한 정의의 일반 문제

난점들

폭력의 정체성 문제

앞서 폭력과 관련하여 순수폭력(폭력 no. 1, 억압적 폭력, 해악적 폭력, 무익한 폭력), 대항폭력(폭력 no. 2, 해방적 폭력, 치유적 폭력, 유익한 폭력), 예방적 폭력, 초석적 폭력, 언어적 폭력 등과 같은 여러 종류의 단어를 사용하였다. 이런 사실에도 불구하고 우리는 지금까지 아무런 정의를 내리지도 않고 폭력이라는 용어를 사용하였다. 거기에 폭력의 기원 문제와 마찬가지로 중요한 또 하나의 물음이 제기된다. 폭력의 정체성과 관련된 물음이다. 대체 폭력이란 무엇인가?

이 질문과 관련하여 다음 사실을 지적하자. 용어의 차이, 출현에서의 시간적 차이, 기능의 차이 등에도 불구하고 앞서 우리가 조우한 모든 폭력은 같은 가족에 속한다는 사실이다. 이렇듯 여러 형태의 폭력이 본질상 같은 가족에 속한다고 말하는 것에는 다음 두 가지 사실이 전제된다. 하나는 이 폭력들이 그 안에 공통 요소들을 내포하고 있다는 사실이다. 다른 하나는 이를 토대로 폭력의 정체성 포착의 가능성이 있다는 사실이다. 그런 만큼 지금 가장 시급한 것은 여러 종류의 폭력에 적용될 수 있는 공통 요소들을 밝히는 일이 될 것이다.

하지만 이 요소들을 밝히는 일은 녹록지 않은 작업이다. 이것은 또한 폭력에 대한 정의를 내리는 일이 결코 쉬운 일이 아니라는 것과 동의어이다. 게다가 일반적으로 폭력이라는 단어는 거의 모든 것을 지칭하기 위해 사용되는 경향이 있기도 하다.

> 전쟁의 폭력을 말하듯이 따귀 한 대 때리는 폭력을 말한다. 테러의 폭력을 말하듯이 분만의 폭력을 말한다. 자연의 폭력을 말하듯이 미치광이의 폭력을 말한다. 길거리의 폭력을 말하듯이 정치의 폭력을 말한다. 관계를 정리하지 못한 친구에게 이렇게 말한다. '넌 내게 폭력을 가한 거야!' 강렬한 불빛이나 격렬한 노력에 대해서도 폭력을 말한다. 가끔 부드러운 폭력을 말하기도 한다. 이 모든 폭력을 하나의 동일한 개념에 다 담을 수 있을까?[1)]

이 인용문의 끝부분에서 볼 수 있는 질문에도 불구하고 일상생활에서 폭력이라는 단어는 그 안에 모든 것을 담을 수 있는 단어가 된 듯하다. 이런 과장된 용어 사용으로 인해 폭력은 그 구체적 의미를 상실할 수 있다. "과대포장되고, 평범해져 버린 폭력이라는 개념은 구체적인 의미를

---

1) Jacques Sémelin, *Pour sortir de la violence*, Paris: Les éditions ouvrières, 1983, p. 15.

상실하게 된다."[2] 이런 상황에서 여러 폭력에 공통되는 요소를 찾는 작업에 직접 뛰어들기 전에 먼저 그 난점이 어디에서 기인하는지를 살펴보는 것은 무용하지 않을 것이다. 대부분의 경우 이런 난점들은 폭력 자체에 고유한 세 가지 특징에서 기인하는 것으로 보인다. 폭력의 편재성, 일상성, 형태의 다양성이 그것이다. 이를 차례대로 보자.

폭력의 세 가지 특징

무엇보다도 먼저 폭력은 어떤 사회든지 그 내부 어느 곳에서나 발견된다. 이것이 폭력의 편재성이다. 이런 현상은 당연히 바람직하지 못하다. 하지만 부인할 수 없는 현상이다. 폭력의 편재성을 잘 이해하기 위해서는 신문, 텔레비전, 영화, 잡지 등을 잠깐 보는 것만으로도 충분할 것이다.[3] 이렇듯 폭력은 인간이 있는 곳이라면 어느 곳에나 그 모습을 드러낸다. 폭력은 예외적인 현상이 아니라 인간 각자가 꾸며 나가는 실존의 씨줄과 날줄의 일부를 이룬다. 인간들 사이에 이루어지는 모든 형태의 의사소통에서 이런 폭력의 편재성을 확인할 수 있다. "요컨대 인간이 있는 곳이라면 어느 곳이나 폭력이 있다."[4] 달리 말하자면 '인간'과 '폭력'을 분리하는 것은 불가능하다. "폭력이 침투하지 않은 사회생활은 없다. 언어, 예술, 영화, 음악, 춤, 스포츠 등과 같은 모든 표현 영역이 폭력에 감염되어 있다."[5]

---

2) Jean-Claude Chesnais, *Histoire de la violence en Occident de 1800 à nos jours*, Paris: Robert Laffont, 1981, p. 28.
3) Jacques Léauté, *Notre violence*, Paris: Denoël, 1977, p. 14.
4) Chesnais, *Histoire de la violence en Occident de 1800 à nos jours*, p. 28.
5) *Idem*.

폭력의 두 번째 특징은 그 일상성에 있다. 이것은 폭력의 편재성의 다른 표현이기도 하다. 우리는 폭력과 모든 곳에서 조우한다. 알랭 페레피트가 주재한 한 위원회의 보고서에 따르면, 1977년에 프랑스인들은 폭력을 "멀리 있고 간접적인"[6] 것으로 느꼈다. 한 개인이 하루, 일주일, 한 달 동안에 폭력의 직간접적인 가해자, 희생자, 증인이 되지 않을 수는 있다. 하지만 우리 주위에서 폭력은 늘 발생한다. 폭력이 멀고도 간접적인 현상으로 느껴지는 것은 우리로부터 멀리 떨어진 곳에서 발생하기 때문일 것이다. 하지만 보이지 않는 폭력, 은밀하게 자행되는 폭력은 눈에 띄거나 공개적으로 발생하는 폭력보다 더 무서울 수 있다.[7] 이렇듯 우리는 예외 없이 폭력에 의해 침윤된 생활을 영위하고 있다. "우리 모두는 우리를 에워싸고 있고, 우리를 침범하며, 우리에게 배어들고 있는 폭력의 가해자, 희생자, 증인이다."[8] 그로부터 '폭력'과 '삶'을 구별하는 것이 어렵다는 주장이 기인한다.

폭력, 그것은 삶이다! 길거리 사람들의 대화, 기자들의 선언, 수많은 지식인들의 주장은 폭력을 삶의 표현으로 여기는 경향이 있다. 삶과 폭력은 비극적인 운명 속에 한데 얽혀 있는 것처럼 보인다. 그렇다고 해도 삶과 폭력이 하나라고 그렇게 자신 있게 단언할 수 있을까? 게다가 삶이 반드

---

6) Alain Peyrefitte éd., *Réponses à la violence: Rapport du Comité d'études sur la violence, la criminalité et la délinquance*, t. 2, Paris: Presses Pocket, 1977, p. 457.

7) Cf. Centre catholique des intellectuels français éd., *Recherches et débats: La violence*, n° 59, juin 1967, Paris: Desclée de Brouwer, 1967, p. 31.

8) Léauté, *Notre violence*, p. 75.

시 폭력의 작품이라고 단언할 수 있을까?[9]

대체 무엇의 이름으로 폭력이 삶과 혼동된다는 사실을 그렇게 확실하게 단언할 수 있는 것일까? 답은 폭력의 편재성과 일상성에 있다.[10] 위의 두 가지 특징에 더해 폭력의 형태상의 다양성이라는 세 번째 특징이 더해진다. 폭력은 하나가 아니라 다양하다.[11] 이처럼 우리는 폭력에 대해 말하면서 하나의 폭력이 아니라 여러 개의 폭력을 말한다. "폭력은 다양하다. 우리는 결코 하나의 폭력을 만나는 것이 아니다. 여러 개의 폭력을 만나는 것이다."[12] 그로부터 폭력에 대한 논의의 어려움이 기인한다.

또한 폭력은 특정한 가해자의 전유물이 아니다. 우리 모두가 폭력의 가해자가 될 수 있다. 폭력은 우리 삶의 모든 면에서 올 수 있다. 예컨대 폭력은 개인적 · 집단적 삶, 사회적 · 정치적 삶, 경제적 삶, 심지어는 심리적 삶의 차원에서도 우리를 포위하고 있다. 인간은 혼자 있을 때조차도 폭력으로부터 안전하지 않을 수 있다. 개인적 차원을 넘어 폭력은 개인, 집단, 인종, 국가 사이에서 언제든지 폭발할 수 있다. 조물주에 대한 인간의 형이상학적 반항 역시 매력적일 수 있다. 요컨대 폭력은 하나의 얼굴만을 지니고 있지 않다. 폭력은 항상 다른 모습을 보여 준다. 가령, 폭력의

---

9) Sémelin, *Pour sortir de la violence,* p. 15.

10) Cf. David T. Wieck, "L'homme et la violence: Remarques en marge du livre de Konrad Lorenz: *On Agression*", *Diogène*, n° 62, Paris: Gallimard, 1968, p. 116.

11) Philippe Bernoux et al éds., *Violences et société*, Paris: Economie et humanisme, les éditions ouvrières, 1969, p. 13.

12) Jean-Marie Muller, "Signification de la non-violence", Gérard Mendel, Jean Duvignaud & Jean-Marie Muller, *Violences et non-violence*, Paris: Nouvelles éditions rationalistes, 1980, p. 21.

역사를 기술하면서 셰네가 그 다양한 형태로부터 시작하는 것은 우연이 아니다.

> 폭력은 하나가 아니라 다양하다. 움직이고, 종종 포착 불가능하고, 항상 가변적인 폭력은 장소, 시대, 상황, 게다가 환경에 따라 아주 다른 실재를 가리킨다. 호모 사피엔스의 출현 이후, 특히 근대로 접어든 이래로, 폭력은 훨씬 더 복잡하고 새로운 형태들로, 계속 팽창하는 새로운 형태들로 풍부해졌기 때문이다. 이런 폭력을 고정되고, 단순한 하나의 정의 속에 포함시키는 것은 폭력 자체를 축소시키고, 그 역사적 특수성을 잘못 이해할 수 있는 위험에 노출시킬 수 있다. 이 책의 독자는 분명 폭발된, 이질적인, 통일성이 없는 세계에 들어선 것 같은 인상을 받을 것이다. 하지만 이것은 폭력 자체가 보이는 것에서 가장 은밀한 것까지 사생활과 공적생활의 모든 양상을 구성요소로 하고 있는 폭발된 현상이기 때문이다.[13)]

위의 인용문에서 암시되어 있듯이 폭력의 다양한 형태를 결정하는 요인 중 하나는 그것의 발생 상황과 무관하지 않다. "실제로 폭력을 어떤 기준이나 관점을 도외시하면서 생각하고 이해하고자 하는 것은 잘못일 것이다. 이런 기준이나 관점은 제도적 · 사법적 · 사회적일 수 있고, 종종 개인의 신체적 취약성이나 정신적 허약함 등에 따르는 개별적인 것일 수도 있다."[14)] 만약 폭력을 그 출현, 전개 과정, 사라짐 등을 결정하는 상황

---

13) Chesnais, *Histoire de la violence en Occident de 1800 à nos jours*, p. 11.
14) Yves Michaud, *La violence*, Paris: PUF, 1986, pp. 9~10.

을 고려하지 않고 이해하려 한다면 피상적인 의미만을 포착하게 될 공산이 크다. "상황에서 벗어난 폭력은 아무런 의미도 가지지 못할 것이다. 이때 이 단어의 의미는 텅 비어 있다."[15)]

이렇듯 폭력의 정체성 포착을 어렵게 하는 주요 요인은 주로 방금 살펴본 세 가지 특징에서 기인하다. 그렇다면 거의 '신화적'[16)]이라고 할 수 있는 이런 폭력 현상 앞에서 정의를 내리는 작업을 포기해야 할 것인가? 폭력은 과연 정의 불가능한 개념인가? 아주 복잡하고 다양한 폭력 현상을 다루는 많은 위원회, 연구, 잡지 등에서 그 선행 작업으로 정의를 내리는 일에 많은 노력과 시간을 할애하는 것은 당연해 보인다.[17)] 더군다나 몇몇 연구자들은(예컨대 소렐, 아렌트 등) 폭력에 대해 진지하게 정의 내리는 작업을 하지 않고 곧바로 그 현상을 설명하고자 한다.[18)]

이런 미묘한 문제 앞에서 우리는 먼저 폭력이라는 용어의 어원적 · 사전적 의미들을 살펴볼 것이다. 이런 의미들만이 "내용에서는 아니라고 해도 적어도 의미 면에서 최소한의 연속성을 보장해 줄 수 있을 것이다".[19)] 이어서 폭력의 기본 구성요소들을 도출하게 될 것이다. 이 구성요소들을 토대로 우리는 폭력이라는 단어를 사용할 때 과연 그 의미의 내포와 외연이 어떤 것인지를 정확하게 판별할 수 있을 것이다.

---

15) Bernoux et al éds., *Violences et société*, pp. 87~88.

16) Cf. Roger Gicquel, *La violence et la peur*, Paris: Editions France-empire, 1977, p. 9.

17) *Idem*.

18) Cf. Michaud, *La violence*, p. 10.

19) Chesnais, *Histoire de la violence en Occident de 1800 à nos jours*, p. 11.

폭력의 기본 구성요소들

폭력의 일차적 의미

폭력의 정체성을 잘 파악하기 위해 그 어원에 대한 조사로부터 시작하자. 미쇼에 따르면 '폭력'을 지칭하는 'violence'는 라틴어 'violentia'에서 유래했다. 'violentia'의 동사형이 'violare'이며, 이 두 단어는 힘, 활력 등을 의미하는 라틴어 'vis'와 연결되어 있다.[20] 그는 폭력이라는 단어의 기저에 힘, 활력 등이 놓여 있다는 사실을 확인하기 위해 그리스어와 산스크리트어까지 거슬러 올라간다.[21] 특히 'violence'가 '삶'을 의미하는 불어 단어 'vie'와 어원이 같다는 사실은 흥미롭다. 이런 사실은 현대프랑스어사전을 통해서도 확인된다. 예컨대 『르 프티 로베르』에 의하면 폭력은 다음과 같이 정의된다. 1) 힘을 사용하거나 겁박하여 누군가에게 영향을 주거나 그로 하여금 자기 의사에 관계없이 어떤 행동을 하게끔 하는 것. 2) 이런 힘이 사용되는 행동. 3) 거친 감정을 드러내는 자연적 성향, 기질 또는 그 표현. 4) (어떤 사물이나 어떤 현상의) 거친 힘.[22]

이런 어원적·사전적 의미를 토대로 우리는 폭력 개념의 의미론적 장(場)을 결정하는 몇몇 기본적인 요소들을 추론할 수 있다. 1) 폭력의 주체는 인간이거나 비인간이다. 2) 힘이라는 개념이 폭력의 중심에 놓여 있다. 3) 폭력이라는 용어는 인간과 그의 재산에 해를 가하는 행동이다. 4) 폭력은 이런 힘이 현존하는 양태이다. 폭력의 진짜 모습이 어떤 것인지

---

20) Michaud, *La violence*, p. 4; CPM, p. 178.

21) Michaud, *La violence*, p. 4.

22) *Le petit Robert*, Paris: Le Robert, 1982, p. 2097.

를 드러내기 위해 이 네 가지 요소들을 좀 더 자세히 살펴보자.

폭력의 네 가지 구성요소

폭력은 인간적 현상을 지칭한다

폭력은 누구에게, 무엇에 귀속되는가? 이 질문은 폭력의 주체에 관련된다. 존재하는 모든 것이 폭력의 주체가 될 수 있을 것이다. 종종 자연의 폭력과 운명의 폭력을 입에 올린다. 늙음, 질병, 지진, 홍수, 가뭄, 태풍, 눈사태 등이 좋은 예이다. 이런 끔찍하고 피할 수 없는 자연현상들에서 신의 분노, 또는 네메시스[23]의 분노와 복수의 징후를 말하기도 한다. 반면, 인간의 무기력을 말하기도 한다. 인간은 자연의 폭력을 다스리고 통제하기 위해 노력한다. 하지만 유감스러운 것은, 인간이 아직까지 자연의 폭력을 완전히 통제하지 못하고 있다는 사실이다.

문명이 무자비한 자연의 폭력에 맞선 투쟁의 결과라면, 인류는 현재 역설적인 시기를 살고 있다고 할 수 있다. 왜냐하면 인간 지성과 기술의 발달에 더불어 자연의 폭력에 의한 재앙은 현저하게 줄어든 반면, 인간의 폭력이 자연의 폭력을 대신하고 있는 것으로 보이기 때문이다. 달리 말하자면 인류의 기념비적인 노력에도 불구하고 자연의 폭력에 대한 투쟁은 그것과 같은 규모의, 아니 그 이상의 인간의 폭력을 낳은 듯하다. 사르트르의 표현에 따르면 이런 현상은 당연히 실천적-타성태에 속한다고 할 수 있다. 자연의 폭력에서 문제가 되는 것은 분명 인간의 자연에 대한 투쟁이다.

---

23) Cf. Roland Barois et al., *Violence humaine*, Paris: Editions du centurion, 1968, pp. 66~69.

하지만 폭력은 무엇보다도 인간과 관련된 현상으로 보인다. 인간의 폭력이 문제되는 경우, 인간은 폭력의 가해자 또는 희생자가 될 수 있다. 이것은 인간이 단순히 희생자가 되는 자연의 폭력과 대비된다. 물론 환경론자들은 환경오염 등과 같은 자연 파괴의 주체가 인간이라고 주장한다. 그럼에도 분명한 것은 자연의 폭력은 인간과 관련되지 않으면 그 의미를 상실할 수도 있다는 점이다. 모든 폭력은 결국 인간과 관련될 때 의미를 갖게 된다. "증오, 나약함, 폭력, 죽음, 불쾌 등은 모두 유일하게 인간으로부터 기인한 것이다."[24] 그리고 인간의 폭력은 불량배들이나 범법자들의 독점물이 아니다. 인간은 누구나 폭력의 주체가 될 수 있다.

더군다나 인간의 폭력은 반드시 개인들 사이의 관계로부터만 생겨나는 것이 아니다. 폭력을 행하는 자는 혼자일 수 있다. 하지만 그는 한 집단, 한 사회, 한 국가 등에 속해 있다. 인간들에 의해 형성된 사회구성체 또한 폭력의 주체가 될 수 있다. 기업, 군대, 병원, 감옥, 학교, 가정 등등 그 어느 것도 예외가 못 된다. 불행하게도 폭력은 모든 사회구성체에서 자행된다. 군사독재, 파시즘, 전체주의 등과 같은 정치 체계에서도 마찬가지이다. 이런 체제들은 피통치자들을 통제, 억압, 지배하기 위한 모든 형태의 폭력을 자행할 준비가 항상 되어 있다. 자본주의나 공산주의 이데올로기 역시 예외가 아니다. 게다가 조물주에 대한 인간의 형이상학적 반항 역시 어떤 이들에게는 신적 권위에 대한 무조전적 복종의 거부로 여겨지기도 한다.

---

24) Jean-Paul Sartre, *Le diable et le bon Dieu*, Paris: Gallimard, 1951, p. 105; Cf. *Recherches et débats*, n° 59, pp. 16~17.

이렇듯 폭력은 전적으로 인간과 비인간의 작품이다. 하지만 여기서는 자연의 폭력을 거론하지 않을 것이다. 우리가 폭력에 대해서 말할 때는 항상 인간에 의해 자행된 폭력을 지칭한다. 자연의 폭력이 인간의 폭력에 비해 덜 잔인하고, 덜 끔찍해서가 아니다. 이와는 달리 인간의 폭력이 자연의 폭력에 비해 인간에게 더 가깝고, 더 음흉하고, 더 은밀하고, 더 지속적이기 때문이다. 요컨대 인간의 폭력이 자연의 폭력에 비해 더 본질적이기 때문이다. 그로부터 폭력의 첫 번째 기본 구성요소가 도출된다. 폭력은 무엇보다도 인간의 작품이다.

폭력은 힘의 현전을 전제한다

폭력이 문제가 될 때, 힘의 개념이 항상 그 안에 자리한다. 우리는 이 점을 폭력이라는 단어의 어원적·사전적 의미를 살펴보면서 확인한 바 있다. 물론 힘의 개념이 폭력과 동일시되는 것은 아니다. 실체적 동질성이 있음에도 두 개념은 구분된다. 게다가 폭력 개념은 힘 개념과 마찬가지로 그 의미가 분명하지 않고 모호하다. 그로부터 힘과 폭력 개념 사이의 모호성이 기인한다.

『르 프티 로베르』에 의하면 힘 개념에는 다음과 같은 의미들이 포함된다. 1) (어떤 존재, 기관, 누군가의) 물리적 힘. 정신적 능력. 지적·정신적 가능성. 2) (어떤 집단, 무엇인가의) 힘. 어떤 대상의 저항. 3) 어떤 사물의 행동의 강도 또는 힘. 강한 것의 특징. 구속력. 4) 물리적·정신적 행동의 원칙. 에너지. 노동. 신체를 변형시키거나 또는 그 움직임, 방향, 속도 등을

변화시킬 수 있는 원인. 움직임 또는 변화의 주요 움직임 또는 원인.[25)]

힘 개념에 대한 정의에서 주목하고자 하는 것은, 그것의 사용이 긍정적일 수 있다는 점이다. 이것은 힘 개념이 선험적으로 '경멸할 수 있는'[26)] 것이 아니라는 것을 의미한다. 사실, 인간(인간 이외의 다른 존재도 마찬가지이다)이 현재의 그와는 다른 모습이 되면서 자신의 존재를 실현시켜 나가기 위해서는 당연히 힘이 필요하다. 이것은 힘의 개념이 그에게 '외적' 요소가 아니라 '본질적'이라는 것을 의미한다.[27)] 이렇듯 힘은 무엇보다도 "자기가 가진 것, 자기 자신인 바에 대한 긍정"[28)]이다. 이것은 또한 힘이 인간의 삶의 에너지라는 것을 보여 준다. "인간에게서 힘을 빼앗는 것, 그것은 그에게서 이성을 빼앗는 것과 같이 그를 손상시키는 것이다."[29)]

이것만이 전부가 아니다. 힘은 정신의 능력 또는 지적·정신적 가능성이기 때문에, 이 개념은 비싼 대가를 치르고서라도 추구해야 하는 일종의 '덕'[30)]으로 여겨지기도 한다. 특히 자기를 조절하는 법을 습득하고자 하는 자들이 좋은 예이다. 하지만 자기 조절에 이르는 것은 장기간 혹독한 수련을 거친 결과이다. 귀스도르프에 의하면, 힘은 "인간으로 하여금 자연적 현실의 결정론을 넘어서는 것을 가능케 해주는 자기에 대한 자기의 정복, 자기에 대한 금욕의 보상"[31)]이다. 그런데 힘의 사용의 결과는 항

---

25) *Le petit Robert*, p. 805.
26) Julien Freund, *L'essence du politique*, Paris: Editions Sirey, 1965, p. 705.
27) *Ibid.*, p. 706.
28) Georges Gusdorf, *La vertu de force*, Paris: PUF, 1957, p. 39.
29) Freund, *L'essence du politique*, p. 711.
30) Cf. André Lalande, *Vocabulaire technique et critique de la philosophie*, t. 2, Paris: PUF, 1991, p. 368.
31) Gusdorf, *La vertu de force*, p. 109.

상 긍정적이지만은 않다. 거기에 힘 개념이 가진 모순점이 자리한다.

> 긍정적 의미에서 힘은 모든 내면적 힘의 조화를 통해 인격 형성을 가능케 해주는 가치이다. 부정적 의미에서 힘은 이러저러한 힘의 통제로부터 벗어남을 보여 준다. 힘이 가진 자유로운 요소는 그 자체에 의해, 그 자체를 위해 작동하고, 그러면서 인격을 형성하기보다는 파괴한다.[32)]

힘이 구속으로도 정의된다는 사실을 잊지 말자. 따라서 힘을 잘 제어하지 못할 경우, 이런 실패는 자기파괴 또는 타자의 파괴로 나타날 수 있다. 이것이 힘 사용의 부정적 측면이다. 힘이 가진 이런 측면이 바로 그 기능이 억압적이고 해악적인 폭력의 중핵을 구성한다. 그로부터 힘의 현존이라는 폭력의 두 번째 기본 구성요소가 도출된다. 이제부터는 폭력을 말할 때 반드시 힘의 현존 여부에 주목해야 할 필요가 있다.

폭력은 인간과 그의 소유물에 해를 가하는 행위이다

앞서 살펴본 두 개의 기본 구성요소들을 통해, 한편으로는 폭력의 주체가 인간이라는 사실, 다른 한편으로는 폭력은 힘의 실질적 또는 잠재적 현존을 전제로 한다는 사실을 알 수 있었다. 그런데 여기서 주목하고자 하는 것은, 폭력은 힘의 구체적 사용을 요구한다는 사실이다. 달리 말하자면 폭력은 해로운 효과를 낳으면서 실질적으로 행해져야 한다. 지금으로서는 힘의 구체적 사용으로 인해 누가, 무엇이 피해를 입는가, 피해의 규모

---

32) *Ibid.*, p. 42.

가 얼마나 되는가, 피해가 가시적인가 그렇지 않은가, 물리적인가 정신적인가 등을 결정하는 것은 그다지 중요하지 않다. 왜냐하면 이 문제에 답을 하려면 폭력의 목표, 폭력 사용자의 의도, 희생자의 심리적 상태 등을 고려해야 하기 때문이다. 여기서는 단지 폭력이 힘의 실질적이거나 잠재적 현전을 넘어선다는 사실을 지적하고자 한다.

이 사실을 더 잘 이해하기 위해 예를 들어 보자. 권총으로 무장한 사람이 있고, 사람들이 이 사실을 우연히 알아차렸다고 가정하자. 이 경우 그들이 보이는 다양한 반응을 모두 판별하는 것은 쉬운 일이 아니다. 여기서는 단지 다음 두 가지 반응에만 주목해 보자. 하나는 그들이 각자 나름대로 불안, 공포, 위협 등의 감정을 느낄 것이라는 사실이다. 다른 하나는 그들이 무장한 이 사람의 존재에 대해 무관심할 수도 있다는 사실이다. 이 두 반응을 통해 왜 폭력이 힘의 실제적이고 구체적인 사용을 요구하는지를 살펴보도록 하자.

첫 번째 반응과 관련하여 다음 사실을 지적하자. 권총 무장만으로는 이 사람이 실제로 폭력을 자행한 사람이라는 사실을 정당화할 수 없다는 사실이다. 이 사람이 위험하고 위협적일 수 있다. 그는 언제라도 폭력을 자행할 수 있다. 가령, 그가 이웃 사람들에게 권총을 쏘면서 살인을 저지를 수 있는 가능성은 항상 존재한다. 그리고 이런 상황에서 이웃들이 공포와 두려움에 떠는 것은 당연하다. 곧이어 이런 심리적 상태(위협, 끔찍함, 억압적인 분위기, 전체주의적인 분위기 등)도 역시 폭력의 기본 구성요소에 해당한다는 사실을 보게 될 것이다. 하지만 여기서 단언할 수 있는 것은, 문제의 사람이 권총을 몸에 지녔다는 단 하나의 사실만으로 폭력을 자행하는 사람이라고 단정 지을 수는 없다는 것이다.

두 번째 반응과 관련하여서 강조하고 싶은 점은 실제로 폭력은 발생 상황과 떼어서 포착할 수 없다는 것이다. 권총으로 무장한 사람의 경우, 그의 신분 문제가 제기된다. 그는 경찰일 수도 있다. 또한 이 사람의 의도라는 문제가 제기된다. 그의 무장 목적이 자신을 방어하기 위한 것일 수도 있고, 타인을 방어하기 위한 것일 수도 있다. 따라서 문제의 사람이 폭력을 자행한다고 말할 수 있기 위해서는 폭력과 잠재적 힘의 현존 사이의 경계를 넘어야 한다.

이처럼 힘의 실제적 또는 잠재적 현존이 그대로 폭력을 낳는 필요충분조건이 될 수는 없다. 만약 힘의 현존이 곧 폭력과 동의어라고 한다면, 결정론에 빠질 위험이 농후하다. 수많은 군인과 핵무기 등으로 중무장한 나라의 경우에도 같은 지적을 할 수 있다. 이런 종류의 무기들의 존재는 인류 전체의 목숨을 앗아 갈 수 있을 정도로 끔찍하다. 이런 이유로 항상 국가들 사이의 잠재적인 전쟁 가능성에 대해 말하곤 한다. 사실 강대국은 늘 이웃 국가들, 그것도 국력이 약한 국가들에게는 위협적이다. 강대국이 지리적으로 멀리 떨어져 있는 경우에도 힘이 약한 국가들이 이 나라로부터 큰 영향을 받기 마련이다. 국가 간의 관계는 정치, 경제, 문화 등의 분야에서 항상 지배와 예속으로 특징지어진다. 이런 현상은 평화 시에 국가 간에 벌어지는 심리전과도 무관하지 않다.

하지만 분명한 것은, 평화 시에 무장한 나라의 의도가 어떤 것인지를 결정하는 것이 쉽지 않다는 사실이다. 방금 권총으로 무장한 사람의 예에서 보았듯이, 이런 국가가 이웃 국가들에 대해 폭력을 자행하는 국가와 동일시될 수는 없을 것이다. 이런 사실을 바탕으로 우리는 힘의 구체적이고 실질적인 사용이 폭력의 본질적인 양상 중의 하나라고 단언할 수 있다. 폭력이 이처럼 힘의 실질적 · 잠재적 현존을 넘어서고, 또 인간적 현상에 속하는 만큼, 폭력이 그것을 자행한 주체에게로 향하든지, 아니면 타자에게로 향하는 것은 자연스러워 보인다.

폭력은 우선 그것을 행한 자에게로 향한다(자살 등을 생각한다). 하지만 폭력은 대부분의 경우 타자와 그의 재산에 피해를 준다. 국가의 경우에도 마찬가지이다. 한 나라에서 자행된 폭력이 자국민에게로 향하는 경우도 있다. 하지만 대부분의 경우, 다른 나라와 그 나라의 부를 겨냥할 것이다. 사실, 폭력을 통해 겨냥되는 것과 관련하여 셰네는 다양하고 모호한 폭력 현상들을 정리할 필요성을 제기하고 있다. 그는 세 종류의 폭력을 구별한다. 물리적 폭력, 경제적 폭력, 정신적(또는 상징적 폭력)이 그것이다.[33] 여기서는 먼저 앞의 두 종류의 폭력을 살펴보기로 한다. 세 번째 폭력에 대해서는 힘의 존재방식 역시 폭력의 기본 구성요소에 해당한다는 사실을 다루면서 살펴볼 것이다.

폭력이 가해자든 피해자든 간에 무엇보다 인간을 향한다는 것은 의심의 여지가 없다. 셰네에 의하면 물리적 폭력은 사람에게 가해지는 직접적이고 신체적인 공격으로, 주로 생명, 건강, 신체, 개인의 자유에 타격을 가하는 폭력으로 규정된다. 폭력의 가해자가 타자와의 관계에서 목표로 하는 것은 결국 이 타자의 존재이다. 셰네는 더 구체적으로 "심각성이 감소하는 순서"와 "인터폴과 세계건강기구(OMS, Organisation mondiale de la santé)의 기준"에 따라 물리적 폭력을 네 부류로 나눈다. 1) 고의적 살해(또는 시도). 2) 강간(또는 시도). 3) 고의적인 타격과 중상. 4) 무장 강도나

33) Chesnais, *Histoire de la violence en Occident de 1800 à nos jours*, pp. 12~13.

혹은 폭력을 동반한 강도.[34)]

이런 분류에 의하면 폭력은 무엇보다 인간을 대상으로 이루어진다. 폭력은 또한 인간들에 의해 형성되는 여러 군집들 사이에서도 발생한다. 집단들, 국가들 사이에서 발생하는 폭력은 개인들 사이에서 발생하는 폭력에 비해 훨씬 더 광범위하고, 더 끔찍하다. 계급투쟁, 테러, 군사정변, 혁명, 인종청소 등은 개인적 폭력보다 훨씬 규모가 큰 재앙을 낳는다. 전쟁도 있다. 전쟁은 대량살상을 동반하는 집단적 폭력의 가장 좋은 예이다. 이렇듯 물리적 폭력은 개인과 다수의 사람들에 대한 타격이다.

그다음으로 경제적 폭력을 보자. 이 폭력은 자본의 지배가 기승을 부리는 현대 사회에서 빈번하게 발생한다. 경제적 폭력은 "증가일로에 있고 아주 다양한 재산에 가해지는 타격"[35)]이다. 소유권 개념이 그 기저에 놓여 있다. 한 개인, 한 집단, 한 국가의 소유물의 절도, 탈취, 사기 등은 경제적 폭력의 다양한 형태에 해당된다. 더군다나 이런 종류의 폭력은 의미심장하다. 모든 경제주체와 그 소유물(이것은 '가짐'의 범주이다) 사이에 정립되는 소유권의 파괴는 그의 '존재'(이것은 '있음'의 범주이다)에 대한 직접적인 타격으로 여겨진다. 사르트르는 이렇게 주장한다. "나의 소유의 총체성이 나의 존재의 총체성을 반영한다."[36)] 그런 만큼 타자에 의해 내가 가진 것이 타격을 받는다면, 그의 행위에 의해 타격을 받는 것은 결국 나의 '존재' 이외의 다른 것이 아니다.

정확히 이 경우에 타자의 행위는 경제적 폭력을 구성한다. 타자가 이

---

34) *Ibid.*, p. 12.
35) *Ibid.*, p. 13.
36) EN, p. 680.

렇듯 내가 가진 것을 탈취하는 경우, 소유대상과 소유자인 나의 존재론적 관계에 변화가 발생한다. 나는 구-소유자가 되면서 내가 가졌던 것과의 관계를 상실하는 반면, 타자는 신-소유자가 되면서 그가 얻게 된 것과 새로운 관계를 맺는다. 그 결과 나의 존재는 감소하는 반면, 타자의 존재는 증가한다. 이를 바탕으로 다음과 같이 말할 수 있다. 경제적 폭력은 단순히 한 경제주체의 소유물에 대한 타격만을 의미하는 것이 아니라, 그 기저에는 존재론적 문제, 즉 그의 존재의 파괴가 놓여 있다고 말이다.

이런 지적을 통해 우리는 폭력의 세 번째 기본 구성요소를 제시할 수 있다. 폭력은 인간, 인간들의 군집(집단, 사회, 국가 등)과 그들의 소유대상에 대한 타격을 가리킨다. 특히 사르트르에 의해 제시된 인간 실존의 세 범주(함, 가짐, 있음의 범주가 그것이다)는 폭력의 주체가 무엇을 겨냥하는지를 잘 보여 준다. 가짐에서 있음으로의 환원은 경제적 폭력이 단지 한 개인(한 집단, 한 사회, 한 국가에도 적용된다)의 소유물 파괴에만 국한되는 것이 아니라, 이 개인의 존재론적 지위, 곧 그의 존재이유의 탈취와도 직접적으로 연결되어 있음을 보여 준다.

이 단계에서 셰네가 분류한 세 종류의 폭력, 곧 물리적 폭력, 경제적 폭력, 정신적 (또는 상징적) 폭력을 다시 한번 보자. 그는 이런 분류를 통해 모든 형태를 망라한 '폭력의 역사'를 기술하고자 한 것은 아니다. 오히려 그는 이런 분류를 통해 경제적 폭력이나 정신적 (또는 상징적) 폭력 등을 제외하려 했다고 할 수 있다. 여기서는 그가 이 두 종류의 폭력을 제외하려 한 이유가 무엇인지를 짐작해 보고, 그로 인한 문제점을 지적하는 데 그치고자 한다. 그리고 정신적 (또는 상징적) 폭력의 제외로 나타나는 문제에 대해서는 폭력의 네 번째 기본 구성요소를 다룰 때 살펴볼 것이다.

실제로 셰네는 폭력의 역사를 기술하는 작업을 물리적 폭력에만 국한시키기 위해 형법(Code pénal)에 의지한다. 그러면서 그는 물리적 폭력에만 관심을 갖는다. 그는 이렇게 말한다. "그런데 재산을 침범하는 행위는 어떤 경우에든 폭력으로 규정될 수 없다. … 우리가 보기에는 재산에 대해 행해지는 폭력을 말할 때는 언어의 남용이 있다(이 폭력에 개인의 신체에 대한 위협이 수반되지 않는 한에서 말이다)."[37] 셰네는 이렇듯 폭력의 역사를 기술하면서 경제적 폭력을 결정적으로 제외하려고 하는 것 같다.

하지만 이런 셰네의 태도에는 동의하기 어려운 부분이 없지 않다. 다음 세 가지 이유 때문이다. 첫째, 그가 자신의 작업을 물리적 폭력에만 한정시키고자 할 때, 그가 폭력적인 현실을 지나치게 편협하게 이해하고 있기 때문이다. 실제로 물리적 폭력이 그 자체로만 끝나는 경우는 거의 없다. 대부분의 경우 물리적 폭력에는 경제적 폭력과 동시에 정신적 (또는 상징적) 폭력이 수반된다. 폭력에 의해 발생하는 개인적·사회적 비용은 그 희생자의 목숨-비용이나 건강-비용에 의해 결정된다. 이런 시각에서 보면 물리적 폭력이 폭력의 중핵에 해당하는 것은 분명하다. 하지만 물리적 폭력의 피해를 가중시키는 것이 바로 경제적 폭력이나 정신적 (또는 상징적) 폭력의 피해이다.

마약에 관련된 폭력의 예를 들어 보자. 이 경우, 그 정확한 피해를 측정하기 위해서는 무엇보다 마약으로 인해 발생하는 신체적 효과에 주목해야 할 것이다. 하지만 이것만으로는 불충분하다. 어떤 경우에는 신체적 피해보다 정신적 피해가 더 심각할 수도 있을 것이다. 물론 이런 피해들

---

37) Chesnais, *Histoire de la violence en Occident de 1800 à nos jours*, p. 13.

을 분리하는 것은 불가능하다. 여기에 더해 마약에 관련된 검은 돈 세탁 등도 충분히 고려해야 할 것이다.

둘째, 폭력에 대한 셰네와 사르트르의 태도를 비교해 보면, 셰네의 태도는 곧 그 효율성을 상실하기 때문이다. 인간 실존의 세 범주를 토대로 개인의 소유권의 파괴가 곧 그의 존재의 파괴라는 사실을 인정한다면, 경제적 폭력을 폭력의 역사 기술에서 제외할 하등의 이유가 없다. 셰네가 주장한 것처럼 물리적 폭력이 폭력 현상의 정점에 있는 것은 사실이다.[38] 또한 경제적 폭력의 폐해를 정확히 측정하는 데 따르는 여러 난점이 있다는 것 역시 사실이다.[39] 그럼에도 경제적 폭력의 제외는 정당화되기 어려워 보인다.

정신적 (또는 상징적) 폭력의 경우에도 같은 지적을 할 수 있다. 하지만 이 경우는 경제적 폭력보다 더 복잡하다. 결국 문제가 되는 것은 '폭력의 제국'의 경계선 긋기로 보인다. 폭력 개념을 어느 선까지 확장시킬 수 있는가의 문제이다. 앞서 폭력이 인간과 관련된 행동에 속한다는 사실을 지적했다. 또한 폭력의 범위에 물리적 폭력과 경제적 폭력을 포함시켰다. 그렇다면 개인의 심리적 차원에 관련된 폭력에 대해서는 뭐라고 할 수 있을까? 폭력 개념에 이런 폭력 역시 포함시켜야 할까?

폭력은 힘의 존재양태이다

폭력 개념에서 정신적 (또는 상징적) 폭력을 제외할 수 없을 것이다. 왜냐

38) *Idem.*
39) *Ibid.*, p. 32.

하면 개인의 심리적 차원에 관련된 폭력 역시 물리적 폭력과 같은, 아니 그 이상의 피해를 야기하기 때문이다. 게다가 폭력에는 다양한 정신적 반응이 동반된다. 폭력은 갑작스럽게 발생할 수 있다. 하지만 대부분의 경우 폭력은 처음에는 위협, 겁박 등과 더불어 이루어지고, 잔인함, 끔찍함 등으로 끝난다. 폭력의 주체는 누구 할 것 없이 폭력을 자행하기 전, 중간, 이후에도 타자를 거친 태도로 위협하고 겁박하려 할 것이다. 불량배들은 단지 위협적인 제스처만으로도 목적을 이룰 수 있을 것이다. 요컨대 폭력 개념은 어떤 경우에도 물리적 폭력에만 국한될 수 없다. 폭력은 항상 심리적 차원과 긴밀하게 연결되어 있다.

그로부터 폭력에 관련된 심리적 차원을 고려해야 할 필요성이 기인한다. 실제로 셰네는 정신적 (또는 상징적) 폭력 개념을 도입하면서 이런 심리적 차원을 고려하려고 노력하고 있다. 하지만 그의 목표는 이런 폭력을 제외하고 폭력의 역사를 기술하는 것이다. 그는 정신적 (또는 상징적) 폭력의 내용을 아주 주관적이라고 생각한다. 또한 페레피트에 의해 주재된 폭력조사위원회가 폭력의 심리적 차원을 구성하는 불안감 — 공포, 두려움, 위협, 겁박, 끔찍함, 잔인함 등 — 을 고려한 결과 소기의 성과를 거두는 데 실패했다고 비판하고 있다. 이처럼 셰네에게 정신적 (또는 상징적) 폭력을 거론하는 것은 "범죄와 비참함의 어두운 세계를 알기에는 너무 안이한 삶을 영위하는 몇몇 지식인들에게 고유한 언어의 남용"으로 여겨진다.[40] 그는 이렇게 경제적 폭력과 정신적 (또는 상징적) 폭력을 제외하고 난 다음에 폭력에 대해 다음과 같은 정의를 내리고 있다.

---

40) *Ibid.*, pp. 13~17.

엄밀한 의미에서의 폭력, 측정 가능하고 확실한 유일한 폭력은 물리적 폭력이다. 이것은 인간에게 가해지는 직접적·신체적 타격이다. 이 폭력은 세 가지 특징을 가진다. 난폭하고, 외부적이고, 고통스럽다. 이런 폭력을 규정하는 것은 힘의 구체적 사용, 누군가에게 자의적으로 행해진 가혹 행위이다. 법원(또는 경찰)의 통계에 따르면, 이런 폭력에 가장 가까운 폭력은 인간을 대상으로 하는 범죄이다.[41]

게다가 이런 정의를 바탕으로 셰네는 폭력에 대한 가능한 한 객관적인 분류를 하고자 노력한다. 또한 그는 다른 기회에 왜 자신의 작업을 물리적 폭력에 한정시키고 있는가를 설명하고 있다. 우선, 물리적 폭력이 폭력의 어원과 가장 잘 들어맞는다는 것이다. 그다음으로 형법에 의해 제공된 이론적 근거와 물리적 폭력의 폐해를 정확히 판단하고 측정할 수 있는 용이성과 그렇게 해야 하는 필요성을 들고 있다.

물리적 폭력이 어원에 들어맞기 때문만이 아니라, 또한 이것이 진지한 이론적 토대(형법)와 동시에 국제적으로 인정된 활동과 경찰이든 의사든 간에 직업적 환경에서 굳건하게 정립된 이론적 토대에 기대기 때문이다(인터폴의 규약이나 혹은 세계건강기구의 규약을 참고할 것).[42]

하지만 셰네의 입장을 고려하더라도 폭력의 정신적 (또는 상징적) 측

41) *Ibid.*, p. 32.
42) *Ibid.*, p. 14.

면과 경제적 측면을 무시할 수 없을 것 같다. 다음 두 가지 이유에서이다. 첫째, 인간에게 가해지는 폭력은 항상 불안한 심리를 동반한다는 사실에는 의심의 여지가 없기 때문이다. 이런 심리는 폭력이 행해지는 동안 줄곧 떠나지 않는다. 게다가 폭력의 희생자는 폭력이 자행된 상황을 떠올리면서 미래에도 정신적으로 괴로워할 수 있다. 트라우마가 그 좋은 예이다. 악몽, 신경증, 정신병 등은 폭력 흔적의 징후이다. 따라서 폭력의 정신적 측면을 등한시한다면 폭력에 관한 탐구에서 만족할 만한 성과를 얻지 못할 공산이 크다. 둘째, 정신적 (또는 상징적) 폭력의 피해를 가늠하는 일이 아무리 어렵다고 해도, 또 그 피해가 주관적이라고 해도, 그것은 물리적 폭력의 피해보다 더 지속적이고 더 끔찍할 수 있기 때문이다. 그런 만큼 개인적·사회적 비용 측정의 어려움 때문에 정신적 (또는 상징적) 폭력을 폭력 탐구에서 제외하는 것은 어불성설이다.

폭력이 갖는 정신적 측면의 중요성은 개인적 관계에서 발생한 폭력에 그치지 않는다. 이런 측면은 국가와 국민 사이의 관계에서도 나타난다. 군사독재, 전체주의 등으로 신음하는 국가, 심지어는 민주주의를 채택한 나라에서조차도 국내 정치가 종종 억압적이고 강제적인 힘의 토대 위에서 이루어지는 것을 볼 수 있다. 정부가 국민들을 잘 통제하고 지배하기 위해 끔찍한 조치를 취하는 경우가 있다. 예컨대 정적이나 반대 정치세력을 체포하고 구금하기 전에 내적·외적 위기를 구실로 삼을 수 있다. 물론 이런 구실은 두렵고도 끔찍한 조치들에 의해 뒷받침되는 경우가 다반사다.

폭력이 가진 심리적 측면은 국제정치에서도 나타난다. 국가들 사이의 관계는 종종 심리전에 의해 특징지어진다. 이 관계는 각국의 주권과 동등한 의무 위에 정립된다. 하지만 국가들은 심지어는 평화 시에조차도 끊임없이 헤게모니를 장악하기 위해 공식적·비공식적 투쟁을 감행한다. 적대국가들은 물론, 심지어는 우방국가들 사이에서도 종종 보이는, 보이지 않는 정보 쟁탈전이 벌어진다. 게다가 약소국들이 강대국들로부터 받는 억압과 통제 역시 무시할 수 없다. 이런 압력과 통제는 은밀하게 이루어지는 경우가 허다하다. 이런 현상은 정치, 외교, 경제, 군사 분야는 물론 이거니와 사회, 문화 차원에서도 발생한다. 사회, 문화 분야에서 이루어지는 종속은 겉으로 보기에는 정치, 외교, 경제, 군사 분야에서의 그것보다 가벼워 보일 수도 있으나, 실질적으로는 더 심각한 경우도 없지 않다. 국지전이나 세계대전이 문제가 되는 경우, 국가들 사이의 폭력에서 심리적인 양상은 더욱 뚜렷하게 나타난다.

그로부터 폭력 개념을 규정할 때 심리적 측면, 즉 힘의 존재양태를 고려해야 할 필요성이 도출된다. 사실, 셰네가 폭력의 대상을 다음과 같이 정의할 때, 그 역시 폭력이 갖는 심리적 측면을 고려하는 것으로 보인다. "달리 말해 폭력의 근본적 특징은 희생자로 하여금 무릎쓰게 하는 위험의 심각성이다. 문제가 되는 것은 생명, 건강, 신체, 자유 등이다. 폭력에는 종종 죽음이 내재되어 있고, 더 자주는 부상 등이 내재되어 있다. 이런 결과들이 바로 의심할 수 없이 폭력을 알아차리게끔 해주는 요소들이다. 이런 현상들이 발생했을 때 경찰이나 법이 개입하기 때문이다."[43] 셰네가 여기서 폭력이 갖는 심리적 측면을 고려하고 있다는 결정적 증거는 바로 '자유'이다. 방금 인용된 부분에서 볼 수 있듯이 폭력에서 문제가 되

---

43) *Ibid.*, p. 33.

는 자유는 항상 인간에게 자행된 폭력의 중핵에 해당한다.

그런데 자유에 타격을 가한다는 것, 이것은 벌써 폭력 희생자의 존재론적 지위는 물론, 그의 정신적 측면에 대해 타격을 가하는 것과 같은 것이다. 한 개인의 자유를 강타하는 폭력의 피해가 그의 정신적 측면과 연결되어 있다는 것을 어떻게 부인할 수 있겠는가? 이와 관련하여 폭력에 대한 몇몇 조항을 담고 있는 민법(Code Civil)을 참조하는 것은 도움이 될 것이다. 그중에서도 특히 112조는 눈여겨볼 만하다.

> 합리적인 사람에게 자기의 인격이나 재산이 현전하고 상당한 악에 노출될 수 있다는 두려움을 안겨 주거나 그런 인상을 줄 때 폭력이 있다.[44)]

여기서 이 조항을 해석하거나 설명하고자 하는 의도는 없다. 그보다는 이 조항에서 사용된 표현들에 주목하고자 한다. "인상을 주다", "두려움", "상당한 해악" 등이 그것이다. 이 표현들이 폭력의 심리적 측면을 보여 준다는 점은 분명하다. 물론 상당한 해악과 같은 표현에 포함된 주관적인 요소를 정확하게 측정하는 것은 매우 어렵다. 하지만 이런 요소들을 제외한다면 폭력에 대한 개념 정의를 제대로 할 수 없지 않을까? 셰네는 제외하는 방향을 선호한다. 하지만 우리는 피해 측정의 어려움에도 불구하고 심리적 측면을 폭력의 중핵으로 인정하고자 한다.

이런 사실들을 고려해 우리는 폭력을 힘의 존재양식으로도 이해하고자 한다. 이것이 폭력을 구성하는 네 번째 기본 구성요소이다. 이 구성

---

44) *Code civil*, Paris: Dalloz, 1988, p. 705.

요소는 세 번째 구성요소를 보완해 준다고 할 수 있다. 앞서 폭력은 인간 존재나 그의 재산에 타격을 준다고 했다. 이것은 폭력이 실질적·잠재적 힘의 현존을 넘어서서 인간 존재나 그의 재산에 실제로 타격을 주어야 한다는 것을 의미한다. 그런데 억압적이고 강제적인 힘의 현존만으로도 폭력을 구성할 수 있는 것으로 보인다. 물론 정신적 (또는 상징적) 폭력에 의해 야기된 피해는 아주 주관적이어서 그에 대한 정확한 평가를 하는 것은 어려운 일이다. 하지만 앞서 지적한 것처럼 이런 어려움이 폭력에서 심리적 측면을 도외시해야 하는 근본적인 이유가 될 수는 없다.

지금까지 폭력이 무엇인가를 알기 위해 이 단어의 어원적·사전적 의미에서 출발해서 네 가지 기본 구성요소를 포착하려고 했다. 그 과정에서 다음 결론에 도달했다. 폭력이라는 개념이 문제가 되는 경우, 1) 항상 인간적 폭력이 문제가 된다, 2) 힘의 개념이 연관되어 있다, 3) 인간과 그의 재산에 대한 타격이 문제가 된다, 4) 정신적 측면과 관련된 힘의 존재 양태가 문제가 된다.

폭력에 대한 다양한 정의

정의들

폭력에 대한 정의 문제를 더 심층적으로 다루기 위해 앞서 제시한 네 개의 기본 구성요소들을 폭력에 대한 기존의 정의에 비추어 검토해 보고자 한다. 이렇게 함으로써 이 기본 구성요소들이 가지고 있는 실질적이고 구체적인 유효성을 검증해 볼 수 있을 것이다. 또한 그 과정을 통해 폭력에 대한 정의를 내리는 작업에서 경제적 폭력, 정신적 (또는 상징적) 폭력 등을 도외시하는 것의 문제점도 지적할 수 있을 것이며, 나아가 폭력을 결정짓는 다른 구성요소들은 없는지도 살펴볼 수 있을 것이다. 폭력에 대한 기존의 여러 정의들을 소개하는 일부터 시작하도록 하자.[45)]

a) 르네 레몽(René Rémond, 프랑스지식인가톨릭센터 회장)

우리는 타자로 하여금 성찰, 판단, 결정을 방해하면서 그의 자유를 심하게 훼손하는 모든 시도를 폭력으로 여길 것이다. 특히 타자를 그가 원치 않는 계획 속에 빠뜨리고 가두면서 그를 합법적이고 동등한 상대로 여기지 않고 그저 하나의 수단이나 도구로 여기는 모든 행위 역시 폭력으로 여길 것이다.[46)]

b) H. L. 니버그

폭력은 사람 또는 그의 재산에 타격을 가하고 파괴하는 것을 목적으로 이루어지는 직간접적인 행동이다.[47)]

c) H. D. 그레이엄과 T. R. 거

좁은 의미에서 폭력은 사람을 해치거나 또는 재산에 피해를 주는 것을 목적으로 하는 행동으로 정의된다. 집단적이든 아니면 개인적이든 이런저런 폭력 행위를 누구에 의해, 누구에 대해 행해졌는가에 따라 유익한 것,

45) 특별한 선정 기준 없이 인용하였다.

46) *Recherches et débats*, n° 59, p. 7.

47) H. L. Nieburg, "Uses of Violence", *Journal of Conflict Resolution*, vol. 7, March 1963, p. 43. Michaud, *La violence*, p. 7에서 재인용.

해로운 것, 이것도 저것도 아닌 것으로 여길 수 있다.[48]

d) 이브 미쇼

상호교류의 상황에서 한 명 또는 여러 명이 직접 또는 간접적인 방식으로, 집중적인 또는 분할된 방법으로, 한 명 또는 여러 명에게 신체, 재산 또는 상징적 · 문화적 참여 활동에 다양한 정도로 타격을 가할 때, 바로 그때 폭력이 존재한다.[49]

e) 어떤 범죄학자

합법적이든 불법적이든, 정당하든 정당하지 않든 간에 폭력은 공격(폭행)의 부정적 측면으로 정의할 수 있다.[50]

f) 로제 지켈

오늘날의 폭력. 의사소통 없는 의사소통의 세계이다.[51]

g) 레오 아몽(Léo Hammon)

폭력은 악을 행하거나, 가장 빈번하게 법을 어기기 위해 행사되는 물리적인 힘이다. (전 법무장관은 폭력에 대한 정의를 이런 물리적 측면에 국한시키고자 했다. 그렇다고 해서 법전과 시민권이 거론하는 정신적 폭력을 배제하는

---

48) H. D. Graham & T. R. Gurr, *The History of Violence in America*, New York: Bantam Books, 1969, p. XXX. Michaud, *La violence*, p. 7에서 재인용.

49) Yves Michaud, *Violence et politique*, Paris: Gallimard, 1978, pp. 19~20, note 16.

50) Gicquel, *La violence et la peur*, p. 168.

51) *Idem*.

것은 아니다.) 인간은 가장 효과적으로 보이는 수단을 이용하여 그 자신이 옹호하는 대의명분이나 그의 이익을 방어하기 위해서만이 아니라, 또한 그 자신의 개인적 인격과 그가 지지하는 집단의 인격을 보증하는 데 좋다고 생각하기 때문에 폭력을 이용한다.[52]

h) 드니 보두앵(Denis Baudoin)

시대와 나라에 따라 달라지는 도덕과 감수성 같은 개념에 호소하는 주관적 정의로서 선택된 폭력 개념은 다음과 같은 내용을 가리킨다. 한 개인이나 한 집단에 대해 강제를 드러내는 모든 행동이나 행위가 그것이다. 이때 강제의 형태는 정신에 충격을 줄 수 있을 정도의 난폭성을 띤다.[53]

i) 장 도르므송(Jean d'Ormesson)

모든 폭력은 아마 각자의 고유한 선호에 따라 자유롭게 결정하는 능력과 그의 자율성에 대립된다. 다른 폭력보다 더 용인할 수 없는 폭력이 있는데, 그것은 바로 방어 능력이 없는 사람들에게 물리적으로 가해지는 폭력이다.[54]

j) 한 신문의 편집장

폭력은 특히 의식의 차원에서 한 인간의 개별성을 구성하는 모든 것에 대

---

52) *Ibid.*, pp. 168~169.

53) *Idem.*

54) *Idem.*

한 파괴이다.[55)]

k) J.-P. 뒤부아 뒤메(Dubois-Dumée)

폭력은 침해이기 이전에 분위기이다.[56)]

l) 교육부의 고위 공직자

폭력은 동물과 마찬가지로 인간에게 나타나는 공격 충동의 표현방식이다. 폭력은 힘에 의한 강제에 바탕을 둔 실제 행동을 통해 실현된다. 그 목적은 상황을 지배하거나 또는 상대방의 파괴로까지 이어질 수 있는 실질적이거나 주관적인 위험에 대항하기 위함이다. 또한 그 목적은 극에 달할 수 있는 정신적 긴장 상태를 일시적으로나마 해소하는 것이기도 하다.[57)]

m) 신문사 대표

폭력은 정의되지 않는다. 폭력은 드러난다. 폭력은 표현, 해방, 단언의 표현 수단으로 나타난다. 폭력은 또한 집단들이나 개인들의 사회, 정치, 경제, 내적이고 사적인 차원에서 나타나는 모든 갈등과 문제에 대한 해결책으로 나타나기도 한다. 따라서 폭력은 다른 모든 문제들이 파생되는 기본이 되는 문제이다.[58)]

---

55) *Idem*.
56) *Idem*.
57) *Ibid*., p. 170.
58) *Ibid*., pp. 170~171.

n) 자크 세믈랭

폭력의 주된 특징은 실질적이든 상징적이든 간에 타자를 파괴하면서 죽음을 야기하는 것이다. 폭력 현상의 복잡성과 일반성을 모두 섭렵하지는 못하더라도 내 생각으로는 이것이 적절하지 못하고 또 과장되어 사용되는 경향이 있는 폭력이라는 단어의 가장 정확한 정의 중 하나이다. 폭력이 살인과 동일시되면 그것은 실질적인 죽음이다. 폭력이 타자의 인격 부정과 동일시되면, 그때는 상징적 죽음이다. 이것은 타자를 객체의 차원으로 떨어뜨리면서 그를 인격으로 여기는 것에 대한 거부와 동의어이다.[59)]

o) 피에르 비오(Pierre Viau)

폭력은 인간이 인간에 대해 행사하는 개인적 또는 집단적, 신체적 또는 정신적 강제이다.[60)]

우리는 이처럼 폭력에 대한 수많은 정의를 길게 나열할 수 있다. 하지만 정작 중요한 것은 이런 나열보다는 오히려 앞서 도출했던 폭력의 네 가지 구성요소들이 각각의 정의에서 나타나고 있는가를 알아보는 일일 것이다. 이와 관련하여 첫 번째로 지적하고자 하는 점은, 위의 정의들에서 폭력은 무엇보다도 인간에 관련된 현상이라는 점이 잘 드러나 있다는 사실이다. 자연의 폭력이 인간의 폭력보다 그 폐해의 규모나 잔인함의 측면에서 훨씬 더 클 수 있다. 하지만 위의 정의들에서는 자연의 폭력보다

59) Sémelin, *Pour sortir de la violence*, pp. 65~66.
60) *Violences et société*, p. 162.

는 개인적이든, 집단적이든 간에 폭력은 인간의 활동의 결과라는 점이 잘 드러나 있다. 특히 정의 i에서 인간의 폭력의 가장 비열하고 해악이 심한 측면을 확인할 수 있다.

두 번째로 지적하고자 하는 점은, 힘이라는 개념의 현전을 전제하는 두 번째 구성요소가 위의 여러 정의에서 잘 드러나고 있다는 사실이다. 앞서 살펴본 것처럼, 힘은 그 자체로는 중립적이다. 힘의 현존이 곧 폭력의 출현을 의미하지 않는다. 게다가 힘은 삶의 에너지와 동일시되기도 하며, 따라서 긍정적 기능을 수행하기도 한다. 이와 마찬가지로 위의 몇몇 예를 통해 폭력이 인간의 존재를 적극적으로 실현하기 위한 효율적인 수단 중의 하나라는 점이 드러난다. 하지만 힘의 과도한 사용이 폭력의 주된 구성요소인 것은 분명하다. g, l에서 이런 사실을 확인할 수 있다.

앞서 폭력이 인간 존재나 그의 재산에 타격을 가하는 행위를 지칭한다고 했다. 이것이 폭력의 세 번째 기본 구성요소였다. 위의 모든 정의에서 폭력의 주요 대상이 인간이라는 사실을 확인할 수 있다. 인간은 폭력을 통해 타자에게 직접 피해를 준다. 건강, 생명, 신체 등이 주요 공격 대상이다. 그렇다면 재산은 어떨까? 셰네처럼 경제적 폭력을 폭력의 연구에서 제외한 경우도 없지 않다. 하지만 b, c, d 등에서 볼 수 있는 것처럼, 폭력에 대한 정의는 물리적 폭력을 넘어 경제적 폭력까지 아우르고 있다.

정신적 (또는 상징적) 폭력에 대해서도 마찬가지이다. 앞서 살펴본 셰네의 태도와는 달리 폭력에 대한 연구에서 정신적이거나 상징적인 측면을 고려해야 할 필요성이 늘 대두된다. 예컨대 d, h, j, o에 이런 사실이 함축되어 있다. 게다가 n의 경우, 상징적 죽음을 야기하는 폭력은 물리적 폭력보다 훨씬 더 끔찍한 것으로 보인다.

하지만 폭력 개념의 정의에는 앞서 제시된 네 가지 기본 구성요소로 충분하지 않은 것으로 보인다. 위에서 열거한 정의들을 보면, 거기에는 폭력을 결정하는 다른 요소들 역시 존재한다. 예컨대 폭력과 언어, 폭력과 의사소통 등의 관계 ―f와 m―, 폭력과 윤리의 관계 ―a, f, g, h, m, o― 등이 그것이다. 하지만 네 개의 기본 구성요소에서 들어가지 않았던 언어, 의사소통, 윤리 등은 앞서 의사소통적 윤리모델이라고 지칭했던 이 연구의 문제틀을 결정하는 가장 중요한 개념들이 아닌가? 특히 사르트르에게서 의사소통 불가능성은 폭력 발생의 가장 중요한 요소라는 사실을 기억하자. 폭력에 대한 다양한 정의를 통해 볼 수 있는 언어, 의사소통, 윤리 등과 같은 요소들은 네 가지 기본 구성요소의 부족한 점을 보완해 줄 것이다. 폭력 개념의 정의에 유익한 것으로 보이는 이런 요소들과 더불어 사르트르가 폭력에 대해 어떤 정의를 내리고 있는지를 살펴보도록 하자.

사르트르의 정의

이 문제를 직접 거론하기 전에 사르트르의 철학 개념 사용에서 종종 볼 수 있는 일종의 '전략'이 있다는 사실을 지적하자.

> 사르트르는 그의 개념들을 정의하지 않고 그냥 사용하는 경향이 있다. 이것은 다음과 같은 점에서 그의 전략과 일치한다. 구체성의 각 차원에서 과거의 의미를 종합하며 더 광범위한 종합으로 나아가면서 그가 사용하

는 개념들에 새로운 의미를 부여하려는 전략이 그것이다.[61]

폭력 개념에 대해서도 이 전략은 그대로 적용되는 것으로 보인다. 그런 만큼 폭력에 대한 사르트르의 정의 역시 접근이 용이하지 않다. 하지만 그는 폭력의 정체성을 밝히는 경우도 없지 않다. 샵살과의 한 인터뷰에서 "선생님께서는 무엇을 폭력이라고 부르시는지요?"[62]라는 질문에 답을 하면서이다. 이 답을 통해 폭력에 대한 그의 주요 쟁점을 알 수 있다. 예컨대 폭력의 기원에 대한 결정론의 배격, 두 종류의 폭력 구분 등이 그것이다. 그는 우선 폭력이 인간의 본성에 각인된 것이 아니라 과거 여러 세대들의 누적된 실천의 결과인 정치-사회적 · 역사적 · 사회-문화적 상황의 산물로 보고 있다. 그다음으로 그는 두 종류의 폭력을 구분한다. 해방적 · 치유적이고 유익한 폭력과 무용하고 유해한 폭력이 그것이다. 하지만 이런 점을 제외하고 그는 폭력을 정의하는 데 유용한 더 이상의 정보를 주지 않고 있다.

하지만 대략적이라고 해도 사르트르의 폭력에 대한 개념에 접근할 수 있는 길이 아예 없는 것은 아니다. 앞서 살펴본 폭력의 네 가지 기본 구성요소들을 여러 정의들에 비춰 그 유용성을 검토한 것은, 사르트르의 폭력에 대한 정의를 제시하기 위함이었다. 그의 정의와 관련하여 우선 지적할 수 있는 것은, 그의 저작들에서 볼 수 있는 폭력 현상에 이 네 가지 구성요소들이 모두 포함되어 있다는 점이다.

---

61) D. Ronald Laing & David G. Cooper, *Raison et violence: Dix ans de philosophie de Sartre(1950-1960)*, Paris: Payot, 1971, p. 8.

62) Madeleine Chapsal, *Les écrivains en personne*, Paris: UGE, 1973, p. 271.

자연의 폭력이 갖는 중요성에도 불구하고 사르트르는 거기에 전혀 관심을 갖지 않는다. 그 증거는, 사물은 의식의 빛이 가닿기 전에는 무정형, 무의미한 상태로 있다는 것이다. 세계는 인간의 자유 출현 이후에만 존재론적 의미를 갖게 된다. 하지만 내가 타자와 맺는 관계는 처음부터 갈등으로 특징지어진다. 나는 타자와의 관계에서 항상 주체성을 고수하려 들고, 타자도 역시 그렇게 하기 때문이다. 하지만 내가 타자를 객체화하기 위해서는 시선으로 충분하다. 바로 거기에 나와 타자 사이의 시선을 통한 치열한 투쟁이 자리한다. 나와 타자 사이의 근본적 관계와 마찬가지로 구체적 관계들 역시 갈등이다. 이 모든 것은 사르트르에게서 폭력의 주체는 항상 인간이고, 힘의 개념이 시선의 형태로 그 안에 자리 잡고 있다는 것을 보여 준다.

사르트르의 인간학 차원에서도 상황은 비슷하다. 순전히 자연적이고 우연적인 사실인 희소성과 다수의 인간들의 존재는 인간이 폭력적 인간으로 변모하는 데 결정적인 역할을 한다. 인간은 희소성과 투쟁하면서 타자들의 죽음을 겨냥하는 반인간으로 변모한다. 한 사회의 생산수단 대부분을 소유하고 있는 자들은 그렇지 못한 자들에게 자신들의 힘을 행사한다. 왜냐하면 실천적-타성태를 대표하는 가공된 물질은 그 소유자의 소외시키는 힘을 안고 있기 때문이다. 가공된 물질의 매개를 통해 정립되는 인간들 사이의 관계는 결국 투쟁적이 될 수밖에 없다. 이것은 사르트르의 인간학적 차원에서도 인간은 폭력의 발생 주체이고, 또 폭력에는 힘 개념이 항상 함축되어 있다는 것을 설명해 준다.

폭력의 두 번째 기본 구성요소를 고려하면, 사르트르가 염두에 두고 있는 폭력 개념은 이중으로 의미심장하다. 왜냐하면 한편으로는 가짐의 범주가 있음의 범주로 환원되며, 따라서 한 인간의 소유대상은 그의 존재를 반영하기 때문이고, 다른 한편으로는 그의 소유대상에 타격을 가하는 것은 곧 그의 존재에 타격을 가하는 것과 동의어이기 때문이다. 사르트르에게서 함의 범주는 있음의 범주로 환원된다는 것을 상기하자. 그런 만큼 함의 범주에 속하는 폭력은 타자들로부터 그들의 소유대상을 탈취함으로써 이 인간이 자신의 존재를 강화할 수 있는 유력한 수단이 될 수도 있다. 물론 이 수단으로 인해 타자들이 자신들의 소유대상 전체와 맺는 존재론적 관계가 무너진다는 것은 분명하다.

이 점에 대해 다음 두 가지 사실은 흥미롭다. 첫째, 타자의 시선은 나에게 속한 모든 것을 탈취하면서 나를 파괴하기 위해 내가 주인으로 있는 상황 속으로 진입하는 무서운 무기라는 사실이다. 둘째, 피착취자들이 착취자들의 일반적인 이해관계를 부정하면서 형제애와 인간성을 향유할 때(이 경우 함의 범주에 속하는 폭력이 동반된다), 관건이 되는 것은 바로 가짐의 범주를 있음의 범주로 환원하는 것이라는 사실이다. 그런 만큼 경제적 폭력, 즉 누군가의 소유대상에 대한 타격은 사르트르의 폭력에 대한 정의에 반드시 포함되어야 한다.

사르트르에게서 폭력이 문제가 될 때 그 상관항은 항상 자유라는 점을 잊지 말자. 그의 존재론뿐만 아니라 인간학에서도 인간 존재의 실천의 장을 결정짓는 가장 중요한 요인은 바로 자유이다. 인간은 누구 할 것 없이 사물은 물론이거니와 타자들과 자유롭게 소통하면서 자신의 존재를 실현하려 한다. 하지만 특히 인간들 사이의 의사소통은 실패에 직면한다. 그들의 관계가 완전한 상호성이 아니라 이타성으로 나타날 수 있기 때문이다. 어떤 사람들의 존재파괴는 타자들의 존재강화와 동의어이다. 그로부터 가차 없는 시선투쟁, 계급투쟁이 기인한다. 패자들은 자신들의 자유, 존재, 자율성을 되찾기 위해 폭력 이외의 다른 호소 수단을 갖고 있지 못한 경우도 없지 않다.

이것은 패자들이 그들의 자유와 존재를 자유롭게 힘껏 외치기 위해서는 적들의 자유, 자율성, 존재에 타격을 가하고, 그들에게서 소유물을 빼앗고, 그들을 소외시키고, 객체화시키고, 목적이 아니라 수단으로 여겨야 한다는 것을 의미한다. 이런 시각에서 사르트르에게서 폭력의 사용이 이 연구의 문제틀인 의사소통적 윤리모델의 두 주요 변수, 즉 의사소통과 윤리와 무관하지 않음을 재차 확인하게 된다.

이런 사실들을 종합해 보면 사르트르의 저작에서 폭력이 모습을 나타날 때 항상 다음과 같은 사항들이 문제가 되고 있음을 알 수 있다. 1) 인간 존재. 2) 그와 타자들과의 관계. 3) 그가 타자들의 자유와 존재에 타격을 가하고자 할 때 호소하는 잠재적이거나 실질적인 힘의 현전. 4) 그의 소유대상에 대한 타격. 5) 그의 존재에 해를 끼칠 수 있는 힘의 존재방식 등이다.

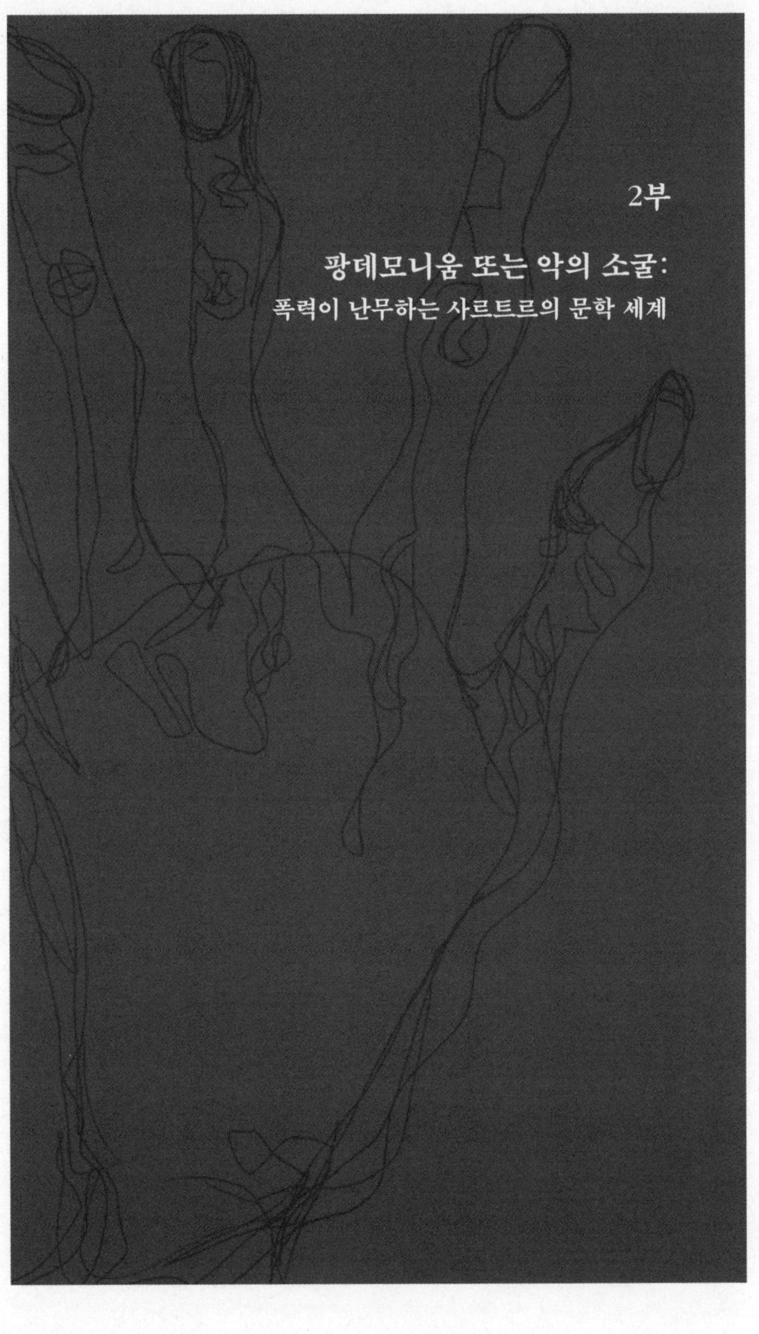

2부

광데모니움 또는 악의 소굴:

폭력이 난무하는 사르트르의 문학 세계

인간들이 살고 있는 현실 세계는 폭력이 우글거리는 세계, 곧 '팡데모니움'(pandémonium)이다. 이 세계가 사르트르의 문학적 형상화의 대상이다. 그의 상상 세계이자 그에 의해 드러난 세계는 불행하게도 폭력으로 가득하다. 지금까지 그의 철학 영역에 머물면서 폭력의 기원과 정의 문제를 다루었다. 그렇다면 그의 펜 아래에서 드러난 폭력은 어떤 양상을 띠고 있는가? 2부에서 중점을 두고 살펴보아야 할 문제가 바로 이것이다. 하지만 이 문제에 접근하는 방식은 그의 문학작품에 나타난 다양한 폭력들을 단순히 나열하는 것이 아니다. 이와는 달리 우리가 시도하는 것은 이런 폭력 현상들을 취합하고, 거기에 일정한 기준을 마련하여 이것들을 분류하고, 분석하고, 해석하는 것이다.

바로 거기에 또 다른 문제가 제기된다. 폭력이 지배하는 사르트르의 문학 세계로 들어갈 수 있는 기준을 마련하는 문제이다. 이 기준은 실제로 폭력이 자행되는 방향에 따라 결정된다. 이 기준에서 가장 중요한 요소는 무엇보다도 폭력이 누구를 겨냥하는가의 문제이다. 그로부터 사르트르가 주목한 폭력들을 분류할 수 있는 두 개의 큰 축이 마련된다. '타자에 대한 폭력'과 '나에 대한 폭력'이 그것이다. 전자에는 낙태, 아버지, 시선에 의한 객체화, 절도, 사디즘, 고문, 살해 등이 포함될 것이다. 후자에는 마조히즘, 자살,

융화집단 내에서 행해지는 서약에 의한 공포-폭력 등이 포함될 것이다.

하지만 이것만이 전부가 아니다. 위의 기준은 사르트르의 문학작품을 "하나씩 옆에"에 놓는 작업, 그것들을 "포개는"[1] 작업에 의해 보완될 것이다. 그 과정에는 당연히 사르트르에 의해 고안된 인물들, 그들이 자신들의 생의 일정 시점에서 서로와 맺는 관계의 포개기도 포함된다. 이런 작업의 장점 중 하나는 다음 사실에 있다. 폭력의 출현에 관여하는 인물들의 차이에도 불구하고 관계들을 하나하나씩 대조해 가면서 포개기를 해보면 폭력 자행의 동기, 그 물리적·정신적 피해, 대안 방법 등에서 공통점을 찾아낼 수 있다는 사실이다.

분명 모롱에 의해 제시된 이런 원칙은 "개인적 신화"[2]나 아니면 그가 심리비평을 정립하는 과정에서 다룬 여러 저자들[3]의 "무의식의 구조"에 가 닿는다. 하지만 사르트르에게서 이 원칙은 그가 폭력을 처음으로 경험했던 라 로셸 시절의 '체험'과 연결된다. 요컨대 사르트르의 거의 모든 문학작품에 두루 나타나고 있는 다양한 폭력 현상들에 대한 분석에서 논리적 일관성을 보장해 주는 기준은 크게 다음과 같은 두 가지 요소로 구성된다. 하나는 폭력이 행해지는 방향이다. 다른 하나는 문학작품에 등장하는 여러 인물들과 그들의 존재론적·사회-문화적 관계들의 중첩이 그것이다. 이제 이런 나침반을 가지고 악의 소굴과도 같은 사르트르의 폭력의 세계로 들어가 보자.

---

1) Cf.Charles Mauron,*L'inconscient dans l'œuvre et la vie de Racine*,Paris:José Corti, 1969,p.21,p.26.
2) Charles Mauron, *Des métaphores obsédantes au mythe personnel:Introduction à la psychocritique*,Paris:José Corti,1988,p.32.
3) 라신, 말라르메, 보들레르, 코르네유, 몰리에르, 네르발 등이다.

1장 | 타자에 대한 폭력

낙태 또는 생명 선택의 권리

낙태방지법

『자유의 길』 제2권인 『유예』의 앞부분에서 다니엘이 농장의 한 노파에게 임신 중인 그의 부인[1] 마르셀에게 호의를 베풀어 달라고 요청하는 장면이 있다. 다니엘은 이 노파에게 마르셀이 의자에 앉는 것을 허락해 달라고 부탁하고, 또 그녀에게 우유 한 잔을 마시게 해달라고 부탁한다. 지금 다니엘과 마르셀은 랑드의 소도시 페이레오라드에서 돌아오는 길이며, 그곳에서 라 팔레즈를 보고자 했다. 그런데 여기서 관심을 갖는 것은, 마르셀의 배 속에서 자라고 있고, 또 그녀가 '아들'이었으면 하고 바라는 태아가 머지않아 태어날 것이라는 사실이다. 후일 전쟁으로 인해 텅 빈 파리의 거리에서 혼자 배회할 때 다니엘이 "닥스에서 아이를 돌보고 있을"[2]

1) 다니엘은 결혼반지를 끼고 있다. LSS, p. 770.

2) Jean-Paul Sartre, *La mort dans l'âme*, in OR, p. 1218. (이하 LMD.)

마르셀을 생각한다는 게 그 증거이다.

이렇듯 이 아이는 태어났다. 하지만 그는 목숨을 잃을 뻔했다. 마티외 때문이다. 실제로 마르셀이 임신했다는 소식에 마티외는 그녀가 낙태를 하길 바랐다. 어쨌든 이 아이를 낙태하려 한 시도는 불발로 끝났다. 많은 질문이 한꺼번에 제기된다. 마티외와 마르셀은 어떤 관계였을까? 왜 그는 그녀에게 낙태를 권유했을까? 낙태는 왜 실패했을까? 아이를 원치 않는 그에 대해 그녀는 어떤 태도를 취했을까? 왜 그들은 결혼하지 않았을까? 등등.

곧이어 이 질문들을 하나하나 살펴볼 것이다. 그중 가장 큰 관심을 끄는 것은 낙태에 관련된 질문이다. 이 문제에 대해서는 지금도 논의가 계속되고 있다. 오늘날에도 반낙태(Anti-IVG: Interruption Volontaire de la Grossesse) 십자군이 활동하고 있다. 반낙태를 과격하게 주장하는 일군의 사람들은 낙태가 행해지는 장소를 습격하기도 한다.[3] 게다가 그들은 폭력에 호소하기도 한다. 예컨대 그들은 태아를 보호한다는 명목으로 의사들이나 병원 직원들을 죽이겠다고 위협하고, 실제로 살해하기도 하며, 병원 등의 시설에 고의로 방화를 하기도 한다.[4] 물론 평화적 시위, 법률 제정 투쟁 등을 병행하기도 한다.

낙태에 대한 논의에서 쟁점은 태아를 인간으로 인정해야 하는가의 문제이다. 태아가 인간이라는 주장을 받아들이면, 낙태를 살인으로 여기는 자들의 편에 서게 된다. 그들의 눈에 낙태는 한 개인, 즉 타자에게 가하

---

3) Cf. *Le nouvel observateur*, n° 1758, 2~8 février 1995, pp. 60~63.
4) *Ibid.*, p. 63.

는 폭력이다. 반대로 태아가 인간이 아니라는 주장을 받아들이면 생명 선택권을 인정하는 자들의 편에 서게 된다.

하지만 낙태를 찬성한다고 해도 태아가 갖는 권리를 완전히 부정할 수는 없을 것이다. 태아의 권리는 존중되어야 한다. 물론 몇몇 조건하에서이다. 낙태 결정에서는 당사자 여성의 선택, 의사의 견해, 적법성의 조건이 중요하다. 하지만 과격한 반낙태주의자들은 자유롭게, 합법적으로 시행되는 낙태에 반대한다. 실제로 낙태에 대한 진짜 논쟁이 일어나는 것도 바로 자유롭게, 합법적으로 이루어진 낙태에 대한 것이다. 낙태에 반대하는 자들의 입장에서는 이런 낙태 역시 범죄이다. 그들에게 생명은 수태와 더불어 시작되기 때문이다. 그들은 수태된 순간부터 태아에게 인간으로서의 모든 권리를 인정한다. 이런 주장은 특히 기독교 진영에서 나온다. 반면 어떤 이들에게는 임신의 어떤 순간에 행해진 낙태는 영아살해가 아니다. 생화학자 자크 모노(Jacques Monod)도 그중 한 명이다.[5]

모노에 따르면 태아의 중추신경계는 4~5개월 전에는[6] 아직 완전히 형성되지 않기 때문에 ― 이것은 "몇 주 동안 자란 태아는 아직 인간 존재가 아니라는 것을 의미한다"[7] ―, 몇 주 동안 자란 태아에 대한 낙태는 범죄가 아니다. 이런 지적을 통해 알 수 있는 것은, 결국 낙태 논쟁의 핵심 문제는 태아를 언제부터 인간으로 여길 것인가를 결정하는 데 달려

---

5) Association Choisir, *Avortement: Une loi en procès: L'affaire de Bobigny. Sténotypie intégrale des débats du Tribunal de Bobigny(8 novembre 1972)*, Paris: Gallimard, 1973, pp. 103~104.

6) *Ibid.*, p. 105.

7) *Ibid.*, p. 104.

있다는 점이다. 이 문제에 대해서는 여러 관점이 있다. 방금 종교적 관점(특히 기독교의 관점)과 모노의 관점(자연과학적 관점)을 보았다. 이외에도 의학적 · 인간학적 · 생물학적 · 윤리학적 관점 등이 있다. 우리의 의도는 이런 관점들 하나하나를 살펴보는 데 있지 않다. 오히려 여기서는 법률적인 관점을 살펴보고자 한다. 왜냐하면 일상생활에서는 실제로 적용되는 법이 결정적이기 때문이다.

프랑스에서는 법에 의해 낙태가 허용되기 위해서 1975년까지 기다려야 했다.

> 생명이 시작되는 순간부터 모든 인간에 대한 존중은 법에 의해 보증된다. 필요한 경우와 현재 적용되는 법에 의해 규정되는 조건 안에서만 이 원칙을 어길 수 있을 뿐이다.[8)]

이 조항에 따르면 태아는 수태 순간부터 생명권을 가진다. 여기에는 종교적 입장이 반영된 것으로 보인다. 하지만 이 조항에는 또한 이 권리의 제한에 대해 찬성하는 자들의 입장도 반영된 것으로 보인다. 실제로 이 법은 1975년에 공표되었다. 이것은 그해까지 낙태가 불법 행위였다는 사실을 보여 준다. 실제로 낙태는 그 유명한 구형법 317조에 의해 금지되었다.[9)]

그런데 여기서 문제가 되는 낙태는『철들 무렵』에서 볼 수 있는 것이

---

8) *Code pénal*, Paris: Dalloz, 1984, p. 196.
9) *Ibid.*, p. 186.

다. 앞서 마르셀이 임신한 아이가 태어났다고 했다. 지금으로서는 왜 마티외가 마르셀로 하여금 이 아이를 낙태하게끔 하는 데 실패했는가는 중요하지 않다. 중요한 것은 오히려 이 소설이 쓰인 때, 낙태가 법적으로 금지되어 있었고, 따라서 불법 행위였다는 사실이다.[10] 이 소설의 모든 사건이 발생한 시기는 "1938년 6월 13일경의 48시간 동안", 혹은 더 정확하게는 "14일 화요일 22시 30분과 16일 목요일 밤에서 17일 금요일 새벽 2시경 사이"[11]이다.

방금 낙태를 금지한 법조항은 구형법 317조였다고 했다. 그렇다면 낙태와 관련하여 1938년의 상황은 어떠했을까? 1938년에 효력을 발휘하고 있던 프랑스 법 역시 낙태를 금지하고 있다. 그 증거는 1939년의 가족법(1939년 7월 19일에 공표된 법 82조)이다. 실제로 구형법의 317조는 이 조항을 계승한 것이다. 그런데 1939년의 가족법은 1920년 7월 31일에 공표된 법과 무관하지 않다. 이 두 법(1920년과 1939년)은 "낙태를 예방하고 출생률 감소를 막기 위한" 목적으로 제정되었다.[12] 지나가면서 1994년에 완전히 폐지된 구형법(317조를 포함해)은 1810년 2월 17일에 제정되고 같은 달 27일에 공표되었다는 사실을 지적하자.[13] 이렇듯 『철들 무렵』에 나타난 낙태는 범죄에 해당한다는 것은 분명하다. 실제로 이 시기에 발간된 프랑스 법률 소식지에 의하면 페탱 원수가 통치하던 시절인 1943년에는

---

10) 낙태 문제에서 여성의 자기신체결정권은 의당 존중되어야 한다. 다만 여기서는 1938년에 집필된 사르트르의 『철들 무렵』에 나타난 낙태 문제를 다루고 있다는 점을 지적하고자 한다.
11) OR, pp. 1940~1941, p. 1983, note 1.
12) Robert Vouin, *Droit pénal spécial*, éd. Michèle Laure Rassat, Paris: Dalloz, 1988, p. 527.
13) Cf. *Code pénal*, p. 178.

한 여성이 낙태를 했다는 이유로 기요틴에 의해 처형당한 적도 있었다.[14)]

이런 지적들은 마티외가 원했던 낙태는 1938년에 불법 행위였다는 사실을, 그리고 자칫하면 낙태를 하는 여성의 목숨을 앗아 갈 수 있는 살인행위가 될 수도 있다는 사실을 보여 준다.[15)] 여기서 낙태를 다루고 있는 이 절의 가장 본질적인 문제가 제기된다. 어떤 대가를 치러서라도 마르셀이 낙태를 하게 하려는 마티외의 의도, 곧 사르트르의 의도는 무엇인가의 문제가 그것이다.

불발로 끝난 낙태

『철들 무렵』에서 낙태 이야기는 마티외와 마르셀의 관계로부터 시작된다. 두 사람은 결혼한 사이가 아니다. 비록 마티외의 형인 자크의 눈에는 그들이 "거의 동거 형태"[16)]의 부부생활을 하고 있음에도 그렇다. 실제로 마티외와 마르셀은 7년 전부터 일주일에 네 번씩 조가비라고 이름 붙인 마르셀의 방에서 만나고 있다. "방-조가비"에서 정기적으로, 은밀하게[17)] 만나는 두 사람은 하나의 원칙을 가지고 있다. "모든 것을 항상 다 털어놓기로 약속한다"[18)]는 원칙이다. 마티외와 마르셀의 관계는 다음 원칙 위에 이루어진 사르트르와 보부아르의 계약결혼에서 영감을 받은 것이다. "두 사람 중 누구도 상대방에게 결코 거짓말을 하지 않으며, 아무것도 숨기지

---

14) Association Choisir, *Avortement*, p. 206, note 1, p. 249; OR, p. 1867, note 3.

15) 이런 이유로 『철들 무렵』은 '문제작'으로 여겨졌다. Simone de Beauvoir, *La force de l'âge*, Paris: Gallimard, 1960, p. 589.

16) Jean-Paul Sartre, *L'âge de raison*, in OR, p. 507. (이하 LAR.)

17) Cf. *Ibid.*, p. 395.

18) *Ibid.*, p. 401.

않는다."[19)]

그런 만큼 마르셀이 마티외와 대화를 나누던 중에 2개월 전부터 임신했다는 사실을 털어놓는 것은 자연스럽다. 이런 사고는 7년 동안 딱 한 번 발생했다. 게다가 마티외는 빠르게 낙태를 결심할 만한 충분한 이유를 가지고 있다. 왜냐하면 그들은 3년 전부터 이와 비슷한 일이 발생할 경우 취해야 할 조치에 대해 이미 의견의 일치를 보았기 때문이었다. 마르셀로부터 임신 소식을 듣자마자 마티외는 낙태를 원한다.

> "자, 이제 알았지요? 어떡하면 좋겠어요?" 마르셀이 말했다.
>
> "그럼 지우면 되지 않나요. 싫은가요?"
>
> "좋아요. 주소도 가지고 있어요.
>
> "누가 가르쳐 주었어요?"
>
> "앙드레가요. 거기 갔었대요."
>
> "작년에 앙드레를 혼내 놓은 그 노파 말이지요. 이봐요, 앙드레가 반년 동안이나 일어나질 못했다고 했어요. 거긴 안 돼요."
>
> "그럼 어떡해요? 아버지가 되고 싶어요?"[20)]

마르셀이 가지고 있는 것은 노파의 주소만이 아니다. 그녀는 지불할 돈도 가지고 있다.

---

19) Beauvoir, *La force de l'âge*, p. 29.
20) LAR, p. 405.

"바로 그 노파가 돈을 적게 받는 게 오히려 걱정이 돼요."

"그렇지만." 마르셀이 말했다. "그래도 적게 달라는 것이 차라리 다행이에요. 저한테 마침 사백 프랑이 있어요. 옷값으로 마련해 둔 것인데, 그쪽은 기다려 줄 거예요." 그리고 마르셀은 힘 있게 말을 이었다.

"그 노파도, 사천 프랑을 동전 한 닢처럼 받아먹는 그 터무니없는 무면허 의사만큼 수술을 잘해 줄 거라 믿어요. 게다가 우리 처지로는 별다른 뾰족한 수가 없어요."[21)]

방금 인용한 두 부분은 마티외의 의도뿐만 아니라 다음 세 가지 점을 보여 준다. 우선, 마르셀이 아직까지는 마티외의 결정에 동의한다는 점이다. 이 점을 강조할 필요가 있다. 왜냐하면 그녀는 내심 아이를 낳고 싶어 하기 때문이다. 그다음으로 비밀리에 행해지는 낙태를 금지하고 있음에도 불구하고 1938년에도 낙태 수술을 받는 모험을 감행하는 여자들이 있다는 점이다. 마지막으로 낙태가 행해지는 장소의 끔찍한 환경을 고려하면 낙태는 사후적으로 심각한 의료 사고와 여자들의 심리적 충격과 혼란을 불러일으킬 수도 있다는 점이다. 마티외는 마르셀이 앙드레가 수술을 받았던 노파에게 가지 않기를 바란다.

하지만 그 무렵에 마티외는 돈이 궁한 상황에 있었다. 근무하고 있는 뷔퐁고등학교에서 월급을 가불하려 했으나 일이 뜻대로 잘 안되었다. 이런 이유로 그는 마르셀을 노파에게로 보내야 할 입장이다. 하지만 마르셀이 노파에게로 가기 전에, 마티외는 직접 수술 장소의 상태를 알아보고자

---

21) *Ibid.*, p. 407.

노파가 사는 곳으로 간다. 장소가 마음에 들지 않을 경우, 그는 고메즈의 부인이자 결혼 초기에 아이를 갖지 않길 바랐던 사라에게 부탁할 생각을 하고 있다.

마르셀의 집을 나온 후, 마티외는 노파의 집으로 향한다. 새벽 네 시이다. 하지만 무엇보다도 그는 노파를 보고 싶어 했고 그녀를 보는 데 성공한다. 하지만 노파는 그에 대해 경계심을 늦추지 않는다. 처음에 그녀는 그를 경찰로 오인한다. 마티외가 방문 목적을 밝혔음에도 그녀는 그를 여전히 경계한다. 수술 장소를 보여 달라는 마티외의 요구에 그녀는 수술 자체를 부인한다. 하지만 마르셀이 이 노파에 의해 난도질당하지 않게끔 하기 위해서는 이 노파의 손을 빨리 한 번 보는 것과 그 장소를 흘낏 보는 것만으로도 충분하다. 노파의 집을 나서자마자 마티외는 해방감을 느끼면서 사라를 생각하게 된다.[22]

한 러시아인에게서 낙태 수술을 받은 적이 있는 사라는 마르셀의 임신 소식에 우선 기뻐한다. 왜냐하면 사라는 사람의 생명을 성스러운 것으로 여기기 때문이다. 정확히 이런 이유로 그녀는 고메즈의 실수를 눈감아 주었지만(그의 배신, 도망, 단호함), "사람을 죽이기 위해" 스페인으로 떠난 일과 거기에서 실제로 "사람을 죽인 일"에 대해서는 결코 그를 용서하지 않았다.[23] 하지만 마티외와 마르셀이 아이를 원치 않는다는 것을 알게 되자 사라는 당황해한다. 사라는 낙태가 얼마나 끔찍한 일인지를 설명하면서 마티외에게 계획을 포기하도록 설득하려 한다.

---

22) *Ibid.*, pp. 411~412.
23) Cf. LSS, pp. 820~821.

그녀는 어리둥절한 눈으로 마티외를 바라보았다.

"수술이 끝난 뒤에 조그만 꾸러미를 하나 주면서 이렇게 말하지 않겠어요. '그걸 수챗구멍에 버리세요.' 수챗구멍에다 죽은 쥐새끼를 버리듯이 말이에요, 마티외 씨." 그녀는 그의 팔을 힘껏 잡으며 말을 계속했다.[24]

사라의 경우, 낙태를 주장한 것은 그녀가 아니라 오히려 고메즈였다. 마티외는 이렇게 생각한다. "사라 혼자 이 사소하고도 비밀스러운 죽음에 대해 상장을 달았을 것이다."[25] 하지만 그녀 자신의 끔찍한 경험, 잃어버린 아이에 대한 후회와 슬픔도 마티외의 요청을 들어주는 것을 막지 못한다. 그녀는 마침내 그를 돕겠다고 나선다. 그렇지만 사라는 마르셀이 문제의 러시아인에게 가지 않기를 바란다. 다만 문제는 이 러시아인을 제외하고는 사라도 다른 사람을 알지 못한다는 것이다. 불현듯 유대인 산부인과 의사인 발드만의 이름이 떠올랐다. 발드만은 베를린, 비엔나 등에서 일을 하다가 지금은 파리로 옮겨 온 상황이다.

하지만 사라가 이 유대인 의사와 함께라면 모든 일이 잘될 것이라고 생각하는 것은 잘못된 판단이다. 왜냐하면 비용이 만만치 않을뿐더러 마티외는 이 필요한 돈을 구해야 하기 때문이다. 앞서 마티외가 그 당시 돈이 궁한 상황이었다고 했다. 『철들 무렵』의 이야기 대부분이 이 필요한 돈을 구하는 일을 중심으로 펼쳐진다. 마티외는 48시간 동안 파리의 구석구석을 달려야 하는 처지이다. 어린 시절부터 꿈꿔 왔던[26] 그 자신의 자유

---

24) LAR, p. 440.
25) *Ibid.*, p. 439.
26) Cf. *Ibid.*, pp. 443~445.

를 지키는 것과 소설의 이야기가 이 돈에 달려 있다. 그가 돈을 구한다면, 아무런 문제가 없고, 따라서 소설도 없을 것이다. 그는 세 가지 해결책을 생각한다. 다니엘, 자크, 2주 정도의 시간을 연장시켜 줄지도 모를 의사가 그것이다.

이런 해결책들이 과연 그가 원하는 대로 실현될 수 있을까? 이 문제를 다루기 전에 다음 두 질문을 던져 보자. 마티외에게 태아와 낙태는 어떤 의미가 있는가? 왜 사라는 인명 존중 태도에도 불구하고 마티외를 도우려고 하는가? 첫 번째 질문과 관련하여 다음 장면에 주목하는 것이 도움이 될 것이다. 마티외가 사라의 방에서 나무 조각들을 가지고 놀고 있는 그녀의 아들 파블로와 같이 있는 장면이다. 이 짧은 순간에 마티외는 파블로의 시선을 체험한다.

> 어린 파블로가 심각하게 그를 바라보고 있었다. … 파블로의 시선은 아직 그 표현 능력이 없지만, 그것은 벌써 생명 이상이었다. 이 아이는 배 속에서 나온 지 얼마 안 된다. 그것은 보기만 해도 곧 알 수 있는 일이다. 이 아이는 어렴풋하고 아주 작은 모습을 하고 있으며, 토해 낸 물건처럼 불결하고 물컹한 그 무엇을 아직도 지니고 있다. 하지만 눈 안에 가득 차 있는 물기 뒤에는 악착같은 작은 의식이 숨어 있는 것이다.[27]

앞서 보았던 시선에 관련된 주장을 여기서 반복할 필요는 없을 것이다. 다음 사실을 지적하는 것으로 그치고자 한다. 비록 시선이 어린아이

---

27) *Ibid.*, p. 437.

의 것이라 해도 그는 자기가 보는 것을 객체화시킬 수 있다는 사실이다. 마티외는 그 자신이 느끼는 불편함이 어디에서 오는지를 알지 못한다. 하지만 그가 최소한 파블로의 시선을 의식하고 있는 것은 사실이다. 이것은 그가 이 시선에 의해 객체화되었다는 작은 징후이다. 또한 마티외는 어린 파블로의 눈에 비친 자신의 모습이 어떤 것인지를 알 수 없다. 요컨대 그는 파블로의 의식의 한 대상에 불과하다. 이것은 어린아이 역시 사유하는 주체라는 것을 증명해 준다.

"아저씨, 나 무슨 꿈꿨는지 알아?" 어린 파블로가 물었다.

"그래, 무슨 꿈이지? 말해 봐."

"깃털이 된 꿈."

'요것도(Ça) 생각할 줄 아는구나!' 마티외가 중얼거렸다.[28]

마티외는 파블로를 보면서 이렇게 결론을 내린다. "한 아이. 죽임을 당하게 되면 비명을 지르고 피를 흘리는 생각에 잠긴 살. 파리가 어린아이보다 더 죽이기 쉽다."[29] 하지만 지금 마르셀의 배 속에서 계속 자라고 있는 기포가 닮고자 하는 어린 파블로는 사유하는 주체인 것이다. 파블로를 닮고자 하면서, 그리고 어둠 속에서 빠져나오기 위해, 이 기포는 자지도 않고 휴식도 없이 양분을 흡수하고 있다. 이 기포는 결국 미래의 파블로가 되는 것을 가능케 해주는 눈(oeil)일 것이다.

---

28) *Idem*.

29) *Ibid*., p. 438.

이런 지적을 통해 마티외에게서 태아와 낙태가 무엇을 의미하는지를 지적할 수 있다. 우선, 그의 눈에 비친 태아는 잠재적인 시선, 곧 잠재적인 의식이다.[30] 그다음으로 그가 보기에 낙태는 바늘로 찔러 풍선을 터트리는 것을 닮은 행위, 즉 자기에게 생명을 준 자들로부터 물려받은 한 줌의 변별적 표시들을 완전히 없애 버리는 것이다. '태어나는 것을 막는 것…', 이것이 마티외가 한 명의 인간을 죽인다는 사실을 인정하기를 거부하면서 자신의 행동을 정당화시키기 위해 찾아낸 세 단어이다. 하지만 소용없다. 마티외는 스스로를 살인자로 여기고 있다.

사라의 결정과 관련된 두 번째 질문을 보자. 앞서 그녀에게 인간의 생명은 성스럽다고 했다. 게다가 그녀의 착한 심성은 끝이 없다. 그녀는 항상 짓밟힌 자들, 사고를 당한 자들, 염증과 궤양을 앓고 있는 자들을 돕고자 한다. 그 증거는, 그녀가 자기 집에 오갈 데 없는 네 명의 하숙생들을 받아들였다는 점이다.

이것만이 전부가 아니다. 파블로와 함께 마르세유역까지 고메즈를 배웅한 후, 사라는 문맹인 그로루이를 돕는다. 그녀는 그에게 징집영장을 읽어 주며 몽펠리에로 가야 한다고 가르쳐 준다. 그녀는 그의 붕대를 다시 매 준다. 약간의 돈을 주기까지 한다.[31] 또 다른 기회에 그녀는 아주 피곤했음에도 불구하고(지금 파블로와 함께 피난을 가는 중이다) 짐 보따리를 매고 혼자 가고 있는 노파에게 자기에게 짐을 맡길 것을 제안한다.[32] 이 노파는 사라의 도움을 거절하지만 말이다. 사라는 이처럼 항상 다른 사람

30) *Ibid.*, p. 440.
31) LSS, pp. 940~941.
32) LMD, p. 1153.

들을 도와주곤 한다. 마티외의 경우도 예외가 아니다. 그가 사정을 고백했을 때, 그녀는 그에게 아이를 낳으라고 설득하려 했다. 하지만 기이하게도 그녀는 그에게 양보를 하고 만다. 그녀는 그를 돕고자 하면서도 결국 그와 낙태를 공모하고 있는 것이다. 놀라운 것은, 그녀가 도움을 줄 수 있다는 것에 기뻐한다는 점이다.[33] 하지만 그녀의 관용에 기원을 둔 이런 기쁨은 씁쓸한 것이다.

> 그녀는 부끄러웠고 이렇게 생각했다. '난 너무 심해. 자존심 때문에 모든 사람에게는 잘 대해 주고, 파블로에게만 심하게 해.[34] 이 아이는 내 것이니까.' 그녀는 모든 사람에게 자기를 내어 주었다. 그녀는 자기를 잊어버리고, 그녀 자신이 유대인이라는 것을 잊곤 했다. 그녀 자신이 박해를 받았다는 사실을 잊고 있었다. 그녀는 인간적이지 않은 관용 속으로 도피했다. … '나는 관용을 베풀 권리가 없어.'[35]

이처럼 사라의 관용은 너무 고통스러워 잊히지 않는 그녀 자신의 과거에 뿌리를 내리고 있다. 그녀 자신이 도저히 잊을 수 없는, 따라서 벗어날 수 없는 쓰라린 추억을 잊기 위해 다른 사람들에게 너그럽게 대하기로 결심한 것이다. 이것은 그대로 관용이 그녀의 대인관계 정립의 전략이라

---

33) LAR, p. 441.
34) 사라가 길가는 노파에게 도움을 주겠다고 했으나 거절당하고 난 뒤에, 파블로가 그녀에게 업어 달라고 조른 일이 있었다. 하지만 이번에는 사라가 파블로의 청을 거절한다. 물론 나중에는 안아 주지만 말이다. Cf. LMD, pp. 1153~1154.
35) *Ibid.*, p. 1154.

는 것을 보여 준다. 하지만 여기서 주목하고자 하는 것은, 이런 전략이 불순하고, 심지어 음흉하기까지 하다는 점이다. 왜냐하면 사라가 그녀 자신의 관용을 자존심과 접목시키고 있기 때문이다.

이런 지적들을 통해 앞서 제기한 두 번째 질문에 답을 할 수 있다. 왜 사라는 자신의 끔찍한 낙태 경험과 인명 존중 태도에도 불구하고, 다른 사람들과 특히 마티외를 도우려 하는 것일까? 답은 그녀의 자존심에 있다. 여기에 그녀의 자존심의 근원에 관련된 질문이 제기된다. 이 질문과 관련하여 다음 사실을 지적하는 것으로 그치고자 한다. 사르트르에게서 관용이라는 개념은 타자의 자유의 파괴, 홀림, 종속 등과 밀접하게 관련이 있다는 사실이다.[36] 그로부터 의심의 여지없이 사라의 행동 원칙이 기인한다. 타자에게 선(le Bien)을 행함으로써 타자의 자유를 종속시킨다는 원칙이다.

사르트르에 따르면 자유는 자유에 의해서만 제한될 수 있을 뿐이다. 따라서 사라가 그녀 자신이 주는 것을 받는 자들의 자유를 종속시키는 데 성공한다면, 그때부터 다른 사람들은 그녀의 눈에는 한갓 사물들에 불과하게 된다. 바로 거기에 그녀의 자존심이 자리한다. 바로 거기에 그녀가 베푸는 관용의 비인간적 특징이 자리한다.

이 마지막 지적에 대해 다음 두 가지 사실을 덧붙이는 것은 무용하지 않을 것이다. 첫째, 파블로는 이미 그녀에게 귀속되기 때문에 ― 이것은 파블로가 그녀에게 하나의 사물에 불과하다는 것을 의미한다 ―, 그녀

36) Cf. EN, pp. 683~685. 3부에서 작가와 독자의 관계를 다룰 때 이 개념들을 자세히 살펴볼 것이다.

는 아들의 자유를 굴종시킬 필요가 없다는 사실이다. 둘째, 마티외가 그녀를 보러 왔을 때, 그녀는 그를 그녀의 소유대상, 즉 파블로처럼 하나의 대상으로 여기고 있다는 사실이다. 사르트르에게서 폭력은 타자의 자유에 대한 타격이라는 사실을 기억하자. 그런 만큼 사라가 타자와의 관계를 정립하면서 호소하는 관용은 하나의 폭력으로 여겨져야 할 것이다.

이런 관점에서 앞서 인용된 부분에 포함된 사라의 다음과 같은 선언, 즉 "나는 관용을 베풀 권리가 없어"라는 선언은 의미심장하다. 그도 그럴 것이 이 선언이 이루어진 순간부터 그녀는 타자에게 폭력을 가하는 것을 포기하고 있기 때문이다. 하지만 사라는 어쨌든 마티외를 돕기 위해 최선의 노력을 다할 것이다. 그렇지 않다면 그녀는 그의 자유를 종속시키지 못할 것이기 때문이다.

사라가 마티외를 돕는 과정을 포함해 마티외가 필요한 돈을 구하는 과정을 계속 따라가 보자. 지금 마티외는 시험결과를 기다리고 있는[37] 이비치와 함께 고갱 전시회에 가기로 약속한 상황이다. 하지만 마티외는 계속 사라의 전화를 기다리고 있다. 사라가 유대 의사와의 흥정 결과를 알려 주기로 되어 있다. 사라는 전화로 모든 것이 잘되었다고 말한다. 조건은 두 가지이다. 수술은 늦어도 모레(의사가 미국으로 떠나고 감시가 심하기 때문에)에 하고, 비용은 4000프랑이라는 것. 하지만 마티외는 안심할 수가 없다. 돈이 없기 때문이다. 그는 의사에게 외상으로 하자고 부탁해 보라고 사라에게 이야기한다. 실제로 마티외는 세 가지 해결책을 염두에 두었었다. 그중 세 번째 해결책, 즉 유대 의사와의 흥정은 사라가 수술 날짜

37) 의대 예비시험인 PCB(Physique, Chimie, Biologie: 물리, 화학, 생물)시험이다.

와 비용만을 알아내는 것으로 끝났다.[38)]

다행스럽게도 아직 다른 두 가지 해결책이 남아 있다. 마티외는 다니엘을 생각한다. 그는 그에게 1000프랑을 더 부탁할 생각이다. 한 달을 보낼 생활비로 말이다. 실제로 마티외는 다니엘에게 상황을 설명하면서 5000프랑을 빌려 달라고 부탁한다. 다니엘은 주식에서 손해를 봤다는 구실로 거절한다.[39)] 하지만 그는 최근에 1만 프랑을 벌었다. 마티외의 끔찍한 얼굴을 보자마자 다니엘은 그를 돕고 싶은 생각이 들긴 했다. 다니엘이 곤경에 처했을 때 그 역시 마티외에게 도움을 청한 적도 있었다. 하지만 다니엘은 마티외의 부탁을 거절한다.

또한 다니엘은 마티외에게 곧장은 아니고 열흘 정도의 조사 후에 공무원들에게 대출을 해주는 기관을 알려 준다. 마티외는 나중에 이 기관에도 갈 것이다. 이 방문에 대해서도 곧 살펴보도록 하자. 더군다나 다니엘은 마티외에게 자유로운 행동, 즉 마르셀과 결혼할 것을 제안하기도 한다. 물론 마티외는 이 제안을 거절한다. 마티외는 마르셀과 결혼하고 아이를 갖기보다는 형 자크를 찾아가는 것을 더 선호한다.

이 단계에서 다니엘의 행동과 관련하여 흥미로운 의문이 제기된다. 대체 왜 그는 마티외를 돕는 것을 거절할까? 답은 그의 사디스트적 취향에 있다. "타자들에게 가한 악행을 통해 망가지기. 사람은 직접 자기 자신에게 해를 끼칠 수는 없다."[40)] 다니엘의 사디즘에 대해서는 뒤에서 다시 자세히 살펴볼 것이다. 하지만 그의 행동 준칙 중 하나는 가짜 상황을 만

---

38) LAR, pp. 448~458.
39) 다니엘의 직업은 '증권중개인'이자 '증권거래인'이다. *Ibid.*, p. 557.
40) *Ibid.*, p. 486.

들고, 거기에 다른 사람을 빠뜨리는 것이다.

이것만이 전부가 아니다. 다니엘로 하여금 마티외의 부탁을 거절하게끔 한 요인은, 마티외의 꾸며 낸 태연함 때문이다. 마티외가 강하게 부탁을 하면 다니엘은 그에게 양보를 할 수도 있을 것이다. 하지만 한번 거절당하자 마티외는 두 번 다시 부탁하지 않는다. 다니엘의 화를 돋우는 것은, 심각한 상황에서조차도 마티외가 잃고 싶지 않은 정상적이고 꾸며 낸 태도이다. 곧 살펴보겠지만, 다니엘의 사디스트적 취향은 거기에서 멈추지 않고 급기야는 마르셀과 결혼하기에 이른다. 하지만 한 가지 분명한 것은, 마티외는 어쨌든 계속 돈을 구해야 한다는 것이다.

마티외는 이번에 자크에게 호소한다. 마티외의 형이자 오데트의 남편인 자크는 소송 대리인이다. 마티외가 방문 목적을 알리자마자 자크의 훈계가 시작된다. 4000프랑에 대해서 그는 동생에게 원칙에 맞지 않는 생활을 하고 있다고 비난한다. 마티외가 품고 있는 부르주아계급에 대한 혐오와 가족에 대한 의존(마티외가 돈을 부탁한 것이 처음이 아니다)도 비난한다. 마르셀의 임신 소식과 마티외의 낙태 계획에 대해 자크는 동생이 평화주의자의 태도에도 불구하고 인간 생명을 파괴하려 한다고 비난한다. 낙태가 "형이상학적 살인"이라는 것을 자크는 강조한다.[41]

여기서 형제 사이에 벌어진 논쟁에 관여할 생각은 없다. 낙태에 대한 마티외의 의견은 이미 보았다. 하지만 여기서 중요한 것은, 자크에 따르면 낙태가 불법 행위라는 사실이다. 그리고 그는 동생의 돈 부탁을 거절하기 위해 이것을 구실로 삼고 있다. 자크는 낙태의 불법성 — 때가 1938

---

41) *Ibid.*, p. 505.

년이라는 점을 잊지 말자 ― 을 잘 알고 있고, 또 그가 동생에게 돈을 빌려주면 공모자가 될 수 있다는 사실도 잘 알고 있다. 따라서 자크는 마티외를 돕는 것을 극구 피하고자 한다.

게다가 자크는 여러 해 전부터 모욕적인 입장에 있는 마르셀에 대해 마티외가 취하고 있는 타협주의적 태도도 비난한다. 그는 마티외의 자유 앞에서의 도피, 사회에 대한 불만과 이의제기에도 불구하고 '부르주아-공무원'의 자격으로 묵묵히 살아가고 있는 그의 무관심을 비난한다. 요컨대 자크가 마티외에게 비난하는 것은, 동생이 철들 나이에도 불구하고 부끄러운 부르주아의 삶, 책임을 지지 않는 학생의 삶, 따라서 보헤미안의 삶을 살고자 한다는 것이다. 자크는 결국 마티외가 마르셀과 결혼하는 조건으로 1만 프랑을 주겠다고 제안한다. 마티외는 이 조건을 수용하지 않는다. 이것으로 두 번째 해결책은 실패로 끝나게 된다.

무엇을 할 것인가? 마티외는 필요한 돈을 구할 수 있을까? 어디에서? 어떻게? 답을 미리 하자면, 그는 다니엘을 통해 알게 된 공무원들에게 돈을 융자해 주는 기관을 방문하고, 또 절도를 하게 된다. 이 점에 대해서는 곧 살펴볼 것이다. 어쩌면 마르셀과의 결혼이 마지막 해결책이 될 수도 있을 것이다. 마티외는 형 집에서 나오면서 이런 가능성을 생각한다.

실제로 5년 전에 마르셀에게 결혼 제안을 한 것은 마티외 자신이었다. 진지하게가 아니라 가볍게 한 번 했던 적이 있었지만, 마르셀은 코웃음 치고 말았다. 하지만 이번에 두 사람의 결혼은 아이의 출생과 연결되어 있다. 만약 마르셀이 아이를 낳기를 원한다면, 그는 비열한 자가 되고 마는 것이다. 왜냐하면 자크의 비난대로 마티외는 그 자신의 편리함을 위해 그녀를 몇 년 전부터 모욕적인 상태에 몰아넣었기 때문이다.

하지만 마티외는 자크의 비난을 거부할 수 있는 이유를 가지고 있다. 방금 결혼에 대한 마르셀의 생각이 어떤 것인지를 보았다. 그녀는 결혼에 대해 큰 의미를 부여하지 않고 있다. 그녀는 임신한 여자들을 성스러운 도자기로 여기며 경멸하는 태도를 견지한다. 마티외와 마르셀은 모든 것을 다 털어놓고 지내기로 했기 때문에, 만약 그녀가 아이를 낳기를 원한다면, 그런 얘기를 그에게 이미 했을 것이다. 그렇지 않다면, 그것은 신뢰의 남용일 것이다. 심지어는 어제도 마티외와 마르셀은 낙태에 동의를 했다. 또한 자크의 집에서 나오면서 마티외가 전화로 마르셀에게 그간의 일들을 알렸을 때, 그녀는 어제와 같은 의견이라는 것을 다시 한번 확인시켜 준다.

지나가면서 지적하고 싶은 점은, 마티외와 통화를 하면서 마르셀이 다니엘의 이름을 들었을 때, 그에게 상황을 있는 그대로 말했는지를 강한 어조로 물었다는 사실이다. 마티외는 마르셀에게 거짓말을 했다. 왜냐하면 그는 다니엘에게 마르셀의 임신 사실을 말했기 때문이다. 마르셀은 마티외에게 필요한 돈을 구하라고 간청한다. 하지만 그녀는 아이의 운명에 대해서는 마티외와 반대되는 의견을 가지고 있다.

마티외가 돈을 구하려고 이러저리 뛰어다니는 동안, 마르셀은 고민에 빠져 있다. 아이를 낳고 싶은 생각을 가지고 있는 그녀는 다니엘을 통해 이 사실을 마티외에게 전하고자 한다. 다니엘의 이 역할을 다시 다룰 것이다. 여기서 강조하고 싶은 점은, 마티외가 믿었고 또 아직도 믿고 있는 것과는 달리 마르셀은 그에게 마음을 솔직하게 털어놓지 못한 것을 후회하고 있다는 사실이다. 그녀는 심지어 그에 대해 증오의 감정도 숨기지 않고 있다.

그렇다면 마르셀은 왜 속마음을 마티외에게 털어놓지 못하는 것일까? 우선 그녀의 잘못 때문이다. 그들 사이에는 서로에게 모든 것을 다 터놓고 말한다는 협약이 있다는 것을 기억하자. 그렇기 때문에 그녀가 아이에 관련된 사실을 그에게 말하지 않은 것은 분명 그녀의 잘못이다. 그리고 앞서 보았지만 두 사람은 사고가 날 경우에 낙태를 하기로 타협을 보았다.

하지만 이런 이유들은 마르셀의 후회, 증오, 불안을 부분적으로만 설명해 줄 뿐이다. 진짜 이유는 다른 곳에 있다. 이 이유를 밝히기 위해 다른 모든 사람과 마찬가지로 마르셀 역시 존재이유로 인해 괴로워한다는 점을 지적하자. 이를 극복하기 위해 마르셀은 마티외와의 '사랑'에 호소한 것이다.[42)]

마티외와 마르셀 사이에 맺어진 사랑-협정은 두 사람의 관계를 강화하기 위한 조치로 보인다. 앞서 사르트르에게서 사랑이 나와 타자 사이에 맺어지는 구체적 관계들 중 하나라는 사실, 그리고 삼중의 파괴성에도 불구하고 사랑이 존재이유의 추구와 무관하지 않다는 사실을 지적한 바 있다. 따라서 마르셀이 마티외에게 아이를 낳고 싶다는 의향을 밝혔다면, 그녀는 마티외의 사랑을, 즉 그녀의 존재이유를 잃어버릴 수도 있었을 것이다.

그로부터 마르셀로 하여금 마티외에게 사실을 털어놓는 것을 방해하는 첫 번째 이유가 기인한다. 물론 사랑의 성공 여부는 전적으로 낙태에 달려 있다. 하지만 두 사람은 지금 이 사랑이 위기 상태에 빠져 있다는

---

42) *Ibid.*, p. 465.

것을 알고 있다. 이 위기는 그들의 사랑-협정에 의해 야기된 불편함에 기인한다. 마르셀의 판단으로는 이 사랑-협정은 일방적으로 마티외에게 유리하다. 모든 것을 서로 말하자는 권리와 의무를 부과하고도 마티외는 계속 무관심 속으로 도피하기 때문이다.

사르트르에게서 무관심은 일종의 유아론 상태를 전제하는 타자와의 구체적 관계 중 하나라는 사실을 떠올리자. 나는 타자 앞에서 그가 존재하지 않는 것처럼 여기면서 그를 객체화시키는 것이다. 이것은 내가 타자에게 가하는 폭력 중 하나이다. 마르셀이 마티외와의 관계에서 참을 수 없는 것은 바로 그가 맹목 상태에서 그녀에 대해 취하는 무관심이다. 그녀가 마티외보다 다니엘을 더 좋아한다는 것이 그 증거이다. 다니엘은 그녀에게 관심을 가질 줄 알고, 또 그녀에게 말을 하게끔 유도할 줄도 안다.

이와 관련하여 지적하고 싶은 점은, 마르셀이 원했던 이상적인 사랑의 형태는 평등한 사랑이 아니라 오히려 마조히즘적 취향이 섞인 그런 사랑이라는 점이다. 왜냐하면 그녀는 마티외도 다니엘처럼 자기에게 관심을 가져 주길 바라기 때문이다. 하지만 실제로 그녀는 마티외와 맺은 사랑-협정에서 항상 수동적인 태도를 취하기 일쑤였다. 어쨌든 두 사람은 지금 더 이상 사랑-협정의 원칙을 지키고 있지 않다. 그녀는 그에게 다니엘과의 규칙적인 만남과 아이를 가지고 싶은 욕망을 숨기고 있다. 마티외도 그녀에게 거짓말을 했다. 그는 이미 돈을 빌려 달라고 할 때 다니엘에게 마르셀의 임신 사실을 이야기했으나, 그녀에게 전화를 걸면서는 이 얘기를 하지 않았다고 말한 바 있다. 요컨대 마티외의 무관심으로 인해 (여기에 마르셀의 잘못을 덧붙여야 할 것이다) 그녀는 두 사람의 사랑-협정이 유효하지 않다, 따라서 자신들의 관계가 밋밋해졌다고 생각하게 된다.

이런 지적을 통해 마르셀이 마티외에게 진실을 말하지 못하게 된 주요 이유는, 바로 마티외 자신의 잘못, 즉 '무관심-폭력'이라고 할 수 있다. 하지만 이것만이 전부가 아니다. 또 다른 이유가 있는데, 이것이 더 근본적인 이유로 보인다. 마르셀 자신의 잉여존재를 정당화시키고자 하는 욕망, 그것도 곧 태어나게 될 아이를 통해 정당화시키고자 하는 욕망이 그것이다. 그녀가 마티외와의 사랑을 통해 자신의 존재이유를 추구한 것은 사실이다. 하지만 두 사람의 사랑은 마티외의 무관심으로 인해 약화되었다는 것 역시 사실이다.

바로 거기에 마르셀이 자신의 잉여존재를 정당화시키려는 전략을 변경해야 할 필요성이 나타난다. 이 새로운 전략은 아이의 출생에 기초한다. 왜냐하면 출생 전과 후에 아이는 마르셀의 보호와 돌봄이 필요하기 때문이다. 그녀는 이 아이에게 '필요한' 존재가 되고 싶은 것이다. "'한 명의 아이.' 마르셀은 이렇게 말했다. 한 명의 아이. 그렇다. 그는 나를 필요로 할 것이다."[43] 사르트르에 의하면 인간에게서 누군가나 무엇인가에 대해 필요한 존재가 되는 것은 그의 존재의 정당화와 동의어이다. 이런 사실이 아이를 낳고 싶어 하는 마르셀의 내적 독백에 포함되어 있다.[44]

아이를 갖고자 하는 꿈은 어린 마르셀의 추억 속에 자리 잡고 있다. 그녀에게서 아이를 갖는다는 것은 모성적 자부심 이외의 다른 것이 아닌 일종의 희망이었다. 이런 희망은 그녀에게 존재론적이다. 아이를 갖고 싶다는 진짜 속마음을 마티외에게 말하는 것을 방해한 가장 중요한 요인은,

43) *Ibid.*, p. 569.
44) *Ibid.*, p. 467.

바로 이 아이를 통해 자신의 잉여존재를 정당화시키고자 하는 마르셀의 희망이라고 할 수 있다. 요컨대 마르셀은 그녀 자신의 잉여존재를 정당화시킬 수 있는 두 가지 길 사이에서 갈등하고 있는 것이다. 사랑, 낙태와 모성애, 아이 사이의 갈등이 그것이다.

다니엘이 마르셀의 집으로 향하고 있을 때 그녀는 이런 상황에 있었다. 다니엘이 마티외를 통해 그녀의 임신을 알고 있다는 사실을 기억하자. 또한 그가 마티외에게 돈을 빌려주는 것을 거절했고, 사디즘이 그의 취향이라는 사실도 기억하자. 마르셀에 의해 처음에는 로엔그린(Lohengrin)으로, 나중에는 천사장(Archange)으로 불리는 다니엘, 보비에 의해 가명인 라리크(Lalique)로 불리는 다니엘, 그는 여성혐오자이다. 그는 또한 동성애자이기도 하다. 그럼에도 그는 마르셀을 6개월 전부터 한 달에 두 번 정도 비밀리에 만나고 있다.

사실 다니엘과 마르셀이 왜 만나는지를 보여 주는 뚜렷한 설명은 없다. 하지만 마르셀에게 이 만남은 마티외와는 절대 공유하고 싶지 않은 사생활의 일부이다. 그녀는 마티외와 함께 서로 모든 것을 다 말하는 것을 원칙으로 삼았다. 다니엘과의 관계가 비밀스러운 만큼 그녀에게는 이 사생활이 더 소중하다. 앞서 그녀에게는 자신의 잉여존재를 정당화시키기 위한 두 가지 길이 있다고 했다. 마티외와의 사랑과 낙태, 어린아이와 모성애가 그것이다. 그런데 다니엘과의 사생활로 인해 또 하나의 길이 추가된 것이다. 마르셀은 어떤 길을 선택할 것인가?

지금 당장 확실한 것은, 마르셀이 마티외보다는 다니엘을, 즉 사랑보다는 그녀의 사생활을 더 중요하게 생각한다는 사실이다. 하지만 다니엘은 그녀와의 만남에 큰 중요성을 부여하고 있지 않다. 그에 따르면 그가 그녀를 보러 가게 된 것은 권태 때문이었다. 또한 그녀의 용기, 관용 등에 대해 이야기하고, 또 그녀에 대해 동정심을 가지고 있긴 하지만, 실제로 그는 그녀를 극도로 경멸하고 있다.

하지만 이런 관찰은 피상적이다. 왜냐하면 이 모든 것에도 불구하고 다니엘은 계속 마르셀을 만나기 때문이다. 게다가 그는 마티외와 마르셀의 낙태 문제에 극구 관여하고자 한다. 그가 이렇게 두 사람의 문제에 끼어들려고 하는 데에 특별한 이유가 있기라도 한 것일까? 답을 위해 다니엘이 마르셀에게 여러 질문을 던지는 장면에 주목하고자 한다. 다니엘의 눈에 마르셀은 사소한 동작에도 풀려 버릴 것 같은 실패처럼 침대에 내던져진 슬프고 짙은 향기와 같은 모습이다. 그녀가 쓰고 있는 환한 존엄성의 가면을 벗겨 내기 위해 다니엘이 선택할 이 사소한 동작은 마티외에게서 들었던 이야기, 즉 그녀의 임신 소식을 꺼내는 것이다.

이 전략의 효과는 작지 않다. 이 첫 번째 사소한 동작에서부터 다니엘과 마르셀 사이에 새로운 공모관계가 맺어진다. 마르셀은 서서히 이야기 보따리를 풀기 시작한다. 그녀는 우선 돈 이야기를 꺼낸다. 다니엘이 마티외에게 빌려주는 것을 거절한 그 돈 얘기를 말이다. 이에 대해 다니엘은 1만 5000프랑을 가지고 있음에도 최소한 그녀를 보기 전에는 마티외의 요청을 수락하지 않으려 했다고 응수한다. 그녀는 돈이 긴급하다고 말한다. 하지만 다니엘은 고삐를 늦추지 않는다. 여기 그의 두 번째 동작이 있다.

> "아직도 내 말을 못 알아듣는군요. 내가 마티외에게 돈을 빌려주는 걸 당신이 정말로 바라는지 알고 싶단 말이에요."

마르셀은 고개를 들고 놀라운 눈으로 그를 쳐다보았다.

"이상하네요, 다니엘 씨. 무슨 생각을 하고 있는 거죠?"[45]

마르셀이 다니엘을 경계하는 것은 옳다. 왜냐하면 곧 보게 되듯이 그의 속셈은 사디즘적 쾌락이기 때문이다. 낙태에 대한 마티외와 마르셀 사이의 대화 과정을 추적한 다음, 다니엘은 마르셀의 진짜 의도가 무엇인지를 탐문한다.

"마르셀, 당신은 정말로 아기를 낳고 싶지 않다는 거예요? … 한마디면 돼요. 정말로 그렇게 하고 싶다면, 내일 아침에 마티외에게 돈을 빌려주겠어요."[46]

앞서 마르셀이 마티외보다 다니엘을 더 좋아하는 이유가 실제로 다니엘이 그녀에게 관심을 가져 주는 태도에 있다고 했다. 여기서도 다니엘은 그녀에게 같은 태도를 취한다. 그녀가 그에게 감사의 마음을 품는 것은 당연하다. "당신! 그녀가 말한다. 당신이 그걸 생각했다고요! 그런데 그는… 저에게 관심을 가져 주는 사람은 이 세상에 다니엘 당신밖에 없어요!"[47] 이 말에 다니엘은 승리를 직감한다. 하지만 승리를 만끽하기에는 아직 이르다.

완전히 승리를 거두기 위해 다니엘은 같은 질문을 다시 던진다. "잘

---

45) *Ibid.*, p. 564.
46) *Ibid.*, p. 565.
47) *Idem.*

생각해 봐요. 그가 내리누르는 목소리로 반복했다. 당신 정말로 확실한 거요?" 마르셀의 대답은 이렇다. "잘 모르겠어요." 애매하긴 하지만 다니엘은 승리를 위해 이 대답으로 충분하다. "내가 이겼다. 그녀는 아이를 낳고 싶어 미칠 지경이다."[48] 하지만 그는 이런 승리를 바탕으로 그의 확신, 즉 '결혼'이라는 말을 듣고 싶어서 마르셀을 더 밀어붙이고자 한다.

실제로 다니엘은 마르셀을 끝까지 밀어붙여 마티외와 결혼하게끔 할 생각이다. 앞서 보았듯이 다니엘은 마티외에게도 마르셀과 결혼할 것을 제안한 적이 있다. 그렇다면 대체 다니엘은 왜 두 사람의 결혼에 집착하는 것일까? 이 질문은 위에서 암시한 다니엘의 사디즘적 취향과 무관하지 않다. 이 점에 대해서는 곧 살펴볼 것이다. 여기서 분명하게 드러나는 것은, 마르셀에게는 마티외와 결혼할 의사가 전혀 없다는 사실이다. 왜냐하면 마티외와 마찬가지로 그녀 역시 결혼을 종속으로 여기기 때문이다. 따라서 다니엘은 마르셀이 아이를 낳고 싶어 한다는 사실을 고백하는 선에서 만족할 수밖에 없다. 그는 다음과 같이 못을 박는다.

> "애는 원하는 거죠?"
>
> 그녀는 대답이 없었다. 결정적인 순간이 온 것이다. 다니엘은 단호한 목소리로 반복했다.
>
> "안 그래요? 애는 원하는 거죠?"
>
> …
>
> "그래요. 난 애를 낳고 싶어요."

---

48) *Ibid.*, p. 566.

이겼다. 다니엘은 침묵을 지켰다.[49)]

이 순간은 다니엘에게 승리의 순간인 반면, 마르셀에게는 마티외와의 사랑-협정이 파탄 나는 순간이다. 사실, 그녀는 아이를 낳고 싶어 하는 자신의 진정한 의도를 누군가에게 말함으로써 번민에서 해방된 듯한 느낌을 받는다. 하지만 이런 해방감은 그녀의 죄책감의 이면이다. 왜냐하면 마티외와의 사랑-협정이 아직 유효하고, 따라서 그녀는 그에게 이런 사실을 먼저 얘기했어야 했기 때문이다. 하지만 그녀는 죄책감을 최소화할 구실을 가지고 있다. 그녀의 선택은 그녀 자신의 존재 정당화를 위한 수단의 선택과 연결되어 있다. 그녀는 낙태와 연동된 사랑보다는 태어날 아이에게 필요한 존재가 되는 것, 곧 모성애를 택한 것이다.

하지만 마르셀이 자신을 원망하지 않고 죄책감을 최소화한 것은 아니다. 마티외와 마르셀 사이의 사랑-협정은 7년 동안 지속되었다. 게다가 그녀는 과거에 다니엘에게 임신이란 인생을 망친 여자의 문제라고 얘기한 바 있다. "여자가 인생을 망치게 되면 아이를 가질 수밖에 없는 거예요."[50)] 따라서 아이를 낳고자 하는 그녀의 바람은 자신이 인생을 망친 여자라는 것을 증명할 뿐이다. 이런 이유로 다니엘에게 한 고백에도 불구하고 그녀는 결심을 바꾸게 된다. "그럼 역시 그대로 할 수밖엔 없어요. 다니엘 씨가 우리한테 돈을 빌려주시면, 난 그 의사한테 갈 거예요."[51)] 하지

49) *Ibid.*, pp. 567~568.
50) *Ibid.*, p. 558.
51) *Ibid.*, p. 569.

만 이런 의견의 변화에 다니엘은 거칠고 퉁명스러운 반응을 보였다.[52]

대체 다니엘은 왜 이런 식으로 반응하는 것일까? 마르셀의 진짜 의도를 탐문하면서 그가 얻고자 하는 것은 무엇일까? 답을 위해 다니엘이 자신을 나쁜 의도를 가진 사람으로 여긴다는 사실을 지적하자. 적어도 지금까지 그는 교회를 다녔다. 그가 마르셀을 처음 만난 것은 소브테르 신부를 통해서였다.[53] 다니엘이 신을 믿고 안 믿고는 중요하지 않다. 그보다는 오히려 그가 자신의 나쁜 성격을 본질로 여기면서 그것을 실현하고 또 체험하려 한다는 점이 중요하다.

다니엘이 다른 사람들을 가짜 상황에 빠뜨리면서 그들을 놀래키기 위해 악을 행하곤 했다는 점을 지적한 바 있다. 그는 또한 악은 전속력으로 달릴 때 균형 상태에 있게 되는 자전거를 닮았다고 생각한다. 그는 자신의 나쁜 의도를 실현하기 위해 ― 이것은 본질과 실존을 일치시키려는 노력이다 ― 타자들을 괴롭히는 행동의 리듬을 매 순간 가속화시키고자 한다. 다니엘의 이런 성향은 마티외와 마르셀의 낙태 문제를 통해 확인된다. 그는 마티외에게 돈을 빌려줄 수 있음에도 거절한다. 그는 마티외의 결혼 가능성을 생각하면서 즐거워한다.

또한 다니엘은 낙태에 대한 마티외와 마르셀 사이의 의견 불일치와 특히 마티외의 인생의 실패를 생각하면서 ― 다니엘에게는 마티외가 마르셀과 결혼하는 것이 그가 인생을 망쳤다는 징표이다 ― 스스로 심술궂다고 여기며 기뻐한다. 게다가 다니엘은 괴로워하는 마르셀에게 계속

52) *Idem*.
53) LSS, p. 1096.

질문을 던진다. 물론 계속 질문을 하는 과정에서 다니엘이 폭력적 수단에 호소하는 것은 아니다. 하지만 이런 탐문은 사디즘에 해당하는 것으로 보인다. 왜냐하면 사디스트처럼 그는 마르셀과의 대화에서 그녀의 자유를 사로잡고 싶어 하기 때문이다.

마르셀은 아이를 낳고 싶어 하지만, 그녀는 마티외의 낙태 의견에 자발적으로 동의했다. 따라서 다니엘이 그녀의 정반대되는 의도를 고백하게 하는 데 성공한다면, 그의 주도하에서 상황의 대반전이 일어나게 된다. 물론 이런 대반전은 마르셀 자신의 자유로운 결정에 달려 있다. 하지만 그녀의 자유를 종속시키는 것, 이것이 바로 다니엘이 원하는 승리의 핵심 요소이다. 이런 태도는 전형적인 사디스트의 그것이다. 또한 마르셀의 자유의 종속은 그대로 마티외의 그것의 종속이기도 하다. 그도 그럴 것이 마티외와 마르셀 사이에는 자유와 신뢰를 바탕으로 하는 사랑-협정이 맺어져 있기 때문이다. 다시 말해 두 사람은 '하나'이기 때문이다. 이런 의미에서 다니엘의 기쁨은 다음 두 요소로 이루어졌다는 것을 알 수 있다. 마르셀에 대한 승리와 마티외에게 가하는 복수가 그것이다.[54]

다니엘이 극구 마르셀의 진짜 의도를 알려고 하고, 또 가능하면 그녀를 마티외와 결혼하게끔 종용하는 이유 중 하나는 결국 그들에게 악을 행하면서 그 자신의 나쁜 의지를 구현하고자 하는 것이다. 그는 그들에 의해 '심술궂다'는 평가를 받고자 하는 것이다. 다니엘은 다른 사람에게 행하는 악을 통해 자신의 잉여존재를 정당화하려는 속셈인 것이다. 실제로 다니엘은 그 자신의 존재이유가 타자들의 시선과 판단에 의해서만 보장

54) LAR, p. 568.

될 수 있다는 사실을 잘 알고 있다. 뒤에서 자세히 보겠지만, 다니엘은 마티외에게 쓴 편지에서 이 문제를 거론한다. 그는 특히 마티외를 그와 그 자신의 필수불가결한 매개자로 여긴다.[55)]

이렇듯 다니엘이 그 자신의 심술궂음에 충실한 것은 사디즘적 태도에 해당하는 것으로 보인다. 하지만 사디즘은 성공이라고 생각하는 순간 실패라는 것이 사르트르의 주장이었다. 왜냐하면 희생자가 항상 그의 시선으로 사디스트를 바라볼 수 있기 때문이다. 사디스트가 가장 두려워하는 것은 희생자의 시선, 곧 자유의 폭발이다. 다니엘의 경우도 마찬가지이다. 마르셀이 다니엘에게 돈을 빌려 달라고 부탁하는 장면을 상기하자. 마르셀의 이런 태도 변화와 그에 따른 다니엘의 거칠고 퉁명스러운 반응은 그의 사디즘적 태도가 실패로 끝나고 말았다는 증거이다.

마르셀의 태도 변화는 곧 그녀의 자유의 발동이라고 할 수 있다. 다니엘이 돈을 빌려주고, 그녀가 이 돈으로 낙태 수술을 받는다면, 아이를 돌보면서 자신을 필요한 존재로 여기려는 계획은 당연히 수포로 돌아간다. 설사 다니엘이 돈을 빌려주지 않고, 그로 인해 그녀와 마티외 사이의 사랑-협정이 완전히 결렬된다고 해도, 그녀는 이 모든 일의 주도권을 놓치고 싶지 않은 것이다. 한마디로 그녀는 그녀 자신의 주인이고 싶은 것이다.

하지만 마르셀의 이런 태도는 다니엘의 의도에 정면으로 배치된다. 그녀가 낙태를 한다면, 다니엘이 지금까지 그녀를 마티외에게서 빼앗으면서 세우고자 했던 세계가 곧장 무너질 것이다. 또한 다니엘이 그 자신

---

55) LSS, p. 1096.

의 원칙, 즉 심술궂음에 따라 행동하는 데 성공하지 못할 것이라는 사실을 의미한다. 그로 인해 다니엘은 마르셀로 하여금 낙태를 하지 못하도록 해야 하는 필요성에 직면하게 된다.

하지만 자신의 잉여존재를 정당화시키고자 하는 욕망이 너무 큰 나머지 다니엘은 계획을 포기할 수 없다. 이번에 그는 전략을 바꾼다. 마르셀의 자유가 폭발하는 것을 막기 위해 그는 그녀에게 아이를 낳고 싶다는 의사를 마티외에게 전하자고 제안한다. 게다가 나중에는 다니엘 자신이 이 임무를 수행하게 된다. 물론 마르셀이 이 제안을 받아들일 수 없다는 것은 분명하다.

> "그럼, 내가 마티외한테 직접 애기해 볼까요?"
>
> 측은한 마음이 진흙처럼 밀려들었다. 절대로 마르셀을 동정해서가 아니다.[56] 그는 자기 자신이 한없이 미워졌다. 하지만 측은한 마음을 막을 수 없었다. 그런 심정에서 벗어나기 위해 그는 뭐든지 할 것이다. 마르셀이 고개를 들었다. 그를 정신 나간 놈이라고 생각하는 듯한 표정이었다.
>
> "다니엘 씨가 말한다고요? 대체 무슨 생각에서 그러시는 거예요?"
>
> …
>
> "다니엘 씨, 제발 저희들 일에 끼어들지 마세요. 난 마티외에게 화가 나요. 그이가 다니엘 씨한테 그런 얘길 하지 말았어야 했어요…."[57]

56) 다니엘이 마르셀에 대해 강한 동정심을 품고 있다고 말했을 때, 그는 거짓말을 한 것이다.
57) LAR, pp. 569~570.

마르셀의 입장에서 보면, 마티외에게 아이를 갖고 싶다는 사실을 말하는 것은 모든 것을 잃는다는 것을 의미한다. 그녀는 마티외와의 사랑-협정뿐만 아니라 다니엘과의 비밀 관계, 즉 그녀 자신이 큰 의미를 부여하고 있는 사생활의 일부 또한 잃게 될 것이다. 아이를 구하기 위해 그녀가 지불해야 하는 대가는 비싸다. 어떤 선택을 할 것인가? 그녀는 마침내 다음 조건을 달고 마티외에게 사실을 말하자는 다니엘의 제안을 받아들인다. 마티외에게 사태를 아주 애매하게 말하고, 또 단지 그의 주의를 일깨우는 정도로 그친다는 조건이다. 이것은 그녀가 어쨌든 '아이'를 낳는 걸 선택했다는 것을 의미한다. 이것은 또한 아이에게 필요한 존재가 되면서 자신의 잉여존재를 정당화시키기 위해 모성애를 택했다는 것을 의미한다. 따라서 다니엘이 얻은 승리는 결국 마르셀에게 귀속된다고 할 수 있다.

그런데 이 승리는 다니엘의 사디즘의 결과가 아니라는 사실을 지적하자. 그가 애용하는 전략은 심술궂음이었다. 또한 그는 이 전략을 마르셀에게 이용하기도 했다. 하지만 이번에 그는 사디즘과 같은 목적을 실현하기 위해 "호의"에 호소한다.

> 다니엘은 마르셀의 어깨와 목을 탐욕스럽게 바라보았다. 그는 이 어리석은 고집에 짜증이 났다. 그런 고집을 꺾어 버리고 싶었다. 이 여자의 의식을 범하고, 그녀와 함께 굴욕 속에 빠져들어가 보고 싶었다. 하지만 그것은 사디즘이 아니었다. 그보다는 한결 실험적이며 축축이 젖은 육체적인 것이었다. 말하자면 그것은 호의였다.[58]

앞서 사라의 행동 준칙인 관용이 도움을 받는 자의 자유의 종속을 함축하고 있다고 있다. 다니엘은 그 자신의 호의를 통해 정확히 다음과 같은 목표를 겨냥하고 있다. 사디즘보다 더 굴욕적인 방식으로 마르셀의 자유를 '꺾는 것'(briser)과 그녀의 의식을 '범하는 것'(violer)이 그것이다. 호의는 '선'에 속한다. 반면, 호의를 받은 사람의 객체화와 그의 자유의 굴종은 '악'에 속한다.

그런데 여기서 역설적인 것은, 이 악이 아이의 탄생에 기여한다는 것이다. 이런 의미에서 이 악은 선의 역할을 한다고 할 수 있다. 이와는 달리 다니엘의 선(즉 호의)은 마르셀의 자유를 범하고, 그녀를 객체화시키고, 그녀가 마티외와 맺은 사랑-협정을 파괴하는 결과를 초래한다. 이런 관점에서 이 선은 악으로 귀착된다. 마르셀이 그녀의 총체적인 패배를 준비하는 동안, 다니엘은 선과 악을 구별하지 못하겠다고 말한다.[59]

여기서 다니엘이 선과 악을 혼동하는 것의 중요성을 아무리 강조해도 지나치지 않을 것이다. 왜냐하면 이런 혼동은 법에 의해 낙태가 금지되어 있는 시기에 낙태 문제를 제기하고 있는 사르트르의 의도와 무관하지 않아 보이기 때문이다. 이런 의도는 또한 『자유의 길』의 첫 번째 제목인 "뤼시페르"(Lucifer)와 『철들 무렵』의 첫 번째 제목인 "반항"(La révolte)과도 무관하지 않아 보인다. 곧 이 사실로 돌아올 것이다.

여기서 분명하게 드러나는 것은, 다니엘이 마티외와 마르셀에 의해 세워진 세계를 허무는 데 성공했다는 사실이다. 게다가 다니엘과 마르셀

58) *Ibid.*, p. 570.
59) *Ibid.*, p. 571.

이 주인이 된 새로운 세계가 옛 세계를 대신하게 된다. 이 점과 관련하여 다음 사실은 흥미롭다. 다니엘과 마르셀이 대화를 시작한 첫 단계에서부터 그들 사이에 새로운 공모관계가 생겨났다는 사실이다. 마르셀의 선택이 마티외와의 사랑-협정이 아닌 이상,[60] 옛 관계는 새로운 공모관계가 공고화됨에 따라 점점 더 약해진다. 다니엘에 따르면 그들의 새로운 공모관계는 "사랑보다 더 강한 무엇인가"로 변화하게 된다.[61]

"사랑보다 더 강한 무엇"은 무엇일까? 이것은 성적 욕망을 바탕으로 한 관계는 아닐 것이다. 성적 욕망에 의한 쾌락의 순간은 짧다. 다시 말해 쾌락의 순간이 성적 욕망의 끝인 것이다. 왜냐하면 성적 합일의 순간이 지나면 두 주체는 반성적 차원에서 자신들의 육체성을 다시 발견하기 때문이다. 따라서 성적 욕망은 실패로 막을 내린다. 이런 점을 고려하면 위에서 다니엘이 말하고 있는 "사랑보다 더 강한 무엇"은 성적 욕망이 될 수 없다. 그렇다면 그것은 무엇일까? 다니엘은 "우정"에 대해 암시한다.[62]

다니엘에 따르면 바로 이 우정이 마티외와 마르셀의 사랑-협정을 대신하게 된다. 하지만 이 우정은 불순해 보인다. 왜냐하면 이 우정은 일방적이기 때문이다. 이 우정은 당사자들인 다니엘과 마르셀의 상호적이고 평등한 자유 위에 맺어진 것이 아니다. 이와는 달리 이 우정은 다니엘의 호의로 인해 발생한 마르셀의 자유의 종속 위에 맺어진 것이다. 놀랄 만한 사실은, 다니엘이 급기야는 이런 우정을 바탕으로 마르셀과의 결혼을

60) 마르셀은 마티외의 마지막 전화를 비웃는다. 특히 그가 그녀에게 사랑한다고 말할 때 그렇다. *Ibid.*, p. 512.

61) *Ibid.*, p. 572.

62) Cf. *Ibid.*, p. 724.

결심한다는 것이다. "그는 이 향기 나는 손 위에 몸을 굽히고 남은 여생을 보낼 것이다."[63]

마티외와 마르셀이 7년 전에 맺었던 사랑-협상이 다니엘과 그녀 사이의 우정에 의해 대치되는 동안, 마티외는 사라와 함께 클럽 수마트라에 있다. 자신이 왜 여기에 있는지를 자문하고, 또 몸을 돌려 나가 버리고 싶지만, 마티외는 결국 이비치와 보리스와 머물게 된다. 로라 역시 그들과 자리를 함께할 것이다. 마티외는 고독 때문에 수마트라의 17개의 계단을 올라가지 못한다고 생각한다. 하지만 그의 목적은 다른 데 있다. 그는 그 날 저녁 만큼은 모든 것을 잊고 싶어 한다. 이를 위해 그는 300프랑짜리 샴페인을 마시고, 그들과 함께 이야기하며 서투르게나마 춤을 출 것이다. 하지만 그의 생각은 그 장소 위를 날고 있다. 그는 특히 파리 15구 구청의 커다란 홀, 즉 마르셀과의 결혼식이 열릴 장소를 생각하고 있다.

앞서 마티외에게서 결혼이 마지막 해결책일 수 있다고 했다. 그는 이 해결책을 극구 피하고 싶다. 이런 내적 갈등으로 인해 그의 안색이 좋지 않다. 보리스가 이것을 알아차린다. 마티외의 이야기를 듣고나서 보리스는 마티외에게 로라의 상황을 설명하고 하나의 제안을 한다. 보리스에 의하면 로라는 가방 속에 7000프랑을 가지고 있는데, 4개월 전부터 그 돈으로 아무것도 안 하고 그냥 놔두고 있다는 것이다. 보리스는 자기가 급하게 필요하다는 핑계를 대고 5000프랑을 로라에게 빌리겠다고 말한다. 마티외는 로라에게서 돈을 빌리는 것을 원치 않는다. 게다가 로라는 보리스의 부탁을 거절한다.

---

63) *Ibid.*, p. 573.

여기서 마티외의 위선에 주목하자. 그는 돈을 필요로 하는 장본인이다. 하지만 그는 로라에게 돈을 빌리겠다는 보리스를 말린다. 이것만이 전부가 아니다. 이번에는 마티외가 그녀에게 거짓말을 한다. 그는 그녀에게 돈은 자기를 위한 것이라고 말하고 싶다. 하지만 입을 다물고 만다. 그는 그녀를 속이면서 자신을 속인다. 이처럼 수마트라에서의 저녁은 위선의 연속이다. 하지만 마티외는 돈을 구해야 하는 필요성 때문에 결국 절도를 범하고 만다. 로라의 방에 들어갈 기회를 이용해 그는 5000프랑을 훔치게 된다.

돈을 훔칠 수 있는 기회는 수마트라에서 저녁을 보낸 다음 날 아침에 주어진다. 마티외는 다니엘에게 전보를 받고, 이비치를 보러 돔(Dôme)으로 간다. 그때 갑자기 보리스가 나타나 로라가 죽었다고 말한다. 나중에 보게 되겠지만, 로라는 마약 복용으로 잠시 기절한 것이다. 하지만 보리스는 그녀가 죽었다고 생각한다. 문제는 그녀 수중에 마약 구입을 암시하는 내용이 담긴 편지가 있다는 것이다. 그녀가 진짜로 죽었다면, 경찰이 편지를 발견하게 될 것이다. 그렇다면 보리스는 경찰에 증인으로 출두하게 될 것이 분명하다. 경찰이 그녀의 방에 도착하기 전에 증거를 없애야 한다. 유일한 방법은 편지를 찾아 오는 것이다. 다행스럽게 편지를 회수할 시간적 여유가 있다. 보통 호텔 종업원이 로라를 낮 열두 시에 깨운다. 보리스는 그녀가 있는 곳으로 돌아가고 싶지 않다. 그녀를 보기가 두려운 것이다. 누가 이 임무를 수행할 것인가? 마티외이다.

보리스의 얘기를 들으면서 마티외는 거기에 해결책이 있다고 생각한다. 그렇게 생각할 만한 이유가 있다. 왜냐하면 어제 저녁에 보리스는 로라가 돈을 빌려주는 것을 거절하자 화를 냈기 때문이다. 더군다나 마티외에게 편지가 있는 곳이 가방 안이라고 설명하면서, 그녀가 거기에 지폐를 넣는다는 사실도 알려 주었다. 그런 만큼 마티외는 보리스가 연극을 준비하고 있다고 생각한다. 이런 확신을 가지고 또 모든 정보(예컨대 방 번호, 가방 열쇠 보관 장소, 호텔로 들어가는 방법 등)를 알고서 마티외는 로라에게로 가겠다고 한다. 그는 별 어려움 없이 그녀의 방에 들어가는 데 성공한다. 그리고 보리스의 편지를 집어 든다. 돈은 어떻게 할 것인가?

마티외는 첫 시도에서 돈을 훔치지 못한다. 그는 지폐를 바라보며 자신을 도둑으로 여기는 대신 대가를 받는다고 생각한다. 하지만 그는 빈손으로 나온다. 돈을 훔치지 못하는 것은 곧 그의 인생의 실패로 연결된다. 돈을 구하지 못하면 마르셀과 결혼을 해야 할 수도 있다. 돈을 훔치지 못한 것을 자책하면서 그는 다시 로라의 방으로 들어간다. 하지만 이번에는 돈을 훔치는 계획을 포기해야 했다. 로라가 깨어난 것이다.

마티외는 그 시간에 자기가 왜 로라의 방에 있는지를 그녀에게 설명해야 했다. 그는 보리스를 바보 취급하며 원망한다. 그가 준비한 연극이 완벽하지 못했기 때문이다. 다행히 마티외는 도둑이 되는 것을 면할 수 있었지만 그렇다고 기뻐할 수만은 없다. 필요한 돈을 구하지 못했기 때문이다. 어쨌든 그는 로라가 죽지 않은 것을 다행으로 여긴다. 그 이유는 무엇일까? 인명 존중일까? 아니다. 그녀의 깨어남이 그에게 일종의 알리바이를 제공하기 때문이다. 첫 시도에서 용기 부족으로 돈을 챙기지 못했지만, 두 번째 시도에서는 돈을 훔치지 못한 뚜렷한 이유가 있다.

분명한 것은 마티외가 마르셀의 낙태에 필요한 돈을 여전히 구하지 못하고 있다는 사실이다. 이것은 그녀와의 결혼 가능성이 커지고 있다는 것을 의미한다. 하지만 그가 그의 계획을 완전히 포기했다고 생각하면 오산이다. 그는 한 줌의 희망을 가지고 있다. 다니엘과의 약속, 사라의 홍정 등이 아직 남아 있는 것이다. 돈을 훔치지 못한 후에 마티외는 사라에게 전화를 걸어 외상을 부탁한다. 또한 공무원 단체도 남아 있다. 로라의 방 열쇠도 아직 그의 수중에 있다.

남아 있는 해결책 중 첫 번째 실패는 다니엘과의 만남이다. 다니엘은 마르셀과 사랑-협정을 맺은 마티외보다 더 은밀한 관계를 맺고 있다는 사실을 기억하자. 다니엘의 전보를 읽은 후에 가졌던 기대와는 달리 마티외는 그와 얘기를 나누면서 7년 전부터 마르셀과 함께 세웠던 세계가 완전히 무너지는 것을 직감한다. 다니엘은 마르셀을 종종 비밀리에 만나고 있다고 고백한다. 처음에 마티외는 그의 고백을 믿고 싶어 하지 않는다. 아니, 믿을 수가 없다. 하지만 다니엘은 증거를 가지고 있다. 그는 마르셀의 사인이 담긴 편지를 마티외에게 보여 준다.

그런데 그들의 대화에서 관심을 끄는 것은, '마티외-마르셀'이 주인이었던 옛 세계가 '다니엘-마르셀'이 주인인 새로운 세계로 대치된다는 것이다. 특히 이것은 다니엘이 사용하는 단어들, 가령 '우리'(nous), '우리의'(notre, nos) 등에 의해 드러난다. 다니엘은 우선 마티외와 마르셀이 맺은 사랑-협정의 붕괴를 보여 주기 위해 이런 단어들을 사용한다. 몇몇 예를 보자.

"우리는 종종 보네."[64]

64) *Ibid.*, p. 648.

"그 이후로 우리는 계속 보네. 우리의 유일한 잘못은 그걸 자네에게 숨긴 걸세."[65]

"난 자네가 우리의 관계를 용서하는 것을 바라지 않네."[66]

"우리는 이 사실을 항상 자네에게 말하려고 했네. 하지만 공모를 한다는 것이 너무 재미있어 차일피일 미뤘던 걸세."[67]

마티외는 자신의 능력 밖에서 형성되는 새로운 조직 앞에서 "우리는 서로 모든 것을 다 얘기해 왔네"[68]라고 반복해서 강변하며 그의 세계를 보호하고자 하지만 소용없다. 또한 '우리'를 사용하는 배타적 권리를 가지고 있다고 생각하는 다니엘을 미워해 봤자 소용없다.

"우리!" 그가 말했다. '우리'라고. 마르셀에 대해 마티외에게 말하면서 누군가가 '우리'라는 말을 할 수 있다니. 마티외는 다니엘을 우정의 감정 없이 쳐다보았다. 그를 증오하는 순간이었다.[69]

사르트르에게서 증오는 타자 살해의 기도를 목표로 하는 구체적 관

65) *Idem.*
66) *Ibid.*, p. 651.
67) *Ibid.*, p. 652.
68) *Ibid.*, p. 651.
69) *Ibid.*, p. 652.

계들 중 하나이며 마티외가 증오를 통해 겨냥하는 것이 바로 이것이다. 그는 다니엘을 없애 버리고 그 자신의 세계에서 발생한 내출혈을 멈추게 하고 싶다. 마티외의 증오가 그의 시선을 동반한다는 사실 역시 지적하자. 이것은 다니엘을 객체화시키면서 마티외-마르셀의 세계가 무너지는 것을 방어하고자 하는 것과 동의어이다. 게다가 마르셀은 마티외와의 협정의 규칙을 지키지 못한 것을 후회하는 중이다. 그녀는 자신들의 성실성이 오염되었다고 생각한다. 물론 그 이유는 그녀가 다니엘과 공모한 배신이다. 그 결과 그녀는 마티외가 제안하는 모든 것을 받아들이겠다고 속으로 맹세하기까지 한다.

하지만 이런 맹세는 잠깐 동안만 유효하다. 다니엘로부터 전화가 온 후, 마르셀은 창문을 통해 행복해 보이는 보행인들, 여자들, 아이들, 몇몇 노동자들을 바라본다. 이때 그녀의 선택은 이미 이루어진 상태이다. 그녀는 그들을 모방하고 싶어 한다. 그녀는 마티외와 함께 오염된 성실성을 정화하기 위해 마지막 노력을 할 것이다. 하지만 그들의 관계는 파국으로 막을 내리게 된다.

여기서 단언할 수 있는 것은, 돈을 구하는 대신 마티외는 다니엘과의 대화를 통해 그가 마르셀과 함께 7년 전부터 구축해 왔던 세계가 점차 그녀가 다니엘과 함께 구축한 세계에 의해 대체되고 있음을 알게 되었다는 사실이다. 그 이후 마티외는 공무원들에게만 돈을 대여해 주는 기관으로 간다. 결과는 신통치 않다. 그는 6000프랑을 원하고, 이 기관은 7000프랑을 제시한다. 문제는 돈을 받기까지 신분 조회를 포함해 최소한 2주일이 소요된다는 것이다. 또 하나의 실패 추가이다.

하지만 정확히 그 순간, 마티외는 유대인 의사에게 시간을 연장해 달라는 부탁을 하고 있는 사라를 생각한다. 전화를 해보지만 그녀는 외출 중이다. 기다리는 수밖에 없다. 사라는 좋지 않은 소식을 전한다. 유대인 의사가 외상을 거절했다는 것이다. 마르셀이 유대인이 아니기 때문이다. 또 한 번의 실패이다. 그런데 흥미로운 것은, 마티외의 표현에 따르면 사라는 그가 마르셀과의 결혼 가능성을 암시했을 때 의식의 반짝거림을 닮은 뭔가를 보였다는 것이다. 이 의식의 반짝거림은 어쩌면 그녀의 생명 존중의 부활, 즉 태어날 아이에 대한 희망이 아닐까?

"아! 나는 그 향기롭고 부드러운 지폐를 챙겼어야 했어!"[70] 이런 회한은 계속 실패를 맛본 마티외의 현재 마음 상태를 보여 주는 징표이다. 마르셀과 다시 만날 것을 생각하면서 그는 자신의 미래가 죽었다고 생각한다. 하지만 그는 그 주위에서 세계가 완전히 닫히지는 않았다고 생각한다. 왜냐하면 그가 로라의 가방 열쇠를 아직 가지고 있기 때문이다. 그의 머릿속이 복잡하다. "거기, 문은 닫혀 있다. 여기, 이 납작한 열쇠가 있다. 이것이 이 세계에 있는 유일한 대상들이다. 이 두 대상들 사이에 쌓인 방해물도 거리도 없다."[71] 그는 결정을 내린다. 로라의 돈을 가지러 간다. 그는 5000프랑을 챙긴다. 도둑질을 한 것이다. 하지만 그는 이 행위를 단순히 강제 차용으로 생각한다.

한편, 랄프와 성관계를 맺고 집으로 돌아온 후, 다니엘은 면도칼로 자살을 시도한다. 그는 마티외에게 보내는 봉투에 5000프랑을 넣어 둔다. 하지만 그는 자살에 실패한다. 그 후에 그는 재차 그 자신의 잉여존재를

70) *Ibid.*, p. 665.
71) *Ibid.*, p. 685.

정당화시킬 괜찮은 방법을 생각한다. 곧 보겠지만, 이 방법은 마티외에게 그가 동성애자라는 것을 털어놓으면서 마르셀과 결혼할 계획을 알리는 것이다.

어쨌든 마티외는 낙태에 필요한 돈을 마련하는 데 성공한다. 이것은 그가 마르셀과 함께 건립한 세계의 내출혈을 일단 막는 수단을 확보했다는 것을 의미한다. 이제 그녀를 의사에게 보낼 일만 남았다. 그녀는 나름대로 사랑-협정을 되살릴 수 있는 해독제를 찾기 위해 최후의 노력을 할 것이다. 두 사람의 사랑-협정은 오염이 심해 누구라도 사소한 배신의 기미가 있기만 한다면 그대로 붕괴될 수 있는 상태에 있다. 실제로 마르셀의 부드러운 제스처, 가령 마티외의 부상 치료와 함께 외출하자는 제안 등에도 불구하고, 그들의 마지막 만남은 파국으로 끝나게 된다.

마티외가 로라에게서 5000프랑을 훔쳤다는 것을 알게 되자마자, 또 그가 다니엘과 그녀의 관계를 알고 있다는 것을 말하자마자, 마르셀은 그들의 사랑-협정이 종착역에 도달했음을 직감한다. 모든 카드가 테이블 위에 놓여 있다. 하지만 모든 시도가 무위로 끝나고 만다. 종말은 그들의 사랑의 완전한 부재에 대한 확인일 뿐이다. 그녀가 그에게 비난한 것은, 7년 동안 지속된 사랑-협정에도 불구하고 그가 그녀를 이해하지 못한다는 사실이다. 또한 마티외는 그녀가 다니엘과 공모해서 자신들의 7년 아성을 무너뜨린 것을 용서할 수 없다. 그들은 자신들의 오염된 성실성을 해독할 수 있는 그 어떤 처방전도 갖고 있지 못하다. 그들의 세계의 와해는 총체적이다.

마티외와 마르셀의 사랑-협정 붕괴의 마지막 여진은 계속된다. 마티외의 자백에도 불구하고 로라는 보리스가 자기 돈을 훔쳤다고 생각하고 그를 혼내 주려 한다.[72] 로라에게 5000프랑을 돌려준 뒤, 마티외는 다니엘에게서 마르셀과 결혼하고, 또 아들을 낳게 되면 이름을 '마티외'로 지을 것이라는 얘기를 듣는다. 다니엘은 그에게 자신이 동성애자라는 사실과 그가 그녀와 결혼하는 것은 우정 때문이라고 말한다. 마티외는 다니엘의 이런 말을 듣고 마르셀에게 전화를 건다. 마티외의 목적은 그녀가 다니엘과 결혼하는 것을 막는 것이다. 하지만 수화기 저편에서는 답이 없다. 이렇듯 마티외-마르셀의 사랑-협정 붕괴의 여진은 계속된다.

여기서 특히 관심을 끄는 것은 다니엘의 동성애 고백과 결혼 계획이다. 왜냐하면 이것들이 다른 사람들을 괴롭히면서 쾌락을 얻는 그의 사디스트적 성향을 대신하는 전략이기 때문이다. 그렇다면 다니엘은 왜 이런 전략을 택한 것일까? 이 질문과 관련하여 그가 마티외에게 쓴 편지 내용을 보는 것이 도움이 될 것이다. 그가 마티외를 그와 그 자신을 연결해 주는 필수불가결한 매개자로 여긴다는 사실을 앞서 지적한 바 있다. 다니엘이 마르셀과의 결혼과 자신이 동성애자라는 사실을 알리기로 결정한 주된 이유는, 그가 편지에서 적고 있는 이 역할과 무관하지 않다. 그가 사디스트적 성향을 가지고 있고, 또 마르셀과 얘기를 나누면서 그의 심술궂음을 드러내 보였지만 실패했다는 사실을 기억하자. 그때 그는 마르셀의 자유를 사로잡기 위해 호의에 호소했었다.

그런데 다니엘은 그때 편안한 상태에 있지 못했다. 왜냐하면 마르셀의 침범당한 의식[73]은 다니엘의 잉여존재를 정당화시켜 줄 수 없기 때문

72) 로라는 아직 경찰서에 출두하여 보리스를 절도로 신고하지 않았다. Cf. *Ibid.*, p. 712, p. 717.
73) 다니엘이 그의 호의를 통해 마르셀의 자유를 굴종시킨 것은 사실이라고 해도, 거기에는 또한 그녀의 마조히즘도 그 나름의 역할을 한 것으로 보인다. Cf. *Ibid.*, p. 571, p. 721.

이다. 이를 위해 그는 자유로운 의식이 필요하다. 이런 이유로 그는 자신의 눈에 자유의 상징인 마티외에 의해 판단되기를 선택한 것이다. 그가 자신이 동성애자임을 선언하면서 노린 것은, 마티외, 즉 그의 자유에 의해 판단되는 대로의 그 자신의 본질을 체험하고 살아가는 것이다. 달리 말하자면 그의 동성애를 생각하고 있는 누군가가 이 세계에 있다는 단 하나의 사실로 인해, 그는 그 자신의 본질과 실존의 종합을 실현할 수 있는 것이다.

물론 이 누군가의 시선과 기억 속에 각인된 다니엘 자신의 이미지가 어떤 것인지는 중요하지 않다. 나쁜 이미지여도 상관없다. 그에게 중요한 것은 오히려 어떤 대가를 치르고서라도 이 누군가의 시선과 판단을 통해 그 자신의 존재이유를 확보하는 것이다. 이것이 바로 다니엘이 마티외에게서 얻고자 하는 것이다.[74]

다니엘의 이런 생각은 의미심장하다. 왜냐하면 그가 사디즘과 호의를 이용하는 전략이 마조히즘의 전략에 자리를 양보한다는 것을 보여 주기 때문이다. 그가 자신의 잉여존재를 정당화시키는 가장 유력한 방법은 마티외의 주체성 속에 자기 자신을 잃는 것이다. 그 증거는, 그가 여성혐오에도 불구하고 마르셀과 결혼한다면, 그것은 그 자신을 희생시키기 위함이라는 사실이다.[75] 이 점과 관련하여 다음 사실은 흥미롭다. 마티외 역시 다니엘과 마찬가지로 타자의 눈에 비치는 자신의 이미지(가령 도둑의 이미지)에 별다른 중요성을 부여하지 않고 있다는 사실이다. 두 사람 사

74) *Ibid.*, p. 723.
75) *Ibid.*, p. 725.

이의 차이는, 다니엘은 사디즘과 호의 대신에 최종적으로는 마조히즘에 호소를 하는 반면, 마티외는 끝까지 자유롭고 싶어 한다는 점이다.

분명한 것은 다니엘이 마티외에게 결혼을 알렸을 때, 7년 전부터 마티외와 마르셀이 함께 세웠던 세계는 다니엘과 마르셀이 세우게 될 세계에 의해 완전히 무너졌다는 사실이다. 그 순간, 다니엘은 여전히 '우리'라는 단어 사용의 권리를 독점한 것처럼 말한다. "다니엘은 대면대면하게 말한다. 난 그녀와 결혼할 걸세. 우리는 아이를 잘 돌볼 걸세."[76]

방금 마티외가 마르셀과 함께 축조했던 세계의 내출혈을 막기 위한 마지막 노력이 실패로 끝났음을 보았다. 마르셀의 협조가 없어 두 사람의 사랑 위에 세워진 세계는 다니엘의 호의와 마르셀의 자유의 종속 위에 세워진 우정에 의해 무참히 무너졌다. 게다가 마티외가 다니엘의 입장에 있고 싶다고 말하면서 그는 자신의 패배를 인정한다. 요컨대 마티외가 모든 것의 투명성과 의식의 명석성을 향유하면서 살고자 했던 유리집은 이제 더 이상 이 세계에 존재하지 않게 되어 버렸다.

기존폭력에 대한 폭력

앞서 지적한 것처럼 태아는 마르셀의 배에서 계속 자라고, 결국 태어난다. 마티외는 그가 태어나는 것을 막지 못한 것이다. 이 아이의 이름이 '마티외'인지는 알 수 없다. 하지만 그의 출생은 그의 운명에 관심을 가졌던 자들에게 여러 효과를 낳았다. 마르셀은 어린 시절부터 가졌던 꿈을 실현했다. 마티외는 결혼식을 올리려 파리 14구 구청에 갈 필요가 없게 되었

---

76) *Ibid.*, p. 719.

다. 하지만 그는 마르셀의 사랑을 잃었고, 7년 전에 맺었던 협정도 잃었다. 게다가 그는 도둑질을 하기도 했다. 다니엘은 한 가족의 수장이 되었다. 하지만 그는 여전히 소년들을 유혹한다. 사라는 범죄의 공모자가 되는 것을 피했다. 자크는 결혼할 경우 마티외에게 주기로 한 1만 프랑을 절약했다.

이 모든 사실에도 불구하고 이 아이의 운명은 그가 태어나기 전에 여러 어른들의 손에 좌지우지되었다. 만약 마티외가 충분한 돈을 가지고 있었거나 돈을 구했다면, 만약 마르셀이 노파에게 수술을 받으러 가겠다고 끝까지 고집했더라면, 만약 마르셀이 유대인이었다면, 만약 자크가 동생에게 돈을 빌려주었다면, 만약 로라가 보리스에게 돈을 빌려주는 것을 거절하지 않았다면, 만약 마르셀이 마티외가 훔친 돈으로 유대인 의사에게 갔었다면, 이 아이는 태어나지 못했을 것이다.

하지만 낙태 이야기에서 가장 관심을 끄는 것은 바로 다니엘이 수행한 역할이다. 이 역할은 사소하지 않다. 만약 다니엘이 심술궂음에 호소하지 않았더라면, 마르셀의 아이는 운명을 달리했을 수도 있다. 게다가 그의 심술궂음 덕택으로 아이가 태어날 수 있었기 때문에, 우리는 그것을 선으로 여겼었다. 하지만 다니엘이 호소한 이 심술궂음은 그 자체로 악의 기능을 수행한다는 점을 잊어서는 안 될 것이다. 왜냐하면 그것은 마티외와 마르셀이 7년 전부터 함께 세웠던 사랑-협정의 관계를 와해시키는 데 가장 효과적인 무기였기 때문이다. 달리 말해 악에서 선으로의 변화는 다른 사람들, 즉 마티외와 마르셀의 불행이라는 희생을 치르고서만 가능했다. 하지만 역설적인 것은 그들의 불행이 생각보다 그다지 크지 않다는 점이다. 한편으로 이 악 덕택에 마티외에 대한 죄책감에도 불구하고 마르셀은 아이를 얻을 수 있었고, 다른 한편으로 이 악 덕택에 마티외는 도둑질을 했지만 자유로워질 수 있었다. 물론 이 악을 이용하면서 다니엘은 그의 본질과 실존을 종합할 수 있었고, 또 아이의 생명을 구할 수 있었다. 이것은 악에서 선으로의 변화가 어느 정도 정당성을 획득했다는 것을 의미한다.

우리는 방금 이 변화의 역설을 지적했다. 하지만 법에 의해 낙태가 금지된 시기에 사르트르가 이 낙태 문제를 제기한 의도가 바로 거기에 있는 것으로 보인다. 1938년 당시 일부 사람들에게 낙태는 불법 행위였다. 따라서 낙태는 그 당시의 기준으로 보면 악이었다. 하지만 이 악은 다니엘의 심술궂음 때문에 행해지지 않았다. 그런데 그에게는 이 심술궂음이 영아살해보다는 덜 심각한 악이었다. 물론 마티외-마르셀 사이의 사랑-협정을 깬 것 역시 다니엘이 그들에게 가한 악이었다. 하지만 영아살해와 비교해 보면 이 악은 덜 심각한 것이다. 이것을 토대로 사르트르가 낙태 문제를 통해 의도했던 것은, 바로 다니엘의 심술궂음-악을 통해 영아살해-악을 미연에 방지한 것이었다고 할 수 있다. 달리 말하자면 사르트르는 작은 폭력으로 큰 폭력을 미연에 방지하고자 했던 것으로 보인다.

이 점에 대해 다음 사실은 흥미롭다. 마티외는 다니엘을 사탄이라고 부르고, 또 다른 기회에 그는 그를 뤼시페르와 같은 부류의 사람이라고 부르고 있다는 사실이다. 게다가 '뤼시페르'는 사르트르가 구상했던 『자유의 길』의 첫 번째 제목이기도 하다.[77)]

그런데 뤼시페르는 두 가지 의미를 가지고 있다. 사탄이나 악마, 또

---

77) Beauvoir, *La force de l'âge*, p. 376.

는 빛을 가진 자가 그것이다. 콩타가 잘 지적하고 있는 것처럼,[78] 『자유의 길』의 집필 과정에서 이 뤼시페르라는 제목이 다니엘을 겨냥한 것이 아닐 수도 있다. 왜냐하면 마티외는 포로수용소에서 포로들의 도주를 돕기 위해 비밀 조직에 관여하기 때문이다. 하지만 『철들 무렵』에서의 낙태 문제에만 국한시키는 경우, 뤼시페르라는 이름은 다니엘과 마찬가지로 마티외에게도 해당하는 것으로 보인다. 마티외가 폭력적이고 불법적인 행동(낙태의 시행)을 통해 폭력이 지배하는 사회에 저항하듯이, 다니엘 역시 그 자신이 타자들에게 행한 악을 통해 "악의 빛을 발하고" 있기 때문이다.[79] 물론 다니엘의 경우, 타인들에게, 특히 태어날 아이에게 선을 행하면서 그 스스로를 희생시킬 준비가 되어 있다는 사실을 잊어서는 안 될 것이다.

방금 마티외가 낙태를 시도하는 것 역시 악으로부터 빛을 도출하는 것이라는 점을 지적했다. 얼핏 보면, 특히 다니엘의 행동과 비교해 보면, 사탄의 역할을 한 것은 오히려 마티외이다. 실제로 『철들 무렵』에서 그를 제외하면 아이의 출생을 막고자 하는 사람은 없다. 이 아이의 출생을 막기 위해 마티외는 절도까지 한다. 그런 만큼 우리는 그를 뤼시페르와 같은 부류의 사람으로 여길 만한 이유를 가지고 있다.

어떤 이유인가? 이 질문과 관련하여 보부아르의 텍스트를 참고하는 것이 유익할 것이다. 이 텍스트는 사르트르가 『자유의 길』의 첫 번째 작품에 "반항"이라는 제목을 붙이려 했다는 사실을 가르쳐 준다. 이 사실은

78) OR, p. 1861.
79) *Ibid.*, p. 1862.

의미심장하다. 그도 그럴 것이 마티외가 낙태, 절도 등을 통해 겨냥한 것은 정확히 사회적 구속들을 드러내고 고발하고자 한 것으로 보이기 때문이다. 어떤 구속들이 문제가 되는가?

먼저, 1938년 당시의 프랑스 사법제도에 관련된 것이다. 이 시기에 낙태는 법으로 엄격하게 금지되어 있다는 사실을 지적한 바 있다. 하지만 이 낙태금지법으로 인해 여러 가지 문제가 발생했다. 불법적이고 은밀한 낙태 시행, 신체적·정신적 수술 후유증(앙드레의 경우이다), 낙태 수술을 받은 여성들이 신체적·정신적으로 겪는 부정적 효과(사라의 경우이다) 등이 그것이다. 그다음으로 사르트르는 마티외를 통해 낙태 수술을 받은 여성들이 직면하는 사회적·경제적 문제를 고발하고 드러내려 한 것으로 보인다. 실제로 불법 낙태 수술 이후 부당하게 체포되는 여성들이 많았으며, 수술이 이루어지는 동안과 그 이후에 발생하는 사고들, 그리고 원치 않는 모성애 등으로 인해 가난한 여성들은 아주 비참한 상황에 있었던 것이다. 낙태가 허용된 외국으로 가서 문제를 해결하거나 비싼 비용에도 불구하고 프랑스 내에서 은밀하게, 하지만 위생적으로 더 나은 환경에서 수술을 받을 여력이 안 되었던 가난한 여성들은 더욱더 큰 고통을 겪어야 했다.

마지막으로 사르트르가 드러내고 싶었던 것은, 남성들과의 관계에서 여성들이 겪는 소외의 문제였던 것으로 보인다. 마티외와 마르셀 사이에 맺어진 협정을 통해 그녀가 낙태 문제에 대한 그녀 자신의 진짜 의도가 무엇인지를 알고자 하지 않는 마티외를 강하게 비난했다는 사실을 보았다. 게다가 마티외와 다니엘이 그녀와 그녀에 관련된 문제에 대해 이야기하는 장면을 떠올리면서 그녀는 그들을 볼 수도 없고, 그들의 말을 들을 수도 없으며, 그렇기 때문에 그들의 눈에 그녀 자신이 발가벗겨진 것 같다고 생각한다. 다른 사람들에 의해 자신의 삶의 일부가 밖으로 끌려 다니는데도, 그녀 자신은 거기에 대해 아무것도 하지 못하는 상태에 있는 것이다. 이것은 그녀가 겪는 소외가 어떤 것인지를 단적으로 보여 주는 징표이다. 마르셀이 사랑-협정을 희생시키면서까지 마티외보다 다니엘을 더 선호하는 주된 이유 중 하나가 바로 마티외의 무관심이었다는 사실을 떠올리자.

또한 다음과 같은 사실을 지적할 수 있다. 사르트르가 『철들 무렵』에 등장하는 인물의 불법적 행위를 통해 저항하고자 했던 것 중 하나는 바로 가부장적 권리, 곧 부권이다. 실제로 마티외는 아버지가 되기를 극구 거부한다. 달리 말해 마티외는 그의 부권을 거부하면서 장차 태어날 아이에게 폭력을 가하는 것을 사전에 방지하고 있는 것이다(우리는 곧이어 아버지-아들의 관계를 상세히 다룰 것이다).

이렇듯 마티외 역시 다니엘과 마찬가지로 뤼시페르라고 불릴 만하다. 사회적 구속이라는 기존폭력으로부터 벗어나기 위해 낙태와 절도와 같은 또 다른 폭력에 호소하는 것, 이것이 바로 저항이다. 이것이 또한 사르트르가 『철들 무렵』에서 겨냥하고 있는 목표 중 하나이다. 어쨌든 1938년에 유효했던 법에 의하면 낙태는 불법이었고, 태아에게 가해진 폭력이었다. 마티외 자신이 스스로를 살인자로 여기고 있는 것처럼, 여성들에게 낙태를 하라고 권하는 사람들은 그 당시에 모두 처벌 대상이었다. 다행스럽게 마티외는 그의 낙태 계획에서 실패했다.

억압적인 아버지들

아버지의 상반된 지위

인간의 삶은 어린 시절, 청소년 시절, 성년 시절이라는 세 단계를 거친다.[80] 이 세 단계 중 여기서는 특히 어린 시절과 청소년 시절에 주목하고자 한다. 방금 아이는 태어나기 전부터 타자들의 폭력에 무기력하게 노출되어 있음을 보았다. 아이가 죽음의 위협을 벗어나 이 세계에 태어났다고 해도 ── 닥스에서 마르셀이 키우고 있는 아이의 경우이다 ──, 그를 맞이하는 세계는 평화와 휴식의 세계가 아니다. 그는 성장 과정에서 그를 위협하는 수많은 장애물을 만나게 된다. 사실 신생아는 부모나 주위 사람들에게는 희망과 행복이다. 그를 보호하는 것은 당연하다. 이런 일은 인간적이고 성스럽다. 부드러움, 사랑, 인내가 필요하다. 그런데 이런 헌신적인 보호에도 불구하고 아이는 무엇보다 어른들이 마음대로 조종할 수 있는 '대상'이라는 것이 문제이다.

어른들의 유형은 다양하다. 부모나 친지들이 거기에 해당한다. 아이를 돌보고 보호하는 그들의 역할은 긍정적이고 성스럽다. 하지만 불행하게도 아이의 삶 전체에 커다란 영향을 끼칠 수도 있는 문제를 야기하는 것도 그들이다.[81] 이런 역할은 부정적이다. 어머니가 이 역할을 수행할 수도 있고,[82] 주위의 다른 사람들이 수행할 수도 있다. 하지만 특히 이 탐탁

---

80) CPM, p. 23.
81) Cf. *Ibid.*, p. 197.
82) 사르트르의 문학작품 중에는 아이들을 살해하는 어머니가 등장한다. 에스텔이 그 첫 번째 경우이다. HC, pp. 159~160. 그리고 『철들 무렵』을 마치고 사르트르는 "9월"이라는 제목으로

지 않은 역할을 알게 모르게 수행하는 사람이 바로 아버지이다.[83)]

그렇지만 아버지는 아이의 이상적 모델이기도 하다. 아이는 아버지를 닮고자 한다. 아이는 아버지와의 '동일시'를 추구한다. 그가 아버지를 숭배할 수도 있다.[84)] 하지만 비극적인 것은, 그 과정에서 그가 아버지의 힘을 인정할 수밖에 없다는 것이다. 이것이 아이의 마조히즘으로 향하는 첫 발자국이다. 더 비극적인 것은, 아버지는 자기 아이(들)로 하여금 자기가 지나왔던 길을 가도록 강요한다는 것이다.

아버지의 힘은 특히 아이가 아들일 경우에 두드러진다. 어머니를 두고 아버지-아들 사이에 정립되는 갈등은 오이디푸스 콤플렉스의 중핵이다. 이 콤플렉스에 대해서는 수많은 연구가 행해졌다. 이와 관련하여 다음 두 가지 점만 지적하는 것으로 그치자. 첫째, 근친상간, 거세, 금지, 억압 등과 관련된 오이디푸스적 갈등이 인간의 성욕과 무관하지 않다고 주장하는 자들이 있다는 점이다. 프로이트가 그 대표적 인물이다. 둘째, 프로이트를 강하게 비판하면서 이런 갈등이 욕망 그 자체가 갖는 '모방적' 특징에서 기인하다고 주장하는 지라르와 같은 자들이 있다는 점이다.[85)] 분명한 것은 아들의 눈에는 그의 아버지가 무소불위의 힘의 소유자, 검열

구상된 『자유의 길』의 두 번째 권에서 "자기 아이를 죽이는 사라"라는 일화를 계획했었다. 하지만 이 일화는 최종적으로는 포함되지 않았다. Cf. OR, p. 1864. 게다가 네 번째 권의 집필 계획에 따르면, "마르세유로 피난을 간 사라는 독일군에게 체포된 날, 자기 아이와 함께 창문을 통해 뛰어내렸다". Simone de Beauvoir, *La force des choses*, t. 1, Paris: Gallimard, 1963, p. 272; Cf. OR, p. 2105, p. 2144. 또한 살해는 하지 않았지만 아들과 딸에게 폭력을 가한 『파리떼』의 클리타임네스트라도 억압적인 어머니에 해당한다고 할 수 있다.

83) Cf. *Le père: Métaphore paternelle et fonctions du père: L'interdit, la filiation, la transmission*, Paris: Denoël, 1989, p. 30.

84) Cf. Jean-Paul Sartre, *Baudelaire*, Paris: Gallimard, 1947, p. 63.

85) Cf. René Girard, *La violence et le sacré*, Paris: Grasset, 1972, ch. 7, ch. 8.

자, 처벌자 등이라는 사실, 그리고 이런 자격을 가진 아버지는 자식이 제거해야 할 가장 강력한 경쟁자라는 사실이다.

분명, 아이가 자신의 아버지에 대한 우상숭배의 감정이 무너지는 순간이 오기 마련이다. 이 순간은 주로 그의 삶의 두 번째 단계, 곧 청소년기에 해당된다. 그런데 이 순간에 보통 그의 존재의 정당화에 대한 기회 상실이 동반된다. 이 순간부터 아이는 혼자서 그 자신의 존재를 근거 지어야 한다. 이와 관련하여 다음 사실을 지적하자. 인간은 청소년이 되어서도 아버지의 영향을 계속 받을 수 있고, 또 이런 영향이 어린 시절보다 더 크고 강할 수도 있다는 사실이다. 아버지의 이미지를 떨쳐 버리는 데 성공하든 그렇지 못하든 간에, 이 이미지는 아이의 삶에 긴 그림자를 드리우게 된다.

이처럼 아버지와 어른들의 존재로 인해 사회 구성의 가장 기본 단위인 가정은 아이의 인격 형성과 사회화 과정에서 양가적 상태에 놓이게 된다. 가정은 아이가 부모, 특히 아버지의 보호하에 가장 확고한 존재이유를 향유할 수 있는 공간임과 동시에 아버지의 존재로 인해 폭력이 자행되는 곳이기도 하다. 요컨대 아이와 청소년이 주로 시간을 보내는 가정은 낙원과 지옥의 모습을 모두 가지고 있다.

하지만 현실은 상상 이상으로 복잡하다. 부권을 모른 채 자란 아이들도 있기 때문이다. 사르트르, 보들레르, 주네 등의 경우이다. 아버지가 없는 경우, 아이들이 부권의 희생자가 되는 것을 피할 수 있을까? 그들이 아버지가 있는 아이들보다 더 안온하고 행복하다고 단언할 수 있을까? 이 질문에 단적으로 대답하기는 어렵다. 그럼에도 사르트르는 자기 아버지의 때 이른 죽음을 반겼던 것 같다. 왜냐하면 곧 보겠지만 죽은 아버지 덕택으로 그는 자유롭게 되었다고 술회하기 때문이다. 하지만 정확히 같은 이유로 그는 아버지의 때 이른 죽음을 아쉬워하기도 한다.

이런 지적을 통해 아이의 운명은 상당 부분 어른들, 특히 아버지의 손에 달려 있다고 말할 수 있다. 만약 아버지가 살아 있는 경우, 아이는 자기 존재를 정당화하기 위해 그에게 의지할 것이다. 하지만 아버지 부재의 경우(심지어는 존재하는 경우에도), 아이는 자신의 친지들, 가령 어머니, 의붓아버지, (외)조부모, 형제, 삼촌, 고모 등에 의지할 수도 있다. 또한 입양자, 고아원 등과 같은 기관의 대표자 등이 그 역할을 대신할 수도 있다. 이런 사람들 또는 이런 기관의 역할은 어떤 면에서는 아버지의 그것과 유사하다. 게다가 가정 이외의 환경에서 교육자들의 영향도 무시할 수 없다. 우리는 이런 부류의 기관이나 사람들이 수행하는 아버지의 역할을 "제2의 아버지"의 그것으로 여길 것이다.[86)]

물론 진짜 아버지가 없는 경우, 아이와 어른들 사이에서 오이디푸스적 갈등에 대해 말하기는 쉽지 않다. 어머니가 재혼한 경우, 의붓아버지-아들의 관계도 일률적으로 갈등이라고 말할 수 없다. 하지만 아이가 의붓아버지에 대해 적대감을 표시하는 경우도 있다. 한번 동일시의 대상이 된 아버지를 의붓아버지로 대치하는 것은 쉬운 일이 아니다. 사르트르의 표현에 따르면 아이는 숙명의 교차로에 서 있다. 이런 의미에서 사르트르는 "어린 시절"을 "무지", "바보짓", "여성성" 등과 같은 억압의 여러 유형 중

86) 다음 자료에 나오는 "제3의 아버지"라는 개념을 참고했다. Cf. Alfred Tajan & René Volard, *Le troisième père: Symbolisme et dynamique de la rééducation*, Paris: Petite bibliothèque Payot, 1973, p. 12.

하나로 여긴다.[87] 보부아르가 데카르트를 따라 주장하고 있는 것처럼, 인간을 불행하게 만드는 것은, "그가 우선 어린아이였다"는 사실이다.[88]

사르트르의 사유에서 어린 시절이 갖는 중요성은 아무리 강조해도 지나치지 않다. 사르트르는 우선 『존재와 무』에서 프로이트의 정신분석을 비판적으로 수용하고 그만의 고유한 '실존적 정신분석'의 정립을 시도하면서,[89] 주로 어린 시절에 해당하고 가정에서 발생하는 '원초적 선택'의 순간을 확정하고자 한다. 사르트르는 보들레르에게 처음으로 이런 이론을 적용한다. 그리고 『방법의 문제』에서 프로이트의 정신분석을 다시 검토한다. 전진적-후진적 혹은 분석적-종합적 방법을 통해 그는 구조적·역사적 인간학의 정립을 시도하면서, 프로이트와 마르크스를 그 자신의 실존주의적 사유로 매개, 종합하려 한다. 그는 그 기회에 인간의 삶에서 "모든 소스"가 가미된 시기인 어린 시절과 가정[90]이 가진 중요성을 강조하고 있다.

이런 방법의 적용 결과가 『성자 주네』와 특히 『집안의 천치』이다. 게다가 인간이 어린 시절의 대부분을 보내는 가정환경이 그의 존재이유를 추구하려는 여러 시도에 강하게 반영되기 때문에, 사르트르가 위의 저서들에서 특히 부모-아이들, 친지-아이들의 관계에 주목하는 것은 우연이

---

87) CPM, p. 338.

88) Simone de Beauvoir, *Pour une morale de l'ambiguïté* suivi de *Pyrrhus et Cinéas*, Paris: Gallimard, 1974[시몬 드 보부아르, 『그러나 혼자만은 아니다』, 한길석 옮김, 꾸리에, 2016], p. 51.

89) 사르트르는 프로이트 정신분석의 장점을 인정하고 있다. Cf. EN, p. 535. 하지만 이 정신분석이 "수직적 결정론"에 빠졌다는 비판과 아울러 "미래 차원의 결여"로 인해 "인과관계적 메커니즘"에 빠졌다는 비판을 가하고 있다. *Ibid.*, pp. 535~537.

90) IFI, p. 56.

아니다. 여기서는 사르트르의 이런 연구결과를 참조하면서 『알토나의 유폐자들』, 「어느 지도자의 유년 시절」, 『말』 등을 중심으로 그의 문학작품에서 아버지(들)-아이(들) 사이에 맺어지는 관계의 다양한 모습에 주목하고자 한다.

그 아버지의 그 자식(들)

뤼시앵의 굴절된 운명

장르와 집필된 배경 등의 차이에도 불구하고 단편집 『벽』의 다섯 번째 단편인 「어느 지도자의 유년 시절」과 극작품 『알토나의 유폐자들』 사이에는 하나의 공통점이 있다. 아버지의 계속되는 현전이 그것이다.[91] 사르트르가 아버지(들)-아이(들)의 관계를 진지하고도 직접적으로 묻고 있는 것은 이 두 작품에서이다. 그가 자신의 이론적 저작들에서 아버지의 역할에 커다란 중요성을 부여하고 있는 것은 사실이다. 하지만 그의 소설과 극작품에서 이 문제에 대한 관심은 비교적 드물다고 할 수 있다.[92] 그럴 만한 이유가 있을까? 아버지의 때 이른 죽음 때문일까? 신-아버지의 이미지 때문일까? 모두 가능한 대답이다. 하지만 이 문제는 이 연구의 범위를 넘어선다. 여기서는 위의 두 작품에서 형상화된 아버지와 자식(들) 사이의 관계에 집중하고자 한다. 먼저 「어느 지도자의 유년 시절」을 먼저

---

91) 뤼시앵과 프란츠의 아버지는 각각 다른 이유로 자식들 곁을 떠나 있는 기간이 있다는 사실을 지적하자. 플뢰리에 씨는 전쟁에 동원되었고, 폰 게를라흐가의 늙은 가장은 여행으로 집을 비운 적이 있다.

92) 아버지-자식들의 관계는 다른 작품에서도 나타난다. 단편 「방」(La chambre)의 다르베다 씨와 에브, 「시골 선생, 멋쟁이 예수」의 루스드렉 씨와 아돌프, 『존경할 만한 창부』의 상원의원 클라크와 프레드 등이 그 예이다. 『더러운 손』의 위고도 아버지에 대해 암시한다.

보고 이어 폰 게를라흐가의 우두머리와 그 후예들의 관계를 보도록 하자.

플로베르가의 가장인 아실 클레오파가 장남 아실 플로베르를 루앙 병원의 주치의로 만들어 자신의 뒤를 잇길 바라는 것처럼, 플뢰리에 씨도 외아들 뤼시앵을 페롤(Férolles)에 있는 공장의 후계자로 만들려고 한다.

"저도 지도자가 될까요?" 뤼시앵이 물었다.

"물론이지 얘야, 그래서 내가 널 만들었는데."

"저는 누구에게 명령해요?"

"내가 죽으면 네가 공장의 주인이 되어 우리 직공들에게 명령하는 거야."

"하지만 그들도 죽을 텐데요."

"그럼, 너는 그들의 자식들에게 명령하지. 너는 그들을 복종시키는 법과 너를 좋아하게 만드는 법을 배워야 한다."

"어떻게 하면 저를 좋아하게 될까요, 아빠?"

아빠는 잠시 생각하고 말했다. "우선 그들의 이름을 모두 알아야 한다."[93)]

이 부분은 뤼시앵의 삶에 내려진 일종의 '선고' 외에도 그의 아버지가 이미 그를 후계자로 훈련시키고 있다는 사실을 보여 준다. 지도자의 임무에 갓 입문했을 뿐인데도 뤼시앵은 방금 배운 교훈을 아버지 공장에서 일하는 한 노동자의 아들인 모렐에게 실험해 보고자 한다.

뤼시앵은 깊이 감동받았다. 그래서 공장 감독 모렐의 아들이 자기 아버지

---

93) Jean-Paul Sartre, "L'enfance d'un chef", *Le mur*, in OR, p. 325.

의 손가락 두 개가 절단되었다고 집으로 알리러 왔을 때, 뤼시앵은 진지하고 부드럽게 말했고, 그를 똑바로 쳐다보면서 모렐이라고 불렀다.[94)]

뤼시앵이 한 두 행동 — 모렐의 눈을 똑바로 쳐다본 것과 그의 이름을 부른 행동 — 은, 그가 모렐을 지배하는 위치에 서려고 하는 것과 모렐이 자기에게 속한 대상에 불과하다는 사실을 보여 주는 걸 겨냥하고 있다. 사르트르에게서 한 아이가 '이름을 붙이는 것'은 그의 "존재 발견"[95)]과 이 존재의 소유라는 의미가 함축되어 있다.[96)]

하지만 플뢰리에 씨의 보증에도 불구하고 뤼시앵은 그 자신의 실존적 불안을 완전히 극복하고 있지 못하다. 그 증거는, 자신의 운명을 알고 난 뒤, 뤼시앵이 통학생의 자격으로 생조제프학교에 입학하기까지 그의 인생에서 가장 권태로운 해를 보낸 것이다. 그는 아버지에 의해 내려진 자신의 미래에 대한 선고를 즐길 수 없었다. 게다가 성숙해지기 위해 그는 어린 시절과 청소년 시절에 수많은 힘든 경험을 해야 한다. "불편한 가운데 뒤에서 응시당하는 것, 노출주의, 관음주의, 거울과의 나르시시즘"[97)] 등이 그 예이다. 또한 존재의 우연성 발견, 프로이트의 정신분석 발견, 초현실주의적 글쓰기 실천, 자살 시도, 랭보적인 착란의 경험, 로트레아몽과 사드의 작품 읽기, 바레스식의 뿌리뽑힘의 체험, 정치적 참여, 반유대

---

94) *Idem*.
95) Cf. IFI, p. 152.
96) Cf. SIX, pp. 43~44.
97) Jean-François Louette, "La dialectique dans 'L'enfance d'un chef'", *Cahiers de sémiotique textuelle*, n° 18, *Etudes sartriennes*, n° 4, Paris X, 1990, p. 141.

주의 등도 거기에 포함된다.

이런 사실들은 실제로 플뢰리에 씨가 뤼시앵에게 예정된 운명이 어떤 것인지를 가르쳐 줄 때, 그가 아들의 이상적인 모델이 되지 못했다는 것을 엿보게 해준다. 가령, 뤼시앵은 모델에 대한 그의 실험에도 불구하고 살아가는 동안 아버지와 동일시하고자 하는 결심을 완전히 굳힌 것은 아니다. 같은 시기에 뤼시앵은 아버지에 대해 내린 몇몇 판단을 이미 호주머니 속에 넣고 있다. 어떤 판단일까? 답을 위해 「어느 지도자의 유년 시절」에서 아버지와 아들이 처음으로 같이 등장하는 장면에 주목해 보자. 플뢰리에 씨가 뤼시앵을 "귀여운 놈!" 하면서 그를 공중에 들어 올리는 장면이다.

> 하얀 식탁보로 덮인 기다란 식탁 앞을 지나갈 때 샴페인을 마시던 아빠가 "귀여운 놈!" 하며 땅에서 안아 올리면 뤼시앵은 울음을 터뜨릴 것 같았다. "싫어요!"라고 말하고 싶었다.[98]

이 장면은 사육제 날 뤼시앵이 리리와 함께 피에로 복장을 하고 여러 어른들 앞에서 놀고 있을 때의 장면이다. 그런데 여기서 주목하고자 하는 것은, 이 장면 이전에 뤼시앵이 어머니에 의해 의젓한 한 명의 소년으로 여겨지면서 아버지와는 전혀 다른 태도를 보인다는 사실이다.

> 엄마가 손 안경으로 그를 가볍게 쳤다. "나는 내 아들이 자랑스러워." 그

98) Sartre, "L'enfance d'un chef", p. 315.

녀는 당당했고 아름다웠다. 부인들 중에 제일 뚱뚱하고 키가 제일 컸다.[99)]

여기에 하나의 물음이 제기된다. 왜 뤼시앵은 아버지와 어머니에게 다른 태도를 보였을까? 이 물음과 관련하여 다음 사실을 지적하는 것이 유익할 것이다. 뤼시앵이 어른들에 의해 소녀로 취급될 때, 그는 가벼운 구역질을 느낀다는 사실이다. 다행히도 포르티에 부인은 그를 여전히 소년으로 여긴다. 하지만 자기를 진짜 소녀로 여기면서 그의 이름을 묻는 부파르디에 씨 앞에서 뤼시앵은 자기 이름이 '뤼시앵'이라고 말하면서도 얼굴이 온통 붉어진다. 분명 뤼시앵은 남자 이름을 대면서도 당황해한다.

하지만 뤼시앵을 소녀로 여기는 어른은 부파르디에 씨 혼자만이 아니다. 다른 어른들도 벌써 그를 마드무와젤이라고 부르고, 그가 입은 옷, 드러난 앙증맞은 팔, 금발머리 등을 귀엽다고 칭찬한다. 그들의 판단은 너무도 강해서 뤼시앵 자신도 자기의 성에 대해 확신이 안 설 정도이다.

이렇듯 뤼시앵을 소녀로 여기는 어른들이 많으면 많을수록 그가 여자라는 확신은 더 강해진다. 그가 천사의 복장을 한 자신을 귀엽다고 여기는 것과 마찬가지로 ― 이 의견은 포르티에 부인의 것이다 ―, 어른들이 그를 계속해서 "나의 귀여운 꼬마 아가씨"라고 부를 때면, 그는 이렇게 생각하기도 한다. '이미 그렇게 되어 버린 거야.' 또한 어른들 앞에서 그는 주저하지 않고 진짜 꼬마 소녀처럼 행동한다. 그의 소녀 같은 행동에 대한 보상은 소녀의 이미지 속에서 아주 부드럽게 느끼는 것이다. 하지만 이런 감정은 약간 구역질이 나는 것이다.

---

99) *Idem*.

잠시 뤼시앵이 느끼는 이 양가적 감정에 주목해 보자. 방금 그가 부파르디에 씨의 질문에 자기의 이름이 '뤼시앵'이라고 답을 하면서 얼굴이 빨개졌다고 했다. 또한 그가 어른들 앞에서 귀여운 소녀처럼 행동했다고도 했다. 이것은 그가 성적 정체성에서 소외를 경험했다는 것을 의미한다. 그는 그 자신과 다른 타자였다. 그는 일종의 "상징적 거세"[100]를 경험한 것이다.

그로부터 뤼시앵의 불안이 기인한다. 그는 어른들 앞에 설 때마다, 그들과 소통하기 위해 그들의 눈에 비치는 대로의 자기 모습을 떠맡아야 한다. 물론 거기에는 뤼시앵의 어른들에 대한 복종, 즉 그들에 대한 그의 마조히즘적 태도가 전제된다. 그의 목표는 하나의 대상 이외의 다른 것이 되는 것을 거절하는 것이다. 그는 자유를 포기한 대신 그들 안에서 씁쓸한 휴식을 취하고자 한다. 이런 이유로 뤼시앵은 그들에 의해 소녀로 여겨졌을 때 구역질을 느낀 것이다. 하지만 이 감정은 또한 부드러운 것이기도 했다. 이런 양가적 감정의 근원은 무엇인가? 그것은 뤼시앵에게는 어른들 앞에서 소녀처럼 행동하는 것이 혼자 고립되는 것보다 덜 불편하다는 사실로 보인다.

이처럼 사육제가 열린 날, 뤼시앵은 어른들의 존재론적 힘에 의지해 존재이유를 추구하고 있었던 반면, 그의 부모님은 그를 소년, 곧 남자로 여기면서 이를 방해했다고 할 수 있다. 앞서 그가 그들에게 같은 방식으로 반응하지 않았다는 사실을 지적했다. 그는 어머니의 행동에는 만족한

---

100) Geneviève Idt, Le mur *de Jean-Paul Sartre: Techniques et contexte d'une provocation*, Paris: Larousse, 1972, p. 195.

반면, 아버지의 행동에는 화를 냈었다. 앞서 제기한 질문으로 되돌아가 보자. 이처럼 다른 반응은 어디에서 오는 것일까? 뤼시앵이 소녀의 이미지 속에서 부드러운 느낌과 동시에 구역질을 느꼈다는 사실을 상기하자.

이를 통해 다음 사실을 지적할 수 있다. 만약 누군가가 (어머니든 아버지든 간에) 그를 소년으로 여긴다면, 그는 그 순간 성적 정체성의 위기에서 벗어날 수 있을 것이고, 따라서 구역질을 느끼지 않을 수도 있을 것이다. 하지만 이것은 그에게 비싼 대가를 요구한다. 왜냐하면 이 경우에 그는 다른 어른들의 존재론적 힘에 기대어 자신의 잉여존재를 정당화시킬 수 있는 기회를 잃을 것이기 때문이다.

그로부터 다음 결론이 도출된다. 만약 어떤 어른이 그를 소년으로 여긴다면, 이 어른은 그의 존재이유 상실을 보상해 주기에 충분한 존재론적 힘을 가져야 할 것이다. 뤼시앵이 소년이라고 선언하면서 이 어른은 그에게 소녀로 여겨진 이미지에서 느끼는 휴식보다 더 강한 (적어도 동일한) 감정을 주는 책임을 떠맡아야 할 것이다. 하지만 이것만이 전부가 아니다. 이 어른은 뤼시앵의 코미디에 종지부를 찍어야 할 것이다. 왜냐하면 뤼시앵은 부분적이지만 자신이 꾸미는 행동을 한다는 것을 의식하고 있기 때문이다. 그 증거는, 소녀처럼 행동하면서 그는 내심 꾸민 행동을 진지하게 여기는 것을 거부하고 있다는 점이다. "그는 생각했다. 이건 진짜가 아니야. 그는 그런 놀이가 진짜가 아니라는 것을 좋아했다."[101)]

이런 사실들을 바탕으로 우리는 이렇게 단언할 수 있다. 뤼시앵을 소년으로 여기고자 하는 어른은 그의 존재 정당화를 보장해 주기 위해 코

---

101) Sartre, "L'enfance d'un chef", pp. 314~315.

미디와는 다른 길을 제안해야 할 것이라고 말이다. 누가 이 역할을 수행할 수 있을까? 우선 플뢰리에 부인이다. 그녀는 뤼시앵이 소년이라고 못을 박는다. 그러면서 그녀는 아들에게 '가벼운 가격'을 한다. 이 가벼운 가격은 앞서 본 조금 구역질나는 감정과 무관해 보이지 않는다. 아들의 구역질을 사라지게 하기 위해 플뢰리에 부인이 큰 노력을 경주할 필요가 없다. 그저 툭 치는 정도의 동작만으로 충분한 것이다.

하지만 문제는 아들의 이런 구역질에 대한 보상으로 플뢰리에 부인은 그에게 소녀의 이미지보다 더 안심이 되는 (적어도 동일한) 소년의 이미지를 줄 의무를 진다는 데 있다. 만약 그녀가 이런 의무를 이행하지 못할 경우, 뤼시앵이 어머니의 동작에 만족할 이유가 전혀 없을 것이다. 그는 계속 다른 어른들에 의해 소녀로 여겨지기를 더 선호할 수도 있다. 비록 그가 그들 앞에서 소녀로 여겨지면서 부끄러움을 느낀다고 해도 그렇다. 요컨대 그가 자신의 성적 정체성의 위기, 곧 상징적 거세로부터 벗어나는가의 여부는 결국 어머니의 존재론적 힘에 달려 있다.

뤼시앵의 눈에 그의 어머니는 육중하고 아름다우며, 사육제 날 그녀의 집에 있는 모든 부인들 중 가장 뚱뚱하고 가장 덩치가 크다. 어린 뤼시앵은 아직 누구의 존재론적 힘이 세고 약한지를 알지 못한다. 하지만 그의 성적 정체성에 대한 어머니의 선고는 다른 어른들의 그것보다 훨씬 더 무게감이 있다. 거기에는 "그녀의 정신적 무게"[102] ── 존재론적 무게이다 ── 가 더 무겁다는 사실이 함축되어 있다. 이 힘에 의지해 그가 회복하게 되는 남성적 이미지는 다른 어른들이 그에게 부여하는 여성적 이미

102) Louette, "La dialectique dans 'L'enfance d'un chef'", p. 133.

지보다 훨씬 더 안심이 되는 것이다.

그다음으로 뤼시앵을 소년 취급하는 것은 플뢰리에 씨이다. 게다가 어머니의 행동과 비교해 보면 —어머니는 손 안경으로 살짝 툭 쳤다—, 아버지의 행동은 훨씬 더 화려하다. 아버지의 이 행동은 사육제 날 집에 온 다른 어른들 앞에서 행해진 것이다. 아버지는 그들에게 뤼시앵이 그의 유일한 후계자, 따라서 미래의 지도자인 것을 알리기를 원했을까? 그랬을 것이다. 하지만 그의 행동은 아들의 눈에는 조금 과장된 것으로 비춰졌다. 뤼시앵이 선택받은 소년이라는 것을 보여 주기에 급급한 나머지 플뢰리에 씨는 아들이 어떤 상태에 있는지를 전혀 고려하지 못했기 때문이다.

플뢰리에 씨가 뤼시앵을 땅에서 들어 올리고, 또 그를 소년으로 여겼을 때, 그는 다른 어른들이 부여해 준 소녀의 이미지를 단번에 잃어버릴 상황에 있었다. 그는 이 이미지에서 구역질을 느끼기는 하지만 부드러운 감정을 맛보았다. 아버지가 부여해 준 소년의 이미지는 이 이미지를 지울 수 있다. 하지만 아버지가 그에게 소녀의 이미지와 같은 (혹은 더 강한) 이미지를 주지 못한다면, 그 순간에 그의 부드러운 감정은 사라지고 말 것이다. 아버지가 어머니와 동일한 존재론적 힘을 가졌다면, 그는 편안함을 느낄 수도 있다. 하지만 아버지가 어머니와 다른 어른들보다 더 강한 존재론적 힘을 가졌다는 것을 보여 주는 징표는 아직까지 없었다.

바로 거기에 뤼시앵이 울고 싶어 하는 마음이 자리한다. 이것은 아버지와 어머니가 각각 그를 소년으로 여겼을 때, 그가 다른 태도를 보여 주었다는 것과 연결된다. 지금까지는 어머니의 존재론적 힘이 아버지의 그것보다 더 강하다. 이것이 오이디푸스 콤플렉스에서 기인하는가 아닌가를 결정하는 것은 그다지 중요하지 않다. 중요한 것은 오히려 아버지의 자격으로 플뢰리에 씨가 아들인 뤼시앵에게 결정적인 영향을 미치지 못하고 있다는 사실이다.

하지만 뤼시앵이 어머니에게 완전히 경도된 것은 아니다. 어머니 역시 뤼시앵이 모델로 삼아 자신의 삶을 영위해 나갈 수 있는 이상적인 모델을 제공해 주지 못한다. 우선, 그녀는 플뢰리에 씨보다 먼저 뤼시앵의 각성의 희생자가 된다. 사육제 날 저녁, 뤼시앵은 갓난아이였을 때처럼 부모님 방에서 자는 것이 허락되었다. 그다음 날 아침, 그는 저녁에 꾼 악몽 같은 꿈을 기억해 낸다. 하지만 그는 꿈을 꾸기 전에 있었던 무엇인가에 대해서는 희미하게만 기억할 뿐이다.

> 하지만 꿈을 꾸기 전에 뭔가가 있었고, 그 후에 잠에서 깨어났음이 틀림없었다. 그가 기억해 보려고 애쓰자, 부모님 방 안에서 저녁마다 켜두는 야등과도 비슷한 조그맣고 푸른 전깃불이 반짝이는 검고 긴 터널이 보였다. 그 어두운 푸른 밤의 심연 속에서 무엇인가가 발생했던 것이다. 하얀 그 무엇이. … 터널에는 희미한 회색빛이 비쳤고, 무엇인가가 움직이는 것이 보였다. 뤼시앵은 무서워서 소리를 질렀다. 터널이 사라졌다.[103)]

프로이트의 정신분석학의 차원에서 보면 이 사건은 "원초적 장

103) Sartre, "L'enfance d'un chef", pp. 315~316.

면"[104]에 해당된다.[105] 『존재와 무』에서 정립되고 있는 실존적 정신분석에 따르면 이 사건은 '원초적 선택'의 토대가 된다. 왜냐하면 뤼시앵은 이 사건을 계기로 어른들의 세계는 코미디의 세계라는 사실을 알게 되기 때문이다. 뤼시앵의 눈에 그의 어머니가 제일 먼저 코미디를 하는 어른으로 보인다. 그는 특히 어머니의 몸을 보는 기회를 갖는다.

> 엄마는 입을 아주 크게 벌려 웃고 있었고, 뤼시앵은 그 장미빛 혀와 목구멍 안을 보았다. 그것은 더러웠다. 그 안에 침을 뱉고 싶었다. … 하지만 그다음 날, 엄마가 요강에 앉아 있는 뤼시앵의 손을 잡고, "뤼시앵, 힘을 줘, 아가, 힘을 줘"라고 말했을 때, 그는 갑자기 힘주기를 멈추고 약간 헐떡거리며 그녀에게 물었다. "그런데 엄마는 정말 내 엄마야?" 엄마는 "이 바보" 하더니 똥이 나오지 않느냐고 물었다. 그날부터 뤼시앵은 엄마가 코미디를 한다고 믿었다. 크면 엄마와 결혼하겠다는 말은 더 이상 하지 않았다.[106]

위의 인용문에서 볼 수 있는 플뢰리에 부인과 뤼시앵 사이의 대화에서 볼 수 있는 표현들(예컨대 "힘을 줘", "제발", "약간 숨이 차서", "곧 나오지

104) Cf. Jean Laplanche & J.-B. Pontalis, *Vocabulaire de la psychanalyse*, Paris: PUF, 1967, p. 432.

105) 이 장면을 "원초적 장면 1"로, 뤼시앵이 "천사의 복장"을 하고 다른 사람들에 의해 "귀엽다"고 여겨진 장면을 "원초적 장면 0"으로 규정하는 연구자도 있다. Cf. Louette, "La dialectique dans 'L'enfance d'un chef'", p. 136. 이것은 타자의 시선에 의해 뤼시앵이 객체화를 경험한 장면이 가진 중요성을 부각시키고 있는 것으로 보인다.

106) Sartre, "L'enfance d'un chef", p. 317.

않아" 등)의 유비적 관계에 대해서는 다루지 않을 것이다. 이런 표현들은 분명 뤼시앵의 부모가 성관계를 맺을 때 들었던 표현들이었으리라.[107] 오히려 여기서 더 중요한 것은 어머니의 몸의 객체화이다. 이것은 불행하게도 뤼시앵에게는 큰 충격이다. 왜냐하면 자기를 소년으로 여기면서 성적 정체성의 위기로부터 벗어나게 해준 장본인이 어머니였기 때문이다. 어머니가 코미디를 하는 사람에 불과하다면, 그는 자신의 실존적 고뇌를 피할 수 있는 안전판을 잃는 것이다.

다행인 것은, 뤼시앵이 이런 실험 하나만으로는 코미디가 정확히 무엇인지를 알기에 충분치 않다는 것이다.[108] 물론 그에게 아버지가 남아 있기는 하다. 하지만 뤼시앵이 아버지 역시 코미디를 한다는 사실을 알게 되기까지는 그리 많은 시간이 걸리지 않는다. 이처럼 뤼시앵의 가장 가까운 혈육이자 어른들인 부모의 세계는 그에게 코미디의 연속인 것으로 드러난다.

그다음으로 코미디를 하는 습관을 갖게 된 것은 뤼시앵 자신이다. 그의 첫 번째 코미디는 고아 놀이이다. 이 코미디는 의미심장하다. 그도 그럴 것이 자기가 상징적 거세라는 성적 정체성의 위기에서 빠져나오도록 도와준 부모의 존재론적 힘을 그가 더 이상 신뢰하지 못한 이후(특히 어머니에 대해), 존재론적으로 말해 그는 진짜 고아가 되었기 때문이다. 하지만 그는 그 자신이 펼치는 코미디를 감상하는 자들이 갖는 중요성을 아직은 정확하게 알지 못한다. 그가 고아 놀이를 했을 때, 그의 주위에는 하녀

107) Cf. A. James Arnold & Jean-Pierre Piriou, *Genèse et critique d'une autobiographie:* Les mots *de Jean-Paul Sartre*, Paris: Minard, 1973, p. 13.
108) Sartre, "L'enfance d'un chef", p. 317.

제르멘과 그의 부모가 있다. 하지만 그는 모른 척하고 연기를 한다. 제르멘에게서도 그렇고, 특히 부모에게서는 아무것도 기대하지 않는다. 그들은 벌써 그 자신들도 각각 코미디를 하는 자들에 속하기 때문이다.

사실 고아 놀이는 뤼시앵이 읽은 여러 책에서 영감을 받은 것이다. 이것은 그가 그 자신만의 고유한 코미디를 고안해 낼 수 없음을 보여 준다. 하지만 그는 자신의 코미디가 다른 사람들 앞에서 행해져야 한다는 것을 곧 알게 된다. 지금으로서는 그의 코미디에 대한 이해는 부족한 면이 없지 않다.[109] 특히 관객이 되는 타자의 존재론적 지위에 대한 이해가 부족하다. 하지만 여기서 분명하게 드러나는 것은, 이런 모든 경험 끝에 그가 다음 결론에 도달한다는 것이다. 모든 사람이 연기를 한다는 결론이 그것이다. 어머니도, 아버지도, 그 자신도.

이것만이 전부가 아니다. 물병 역시 물병이 되는 연기를 한다는 생각이 뤼시앵의 머리를 스친다. 그를 에워싼 모든 사람들, 이 세계 전체가 코미디를 하기 때문에, 그가 보기에 결국 이 세계에서 코미디는 보편적이다. 그가 그 자신 '뤼시앵'이 되는 놀이에 진력이 났다고 생각해도 소용없다. 왜냐하면 그 혼자서 자기 행동이나 감정을 진지하게 여길 수가 없기 때문이다. 예컨대 바닥에 넘어져 혹이 생겼음에도 불구하고 이 혹이 진짜로 아픈가를 자문할 정도이다. 그리고 그는 현실에서 만나는 사람들을 모델로 삼기도 한다. 예컨대 그는 부파르디에 씨의 행동을 모방하면서 어머니에게 정중하게 인사한다. 결과는 미미할 뿐이다. 그렇다고 효과가 전혀 없는 것은 아니다. 왜냐하면 코미디에서 관객들이 중요한 역할을 한다는

109) *Ibid.*, p. 318.

사실을 감지했기 때문이다.

뤼시앵은 이 세계(특히 부모의 세계)가 코미디의 세계라는 사실과 그 자신 역시 코미디를 하고 있다는 사실을 알고나서 다른 어른들을 과거와는 다른 방식으로 대하게 된다. 매달 첫 번째, 세 번째 금요일에 플뢰리에 부인을 보러 오는 부인들이 그 대상이다. 이 부인들은 분명 그를 이전에 마드무와젤이라고 부르면서 소녀로 여겼던 사람들의 일부이다. 하지만 지금 그녀들이 그를 한 명의 인간 또는 소년으로 여긴다고 해도 그는 편안함을 느낀다. 혼자 있을 때는 그 자신이 하는 행동과 느끼는 것에 대해 아무런 확신을 가질 수 없는 반면, 자신의 취미와 소원을 묻는 쿠팽 부인에게 대답을 할 때는 자신의 말을 항상 믿는다. 게다가 자기를 작은 인형으로 여기는 베스 부인 앞에서, 그녀가 인형도 말을 하는지를 물을 때, 그는 말을 하는 기계인형인 척 놀이를 한다.

뤼시앵에게서 이 세 차례의 경험 ― 부모의 코미디, 그만의 고아 놀이, 자신을 소년이나 물건으로 여기는 새로운 사람들과의 만남 ― 은 타자에 대한 존재론적 의미 이해에서 중요한 역할을 한다.

첫째, 이런 경험들을 통해 그의 주위에서 부모(특히 어머니)가 맡았던 특별한 지위가 일부 침식당하는 효과가 나타난다는 점이다. 과거에는 부모만이 유일하게 그에게 소년이라는 안심할 수 있는 이미지를 제공해 줄 수 있었다. 하지만 뤼시앵은 여기에서 어른들이 모두 다 같은 존재론적 힘을 가졌다는 것을 알게 된다. 그 증거는, 그가 베스 부인에 의해 인형으로 취급되면서 기뻤을 때, 그는 혼자 그녀가 수염이 조금 난 크고 강한 부인이라고 생각한 것이다. 이전에는 그의 어머니의 모습만이 육중했다는 것을 기억하자.

둘째, 뤼시앵은 그 자신이 펼치는 코미디에 어른들이 진정성을 부여하는 역할을 한다는 사실을 알게 된다는 점이다. 이것은 그의 코미디에서 관객들이 하는 역할에 대한 이해로의 일보 전진이다.

셋째, 그가 어른들과의 의사소통 길을 열기 위해서는 그들에 의해 자기가 즉자의 방식으로 존재하는 대상으로 여겨지는 것도 용인해야 한다는 점이다. 요컨대 그는 타자에 대한 많은 지식을 얻게 되었다. 하지만 이런 지식만으로는 충분하지 않다. 특히 이 세 번의 경험 끝에 뤼시앵이 플뢰리에 씨의 존재론적 가치가 떨어졌다는 사실을 알게 되었다는 걸 지적하자. 물론 처음에 그의 가치는 플뢰리에 부인의 그것보다 더 낮았다. 하지만 여기서 그것은 다른 어른들의 그것과 같은 정도에 불과한 것으로 드러났다.

방금 뤼시앵이 그 자신이 펼치는 코미디의 진정성은 다른 사람들에게서 온다는 것을 배웠다고 했다. 하지만 그는 어떤 과정을 거쳐 그 진정성이 자기에게 오는지를 여전히 잘 알지 못한다. 이것은 지금 그가 가지고 있는 타자들에 대한 지식이 부족함을 의미한다. 예컨대 그는 아직도 자신의 사소한 행동에도 그들이 변덕스러운 태도를 보이면서 그에게 등을 돌리는 것을 이해하지 못한다. 토요일마다 집으로 점심 식사를 하러 오는 신부님이 뤼시앵에게 질문을 던지는 장면이 그 좋은 예이다. 신부님이 던진 질문 ― 하나님과 어머니 중 누가 더 좋은가? ― 에 답하는 것을 잠시라도 주저하면, 어른들은 마치 그가 존재하지 않는 것처럼 그들만의 대화를 이어 나가는 것이다.

그 직후, 뤼시앵이 출입이 금지된 정원으로 가서 불신하는 태도로 쐐기풀을 보고 또 그것을 작은 막대기로 내려쳐도 소용없다. 왜냐하면 그것들은 그의 과격한 행동에 전혀 반응을 못하기 때문이다. 그것들은 무기력하게 부러질 뿐이다. 그가 마로니에 나무에 같은 동작을 반복해도 결과는 같다. 그가 이 나무의 이름을 부르고, 나무에 욕을 하고, 발길질과 같은 행동을 해도 이 나무는 그저 묵묵히 있다. 또한 그가 죽인 귀뚜라미도 마찬가지이다. 귀뚜라미는 찍소리도 못한다. 어쩌면 겁이 나서 접근하지 못했지만 닭도 소리를 치지 못할 것이다.

하지만 어머니나 하녀 제르멘은 전혀 다르다. 그녀들은 뤼시앵의 사소한 행동 하나에도 즉각 반응한다. 그로부터 그는 다음 결론을 도출한다. 사물들, 그것들은 멍청하다, 그것들은 진짜로 존재하지 않는다, 그것들은 주의를 기울일 필요가 없다는 결론이다. 이것들이 즉자존재의 특징을 가지고 있다는 점은 더 이상 설명이 필요하지 않다. 여기서 단언할 수 있는 것은, 이런 비교 경험을 통해 뤼시앵은 결국 인간이 사물이나 동물과는 다른 존재라는 사실을 알아차렸다는 점이다.

그런데 뤼시앵은 플뢰리에 씨가 집에 없는 동안에 이런 경험을 했다는 사실을 지적하자. 플뢰리에 씨는 전쟁에 동원되었다가 몇 개월 후에 집으로 돌아왔다. 또한 귀가 후에 플뢰리에 씨는 뤼시앵이 '작은 귀여운 놈'을 찾아볼 수 없을 정도로 아주 많이 변한 것을 알게 되었다는 점 역시 지적하자. 하지만 아버지는 아들의 이런 변화에 그다지 큰 영향을 주지 못했다.

뤼시앵은 그 이후에도 어른들이 가진 존재론적 위상을 탐사하는 작업을 그치지 않는다. 게다가 이것을 더 잘 아는 일은 긴급하다. 그가 자랄수록 그들은 그를 귀엽게만 봐주지 않는다. 예컨대 그가 소녀티를 벗게 되자 — 그의 긴 머리를 잘라 버렸다 —, 그들은 예전과는 달리 그에게

도덕 교육을 시키기도 하고 교육적인 이야기를 들려주기도 한다. 그가 이 세계에서 혼자라고 느끼는 것은 당연하다. 하지만 그가 자신의 존재 문제와 타자의 그것이 짝을 이루고 있다는 것을 알기에는 아직 이르다.

뤼시앵은 몇 차례의 경험에서 얻은 타자에 대한 지식을 공고히 하고자 한다. 가령, 같은 나이 또래의 리리에게 한 실험이 그 좋은 예이다. 사촌 리리는 그의 어머니 베르트와 함께 폭탄 투하 때문에 페롤로 왔다. 리리가 뤼시앵보다 6개월 연상이었음에도 아직까지 아이 같은 느낌을 풍긴다는 것은 별로 중요하지 않다. 왜냐하면 리리도 인간이기 때문이다. 그는 뤼시앵의 실험에 이용될 첫 번째 희생자가 된다.

뤼시앵은 우선 리리에게 그가 몽유병환자라고 털어놓는다. 사촌과 함께 꾸밀 이 코미디를 그는 책을 통해 알게 되었다. 인간을 대상으로 하는 첫 번째 실험은 다음과 같이 진행된다. 첫 단계는 그가 사촌에게 몽유병환자라는 사실을 말했다는 단 하나의 사실만으로 그가 그 자신의 상태를 믿어 버리는 단계이다. 리리는 몽유병이 뭔지도 모른다. 하지만 이것은 그다지 중요하지 않다.

두 번째 단계는 밤에 리리가 깨어 있다가 뤼시앵의 동작을 살피고, 그것을 기억했다가 그에게 이야기해 주는 단계이다. 하지만 뤼시앵은 그 결과를 알지 못하게 된다. 리리가 역할을 충실히 수행하지 못하기 때문이다. 여기서 지적하고 싶은 점은, 뤼시앵이 실험에서 겨냥한 목표가 리리의 시선하에 놓인 그 자신의 모습을 알고자 하는 것 이외의 다른 것이 아니라는 사실이다. 실패에도 불구하고 이 실험은 실망스러운 것만은 아니다. 이 실험을 통해 뤼시앵은 그의 코미디의 진정성이 타자에게서 온다는 사실, 또 그의 코미디는 반드시 타자에 의해 관람되고 평가되어야 한다는 사실을 알게 되기 때문이다.

리리의 증언이 없어서 뤼시앵은 밤에 그 자신이 무슨 행동을 했는지, 무슨 말을 했는지를 알 수 있는 수단을 전혀 갖고 있지 못하다. 하지만 그는 이 모든 것을 보고 또 알고 있는 하나의 존재가 있다는 것을 알게 된다. '선한 신'의 존재가 그것이다. 그리고 그는 신이 자기를 자기보다 더 잘 안다고 생각한다. 하지만 신이 이 지구상의 수많은 아이들의 행동들을 기억하지 못할 수도 있다고, 또 신은 오직 '선'만을 볼 뿐이라고 생각한다. 그렇다면 신과 더불어 코미디를 하는 것이 무슨 소용 있을까?

뤼시앵에게는 두 가지 가능성이 있다. 하나는 사르트르에게서 신은 영원한 시선 혹은 결코 객체가 될 수 없는 주체로 이해되는데, 따라서 뤼시앵이 이런 신에 의해 하나의 절대적 객체-존재로 포획될 가능성이다. 다른 하나는 이와는 반대로 신이 뤼시앵의 코미디에 대해 아무런 평가도 할 수 없기 때문에 신과 더불어 유희하는 것을 포기하는 가능성이다. 뤼시앵은 두 번째 가능성을 선택한다. 이것은 그가 코미디의 성공을 맛보려면 이제부터는 오직 피와 살로 된 살아 있는 구체적 인간들의 시선에 호소해야 한다는 것을 의미한다.

이렇게 해서 뤼시앵은 타자들의 중요성을 알아차리게 된다. 하지만 여전히 정확한 지식이 부족하다. 일단 신의 존재를 그의 코미디 관객 명단에서 제외하고 나자 신을 닮은 사람들에게 호소하는 일이 남는다. 사실, 그는 그의 첫 번째 성체 배령이 끝난 후, 신부님의 칭찬에도 불구하고, 그리고 그가 사물들, 동물들, 리리, 신과 더불어 했던 여러 차례의 실험에도 불구하고, 머리가 안개로 가득 차 있다고 생각한다. 그의 부모님의 존재론적 위상이 낮아졌다는 사실을 기억하자. 또한 비록 아버지가 귀가 후에 아들이 많이 변했다는 것을 알아차렸지만, 아직까지 이렇게 변한 아들에게 그 어떤 존재론적 힘의 우위도 보여 주지 못했다는 사실을 기억하자. 방금 언급한 안개는 바로 이런 상태에서 뤼시앵이 겪은 실존적 고뇌의 다른 표현일 것이다.

이 단계에서 답을 하지 않고 남겨 두었던 질문으로 돌아가 보자. 자기에 대한 부권적 선고가 내려지기 전에 뤼시앵에 의해 포착된 플뢰리에 씨의 이미지는 어떤 것이었는가? 앞서 아들 뤼시앵에 대한 플뢰리에 씨의 영향력이 부인의 그것과 같지 않았다는 사실을 지적했다. 다른 사람들에 의해 아들의 상징적 거세가 이루어졌을 때, 플뢰리에 부인은 아들을 소년으로 여기면서 적극 방어했다. 반면, 플뢰리에 씨는 같은 행동을 하면서도 아들의 화만 돋우었다. 뤼시앵이 이 세계가 코미디로 꽉 차 있다는 것을 알게 되었을 때도 부부 역시 자신들의 역할에 충실하면서 코미디를 하고 있었다. 다시 말해 플뢰리에 씨는 아들에 관련된 일에서 어떤 경우에도 부인보다 더 강한 힘을 보여 주지 못했다. 아들이 타자들의 역할을 더 잘 이해하기 위해 여러 차례의 실험을 하는 동안에도 플뢰리에 씨는 전쟁에 동원되었다. 이 모든 것은 플뢰리에 씨가 뤼시앵에게 지도자의 운명을 선고할 때, 아들은 아버지에게 그를 모방하겠다고 결심할 정도로 강한 이미지를 부여하지 못했다는 것을 보여 준다.

하지만 뤼시앵의 머릿속에 가득 찼던 안개는, 그가 아버지와 함께 파리로 가는 길에서 산책하는 동안 말끔히 가시게 된다. 그는 첫 성체 배령 후에 모든 것이 흐려졌지만, 아버지와 같이 산책했던 일요일은 맑게 개었다라고 말하고 있다. 이것은 그날 날씨가 좋았다는 사실에 의해 설명된다. 하지만 이날의 맑음은 다름 아닌 아버지의 새로운 존재론적 힘에 대한 뤼시앵의 깨우침으로 보인다. 이날 이후 뤼시앵은 플뢰리에 씨를 이상적인 모델로 여기기 시작한다.

이 점에 대해 다음 사실은 흥미롭다. 아들에 대해 결정적인 선고를 내리기 전에 지도자-아버지의 자격으로 플뢰리에 씨는 노동자들 앞에서 자신의 존재론적 힘을 새로이 과시한다는 사실이다. 그 효과는 즉각적이다. 앞서 모델에 대해 우위를 점하고 싶은 뤼시앵이 아버지의 행동을 따라 했다는 것을 보았다. 이것만이 전부가 아니다. 뤼시앵은 어머니에게 인사하는 모습을 한순간이나마 모방하려 했던 부파르디에 씨를 자신이 미워한다고 생각한다. 이런 미움의 감정은 아버지가 새로운 존재론적 힘을 과시한 이후에 뤼시앵이 부파르디에 씨의 존재론적 힘을 믿으려 했던 과거를 부끄럽게 느꼈기 때문일 것이다. 게다가 뤼시앵의 눈에는 모든 사람들이 무너지는 것 같았다. 특히 옛날에는 눈에 빛이 있었으나 지금은 사라지고 만 코팽 부인[110]의 경우가 대표적이다. 이것은 플뢰리에 씨의 새로운 존재론적 힘이 다른 모든 어른들의 그것을 능가한다는 것을 의미한다.

그런데 아버지로부터 지도자의 운명을 선고받은 후에 뤼시앵은 학교에 입학할 때까지 가장 지루한 한 해를 보낸다. 그는 스스로 아버지가 자신의 삶을 지배하기 시작한 시기보다 전쟁 동안을 더 좋아한다고 생각한다. 하지만 주의하자. 전쟁 동안 플뢰리에 씨는 동원되었고, 그의 부재는 뤼시앵에게 다른 사람들이 그에게 부여한 이미지를 즐길 수 있는 절호

110) 코팽(Coffin) 부인은 뤼시앵에게 취미와 소원을 물었던 쿠팽(Couffin) 부인과 동일 인물인 것으로 보인다. Cf. *Ibid.*, p. 1852.

의 기회였다. 왜냐하면 그들은 뤼시앵을 소년-인간이나 인형-객체로 여겼기 때문이다. 이것은 전쟁 중에 그가 자신의 잉여존재를 정당화시킬 수 있는 두 개의 길을 이용했다는 것을 보여 준다.

하지만 아버지가 귀가한 후, 특히 전쟁이 끝나고 난 뒤에, 뤼시앵은 아버지를 제외하고 모든 사람이 지쳤다고 생각한다. 이것은 아버지의 선고로 인해 뤼시앵이 자신의 존재를 정당화시켜 주었던 두 개의 길이 더 이상 유효하지 않다는 것을 보여 준다. 분명, 플뢰리에 씨는 강한 태도로 뤼시앵을 소년으로 여겼다. 하지만 아버지가 가리킨 지도자의 길은 다른 어른들에 의해 주어진 길보다 더 따라가기가 힘든 것이다. 요컨대 뤼시앵은 새로운 길 위에 서 있는 것이다.

이제 어떻게 할 것인가? 아버지의 새로운 존재론적 힘의 우월성을 인정할 것인가? 아니면 이런 우월성이 어디에서 오는지, 또 그 범위가 과연 다른 어른들에게까지 미칠 수 있는지를 알아보려 할 것인가? 이 질문에 답을 하기에는 아직 시기상조이다. 뤼시앵이 안개에서 빠져나오기는 했지만, 여전히 옅은 안개 속에 머물러 있다. 게다가 그는 아버지와 떨어져야 했다. 왜냐하면 이미 보았듯이 그는 생조제프학교에 입학했기 때문이다. 보통 학교는 아이들이 그들과 비슷한 동료들을 만나는 첫 번째 장소이다. 뤼시앵도 마찬가지다. 비슷한 무리들과의 만남으로 인해 ―후일 그가 다니게 되는 상급학교의 경우에도 마찬가지이다― 그는 타자들의 세계로 파고 들어갈 수 있는 기회를 갖게 되고, 그 결과 아버지의 존재론적 힘을 더 잘 계량할 수 있게 된다.

뤼시앵은 우연히 생조제프학교의 화장실에서 낙서를 보게 된다. "바라토는 빈대다."[111] 낙서를 읽으면서 뤼시앵은 이 낙서가 진짜 같다고 생각한다. 그도 그럴 것이 바라토는 아주 작고, 거의 난쟁이 같은 그의 아버지처럼 작았기 때문이다. 하지만 우연히 뤼시앵은 같은 장소에서 그 자신과 관련된 낙서도 보게 된다. "뤼시앵은 커다란 아스파라거스(grande asperche)다."[112] 그는 화장실을 나오면서 낙서를 지우는 것을 잊지 않는 동시에 이 낙서로 인하여 불편함을 느낀다. 대체 이 감정은 어디에서 오는가?

실제로 이 낙서가 어떤 효과를 일으키는지를 보기 위해 뤼시앵은 집으로 돌아와 종이 위에 철자를 교정해 가면서 직접 이렇게 쓴다. "커다란 아스파라거스."(grande asperge.) 하지만 이 단어들은 그에게 너무 친숙해 — 이 단어들을 쓴 것은 그 자신이다 — 아무런 효과를 발휘하지 못한다.[113] 그러자 그는 하녀 제르멘에게 같은 단어들을 써 달라고 부탁한다. 게다가 이 단어들이 어떤 효과를 주는지를 더 잘 알고 싶어 그녀가 이 단어들을 쓸 때 그것을 보지 않는다.

그러고 나서 뤼시앵은 자기 방으로 가서 혼자 이 단어들을 조용히 바라본다. "뤼시앵 플뢰리에는 커다란 아스파라거스다." 그러자 그는 진짜로 키가 크다고 느낀다. 바라토가 진짜 작은 것처럼 말이다. 게다가 그는 다른 친구들보다 머리 하나는 더 크다. 실제로 학교에 들어가기 전에 의

---

111) *Ibid.*, p. 327.

112) *Idem.*

113) *Idem.* 여기서 이 단어들이 뤼시앵에게 아무런 효과도 주지 못하는 것은, 그가 이 단어의 의미를 너무 잘 알고 있기 때문이다. 다시 말해 그는 이 단어들에 대해 객체적인 면을 부여할 수 없는 것이다. 우리는 이 문제를 3부에서 작가-독자의 관계를 다룰 때 상세히 다루게 될 것이다.

사가 너무 빨리 큰다고 판단하여 진정제를 처방해 준 적이 있다. 이 새로운 실험 끝에 뤼시앵은 그 자신이 갑자기 평생 키가 클 운명으로 살아가야 하는 선고라도 받은 것처럼 부끄러움에 짓눌린다. 그가 "거울을 한창 들여다봐도"[114] 소용없다. 인간의 시선과 달리 거울은 객체화시키는 힘을 가지고 있지 않다.

또한 뤼시앵이 아버지에게 있는 힘을 다해 원한다면 사람의 키가 줄어들 수 있는 가능성이 있는지를 물어봐도 소용없다. 오히려 플뢰리에 씨의 대답은 절망적이다. 그는 아들에게 플뢰리에가의 사람들이 크고 건장했던 것처럼 뤼시앵도 더 클 것이라는 사실을 알려 주기 때문이다. 후일 뤼시앵은 자기가 지도자인 아버지를 닮았다고 생각하면서 아버지의 신체적 조건을 찬양하게 된다. 여기서 단언할 수 있는 것은, 뤼시앵이 타자의 존재론적 위상에 대한 이해에 한 발자국 더 다가섰다는 점이다.

하지만 다음 사실을 지적하자. 뤼시앵이 자기가 진짜로 키가 크다고 생각했을 때, 제르멘의 시선을 직접 겪은 것은 아니라는 사실이다. 단지 그녀의 글씨를 통해서 그렇다고 느낀 것뿐이다. 그는 화장실 낙서를 보고 불편함을 느낀 것이 다른 사람들이 있어서만이 아니라 자신의 신체가 그들의 시선에 노출되기 때문이라는 것을 알아차린다. 게다가 이런 이유로 그는 신부님에게 교실 끝에 앉는 것을 허락해 달라고 부탁하기도 한다.

뤼시앵은 뒤에 앉은 친구들이 그를 바라볼 때, 그들이 시선이 와닿는 신체의 일부, 가령 목과 어깨가 가렵다고 느낀다. 하지만 그는 감히 자리를 바꾸지 못한다. 이렇게 해서 그는 이제 친구들이 자기를 바라보는 자

114) 거울놀이에 대해서는 다음을 볼 것. HS, p. 149; LN, p. 23.

들이라는 사실, 그들의 시선에 자신의 신체가 취약하다는 사실을 알게 된다. 뤼시앵의 이런 경험은 다른 경험들로 이어진다. 예컨대 열쇠구멍을 통해 그 자신이 누군가에 의해 응시당하고 있는 장면에 대한 상상, 또는 반대로 그가 열쇠구멍을 통해 다른 사람들을 응시하는 장면에 대한 상상, 거울놀이 등이 그것이다.

이것은 이제 뤼시앵이 혼자서도 코미디를 할 수 있다는 것을 보여 준다. 다양한 경험 끝에 그는 타자에게서 문제가 되는 것은 바로 시선이라는 것을, 더 정확히는 신체를 객체화시키는 힘이 곧 시선이라는 것을 이해하게 된다.[115] 하지만 뤼시앵이 여러 실험을 하는 동안, 그의 부모(특히 플뢰리에 씨)는 그에게 어떤 도움도 주지 않았다. 플뢰리에 부인은 오히려 아들의 이상한 태도를 불평했다. 반면 플뢰리에 씨는 전혀 개의치 않았다. 뤼시앵은 타자 존재에 대한 이해에서 많은 발전을 한 후에 기이하게도 잠이 들고 만다. 그 자신이 고백하고 있는 것처럼 누에고치에서 빠져나올 때까지, 즉 이런 졸음에서 깨어날 때까지 6년을 기다려야 했다.

그동안 뤼시앵은 대체 무엇을 한 것일까? 아무것도 하지 않고 잠을 잤을까? 분명 그렇지는 않았을 것이다. 그의 내부에서, 그의 주위에서 수많은 일들이 일어났다. 우리는 이 시기를 그의 어린 시절에서 청소년 시절로의 '존재론적 이행 의식 시기'라고 부르고자 한다. 하지만 여기서는 이 과도기에 발생한 많은 일들을 추적하는 대신에(사실, 그의 미래에 큰 영향을 미치게 되는 몇몇 사건은 이미 보았다), 이 이행의 의식을 특징짓는 세

115) 뤼시앵 역시 자기 몸이 타자에 의해 응시당하는 장면을 상상하고 그 자신의 몸의 취약성을 감지한다. Cf. Sartre, "L'enfance d'un chef", p. 329.

가지 사건에만 주목하고자 한다. 그의 잉여존재 정당화 시도의 실패, 새로운 타자 존재에의 호소, 그리고 아버지의 존재론적 힘에 대한 결정적 인정이 그것이다.

뤼시앵은 타자의 시선이 갖는 힘에 대해 많은 지식을 갖게 되었지만 깊은 잠에 빠져 있었다. 하지만 이런 힘이 그에게는 끔찍한 무서움을 야기하는 주요 원인이었다. 그는 이런 사실을 거울을 들여다보면서가 아니라 다른 사람들의 시선하에 놓이면서 직접 그 자신이 체험했다. 그런데 관심을 끄는 것은, 그 시기에 그는 타자의 두 가지 존재론적 위상 중 하나만을 이해했을 뿐이라는 점이다. 지옥으로서의 지위가 그것이다. 사르트르에게서 타자는 나를 바라보면서 객체성을 부여하는 존재이며, 이로 인해 그는 나의 지옥으로 여겨진다. 하지만 동시에 타자는 또 다른 역할을 한다. 나를 바라보면서 객체화시킴과 동시에 이를 통해 나의 존재이유를 제공해 준다. 나는 타자가 바라보는 대로 존재한다.

「어느 지도자의 유년 시절」의 앞부분에서 뤼시앵은 이미 이런 경험을 한 적이 있다. 포르티에 부인은 천사의 옷을 입고 있는 그를 귀여운 소녀로 여겼었다. 하지만 이런 경험에도 불구하고 그는 자기의 응시당한-존재 안에 그의 존재이유가 포함되어 있다는 사실을 아직 이해하지 못하고 있다. 그러니까 그는 타자가 맡은 두 개의 역할 중 그와 그 자신 사이의 필수불가결한 존재라는 역할을 아직 경험해 보지 못한 것이다.

앞서 타자의 존재 문제가 나의 존재 문제와 쌍을 이룬다고 했다. 뤼시앵에 대해 말하자면, 그는 지금까지 첫 번째 문제에 집중했다. 하지만 타자가 그의 지옥이라는 사실을 알게 된 이후, 그는 방향을 돌려 그 자신의 문제로 향하게 된다. 인간이 혼자서 자신의 잉여존재를 정당화시킬 수 있다면, 굳이 타자를 통과할 필요가 없을 것이다. 타자들의 시선에 호소하지 않고 혼자서 자신의 존재이유를 확보하는 것(이 경우에 뤼시앵은 자기 신체의 객체화, 즉 끔찍한 무서움을 겪을 필요가 없을 것이다), 이것이 바로 "나는 누구인가?"[116]를 자문하는 그의 아동기에서 청소년기로의 이행 의식의 첫 번째 단계에서 누락된 것이다.

이와 관련하여 흥미로운 점은, 어느 순간에 그는 가벼운 계기가 그의 내부에 발생하는 것을 느끼면서, 즉 그가 존재한다라고 스스로 생각하면서 오랜 잠에서 깨어난다는 점이다. 하지만 이런 계기는 곧 사라질 정도로 가볍다. 이것은 뤼시앵이 아직 충분히 존재하지 않는다는 것을 의미한다. 이것만이 전부가 아니다. 그가 이 세계를 코미디의 세계로 여긴다는 사실을 기억하자. 하지만 이번에 그는 이 세계가 배우들이 없는 코미디라고 생각한다. 그 이유는 그가 보기에 그 누구도 이 세계에서 충분히 존재하지 않기 때문이다. 그의 고등학교 친구인 가리도, 사촌인 리리도, 아버지인 플뢰리에 씨도 마찬가지이다.

특히 아버지의 경우를 강조할 만한 충분한 이유가 있다. 왜냐하면 외아들 뤼시앵을 지도자로 만들려고 하는 의도를 그에게 알려 준 이후로, 아버지는 그에게 진짜 육중한 존재론적 무게를 보여 주는 유일한 어른이기 때문이다. 자기 자신에 대한 성찰을 하는 동안 뤼시앵은 지도자의 소질을 전혀 가지고 있지 않다고 생각한다. 이것은 플뢰리에 씨의 존재론적 힘이 아직까지 아들에 의해 완전히 인정되지 못했음을 의미한다. 게다가 뤼시앵은 자신의 실존 문제를 해결하기 위해 철학 선생님 바부앵에게

---

116) *Ibid.*, p. 333.

호소한다. 하지만 선생님의 답은 데카르트적일 뿐이다. "코기토 에르고 숨!"(Coghito ergo sum!)[117)]

뤼시앵은 이런 대답으로 만족하지 못한다. 그는 후일 자기 분석을 포기한다. 하지만 여기서 중요한 것은 데카르트의 코기토에 대한 "비극적인 희화화"[118)]이다. 바부앵 선생님의 답이 "Coghito ergo sum"이라는 사실을 지적하자. 바부앵에 의해 주어진 치유제는 별무소용이다. 그 증거는, 바칼로레아 시험에 합격한 후에 뤼시앵에게는 재채기를 하고픈 것처럼 혼란이 남아 있다는 것이다. 이런 상황에서 뤼시앵은 또 한 번 아버지의 존재론적 힘을 직접 목격하게 된다.

실제로 뤼시앵은 노동자들 앞에서 아버지가 이전과 같은 존재론적 무게를 가지고 있지 못한 것처럼 보이는 장면을 본다. 그는 페롤에서 (그의 가족은 파리에 정착했다) 아버지의 힘의 쇠퇴를 목격한다. 과거에는 노동자들이 플뢰리에 씨와 뤼시앵에게 인사를 하기 위해 모자를 벗었다. 물론 플뢰리에 씨와 뤼시앵은 머리 위에 모자를 그대로 쓰고 있었다. 하지만 지금 노동자들은 그들 옆을 지나갈 때도 모자에 겨우 손을 댈 정도이고, 심지어는 그들에게 인사를 하지 않는 경우도 있다. 사소한 행동이지만 모자를 벗고 안 벗고의 차이는 크다. 왜냐하면 사르트르에게서 인간이 신체 일부를 노출시키는 것은 객체화와 동의어이기 때문이다. 그런 만큼 노동자들이 인사를 할 때 모자를 벗지 않은 것은, 그들이 플뢰리에 씨와 뤼시앵과 동등하다는 것을 의미한다. 달리 말해 그들은 고용주와의 관계

117) 원래 'cogito'이나 'coghito'로 표기한 것은 철학 선생님을 조롱하기 위한 것이다.

118) Georges Poulet, *Etudes sur le temps humain*, t. 3, *Le point de départ*, Paris: Plon, 1964, p. 227.

에서 객체화되는 것을 거부하는 것이다. "옷을 입는 것, 이것은 자신의 객체성을 숨기는 것이다. 그것은 응시당하지 않고 응시하는 권리를 요구하는 것이다. 다시 말해 순수한 주체가 되는 것을 요구하는 것이다."[119]

앞서 뤼시앵이 모렐을 만났을 때, 그를 쳐다보고, 그의 이름을 부르면서 자신의 존재론적 힘을 계량했다는 사실을 지적했다. 이와 마찬가지로 뤼시앵은 노동자들 중 한 명의 아들인 쥘 불리고와 만났을 때, 그를 매의 시선으로 바라보면서 뒷짐을 진 채 그를 향해 앞으로 나아가며 자신이 주인이라는 것을 보여 주고자 한다. 결과는 아주 실망스러웠다. 왜냐하면 쥘은 휘파람을 불면서 그를 스쳤고, 또 텅 빈 눈으로라도 그를 쳐다보았기 때문이다. 이런 실망감이 플뢰리에-뤼시앵의 존재론적 힘이 약화되었다는 걸 보여 주는 징표가 아니라면 무엇을 의미할 수 있을까?

이런 경험 끝에 뤼시앵은 그 어느 때보다 더 이 세계가 존재하지 않는다고 생각한다. 아버지에 의해 준비된 치유제 역시 그의 혼란에 별무소용이다. 이런 실패 끝에 뤼시앵은 자살을 결심한다. 이런 비극적인 시도를 정당화하기 위해 그는 행동이 필요하고, 또 진짜 지도자들은 자살 유혹을 경험하는 법이라고 생각한다. 하지만 그는 마음을 바꿔 먹는다. 물론 강한 실망감을 느끼고 또 완전히 망가진 것을 느끼면서이다. 중앙학교(Ecole centrale)에 입학하기 위한 예비수업을 듣게 될 생루이고등학교에 입학하면서 뤼시앵은 약간의 희망을 갖게 된다.

뤼시앵은 이 학교에서 친구들과 함께하는 집단의 힘, 즉 단체로 행동하는 것의 힘을 알게 된다. 이런 경험은 후일 그의 정치참여와 반유대주

---

119) EN, p. 349.

의에 영향을 주게 된다. 하지만 이런 희망은 오래 지속되지 못한다. 왜냐하면 그는 학교생활에 적응하는 데 애를 먹기 때문이다. 특히 플뢰리에 씨는 뤼시앵의 친구들이 분명 프랑스 엘리트를 대표하지만 나쁜 지도자들이 될 것이라고 주장하기도 한다. 이런 예측은 뤼시앵이 가슴에 약간의 유쾌하지 못한 아픔을 느끼고, 다시 한번 자살이라는 생각에 사로잡히기에 충분하다.

이것 역시 뤼시앵의 눈에는 아버지의 존재론적 힘이 약화된 결과로 보인다. 플뢰리에 씨는 여전히 그에 대해 영향력을 행사하고 있다. 또 뤼시앵은 학교생활을 계속해야 한다. 그런데 이번에는 학교 친구들과의 만남에서 새로운 희망이 싹튼다. 그는 우선 자동기술법을 적용해서 시를 쓰고, 또 그를 프로이트의 정신분석에 입문시킨 베를리아크를 알게 된다. 뤼시앵은 베를리아크와 새로운 방법, 가령 프로이트의 무의식과 콤플렉스 덕택에 존재론적 위기에서 일시적으로나마 벗어날 수 있게 된다. 하지만 그는 곧 베를리아크와 불화를 겪는다. 뤼시앵은 그가 적당한 시기에 오이디푸스 콤플렉스를 떨쳐 버리지 못했다고 비난한다. 이 콤플렉스의 비장한 아름다움에 사로잡힌 베를리아크가 그 상태에 만족하는 것 같고, 또 그 상태에 계속 머물러 있고 싶어 한다는 것이다.

하지만 불화의 당사자였던 베를리아크의 주선으로 뤼시앵은 베르제르를 만나게 된다. 베르제르는 정신분석에 완전히 경도되었고 또 베를리아크에게 큰 영향력을 행사하는 인물이다. 뤼시앵은 베르제르를 통해 랭보의 착란과 브르통을 알게 된다. 로트레아몽과 사드도 알게 된다. 흥미로운 것은, 뤼시앵이 그를 거의 매일 보지만 그 자신은 혼자라고 느끼면서 베르제르의 영향하에서 제대로 된 길로 들어섰는가를 자문한다는 것이다. 그리고 급기야는 그의 유일한 도피처는 부모밖에 없다고 생각하기에 이른다. 그렇다면 이런 생각은 어디에서 기인하는가?

이 문제에 답하기 전에 베르제르와 뤼시앵이 루앙으로 여행을 가서 같은 침대에서 잠을 잔다는 사실을 지적하자. 그러니까 뤼시앵은 동성애자가 되고, 평생 이 꼬리표를 달고 다녀야 하는 상황에 처한다. 그는 이런 끔찍한 운명이 베르제르에 의해 부과된 것에 몹시 불안해한다. 장차 다른 사람들과 교제를 하면서 동성애자라는 꼬리표는 큰 장애물이 될 것이기 때문이다. 하지만 불안해한다고 해도 소용없다. '나는 동성애자다'라고 혼자 중얼거려 봤자 소용이 없다. 거울과 단어들(그가 직접 썼던 커다란 아스파라거스)처럼 이런 독백은 아무런 효과를 낳지 못한다.

뤼시앵은 불안을 떨쳐 내기 위해 실험을 한다. 동성애자들은 마치 제6의 감각을 가진 것처럼 자신들과 같은 부류의 사람들을 알아내는 데 특별하다는 사실을 생각해 내고, 교통정리를 하고 있는 경찰을 보며 저 사람이 자기를 흥분시킬 수 있을까를 자문한다. 결과는 부정적이다. 그는 스쳐 지나가는 모든 사람들에게 같은 실험을 한다. 결과가 매번 부정적이자 그는 이렇게 결론짓는다. "나는 진짜 동성애자가 아니야."[120] 이것만이 전부가 아니다. 그를 공포에 질려 떨게 할 수 있는 또 다른 이유가 있다. 베르제르가 있기 때문이다. 뤼시앵의 비밀을 알고 있는 '의식' 하나가 버젓이 존재하고 있는 것이다. 만약 그가 이 비밀을 밝혀 버린다면, 뤼시앵은 결정적으로 동성애자가 될 것이다.

이런 이유로 뤼시앵은 베르제르를 있는 힘껏 증오하고, 또 자기에 관

120) Sartre, "L'enfance d'un chef", p. 357.

한 비밀을 다른 사람들에게 말하기 전에 그가 죽어 버리기를 신에게 기도한다. 또한 베를리아크 역시 죽어 버리길 기도한다. 사르트르에게서 증오는 나의 비밀을 알고 있는 타자에 대한 살해 기도라는 점을 상기하자. 베르제르와 베를라이크에 대한 뤼시앵의 태도에 함축된 의미가 바로 이 증오에 해당된다. 그가 그들을 증오하면서 겨냥하는 것은, 그들과 함께 자기 자신에 관한 비밀, 그것도 부끄러운 비밀이 영원히 사라지게끔 하는 것이다.[121]

다행스럽게 베르제르는 그 뒤로 살아 있는 신호를 전혀 보내지 않는다. 베를리아크는 새로운 신경증적 의기소침의 위기 끝에 파리를 떠났다. 뤼시앵은 점차 이 사건을 잊는다. 그리고 바부앵 선생님께 프로이트의 정신분석에 대해 묻고 나서 그는 무거운 짐에서 벗어난 느낌을 받는다. 하지만 그가 베르제르 곁에서 경험한 이 사건은 그의 장래에 강한 흔적을 남긴다. 그는 이 사건을 계기로 타자의 존재론적 지위에 대한 이해를 더 공고히 할 수 있게 된다. 하지만 그가 타자 앞에서 펼치는 코미디의 특징을 완전히 이해하기 위해서는 또 다른 새로운 사건들을 거쳐야 한다.

이와 관련하여 다음 사실을 지적하자. 특히 베르제르의 의식에 자신의 이미지가 동성애자로 각인되었던 무거운 짐에서 해방된 뤼시앵이 이번에는 아버지를 보고 그의 신체 조건을 음미하면서 많이 닮았다고 생각한다는 사실이다. 그는 또한 거만하게 플뢰리에가는 아버지에서 아들로 4대를 거쳐 공장의 주인이었다는 사실과 그의 가족의 정신 건강에 대해 생각한다. 그가 조상들처럼 키가 더 클 것이라는 아버지의 예측에 절망했

121) *Idem.*

다는 사실을 기억하자. 하지만 여기서 그는 아버지의 신체적 조건을 찬양한다.

게다가 뤼시앵은 베르제르와의 모험 이후에 아버지에 의해 준비된 자신의 운명에 점점 더 관심을 갖게 된다. 그리고 플뢰리에 씨도 자기가 죽은 후에 그가 자기를 대신해 공장을 운영하게 될 것이라는 점을 상기시킨다.[122]

뤼시앵은 아버지의 길을 이어 가겠다고 결심하면서 언제 아버지가 죽을까를 자문하기도 한다. 하지만 그 단계로부터 아직 멀리 떨어져 있다. 아들을 단련시키면서 플뢰리에 씨가 부권을 유독 강조한다는 사실을 보았다. 하지만 그는 또한 아들이 지도자의 의무의 이면인 노동자들의 권리를 존중하는 훌륭한 지도자가 되는 것 역시 바란다. 물론 노동자들의 삶의 수준이 높아지는 것은 플뢰리에 씨의 노동자들에 대한 심성의 변화 덕택이다. 하지만 이와 비례해서 노동자들이 그와 미래의 지도자인 뤼시앵에게 옛날처럼 복종하는 태도로 임하는 것은 아니다.

확실한 것은, 베를리아크와 베르제르와의 모험, 아버지의 훈련 끝에 뤼시앵은 6년 동안 지속된 잠에서 깨어났다는 사실이다. 하지만 그는 누에고치에서 갓 나온 작은 애벌레에 불과하다. 많은 시련을 겪으면서 점차 존재론적으로 성장한 것은 사실이지만, 그는 아직 "나는 누구인가"라는 문제를 혼자서 풀 수 있는 단계에 있는 것은 아니다. 그리고 충고를 주고자 하는 아버지 앞에서 그는 그 자신이 여전히 안개라는 인상을 받는다. 물론 이 안개는 아버지에 의해 일부 걷혔었다. 또한 그는 6년 동안의 잠에

122) *Ibid.*, p. 360.

서 깨어나기도 했다. 이런 사실에도 불구하고 뤼시앵은 아직도 모든 것이 완전히 밝혀지지 않은 것으로 생각한다.

이것은 다음 세 가지 점에 의해 설명된다. 첫째, 뤼시앵이 플뢰리에 씨의 존재론적 힘을 제대로 알지 못했다는 점이다. 분명, 어느 순간까지 그는 자신이 아버지를 닮았다고 생각한다. 하지만 그는 아버지와 같이 그 자신이 노동자들에 의해 무시당했던 장면을 잊지 않는다. 둘째, 안개가 어느 정도 걷힌 후에 뤼시앵이 타자의 존재론적 지위에 대한 탐사를 계속했지만, 중도에서 그쳐 버렸다는 점이다. 셋째, 한순간 그가 "나는 누구인가"라는 질문을 던지고 혼란에 빠져 버린 점이다. 그는 여러 경로로 답을 찾고자 하지만, 결국 실패하고 만다. 베를리아크와 베르제르를 만나고 난 뒤, 뤼시앵 자신은 태어난 것을 후회한다고 고백한 적이 있다. 또한 그 자신이 너무 스스로에 대해 분석한다는 것을 후회하기도 한다. 하지만 베르제르와의 동성애 관계는, 그가 다시 타자의 지위 문제를 탐색할 수 있는 중요한 계기가 되었다고 할 수 있다.

이 모든 것은 뤼시앵이 빠져 있던 안개가 일종의 존재론적 개종에 해당한다는 것을 보여 준다. 물론 그 내용은 이 덩치 크고 무용한 삶, 그 자신이 어찌할 바도, 어디에 놓을지도 모른 채 팔에 안고 있는 그 자신의 삶이 타자들에 의해서만 정당화될 수 있을 뿐이라는 사실을 이해하는 것이다. 이런 개종의 순간은 그 자신에 대한 진실을 알기 위해 타자를 통과해야 한다는 것을 알아차리게 되는 순간과 정확히 일치한다. 하지만 이런 개종이 완전한 것이 되기 위해 이제 그에게는 타자에 대한 한 줌의 사소한 지식만이 부족할 뿐이다.

어떤 지식일까? 앞서 누에고치에서 겨우 빠져나온 뤼시앵은 한 마리의 작은 애벌레에 불과하다는 사실을 지적했다. 하지만 그는 벌써 허물벗기에 필요한 자양분을 충분히 섭취한 상태이다. 예외라면 타자의 시선에 비친 자기에 관련된 좋은 이미지를 보장해 줄 수 있는 행동일 것이다. 이런 이유로 생루이학교에 입학하면서 그는 지난 학사 년도 초기와 마찬가지로 침울함을 느낀다. 하지만 이 감정은 곧 사라진다. 그는 이제 타자들에게 좋은 이미지를 주는 것만이 남아 있다는 것을 안다. 게다가 이 원칙이 미래의 모험을 안내하는 원칙이 된다. 제르멘 대신 일하게 된 베르트 모젤에 대해 그가 취하는 너그러운 태도가 그 예 중 하나이다. 하지만 리리에게 했던 실험 끝에 뤼시앵이 다음 사실을 알아차렸다는 점을 기억하자. 타자들에게 호소할 때는 그들의 존재론적 힘이 그의 것과 최소한 같거나 더 강해야 한다는 사실이다.

실제로 뤼시앵이 학교에서 르모르당과 어울리는 것은 그보다 존재론적 힘이 강한 자에게 호소하는 것의 좋은 예이다. 뤼시앵이 모젤을 태어날 때부터 희생자가 될 운명을 가진, 또 그가 원하는 대로 할 수 있는 사물과도 같은 존재로 여기는 반면, 르모르당은 어떻게 해서든 닮고 싶은 존재로 여기는 것이다. 뤼시앵이 보기에 르모르당은 태어날 때부터 어른이고, 바위이고 또 부처이다. 이것은 르모르당의 존재론적 힘이 모젤의 그것보다 훨씬 더 강하다는 것을 보여 준다.

뤼시앵의 눈에 르모르당은 의지하면서 삶을 영위하고픈 모델이다. 그렇다고 해서 그가 이상적인 모델은 아니다. 거기에는 두 가지 원인이 있다. 첫째, 르모르당은 뤼시앵보다 모든 면에서 우월하지 않기 때문이다. 숙제 점수에 대한 르모르당의 무관심한 태도에도 불구하고 뤼시앵은 그의 점수에 약간 놀란다. 둘째, 르모르당의 성숙함은 여러 시험을 통해 획득된 것이 아니기 때문이다. 만약 뤼시앵이 르모르당처럼 성숙하게 된다면, 그의 성숙함은 훨씬 더 공고할 것이다. 뤼시앵은 벌써 수많은 모험과 시험을 경험한 터이다. 실제로 르모르당의 성숙함은 읽은 책, 가령 바레스의 『뿌리 뽑힌 자들』에 바탕을 두고 있고, 또한 국수주의적이고 반유대적인 태도를 견지하는 정치적 집단의 힘에 바탕을 두고 있다. 르모르당이 실천의 우위를 강조함에도 불구하고, 책에서 얻은 지식이 없다면 그가 현재 가지고 있는 존재론적 힘은 약화될 수밖에 없을 것이다.

이런 사실에도 불구하고 르모르당이 뤼시앵의 학교생활에서 큰 역할을 한다는 것은 분명하다. 하지만 뤼시앵의 진짜 변신은 기가르의 집에서 이루어진다. 뤼시앵의 친구인 기가르의 집에서 여동생 피레트의 열여덟 살 생일을 축하하기 위한 파티를 개최한다. 뤼시앵도 초대된다. 기가르는 그에게 유대인 베일을 소개하고자 한다. 하지만 뤼시앵은 악수하는 것을 거절하고 기가르의 집에서 나와 버린다.

르모르당의 조직에서 가장 반유대적 성향이 강한 뤼시앵이 유대인과 악수를 할 수는 없는 노릇이다. 하지만 기가르의 집에서 나오면서 뤼시앵은 불안해한다. 왜냐하면 그의 행동이 기가르와 피레트에게 돌이킬 수 없는 효과를 낳을 수도 있기 때문이다. 오누이가 그를 융통성이 없는 자로 여긴다면, 그것은 그가 경험했던 동성애처럼 재앙일 것이다. 그는 그들이 자기에 대해 어떤 판단을 했는지, 어떤 이미지를 가지고 있는지를 전혀 알 수 없다. 다행스럽게도 그다음 날 뤼시앵에게 먼저 사과한 것은 기가르였다. 피레트와 자기 식구들이 뤼시앵의 행동을 비난하지 않았다는 것이다.

이 사건은 의미심장하다. 그도 그럴 것이 이를 바탕으로 뤼시앵이 마침내 타자의 존재론적 위상에 대한 충분한 지식을 갖게 되었다고 할 수 있기 때문이다. 타자는 나와 나 자신을 연결해 주는 필수불가결한 매개자이기 때문에, 가능하다면 나는 그들에게 항상 좋은 이미지를 주려고 노력할 것이라는 점을 지적했었다. 기가르, 피레트, 베일과의 사건을 통해 뤼시앵은 이런 사실을 완전히 터득하게 된다. 실제로 기가르의 사과가 있고 난 후에 뤼시앵은 정신을 잃을 정도로 특별한 흥분 상태 속에 있게 된다. 또한 그는 기가르와 피레트의 의식에 각인된 그의 좋은 이미지, 특히 강하고 고독한 이의 모습을 연상하면서 거의 참을 수 없는 기쁨에 잠긴다.

이 기쁨이 어디에서 온 것인지는 분명하다. 뤼시앵이 그만의 고유한 행동을 통해 기가르와 피레트에게 그 자신의 존재이유를 담고 있는 본성과 외부를 부과한 것이 이 기쁨의 원천이다. 그는 자기의 행동이 어떤 의미를 갖기 위해서는 타자에 의해 객체화되고 평가되어야 한다는 사실, 또한 그 과정에서 타자는 그와 그 자신을 연결해 주는 필수불가결한 존재라는 사실을 속속들이 알게 된 것이다. 뤼시앵은 이 모험에서 그가 평생 따르고 지키게 될 원칙과 교훈을 끌어낸다.

> 뤼시앵은 이렇게 생각했다. '첫 번째 원칙'은 자기 내부를 들여다보지 않는 것이다. 더 위험한 실수는 없다. 진짜 뤼시앵. 그는 이제 알게 되었다. 진짜 뤼시앵은 타자들의 눈에서 찾아야 한다는 사실을 말이다. 피레트와 기가르의 복종 속에서 말이다. 그를 위해 자라고 성장하고 있는 모든 사람들, **그의**[123] 노동자가 될 젊은 미숙련공들의 희망 속에서 말이다. 또한

---

123) 원저자의 강조.

성인이든 어린이든 간에 장차 그가 시장이 될 페롤 사람들의 희망 속에서 말이다. 무기 창고 앞에서 그 많은 사람들이 그를 기다리고 있었다. 그는 타자들의 커다란 기대였고, 기대일 것이다. '이게 바로 지도자다.' 그는 이렇게 생각했다.[124)]

두 번째 교훈은 이렇다. 뤼시앵이 이 세계에 온 것은, 그 자신의 존재를 성찰하기 위해서가 아니라 태어나기 전부터 타자들에 의해 이미 마련된 자리를 차지하기 위해서라는 것이다. 그가 사는 것은 그들에 의해 그가 기다려졌고, 또 이런 이유로 그는 이미 존재의 권리를 가지고 있기 때문이다. 이런 결론을 내린 후에 그는 아마 처음으로 그 자신의 운명에 대한 영광스럽고도 번뜩이는 비전을 갖게 되고, 또 그는 아버지의 자리를 이어받을 날을 초조하게 기다리게 된다. 물론 그날은 플뢰리에 씨가 죽는 날이 될 것이다. 이렇게 해서 뤼시앵의 변신은 그 자신의 권리들을 생각하면서 지도자가 되기로 결심한 순간 완성된다. 이것이 그의 어린 시절에서 청소년 시절로의 이행 의식의 두 번째 단계에 해당된다.

사실, 이런 변신 후에 뤼시앵이 훌륭한 지도자가 되었는지를 알 수 있는 자료는 없다. 오직 그가 자신의 권리를 방어하고, 노동자들에게 명령을 내리며, 지도자로서의 자신의 역할에 대해 책임 개념을 도입한 것만을 알고 있을 뿐이다. 하지만 관심을 끄는 것은 뤼시앵의 이런 변신에서 아버지-플뢰리에 씨가 수행한 역할이다. 플뢰리에 씨는 아들과의 관계에서 냉탕과 온탕을 왔다 갔다 했다. 처음에 그의 존재론적 힘은 미미했다.

---

124) *Ibid.*, p. 386.

아들과의 관계에서 부인의 존재론적 힘보다도 약했다. 하지만 그가 지도자의 자리를 계승해 주겠다는 의도를 알렸을 때, 그의 힘은 다른 모든 사람들의 그것보다 우월하게 되었다. 물론 시간과 더불어, 그리고 고등학교 입학과 더불어 뤼시앵은 혼자서, 친구들(베를리아크, 르모르당)과 다른 어른들(베르제르, 바부앵)에게 호소하면서 실존의 문제를 해결해 보려 했다. 이것은 이 네 명의 인물과 플뢰리에 부인을 포함하여 다섯 명의 인물이 뤼시앵의 성장 과정에서 플뢰리에 씨와 아버지의 자격을 두고 어느 정도 경쟁했다는 것을 의미한다.

베를리아크와 르모르당의 경우, 그들이 제2의 아버지 역할을 했다고 말하기는 쉽지 않다. 나이가 비슷하기 때문이다. 바부앵과 베르제르의 경우에는 사정이 다르지만 그들의 역할은 중도에서 끝난다. 뤼시앵으로 하여금 프로이트의 정신분석에서 빠져나오게 해주었던 바부앵은 그저 그에게 데카르트의 코기토만을 알려 주었을 뿐이다. 또한 베르제르는 동성애로 인해 뤼시앵의 증오의 대상이 되고 만다. 또한 처음에 육중하고 힘이 있어 보였던 플뢰리에 부인 역시 아들의 시선의 희생자가 되고 만다.

방금 플뢰리에 씨가 아들과의 관계에서 냉탕과 온탕을 왔다 갔다 했다는 사실을 지적했다. 심지어 그는 노동자들 앞에서 아들에게 존재론적 힘을 보여 주는 데 실패하기도 했다. 그리고 아들에 대한 지도자 훈련이 간헐적으로 이루어졌기 때문에, 뤼시앵이 지도자가 되기로 한 것은 오히려 그 스스로의 결단에 의한 것이었다고 말할 수 있다. 프로이트의 정신분석과 동성애로부터 빠져나오면서 뤼시앵이 아버지에게 도움을 청하지 않은 것은 분명하다. 게다가 플뢰리에 씨는 아들의 삶에 늘 개입하지 않았다. 그는 오히려 아들이 자유롭게 행동하도록 방임했다고 할 수 있다.

이 모든 사실에도 불구하고 우리는 주저하지 않고 뤼시앵의 변신에서 플뢰리에 씨의 역할이 가장 컸다고 단언할 수 있다. 아들을 지도자로 키우려는 플뢰리에 씨의 의도가 애초에 없었더라면, 뤼시앵은 전혀 다른 길을 갈 수도 있었을 것이다. 뤼시앵이 여러 차례의 실존적 위기에서 벗어날 수 있었던 원동력이 플뢰리에 씨의 존재론적 힘이었다는 것은 분명하다. 이 점에 대해 다음 사실은 흥미롭다. 기가르와 피레트의 의식에 각인된 자기 자신의 이미지를 떠올리면서 뤼시앵이 어린 시절부터 자기의 의식 속에 자리 잡고 있었던 아버지의 이미지를 병치시키고 있다는 사실이다.

> 그는 어렸을 때, 어머니가 가끔 야릇한 어조로 "아빠는 서재에서 일하고 계신단다" 하고 말하던 것이 생각났다. 이 문장은 마치 갑자기 그에게 무한한 종교적인 의무를 부여하는 성스러운 말과도 같이 여겨졌다. 그래서 딱총을 가지고 놀 수도, "타라라붕" 하고 외칠 수도 없었다. 그는 성당에 있는 것처럼, 발끝으로 복도를 걸어갔다. '이젠 내 차례야' 하고 그는 만족스럽게 생각했다. 누군가가 "뤼시앵은 유대인을 좋아하지 않아"라고 말하자, 사람들은 수많은 화살에 찔려 사지가 마비된 것처럼 고통스러워했다. "기가르와 피레트도 어린애야"라고 그는 가엽다는 듯이 중얼거렸다. 그들은 죄가 컸지만, 뤼시앵이 조금 위협하자 곧 후회하고, 낮은 목소리로 말하며, 발끝으로 걸어갔다.[125)]

125) *Ibid.*, pp. 385~386.

더군다나 뤼시앵의 변신에서 플뢰리에 씨가 맡은 역할은 억압적이었던 것으로 보인다. 방금 플뢰리에 씨가 아들이 자유롭게 행동하도록 방임했다고 했다. 또한 그의 지도자 훈련이 간헐적으로 이루어졌다고도 했다. 그렇다고 해서 그의 역할이 억압적이지 않았다고 할 수는 없다. 왜냐하면 뤼시앵이 향해 가는 최종 목표는 결국 아버지에 의해 이미 결정되었기 때문이다. 뤼시앵이 무엇을 하든, 지도자가 되는 길에서 그 자신의 자유로운 의지의 몫이 어떤 것이었든지 간에, 결국 플뢰리에 씨의 계획대로 되었다. 뤼시앵은 아버지에 의해 마련된 길을 따라간 것에 불과하다.

사르트르는 이렇게 말한다. "부모가 계획을 갖게 되면 아이들은 운명을 갖게 된다."[126] 이와 마찬가지로 플뢰리에 씨가 뤼시앵을 지도자로 만들려는 계획을 가진 순간, 아들의 운명은 이미 정해졌던 것이다. 이것은 뤼시앵의 운명은 그의 출생 전에 이미 정해졌다는 것을 의미한다. 뤼시앵이 지도자가 될 자신의 운명을 아는 순간, 그의 삶은 정지해 버렸다. 요컨대 뤼시앵은 그 순간부터 죽어 버린 시계에 불과했던 것이다.

분명, 뤼시앵의 삶은 그가 원하는 대로 흘러갈 것이다. 그는 젊어서 결혼할 것이고, 많은 아이를 낳을 것이고, 아버지를 계승할 것이며, 페롤의 시장이 될 것이다. 하지만 뤼시앵의 미래는 유예 상태에 있지 않다. 살아 있는 사람의 삶은 예견 불가능하다. 그의 삶은 "'아직-아닌' 것으로 정의되거나 현재 있는 바의 변화"로 규정된다.[127] 뤼시앵이 그의 삶을 기다림으로 여기고 있는 것 역시 분명하다. 하지만 그의 기다림은 항상 예견

126) IFI, p. 107.
127) EN, p. 627.

가능하다. 왜냐하면 그는 현재 자기가 있는 바와 다르게 되는 것을 원하지 않기 때문이다.

이렇듯 뤼시앵은 외재성의 차원, 다른 사람들에 의해 부과된 그의 외부와 본질을 가지고 있다. 게다가 그는 그것으로 만족하는 야심만을 가졌을 뿐이다. 그런 만큼 그의 삶은 그 스스로 지도자가 되겠다고 결심한 바로 그 순간에 회복 불가능하게 대상으로 굳어져 버린 것이다. 그가 지도자가 되는 길을 선택했다고 말했다. 아니다. 그는 그 길을 선택하도록 강요당했다고 해야 할 것이다. 이런 의미에서 그의 삶은 굴절되었다고 할 수 있다. 요컨대 지도자가 되기로 결심했을 때 뤼시앵은 이미 자기가 아닌 타자가 된 상황에 놓여 있었다. 바로 이것이 플뢰리에 씨의 계획이었다는 사실을 잊지 않도록 하자. 뤼시앵의 운명을 미리 만들고, 또 그것을 그에게 부과하는 것, 이것은 아버지로서 플뢰리에 씨가 아들, 즉 타자에게 가한 악, 곧 폭력이라고 할 수 있다.

프란츠, 베르너, 요한나, 레니의 부서진 운명

A) 프란츠, 무기력의 화신

플뢰리에 씨가 뤼시앵에게 억압적인 영향력을 행사한 것은 사실이지만, 그래도 그는 아들에게 자유롭게 행동할 수 있는 여지를 주었다. 하지만 사르트르의 "가장 잘된" 작품은 아니라고 해도 "가장 중요한 극작품 중 하나"이자 "가장 비관적이고, 가장 어두운 시기를 보여 주는"[128] 작품인 『알토나의 유폐자들』에서 폰 게를라흐가의 가장이 자식들에게 끼친 영

128) LES, pp. 324~325.

향을 살펴보면 이런 여지가 거의 없어 보인다. 삼남매인 프란츠, 베르너, 레니와 며느리 요한나의 운명은 이 가장에 의해 풍비박산이 나고 만다. 이 작품에서 모든 것은 마치 가장이 체스판의 기물들을 마음대로 움직이는 것처럼 진행된다.

조선업에 종사하는 폰 게를라흐가의 늙은 가장인 아버지(LE PERE)는 플뢰리에 씨와 마찬가지로 장남인 프란츠를 자기 후계자, 집안의 미래 가장으로 여긴다. 아버지는 프란츠를 오늘은 그의 반영으로, 내일은 그의 재현신으로 여긴다.

> 아버지 어린 왕자! 어린 왕자! … 공장을 맡아라. 오늘은 나의 것, 내일은 너의 것. 나의 몸, 나의 피, 나의 권력, 나의 힘. 너의 미래. 이십 년 후에 너는 모든 바다 위를 떠다니는 선박을 가진 주인이 될 것이다.[129]

프란츠의 미래는 이처럼 출생 이전부터 결정되어 있다. 아버지는 그에게 벌써 이름, 임무, 성격, 운명을 마련해 준 것이다. 한마디로 프란츠는 아버지에 의해 지도자가 되게끔 선택되었다. 프란츠는 "아버지의 삶을 반복해야 할 위임장"을 받은 것이다.[130] 프란츠가 정상적인 삶을 영위한다면, 그는 아버지의 뒤를 이어 아주 끔찍한 명령을 내리는 기계가 될 참이다. 아버지로부터 "성스러운 아우라"를 물려받으면서 아버지의 "마나"(mana)를 실현해야 할 운명에 처해진 장남의 몫이 바로 그것이다.[131] 하

---

129) Jean-Paul Sartre, *Les séquestrés d'Altona*, Paris: Gallimard, pp. 77~78. (이하 SA.)
130) IFI, p. 119.
131) *Ibid.*, p. 115.

지만 아버지는 끝까지 프란츠를 그 자신의 대의명분, 운명으로 만드는 데 실패하고 만다. 곧 보겠지만 그들의 최종 선택은 동반 자살이다. 두 사람은 함께 레니의 포르셰를 타고 함부르크로 가는 길에 위치한 토이펠스브뤼케강으로 뛰어들고 만다.

이 단계에서 다음 질문이 제기된다. 프란츠는 왜 아버지를 계승하지 않았는가? 답은 프란츠의 과거에서 기인한다.[132] 이 작품의 진행과 더불어 드러나지만, 그의 과거는 아버지 곁에서 체험한 무기력에 의해 특징지어진다. 실제로 「어느 지도자의 유년 시절」과는 달리 사르트르는 이 작품에서 프란츠의 어린 시절에 대해 침묵을 지킨다. 하지만 독자들은 프란츠가 어린 시절을 편안한 동시에 힘겹게 보냈다는 것을 어렵지 않게 상상할 수 있다.

우선, 편안하게 보냈다. 경제적 관점에서 그렇다. 아버지는 유럽에서 가장 큰 조선소를 운영하기 때문이다. 하지만 교육적인 관점에서는 힘겹게 보냈다. 왜냐하면 항상 그가 아버지로부터 자리를 물려받기 위한 준비를 강요받았기 때문이다. 그 결과 프란츠는 요구되는 모든 자질을 갖추게 된다. 이런 사실을 통해 우리는 어린 시절의 프란츠가 그에게서 폰 게를라흐가의 진짜 마지막 후손과 마지막 괴물의 모습을 본 아버지의 사랑을 독차지 했을 것이라고 단언할 수 있다. 어린 프란츠는 강력한 아버지의 영향하에서 이미 능기 아닌 소기(signifié sans être signifiant)였다.

---

132) "아버지: 자, 레니… 우린 과거에 대해 말하곤 했지." *Ibid.*, p. 69. 이 작품에서 시간이 갖는 중요성에 대해서는 다음을 볼 것. Jean-Paul Sartre, "Entretien avec Madeleine Chapsal", *L'express*, 10 septembre. TS, p. 363에 재수록; Jacques Carat, "Sartre, ou le séquestré", *Preuves*, novembre 1959, n° 105, p. 67.

프란츠에 대한 아버지의 교육은 얼핏 성공을 거둔 것처럼 보인다. 왜냐하면 프란츠는 아버지 앞에서 주저하지 않고 이렇게 선언하기 때문이다. "당신은 곧 저였지요."[133] 두 사람은 하나였다. 그런데 프란츠는 중대한 실수를 저질렀다. 그로 인해 그는 입대를 해야 했다. 1941년 당시 그의 나이는 열여덟 살이었다. 무슨 일이 있었는가? 이 질문을 면밀히 검토할 필요가 있다. 왜냐하면 이 질문을 통해 프란츠가 아버지 곁에서 겪었던 첫 번째 무기력을 포착할 수 있기 때문이다.

전쟁이 발발했을 때, 힘러 정부는 조선소를 운영하던 아버지에게 군함 건조를 명령했다. 게다가 포로수용소 설치 장소를 물색하던 정부는 그의 공장 근처에 있는 공터의 구입을 원했다. 공사가 끝나고 포로들이 수용되었다. 세상 물정 모르고, 어린 신교도였고, 루터의 희생자였던 프란츠는 포로들의 인간 이하의 삶을 그냥 넘기지 못했다. 여전히 인간의 존엄성을 믿고 있었던 그는 실수를 저지르게 된다.

어떤 실수인가? 답을 하기 전에 먼저 왜 조선소 사장인 아버지가 땅을 정부에 팔게 되었는가를 보자. 그는 전쟁에서 승리하고자 하는 정부의 의도를 정확히 꿰뚫고 있었다. 그는 다르게 행동할 수 있었다. 그는 힘러의 명령을 거절할 수도 있었다. 하지만 그는 나치에 봉사하는 것을 선택했다. 보상은 조선소와 그의 힘의 급성장이다. 그의 전략은 정부 내에 적을 만드는 것을 피하는 것과 전쟁을 이용하는 것이었다. 말하자면 그는 기업의 번영과 그의 양심을 맞바꾼 것이다.

하지만 여기서 주목하고자 하는 것은, 그 자신의 성공에도 불구하고

---

133) SA, p. 80.

아버지는 그의 소유의 기업이 내리는 명령에 복종했고, 또 힘러 정부의 요구 앞에 무기력했다는 점이다. 실천적-타성태의 성격을 띠고 있는 이 무기력에 대해서는 더 소상하게 다룰 기회를 가질 것이다. 포로들의 끔찍한 상태로 인해 괴로워하던 프란츠는 아버지의 행동을 속죄하기 위해, 즉 아버지가 판 땅에 대한 대가를 피로 지불하기 위해 수용소를 탈출한 폴란드계 유대인을 자기 방에 숨겨 준다.

우연히 프란츠의 행동이 운전사이자 진짜 나치로서 폰 게를라흐가를 계속 염탐했던 프리츠에 의해 발각된다. 프리츠가 이 사실을 고발한다면 프란츠는 감옥에 갇히게 되고, 아버지의 기업은 어려움에 처할 것이다. 이 사건의 파장이 어느 정도인지를 알고 있는 아버지는 이 사건을 정리하기로 마음을 굳힌다.

아버지는 항상 프란츠의 문제를 해결하곤 했다. 여기서도 아버지는 즉각적으로 합당한 조치를 취한다. 되니츠 제독과 함께 함부르크에 와 있던 괴벨스에게 전화를 걸어 자기 아들에 대한 선처와 포로의 목숨을 살려 줄 것을 간청했다. 게슈타포가 프란츠를 체포하러 왔고, 포로는 도주했다. 모든 것이 해결되었다. 프란츠는 군에 입대하는 조건으로 즉각 풀려났다. 하지만 아버지는 SS대원들이 아들 앞에서 포로를 죽이는 것을 막지 못했다. 그리고 프란츠를 고발한 것은 프리츠가 아니었다. 괴벨스에게 전화를 걸어 아들의 실수를 알리면서 탈주 포로를 언급한 것은 바로 아버지 자신이었다.

한 가지 사실은 분명하다. 아버지가 프란츠의 사면을 얻고 또 기업을 보존하는 데 성공했다는 사실이다. 하지만 그 대가로 그는 정신적으로 프란츠를 잃게 된다. 왜냐하면 프란츠는 자기가 원하는 일을 하면서도 결국 그 자신이 될 수 없다는 사실을 알아차리게 되기 때문이다. 자신의 양심과 루터로부터의 가르침에 따라 행동한 것은 프란츠였다. 그는 폴란드계 유대인을 자기 방에 숨겨 주었고, 그를 목졸라 죽이려는 SS대원들에게 저항했다. 하지만 SS대원들에 의해 붙잡힌 채로 있었던 프란츠는 자기 눈앞에서 이루어지는 살해 장면을 보면서도 새끼손가락 하나 움직일 수 없었다. 그는 완전히 무기력했다.

더군다나 프란츠의 행동은 처벌받아 마땅했다. 하지만 그는 그 자리에서 풀려났다. 그러니까 그의 행동의 결과를 아버지가 모두 훔쳐간 것이다. 그가 아버지에 맞서 아무것도 할 수 없었다는 것은 당연하다. 이처럼 그는 아버지와 나치 곁에서 그 자신의 완전한 무기력을 체험하게 된 것이다. 이 사건은 프란츠의 청소년기에 발생했다.

앞서 어린 프란츠는 능기 아닌 소기라고 했다. 하지만 청소년 프란츠는 그 자신의 자유와 의지를 가지고 의미작용을 하면서 능기이기를 원했다. 유감스럽게도 자신의 강력한 존재론적 힘을 교묘하게 과시하면서 아들의 의미작용을 빼앗아 가버리는 아버지에게는 단지 소기가 될 뿐이라는 사실만을 확인했다. 하지만 프란츠가 군에 입대했을 때, 고발자가 아버지였다는 점을 알게 되었다는 사실을 지적하자. 어쨌든 러시아 전선에서 근무하던 프란츠는 중위가 되어 열심히 전투에 임했다. 그는 다시 한번 하나의 능기이고자 했던 것이다.

프란츠는 열두 개의 훈장을 받았다. 동생인 베르너의 증언처럼 프란츠는 실수에 연연하는 사람이 아니었다. 그가 러시아 전선에서 보낸 기간에 대해서는 곧 살펴볼 것이다. 5년간의 군생활 후에 그는 귀가했다. 1946년 가을이었다. 집에서 그는 1년을 보낸다. 하지만 그동안에 그는 아버지로 인해 또 한 번 무기력을 겪게 된다.

이번에는 누이 레니가 겪은 사건 때문이다. 그로 인해 프란츠는 또 한 번 실수를 저지르게 된다. 전쟁 말기에 아버지는 미군 장교들을 집에 묵게 했다. 이때 자신들을 놀리던 레니를 미군 장교들이 강간하려 한 사건이 발생했다. 프란츠가 동생을 구하러 뛰어들었고 싸움이 일어났다. 미군이 우세하게 되자 레니가 병으로 미군을 내리쳤다. 프란츠는 동생이 병으로 때린 것을 포함해 모든 것을 뒤집어썼다.

이 사건의 진행은 첫 번째 사건과 동일했다. 아버지가 모든 것을 정리했다. 홉킨스 장군과의 관계 덕분으로 프란츠는 석방되었다. 물론 그가 비자를 받는 즉시 독일 땅을 떠나 아르헨티나로 간다는 조건이었다. 아버지는 비자를 얻어 냈다. 프란츠는 아르헨티나로 떠났을까? 그렇기도 하고 동시에 그렇지 않기도 하다. 우선, 그는 떠났다. 왜냐하면 폰 게를라흐가는 아르헨티나에서 작성된 프란츠의 사망증명서를 1956년에 받았기 때문이다. 그다음으로, 그는 떠나지 않았다. 이 증명서는 위조되었다. 전격적으로 남아메리카로 날아간 젤버가 이 증명서를 가져온 것이다. 이것은 프란츠가 아르헨티나로 떠나지 않았다는 것과 그가 살아 있다는 것을 의미한다. 그렇다면 그는 지금 어디에서 살고 있는 것일까?

이 문제를 살펴보기 전에 두 가지 사실을 지적하자. 첫째, 프란츠의 두 번째 실수 때 아버지는 기업을 보존하기 위해 적절한 조치를 취했다는 사실이다. 1941년에 괴벨스에게 했던 것처럼 그는 기업이 내리는 명령에 따라 행동한 것이다. 분명, 그는 자기 집안의 미래의 지도자인 프란츠를 구했다. 하지만 그로 하여금 미국 당국에 도움을 요청하도록 한 것은 ― 전쟁 중에 미국이 적이었다는 사실을 지적하자 ―, 그가 하고 있는 사업의 경제적 이해관계였다. 아버지에 따르면 프란츠의 실수를 처리하는 데 개입하지 않을 경우, 점령군 당국이 이 사건을 무마시켰을 것이다. 폰 게를라흐가의 공장을 일으켜 세울 의향을 가지고 있던 미국은 이 사건 이후에 대형 상선 주조 일을 떠맡긴다.

두 번째 사실은 이 두 번째 실수에서도 프란츠는 완전히 소외되었다는 것이다. 레니를 구하러 뛰어든 것은 프란츠 자신이었다. 그는 당연히 처벌받아야 했다. 하지만 그는 처벌받지 않았다. 그는 자기 행동에 대한 책임을 박탈당한 것이다. 그는 원하는 행동을 했지만 모든 것은 마치 그가 아무것도 하지 않은 것처럼 되었다. 그는 완전히 소외된 것이다. 그는 한 번 더 능기이고자 했다. 하지만 이번에도 역시 그는 하나의 소기에 불과했다.

방금 제기한 질문으로 돌아오자. 지금 프란츠는 어디에서 살고 있는가? 그는 지금 혼자 병들어 13년 전부터 폰 게를라흐가의 오래된 집 2층에 있는 방에 스스로를 유폐하고 있다. 게다가 그는 이 방에서 나오지 않고 있고, "그를 돌보는 레니를 제외하고는 그 누구도 그를 보지 못한다".[134] 그렇다면 왜 그는 스스로를 유폐하고 있는가? 아버지에 따르면 아들의 유폐의 주된 이유는 이렇다. 프란츠는 패한 민족의 일원이라는 것과 승자들에 의해 전쟁을 일으킨 범죄자로 여겨지는 것을 견디지 못한다는 것이다. 프란츠에 의하면 승전국들은 독일 국민을 재판할 자격을 가지고 있지 않다. 왜냐하면 그들 역시 독일 국민과 마찬가지로 죄를 지었기 때문이다.

---

134) *Ibid.*, pp. 44~45.

이렇듯 프란츠는 무고하고, 따라서 무죄인 자기 민족의 철저한 제거 작업을 차마 볼 수 없다. 이런 이유는 요한나가 그의 방을 방문했을 때(이 방문에 대해 다시 살펴볼 것이다) 한 번 더 확인된다. 흥미로운 것은, 요한나의 "당신은 왜 여기 숨어 있죠?"라는 물음에 답을 하면서, 프란츠가 그녀에게 그가 독일의 말살을 어떡하든 피하고자 한다는 사실을 알려 준다는 점이다. 그에 따르면 독일의 말살은 조국에 부과된 비참한 고통이고, 이것이 그를 유폐로 이끈 유일한 원인이라는 것이다.

프란츠는 요한나에게 진실을 말했을까? 그렇지 않다. 레니가 가져다 준 『프랑크푸르트 자이퉁』 지를 보고 프란츠는 독일의 부흥과 가문의 성공을 알고 있었기 때문이다. 후일 프란츠가 13년 만에 아버지를 다시 만나게 되었을 때, 그는 유폐의 진짜 이유를 털어놓는다. 놀랍게도 그 진짜 이유는 조국의 부흥을 보고 싶지 않다는 것이다. 그는 계속 독일 패배를 바랐던 것이다.[135]

많은 질문이 한꺼번에 제기된다. 왜 프란츠는 지금까지 거짓말을 했을까? 왜 레니는 독일과 폰 게를라흐가의 번영을 다룬 신문을 프란츠에게 가져다주었을까? 프란츠는 왜 13년 동안 아버지를 보지 않으려 했을까? 아버지는 프란츠를 보기 위해 무엇을 했을까? 이 질문들을 하나하나 살펴볼 것이다. 하지만 여기서는 프란츠가 스스로를 유폐한 진짜 이유를 먼저 물을 것이다. 이 물음은 왜 그가 조국의 멸망을 바랐는가라는 물음과 그 궤를 같이 한다.

앞서 보았듯이 프란츠는 첫 번째 실수 후, 1941년에 입대했다. 중위

---

135) *Ibid.*, p. 347.

가 된 그는 전선에서 1946년에 귀가할 때까지 전투에 참가했다. 그가 열두 개의 훈장을 받았다는 사실을 지적했다. 하지만 훈장에 걸맞은 그의 공적이 무엇이었는지는 살펴보지 않았다. 그런데 사르트르는 프란츠가 전쟁 중에 고문자가 되었다는 사실을 보여 준다. 고문의 희생자는 러시아 농부들이었다.

프란츠는 고문을 하기 전에 500여 명의 부대원들과 함께 스몰렌스크 근처에 주둔해 있었다. 이 부대의 지휘관이나 장교들은 러시아 농민들과의 교전에서 살해당했다. 프란츠, 목사의 아들이자 이상주의자인 클라게즈, 전형적인 나치인 하인리히와 몇 명의 군인들만 살아남았다. 이른바 삼두정치, 즉 중위 클라게즈와 프란츠, 하사 하인리히 세 명의 통솔이 시작되었다. 다른 부대의 원조를 기다리면서 그들은 포로로 붙잡은 두 명의 러시아 농민들과 함께 버텨야 하는 상황이었다.

그런데 프란츠는 러시아 농민들을 고문한다. 사르트르는 그들이 고문당하는 장면을 직접 보여 주지 않는다. 하지만 고문은 우선 하인리히에 의해, 그다음에는 프란츠에 의해 자행된다. 프란츠는 이 사실을 1949년에 레니에게만 고백했을 뿐이다. 고문 그 자체에 대해서는 뒤에서 특히 『무덤 없는 주검』을 통해 자세히 볼 것이다. 여기서 우리가 주목하고자 하는 것은, 프란츠가 이번에도 역시 무기력을 경험한다는 것이다.

프란츠는 군대에서 '진짜' 군인이 되기로 결심한 듯하다. 마음으로는 나치를 비난하면서도 몸으로는 봉사하는 클라게즈와는 달리, 프란츠는 전쟁을 자기 운명으로 여기고자 했다. 또한 그는 자기의 행동에 대해 모든 책임을 지면서 행동하기를 원했다. 그가 전쟁 중에 중요하게 생각했던 것은 결국 자기 자신의 행동의 주인이 되는 것이었다. 또한 그는 자유롭게 뭔가를 하는 누군가가 되고자 했다. 이것은 집에서 겪었던 것과는 정반대되는 것이다. 집에서 그는 아무것도 하지 않았기 때문에 그 누구도 아니었다. 그의 주요 목표는 모든 수단을 강구해 아버지와 나치 곁에서 겪었던 무기력을 극복하는 것이었다.

하지만 하인리히, 클라게즈, 러시아 농부들에 대해 지고의 힘을 행사해 보았자 무슨 소용이 있을까? 이 힘을 끝까지 사용해 보았자 무슨 소용이 있을까? 러시아 농부들은 정보를 불기 전에 죽어 버렸다. 이것은 프란츠가 고문하면서 그들의 자유를 굴복시키는 데 실패했다는 것을 의미한다. 또한 그는 무기력의 왕이 되어 버렸다. 실제로 유폐 이후 아버지와의 첫 만남에서 말하고 있는 것처럼, 그는 아버지에게서 그의 지고의 힘을 빌린 것이 아니라 히틀러에게서 빌린 것이었다. 지도자 중의 지도자, 독일 국민의 국부에게서 말이다. 프란츠는 집에서 겪었던 무기력을 보상받기 위해 히틀러를 선택한 것이다. "히틀러는 나를 대체 불가능하고 성스러운 타자로 만들었어요. 그 자신으로 말입니다."[136]

이처럼 프란츠는 아버지 곁에서는 왕자에 불과했지만 그 스스로를 히틀러 자신과 그의 부인으로 여기면서 왕처럼 행동하고자 했다. 게다가 프란츠는 이런 자격으로 악을 원했고, 포로들을 고문하고 비천함 속으로 내몰면서 그의 힘을 잊을 수 없는 개별성을 통해 드러내고자 했다. 하지만 이런 힘의 행사의 결과는 무엇이었는가? 그는 무기력의 왕이 되었을 뿐이다. 왜냐하면 프란츠는 히틀러를 섬겼을 뿐이기 때문이다. 요컨대 그 자신의 기대와는 달리 프란츠는 아버지 곁에서 겪었던 것보다 더 강하고

136) *Ibid.*, p. 345.

비참한 무기력 속으로 다시 한번 떨어지게 된다.

프란츠의 무기력의 역사는 이것으로 끝나지 않는다. 그가 고문 이야기를 1949년에 레니에게만 털어놓았다는 사실을 기억하자. 하지만 아버지는 1956년 이후로 이 사실을 알고 있었다. 한 번 더 아버지가 모든 것을 정리한다. 그는 우선 두 명의 병사 — 페리스트와 샤이드만 — 에게 돈을 주면서 침묵을 요구했다. 그다음으로 젤버를 아르헨티나로 보내 프란츠의 사망증명서를 가져오게 했다. 마지막으로 그는 당시에 함부르크에서 변호사로 일하던 차남 베르너를 알토나로 오게 했다. 실제로 아버지는 죽기 전에 베르너에게 조선소를 물려주려는 의향을 가지고 있었다. 게다가 아버지는 후두암으로 6개월 시한부 인생을 살고 있다. 물론 아버지의 계획은 프란츠가 유폐를 풀고 그의 방에서 나오지 않는다는 조건하에서 세워진 것이다.

『알토나의 유폐자들』은 가족회의로 막이 오른다. 아버지는 베르너를 공식 후계자로 인정하고자 한다. 베르너는 아버지의 제안을 받아들일 것인가? 이 문제는 곧 살펴볼 것이다. 하지만 여기서 단언할 수 있는 것은, 프란츠가 고문이라는 행동에도 불구하고 아버지로 인해 옛날처럼 완전한 무기력을 겪었다는 것이다. 물론 이번에는 히틀러로 인해서이기도 하다. 아버지가 이 모든 일을 처리하는 동안 프란츠가 유폐를 풀지 않았다는 것은 말할 나위가 없다.

이 단계에서 앞서 제기된 문제를 보자. 프란츠는 왜 독일의 패배를 원했는가? 답을 위해 다시 한번 과거 두 번의 실수에서 그는 완전히 무기력했다는 사실을 상기하자. 모든 일이 마치 그는 아무것도 아닌 것처럼 진행되었고, 따라서 그는 그 누구도 아니었다. 그런데 그가 러시아 농부들을 고문했을 때, 그는 군인의 자격으로 자신의 의무에 따라 행동했고, 또 자유롭게 그의 이름을 그의 행동 속에 기입하고자 했다. 따라서 그는 고문을 통해 무기력을 떨쳐 버릴 수 있었고, 그 결과 하나의 능기가 되고자 했다. 하지만 그 효과는 오래 지속되지 못했다. 왜냐하면 그는 1년의 유폐 생활 이후 아버지와의 첫 만남에서 다시 한번 완전한 무기력을 경험하기 때문이다.

프란츠가 고문을 통해 무기력의 극복을 향유하기 위해서는 한 가지 조건이 필요했다. 그의 고문이라는 끔찍한 행동이 독일의 승리에 기여해야 한다는 조건이다. 독일이 승리한다면, 프란츠는 바라던 바를 이룰 수 있다. 자기 행동의 주인이 되고, 또 죄책감에서 벗어날 수 있다. 이것은 그의 이상이었다. 하지만 독일의 패배는 현실이었다. 이것은 그가 고문에 대해 회한에 빠지는 것을 피할 수 없었다는 것을 의미한다. 왜냐하면 조국의 패배는 프란츠가 진짜 군인의 역할을 제대로 수행하지 못한 결과일 수 있기 때문이다. 그가 더 끔찍하고 더 폭력적인 수단을 강구하지 못한 결과일 수 있는 것이다. 독일의 승리와 그 자신이 집에서 겪은 무기력에 대한 완전한 승리를 위해 그는 필요한 범죄를 끝까지 저질러야 할 필요가 있었던 것이다.

하지만 독일은 패배했다. 그로부터 프란츠의 죄책감이 기인한다. "나는 감상벽으로 독일을 죽였어요."[137] 물론 이런 죄책감은 군인으로서 그가 느끼는 것이다. 군인의 의무는 전쟁에서 이기는 것이다. 아래의 내용은 전쟁 중에 부상을 입고 동생까지 잃은 한 여성과 프란츠의 대화이다.

---

137) *Ibid.*, p. 298.

부인 (화가 나 있다.) … 공포가 필요했던 거예요. … 모든 것을 파괴했어야 해요.

프란츠 우리는 그걸 했어요.

부인 결코 충분하지 못했어요! 포로수용소도 충분치 않았어요! 가해자도 충분치 못했어요! 당신의 것이 아닌 것을 주면서 당신은 우리를 배신했어요. 당신이 적군의 목숨을 살릴 때마다, 그것이 어린아이의 것일지라도, 당신은 우리 아이 중 하나의 목숨을 앗아 갔어요. 당신은 증오심 없이 싸웠어요. 당신은 가슴을 갉아먹는 증오심으로 나를 감염시켰어요. 나쁜 병사여, 당신의 장점이 어디 있소? 당신의 명예는? 죄인은 바로 당신이오! 신은 당신의 행동이 아니라, 당연히 했어야 했는데 당신이 감히 하지 못한 행동을 심판할 것이오. … 죄인은 바로 당신이오! 당신![138]

이 대화가 끝나고 프란츠는 영원히 패배하고 유죄인 군인이 되어 버렸다. 더 이상 죄책감을 느끼지 않는 것, 이것이 바로 프란츠가 라디오를 통해 뉘른베르크 전쟁 법정에서 독일에 대해 내려지는 선고 소식을 듣고 싶지 않은 주요 이유이다. 또한 이런 이유로 유폐되어 있는 동안 그는 미래, 가령 30세기의 사람들을 상징하는 '게들'의 상상 법정에서 변호 증인의 자격으로 조국의 무죄를 계속 변호하고 있기도 하다. 독일의 무죄가 곧 프란츠 자신의 무죄와 동일한 것이다.

하지만 전쟁 후에 곧바로 재판의 시대가 도래했다. 승리자들은 독일의 유죄를 선고했다. 프란츠는 고문이 범죄 행위라는 사실을 안다. 전쟁

---

138) *Ibid.*, pp. 292~293.

후에 귀가한 프란츠는 이제 전쟁 중 고문이라는 끔찍한 죄를 저지른 민간인 신분의 개인에 불과했다. 그런데 죄를 지었다는 것, 이것은 처벌되어야 하는 것과 동의어이다. 독일이 받은 벌은 패망이었다. 조국의 패망은 역으로 프란츠가 승리에 충분한 범죄를 저지르지 않았다는 것을 보여 준다. 하지만 독일의 패배는 입대 전에 그가 집에서 겪었던 무기력을 완전히 일소해 줄 수 없다. 그런 만큼 독일이 패배하게 되면, 그가 자기 행동의 주인이 되기 위해 행했던 고문은 그 모든 의미를 잃게 된다.

만약 그 반대로 독일이 부흥에 성공한다면, 프란츠는 고문이라는 끔찍한 범죄를 저질렀지만 처벌받지 않은 개인으로 영원히 살아가게 되는 길밖에 없다. 분명, 조국이 부흥한다면 군인으로서 전쟁에서 패했다는 죄책감에서 벗어날 수 있다. 하지만 조국의 부흥으로 인해 그의 내부에서는 새로운 무기력이 나타날 수 있다. 이 경우, 조국과 마찬가지로 그 역시 자신의 끔찍하고도 용서받지 못할 범죄 행위로 인해 처벌받지 않게 되고, 그 결과 자신의 모든 책임에서 면제된 것이다. 그로부터 프란츠가 종전 이후에 직면한 마음의 갈등이 기인한다. 조국이 망하거나, 아니면 프란츠 자신이 인권을 범한 죄인이거나, 둘 중 하나이다.

또한 그로부터 두 가지 중요한 결과가 도출된다. 하나는 프란츠가 독일의 멸망을 바랐다는 사실이다. 다른 하나는 폐허에서 다시 일어나는 독일을 부인하는 것은 프란츠의 존재를 다시 부인하는 것이라는 사실이다. 이렇듯 조국의 부활이 프란츠의 유폐된 이후의 삶을 완전히 뒤흔들어 놓은 것은 당연해 보인다. 레니가 가져다준 신문을 읽고 조국이 번영일로에 있다는 사실을 알게 되었을 때, 그는 다시 한번 무기력을 경험한 것이다. 그는 고문이라는 범죄를 저지르고도 처벌받지 않고 살아가고 있기 때문이다. 게다가 13년 동안의 유폐 이후 아버지를 처음 만난 순간이 곧 조국의 부흥을 알게 된 순간과 일치한다는 사실을 지적하자.

프란츠를 방에서 끌어내기 위해서 아버지가 레니와 요한나를 교묘하게 이용한다는 사실을 곧 보게 될 것이다. 하지만 여기서 지적하고자 하는 것은, 아버지가 스몰렌스크 일, 곧 고문 문제를 해결했고, 따라서 프란츠는 다시 한번 완전한 무기력에 빠지게 되었다는 사실이다. 프란츠는 여느 때처럼 하나의 능기가 되고자 했다. 그는 아버지의 힘을 부인하고 또 고문이라는 범죄 행위에 호소하면서까지 잠깐 동안의 독립을 가지길 원했다. 하지만 그 결과는 어떠했는가?

모든 것이 소용없었다. 프란츠는 그의 첫 번째 실수 이후 "승이패"(勝而敗, qui gagne perd) 게임을 하면서 모든 게임에서 졌고, 반면 "패이승"(敗而勝, qui perd gagne) 게임을 하면서 항상 승리를 거둔 자는 바로 아버지였다.[139] 아버지가 프란츠의 아르헨티나행 비자를 얻었을 때, 그는 더 이상 무기력을 겪지 않기 위해 스스로 유폐의 길을 선택한 것이다. 하지만 그 이후에도 모든 것은 그가 원했던 것과 정반대로 진행되었다. 조국은 폐허에서 벗어났다. 프란츠는 아버지의 힘보다 더 강한 히틀러의 힘 때문에 무기력을 겪게 되었다. 그리고 고문 문제도 모두 아버지에 의해 해결되었다. 프란츠는 유폐된 생활을 계속 영위할 이유를 상실했다.

유폐된 방에서 나온 후에 프란츠는 무엇을 할 것인가? 다시 한번 아버지의 힘에 복종하면서 사업을 물려받을 것인가? 아니면 그의 무기력을 극복하기 위해 노력할 것인가? 두 사람은 동반자살의 길을 택한다. 대체

---

139) "아버지: 전쟁은 항상 패이승 게임을 해야 했다." *Ibid.*, p. 358.

어떤 과정을 거쳐 자살 협정에 이르는가? 답을 위해 우선 뼛속까지 무기력에 침윤당한 프란츠는, 아버지가 죽은 후에 무언가를 한 누군가가 되어 그의 삶 전체를 만회하려는 생각을 가지고 있다는 사실을 지적하자.[140)]

하지만 아버지의 생각은 전혀 다르다. 프란츠가 그 자신의 삶을 재건하는 것보다 더 부조리한 것은 없다. 두 가지 이유에서이다. 첫째, 아버지는 오래전부터 조선소가 자신의 손에 의해 창업되고 운영되었지만, 실제로 명령을 내리는 것은 이 조선소라는 점을 잘 알고 있다. 앞서 프란츠를 실수에서 구하기 위해 여러 조치를 강구할 때, 아버지는 실제로 조선소가 내리는 명령에 따라 행동한 것이다.

그런데 조선소는 아버지의 부와 명예의 수단에 불과하다. 그런 조선소가 결국 주인을 무기력하게 만든 것이다. 그러니까 이 기업을 유지하고 보존하기 위해, 그는 조선소로부터 오는 요구에 대해 수동적으로 대응할 수밖에 없는 것이다. 이것은 그가 자기가 소유한 기업의 힘 아래에서 그 자신과는 다른 타자가 되었다는 것을 의미한다. 결국 기업의 사람들을 선택하고, 경영자들을 교육시키고 뽑는 것은 바로 조선소 자체였던 것이다. 조선소는 그에게 적대적인 현실과 반목적성을 주었고, 그는 거기에 무기력할 수밖에 없었다.

이 모든 것은 앞서 실천적-타성태 개념을 살펴보면서 지적했던 것들이다.[141)] 이 개념이 전쟁과 역사에도 적용된다는 사실을 지적하자. 전쟁을 하는 것도 역사를 만드는 것도 인간들이다. 하지만 결국 전쟁이나 역사가

140) *Ibid.*, pp. 359~360.

141) Cf. Michel Contat, *Explication des* Séquestrés d'Altona *de Jean-Paul Sartre*, Paris: Minard, 1968, p. 22.

인간들을 만든다.[142] 분명한 것은, 기업 앞에서 아버지는 지푸라기 주인이라는 사실이다. 아버지가 조선소를 창업한 것은 사실이지만, 그를 짓눌러버린 것은 조선소이다. 자기 기업과의 관계에서 실천적-타성태를 경험한 아버지는 프란츠에게 미래에 예정된 모든 것은 결국 무기력의 연속일 수밖에 없다는 사실을 알게 해준다. 프란츠는 영원히 무기력에 복종하도록 선고받았다는 것이다. 우선 아버지의 정열에 의해, 그다음으로는 프란츠가 그 자신의 표지를 새기게 될 모든 물질, 곧 기계에 의해서 말이다.

그로부터 아버지가 프란츠의 모든 행동이 부조리하다는 생각을 갖게 되는 두 번째 이유가 도출된다. 그것은 부모의 역할, 그중에서도 특히 아버지의 역할이다. 폰 게를라흐가의 가장에 따르면 부모들은 멍청이들이다. 왜냐하면 그들은 아이들의 미래를 무화시키면서 태양을 멈추게 하기 때문이다. 부모들은 아이들의 미래를 자기들의 기준에 의해 판단하고 준비한다. 프란츠의 미래에 대해 아버지가 이렇게 추론하는 것은 어려운 일이 아니다. 프란츠는 살아가면서, 결혼을 하게 되고, 아이들을 낳게 될 것이다(「어느 지도자의 유년 시절」에서 미래의 지도자 뤼시앵의 꿈이 무엇이었는지를 떠올리자). 그러면 결국 프란츠의 삶은 아버지의 삶의 반복에 불과할 것이다. 물론 프란츠도 그의 장남을 미래의 지도자로 삼기 위해 노력할 것이다.

게다가 아버지는 프란츠에게 용서를 구한다. 아버지의 역할을 너무 잘 수행해 그를 완벽히 무기력하게 만들어 버렸으며, 그의 미래를 철저하게 파괴한 것에 대한 용서이다. 그리고 아버지는 이 모든 것에 대해 자기

142) Cf. "사람들이 전쟁을 하는 게 아니야. 전쟁이 사람들을 만드는 거지." SA, p. 287.

가 책임을 질 준비가 되어 있음을 프란츠에게 알린다. "게들의 법정에 이렇게 말하렴. 나 혼자 유죄이고, 모든 것은 내 잘못이라고."[143] 아버지가 모든 것을 떠안겠다는 것을 알게 되자마자 프란츠는 곧장 함께 죽자는 협정에 동의한다. 다음 문장은 두 사람이 처음으로 완전히 동등한 입장에 있다는 것을 보여 준다. "프란츠는 마지막 계단을 내려와서 아버지와 나란히 섰다."[144]

실제로 아버지와 프란츠가 동반자살 협정을 맺는 과정은 세 단계로 이루어졌다. 아버지가 조선소 때문에 겪는 실천적-타성태 개념에 대한 강조의 단계, 자기와 마찬가지로 프란츠 역시 영원히 무기력에 사로잡히도록 선고받았다는 사실에 대한 가르침의 단계, 화해의 단계가 그것이다. 그리고 이미 암시한 것처럼 두 사람은 레니의 자동차를 타고 강으로 뛰어든다. 다음 두 개의 질문을 던지면서 그들의 동반자살 협정을 좀 더 잘 이해하도록 하자. 그들을 함께 죽게끔 한 요인은 무엇이었을까? 왜 그들은 물로 뛰어드는 것을 선택했을까?

답을 위해 우선 자살이 극단까지 밀어붙인 복종, 하지만 능동적으로 그렇게 된 복종으로 정의된다는 사실을 지적하자. "자기 자신을 제거하고자 하는 이 열정은 극단까지 밀고 나간 복종이 아닌가? 분명 그렇다. 하지만 수동적 복종은 아니다."[145] 이 정의의 핵심은, 자살이 단순히 수동적 복종이 아니라는 점이다. 프란츠는 아버지의 힘에 의해 완전히 무기력에 사로잡혔다는 사실을 기억하자. 그는 하나의 능기가 되고자 모든 것을 다

143) *Ibid.*, pp. 362~363.
144) *Ibid.*, p. 363.
145) IFI, p. 400.

했다. 하지만 그가 자유롭게 행동할 때마다 그는 그의 행동에서 소외되었다. 아버지는 그에게서 모든 의미작용을 앗아 갔다. 그는 아무것도 하지 않은 것과 같았다. 따라서 그는 그 누구도 아니었다. 요컨대 그는 아버지가 부여한 삶과 다른 삶을 영위할 수 있는 그 어떤 방책도 가지고 있지 못했다. 프란츠가 계속 살았다면 그는 자기 삶에서 "점 하나"도 바꾸지 못했을 것이다.[146] 이것은 그가 아버지의 완벽한 노예였다는 사실을 증명해 준다.

"반항하는 노예들이 있습니다."[147] 기이하게도 이 말을 한 장본인은 베르너이다. 곧이어 베르너의 반항을 볼 것이다. 일단 여기서 관심을 끄는 것은 프란츠의 반항이다. 프란츠는 아버지에 대한 반항을 위해 자살을 선택한다. 실제로 그는 유폐 이후 계속 자신의 삶에 종지부를 찍는 것을 생각했다. "저는 서랍에 총알이 장전된 권총을 넣어 두고 십삼 년을 살았어요."[148]

"자살의 꿈"은 "급진적인, 하지만 상상적인 반항"과 동의어이다.[149] 프란츠는 아버지에게 반항하는 것을 꿈꿔 왔다. 하지만 그가 자살을 결심한 순간, 그의 반항은 급진적이 된다. 거기에 중요한 물음이 제기된다. 자살은 어떤 의미에서 반항인가? 답을 위해 프란츠의 삶은 아버지에 의해 강요된 무기력의 연속이었다는 사실을 다시 한번 상기할 필요가 있다.

만약 프란츠가 자살을 한다면, 그것은 실제로 그 자신이 항상 하나의

---

146) *Ibid.*, p. 403.
147) SA, p. 56.
148) *Ibid.*, p. 364.
149) IFI, p. 402.

소기에 불과한 삶에 종지부를 찍는 것이다. 그런 만큼 자살은 '신하-아들'이 '주군-아버지'에게 하는 일종의 복수인 셈이다. 신하-아들은 죽어버림으로써 자기 자신을 괴물로 만든 주군-아버지의 봉건성을 고발한다. 따라서 프란츠는 자살을 선택할 수밖에 없다. 이런 의미에서 사르트르는 자살을 노예-아들이 주인-아버지에게 가하는 "벌"로 여긴다.[150]

자살이 수동적 복종이 아니라 능동적 복종이라는 사실을 기억하자. 따라서 자살에는 그 주체의 불복종, 또는 그의 "죽음을-위한-자유"가 내포되어 있다.[151] 이처럼 '자살자-아들'이 바라는 것은 "존재를 관장하는 찬란한 주군-아버지"로부터 모든 권위를 탈취하여 이 주군-아버지가 "아무런 힘"이 없는 자기만의 왕국을 세우는 것이다.[152] 이렇듯 자살은, 그 주체가 자신을 이 세상에 오게 한 자와 같은 가치를 갖는다는 것을 보여 주는 적극적인 행동인 것이다.[153]

이 모든 것은 그대로 프란츠에게도 적용된다. 그가 자살을 결심한 순간 그는 복수, 처벌, 그 자신이 왕이 되는 왕국의 건설을 생각했다. 그는 아버지로 인해 잃었던 의미작용을 회복하면서 그 자신이 되고자 했다. 그는 또한 자유를 바탕으로 아버지의 모든 작품을 파괴하면서 소외된 자기 자신의 삶을 되찾고 싶었다. 그는 그렇게 하면서 자기 자신이 원하고 또 할 수 있는 일을 하는 자가 되고 싶었다. 그는 끝까지 하나의 능기이고자 했다. 동반자살 협정을 맺고 나서 프란츠가 아버지와 정면으로 맞섰다는

150) *Ibid.*, p. 401.
151) *Ibid.*, p. 403.
152) *Ibid.*, p. 402.
153) *Idem.*

사실을 기억하자.

"나는 죽는다. 그러므로 나는 존재한다."[154] 그렇다. 이것이 프란츠가 마지막에 선택한 그의 반항을 정당화시키는 명제이다. 그가 자신의 삶을 회복하기 위해 자살 이외의 다른 수단을 강구할 수 있었을까? 답은 부정적이다. 그가 산다면, 그는 아버지로 인해 여전히 무기력의 나락으로 떨어질 것이기 때문이다. 물론 아버지의 사후에 그가 후계자가 되어도 사정은 마찬가지일 것이다. 그때는 조선소가 내리는 명령에 따라 행동해야 할 것이다. 이것은 결국 프란츠에게 아버지에 대한 반항의 기치를 높이 드는 것을 가능케 해주는 길은 오직 하나, 즉 죽음뿐이라는 것을 의미한다. 다른 한편 아버지에게도 자살할 이유가 있다. 프란츠와 마찬가지로 그 역시 마지막 순간에 죽음을 통해 자신의 삶을 소외시켰던 기업에 대해 복수하고자 한다. 물론 이런 복수는 그대로 히틀러, 힘러, 미국 등에 대한 복수이기도 하다.

게다가 아버지는 프란츠의 동반자살 제의를 받아들일 이유가 또 있다. 프란츠의 제의를 받아들이지 않았을 경우, 아버지는 아들에 의해 처벌되는 것을 피하지 못할 것이기 때문이다. 하지만 아들의 계획에 동의하면서 아버지 자신이 아들의 죄를 포함해 모든 죄를 짊어지고, 또 아들에게 용서를 구했다는 사실을 지적하자. 이 사실은 중요하다. 왜냐하면 프란츠-신하에 의해 복수당하고 처벌당하기 전에(아버지는 이를 견딜 수 없다), 그는 아버지-주군의 자격으로 '자기-처벌'을 했기 때문이다. 이렇게 하면서 그는 프란츠의 삶을 정화하고 또 회복하고자 했다. 그는 직접 아

154) IFII, p. 1288.

들의 삶의 매듭을 풀어 주고자 한 것이다.

방금 모든 외부 세력(특히 기업)에 대해 복수를 하면서 아버지 역시 무기력의 삶에서 해방되었다는 사실을 이야기했다. 이것은 그 역시 자신의 삶을 만회하면서 계산서를 작성하고자 한 것이다. 그는 그 자신의 자유로운 결정으로 자기의 삶에 종지부를 찍어야만 하는 상황에 직면했다. 물론 프란츠와 함께, 곧장이라는 조건이 붙기는 했다. 만약 그가 6개월을 더 산다면, 그는 기업의 명령에 복종하면서 또 다시 프란츠를 위험에 빠뜨릴 수도 있을 것이다. 그로부터 부자지간의 동반자살 협정이 기인한다. 이와 관련하여 사르트르의 다음 언급은 의미심장하다. "어떤 면에서 보면, 동일화의 시도이다. 아버지와 아들은 같은 피부에 꿰매져 함께 죽는다."[155] 아버지는 이 꿈을 실현할 수 있을까?

이 질문과 관련하여, 또한 프란츠의 복수라는 질문과 관련하여, 죽음에 대한 사르트르의 정의는 흥미롭다. 그에 따르면 죽음은 인간 스스로 변신할 수 있는 모든 가능성을 잃고 객체로 굳어 버리는 상태로 규정된다. 이와 마찬가지로 아버지와 프란츠가 동반자살을 통해 겨냥한 것은, 그들이 각각 원하지 않는 일을 하는 자가 될 가능성을 일소하는 것이었다. 하지만 두 사람의 죽음은 자살이다. 다시 말해 스스로 변신할 수 있는 가능성을 포기하면서 기업에 대해, 전쟁과 역사의 힘에 대해 반항하고자 했다. 그것도 수동적으로가 아니라 마지막 능동적 선택을 통해서 말이다.

아버지와 프란츠는 과연 이런 계획을 실현할 수 있을까? 분명 그렇지 못할 것이다. 왜냐하면 그들이 없어도 역사는 계속되기 때문이다. 자

155) IFI, p. 464.

살 역시 그 주체를 변신이 불가능한 대상으로 굳어 버리게끔 한다. 게다가 사르트르는 자살을 "역사에 대한 공격적 행동"임과 동시에 속임수로 여기고 있다.[156)]

이것은 보편적 역사의 차원에서 아버지와 프란츠는 결국 자신들의 복수에서 실패할 것이라는 점을 보여 준다. 우리는 이를 바탕으로 프란츠가 아버지에 대한 반항에 성공하지 못했다고 할 수 있다. 왜냐하면 프란츠는 자살하면서 그의 복수를 맛볼 수 있는 유일한 장치인 그의 의식을 무덤으로 가져가 버리기 때문이다. 뒤에서 베르너는 자살과는 다른 방법의 반항, 즉 살아가면서 반항하는 방법을 보여 준다는 걸 설명할 것이다. 어쨌든 프란츠와 아버지는 토이펠스브뤼케강, 곧 물속으로 뛰어들어 동반자살을 하고 만다.

그렇다면 왜 물속일까? 이 문제와 관련하여 『무덤 없는 주검』에서 프랑수아의 누나 뤼시가 대독협력자들의 고문 끝에 중대한 결심을 하는 순간도 비가 내리는 소리를 듣고 난 이후라는 사실을 지적하자. 이 작품에서 비는 생명과 연결되지만, 『알토나의 유폐자들』에서 물은 죽음과 연결된다. 하지만 이것은 피상적인 차이에 불과하다. 왜냐하면 프로이트의 해석에 따르면 물은 대부분의 경우 탄생과 관련되기 때문이다.[157)] 이것은 아버지와 프란츠가 물로 뛰어들기로 결정한 것이 우연이 아니라는 것을 보여 준다.

아버지와 프란츠의 선택은 상징적이다. 그도 그럴 것이 그들에게는

---

156) CRDII, p. 408.

157) Cf. Jean-François Louette, "L'expression de la folie dans *Les séquestrés d'Altona*", *Les temps modernes*, n° 565-566, août-septembre 1993, p. 95.

죽음이 그들 각자의 부활의 유일한 수단이기 때문이다. 그러니까 죽음이 기업, 전쟁, 역사 등과 같은 소외시키는 힘의 굴레하에서 자신들의 모든 행위의 의미작용을 빼앗겨 버린 상태를 극복하기 위한 유일한 수단인 것이다. 하지만 자살은 역사의 차원과 마찬가지로 개인적 차원에서도 속임수이기 때문에, 아버지와 프란츠의 물속에서의 부활은 결국 상징적인 가치만을 가질 뿐이다.

게다가 아버지와 프란츠 사이에 맺어진 자살협정이 갖는 화해의 성격에도 불구하고 그들의 관계는 늘 억압적이었다. 『알토나의 유폐자들』의 결말은 다행스럽게도 늙은 폰 게를라흐의 개종에 할애되고 있다. 하지만 프란츠는 이 개종 전에 항상 아버지의 계획의 완벽한 희생자였다. 프란츠를 자신의 분신으로 만들고자 아버지는 모든 노력을 경주했다. 아버지는 기회가 있을 때마다 프란츠의 일을 처리했다. 그 결과는 비극적이었다. 프란츠는 그 누구도 아니었다. 그는 원하는 것을 했지만 모든 행동은 태어나기도 전에 아버지에 의해 구상된 운명의 실현으로 수렴했다. 그리고 물속으로 뛰어들어 자살을 하러 갈 때도 아버지가 운전을 한다는 사실을 지적하자.

이처럼 프란츠의 삶은 아버지에 의해 야기된 무기력의 연속이었다. 그가 이 세상에 태어난 것을 후회한다고 해도 전혀 놀랍지 않다. 마지막 순간에 아버지가 모든 잘못을 자기 책임으로 돌리면서 프란츠의 삶을 회복시켜 준들 무슨 소용이 있을까? 죽음이 인간에게서 변신의 모든 가능성을 앗아 가듯이, 프란츠도 아버지와 함께 죽겠다고 수락했을 때 그 자신만의 삶을 영위하고자 하는 모든 기회를 잃은 것이 아닐까? 아버지가 "자기 자신을 영속화시키고 자신의 작품을 완성하기 위해, 그리고 자기 이미지를 다시 만들어 내기 위해" 프란츠의 운명을 주조한 이후로, 프란츠는 "결코 존재하지 않았고, 지금도 존재하지 않는다".[158] 그가 존재한다면 그것은 아버지의 그늘 아래에서만 가능할 것이다.

이것만이 전부가 아니다. 아버지의 프란츠에 대한 행동을 '미필적 살인'으로 여길 만한 충분한 이유가 있다. 왜냐하면 프란츠가 아버지와 함께 죽는 것에 동의했지만, 그의 죽음을 야기한 것은 결국 아버지이기 때문이다. 프란츠가 유폐를 풀도록 하기 위해 아버지는 레니와 요한나를 조종한다는 사실을 암시한 바 있다(곧 보게 될 것이다). 한 단어가 프란츠를 죽일 수 있다고 아버지에게 말한 것은 바로 요한나이다. '독일의 번영'이라는 단어가 그것이다. 그리고 레니는 독일과 폰 게를라흐가의 번영을 이야기하는 신문을 프란츠에게 주었다.

분명, 사르트르 자신이 얘기하고 있는 것처럼, 레니와 요한나는 프란츠를 죽인 "흡혈귀"로 여겨질 수 있다.[159] 하지만 두 사람이 그렇게 행동한 것은 아버지의 사주를 받아서였다. 이것은 마지막 대속에도 불구하고 직접적으로는 아니지만 프란츠를 죽인 것은 아버지라는 것을 증명해 준다. 요컨대 동반자살 협정의 효과가 무엇이든 간에, 아버지와 프란츠 사이의 관계는 살해라는 이름으로 지칭되는 것을 피할 수 없어 보인다. 그들의 관계는 폭력의 연속이었고, 또 미필적 고의 살인으로 막을 내린다. 아버지는 이런 이유로 모든 부모들은 멍청이들이라고 선언했다. 이렇듯

---

158) Anny Detalle, "Le personnage de l'éternel adolescent dans le théâtre sartrien", *Littératures*, n° 9-10, printemps 1984, L'université de Toulouse-Le Mirail, p. 313.

159) Cf. Jean-Paul Sartre, "Interview par Alain Koehler", *Prsésence du théâtre*, n° 3, mars 1960; n° 4, avril 1960. TS, pp. 367~368에서 재인용.

아버지는 사르트르의 문학작품 중 아들에게, 따라서 타자에게 가장 끔찍한 폭력을 가한 인물인 것으로 보인다.

B) 베르너, 집안의 쓰레기

폰 게를라흐가의 차남 베르너는 프란츠를 전혀 닮지 않았다. 프란츠가 기적의 아들로 지도자가 될 운명이었다면, 베르너의 운명은 수동적 복종이었다. 하지만 프란츠의 유폐 이후, 특히 1956년 이후에 모든 것이 바뀐다. 그해에 아버지는 함부르크에서 변호사로 활동하던 베르너를 알토나로 오게 했다. 당시에 아버지는 프란츠의 고문 사실을 알게 되었다. 젤버는 아르헨티나로 가서 프란츠의 사망진단서를 가져왔다. 아버지는 후두암에 걸려 6개월 시한부 인생을 살고 있다. 앞서 지적한 사실들이다.

서류상으로는 죽었지만, 자기 방에서 버젓이 살고 있는 프란츠가 그의 고문 사실을 알게 된 아버지를 보는 것을 계속 거절하기 때문에, 현재로서는 베르너가 유일한 남자 상속자다. 아버지-지도자는 이런 상황을 고려해 계획을 세운다. 집안 식구들의 서약(곧 살펴볼 것이다)을 통해 베르너의 승계를 공식화하는 계획이다. 공식화 의식은 『알토나의 유폐자들』의 첫 장면에서 가족회의의 일정에 올라 있다.

베르너는 과연 후계자가 될 것인가? 그는 충성을 맹세할 것인가? 답을 하기 전에 후계자 자리 승계를 위한 의식에서 서약이 행해진다는 사실에 주목하자. 아버지의 도착을 기다리면서 레니는 원탁 위에 16세기에 출간된 두껍고 무거운 성서를 가져다 놓는다. 살아가는 이유와 원칙들을 대부분 상실한 이 집안에서 이런 관습의 의미는 무엇일까?[160] 이 질문과 관련하여 두 가지 점을 상기하는 것은 도움이 될 것이다. 첫째, 서약은 융화집단에 의해 고안된 실천으로, 그 목적은 그 구성원들의 "시공간적 분리"에 저항하는 것이라는 점이다.[161] 다른 하나는 서약은 폭력을 전제로 한다는 점이다. 배신하는 경우, 배신자는 이 집단의 이름으로 자기 자신을 처형해도 좋다는 것에 동의하게 된다. 그런 만큼 서약에는 폭력이 내재되어 있다. 물론 이런 폭력은 이 집단의 구성원들 각자에게 모두 적용된다는 면에서 상호적이다.

폰 게를라흐가의 서약은 종교적 의식이다. 지나가면서 가족도 좁은 의미의 융화집단이라는 점을 지적하자. 하지만 이 집안 사람들은 신을 믿지 않는다. 그런 만큼 여기서 서약은 순전히 의례적이다. 서약을 거절하는 경우, 또 성실성이 부족한 경우에도 처벌할 수 있는 강제력이 없다. 과거에는 집안 분위기가 지금과는 사뭇 달랐다. 아버지의 후손들은 가족회의 때마다 누가 벌을 받을 것인지를 자문하면서 겁에 질려 떨곤 했다.

게다가 아버지는 가족회의, 기업운영회의, 개인적인 모임 등에 항상 늦게 나타났다. 회의에 참석하는 사람들이 겁에 질리는 시간을 주기 위함이었다. 이런 전통이 지켜진다면 베르너의 후계자 지목을 위한 가족회의에서도 당연히 강제력이 유효할 것이다. 이 집안 식구들이 신을 믿지 않는다고 했다. 따라서 그들의 서약을 보장해 주는 강제력은 부권뿐이다. 이 사실은 의미심장하다. 왜냐하면 융화집단에서는 강제력이 구성원들 각자의 자유로운 자기 제거 동의에서 근거를 발견하는 데 반해, 이 집안에서는 가장의 권위에서 근거를 찾을 뿐이기 때문이다.

---

160) SA, p. 15, p. 23.

161) Madeleine Fields, "De la *Critique de la raison dialectique* aux *Séquestrés d'Altona*", *PMLA*, vol. 78, n° 5, December 1963, p. 624.

이 집안에서 지켜졌던 원칙들 중 하나는 가장의 말에 대한 무조건적 복종이었다. 하지만 지금, 아버지의 권위는 많이 약해진 상태이다. 후손들이 그를 힌덴부르크의 늙은이로 부르고 있을 정도이다. 물론 아버지가 가문의 옛 영광을 대표하고 또 이 집안의 자존심을 보여 주는 관습을 여전히 간직하고 있다는 것은 사실이다.

이처럼 서약에 주목한 것은, 서약자들이 자신들의 자유와 미래를 집단을 위해 저당 잡힌다는 사실을 보여 주기 위함이다. 이것은 폰 게를라흐가에도 해당된다. 베르너를 집안의 가장이자 기업의 총수로 만들고자 하는 아버지는 레니와 베르너에게 집안을 위해 그들의 자유와 미래를 저당 잡힐 것을 요구한다.

> 아버지 (강압적이고 퉁명스럽다.) … 유산은 분할되지 않을 것이다. 누구도 자기 몫을 팔거나 양도하는 것이 엄격하게 금지된다. 이곳을 떠나는 것도 금지된다. 너희는 이곳에서 죽을 때까지 살아야 한다. 맹세하라.[162]

이처럼 아버지가 자식들에게 서약을 강요한다. 먼저 레니가 서약을 한다. 작은 오빠에게 모범을 보이기 위한 것일 수도 있다. 왜냐하면 이 서약은 여성인 자기와는 별로 관계가 없기 때문이다. 다음은 베르너의 차례이다. 그는 주저한다. 그에게는 서약을 주저할 만한 충분한 이유가 있다. 이것은 그의 어린 시절과 무관하지 않아 보인다. 사르트르는 베르너의 어린 시절에 대해 설명하지 않는다. 하지만 프란츠의 어린 시절과 동생의

---

162) SA, p. 32.

그것은 거의 비슷했을 것이다. 반대 방향으로 말이다. 아버지는 프란츠를 자기 이미지대로 만들려고 했던 반면, 베르너에게는 수동적 복종만을 가르쳤다.

베르너가 다른 사람들에게 명령을 내리지 못하는 이유가 거기에 있다. 아버지는 지금에 와서야 비법을 가르쳐 준다. "네가 명령하고 싶으면 네 자신을 다른 사람으로 여겨라."[163) 요컨대 아버지는 베르너에게 자긍심을 가질 것을 권하고 있다. 이런 교육이 베르너에게 기적적인 결과를 가져올 것인지는 두고 봐야 할 일이다. 이처럼 베르너의 어린 시절은 아버지에 의해 화분으로 변했다.

이것은 프란츠와 마찬가지로 베르너의 미래 역시 태어날 때부터 이미 정해졌다는 것을 의미한다. 하지만 두 형제가 나아가는 방향은 정반대이다. 프란츠는 아버지의 촉망받는 아이였고, 따라서 강자들에 속했던 반면, 베르너는 약한 자들에 속하면서 강자들을 섬겨야 했으며, 그런 만큼 집안의 쓰레기였다. 이렇듯 베르너는 저주받은 아이, 과일 속의 벌레, 가문의 "이방인",[164) 곧 "집안의 천치"였던 것이다.[165)

하지만 이 모든 것에도 불구하고 베르너는 서약을 하고자 한다. 그는 현재 요한나와 3년 전부터 결혼한 상태이다. 이번에는 요한나가 남편의 서약을 가로막는다. 이 시각부터 모든 것은 마치 베르너가 서로 얻고자 하는 하나의 물건인 것처럼 진행된다. 왜냐하면 아버지가 베르너의 삶이 자기에 속한다고 생각하는 것처럼, 요한나 역시 베르너에 대해 '우리'라

---

163) *Ibid.*, p. 29.
164) Cf. IFI, pp. 175~176, note 1.
165) *Ibid.*, p. 283.

는 대명사를 사용하는 독점권을 가진 것은 자기뿐이라고 생각하기 때문이다.[166)]

곧 요한나가 누구인지를 보게 될 것이다. 여기서 관심을 끄는 것은, 아버지와 레니에 맞서 이 '우리'라는 대명사를 보호하고자 하는 요한나의 가열찬 투쟁에도 불구하고, 베르너가 진영을 선택하지 못한다는, 아니 선택할 수 없다는 사실이다. 그는 요한나와 맞서기도 하고 레니와 맞서기도 한다.

요한나 베르너! 저는 지금 '우리'를 위해 싸우고 있는 거에요.

베르너 '우리'를 위해서라고? … 게를라흐 가문에서 여자들은 입을 다무는 법이오.[167)]

베르너 (격렬하게.) 알지도 못하고 지껄이는 사람의 말을 들어 보소. 레니, 너는 누구에게 거짓말을 하는 거지? 이 앵무새에게?[168)]

하지만 단 한 번의 경우를 제외하고[169)] 베르너는 아버지의 마지막 생각에 감히 반대하지 못한다. 그는 아버지를 사랑한다. 이것은 분명한 사실이다. 다만 이 사랑은 희망 없는 사랑일 뿐이다. 바로 거기에 베르너의

---

166) SA, p. 35.
167) *Ibid.*, p. 38.
168) *Ibid.*, p. 44.
169) Cf. *Ibid.*, p. 52. 실제로 아버지가 베르너의 2세들에 대해 암시했을 때 베르너는 아버지에게 민감한 반응을 보였다는 사실을 지적하자. 이것은 베르너가 그의 운명을 자식들에게 물려주지 않겠다는 강한 다짐으로 보인다.

실존적 고뇌가 자리한다.

하지만 다음 사실을 지적하자. 요한나가 남편의 서약을 반대하는 이유 중 하나는 프란츠의 유폐와 관련이 있다는 사실이다. 그녀는 이것을 베르너에게서 들었다. 그녀는 또한 베르너가 서약을 하게 되면, 부부가 장남을 돌보아야 하는 노예 또는 노예-간수가 된다는 사실 또한 알고 있다. 서약이 서약자들의 자유와 미래를 저당 잡히는 장치라는 사실을 기억하자. 또한 이 가문에서는 서약의 강제력이 아버지의 권위에 그 기원을 두고 있다는 사실도 기억하자. 따라서 요한나에게는 남편의 서약이 자유와 미래의 상실과 동의어이다.

그로부터 요한나의 고집이 기인하다. "그들에게 '아니오'라고 말해요. 소리치지 말고, 웃지도 말고요. 그저 '아니오'라고요."[170] 하지만 베르너는 요한나의 요구를 거절할 이유를 가지고 있다. 왜냐하면 이번 서약은 어렸을 때부터 형 곁에서 느꼈던 열등감을 일거에 지워 버릴 수 있는 좋은 기회이기 때문이다. 아버지가 자리 계승을 약속한 이상, 베르너는 프란츠를 평범한 사람으로 여길 수 있다.

하지만 베르너로 하여금 콤플렉스를 갖게 한 것은 아버지였다. 불행하게도 이런 아버지의 선고는 되돌릴 수 없는 것이다. 이것은 만약 베르너가 프란츠에 비해 열등하지 않다는 것을 증명해 보이기 위해서는 단 하나만의 길이 있다는 것을 의미한다. 문제는 어떻게 그가 이런 선고 파기를 얻어 내는가이다. 아버지에게 동정심을 내보여 봤자 헛수고이다. 가령, 아버지가 후두암에 걸린 사실을 알았을 때, 베르너는 위로하는 듯한

170) *Ibid.*, p. 51, p. 53.

태도를 보인 적도 있다. 아버지가 고통을 느끼면서 아파하는 모습을 보이는 순간, 베르너는 서약하려 한다.[171]

만약 베르너의 서약으로 아버지가 불행을 면할 수 있다고 했더라면, 베르너는 그것을 아버지의 선고 파기로 해석했을 것이다. 하지만 이것은 바람일 뿐이다. 프란츠는 아버지에 의해 재육화된 아버지가 되기로 예정되어 있는 반면, 베르너는 아무것도 아님, 곧 집안의 천치가 될 운명으로 예정되어 있는 것이다. 분명, 형의 우월성을 부인하면서 베르너는 그와 완전히 동등하다고 생각하고 있다. 하지만 자신의 열등성을 극복하기 위해 그는 아버지의 절대적 보증이 필요하다. 바로 거기에 베르너가 요한나의 요구를 받아들일 수 없는 이유가 자리한다.

베르너는 자신의 자유와 미래를 포기하면서 아버지의 위임장을 받고 싶은 것이다. 이 목적을 위해 베르너는 자신을 희생시키면서까지 모든 것을 할 준비가 되어 있다. 그는 프란츠가 아니라 아버지를 섬기면서 노예가 될 결심이 서 있다. "나는 괴로워한다. 그러므로 나는 존재한다."[172] 이것이 그의 행동 지침이다. 하지만 요한나는 자신의 자유와 미래를 프란츠는 물론 시아버지를 위해 저당 잡힐 생각이 전혀 없다. 게다가 결정적 태도를 취하기 전에 프란츠의 유폐의 이유를 묻는 것도 바로 그녀이다.

그런데 흥미로운 점은, 아버지와 레니가 요한나를 자신들과 같은 부류의 사람으로 여기고 있다는 것이다. 부녀가 요한나를 강자들 속에 위치시킨 것은 그들이 벌써 그녀를 베르너와 분리시키기 시작했다는 것을 의

---

171) *Ibid.*, pp. 59~60.
172) IFII, p. 1288.

미한다. 베르너와 요한나 사이의 '우리'를 파괴하려는 목적을 가진 이런 조작은 그들이 프란츠의 유폐 이야기를 하는 동안에도 계속된다. 이 조작의 주도권을 쥔 것은 아버지이다. 며느리의 지능에 놀란 그는 그녀를 프란츠에게 필요한 여자로 여기기도 한다.

요한나는 이런 말을 남편 앞에서 감히 입에 올리는 아버지의 의도가 뭔지를 곧 알아차린다. 그녀는 베르너에게 마지막으로 자기와 함께 떠나자고 간청하지만 소용없다. 그의 판단으로는 그녀가 프란츠의 이야기에 지나친 관심을 보일 때 이미 패배했다는 것이다. 요한나는 이런 패배를 베르너에 대한 그녀의 사랑의 죽음으로 해석한다. 반면, 그는 이런 패배를 서약을 하는 기회로 삼는다. 베르너가 어린 시절부터 잃었던 아버지의 위임장을 얻는 것이 그의 유일한 목표이고, 또 이를 위해 아버지에게 복종할 준비가 되어 있다는 사실을 기억하자. 이것이 바로 부인의 사랑을 잃어버릴 위험을 무릅쓰고 그가 한 행동이다. 서약 후에 아버지와 베르너는 웃음을 교환한다.

이 웃음의 교환은 베르너에 대한 아버지의 사면을 의미하는가? 그렇지 않다. 아버지의 웃음은 베르너의 운명이 수동적 복종이라는 것을 다시 한번 확인하는 징표이다. 아버지의 웃음은 경멸의 표현인 반면,[173] 베르너의 웃음은 복종의 표현이다. 가족회의가 끝나고 베르너는 아버지에게 다가가 자기 행동에 대한 만족 여부를 알고 싶어 한다. 하지만 그는 아버지로부터 불쾌한 반응만을 받을 뿐이다. 베르너는 그를 절망 어린 시선으로

---

173) Cf. Jacques Douchin, "Sources et signification du rire dans le théâtre de Jean-Paul Sartre", *Revue des sciences humaines*, t. 33, n° 130, avril-juin 1968, p. 310.

바라볼 뿐이다. 이런 절망 어린 시선은 아버지의 "실총"(disgrâce)과 동의어이다.[174)]

자신의 패배를 인정한 후에 알토나를 즉각 떠나는 대신 요한나는 혼자 자기 삶을 구하기 위해 노력한다. 단 한 가지 해결책이 있을 뿐이다. 집안의 폭군인 프란츠를 보는 것, 그리고 가능하다면 그를 방에서 나오게끔 하고, 또 그에게 정상적으로 살아가도록 설득하는 것이다. 그런데 이런 이해관계로 인해 그녀는 프란츠를 보고 싶어 하는 폰 게를라흐가의 가장이 놓은 덫에 걸리고 만다. 시아버지의 충고 — "예쁘게 하라" — 에 따라 그녀는 프란츠를 보게 된다. 그녀는 그의 광기의 세계에 들어선다. 다시 말해 그녀는 그와 함께 새로운 '우리'를 구성한다. 여기에 대해서는 다시 살펴볼 것이다.

하지만 다음 사실을 잊지 말자. 요한나의 목적은 남편 베르너와 함께 알토나를 떠나는 것, 즉 자신들의 '우리'를 되찾기 위함이었다는 사실이다. 그녀는 프란츠와의 만남과 시아버지와의 공모를 베르너에게 털어놓는다. 이렇게 하면서 그녀는 그에게 아직도 자신들의 '우리'를 보호할 의향이 남아 있는가를 알고 싶어 한다.

베르너의 대답은 실망스럽다. 우선, 그는 아버지가 의견을 바꿨다는 사실을 믿지 못하며 프란츠를 후계자로 세우고자 한다고 의심한다. 이런 의심은 아버지로부터 장남으로의 권력 이양을 위한 축제를 어떤 경우에도 목격하지 않으려는 의지의 산물이다.[175)] 그다음으로 그는 요한나가 고

174) IFI, p. 326.
175) Cf. *Ibid.*, p. 301.

의적으로 아버지와 프란츠 사이의 중개자 역할, 따라서 왕복선 역할을 했다는 점을 비난한다. 그리고 그는 그녀에게 무슨 일이 있더라도 기업을 갖겠다는 강한 의지를 밝힌다. 요한나는 그에게 프란츠는 기업을 경영하는 것을 원하지도 또 그럴 능력도 없다고 말하면서 설득하려 하지만 소용이 없다. 이런 시도는 베르너의 자존심만 충족시켜 주는 효과를 낳을 뿐이다.[176)]

그리고 베르너는 요한나에게 그 자신이 이제 해방되었다는 사실을 알린다. 무엇으로부터의 해방인가? 이 질문은 가족회의 중에 그가 프란츠를 아무나로 여겼다는 사실과 무관하지 않다. 물론 그때 그는 형 프란츠에 대한 우월성을 주장하지 않았다. 하지만 요한나가 프란츠의 가련한 상태를 자기에게 알려 준 이후, 베르너는 자신이 프란츠보다 정신적으로, 육체적으로 더 우월하다고 생각하게 된다.

실제로 프란츠는 미친 왜소한 사람에 불과한 반면, 베르너는 건전하고 정상이며, 80킬로그램이 나가는 건장한 사람이라고 스스로 생각한다. 이것은 그가 요한나의 덕택으로 자신의 운명을 지우기 시작했다는 것을 의미한다. 결국 그는 그녀 덕분에 어렸을 때부터 프란츠 곁에서 겪었던 열등감에서 해방되었다고 말할 수 있다.

이제 무엇을 할까? 베르너에게는 기업을 경영하면서 그의 가치를 증명해 보이는 일만 남아 있다. 그로부터 끝까지 프란츠에 맞서고자 하는 그의 강한 의지가 기인한다. "우리는 여기에 남을 것이오! 당신, 형, 그리

176) SA, pp. 242~243.

고 나, 이 세 명 중 한 명이 죽을 때까지."[177] 또한 그로부터 알토나를 떠나는 것이 불가능하다는 사실이 기인한다. 만약 베르너가 떠난다면 그는 영원히 열등한 자로 남게 될 것이다. 이것은 그가 알토나를 떠나는 것을 원치도 않고 또 떠날 수도 없다는 것을 보여 준다. 한마디로 프란츠와 마찬가지로 베르너 역시 유폐되어 있다고 할 수 있다.

하지만 다음 사실에 주목하자. 아버지가 요한나를 프란츠에게 필요한 여자로 여겼을 때, 베르너는 존재론적 힘의 부족으로 인해 모욕을 당했다는 사실이다. 또한 그는 요한나를 사랑하고자 했지만, 궁극적으로는 지금까지 그녀의 송장만을 소유했을 뿐이라는 사실에도 주목하자. 하지만 스스로를 프란츠보다 더 우월하다고 생각하는 지금, 베르너는 그 누구도 두려워하지 않는다. 그는 요한나가 프란츠를 다시 보는 것을 막을 것이다. 그리고 베르너는 자신의 진짜 강한 힘으로 힘만을 사랑하는 요한나를 정복하게 될 것이다. 이렇듯 그는 모든 것을 원위치로 돌려놓으려고 한다.

하지만 베르너의 계획은 요한나의 그것과 완전히 대립된다. 왜냐하면 이미 암시한 것처럼 그녀는 프란츠와 함께 이미 새로운 '우리'를 형성했기 때문이다. 그녀는 남편의 제안을 받아들이면서 프란츠를 더 이상 보지 않을 의향이 있긴 하다. 다만 거기에는 한 가지 조건이 있다. 베르너가 자신들의 '우리'를 되찾기 위해 그녀를 모든 것이 모든 사람에게 속하고, 또 모든 사람이 서로 거짓말을 하는 도시로 데려가는 조건이다. 만약 알토나에 머물게 되면 그녀가 프란츠를 계속 보게 될 것이라는 사실을 베르

---

177) *Ibid.*, p. 247.

너에게 알리지만, 그는 그녀의 말을 듣지 않는다. 왜냐하면 그는 지금 자기 자신의 존재론적 힘을 신뢰하기 때문이다.

이 단계에서 이런 질문이 제기된다. 베르너는 정말로 자기 힘에 대해 자신이 있을까? 이 질문은 이렇게 제기될 수 있다. 그는 과연 자신의 콤플렉스의 마지막 찌꺼기까지 걸러 낼 수 있을까? 이 질문들과 관련하여 그의 콤플렉스가 아버지에게 그 기원을 두고 있다는 사실을 지적하자. 따라서 이 콤플렉스를 완전히 지우기 위해서는 아버지의 절대적 보증이 필요하다. 베르너가 요한나에게 얘기한 것처럼 그는 거기에서 해방될 수 있다. 하지만 이런 해방은 첫 단계에 불과하다. 완전히 해방되기 위해서는 그가 아버지에 의해 절대적으로 사면되어야 한다.

하지만 아버지는 그를 사면시키지 않은 채 세상을 떠나 버렸다. 사르트르는 이렇게 말한 바 있다. 시간의 여유가 있었더라면 베르너를 지금과 다른 성격을 가진 인물로 그려 냈을 것이라고 말이다.[178] 이런 계획은 실현되지 않았다. 정보 부족으로 인해 베르너의 미래에 대해 뭐라고 말할 수는 없다. 하지만 여기서 단언할 수 있는 것은 바로 살아 있는 아버지의 눈에 베르너의 자리는 항상 차남의 것이라는 사실이다. 그는 항상 강자인 아버지와 프란츠를 우러러보아야 하는 운명을 타고난 것이다. 이처럼 그의 미래는 이미 아버지에 의해 증발되어 버렸다. 프란츠의 삶과 마찬가지로 베르너의 삶은 멈춰 버린 시계였다. 이런 의미에서 프란츠와 마찬가지로 베르너 역시 태어나자마자-죽은 자였다. 그는 폰 게를라흐가의 가장

---

178) Jean-Paul Sartre, "Wir alle sind Luthers opfer", *Der spiegel*, 11 mai 1960. TS, pp.406~407에서 재인용.

이 휘두른 폭력의 희생자였던 것이다.

C) 레니와 요한나, 체스판 위의 두 졸병

레니는 폰 게를라흐가의 외동딸이다. 사르트르는 그녀의 어린 시절에 대해서는 침묵을 지키고 있다. 앞서 지적한 것처럼 "게를라흐가에서 여자들은 입을 다무는 법이다"라는 단 하나의 문장으로도 어린 시절의 레니가 아버지의 권위에 무조건적으로 복종해야 했다는 걸 알기에 충분하다. 레니와 어머니[179]에 대한 정보 부족으로 레니가 엘렉트라 콤플렉스의 희생자였는지는 알 수 없다. 하지만 레니는 어렸을 때 집에 방화를 하는 꿈을 꾸기도 했다. "지금 집에 불 질러 버리는 것을 원하는 거예요? 어렸을 때 그게 저의 꿈 중 하나였어요."[180] 이 부분은 모든 것이 남성 위주로 돌아가는 집에서 여성으로서 레니가 자신의 어린 시절을 어떻게 보냈는가를 유추하는 데 도움이 된다.

집에 불을 지르는 행위와 관련하여 사르트르에게서 '파괴' 개념이 '소유' 개념과 밀접하게 연결되어 있다는 사실을 지적하자. 파괴 행위는 여러 형태의 소유 행위에 속한다. 왜냐하면 파괴자는 자신의 행위를 통해 자기 내부로 파괴된 대상의 즉자를 흡수하기 때문이다. 이것은 '창조'의 경우에 일어나는 것과 정반대의 상태가 더 섬세하게 이루어지는 것을 의미한다.[181]

뒤에서 창조 행위에 의해 이루어지는 소유에 대해 조금 더 자세하게

179) 사르트르는 이 작품에서 어머니의 존재에 대해서는 딱 한 번 언급하고 있다. SA, p. 35.
180) *Ibid.*, p. 41.
181) EN, p. 683.

살펴볼 것이다. 여기서 관심을 끄는 것은, 집을 불사르는 레니의 꿈은 정확히 이 집을 소유하려는 욕망에 그 기원을 두고 있다는 사실이다. 이것은 그녀가 어린 시절에 아무것도 소유하지 못했다는 것을 보여 준다. 그런데 사르트르에게서 아무것도 가지지 않은 것은 곧 아무것도 아닌 것이다. 왜냐하면 가짐의 범주가 있음의 범주로 환원 가능하기 때문이다. 이것만이 전부가 아니다. 사르트르에게서 함의 범주 역시 있음의 범주로 환원 가능하기 때문에, 집에 불을 지르는 행위는 곧 그녀 자신의 존재를 강화하는 시도로 여겨진다.

이처럼 레니의 꿈은 역설적으로 그녀가 어린 시절에 그 자신의 존재의 빈곤함으로 괴로워했음을 보여 준다. 부권에 복종하고 또 자신의 이런 상태에 대해 침묵을 지키는 것, 이것이 폰 게를라흐가 식구의 한 명임과 동시에 딸의 자격으로 지켜야 할 원칙 중 하나였다. 하지만 시간이 지남에 따라 그녀는 많이 변하게 된다. 프란츠는 그녀를 반만 여자로 여기고 또 아버지는 그녀를 영혼을 갖지 않은 여자로 여길 정도이다. "희생자가 가해자를 존중할 때, 저는 그런 희생자를 미워해요."[182] 이것이 바로 레니의 행동을 안내하는 지침이다. 전쟁 중 그녀가 미군들에게 겪은 사건으로 프란츠가 독일 떠나야 했다는 사실을 앞서 보았다. 마지막 가족회의가 열리기 전에 그녀는 "오래전부터 아버지는 더 이상 무섭지 않아요"[183]라고 주저 없이 선언한다. 그녀는 지금 아버지, 프란츠, 요한나와 더불어 자신이 강자들의 일원이라는 강한 확신을 가지고 있다.

---

182) SA, p. 16.
183) *Ibid.*, pp. 16~17.

그렇다면 대체 무엇이 그녀의 이런 변화를 초래했는가? 답을 위해 프란츠의 유폐 이후, 레니만이 그를 정기적으로 만나고 있다는 사실을 지적하자. 방금 그녀가 강자들의 일원이라는 강한 확신을 가졌다고 했다. 아버지에 따르면 강자들은 본성상 죽음과 가까이 지내면서 아무것도 안 하는 자들, 자신들의 손에 다른 사람들의 운명을 쥐고 있는 자들이다. 레니는 프란츠를 돌보고 있기 때문에 — 그녀는 "약자가 강자를 돌본다"는 가문의 법을 지키고 있기는 하다 —, 그리고 그녀는 죽음을 생각하지 않기 때문에, 그녀가 강자가 되는 조건을 완전히 충족시킨 것은 아니라고 할 수도 있다. 하지만 그녀는 지금 강자들 중의 강자인 두 사람의 운명을 손에 쥐고 있다. 아버지와 집안의 폭군인 프란츠가 그 두 사람이다.

우선, 레니는 13년 전부터 프란츠를 만나고자 하는 아버지에게 필수불가결한 존재이다. 하지만 그녀는 아버지에 대해 경계의 수위를 계속 높인다. 실제로 그는 딸을 통해 편지와 프란츠를 보고 싶다는 간절한 소망을 전하고자 한다. 하지만 아버지는 딸이 숨 쉬듯 거짓말을 한다는 것을 잘 안다. "난 이렇게 자문해. 내가 10년 전에 이미 죽었다고 네가 프란츠를 설득시키지는 않았나 하고 말이야."[184] 하지만 6개월 시한부 인생을 살고 있는 만큼 아버지가 프란츠를 보고 싶은 욕망은 더 크다. 그는 딸에게 마지막으로 부탁한다. 프란츠에게 자기가 병에 걸렸다는 사실을 알려 달라고, 한 시간만 만나게 해달라고 말이다. 물론 그녀는 과거에 이 소식을 프란츠에게 전하는 것을 거절한 바 있다.

그런데 이번에는 아버지의 이런 요청에 대해 레니는 그러겠다고 다

184) *Ibid.*, p. 101.

짐을 한다. 레니는 약속을 지킨다. 어떤 상황에서? 이 점에 대해서는 요한나를 다룰 때 다시 보기로 한다. 여기서 지적해야 할 점은, 어린 시절에 존재의 빈곤성 때문에 고통을 겪었던 레니가 지금은 오히려 아버지에게 반항의 기치를 높이고 있다는 사실이다. 그녀는 대놓고 아버지가 두렵지 않다고 말한다. 심지어는 조금이긴 하지만 아버지의 운명을 손에 쥐고 있는 것이 바로 그녀 자신이라고 말하기도 한다.

> 아버지 네가 내 운명을 쥐고 있다고 생각해?
>
> 레니 조금 쥐고 있죠, 그렇지 않나요?[185]

아버지가 레니를 윽박질러 봐야 소용없다. 그녀는 자기 힘에 자신이 있다. 그 증거는 그녀의 '웃음'이다. 그녀에게서 웃음은 "자기-방어의 절차"를 넘어서 그녀의 공격성이자 공격의 징표, 따라서 그녀가 아버지에게 던지는 도전의 징표이다.[186] 이런 도전은 그녀의 시선에 의해 특징지어진다. 사르트르에게서 시선은 힘이다. 이처럼 레니는 감히 아버지와 결투를 벌이고자 한다. 그러면서 그녀는 행복하고 동시에 약하지 않다고 생각한다. 왜 그럴까? 그녀가 프란츠에게 영향력을 미치기 때문이다.

그로부터 다음 결론이 도출된다. 만약 레니가 아버지에 대해 경계의 수위를 계속 높인다면, 그녀는 아버지에게서 프란츠를 계속 떼어 놓을 수 있다는 결론이다. 같은 이유로 그녀는 항상 아버지의 운명을 자기 손에

---

185) *Ibid.*, p. 105.

186) Cf. Douchin, "Sources et signification du rire dans le théâtre de Jean-Paul Sartre", p. 309.

쥐게 된다. 한마디로 그녀는 아버지에게 승리를 거둘 수 있다. 이것이 그녀가 아버지에게 반항하기 위해 선택한 전략이다. 레니는 이렇게 말한다. "저는 프란츠를 봐요! 저는 제가 원하는 모든 것을 가지고 있어요."[187] 하지만 레니가 느끼는 행복은 광기 어린 것이다. 그것은 그녀의 거짓 위에서만 가능할 뿐이다.

레니의 행복은 또한 프란츠와의 근친상간적 사랑 위에서 가능하다. 그녀에 따르면 이 관계는 가족관계를 강화하는 그녀만의 방식이다. 레니가 아버지의 메시지를 프란츠에게 전달하는 것을 거절하면 할수록, 그녀의 아버지에 대한 도전은 더 강력하게 된다. 아버지는 이제 과거처럼 그녀를 무시할 수 없다. 하지만 아버지는 딸의 시선에 대해 웃음으로 대응한다. "아버지가 부드럽게 웃는다. 그녀는 갑자기 멈췄고 그를 똑바로 쳐다본다."[188]

아버지가 레니를 보고 웃을 수 있는 이유는 무엇일까? 그녀의 도전에 응수하는 방법은 무엇일까? 실제로 아버지는 가족회의 때 요한나에게서 희망을 발견한다. 그는 요한나가 프란츠를 보려고 노력할 것이라고 확신한다. 달리 말해 이제 며느리 요한나가 아버지의 공격 카드로 사용될 것이다. 요한나가 레니의 대항마가 될 것이다. 레니가 이제 아버지는 프란츠를 보지 못하고 죽을 것이라고 강변해 보았자 소용없다. 왜냐하면, 곧 보겠지만, 그녀는 결국 아버지의 공모자가 되고 말기 때문이다. 하지만 지금 단계에서 아버지를 조종하는 것은 그녀 자신이다. 아버지가 보기

187) SA, p. 106.
188) *Idem.*

에 이것은 그녀의 일방적인 주장에 불과하지만 말이다.

또한 레니는 프란츠를 정기적으로 보기 때문에 또 한 명의 강자를 손에 쥐고 있다. 프란츠는 레니의 보살핌이 필요하다. 아버지와 레니의 관계가 일방적인 데 비해, 프란츠와 그녀와의 관계는 상호적이다. 왜냐하면 그들은 서로에게 필요한 존재이기 때문이다. 우선, 프란츠가 누이동생을 필요로 한다. 그녀는 지금 그에게 바깥소식(독일의 패망)이나 음식물 등을 가져다주는 유일한 사람이다. 그녀가 없다면, 또는 그녀의 거짓말이 없다면, 그는 유폐 생활을 계속할 이유를 잃어버리게 될 것이다. "난 네게 모든 것을 빚지고 있어!"[189] 그로부터 프란츠의 레니에 대한 의존성이 기인한다.[190]

그런데 이번에 프란츠를 필요로 하는 것은 레니 자신이다. 그녀가 아버지에게 반항을 하기 위해 선택한 방법은 가능하면 오래 두 사람을 떼어놓는 것이다. 또한 그녀는 오빠를 만나는 특권을 가지고 있다. 이것이 바로 그녀가 프란츠를 차지하는, 따라서 모든 것을 소유하는 가장 효과적인 무기이다. 그런 만큼 그녀의 존재는 프란츠에게 의존적이다. 우리는 이미 그들의 근친상간에 대해 암시한 바 있다. 이것은 그들이 가진 "짝패"[191]의 특징, 즉 상호의존성과 상호분리 불가능성을 강화시켜 주는 수단으로 보인다.[192]

---

189) *Ibid.*, p. 321.

190) *Ibid.*, p. 147.

191) René Girard, "A propos de Jean-Paul Sartre: Rupture et création littéraires", *Les chemins actuels de la critique*, Paris: Plon, 1967, p. 394.

192) SA, p. 186.

하지만 레니가 자신을 약하지 않은 존재로 여긴다고 해서 무슨 소용이 있을까? 아버지가 자신의 공격 카드로 요한나를 선택하자 레니의 힘은 약화된다. 그리고 레니는 프란츠와 아버지에 대한 영향력을 잃게 되고 다시 무기력 상태에 빠지게 된다. 심각한 것은, 자기에 대한 공모가 준비되고 있다는 사실을 알게 되었을 때조차도 그녀는 아무것도 할 수 없다는 점이다. 더 심각한 것은, 그녀가 이 공모를 준비한 장본인인 아버지에 의해 끝까지 조종된다는 사실이다.

사실, 레니는 수상한 낌새를 알아차린다. 그 증거는 이렇다. 우선, 그녀는 아버지에게 요한나를 경계하라고 부탁한다. "작은 오빠의 부인에게 뭔가 계획이 있어요."[193] 그다음으로 프란츠와 대화 중에 그가 요한나 때문에 위험에 처해 있다는 사실을 알린다. 물론 레니는 아버지와 며느리가 공모하고 있다는 사실을 아직 모른다.

이렇듯 레니는 자기에 대해 공모를 꾸민 아버지를 끝까지 의심한다. 게다가 그녀는 프란츠를 잃어버릴 것을 두려워해 그에게 암호를 바꿀 것을 제안한다. 그는 동의하지 않는다. 그럼에도 공모는 계속된다. 레니가 모르는 사이에 아버지의 충고를 따라 요한나는 예쁘게 치장하고 프란츠를 만나게 된다. 그것도 다섯 차례나 만난다. 그동안 아버지는 라이프치히로 여행을 갔고, 레니는 어느 날 요한나가 화장을 한 사실을 알아차린다. 레니는 집안에 아버지가 시한폭탄을 설치해 놓았다고 추론한다. 레니의 추론은 옳다. 그리고 그녀는 아버지를 위협한다. "만약 누군가가 프란

193) *Ibid.*, p. 99.

츠에게 접근할 경우, 아버지는 곧장, 혼자 떠나야 할 거예요."[194]

하지만 이런 위협은 별무소용이다. 왜냐하면 시아버지와 새로운 협정을 맺은 요한나가 프란츠의 광기의 세계로 들어가는 데 성공하기 때문이다. 시아버지는 프란츠에게 자기 의사를 전달하는 대가로 요한나 부부의 자유를 약속한다. 물론 베르너는 요한나의 계획을 거절하면서 알토나에 남겠다고 결정했다. 레니는 요한나와의 만남 이후 프란츠가 많이 변했다고 생각한다. "오빠는 다른 사람이 다 됐군요."[195] 오빠는 요한나에게 사랑을 느꼈을 수도 있고, 그런 만큼 레니는 요한나에 대해 질투심을 느꼈을 수도 있다. 요한나에게 프란츠를 빼앗길 것을 두려워한 레니는 그녀에게 모든 사실을 털어놓기로 결심한다.

레니가 요한나에게 모든 사실을 말한다는 것은 무엇을 의미하는가? 이것은 요한나가 프란츠에 대해 모르고 있는 것을 레니는 알고 있다는 것을 전제로 한다. 레니는 프란츠가 러시아 농부들을 고문했다는 사실을 알고 있다. 이것은 요한나가 프란츠의 세계에서 레니를 쫓아내기 위해 통과해야 하는 일종의 시험이다. 만약 요한나가 이 시험에 성공한다면, 레니는 요한나의 마음속에서 중요한 위치를 차지하고 있는 프란츠를 몰아내는 데 실패할 것이다. "가장 강한 자가 이긴다"[196]는 게임이 시작된 것이다. 모든 것을 원하고, 또 이런 면에서 서로 쌍둥이 자매처럼 닮은 레니와 요한나이기 때문에, 프란츠 곁에는 두 사람을 위한 자리가 없다. 요한나가 승리한다면, 레니는 그녀에게 자리를 양보해야 한다.

---

194) *Ibid.*, p. 213.
195) *Ibid.*, p. 318.
196) *Ibid.*, p. 322.

요한나에게 시험을 치르게 하기 전에, 레니는 이미 프란츠에게 독일의 부흥과 폰 게를라흐가의 재건을 다룬 신문을 가져다주었다는 사실을 지적하자. 신문을 읽고 난 후, 프란츠는 자신의 유폐 이유를 상실하고 만다. 또한 요한나는 시험에 통과하지 못한다. 그녀가 프란츠의 고문 사실을 알자마자, 모든 것이 허물어져 버린다. 그에 대한 그녀의 사랑은 증오로 바뀐다. 바로 그 순간, 프란츠는 아버지에게 만남을 약속한다. 아버지에게 돌아가려고 결심한 것이다. 그리고 마지막 만남 직후에 두 사람은 강으로 함께 뛰어든다. 이것은 레니가 오빠를 잃어버렸다는 것, 즉 모든 것을 잃어버렸다는 것을 의미한다.

이제 무엇을 할 것인가? 레니는 프란츠 대신 스스로 유폐되기로 결심한다. 이것이 자신의 존재이유 상실을 벌충할 수 있는 유일한 길이다. 요한나 역시 프란츠를 잃으면서 모든 것을 잃는다. 그들의 '광기-위대함'(곧 살펴볼 것이다)의 협정 역시 파기되고 만다. 요한나는 알토나에 남을 것인가? 그 답은 베르너의 의지에 달려 있다. 요컨대 레니도 요한나도 프란츠를 영원히 차지하는 데 실패한다. 반대로 아버지가 그를 그녀들에게서 영원히 앗아가 버린다. 강한 자가 승리한다! 모든 인물 중에서 가장 강한 자, 최후의 승리자, 유일한 승리자는 아버지이다.

그런데 장남을 되찾기 위해 아버지가 계속 레니와 요한나를 조종한다는 사실이 강조되어야 한다. 요한나의 경우는 곧 보게 될 것이다. 하지만 레니는 아버지에 대한 강력한 반항에도 불구하고 그의 공모자가 되고 만다. 한순간, 레니는 아버지의 운명을 손에 쥐고 있다고 생각했다. 게다가 그녀는 아버지와 요한나의 공모를 알고 있었다. 이 공모를 분쇄하려고 노력했다. 하지만 별무소용이다. 아버지라는 이 지옥의 기계는 결코 고장이 난 적이 없다. 여느 때처럼 아버지는 원하는 것을 얻고야 만다. 레니는 결국 이 기계의 톱니바퀴 중 하나, 따라서 장기판의 졸병에 불과했다. 결국 레니는 아버지에 대한 짧은 기간의 우위에도 불구하고 '딸-여자'의 자격으로 아버지에 의해 행사된 폭력의 희생자가 되고 만다.

하지만 다음 사실을 지적하자. 레니는 요한나와 함께 아버지의 권위에 가장 용감하게 도전한 두 명 중 한 명이라는 사실이다. 분명, 레니의 운명은 아버지에 의해 부서졌다. 하지만 그녀는 아버지와의 의사소통을 주도했다. 그녀는 아버지에게 가장 강하게 반항했다. 이것은 요한나에게도 해당된다. 이 점에 대해 다음 사실은 흥미롭다. 사르트르가 만약 『알토나의 유폐자들』 이후에 다른 작품을 쓴다면, 여성문제에 관심을 두면서 (가령 여성해방) "부부 사이의 관계"를 다루었으면 하는 바람을 피력하고 있다는 사실이다.[197] 이 계획은 실현되지 않았다. 하지만 레니는 사르트르의 문학 세계에서 부권, 곧 남성적 권위에 반항의 기치를 높이 든 드문 여성 중 한 명(곧 보겠지만 요한나도 그중 한 명이다)임에 분명하다.

레니는 폰 게를라흐가의 후손 중 한 명이다. 반면, 요한나는 베르너와의 결혼 후에 이 가문의 일원이 되었다. 요한나는 외부인이고, 그저 동맹에 의한 식구일 뿐이다. 그런데 그녀의 이런 지위로 인해 이 가문의 비밀이 드러나게 된다. 만약 요한나의 방해가 없었더라면 가족의 전통적 의식은 아버지가 바라는 대로 끝났을 것이다. 하지만 그녀의 개입으로 의식이 엉망진창이 되어 버렸다. 이 가문의 비밀, 즉 프란츠의 유폐 사실을 드

197) Cf. Jean-Paul Sartre, "Entretien avec Kenneth Tynan", *The Observer*, 18~25 June 1961. TS, pp. 178~179에서 재인용.

러내면서, 또 베르너가 서약을 하는 순간, 자기들 부부가 프란츠의 노예-간수가 된다는 것을 의식하면서, 그녀는 시아버지의 계획에 반대한다. 남편이 서약을 하기 전에 솔직하게 모든 것을 얘기해 보자고 제안하는 장본인도 역시 요한나이다.

이와 관련하여 다음 세 가지 규칙을 지적하자. 첫째, 게를라흐가에서 여자들은 입을 다문다는 것이다. 둘째, 게를라흐가 사람들은 설명하지 않는다는 것이다. 셋째, 그들은 말을 무서워한다는 것이다. 이 세 규칙은 가문의 오랜 전통이지만, 지금은 잘 지켜지지 않고 있다. 이런 관점에서 보면 요한나의 행동은 분명 규칙 위반이다. 이것은 그녀가 이방인이라는 사실을 증명해 준다. 하지만 이것은 또한 그녀가 시아버지의 권위에 도전하는 방법이 말이 될 것이라는 점을 내다보게 한다. 그녀는 부권이라는 억압적인 폭력에 대해 '언어적 폭력'으로 대항하게 된다. 곧 그 결과를 볼 것이다. 분명한 것은, 폰 게를라흐가의 비밀이 요한나의 주도로 점차 밝혀질 것이라는 점이다.

하지만 앞서 언급했듯이, 베르너의 입장은 요한나의 그것과 정면으로 배치된다. 남편은 아버지에게 복종하면서 열등감을 지워 버리고자 하는 반면, 요한나는 자신의 삶을 희생하는 것을 극구 거부한다. 그로부터 그들 부부의 '우리'가 붕괴하기 시작한다. 베르너는 알토나에 머물겠다고 서약한다. 반대로 요한나는 자신의 자유와 미래를 구하고자 노력한다.

이런 노력의 일환으로 요한나는 알토나를 떠나기 전에 프란츠를 만나 보고자 한다. 그녀는 곧 이 계획으로 인해 시아버지와 같은 배를 타게 된다. 하지만 다른 방법이 없다. 13년 전부터 프란츠를 만나고 싶어 하는 시아버지에게도 다른 방법이 없다. 레니 때문이다. 시아버지와 게를라흐가의 젊은 며느리는 공동의 이해관계를 가진 셈이다. 두 사람은 첫 번째 협정을 맺는다. 시아버지는 며느리에게 프란츠가 '미녀'를 좋아한다는 것을 가르쳐 주고, 그 대신 그녀는 그에게 아버지가 아프다는 사실을 전달하는 것이다. 시아버지의 충고에 따라 화장을 한 요한나는 프란츠를 만나는 데 성공하고, 아버지가 후두암으로 6개월 시한부 인생을 살고 있다는 소식을 전한다.

이 단계에서 요한나가 여배우, 그것도 스타였다가 지금은 인기를 잃어버린 상태라는 것을 지적하자. 베르너를 만났을 때 그녀는 영원히 무대를 떠난 상태였다. 앞서 아버지와 레니는 그녀를 베르너와 갈라놓기 위해 강자들의 일원으로 여겼다고 했다. 요한나는 은퇴 후에 아무것도 안하면서 죽음만을 생각하고 있었다. 이것이 강자의 조건이다. 레니가 잘못 판단했을까? 그렇지 않다.

사실, 요한나가 미래의 남편을 만났을 때, 그녀는 다른 사람들의 시선의 희생자가 되어 있었다. 그녀는 예뻤지만, 일류 스타가 되기에는 조금 미모가 부족했다. 사르트르의 사유에서 한 사람에 대한 진실은 타자에게서 온다는 사실을 상기하자. 그는 자기가 누군인지를 알기 위해 타자를 통과해야 한다. 요한나도 마찬가지이다. 다른 사람들이 자기에게 예쁘다고 하니까 그녀 자신도 예쁘다고 믿기 시작한 것이다.[198] 이렇게 해서 그녀는 스타가 되었다.

하지만 스타로서의 요한나의 운명은 항상 타자 의존적이다. 이것은 그의 인기와 미모, 따라서 그녀의 영광이 일시적임을 의미한다. 게다가

---

198) SA, p. 119.

그녀는 아주 예쁘지 않았다.[199] 그녀를 예쁘다고 생각한 타자들이 속은 것이다.[200] 머지않아 그들은 그녀에게 등을 돌려 버린다. 그들이 봐주지 않는 요한나는 아무것도 아니다. 그녀의 존재이유도 덩달아 증발해 버렸다. 그녀는 관객들을 다시 유혹하고 또 그렇게 해서 자기 삶을 정당화하려 했다.

하지만 요한나는 미의 함정에 빠져 버렸다. 그녀는 혼자서 관객 없이 과거의 영광을 실현하고자 했다. 결과는 비극적일 뿐이었다. 자기 자신을 타자들의 눈으로 보면서 객체화시킬 수 없는 노릇이다. 그로부터 그녀의 실존적 고뇌가 기인한다. 그녀는 일시적인 행복만을 맛보았을 뿐이다. 거기에 그녀의 '광기'가 자리한다.[201]

요한나가 결혼했을 때, 그녀는 이처럼 완전한 절망 상태에 있었다. 그녀는 거의 미칠 지경에 있었다. 하지만 그녀는 자존심 때문에 모든 것을 거절하는 척했던 것이다. 그녀는 모든 것을 소유하면서 자신의 삶을 정당화시키길 원했다. 하지만 그녀는 자기 안에 갇히게 되었고, 모든 것을 상실한 채로 죽음만을 닮아가고 있었다. "당신 이전에 죽음과 광기가 저를 유혹했어요."[202] 이것이 요한나의 진짜 모습이었다.

그런데 흥미로운 것은, 요한나와 처음 만나자마자 프란츠는 그녀가 강자들의 일원이라는 것을 알아차린 것이다. 아버지와 레니의 경우도 마찬가지였다. 그리고 부녀는 요한나를 베르너에게서 떼어 놓으려 시도한

---

199) Cf. *Ibid.*, p. 118, p. 194.
200) *Ibid.*, p. 119.
201) *Ibid.*, p. 118.
202) *Ibid.*, p. 245.

다. 프란츠는 그녀에게서 자기 자신을 보고, 또 그녀도 마찬가지이다. 그들은 자신들이 모두 유폐되어 있다는 사실을 인정한다. 자신들의 삶의 실패와 자존심에 대해 얘기를 나누면서 두 사람은 영광과 미모에 완전히 사로잡혀 있다는 사실을 확인하게 된다. 또한 자신들이 거의 미쳐 있다는 사실도 확인하게 된다.

거기에서 프란츠와 요한나의 공모 가능성이 도출된다. "내 광기 속으로 들어오세요. 나는 당신의 광기 속으로 들어갈게요."[203] 그렇다. 프란츠가 요한나에게 자신의 광기의 세계로 들어올 것을 제안한다. 요한나의 목표는 다시 존재이유를 찾는 것이다. 이것은 한 번 더 관객들의 시선을 받는 것이다. 이번에는 프란츠가 그 역할을 맡을 것이다. 이것이 프란츠의 첫 번째 제안이다. 하지만 요한나는 살아 있는 사람들의 마음에 들고자 한다. 그는 지금 혼자이고 또 유폐 생활을 하고 있다. 이것이 요한나로 하여금 그와 공모하는 것을 방해하는 장애물이다. 두 번째 제안은 더 매혹적이다. 그는 그녀를 영원한 휴식, 즉 영원 속의 아름다움으로 이끌고자 한다. 이를 위해 그는 여러 세기 앞에서, 즉 모든 사람들 앞에서 그녀가 아름답다고 선언할 것이다.

프란츠는 그 대가로 요한나에게서 무엇을 기대하는가? 독일의 폐허를 증언해 주는 것뿐이다. 두 사람 사이에 첫 번째 협정이 맺어진다. 프란츠는 그 자신의 위대함으로 그녀의 아름다움을 보장해 주고자 한다. 반면, 요한나는 그에게 독일의 폐허라는 거짓말을 하며 그의 광기-위대함의 새장으로 들어간다. 요한나는 이렇게 해서 세 개의 협정의 교차로 위

---

203) *Ibid.*, p. 197.

에 서 있게 된다. 베르너와의 협정, 시아버지와의 협정, 프란츠와의 협정이다. 이것은 그녀가 자신의 운명의 주인이 되지 못한다는 사실을 보여준다. 배우로서의 삶이 관객들에 의해 변질되었듯이, 그녀는 지금 폰 게를라흐가의 식구들과의 관계 속에서 같은 경험을 하고 있는 중이다.

정확히 프란츠와의 만남 이후에 요한나는 내면적으로 분열되고 괴로워한다. 그녀가 거짓을 싫어하지만(가족회의 때 그녀가 진실을 밝힐 것을 요구했다는 사실을 상기하자), 지금은 베르너에게 침묵으로 거짓말을 하고 있고, 프란츠에게는 말로 거짓말을 하고 있다. 그녀는 베르너와 프란츠로 대표되는, 서로 대립하는 두 세계 사이에 끼어 있다. 이것이 그녀의 첫 번째 궁지이다. "두 개의 언어, 두 종류의 삶, 두 개의 진실, 아버님은 한 사람에게 이런 상황이 너무 지나치다고 생각하시지 않으세요?"[204)]

여전히 주도권은 시아버지 수중에 있다. 하지만 그도 불안하다. 며느리에게 새로운 협정을 제안한다. 고통의 도구로서의 자기 역할에 진력이 난 요한나가 프란츠를 더 이상 보지 않고 함부르크로 가 버린다면, 아버지의 계획이 모두 수포로 돌아가고 말 것이기 때문이다.[205)]

하지만 요한나가 공모를 거절한다. 이 공모를 계속 유지하게 되면, 그녀는 프란츠에게서 얻을 수 있었던 존재이유를 상실하게 될 것이기 때문이다. 그녀는 그의 광기-위대함의 세계로 들어가 영원한 미모를 얻었다. 시아버지와의 공모 거절의 이유가 거기에 있다. 이렇듯 그녀는 여전히 시아버지와 프란츠 사이에 끼어 있다. 이것이 그녀의 두 번째 궁지이

---

204) *Ibid.*, p. 225.
205) *Ibid.*, p. 231.

다. 사실, 자신의 존재를 정당화시키기 위해 요한나도 프란츠의 존재를 필요로 한다는 점에서 그녀가 레니와 닮았다고 생각한 아버지의 판단은 정확하다. 하지만 요한나와 레니가 서로 닮은 쌍둥이 자매처럼 되었다면, 이것은 전적으로 아버지의 조종의 결과이다.

첫 번째 궁지에서 빠져나오기 위해 요한나는 베르너에게 호소했다. 하지만 베르너는 형에 대한 질투심만을 보여 주었을 뿐이다. 이것은 결국 프란츠와 베르너로 대표되는 두 세계 사이에서 요한나는 프란츠의 광기와 거짓의 세계를 선택한다는 것을 의미한다. 두 번째 궁지에서 벗어나기 위해 요한나는 다시 프란츠를 만난다. 그는 요한나를 통해 전달된 아버지의 메시지(프란츠를 보고 싶다)에 대해 답을 주려고 한다. 하지만 요한나는 이 답을 시아버지에게 전달하는 것을 거절한다. 이것은 그녀가 자기들 부부의 자유와 미래(이것을 보장해 준다는 것이 시아버지의 제안이었다)를 희생하면서 프란츠의 세계를 선택하게끔 하는 요인이다.

이렇게 해서 요한나와 프란츠 사이에 새로운 협정이 맺어진다. 이 협정을 기회로 두 사람은 프란츠와 레니처럼 짝패가 된다. 이 협정이 유효하다면 요한나와 프란츠는 계속 프란츠의 방에서 만날 수 있다. 하지만 이 새로운 협정은 오래가지 못한다. 세 가지 이유가 있다. 첫 번째 이유는 아버지가 계획을 결코 포기하지 않을 것이기 때문이다. 요한나와 레니를 번갈아 가면서 이용하게 될 것이다. 두 번째 이유는 레니는 요한나를 프란츠의 세계에서 몰아내기 위해 모든 노력을 다 할 것이기 때문이다. 세 번째 이유는 요한나와 프란츠는 살아야 하기 때문이다.

앞의 두 이유에 대해서는 이미 살펴보았다. 세 번째 이유와 관련하여서는 요한나와 프란츠는 삶과 죽음 사이에 끼어 있다는 사실을 지적하

자. 우선 그들이 죽는다면,[206] 자신들의 협정을 영구화시킬 수 있다. 하지만 모든 것을 잃으면서이다. 왜냐하면 죽음은 그들을 객체로 고정시켜 버리면서 그들에게서 삶의 정당화를 음미할 수 있는 기회 자체를 앗아 가기 때문이다. 그다음으로, 만약 그들이 산다면, 그들은 자신들의 협정을 구체화시킬 수는 있다. 하지만 이것은 한편으로 요한나와 베르너 사이에 분쟁을 야기하고, 다른 한편으로 레니와 프란츠 사이의 분쟁을 야기할 수 있다. 실제로 요한나는 베르너를 혼자 있게 내버려 둘 의향이 전혀 없다고 프란츠에게 말한다. 프란츠도 요한나와의 공모로 인해 레니가 죽는 것을 바라지 않는다. 바로 거기에 요한나와 프란츠가 함께 부딪치는 새로운 궁지가 자리한다.[207]

이런 궁지에서 벗어날 수 있는 길은 없을까? 아니다, 있다. 요한나의 반대에도 불구하고 최악의 길, 실천 불가능한 길을 선택하기로 결정한 것은 프란츠이다. 어떤 길일까? 답을 위해 프란츠는 첫 만남부터 요한나가 거짓말에 서툴다는 점을 알아차렸다는 사실을 지적하자. "거짓말을 잘하려면, 알아 두세요, 자기 자신이 거짓말이어야 해요. 내 경우가 그래요."[208] 또한 프란츠와의 만남 이후에 요한나가 시아버지에게 이렇게 말하고 있다. "저는 저의 가장 나쁜 적이에요. 저의 목소리는 거짓말을 해요. 그런데 몸이 그걸 부정해요."[209] 그러니까 프란츠는 독일이 폐허가 되지 않았다는 사실을 요한나의 거짓말을 통해서 예측한 것이다.

---

206) 요한나는 프란츠를 죽이고 싶고, 프란츠도 요한나를 죽이고 싶다. Cf. *Ibid.*, pp. 267~268.
207) *Ibid.*, pp. 273~274.
208) *Ibid.*, p. 277.
209) *Ibid.*, p. 226.

프란츠는 요한나에게 새로운 길을 제안한다. 서로가 진실을 얘기하게끔 도와주는 것이다. 이 길을 가는 것은 험난한 시험이다. 하지만 자신들의 협정을 구체화시키기 위해서는 다른 도리가 없다. 그런데 이 시험은 특히 요한나에게 해당된다. 왜냐하면 이 시험은 프란츠의 고문과 관련되기 때문이다. 프란츠는 요한나에게 고문을 털어놓아야 한다. 만약 요한나가 이 사실을 알고도 넘어갈 수 있다면, 그녀는 영원히 프란츠를 소유할 수 있다. 그것도 반쯤 미친 프란츠가 아니라 그의 속임수를 포기하고 정상적인 생활을 하는 프란츠를 말이다. 프란츠 역시 보상받을 것이다. 그는 정상적인 생활을 할 수 있을 것이고, 무기력과 동시에 죄책감에서 벗어날 수 있을 것이다.

프란츠는 재판을 위해 개설했던 '게들의 법정'을 더 이상 신뢰하지 않는다. 왜냐하면 미래 사람들의 자격으로[210] 이 게들은 그에 대한 판결을 즉각 내리지 않기 때문이다. 그는 살아 있는 동안에 자기에게 내려진 판결의 내용을 알 수 없다. 사르트르에 의하면 죽음은 현재의 자기 모습을 부정하면서 스스로 변신할 수 있는 인간의 권리의 완전한 박탈이다. 인간이 살아 있다면, 그는 미래로 기투하면서 타자들이 그에 대해 규정지은 것을 부정할 수 있다. 그는 그들이 자기에게 부여한 외재성에 맞서 자신을 보호할 수 있다. 하지만 죽으면 그는 그들에게 반대를 할 수 있는 모든 가능성이 증발한다. 사르트르는 이렇게 단언한다. "죽는다는 것은 살

210) 사르트르 문학작품 전체에 걸쳐 등장하는 '게들'의 의미에 대해서는 다음을 볼 것. Marie-Denise Boros, "La métaphore du crabe dans l'œuvre littéraire de Jean-Paul Sartre", *PMLA*, n° 5, October 1966, pp. 446~450.

아 있는 자들의 포로가 되는 것이다."[211)]

이런 지적을 바탕으로 게들의 법정에 대한 프란츠의 신뢰 상실을 이해할 수 있다. 인간은 필멸적이고, 그런 만큼 그는 후손들에 의해 평가될 수밖에 없다. 하지만 죽음 후에 후손들에 의해 평가받는다는 것이 무슨 의미를 가질 수 있을까? 그의 죽음 후에 평가가 이루어진다면, 그는 그것을 만회하거나 수정할 수 있는 그 어떤 수단도 가지지 못한다. 그는 도마위의 생선에 불과하다. 따라서 그는 그들의 평가에 완전히 무기력할 뿐이다. 후세의 기준으로 후세에 의해 평가되는 것, 또 한 번 무기력을 체험하는 것, 이것이 바로 프란츠가 게들의 법정에서 견딜 수 없는 것이다. 게다가 요한나 역시 살아 있는 사람들의 마음에 들기를 원한다. 프란츠도, 유죄이든 무죄이든, 동시대 사람들에 의해 평가되길 원한다. 그로부터 프란츠를 평가하는 권리가 '게들'에게서 '요한나'에게로 옮겨 간다.[212)]

요한나는 프란츠를 재판하면서 다음 사실에 대해서는 무죄를 선고한다. 우선, 조국의 패배에 대한 책임을 면제해 준다. 그가 군인으로 전쟁 중에 열심히 싸웠다는 사실을 인정한다. 하지만 두 사람은 레니를 추방하면서 자신들의 유폐의 세계를 영구화시키는 것에는 실패한다. 요한나는 프란츠의 고문에 대해서는 무죄를 선고하지 못한다. 그는 요한나 앞에서 이렇게 선언한다. "부인, 여자란 배신자랍니다."[213)] 한편, 그는 독일과 자기 집안의 부흥을 알았을 때 자신의 유폐 이유를 상실한다. 그가 아버지에게 만남을 약속했을 때, 요한나는 레니와 마찬가지로 프란츠를 잃으면

---

211) EN, p. 628.
212) SA, p. 280.
213) *Ibid.*, p. 269.

서 모든 것을 잃고 만다. 앞서 본대로 결국 아버지가 유일한 승자가 된다.

그런데 다음 두 가지 사실에 주목하자. 하나는 독일과 가문의 부흥에 대한 기사가 실려 있는 신문을 프란츠에게 가져다준 것은 요한나가 아니라 레니였다는 사실이다. 다른 하나는 프란츠의 고문 사실을 요한나에게 알린 것도 레니였다는 사실이다. 이 두 사실로 미루어 보면 레니와 마찬가지로 요한나 역시 아버지가 두는 체스판 위의 졸병에 불과했다고 말할 수 있다. 분명, 가족회의 중에 폰 게를라흐가의 비밀을 드러내기 위한 주도권을 쥔 것은 요한나였다. 이 집안 식구들은 서로 설명하지 않고, 말을 무서워한다는 사실을 기억하자. 이것은 그들의 오랜 관습이었다.

이 가문에서 통용되는 또 하나의 관습은 여자들의 침묵, 따라서 절대적인 복종이었다. 이방인의 자격으로 요한나는 이 집안의 전통, 특히 부권에 대해 도전을 감행한 셈이다. 게다가 우리는 이 도전을 기존폭력에 맞서는 대항폭력으로서의 언어적 폭력으로 불렀다. 하지만 베르너가 서약을 하면서 아버지를 위해 자신의 삶을 희생하겠다고 결심한 이후, 요한나는 시아버지의 제1의 공격 카드가 못 된다. 프란츠와 '위대함-미모'의 협정을 체결한 후에, 그녀는 시아버지에 맞서 반항하려 한다. 그녀는 자기들 부부의 자유와 미래를 대가로 지불하면서 시아버지와 공모하는 것을 거부한다.

하지만 프란츠와 유폐 생활을 영속하려는 요한나의 꿈은 레니로 하여금 오빠에게 독일과 가문의 부흥을 알려 주게끔 한 주요 요인이 된다. 아버지에 의해 조종되고, 또 프란츠를 잃을까 봐 두려움을 느낀 레니는, 자기가 아는 사실을 요한나에게 말한다. 프란츠의 고문이 그것이다. 요한나는 레니가 부과한 이 시험을 통과하지 못한다. 이 시험 끝에 결국 레니와 요한나는 모두 프란츠를 잃게 된다. 그가 아버지 곁으로 가 버렸기 때문이다. 이것은 두 사람 모두 아버지의 체스판의 졸병에 불과했다는 것을 보여 준다.

이런 씁쓸한 패배 이후, 요한나와 레니는 무엇을 할 수 있을까? 우선, 앞서 본 대로 레니는 오빠 대신에 스스로 유폐하는 길을 선택한다. 요한나는 베르너와 함께 알토나에 머물지 알 수 없다. 한 가지는 분명하다. 그들 부부의 삶이 부권에 의해 타격을 입었다는 것이다. 베르너는 아버지에 의해 사면되기를 바라면서 복종을 선택했다. 요한나는 남편에 대한 사랑의 대가로 프란츠의 위대함-광기에 의해 평가된 그녀의 미모 속에서 자신의 삶을 정당화하는 길을 선택했다. 물론 후자의 길은 시아버지에 의해 조종된 것이다.

이렇듯 요한나는 시아버지에게 반항하기를 원하면서 선택한 언어적 폭력에서 실패했다. 베르너의 미래를 짓밟았고, 그와 요한나 부부의 삶을 앗아 간 아버지의 억압적인 권위는 기존폭력에 해당한다. 요한나는 베르너로 하여금 서약하는 것을 방해하면서 자신의 미래와 자유를 저당 잡히지 않게 하기 위해 모든 노력을 경주했다. 베르너는 아버지에 대한 복종을 선택했다. 요한나는 시아버지의 조종에 따라 그와 프란츠 사이를 오가는 왕복선 역할을 맡았다. 하지만 요한나의 언어적 폭력이 아무런 성과를 거두지 못한 것은 아닌 것 같다. 그녀가 없었더라면 폰 게를라흐 가문을 지배하는 '산다는 것의 끔찍함'이 드러나지 않았을 것이다. 이렇듯 그녀의 언어적 폭력은 이 가문의 아픈 과거를 드러내는 과정에서 결정적인 역할을 한 것으로 보인다. 사르트르는 이렇게 묻고 있다. "너는 살아서 무엇을 했니?"[214]

『알토나의 유폐자들』 이후에, 사르트르는 가능하다면 부부 사이의 관계, 그중에서도 아내의 역할과 여성의 해방에 대해 다뤄 보고자 하는 계획을 가졌었다는 사실을 앞서 지적했다. 레니가 수행한 역할에 대해 말하면서 우리는 그녀가 아버지와 남성의 권위에 반항의 기치를 높이 든 여성이라는 사실도 지적했다. 그녀의 반항은 '딸-아버지'의 범주에 한정되었다. 하지만 요한나의 반항은 다음 세 가지 특징을 보인다고 할 수 있다. 첫째, 그녀는 자기들 부부, 즉 '우리', 곧 베르너와의 의사소통의 길을 모색하는 것을 겨냥했다. 둘째, 요한나는 남편 곁에서 겪은 소외를 극복하고자 했다. 셋째, 그녀는 언어적 폭력에 호소했다. 그녀의 광기와 거짓말로 인해 시아버지와 베르너의 세계를 뛰어넘는 데 성공하지 못한 것은 사실이다. 하지만 이 언어적 폭력이 없었다면 폰 게를라흐가의 진실은 영원히 땅에 묻혔을지도 모를 일이다.

제2의 아버지

지금까지 살펴본 바와 같이 사르트르에게서 부모, 특히 아버지는 아이들과의 관계에서 억압적인 역할을 하는 경우가 많다. 아버지가 아이들에 대해 모종의 계획을 가지고 있다면, 그것이 그들에게는 운명과도 같은 끔찍한 폭력으로 작용할 수 있다는 점을 확인할 수 있었다.[215] 이런 이유로 사

---

214) Cf. Jean-Paul Sartre, "La question", *Théâtre vivant*, 1965. TS, p. 410에서 재인용.

215) 사르트르의 저작에서 '아버지'는 중요한 주제이다. 하지만 앞서 살펴본 것과는 달리 사르트르는 부재하는 아버지와 그로 인해 아이들에게 나타나는 긍정과 부정의 효과에 대해서도 많은 관심을 표명하고 있다. 그의 저작에서 아버지가 부재하는 경우로는 보들레르, 주네, 사

르트르는 『말』에서 "좋은 아버지란 없다"[216]는 규칙을 내세우고 있는 것으로 보인다. "아이를 낳는 것, 그보다 더 좋은 일은 없다. 하지만 아이를 소유하려 하다니, 이 무슨 당치 않은 생각인가!"[217] 요컨대 자식들은 부모가 마음대로 할 수 있는 소유물이 아니다.

하지만 부모, 특히 아버지의 존재는 아이들에게 없어서는 안 될 존재이기도 하다. 프로이트의 주장처럼 아버지는 아이들에게 양가적인 의미를 갖는다. 그들에게 아버지는 그들이 모방하고 동일시하고자 하는 모델이다. 또한 아버지는 그들에게 권위, 검열, 거세, 처벌 등의 상징, 곧 그들의 '자아'에 대해 재판관이나 검열관의 역할을 수행하는 '초자아'(Surmoi)로 기능하는 억압적인 존재이기도 하다.[218] 그런 만큼 아버지가 없는 경우에 자식들이 보일 수 있는 반응은 크게 두 가지로 나타날 수 있다. 하나는 아버지의 권위, 그에 대한 복종과 그로 인한 억압 등을 경험하지 못하면서 누리는 자유이다. 다른 하나는 아버지의 권위를 빌어 자신들의 잉여존재를 정당화시킬 수 있는 기회의 상실이다.

이 두 가지 반응은 아버지를 일찍 여의었던 풀루에게도 그대로 해당된다. 다음 두 인용문을 보자. 앞의 것은 장바티스트의 때 이른 죽음으로 인한 '초자아'의 부재를 반기는 내용을, 뒤의 것은 장바티스트의 죽음으로 인해 풀루 자신의 존재 정당화 기회를 갖지 못한 것을 아쉬워하는 내용을 담고 있다.

르트르 자신의 경우 등을 제시할 수 있다.

216) LM, p. 11.

217) *Idem*.

218) Laplanche & Pontalis, *Vocabulaire de la psychanalyse*, p. 471.

만약 나의 아버지가 살아 있었다면 내 위에 벌렁 누워서 나를 짓누르고 말았을 것이다. 다행히도 그는 일찍 죽었다. 안키세스를 업은 아이네아스들이 가득 찬 이 세상에서, 나는 혼자 강을 건넌다. 일생 동안 자식의 등에 매달려 있는 보이지 않는 아버지들을 미워하면서, 젊어서 죽어 미처 내 아버지 노릇을 할 기회가 없었던 한 사나이, 지금 같으면 내 자식 정도의 나이밖에 안 될 그 사나이를 나는 내 뒤에 멀리 버려 놓았다. 이것이 좋은 일이었는지 나쁜 일이었는지 나는 모른다. 그러나 내게는 초자아가 없다는 어떤 유명한 정신분석가의 판단에 나는 기꺼이 동의한다.[219)]

며칠 전, 식당에서 주인의 일곱 살짜리 아들이 회계 보는 여자에게 이렇게 외치는 소리를 들은 일이 있었다. "아버지가 없을 땐 내가 주인이야!" 바로 이게 사내라는 것이다. 하지만 내가 그 아이 또래였을 때, 나는 그 누구의 주인도 아니었고, 내 것이라고는 아무것도 없었다.[220)]

앞서 「어느 지도자의 유년 시절」에서 뤼시앵이 아버지 곁에서 겪은 폭력을 다루면서 아버지의 존재론적 힘이 약할 때, 특히 아버지가 부재하는 동안에 그에게 어떤 일들이 발생했는지를 살펴본 바 있다. 뤼시앵은 아버지가 없는 동안 그 자신의 존재 정당화 과정에서 커다란 애로를 겪었다. 뤼시앵은 주위 사람들로부터 적지 않은 영향을 받았다. 그 영향을 살펴보는 기회에 우리는 베를리아크와 르모르당과는 달리 바부앵 철학 선

---

219) LM, p. 11.
220) *Ibid.*, p. 70.

생님과 베르제르, 그리고 특히 그의 어머니는 플뢰리에 씨와 아버지의 자리를 두고 어느 정도 경쟁을 했다는 사실을 지적한 바 있다. 하지만 플뢰리에 씨를 제외한 나머지 사람들은 뤼시앵에게 살아가는 데 필요한 위임장을 주어 그의 존재를 정당화시켜 줄 정도로 충분히 강한 존재론적 힘을 갖지 못했었다.

하지만 풀루의 경우는 뤼시앵의 경우와는 다르다. 뤼시앵은 아버지의 부재를 짧은 기간 동안에만 체험했을 뿐이다. 이와는 달리 풀루의 경우에 장바티스트의 부재는 평생 지속된다. 물론 그는 장바티스트의 부재로 인해 아버지의 권위, 그로 인한 명령과 복종을 알지 못한 채 자유를 마음껏 누린다.[221] 그렇지만 그는 비싼 대가를 치르게 된다.

풀루는 아버지가 세상을 떠난 후에 어머니와 함께 외조부모 집에서 살게 된다. 사르트르는 후일 이곳에서의 삶을 이렇게 회상한다. "열 살 때까지 나는 한 명의 노인과 두 명의 여자 사이에 혼자 있었다."[222] 한 명의 노인은 외조부 샤를 슈바이처이고, 두 명의 여자는 각각 외조모 루이즈 기유맹과 어머니 안마리 슈바이처이다. 그런데 이 세 명의 어른 중 특히 샤를과 기유맹이 외손자 사르트르에게 제2의 아버지의 역할, 곧 '성인-재판관' 또는 '성인-검열관'의 역할을 담당하는 것으로 보인다.[223] 그런데

221) *Ibid.*, p. 11.

222) *Ibid.*, p. 66.

223) 어머니 안마리는 사르트르의 성장 과정에서 제2의 아버지 역할을 전혀 하지 못했다고 할 수 있다. 그도 그럴 것이 남편을 일찍 여의고 친정집으로 돌아온 그녀는 경제적으로 빈손이었기 때문이었다. "그녀는 아무것도 소유하지 못했다. 그러므로 그녀는 아무것도 아니었다." *Ibid.*, p. 70. 사르트르에게서 '가짐'이 '있음'을 결정한다는 사실을 기억하자. 이런 이유로 사르트르는 그 자신과 어머니를 미성년자들로 여겼으며, 특히 어머니를 그 자신이 보호해야 할 누나 정도로 여기기도 했다.

이 점은 일찍 세상을 떠난 장바티스트 덕분에 초자아를 겪지 않았다고 술회하고 있는 사르트르의 회상과는 대조적이어서 흥미롭다.[224]

먼저 외조부 샤를의 경우를 보자. 『말』의 도입부에서 사르트르는 샤를을 억압적인 아버지의 전형으로 묘사하고 있다. 사르트르에 의하면 샤를은 앞서 언급한 규칙, 즉 "좋은 아버지란 없다"라는 규칙에 가장 잘 들어맞는 인물 중 한 명이다. "그리고 할아버지께서는 자기 자식들을 곤란하게 만드는 것을 좋아했다. 이 무서운 아버지는 자식들을 뭉개 버리는데 평생을 보냈다."[225] 여기서 '무서운'이라는 단어는 샤를의 권위를 표현하기에 부족하다. 사르트르에 의하면 그는 자식들의 피를 마시고 사는 여호와였다. "수염이 검은색이었을 때 그는 여호와였다. … 이 분노한 신은 자식들의 피로 목을 적셨다."[226]

만약 사르트르 자신이 샤를의 자식으로 태어났다면 그들의 관계는 어떠했을까? 의심의 여지없이 사르트르는 샤를의 자식들처럼 그의 엄청난 권위에 복종해야 했을 것이다. 하지만 다행스럽게도 사르트르는 샤를의 말년에 태어났다. 이것은 사르트르의 삶이 샤를의 존재로 인해 위험에 빠지지 않을 것이라는 점을 의미한다. 샤를과 풀루와의 관계는 겉보기에는 평화로웠다고 할 수 있다. 그도 그럴 것이 샤를의 말년에 태어난 풀루

---

224) Cf. Jacques Lecarme, "Un cas limite de l'autobiographie Sartre", *Revue d'histoire littéraire de la France: L'autobiographie*, novembre-décembre 1975, n° 6, Paris: Armand Colin, p. 1064; Claude Burgelin, Les mots *de Jean-Paul Sartre*, Paris: Gallimard, 1944, p. 75. 물론 사르트르에게서 초자아의 존재를 부인하는 연구자들도 있다. Cf. Arnold & Piriou, *Genèse et critique d'une autobiographie*, p. 40.

225) LM, p. 20.

226) *Ibid.*, p. 14.

는 그에게 기적의 아이이자 하늘의 선물로 여겨졌기 때문이었다.

게다가 사르트르의 회상에 따르면 샤를은 '사진 기술'과 '할아버지 되는 기술'의 희생자였다. 사진을 찍기 위해 포즈를 취하고, 또 귀여운 풀루와 함께 할아버지 역할을 하는 놀이를 즐긴 것이다. 다시 말해 '가족 코미디'를 즐긴 것이다. 이 놀이에 다른 두 명의 식구, 즉 루이즈와 안마리가 가담하기도 했다. "우리는 가지각색의 숱한 연극을 즐겼다. 희롱, 금시에 풀리는 오해, 악의 없는 농담, 점잖은 꾸짖음, 사랑의 원한, 다정한 거짓말, 불타는 정열…."[227] 그런데 이런 놀이를 할 때 사르트르는 권위의 화신인 샤를 ― 또는 '칼'(Karl)[228] ― 의 힘을 직접 체험할 수 없었다.

그렇지만 샤를은 한 집안의 가장이다. 더군다나 그는 억압적인 권위의 화신이다. 앞서 사르트르가 샤를을 여호와로 묘사했다는 사실을 지적했다. 그렇다. 어린 외손자의 눈에는 샤를이 하나님 아버지를 아주 많이 닮은 것을 넘어서 하나님 아버지의 모습 그 자체로 보였다.[229] 이런 이유로 풀루는 그 자신에 관한 모든 것이 샤를에게 달려 있다는 것을 강하게 깨닫게 된다. "나, 나는 모든 면에서 그에게 의존했다."[230]

물론 풀루가 샤를의 말년에 태어났기 때문에 그는 외조부가 휘두르

---

227) *Ibid.*, p. 17.

228) 『말』에서 사르트르는 외조부모를 지칭하면서 "카를레마미"(Karlémami)라고 부른다. *Ibid.*, p. 25. 이 단어는 '칼과 마미'(Karl et Mamie)를 합친 말인데, '칼'은 알자스 출신인 '샤를'의 독일식 발음이고, '마미'는 '할머니'라는 의미를 가진 단어이다. 그런데 사르트르가 외할아버지를 '칼'이라는 이름으로 지칭하는 경우에는 주로 샤를이 '외조부-희극배우'의 역할을 하는 경우라는 주장이 있다. Cf. Arnold & Piriou, *Genèse et critique d'une autobiographie*, p. 63, note 24. 여기서는 이런 주장을 존중하되, 논의의 편의상 두 개의 이름을 다 사용한다.

229) LM, pp. 130~131.

230) *Ibid.*, p. 15.

는 직접적인 폭력의 희생자가 되는 것을 피할 수 있었다. 그렇지만 풀루는 샤를의 마음에 들기 위해 모든 것을 해야만 했다. 외조부모 집에서 살면서 사르트르 자신이 내건 삶의 모토는 "환심을 사는 것"(plaire)이었다. "유일한 위임장. 그것은 환심을 사는 것이다. 이것을 보여 주기 위해 모든 것을 주었다."[231] 그렇다면 누구의 환심을 사야 할까? 아니, 누구의 환심을 제일 먼저 사야 할까? 답은 자명하다. 제일 먼저 샤를의 환심을 사야 한다. 이런 이유로 사르트르는 『말』에서 자기 자신을 전도양양한 한 마리 개에 비교하고 있기도 하다.

샤를이 외손자 풀루의 삶에 가장 커다란 영향을 끼친 것은 단연코 그를 '문학' 세계로 입문하는 위임장을 준 일이라고 할 수 있을 것이다. 그 과정에서 샤를은 제2의 아버지의 역할을 수행했고, 그것도 너무 훌륭하게 수행한 것으로 보인다. 그런데 사르트르가 문학 세계로 입문하는 위임장이 '칼-신'의 오해에서 비롯된 은혜 덕분이었다는 점은 흥미롭다. 어떤 오해인가? 위임장이 부여된 장면을 보자. 외손자가 다른 작가들의 글을 베껴 쓰는 어설픈 놀이에 우려를 표명하던 샤를은 넌지시 그 자신의 속내를 내비치는 기회를 포착한다. 풀루가 전업 작가와 동시에 교수가 되는 것이 바람직하다고 말이다.

> 어느 날 저녁, 외할아버지는 나와 사나이답게 솔직히 이야기하고 싶다고 했다. 두 연인이 물러가자 그는 나를 무릎 위에 안아 올리고 엄숙하게 타

---

231) *Ibid.*, p. 22. 이 인용문에서 볼 수 있는 '주는 행위'가 갖는 의미에 대해서는 곧이어 논의하게 될 것이다.

일렀다. "네가 글을 쓰겠다니 그것은 알겠다. 너도 알겠지만 나는 네가 하고 싶다는 것을 못 하게 할 사람은 아니니까 걱정 마라. 그렇지만 세상이 어떤 것인지 똑바로 알아 둬야 한다. 문학으로는 먹고살 수 없다. 유명한 작가들이 결국은 굶어 죽었다는 것을 너는 아느냐? 또 그중에는 밥을 얻어먹으려고 지조를 팔아 버린 사람들도 있단다. 구태여 네 뜻대로 살고 싶다면 다른 직업을 하나 갖는 것이 좋겠다. 교수 생활을 하면 틈이 생긴다. 교수 노릇과 문인의 일은 서로 겹치는 것이다. 그러니 너는 언제나 한 성직에서 다른 성직으로 옮겨 갈 수가 있다.[232]

분명 플라톤과는 달리 샤를은 자기 공화국에서 시인을 추방하지는 않았다. 하지만 샤를은 "무릉도원을 보여 주겠다고 20프랑짜리 금화를 요구하지만 나중에는 5프랑만 주어도 제 엉덩이를 까 보이는 엉터리 마술사"가 바로 전업 작가라는 생각에 완전히 빠져 있었다.[233] 또한 샤를 자신이 독일어를 가르치는 교수이기도 했다.

샤를의 진짜 의도는 분명했다. 그는 교수의 이점을 강조하면서 어린 외손자의 머릿속에서 자라나고 있는 전업 작가의 싹을 가능하면 잘라 버리고자 했던 것이다. 하지만 풀루는 샤를의 말을 전혀 다른 방식으로 이해했다. 풀루는 그와의 대화를 일종의 쓰기 행위의 소명을 전달하기 위한 의식으로 해석하고 만 것이다. "그가 내 직업 얘길 한 것은 다만 그 결점을 드러내기 위해서였다. 그런데 나는 외할아버지가 그것을 이미 기정 사

232) *Ibid.*, pp. 129~130.
233) *Ibid.*, p. 129.

실로 인정해 주었다고 반대로 결론지어 버렸다."[234] 샤를은 풀루가 작가로서의 소질이 없다는 것을 증명해 보이고 싶었다. 하지만 풀루는 오해로 인해 자기가 이미 작가로서 인정받았다고 여긴 것이다.

한 가지 확실한 것은, 샤를과의 일대일 면담이 사르트르에게는 그가 작가로서의 경력을 시작한 결정적인 계기가 되었다는 점이다. 사르트르의 문학 세계에 입문하는 위임장은 결국 샤를의 메시지를 잘못 해석한 결과이다. 그렇다면 이 오해의 근원은 무엇일까? 사실, 샤를은 두 개의 목소리, 두 개의 얼굴을 가졌다. 풀루가 존경하지 않는 광대, 즉 '칼'로 지칭될 때의 모습과 두려움을 가지고 존경해야만 하는 하나님 아버지의 모습, 곧 '샤를'로 지칭될 때의 모습이 그것이다. 그런데 샤를은 외손자와 일대일 면담에서 전업 작가의 단점을 얘기하면서 평소와는 다른 목소리로 말하면서 '샤를' 본연의 모습을 보였던 것이다.

> 그런데 아주 계획적으로 거짓말을 하던 그 양반의 목소리에 그날 나는 왜 귀를 기울였을까? 무슨 오해를 했기에 그가 내게 하려던 이야기와 정반대의 뜻으로 들었을까? 그것은 그의 목소리가 달라졌기 때문이었다.[235]

이것은 문학 세계로 입문하는 위임장 전달 의식이 거행될 때 풀루는 "처음으로 위엄 있는 가장"의 모습을 체험했다는 것을 의미한다.

---

234) *Ibid.*, p. 131.
235) *Ibid.*, p. 130.

만약 그날 할아버지가 두 팔을 벌리면서 "새로운 위고가 나타났군. 애송이 셰익스피어가 여기 있군" 하고 멀리서부터 외쳤다면, 나는 오늘날 산업 디자이너나 문학 교수가 되었을지도 모른다. 하지만 그는 결코 그렇게 하지 않았다. 나는 처음으로 위엄 있는 가장을 대했던 것이다. 그는 침울한 낯이었다. 나를 추켜 주는 것을 잊으니 더욱더 존엄하게 보였다. 그는 새로운 율법을, 내가 지켜야 하는 율법을 고하는 모세였다.[236]

사르트르는 이렇게 쓰고 있다. "가부장 제도가 남아 있다."[237] 물론 이 가부장 제도의 중심에 있는 사람은 장바티스트가 아닌 샤를이다. 그리고 샤를에 의해 행사된 부권은 어린 풀루의 가슴에 깊이 새겨졌다. 그가 후일 고등사범학교에 입학하고 교수자격시험에 합격하여 교수가 됨과 동시에 전업 작가로서의 길을 가면서 샤를의 소원을 모두 실현시켰을 정도이다.

이처럼 8세와 10세 사이에 사르트르의 운명은 그의 아버지에 의해서가 아니라 외할아버지에 의해 완전히 결정된다. 이 과정에서 샤를은 정확히 제2의 아버지의 역할을 수행한 것이다. 아니, 샤를은 장바티스트보다 아버지 역할을 더 잘 수행했다고 할 수 있을 정도이다.[238] 그리고 샤를은 그런 자격으로 풀루에게 초자아를 체험하게 해주었다고 할 수 있다.

또한 독자 여러분은 내가 나의 어린 시절과 그 유물들을 혐오한다는 것을

---

236) *Ibid.*, p. 131.

237) *Ibid.*, p. 14.

238) Cf. Burgelin, Les mots *de Jean-Paul Sartre*, p. 72.

알았을 것이다. 외할아버지의 목소리, 나를 벌떡 일으켜서 책상으로 달려가게 하는 그의 녹음된 목소리가 내 귀에 늘 들려오는 것은, 그것이 바로 내 목소리였기 때문이다. 내가 일찍이 모욕감 속에서 받아들였던 외할아버지의 사이비 강제 위임을 여덟 살과 열 살 사이에 도리어 자랑스럽게 나 자신의 율법으로 삼았기 때문이다.[239)]

하지만 풀루는 샤를로부터 모욕감을 느끼면서 문학 세계로 입문하는 위임장을 받았다는 점에 주목하자. 대체 이 모욕감은 어디에서 오는가? 이것은 절대적 복종에서 기인하는 것으로 보인다. 풀루가 아버지의 때 이른 죽음을 기뻐한 것(하지만 풀루는 아버지의 존재를 얼마나 간절히 원했던가!)은 사실이다. 이와 마찬가지로 그가 외조부로부터 위임장을 받았을 때도 역시 기뻤다.[240)] 하지만 후자의 경우에는 전자의 경우에 없었던 하나의 행위가 추가된다. 샤를의 권위에 대한 절대적 복종이 그것이다. 그러니까 풀루는 일찍 세상을 떠난 장바티스트에게서 받았던 자유를 샤를에게 복종하면서 잃어버린 셈이다.

풀루는 다른 선택을 할 수 없었다. 물론 샤를은 풀루의 제2의 아버지 역할을 수행했을 뿐이다. 하지만 그의 존재론적 힘은 풀루의 장래를 좌지우지할 정도로 막강했다. 정확히 이런 의미에서 우리는 『말』이 가진 역설적인 특징을 이해할 수 있다. "어린아이의 성인들에 대한 예속, 특히 외조부에 대한 예속을 비판하기 위해 쓰인 이 작품은 가부장-교수에 대한 복

239) LM, p. 137.
240) *Ibid.*, p. 79.

종의 모델이다."[241)]

샤를에 이어 외조모 루이즈가 사르트르와의 관계에서 수행한 제2의 아버지 역할을 보자. 방금 샤를이 풀루에게 쓰기 행위, 곧 문학에 입문하기 위한 위임장을 주면서 자신의 존재론적 힘을 과시했다는 점을 보았다. 하지만 루이즈의 역할 역시 눈여겨볼 만하다. 샤를과 안마리에 비해 루이즈는 사르트르의 삶에서 큰 비중을 차지하고 있지 않다. 그런 만큼 『말』에서도 루이즈에게 할애된 부분은 그다지 길지 않다. 하지만 외손자에 대한 감시, 처벌, 검열 등이 문제가 되는 경우, 즉 풀루의 초자아 경험이 문제가 되는 경우, 루이즈의 역할은 제2의 아버지의 그것이라고 해도 손색이 없다. 어떤 면에서는 샤를보다도 더 큰 역할을 했다고도 할 수 있을 정도이다. 루이즈는 어떤 역할을 했을까?

앞서 칼이 사진 기술과 할아버지 되는 기술의 희생자가 되었다고 했다. 또한 풀루에게 다른 사람들의 환심을 사는 것이 그의 삶의 모토였고, 그로부터 가족 코미디가 기인했으며, 루이즈 역시 어떤 때는 풀루의 이런 코미디의 공모자가 되기도 했다는 점을 지적한 바 있다. 예컨대 "연극 같은 행동"을 좋아하는 칼을 놀래키기 위해 딸과 외손자와 함께 루이즈는 곧잘 "이벤트"를 준비하곤 했다.[242)] 그리고 풀루가 다른 작가들의 글을 베끼는 코미디를 했을 때, 그녀는 암묵적으로 동의하기까지 했다. "마미 자신이 나를 격려해 주었다. 그녀는 이렇게 말했다. '적어도 그 애는 착하지.

241) Josette Pacaly, *Sartre au miroir: Une lecture psychanalytique de ses écrits autobiographiques*, Paris: Klincksieck, 1980, p. 72.
242) Cf. LM, pp. 21~22, p. 84.

소란 피우지는 않거든.'"[243)]

하지만 사르트르와의 관계에서 루이즈는 주로 악역을 맡았다. 사실, 샤를과의 결혼 후에 루이즈는 슈바이처가의 소음, 열정, 열광, 화려하고 연극적인 거친 모든 삶에 염증을 내기 시작했다. 또한 그녀는 외손자의 반복되는 코미디를 보고 공개적으로 그를 비난하기도 했다.

> 나는 누구보다도 할머니에 대해서 가장 큰 불안을 느꼈다. 내게 충분한 칭찬을 해주지 않는 것이 괴로웠기 때문이다. 사실을 말하자면 루이즈는 내 속을 꿰뚫어 보고 있었던 것이다. 남편이 광대 노릇을 해도 감히 싫은 소리를 못 했던 그녀는 내게만은 그런 비난을 까놓고 했다. 나를 어릿광대, 꼭두각시, 사기꾼으로 지목하고 그따위 가면극을 집어치우라고 명령하는 것이었다.[244)]

이것만이 전부가 아니다. 어린 사르트르가 책을 읽는 척하는 독서 코미디에 빠져 있을 때, 그에게 나이에 맞는 진짜 독서를 권유한 것도 루이즈였다. 피카르 부인이 "이 아이는 글을 쓸 거야!"라고 말하면서 풀루가 이마에 지니고 있는 재능의 징후를 알아챈 첫 번째 사람이 되길 바랐을 때, 짜증이 난 루이즈는 그저 무미건조한 미소를 짓는 것으로 만족할 뿐이었다. 이처럼 루이즈는 항상 손자의 행동을 감시했다. 또한 루이즈는 차가운 여자였다. 그녀는 볼테르를 읽지 않은 채 볼테르 같은 모습을 했

---

243) *Ibid.*, p. 120.
244) *Ibid.*, p. 24.

고, 모든 것을 의심하는 '순수한 부정'이었다. 한마디로 그녀는 '항상 부정하는 정신'(Esprit qui toujours nie)이었다. 여기에 더해 후일 드골이 사르트르를 '볼테르'로 여겼다는 사실을 지적하자.[245)]

그런데 이와 같은 부정하는 정신보다 사르트르의 사유를 더 잘 요약하는 표현이 있을까? 실제로 사르트르는 『말』의 후속편을 쓴다면 그 내용은 오랫동안 그 자신의 "부정적 원칙"이 된 "폭력"과 "추함"에 대한 발견이 될 것이라고 말하고 있다.[246)] 속편이 집필되지 않았기 때문에 속단하기는 어렵지만, 아마도 이런 부정적 원칙은 외조모부터 물려받았을 공산이 크다. 또한 루이즈는 책을 많이 읽었다. 그녀는 특히 도서대여실에서 빌려 온 가벼운 소설을 주로 읽었다. 사르트르가 가까운 어른들에게 배운 것의 중요성을 제대로 평가하기 위해서는 루이즈로부터 물려받은 독서 습관도 고려해야 할 것이다.

게다가 사르트르는 다음과 같은 잠언에 충실했다. "인간들이여, 미끄러져라. 강하게 밟지 말라."[247)] 그런데 이 잠언은 루이즈의 것이다. "그녀는 미묘한 태도로 이렇게 말했다. 인간들이여, 미끄러져라, 밟지 마라!"[248)] 사정이 이렇다면 풀루에게 초자아를 경험하게 해준 어른들 중 한 명은 분명 루이즈인 것으로 보인다. 이것은 그녀 역시 풀루에게 제2의 아버지 역할을 수행했다는 것을 의미한다.[249)]

---

245) Cf. Annie Cohen-Solal, *Sartre, 1905-1980*, Paris: Gallimard, 1985, p. 547.
246) *Ibid.*, p. 210.
247) LM, p. 212.
248) *Ibid.*, p. 5.
249) 사르트르의 의붓아버지였던 망시도 제2의 아버지 역할을 했다고 할 수 있다. 하지만 사르트르는 『말』에서 그의 존재를 두 번만 암시하고 있을 뿐이다. *Ibid.*, p. 12, p. 71. 물론 그들의

앞서 프란츠, 베르너, 레니, 요한나가 각자의 방식으로 아버지에게 반항하고자 했다는 사실을 보았다. 장남은 자살을, 차남은 삶을, 딸은 거짓을, 며느리는 언어적 폭력에 호소했었다. 또한 그들이 모두 실패했다는 사실도 지적했다. 그렇다면 풀루도 제2의 아버지들에게 반항했을까? 만약 했다면, 어떤 수단으로? 그 결과는? 이런 질문들과 관련해서 다음 사실은 의미심장하다. 모든 사람의 환심을 사야만 한다는 위임장을 받은 채 풀루는 '증여자'(donnateur)이자 동시에 '피증여자'(donataire)가 되고자 했다는 사실이 그것이다.[250]

사르트르는 이렇게 말하고 있다. "한마디로 나는 내 자신을 준다. 나는 항상, 모든 곳에서 나를 내어 준다. 나는 모든 것을 준다."[251] 이것은 그가 그 자신의 코미디를 통해 다른 사람들에게 관용을 베풀고자 했다는 것을 의미한다. "나의 광대놀이는 관용의 외관을 지녔다."[252] 그런데 이 두 가지 사실에는 풀루가 주위에 있는 어른들, 특히 제2의 아버지 역할을 한 식구들에게 그 나름의 방식으로 반항했다는 사실이 함축되어 있는 것으로 보인다.

앞서 다니엘과 마르셀의 관계와 사라의 행동에 주목하면서 사르트르의 사유에서 관용의 목표가 타자의 자유를 굴복시키는 데 있다는 사실

관계가 사르트르의 문학작품에 등장하는 다른 '의붓아버지-아들'의 관계에 영감을 준 것은 분명하다. 가령, 『파리 떼』에서 '아이기스토스-오레스테스', 『자유의 길』에서 '라카즈 장군-아들 필립' 등의 관계가 그 예이다. 또한 사르트르가 보들레르에 대한 연구를 수행하면서 그에게 관심을 가진 이유 중 하나도 역시 '의붓아버지-어머니-아들'의 관계로 보인다.

250) *Ibid.*, p. 22.

251) *Idem.*

252) *Ibid.*, p. 21.

을 지적한 바 있다. 그런데 이 목표는 특히 풀루와 제2의 아버지 역할을 한 카를레마미의 관계에도 그대로 적용되는 것으로 보인다. 실제로 풀루가 '주는 행위'를 통해 겨냥한 것은 그들의 자유를 굴종시키는 것이다. 이것은 풀루가 단지 자신의 증여와 관용을 통해 식구들과 다른 사람들에게 반항하는 것만을 겨냥한 것은 아니라는 점을 보여 준다. 그보다는 오히려 그는 그들과의 싸움에서 승리를 쟁취하려고 했던 것으로 보인다.

게다가 풀루의 야심찬 시도는 거기에서 멈추지 않는다. 그는 후일 성인이 되어 이렇게 말한다. "나는 고의적으로 쓰기 행위와 관용을 혼동했다."[253] 여기서 "고의적으로"라는 단어에 주의하자. 그는 이처럼 일부러 쓰기 행위와 관용을 혼동함으로써 그에게 '너는 글을 쓰지 못할 것이다'라는 선고를 내렸던 외조부에게 복수를 하고자 했던 것이다. 뒤에서 작가-독자의 관계를 다루면서 주는 행위, 곧 증여와 관용에 대해서 자세히 살펴볼 것이다. 여기서 단언할 수 있는 것은, 사르트르가 반항을 위해 선택한 방법은 증여와 관용이었다는 점이다.

그렇다면 그 결과는 성공인가? 그렇기도 하고 그렇지 않기도 하다. 우선 그렇다. 풀루는 주위의 어른들, 그중에서도 특히 카를레마미에게 복수를 했다고 할 수 있다. 그다음으로는 그렇지 않다. 왜냐하면 증여와 관용에도 여전히 다른 사람들의 존재가 필요하기 때문이다. 코미디에서 관객들이 있어야 하듯이, 쓰기 행위의 주체인 작가 역시 그 상관자인 독자를 필요로 한다. 이것은 사르트르에게는 어떤 경우이든 타자의 존재가 필요하다는 것을 보여 준다. 그런 만큼 장바티스트가 없는 이 세계에서 사

---

253) *Ibid.*, p. 141.

르트르에게 그 자신의 존재를 정당화시켜 줄 수 있는 자들은 그의 주위에 있는 어른들, 특히 제2의 아버지 역할을 한 샤를과 루이즈라는 사실에는 변함이 없다.

이 장을 마치면서 다음 두 가지 점을 지적하고자 한다. 첫째, 아버지와 그의 자식들의 관계는 많은 경우에 폭력에 의해 특징지어진다는 점이다. 죽었든 살아 있든 간에 아버지는 자식들의 삶에 깊은 흔적을 남긴다. 살아 있는 경우, 그는 그들 위에 올라타 짓누르고, 그들의 기생충이 되면서 그들의 시계를 멈추게 한다. 아버지는 사르트르의 규칙, 즉 "좋은 아버지란 없다"를 너무나도 잘 준수한다. 플뢰리에 씨, 『알토나의 유폐자들』의 아버지, 사르트르의 외조부도 예외가 아니다. 아버지-아이들 사이의 관계와 의사소통은 억압적이고 부패한 부권, 즉 가부장적 폭력에 의해 침윤당해 있다.

반면, 아이들은 아버지의 부재로 인해 고통받기도 한다. 그들이 초자아의 경험을 면제받을 수도 있다. 하지만 그들은 아버지의 부재를 유감으로 여기기도 한다. 두 가지 이유가 있다. 하나는 그들 각자의 아버지의 부재는 자신들의 잉여존재를 정당화시킬 기회의 상실로 해석되기 때문이다. 다른 하나는 그들은 살기 위한 위임장을 필요로 하기 때문에, 제2의 아버지 역할을 수행하는 다른 어른들에게 의지해야 하기 때문이다.

둘째, 부권의 '탈식민화'(décolonisation)이다. "좋은 아버지란 없다"고 주장하면서 사르트르가 겨냥한 것이 바로 '아버지 없는 사회의 건설'이 아닐까? 이것은 어쩌면 사르트르의 방식으로 이루어진 일종의 '어린이 권리 선언'(déclaration des droits de l'enfant)이라고 할 수도 있을 것 같다.[254] 사르트르는 부권 그 자체에 대해서는 적대적이지 않다. 다음 문장을 상기하자. "아이를 낳는 것, 그보다 더 좋은 일은 없다." 게다가 이런 의미에서 사르트르는 한 아이의 출생에 해당하는 '희망-시작-아침'과 이 아이의 죽음에 해당하는 '절망-밤' 사이에서 갈등하는 바리오나의 모습을 그리고 있기도 하다.[255] 사르트르가 아버지-아이들 사이의 관계에서 고발하고 있는 것은, 아이들을 소유하고, 그들을 짓밟고, 그들의 자아를 변형시키는 것을 주된 목적으로 하는 부권의 남용, 곧 부권에 기초를 둔 폭력이다.

정확히 거기에 사르트르의 소망이 자리하는 것으로 보인다. 아이들을 자유롭게 살도록 내버려 두자는 소망이 그것이다. 물론 이런 소망에는 인간의 절대자에 대한 종속의 거부가 함축되어 있다. 사르트르의 무신론에는 분명 그의 부권에 대한 비난과 그와 무관하지 않은 형이상학적 폭력에 대한 고발이 함축되어 있다고 할 수 있다.[256] 사르트르는 이렇게 쓰고 있다. "무신론은 잔인하고 오랜 호흡의 시도이다. 나는 이것을 끝까지 밀어붙였다고 생각한다."[257] 이런 그의 무신론은 부분적일지라도 아버지의 권위에 대한 반항과 무관해 보이지 않는다.

---

254) Cf. Jean-Paul Sartre, *Situations, IV*, Paris: Gallimard, 1964, p. 130.

255) Jean-Paul Sartre, *Bariona, ou le fils d'un tonnerre*, in LES, pp. 622~623.

256) 『알토나의 유폐자들』의 아버지와 신의 존재의 비교에 대해서는 다음을 볼 것. Fields, "De la *Critique de la raison dialectique* aux *Séquestrés d'Altona*", p. 629.

257) LM, pp. 210~211; Cf. Léonce Peillard, "Entretien avec Jean-Paul Sartre", *Biblio*, n° 1, janvier 1966, p. 17.

시선에 의한 객체화와 절도

시선에 의한 객체화

인간의 성장 과정은 타자와의 만남의 기회가 늘어나는 과정이라고 할 수 있다. 태어난 아이는 가정의 테두리를 넘어 점차 더 넓은 사회로 나아가면서 수많은 사람들을 만나게 된다. 이것은 이 아이가 타자들의 시선을 경험하는 횟수가 그만큼 더 많아진다는 것을 의미한다. 앞서 시선은 타자의 출현을 가능케 해주는 개념이자 그 끝에 와 닿는 모든 것의 내부로 파고들면서 객체화시키는 힘이라는 사실을 지적한 바 있다. 그런 만큼 이 아이는 그런 힘을 경험하면서 그 자신의 존재가 객체화되는 과정에 수반되는 존재론적 징후들, 가령 두려움이나 불안감 등을 느낄 수 있다. 그런데 이런 징후들 역시 앞서 우리가 정의했던 폭력의 구성요소에 해당하는 것으로 보인다.

물론 모든 시선에 이와 같은 징후들이 동반되는 것은 아니다. 한 연구자에 따르면 사르트르의 문학작품에서 시선과 그 동의어의 사용 빈도수는 약 2000회 이상에 달한다.[258] 이 모든 표현들이 모두 강압적이고 폭력적인 의미를 담고 있는 것은 아니다. 여기서는 시선의 힘, 거기에 동반되는 의식과 신체의 객체화, 그에 따르는 두려움이나 불안감 등이 비교적 뚜렷하게 나타나는 것으로 보이는 두 장면만을 살펴보는 것으로 그칠 것이다. 단편 「벽」에서 파블로, 톰, 후안이 갇혀 있는 감옥에 벨기에 의사가 방문하는 장면과 다니엘이 신의 시선에 노출되었다고 느끼는 장면이 그

258) Idt, Le mur *de Jean-Paul Sartre*, p. 116.

것이다.

「벽」에서 파블로는 톰과 후안과 함께 갇혀 있는 감옥에서 벨기에 의사가 그곳에 오기 전까지 '주인'의 자격을 누리고 있었다. 그 증거는 이렇다. 첫째, 그가 톰과 후안과 함께 커다란 하얀 방으로 밀려 들어갔을 때, 파블로는 그곳에 있는 모든 것들, 특히 그들을 심문하고 재판하는 네 명의 작자들에 대해 그의 시선을 던지고 있다. 둘째, 재판을 받은 후에 병원의 지하실 중 한 곳으로 보내졌을 때 ― 앞의 5일 동안 파블로는 일종의 독방인 대주교의 감옥에서 홀로 있었다 ―, 파블로는 그의 동료들에 대해 같은 태도를 취하고 있다.[259]

파블로는 먼저 시선을 통해 몸을 덥히기 위해 운동을 시작한 톰을 객체화시킨다. 그곳 지하 감옥은 우풍으로 인해 끔찍할 정도로 추웠다. 파블로의 눈에 톰은 그저 버터 덩어리를 닮은 "부드러운 살덩어리"에 불과하다.[260] 파블로는 그다음으로 시선을 후안에게로 돌린다. 후안은 세 명 중 가장 어리다. 이런 이유로 그는 방금 전달된 사형선고 소식에 가장 민감하게 반응한다. 하지만 파블로는 공포와 고통으로 얼굴이 일그러지고, 잿빛이 되고, 그 결과 짧은 시간 안에 젊음을 모두 잃어버리고 "늙은 창녀의 모습"을 하고 있는 후안을 내심 좋아하지 않는다.[261] 이것은 파블로가 후안 역시 객체화시키고 있음을 보여 준다. 요컨대 파블로는 지금 두 명의 동료를 그의 시선을 통해 객체로 사로잡으면서 그들의 의식과 신체를 범하는 위치에 있다.

---

259) Jean-Paul Sartre, "Le mur", *Le mur*, in OR, pp. 213~214.
260) *Ibid.*, p. 216.
261) *Ibid.*, p. 217.

벨기에 의사가 출현하는 것은 정확히 이런 상황에서이다. 그의 방문은 세 명에게 이미 통지되었다. 곧 보겠지만, 의사의 방문 목적은 직업적인 것이다. 하지만 여기서 중요한 것은, 파블로가 주인의 자격으로 있는 장소에 이 의사의 출현이 갖는 의미가 무엇인지를 알아보는 것이다. 이 문제를 해결하기 위해 의사가 들어오자마자 세 명에게 영국 담배와 궐련을 준다는 사실을 지적하자.

> "아! 담배를 피우고 싶겠군요. 그렇죠?" 그는 급히 덧붙였다. "담배와 궐련도 있습니다." 그는 우리에게 영국제 담배와 스페인제 궐련을 권했다. 하지만 우리는 거절했다.[262)]

의사가 담배를 권하는 행동에 주목해야 할 이유가 있다. 사실, 이 행위를 기점으로 파블로를 중심으로 조직되었던 세계가 조금씩 금이 가기 시작한다. 사르트르에게서 증여 또는 관용이 파괴, 또는 증여물을 받는 사람의 자유의 예속화와 밀접한 관계가 있다는 사실을 기억하자. 의사가 담배를 주는 행위도 파블로가 주인이었던 세계를 해체하고 새로운 세계를 조직하려는 시도로 여겨질 수 있다. 하지만 파블로를 위시해 톰과 후안이 담배를 거절했다. 이것은 이 세 명의 자유를 예속시키고 또 그들의 의식을 범하려는 의사의 첫 번째 시도가 실패로 끝난 것을 의미한다. 게다가 톰과 후안은 담배를 거절하는 것에 그치지만, 파블로는 의사를 똑바로 쳐다보면서 한술 더 뜬다. "나는 그를 쳐다보았다. 그는 불편한 듯 보

---

262) *Ibid.*, p. 218.

였다."[263] 그리고 파블로는 이렇게 생각한다. "이 의사의 모습이 갑자기 나의 관심에서 벗어났다."[264]

의사의 존재는 왜 파블로의 관심을 벗어났을까? 다음 사실을 유의하자. 타자에 의해 응시당하기 전에 내가 그를 응시한다면, 그의 출현에 의해 생긴 나의 세계의 균열 혹은 내출혈은 봉합될 수 있다는 사실이다. 왜냐하면 타자와 마찬가지로 나도 그를 보면서 대상으로 사로잡기 때문이다. 파블로의 경우가 정확히 거기에 해당한다. 의사가 왔을 때 파블로는 그를 바라보면서 객체화시킨 것이다. 의사는 그의 시선 아래에서 타자-객체에 불과하다. 파블로는 그를 자기가 주인으로 있는 세계에서 언제든지 사라지게 할 수 있다. 이처럼 의사의 존재가 갑자기 파블로의 관심 밖으로 사라진 것은, 그가 여전히 이 감옥의 주인이라는 사실을 의미한다.

하지만 주의하자. 의사의 출현은 한 인간의 출현이다. 그는 잠재적인 시선이다. 따라서 그는 파블로가 주의를 기울여 관찰해야 할 언제라도 폭발할 수 있는 도구이다. 하지만 파블로는 이번에는 평소와는 달리 그를 놓아준다. 그에게서 고개를, 즉 시선을 돌려 버린다. 파블로가 그의 첫 성공에 자만한 것인가? 확실한 것은, 그가 계속 이 장소의 주인이고자 한다면 의사를 놓아주어서는 안 된다는 사실이다. 그를 계속 객체성 속에 가두어야 한다.

그렇게 하지 않아서일까? 전혀 예기치 못한 상황이 발생한다. 눈을 돌린 지 얼마 되지 않아 파블로는 자신이 의사에 의해 관찰당하고 있음을

263) *Idem*.
264) *Idem*.

알아차리게 된다. 그리고 파블로는 그때부터 "육중한 무게에 짓눌린다"는 느낌을 받는다.

> 잠시 후 나는 고개를 들었다. 그가 나를 호기심에 어린 눈으로 관찰하고 있었다. … 그러다 갑자기 나는 깨어났고 둥근 빛도 사라졌다. 엄청난 무게에 짓눌리는 느낌이었다. 그것은 죽음에 대한 생각도 두려움도 아니었다. 그것은 익명의 그 무엇이었다. 나는 광대뼈가 쓰라렸고 머리통도 아팠다.[265]

그렇다면 파블로가 짓눌린다고 느낀 이 육중한 무게의 정체는 무엇일까? 답을 미리 하자면, 이것은 의사에 시선에 의해 나타난 파블로의 응시당한-존재와 무관하지 않아 보인다. 또한 이 무게는 의사의 무한한 자유와 파블로의 자유의 한계와도 무관하지 않은 것으로 보인다. 이 무게는 벨기에 의사의 시선의 폭발에서 기인한 듯하다. 실제로 파블로가 짓눌린다는 느낌을 받았을 때, 이 감옥에서는 단 하나의 사건만이 발생한다. 의사의 관찰이 그것이다. 톰도 후안도 이 무게의 출현과 무관하다. 그 순간에 그들은 각자의 객체성의 상태에 머물러 있다.[266]

그런데 파블로가 응시되었다는 사실에는 그의 응시하는-존재에서 응시당하는-존재로의 강등이 함축되어 있다. 이런 강등에는 의사의 주체로의 변화가 뒤따른다. 의사에게서는 응시당한-존재에서 응시하는-존

265) *Ibid.*, pp. 218~219.
266) *Ibid.*, p. 219.

재로의 승격이 이루어진다. 이 두 사실은 눈여겨볼 만하다. 왜냐하면 그로부터 파블로를 짓누른 무게의 정체를 알 수 있기 때문이다. 내가 타자-주체에 의해 응시당할 때, 나의 의식-신체는 객체화되고, 또 그로 인해 내가 조직한 세계는 와해된다는 사실을 지적하자. 그로부터 문제의 무게의 정체를 파악하기 위해서는 의사의 시선에 의해 파블로의 신체와 의식이 어떻게 객체화되고 또 그의 세계인 감옥의 대상들(톰과 후안)이 어떻게 소외되었는지를 보아야 할 필요성이 제기된다.

실제로 파블로로 하여금 육중한 무게를 느끼게끔 한 후, 의사는 그의 대상들 중 하나인 후안을 탈취하기 시작한다. 물론 후안이 파블로와 톰과 더불어 의사의 담배와 궐련을 거절하면서 최소한이나마 그의 주체성을 방어하고자 했다는 사실을 잊지 말자.

> 의사는 후안에게로 다가가 위로하려는 듯 어깨에 손을 올려놓았다. 그러나 그의 눈은 여전히 싸늘했다. 나는 벨기에 녀석의 손이 슬그머니 후안의 팔을 따라 손목까지 내려가는 것을 보았다. 후안은 무관심하게 그가 하는 대로 내버려 두었다. 벨기에 녀석은 방심한 표정으로 세 손가락 사이에 후안의 손목을 잡았다. 동시에 약간 뒤로 물러서서 내게 등을 돌리기 위해 자세를 고쳤다. 하지만 나는 몸을 약간 뒤로 젖혀, 그가 꼬마의 손목을 놓지 않은 채 시계를 꺼내 한순간 들여다보는 것을 보았다. 잠시 후 그는 무기력한 꼬마의 손을 떨어뜨리고 벽에 가서 몸을 기댔다. 그러고 나서 마치 무엇인지 금방 적지 않으면 안 될 중요한 일이라도 갑자기 생

각난 것처럼, 주머니에서 수첩을 꺼내 몇 줄 적어 넣었다.[267)]

이 부분에서 파블로의 세계에 속했던 대상들 중 하나의 이탈이 발생한다. 후안의 이탈이다. 앞서 보았듯이 의사의 출현 이전과 심지어는 이후에도 후안에게 의식의 거리를 펼치면서 대상으로 삼았던 자는 파블로였다. 하지만 이번에 이 거리는 벨기에 의사에 의해 부정된다. 그가 후안에게 새로운 거리를 펼치기 시작한 것이다. 게다가 옛 주인인 파블로는 의사를 극으로 하는 새로운 관계의 출현에 속수무책이다. 이렇게 해서 파블로에게 속했던 후안은 의사에게로 빠져나간다. 의사의 모든 행동, 가령 후안의 맥박을 재는 것, 이것을 수첩에 적는 것 등은 파블로에게서 후안을 탈취해 가는 과정에 다름 아니다.

하지만 파블로는 의사의 모든 행동을 보았다. 이것은 의사가 그에게서 후안을 완전히 탈취하지 못했다는 것을 의미한다. 파블로의 세계의 균열이 다시 그에 의해 봉합된 것이다. 그렇다면 파블로의 세계에서 발생한 후안의 소외는 완전히 멈추었는가? 그렇지 않다. 파블로는 의사의 행동을 보았지만, 의사가 수첩에 적은 내용은 결코 알 수 없다. 의사의 관찰 소견은 파블로의 영역 밖에 있다. 왜냐하면 의사의 자유에 의해, 자유 속에 기입된 그 내용은 파블로가 접근할 수 없는 차원에 속하기 때문이다.

이렇듯 파블로와 벨기에 의사는 투쟁 중이다. 이 투쟁의 목표는 함께 있는 장소의 정복이다. 파블로의 세계에 속했던 여러 대상들 중 하나(후안이다)의 소외는 그의 완전한 패배로 이어지지는 않는다. 분명, 의사의

---

267) *Idem.*

시선 폭발 이후에 파블로는 육중한 무게에 짓눌리는 느낌을 받았다. 하지만 파블로가 완전히 패배한 것은 아니다. 그는 위태롭지만 아직 주인 자리를 유지하고 있다.

두 개의 증거가 있다. 하나는 톰이다. 그는 여전히 타격을 받지 않은 채로 있다. 다른 하나는 파블로 자신이다. 그는 의사의 공격에 만반의 준비를 하고 있다. 실제로 후안을 잃어버린 후에 파블로는 이렇게 생각한다. "더러운 놈. 나는 화가 나서 이렇게 생각했다. 내 맥박을 재러 오기만 해봐라. 더러운 상판대기를 주먹으로 갈겨 줄 테다."[268)]

파블로의 이런 결심은 무엇을 의미할까? 후안을 빼앗겼음에도 의사의 공격에 의해 파블로가 아직은 완전히 타격을 입은 건 아니라는 걸 보여 주는 징표가 아닐까? 파블로는 의사의 힘에 저항한다. 아직 투쟁이 끝난 것도 아니고, 또 파블로가 패한 것도 아니다. 하지만 이기고 싶은 마음이 너무 큰 나머지 의사는 후안을 탈취한 후에 새로운 작업에 착수한다. 파블로의 신체와 의식을 공격하는 것이다.

물론 파블로에 대한 의사의 공격이 처음은 아니다. 그는 벌써 두 번의 공격을 감행했다. 파블로에게 담배와 궐련을 주면서였고 또 그를 관찰하면서였다. 첫 번째 시도는 실패였다. 파블로를 포함해 톰과 후안은 담배와 궐련을 거절했다. 두 번째 시도는 부분적인 성공이라고 할 수 있다. 파블로에게 육중한 무게에 짓눌린다는 느낌을 받게 했지만, 그래도 아직까지 그로부터 주인의 자리를 완전히 탈취하지 못했기 때문이다.

의사는 어떤 과정을 거쳐 소기의 목적을 달성할까? 이 과정을 기술

---

268) *Idem.*

하기 전에 감옥의 기후 조건을 상기하자. 앞서 지적한 것처럼 이곳은 우풍으로 인해 몹시 추웠다. 세 명의 포로는 여름 옷, 더 정확하게는 셔츠와 입원 환자들이 한여름에 입는 면바지를 입었을 뿐이다. 팔랑헤당원들은 포로들의 옷을 자기편 군인들에게 주기 위해 빼앗아 갔다. 또한 톰은 몸을 덥히기 위해 운동을 했다는 사실도 지적했다. 이런 사실에도 불구하고 파블로는 이렇게 생각한다. "정확히 말해 나는 춥지 않았다. 하지만 나는 더 이상 어깨와 팔을 느끼지 못했다."[269)]

거기에 하나의 물음이 제기된다. 이곳에서 톰만이 추위를 느꼈을까? 아니다. 파블로 역시 같은 장소에서 추위로 고생한다. 추위로 인해 그의 팔과 어깨가 마비될 정도이다. 게다가 지하 감옥에 갇힌 이래로 그는 밤낮으로 계속 추위에 떨었다. 그가 톰과 후안과 함께 따듯한 방에서 조사를 받은 3시간 동안을 제외하고 말이다. 따라서 그가 춥지 않다는 것은 거짓말이다. 왜 거짓말인가? 그 이유는 톰을 바라보면서 그 자신을 바라보고 싶지 않아 한다는 사실에 있다. 왜냐하면 마치 거울 속에서처럼 그는 톰을 보면서 자기 모습을 보고 싶지 않기 때문이다. 그는 톰과 닮은 사실을 인정하고 싶지 않은 것이다.

앞서 톰과 후안과 함께 사형선고를 받고 난 뒤, 파블로는 이 소식에 기겁을 하는 어린 후안을 좋아하지 않는다고 했다. 분명, 후안이 그런 식으로 반응한 것은 나이 때문만이 아니라 총살당하는 것에 대한 두려움 때문이기도 할 것이다. 이처럼 세 명은 같은 운명을 가졌다. 하지만 파블로는 자기 운명에 대해 별로 신경을 쓰지 않는 듯한 태도를 보인다.

---

269) *Ibid.*, p. 216.

우선, 후안이 다가올 죽음을 생각하며 몹시 괴로워하는 데 비해, 파블로는 지금을 자신의 죽음에 대해 생각해 볼 수 있는 기회로 여긴다. 그 다음으로, 죽음의 공포를 "말"[270]을 하거나 아니면 다른 것을 생각하면서 피하고자 하는 톰에 비해, 파블로는 오히려 침착함을 유지한다. 하지만 파블로는 후안을 탐탁하게 생각하지 않는다. 톰에 대해서도 동정심을 갖지 않는다. 왜 그럴까? 이 질문은 이렇게 제기될 수도 있다. 파블로는 정말로 총살당하는 것을 무서워하지 않는 것일까?

이 질문과 관련하여 다음 사실을 지적하자. 파블로가 죽음 앞에서 침착함을 유지한다고 말할 때, 그는 자기기만에 빠져 있다는 사실이다. 그는 자기 생각을 "실존의 저편"으로 던지면서 그것을 "정면으로 바라보려" 하지 않는다.[271] 실제로 그 자신이 말하고 있는 것처럼, 톰도 지금의 상황을 생각하지 않으려 한다. 하지만 후안은 나이가 어린 만큼 고통에 대한 끔찍한 공포를 가지고서 죽음만을 생각할 뿐이다.

하지만 파블로가 내보이는 침착함은 거짓으로 보인다. 근거가 없지 않다. 그가 두 동료에게 닥칠 총살에 대해 지나치게 겁을 먹고 있다고 비난할 때, 오히려 실존의 현 상황을 정면으로 보지 않으려 하는 자가 바로 파블로 자신이라는 것이 그 근거이다. 예컨대 죽음을 생각하지 않겠다는 강한 의지에도 불구하고 그는 그것을 생각하지 않을 수 없다.[272] 파블로가 자신의 운명에 대해 생각하는 것을 거절하면 할수록 그는 거기에 대해

270) 톰이 죽음에 대한 생각을 피하기 위해 말을 많이 한다는 것을 파블로는 알고 있다. *Ibid.*, p. 221.

271) Cf. Jean-Paul Sartre, "Le prière d'insérer du *Mur*", in OR, p. 1807.

272) Sartre, "Le mur", p. 224.

더 많이 생각하게 된다. 특히 그의 신체가 그를 배반한다. 그가 냉정한 정신을 유지하고자 하지만, 그의 신체는 혼자 땀을 흘리고 떨면서 그의 의지에 복종하지 않는다.

> 이제 나는 아무것에도 애착이 없다. 어떤 의미에서는 평온하기조차 하다. 하지만 그것은 끔찍한 평온이었다. 내 몸 때문이었다. 나는 내 몸을 그 눈으로 보았고, 그 귀로 들었다. 하지만 그것은 더 이상 내가 아니었다. 내 몸은 혼자서 땀을 흘리고 혼자서 떨고 있었다. 이제 나는 이 몸을 더 이상 알아보지 못했다. 나는 그 몸이 어떻게 될지를 알아보기 위해, 마치 다른 사람의 몸인 양, 그 몸을 만져 보고 바라보아야만 했다.[273)]

이처럼 파블로가 그의 운명 앞에서 침착함을 유지한다고 말할 때, 그는 거짓말을 하고 있다. 사실, 그는 두 동료와 같은 정도로, 아니 더 많이 공포를 느낀다. 곧 보겠지만, 자기도 모르는 사이에 그의 신체와 얼굴에 그 증거가 쓰여 있다. 그는 자신의 운명을 정면으로 바라보고자 하지 않는다. 그가 처음에 톰과 후안과 함께 감옥에 갇히게 되었을 때, 그는 짜증이 나지 않는다고 했다. 그런데 지금 그는 그들 곁에서 혼자라는 느낌을 받는다.

파블로의 이런 고독감은 어디에서 오는 것일까? 이 질문은 앞서 제기한 질문들과 무관하지 않다. 왜 그는 후안을 좋아하지 않을까? 왜 그는 톰에 대해 동정심을 느끼지 않을까? 파블로의 판단으로 그의 고독은, 톰

---

273) *Ibid.*, p. 227.

과 후안이 죽음에 맞설 만한 충분한 용기를 보여 주지 못하고 있다는 사실에서 기인한다. 결연한 태도로 죽음을 맞이하지 못한 채 그들은 공포와 끔찍함으로 대응하고 있다는 것이다. 파블로 역시 운명의 포로가 되어 있는 것은 사실이다. 하지만 그의 관심은 깨끗하게 죽는 것이다. 이런 태도에서 문제가 되는 것이 바로 그의 거짓 섞인 자존심이다.

그로부터 파블로가 톰과 후안에 대해 동정심을 갖지 못하는 이유가 기인한다. 그는 겁에 질린 그들의 모습에서 자기 모습을 보는 것을 극구 피하고자 한다.[274] 그가 그들에게서 관찰하는 모든 징후는 그 자신의 것이다. 그는 그들과 절대로 닮고 싶지 않다. 거칠게 보자면 이것이 파블로가 그들 사이에서 고독하다고 느끼고 또 그들을 좋아하지 않는 이유에 해당된다.

파블로의 거짓된 태도를 지적한 것은, 의사의 시선으로 인해 그의 신체와 의식이 객체화되는 과정을 기술하는 데 유용한 요소들을 도출하기 위함이었다. 이 점에 대해 첫 번째로 지적하고 싶은 것은, 의사가 파블로의 맥을 재고 관찰하기 위해 직접 그에게 다가가는 것이 아니라 그를 계속 바라보는 전략을 펴고 있다는 점이다.

> 그는 오지 않았다. 하지만 나를 쳐다보고 있다는 것을 느꼈다. 나는 고개를 들고 그를 마주 쏘아보았다.[275]

---

274) Cf. Jean-Paul Sartre, "Visages", LES, p. 561.
275) Sartre, "Le mur", p. 219.

이 부분에서 중요한 것은, 파블로에게서 주인의 자리를 빼앗기 위한 벨기에 의사의 노력에는 계속 그의 시선이 동반된다는 점이다. 파블로 역시 그의 시선을 통해 그의 세계를 지키려한다는 점을 잊지 말자. 두 번째로 지적하고픈 점은, 벨기에 의사는 파블로의 모습을 본 뒤에 감옥의 기상 상태를 암시한다는 사실이다.

> 그는 비인간적인 목소리로 말했다. "여기에 있으면 몸이 떨리지는 않습니까?"
> "춥지 않소." 내가 대답했다.[276)]

이런 암시 끝에 파블로는 갑자기 온 몸에 땀이 흐르고 있다는 사실을 알아차리게 된다.

> 그는 냉랭한 눈빛으로 계속해서 날 쳐다보았다. 갑자기 나는 알아차렸다. 얼굴에 손을 갖다 댔다. 땀에 흠뻑 젖어 있었다. 한겨울에, 우풍이 이렇게 심한 지하실에서 땀을 흘리고 있었던 것이다. 동시에 셔츠도 흠뻑 젖어 살갗에 달라붙어 있었다. 적어도 한 시간 전부터 땀을 흘렸으면서도 아무것도 느끼지 못한 것이다. 하지만 이 사실을 저 돼지 같은 벨기에 녀석이 놓칠 리가 없었다. 그는 내 뺨에 땀방울이 흐르는 걸 보고 거의 병리학적인 공포의 표시라고 생각했을 것이다. 그래서 자신은 정상적이라고 느끼며 추위를 느낀 자신에 대해 자랑스러워했을 것이다. 나는 일어나서 의사

---

276) *Idem.*

의 얼굴을 까부수고 싶었다. 하지만 몸을 움직이려 하자마자 어느새 수치심과 분노가 사라져 버렸다. 나는 벤치에 무심코 다시 주저앉았다.[277)]

이 부분은 면밀한 분석을 요한다. 왜냐하면 여기서 파블로가 지금까지 그의 세계에서 발생하지 않았던 현상을 경험하게 되기 때문이다. 그의 존재의 객체화가 그것이다. 방금 이곳의 기상 조건을 보았다. 또한 파블로가 춥지 않다고 말하면서 거짓말을 하고 있다는 사실도 보았다. 하지만 이번에 그의 거짓말은 의사의 시선하에서 들통이 나고 만다. 분명 그는 의사의 질문에 답을 하면서 여전히 춥지 않다고 말한다.

하지만 파블로는 이미 적이 놓은 함정에 빠져 버렸다. 의사의 눈에 파블로는 머지않아 총살당한다는 사실로 인해 너무 겁을 먹은 나머지 이렇게 추운 장소에서 추위를 느끼지도 못하면서 땀을 뻘뻘 흘리고 있는 자로 비친다. 물론 파블로의 이런 징후를 "거의 병리학적 공포 상태"로 보고 있는 의사의 판단이 틀렸을 수도 있다. 왜냐하면 파블로 자신이 조금 뒤에서 그로 하여금 땀을 흘리게 하는 것이 죽음의 고통에 대한 두려움이 아니라고 말하고 있기 때문이다. 그렇다면 그는 무엇 때문에 땀을 흘리는 것일까?

이 질문은 지금까지 답을 하지 않고 방치해 두었던 질문과 밀접하게 연결되어 있다. 파블로가 그 아래에서 짓눌린다는 느낌을 받았던 익명의 무게의 정체는 무엇인가? 파블로가 땀을 흘린 이유를 밝히기 위해 이 육중한 무게가 무엇인가를 살펴볼 필요가 있다. 일단, 파블로에 의하면 이

---

277) *Ibid.*, pp. 219~220.

무게가 익명이라는 것을 지적하자. 이것은 죽음에 대한 생각이나 두려움에서 기인하지 않는다. 이것은 파블로의 총살과는 무관하다. 그다음으로 이 무게는 벨기에 의사의 시선의 첫 번째 폭발 후에 나타났다는 사실을 지적하자.

이를 바탕으로 이렇게 추론할 수 있다. 파블로가 익명의 무게에 짓눌린다는 느낌을 받자마자 그는 의사에 의해 객체로 사로잡히기 시작했다는 추론이다. 그는 강등을 겪기 시작한 것이다. 의사는 응시당한-존재에서 응시하는-존재로 변신한다. 따라서 파블로가 갑작스럽게 최소한 한 시간 전부터 땀에 젖어 있다는 것을 알아차렸을 때, 그는 스스로를 응시당한-존재로 여기게 된 것이다. 그런데 사르트르에 따르면 타자에 의해 응시당한-존재는 내가 그 무게를 알 수 없이 짊어지고 다녀야 하는 '짐'으로 여겨진다.

사정이 이렇다면, 파블로가 짓눌렸다고 느낀 익명의 무게의 정체는 벨기에 의사의 의식 이외의 다른 것이 아니라는 것은 분명하다. 이런 사실에 입각해 파블로가 흘린 땀 역시 그의 무서운 적, 곧 의사의 자유, 다시 말해 그의 시선 때문이라고 할 수 있다. 실제로 파블로는 자기기만 속에서 총살당한다는 사실에 대한 두려움, 공포, 무서움 등을 무시했다. 하지만 그는 의사의 시선, 곧 짓누르는 힘을 견디지 못한 것이다. 게다가 의사의 시선이 갖는 이런 힘은 파블로의 내부로 파고드는 것이다. 이런 힘 앞에서 그의 신체는 벌거벗은, 객체화된, 헐떡거리는 살덩어리에 불과하다. 그 구체적인 모습은 어떨까?

이 문제를 살펴보기 전에 지금까지 파블로의 세계에 속하는 하나의 대상이었던 톰이 어떤 상태에 있는지를 잠깐 보도록 하자. 앞서 톰도 파블로와 후안과 함께 의사의 담배와 궐련을 거절하면서 자신의 주체성을 보호했다는 사실을 보았다. 또한 그는 계속 말을 함으로써 죽음에 대한 생각을 피하고자 했고, 이로 인해 파블로는 그에 대해 동정심을 갖지 않는다는 사실도 지적했다. 그리고 톰은 의사를 살아 있는 자로 여기면서 그에게 자신의 시선을 던지지도 했다. 하지만 의사의 시선은 강하다. 이미 파블로에게서 후안을 탈취했고, 또 파블로 자신을 공격할 정도이다. 톰은 과연 이 시선을 끝까지 견딜 수 있을까?

답을 미리 하자면, 톰은 의사의 공격에서 무사히 빠져나오지 못한다. 하지만 기이하게도 모든 것은 마치 톰이 어떤 상태에 있는지를 파블로가 적인 의사에게 알려 주는 것처럼 진행된다. 실제로 톰이 말을 통해 죽음에 대한 생각을 피하고자 할 때, 파블로는 그의 주위에서 이상한 냄새가 나는 것을 느낀다. 파블로는 그것이 오줌 냄새라는 막연한 인상을 갖게 된다.

이 사실이 벨기에 의사가 아니라 파블로에 의해 드러났다는 사실에 주의하자. 이것은 의미심장하다. 파블로는 지금 의사와 싸움이 한창인 이 장소의 주인이 여전히 자기라는 사실을 보여 주기 위해 마지막으로 노력하고 있다. 그가 톰마저 의사에게 빼앗긴다면 그는 완전히 패배할 것이다. 하지만 의사는 즉각적으로 대응한다.

> 벨기에 녀석이 다가왔다. 그는 짐짓 염려하는 척하면서 물었다. "아프신가요?"
>
> 톰은 대답하지 않았다. 벨기에 녀석은 아무 말 없이 물웅덩이만 바라보았

다. … 그는 무엇인가를 메모했다.[278]

이 부문의 마지막 문장으로 미루어 보아 의사가 감옥을 방문한 목적은 인간적이지 않다는 것을 알 수 있다. 그는 동정심으로 온 것이 아니다.[279] 그는 의학적 관찰을 목적으로 온 것이다. 파블로, 톰, 후안 등과 같이 죽음을 목전에 둔 사람들이 보이는 "사전 징조"[280]를 보고자 온 것이다. 여기서 중요한 것은, 의사가 수첩에 메모를 할 때, 파블로는 그에게 톰을 빼앗겼다는 사실이다. 왜냐하면 이 메모의 내용은 (후안의 경우에도 마찬가지였다) 파블로의 가능성 밖에 속하기 때문이다. 이 내용이 벨기에 의사의 자유에 의해, 자유 안에 새겨지는 한, 그것은 밝혀지지-않는 차원으로 들어간다. 이것은 의사가 파블로의 마지막 대상인 톰을 그에게서 빼앗는 데 성공했다는 것을 보여 준다. 정확히 톰은 처음에 거절했던 담배를 의사에게 요청하고 만다. 이것은 톰의 존재가 의사의 공격에 타격을 받았다는 것을 증명해 준다. 다만, 톰에 관한 한 파블로 스스로 함정을 팠다는 사실을 잊지 말자.

이 단계에서 의사의 시선으로 인해 발가벗겨지고, 객체화되고, 헐떡거리게 된 파블로의 신체의 구체적 모습에 대한 질문으로 돌아가자. 그가 두 동료 곁에서 혼자라고 느꼈다는 사실을, 또한 그가 그들을 보면서 자기 자신의 모습을 보는 것을 극구 거부했다는 사실을 기억하자. 심지어

---

278) *Ibid.*, pp. 223~224.

279) *Ibid.*, p. 218.

280) "Le texte intégral de la conférence de presse sur le film *Le mur* au festival de Venise le 5 septembre 1967", *Jeune cinéma*, n° 25, octobre 1967. OR, p. 1831에서 재인용.

그는 자신이 톰과 같은 생각을 하는 것도 좋아하지 않는다. 하지만 의사가 감옥의 새로운 주인이 되고 난 뒤로는 모든 것이 바뀐다. 파블로가 두 동료와 닮았다는 사실을 부인해 보았자 소용없다. 죽어 간다는 단 하나만의 이유로 그는 그들과 쌍둥이 형제처럼 서로 닮은 것이다. 요컨대 벨기에 의사의 시선 아래에서 서로 비슷하게 된 파블로와 톰(후안 역시)은 서로에게 "거울" 역할을 하고 있다.

> 톰이 말하기 시작했다. … 그는 내게 말을 하는 것 같았지만, 나를 보지는 않았다. 아마도 잿빛 얼굴을 하고 땀을 흘리고 있는 나를 보기가 두려웠나 보다. 우리는 닮은꼴이었으며, 서로를 쳐다보는 게 거울을 쳐다보는 것 이상으로 지긋지긋했다.[281]

세 명의 포로가 닮았다는 건 무슨 의미일까? 분명 그 의미는 그들이 의사의 시선 아래에서 우리-주체에서 우리-객체가 되었다는 사실일 것이다. 파블로는 톰과 후안과 함께 갇혀 있는 감옥에서 주인이었다. 또한 의사에 맞서 처음에 그들은 담배와 궐련을 거절하면서 우리-주체의 자격으로 있었다("우리는 거절했다"). 하지만 의사의 시선이 여러 차례 폭발하면서 그들은 점차 우리-객체로 강등된다. 물론 그들은 의사를 함께 바라보면서 저항하려고 한다. 특히 파블로는 혼자서라도 상황을 원상 복귀시키려고 한다. 하지만 별무소용이다.

---

281) Sartre, "Le mur", p. 221.

> 우리는 그를 바라보았다. 꼬마 후안도 역시 그를 바라보았다. 우리 셋은 모두 그를 바라보았다. 그가 살아 있는 사람이기 때문이다. 그는 산 사람의 몸짓과 산 사람의 걱정거리를 가지고 있었다. 그리고 산 사람이라면 당연히 몸을 떨어야 하는 것처럼 이 지하실에서 떨고 있었다. 그는 영양 상태가 좋고 몸이 말을 잘 들었다. 우리는 더 이상 우리의 몸을 느끼지 못했다. 어쨌든 그와 같은 방식으로는. … 다리를 구부리고, 자기 근육을 마음대로 조절할 수 있으며, 내일을 생각할 수 있는 벨기에 녀석을 나는 쳐다보았다. 우리는 피가 없는 세 명의 망령처럼 거기에 있었다. 우리는 그를 바라보면서 흡혈귀처럼 그의 생명을 빨고 있었다.[282]

마지막 부분에서 볼 수 있는 세 명의 노력이 어떤 결과를 낳을 수 있을까? 아무 결과도 낳지 못할 것으로 보인다. 왜냐하면 의사가 감옥을 떠난 후에, 그가 가져간 수첩에 기록된 그들 세 명에 대한 비밀은 영원히 그들의 영역 밖에 있을 것이기 때문이다. 그들이 총살을 당할 경우, 그 내용을 수정할 수 있는 기회는 영원히 없을 것이다. 파블로의 경우는 그 타격이 오히려 더 심할 수도 있다. 왜냐하면 그는 감옥의 주인이었고, 또 그런 만큼 그가 의사와 가장 치열하게 투쟁했기 때문이다. 혼자서 또는 다른 두 동료와 함께 말이다. 하지만 최후의 승자는 의사이다. 특히 그 과정에서 파블로의 경우, 그의 신체가 그 자신을 배반했다는 사실을 지적하자.

파블로는 자기기만을 통해 자신의 운명을 정면으로 바라보고자 하지 않았고, 예견되는 고통과 두려움을 감추려 했다. 하지만 그의 신체가

282) *Ibid.*, p. 224.

말을 듣지 않았다. 그의 신체는 의사의 시선 아래에서 짓눌렸고, 이 파고드는 시선에 의해 관통되고, 벌어지고, 틈이 생긴 것이다. 파블로는 이처럼 의사의 시선의 힘에 의해 발가벗겨지고, 들춰지고, 갈라지고, 찢긴, 다시 말해 의사의 의식에 의해 객체화된 자신의 신체를 어찌할 수 없었던 것이다. 파블로의 신체의 발가벗음은 곧 그의 의식의 그것과 동의어이다.[283)] 이런 시각에서 파블로의 다음 일화는 의미심장하다.

> 나는 스무 번이나 연달아 내가 처형되는 장면을 직접 느낀 듯했다. 한번은 정말로 처형당한다고 생각했다. 잠깐 잠이 든 모양이다. 그들은 나를 벽 쪽으로 끌고 갔고, 나는 발버둥을 치며 용서해 달라고 빌었다. 소스라치게 놀라 잠이 깬 나는 벨기에 녀석을 바라보았다. 자면서 소리나 지르지 않았는지 걱정되었다. 하지만 그는 수염을 쓰다듬고 있었을 뿐, 아무것도 눈치채지 못했던 모양이다.[284)]

파블로가 한순간도 잠이 들지 못했던 것은, 몇 시간 남지 않은 삶의 마지막 순간을 잃지 않으려는 최후의 노력 때문일 수도 있다. 하지만 그가 잠시라도 눈을 붙이지 못한 진짜 이유는, 그 자신의 가장 깊은 내면까

---

283) 사르트르는 「벽」이 철학 사상을 문학적으로 형상화한 작품이 아니라고 선언한 적이 있다. Cf. *Jeune cinéma*, n° 25, octobre 1967; OR, pp. 1826~1832. 또한 이 작품이 스페인내전에 대한 감정적이고 자발적인 반응이었다고 선언하기도 했다. *Ibid.*, p. 1829. 또한 1937년에 집필된 이 작품과 1943년에 출간된 『존재와 무』 사이에는 7년의 시차가 있다. 하지만 이런 사실들을 고려하더라도 이 단편은 사르트르의 시선, 시선의 투쟁, 신체, 타자의 출현 등과 같은 주제를 다른 그 어떤 작품보다 더 잘 형상화하고 있는 것으로 보인다.

284) Sartre, "Le mur", pp. 224~225.

지 의사의 시선에 의해 침투되는 것에 대한 두려움 때문이었을 것이다. 파블로는 (톰과 후안의 경우도 같다) 존재론적으로 벨기에 의사의 시선, 그것도 짓누르고 관통하는 시선에 의해 객체화되었던 것이다.

앞서 나와의 관계에서 타자가 수행하는 역할이 이중적이며 서로 반대된다는 점을 지적했다. 나의 지옥과 나와 나 자신을 연결시켜 주는 필수불가결한 매개자의 역할이 그것이다. 의사와 파블로의 관계에서(톰과 후안의 경우에도 해당한다), 의사는 주로 지옥으로서의 타자의 역할을 수행한다. 세 명의 포로의 신체와 의식에 타격을 가하는 역할이다. 그런데 어떤 경우에(특히 마조히즘의 경우에),[285] 나는 스스로 타자의 시선하에 나 자신을 노출시키기도 한다. 내 스스로 타자의 시선에 의해 객체화되는 것에 동의하는 것이다. 물론 그 목적은 내 자신의 존재이유 추구에 있다. 그리고 이를 위해 나는 한 가지만을 원한다. '가능하면 강한 타자'의 시선이 그것이다. 그 이유는 분명하다. 타자의 존재론적 힘이 강하면 강할수록, 내가 타자 덕분에 얻게 되는 존재이유 역시 더 강하고 확실할 것이기 때문이다.

이와는 반대로, 만약 타자의 존재론적 힘이 충분히 강하지 못하다면 나는 그에 대해 반항을 하고자 하는 욕망에 휩싸일 수도 있다. 왜냐하면 사르트르에게서 인간은 자유롭지 않을 자유가 없기 때문이다. 그로부터 가장 강한 존재, 곧 신에 의해 존재론적으로 객체화되고자 하는 욕망이 기인한다. 사르트르의 무신론적 태도에도 불구하고 이런 시도는 그의 문

---

285) 사르트르의 문학작품에 나타난 마조히즘에 대해서는 '자기에 대한 폭력'에서 자세히 다룰 것이다.

학작품에 잘 나타나고 있다. 『유예』에서 볼 수 있는 다니엘의 경우가 대표적이다.

사르트르에 의하면 신은 모든 것을 보고 또 아는 존재이다. 이런 생각은 「어느 지도자의 유년 시절」의 뤼시앵의 경험과 어린 사르트르의 경험 속에 이미 드러나 있다.[286] 그들은 모두 신의 시선을 부인했다. 신의 판단을 알 수 없다는 것, 또는 신과 유희를 할 수 없다는 것이 그 이유였다. 하지만 다니엘은 자신의 잉여존재를 정당화하기 위해 신의 시선에 의존한다.

> "신부님, 저는 한 가지만 알고 싶습니다. 신부님의 종교는 신이 우리를 보고 계시다고 가르치고 있습니까?" 나는 그에게 물었네. "신은 우리를 보고 계십니다. 우리의 마음속을 보고 계십니다. … 신은 모든 것을 보고 계십니다." 그는 놀라면서 대답했네.[287]

앞서 본 것처럼 다니엘은 '마티외-타자'의 시선을 통해 그 자신의 진실을 알고자 했다. 예컨대 그에게 자신이 동성애자라는 사실을 고백하면서 말이다. 다니엘의 바람은, 자기 자신을 바라보고, 자기 자신을 분석하는 대신 타자의 눈을 통해 포착된 자기와 일치하는 존재가 되는 것이다.

자신의 즉자존재를 포착하면서 타자들(심지어는 고양이들)의 눈에 새겨진 대로의 자신의 응시당한-존재 위에 자신의 존재를 근거 짓는 것, 이

---

286) LM, p. 83.
287) LSS, p. 1098.

것이 바로 다니엘의 행동을 지배하는 규칙이다. 이 규칙은 이렇게 정리될 수 있다. "누군가가 나를 본다. 그러므로 나는 존재한다."(On me voit, donc je suis.)

> 마르셀의 시선, 마티외의 시선, 보비의 시선, 내 고양이들의 시선, 이 모든 시선은 항상 내 피부에서 멈추었다. 마티외, 나는 동성애자네. 나는, 나는, 나는 동성애자네.[288]

하지만 문제는 인간이 가진 시선의 취약성이다. 고양이의 시선은 인간의 그것보다 더 취약하다. 고양이의 시선은 다니엘의 내면까지 파고들 수 없다. 바로 거기에 그의 걱정거리가 자리한다. 그는 그 자신이 "한 명의 증인을 위해" 모든 것을 다한다고 주장하며, 또 이렇게 생각한다. "증인이 없다면 인간은 증발해 버리는 거야."(Sans témoin, on s'évapore.)[289] 하지만 이 증인의 '시선-힘'이 약하다면, 그는 약한 존재이유만을 가질 뿐이다.

방금 인용된 부분에서 다니엘의 말을 다시 보자. "마르셀의 시선, 마티외의 시선, 보비의 시선, 내 고양이들의 시선. 이 모든 시선은 항상 내 피부에서 멈추었다." 이 문장에 함축된 것은, 바로 다니엘을 바라보는 여러 시선들의 힘의 부족이다. 하지만 그는 자신의 잉여존재를 정당화시키기 위해 강한 타자의 시선을 필요로 한다. 이 시선은 정육점 주인이 고

---

288) *Ibid.*, p. 909.
289) *Ibid.*, p. 907.

기의 "둥글고 푸르스름한 뼈"를 드러내기 위해 고기를 자르는 "도끼"(hachoir)와 닮아야 한다.[290] 자기 자신의 존재를 결정적이고 흔들림이 없을 정도로 강하게 근거 짓기 위해 그는 인간의 시선보다 훨씬 더 강한 시선을 필요로 한다. 신의 시선이 아니라면 어떤 종류의 시선이 이러할 수 있을까?

과연 그 자신의 존재를 근거 짓기 위해 다니엘이 "신이 자기를 본다"라고 주장하면서 신의 시선에 호소하는 것으로 충분할까? 반드시 그렇지만은 않다.

> 신이 다니엘을 보고 있었다. 내가 그를 신이라고 부를 것인가? 말 한마디에 모든 의미가 변한다.[291]

다니엘이 입 밖으로 내놓는 한마디는 바로 '신'이라는 단어이다. 그가 신을 믿으면 된다. "믿어야 한다. 믿을 것! 믿을 것!"(Il faut croire! Croire! Croire!)[292] 이런 믿음에 대한 보상은 무엇일까? 그것은 영원한 휴식일 것이다. 신의 영원한 시선에 의해 결정적이고 절대적인 객체로 화석화된 다니엘은 신에 의해 응시당한 자기 존재 안에서, 그리고 그 자신의 존재이유를 담고 있는 이 자기 존재 안에서 절대적인 안전을 느낄 수 있는 것이다.

---

290) Cf. *Ibid.*, p. 908.
291) *Ibid.*, p. 907.
292) Jean-Paul Sartre, *Le diable et le bon Dieu*, Paris: Gallimard, 1951, p. 22.

신이여, 신이여, 저는 구두쇠**입니다**,[293] 라고. 그리고 메두사의 화석과 같은 시선이 위에서 떨어질 것이다. 돌과 같은 미덕, 돌과 같은 악덕, 일종의 휴식이.[294]

다니엘은 자기가 처음 하는 경험을 마티외에게 이야기하고 있는 한 통의 편지에서 신의 시선에 대해 말한다. 그는 신의 시선을 기술하면서 무엇보다도, 그리고 특히 이 시선이 가진 관통하고, 꿰뚫는 특징을 강조한다. 다니엘에 따르면 신의 시선은 "부재"처럼, "밤"처럼, "빛"처럼 포착 불가능하고, 보이지 않고, 또한 모든 곳에 있다.[295] 게다가 이런 이유로 다니엘은 그 자신이 텅 빈 하늘로 증발되는 것을 막기 위해 지붕을 가렸으면 하고 바라기도 한다.[296]

분명, 신의 시선이 갖는 이 모든 특징은 신의 전지전능의 상징이다. 정확히 같은 이유로 신의 시선은 가장 강력하고, 가장 깊이 파고드는 시선이기도 하다. 우리는 다니엘의 불평을 기억한다. 모든 인간과 동물의 시선은 그의 피부에서 멈춘다는 불평이 그것이다. 하지만 그의 피부를 찢고 열어젖히면서 신의 시선은 그의 가장 깊고 은밀한 내면까지 파고든다. 다니엘의 표현에 따르면 신의 시선은 '낫'이고 또 그 자신을 둘로 쪼개면서 관통하는 "칼날"이다.

293) 강조는 원저자의 것.
294) LSS, p. 908.
295) *Ibid.*, pp. 1097~1098.
296) *Ibid.*, p. 908.

그저 나는 수축되었고, 한군데로 집중되었네. 관통됨과 동시에 침투될 수도 없게 되었네. 그러므로 나는 시선 앞에서만 존재했네. 그 후, 언제나 난 시선이라는 증인 앞에서 존재하게 되었네. 심지어는 닫힌 방에서도 증인 앞에서. 종종 이 시선의 **칼**[297]에 의해 관통되었다는 의식, 증인을 앞에 두고 잠을 잔다는 의식 때문에 소스라쳐 눈을 뜨곤 했네.[298]

다니엘이 마티외에게 쓴 편지에서 이야기하고 있는 '처음 겪는 경험'은 다음과 같은 상황에서 발생한 것이다. 마르셀과 결혼한 후에 다니엘이 죽은 개의 무덤을 파고 있는 에밀을 보고 다시 동성애적 욕망을 느낀 상황이다.

열렸다, 열렸다, 깍지가 터져서 열렸다, 열렸다. 충족되었다. 영원히 나 자신이고, 동성애자이고, 심술궂은 인간이고, 겁쟁이인 나를 누군가가 바라보고 있다. 아니, 그렇지 않다. 누구도 아니다. 그것이 나를 보고 있다. 그는 하나의 시선의 대상이었다. 밑바닥까지 그를 깊숙이 파헤치는 시선, 그를 칼로 찌르는 시선, 그 시선은 그의 시선이 아니다. 불투명한 시선, 밤의 화신, 그것이 그의 깊은 곳에서 그를 기다리고 있다. 그것은 그가 그 자신이며, 겁쟁이이고, 위선자이고, 영원한 동성애자인 것을 선고하고 있다. 그 자신은 이 시선 아래서 꿈틀거리며, 이 시선에 도전하고 있다. 시선. 밤. 마치 밤이 시선인 것 같았다. 나는 응시당한다. 투명하다, 투명하

297) 강조는 원저자의 것.
298) *Ibid.*, p. 1097.

다. 그리고 관통되고 있다. 하지만 누구에 의해? 나는 혼자가 아니라고 다니엘은 큰소리로 외쳤다.[299)]

이 부분에서 다니엘은 아직도 신이라는 단어를 입 밖에 내지 않고 있다. 그는 단지 다음 질문만 던지고 있다. "누구에 의해?" 하지만 앞서 보았듯이, 그는 곧 자신이 언제, 어느 곳에서나 신의 시선에 노출되어 있다는 것을 알아차리게 된다. 그가 신의 시선 아래에서 절대적 안전을 느끼게 된다는 것은 분명하다. 하지만 이를 위해 그는 신의 시선에 의해 기꺼이, 즉 존재론적으로 객체화되어야 한다(아니, 객체화되어야만 한다)는 것도 사실이다. 물론 이렇게 해서 발가벗겨지고, 찢기고, 관통된 자신의 신체-의식 앞에서 불안감을 느낄 수 있다. 하지만 그의 잉여존재를 정당화시킬 수 있기 위해 그에게는 오직 이 길만이 남아 있을 뿐이다. 정확히 거기에 앞서 언급한 신의 시선에 의한 영원한 휴식에 대해 갖는 양가적 감정이 나타난다. 지고의 기쁨으로서의 절대적 휴식과 불안감이 그것이다.

절도

앞서 살펴본 것처럼 사르트르의 사유에서 시선의 힘에 의해 관통당하고 찢기어 객체화되는 대상은 신체였다. 하지만 타자는 내가 가진 것, 즉 나의 소유물에 타격을 가하면서 나의 존재에 타격을 줄 수도 있다. 그도 그럴 것이 사르트르에게서 가짐의 범주가 있음의 범주로 환원되기 때문이다. 우리는 다음 문장을 기억한다. "나의 소유의 총체성이 나의 존재의 총

299) *Ibid.*, p. 852.

체성을 반영한다." 또한 사르트르는 이렇게 주장하기도 한다. "사람은 **그가 가진 것**으로 존재한다."[300] 이렇듯 내가 가진 것을 타격함으로써 타자는 나의 존재를 해칠 수 있다. 한 명의 소유주와 그가 가진 대상 사이의 관계에서 문제가 되는 것은 가짐의 범주에서 있음의 범주로의 환원이다.

이 연구의 서론에서 다음 사실을 지적한 바 있다. 라 로셸에서 청소년 사르트르는 어머니의 돈을 훔치면서, 즉 경제적 힘에 의존하면서 존재론적으로 말해 그의 친구들과 동등한 관계에 있을 수 있었다는 사실이다. 플뢰리에 씨와 『알토나의 유폐자들』의 아버지가 강자들에 속한 것은 우연이 아니다. 그들을 강하게 만들어 주는 것은 그들 소유의 공장이다. 그렇다. 더 많이 가지면 그만큼 더 많이 존재한다. 그로부터 경제적 폭력이라고 명명한 폭력의 출현 가능성이 기인한다.

폭력의 정의 문제를 다루면서 이런 소유대상의 파괴와 그로 인한 그 소유주체의 존재가 파괴되는 것을 고려해야 한다고 주장한 바 있다. 또한 경제적 폭력은 개인들 사이의 관계에만 국한되지 않는다. 이 폭력은 집단, 계급, 국가 사이에서도 행해진다. 각 심급에서 발생하는 투쟁, 갈등, 전쟁 등이 그 좋은 예이다. 요컨대 경제적 폭력은 희소성에 의해 지배되고, 또 가짐의 범주가 함의 범주를 능가하는 현대 사회를 특징짓는 가장 중요한 요소들 중 하나인 것으로 보인다.

사르트르는 그의 문학 세계에서 이런 경제적 폭력에 무관심하지 않다. 『바리오나, 또는 천둥의 아들』(이하 『바리오나』)에서 베토르 지역의 주민들은 로마인들의 약탈로 인해 심한 고통을 받는다. 가령, 로마인들은

---

300) CRDII, p. 431. 강조는 원저자의 것.

그들에게 세금의 인상을 강요하는데, 이것은 그들에게 엄청난 고통이다. 물론 그들의 고통은 존재의 감소와 동의어이다. 『존경할 만한 창부』의 리지 역시 공모를 위해 자기와 잠자리를 같이한 프레드가 주는 10달러를 극구 거부한다. 그 이유는 당연히 그녀의 존재 자체가 그에 의해 지불된 돈에 의해 평가절하되었다고 느끼기 때문이다.

또한 『더러운 손』에 등장하는 외드레르의 경호원들인 슬리크와 조르주가 당에 가입하는 것은 바로 그들이 지배계급에 속하는 자들에 의해 착취당했기 때문이다. 위고와의 대화 속에 함축된 것이 바로 이것이다.[301) 『악마와 선한 신』에서 30년 동안 단 "하나의 원칙", 즉 "이익이 세계를 움직인다"[302)를 준수하는 은행가 푸크르의 존재는 의미심장하다. 그는 가짐의 범주에서 있음의 범주로의 환원을 언급하지 않는다. 하지만 그가 따르는 원칙은 이런 환원과 밀접하다. 또한 원제목이 "더러운 손"이었던 시나리오 『톱니바퀴』에서도 경제적 폭력이 중요한 주제로 나타난다. 강대국이 약소국의 석유를 약탈하는 것은 그대로 약소국 국민들 전체 존재의 빈곤화로 이어진다.[303)

이처럼 사르트르의 문학작품에 나타나는 수많은 경제적 폭력의 예를 나열할 수 있다. 하지만 우리의 의도는 그것들의 끊임없는 나열에 있지 않다. 우리의 관심은 오히려 '절도' 행위 그 자체이다. 이를 위해 『철들

---

301) Jean-Paul Sartre, *Les main sales*, Paris: Gallimard, 1948, pp. 76~85. (이하 LMS.)
302) Sartre, *Le diable et le bon Dieu*, p. 75.
303) Jean-Paul Sartre, "J'ai pensé à un pays où on ne pourrait vraiment rien faire d'autre", *Théâtre de la Ville/Journal*, n° 2, novembre 1968. TS, p. 421에 재수록. Cf. LES, p. 186, p. 472, p. 968.

무렵』에서 두 개의 절도 행위에 주목하고자 한다. 앞서 낙태에 필요한 돈을 구하는 과정에서 여러 차례 실패한 뒤, 마티외가 로라에게서 5000프랑을 훔친다는 사실을 보았다. 또한 곧 보겠지만, 보리스는 훔치는 버릇을 가지고 있다. 이 두 예를 통해 절도 행위의 근본적 특징, 즉 소유대상에 대한 타격이 소유주체의 존재에 대한 타격으로 변하는 과정을 좀 더 분명하게 볼 수 있을 것이다. 여기서는 먼저 보리스의 절도를 보고, 이어서 마티외의 그것을 보도록 하자.

마티외의 옛 제자인 보리스는 — 그는 마티외의 제자로 여겨지는 것을 거부한다 — 도벽이 있다. 로라는 이렇게 말한다. "너는 네 어머니를 훔칠 거야. 언젠가는 나를 훔치고 말거야."[304] 이런 이유로 보리스는 나중에 그녀에게서 5000프랑을 훔쳤다는 의심을 받는다. 그런데 그가 규칙들 내에서 절도를 하고, 또 이 규칙들이 과학적이고 심리적이라는 사실이 특히 관심을 끈다.

우선 보리스는 그의 절도가 과학적이길 바란다. 절도를 할 때마다 그는 세심하게 준비한다. 그는 절도 그 자체에 대해 모든 것을 알지는 못한다. 하지만 그는 매번 그 수법을 익힌다. 절도를 계획하고 실천에 옮길 때마다 그는 성공할 것이라는 강한 확신을 가지고 있다. "이건 실패할 수 없어. 과학적이거든."[305] 심지어 그는 조합을 설립하거나 도서관에 전통과 기술적 수법, 새로운 기술 등을 보존하기 위한 조치를 취하지 않는 도둑들을 비난하기도 한다.

---

304) LAR, p. 548.
305) *Ibid.*, p. 542.

하지만 보리스가 행하는 절도의 규칙들이 갖는 과학적 측면은 부차적일 뿐이다. 그에 따르면 절도의 정수는 심리적이다. "그는 이렇게 생각했다. '아, 절도의 심리에 대한 무상 교육은 필수적이야. 절도의 과정은 거의 전적으로 심리학 위에서 이루어지거든.'"[306] 그는 도둑질하는 것을 좋아한다. 그는 훔치는 물건의 물질적 가치에 대해서는 큰 중요성을 부여하지 않는다. 그에게 중요한 것은 도둑질을 통해 다른 사람들에게 속한 물건들의 소유주가 되는 순간을 즐기는 것이다. 게다가 이런 기쁨을 배가하기 위해 그는 미묘한 상황에 처하는 것을 마다하지 않는다. 상황이 미묘하면 할수록 그는 그만큼 더 긴장한다.

그런데 이런 긴장은 쾌락을 증가시키는 구실에 불과하다. 도둑질이 그에게 더 많은 조심성과 어려운 기술을 요구하면 할수록 그의 기쁨 또한 더 커진다. 그는 어떤 경우에도 가까운 사람들의 물건은 훔치지 않는다. 너무 쉽기 때문이다. 그는 도둑질의 쾌감을 높이기 위해 금욕적인 태도를 스스로 부과한다.

> 도둑질이란 일종의 고행이다. 더군다나 즐거운 순간이 있다. 다섯까지 세자, 다섯이 되었을 때 저 칫솔이 내 호주머니 안에 들어 있어야 한다고 생각하는 그 순간이다. 그러면 목이 메이고, 자신이 명석하고, 힘이 강한 인간이라는 희한한 느낌이 드는 것이다.[307]

---

306) *Ibid.*, p. 543.
307) *Ibid.*, pp. 546~547.

위의 인용문에서 두 단어가 관심을 끈다. '명석성'과 '힘'이 그것이다. 보리스는 지금까지 그의 것이 아닌 물건들을 훔쳐 자신의 존재를 공고히 한다는 사실을 뚜렷하게 의식하고 있다. 그의 절도 이론의 바탕에 깔려 있는 심리학은 결국 옛 소유주에게서 물건을 훔쳐 오는 행위에 의해 발생하는 심리적 효과를 잘 설명해 준다.

실제로 보리스는 서점에서 사전 한 권을 훔치려 한다. 이번 절도는 특별하다. 처음으로 절도의 동기가 물질적이다. 이 사전이 희귀본이고, 따라서 귀하기 때문이다. 그가 훔치려는 문제의 사전은 14세기부터 현대까지의 역사적·어원적 은어 속어 사전이다. 그는 벌써 계획을 다 세워 놓았다. 우선, 그는 사전을 넣을 가방을 가지고 있다. 그다음으로, 두 길의 모퉁이에 있는 가르뷔르 서점의 위치를 잘 이용할 셈이다.[308] 그의 유일한 걱정거리는 대망의 그날, 문제의 사전을 진열대에 내놓지 않는 것이다. 하지만 이것은 기우에 불과하다.

그런데 여기서 주목하고자 하는 것은, 보리스의 기쁨을 배가시킬 조건들이 충족되어 있다는 사실이다. 첫째, 그는 훔치는 데 걸리는 제한 시간을 정해 놓았다.

> 늦어도 삼십 분 후에는, 절대로 필요한 이 보물을 손아귀에 넣고 말겠다. '테조뤼스 사전!' 그는 낮은 소리로 중얼댔다. 그는 이 '테조뤼스'라는 말이 좋았다. 이 말을 들으면 중세, 바벨라르, 식물 표본, 파우스트, 클뤼니

308) *Ibid.*, p. 549.

박물관에 소장되어 있는 정조대 등을 생각하게 되기 때문이다.[309]

두 번째 조건은 이 서점에 여섯 명의 사립 감시인들이 있다는 것이다. 피카르가 이 사실을 보리스에게 가르쳐 주었다. 거사 당일, 보리스는 감시인들 중 한 명을 알아차렸다. 세 번째 조건은 사전이 보도에 설치된 탁자 위에 놓여 있어야 한다는 것이다. 실제로 탁자 위에는 700쪽에 달하는 두껍고 부피가 큰 사전이 놓여 있었다.

> 그리고 그는 세 번째 책상으로 다가갔다. 여기 있다. 그 책이 바로 이곳에 놓여 있다. 큰 책이다, 너무나 큰 책이어서 보리스는 잠시 맥이 빠지는 듯했다. 사절판으로 칠백 쪽, 무늬가 박힌 책장으로 된 책이 새끼손가락 길이만큼 두껍다. '이것을 가방 속에 넣어야 할 텐데.' 그는 조금 낙담한 듯이 혼자 중얼댔다.[310]

물론 사전의 두께로 인해 보리스는 낙담한다. 하지만 이런 상태는 곧 사라진다. 왜냐하면 그의 기쁨은 일의 어려움에 비례해 커지기 때문이다. 게다가 사전의 표지가 아주 멋있어서 그는 이 사전을 하나의 "가구"처럼 생각했고, 그런 만큼 반드시 훔쳐야겠다는 각오를 다질 수 있었다.

그는 그 책과 다시 인연을 맺으려고, 친한 친구나 대하듯이 정답게 표지

---

309) *Ibid.*, p. 547.
310) *Ibid.*, pp. 549~550.

를 손끝으로 만져 보았다. '이건 책이 아니라 가구다.' 그는 감탄해 마지않으며 생각했다.[311)]

이 부분에서 관심을 끄는 것은, 사전을 만지기 위한 보리스의 부드러운 동작이다. 이 동작은 보리스의 영혼, 곧 그의 주체성이 사전 안으로 흘러 들어가는 것으로 해석될 수 있을 것 같다. 왜냐하면 소유주가 대상을 가지게 될 때, 이 대상은 그의 주체성에 의해 포획되고 또 홀리기 때문이다.[312)] 사실, 보리스는 가끔 이 사전을 만져 보았다. 하지만 그러면서 그는 거기에 그의 주체성을 충분히 흘려 넣지 못했다. 사전의 책장이 붙어 있는 상태였기 때문이다.

게다가 보리스는 이 사전을 종종 참고하면서 하루에 하나의 표현, 심지어는 두 개까지 익히겠다고 스스로 다짐한다. 그러면 그의 지식이 늘어날 것이다. 사르트르의 사유에서 지식도 가짐의 범주에 속한다. 이런 관점에서 보면 보리스가 말한 문장, 즉 "이건 내 것이 될 거다"[313)]는 단순히 이 사전의 새로운 주인이 되어 옛 주인, 곧 서점 주인의 재산에 타격을 가한다는 것만을 의미하지 않는다. 이 문장의 의미는 오히려 사전에 담긴 내용을 알게 됨으로써 그 주인이 된다고 적극적으로 해석되어야 할 것이다.[314)] 거기에는 사전을 참고하고 봄으로써 이 사전의 저자(들)의 존재에

---

311) *Ibid.*, p. 550.
312) EN, p. 677.
313) LAR, p. 547.
314) 읽기 행위를 통해 실현되는 소유에 대해서는 다음을 볼 것. Geneviève Idt, "*Les chemins de la liberté*, les toboggans du romanesque", *Obliques*, n° 18-19, 1979, p. 90.

타격을 가하고자 한다는 사실이 함축되어 있어 보인다.[315)]

그렇다면 보리스는 과연 사전을 훔치는 데 성공했을까? 답은 그렇다이다. 두 개의 증거가 있다. 하나는 그가 로라에게 자랑을 한다는 것이다. 다른 하나는 여동생 이비치와 같이 가면서 그가 흡족한 마음으로 훔친 사전에 대해 생각한다는 것이다. 이처럼 보리스의 절도에 대한 일화는, 절도에서 핵심이 되는 것이 결국 전 소유주의 존재에 가해지는 피해라는 것을 보여 준다. 물론 보리스의 일화에서 서점 주인의 반응에 대한 언급은 없다. 그럼에도 보리스의 절도는 이중의 폭력으로 규정되어야 할 것 같다. 왜냐하면 그의 행위는 서점 주인과 사전 저자의 재산권, 곧 그들 각자의 존재에 가해지는 피해로 이해될 수 있기 때문이다.

사르트르는 『자유의 길』에서 보리스의 절도와 마티외의 절도를 병치시키고 있다. 보리스의 절도에서는 훔치는 자의 심리에 방점이 찍혀 있는 반면, 마티외의 절도에서는 절도를 당한 자의 물질적 · 존재론적 피해와 타격에 방점이 찍혀 있다. 마티외의 절도를 보자. 앞서 그가 로라의 돈을 훔쳤다는 사실을 부분적으로 다루었다. 하지만 여기서는 로라의 입장에서 그의 절도를 살펴보도록 하자. 먼저 로라가 누구인지를 보아야 한다. 로라는 보리스의 애인이다. 그녀는 또한 수마트라에서 노래하는 가수이기도 하다. 젊었을 때 그녀는 예쁘고 노래도 잘했으며, 수마트라의 여왕으로 여겨졌다. 하지만 그녀는 불행했다. 가수로 성공하고자 했던 젊은 시절의 꿈을 잃어버렸던 것이다. 그로부터 그녀의 탐욕이 기인한다. 성공

---

315) 이와 관련하여 사르트르에게서 인간은 그가 말하는 것 또는 그가 쓰는 것으로 존재한다는 사실, 그리고 저자와 출판사는 저작권을 가지고 있다는 사실을 지적하자.

하지 못한 경력을 생각하면서, 또 가수로서의 경력을 이어 가기에는 너무 늙었다고 생각하면서 그녀는 돈에 집착하기 시작한 것이다.[316)]

로라 또한 그녀 자신이 구두쇠가 된 것을 잘 안다. 그녀에게 남아 있는 구원의 수단은 보리스에 대한 사랑과 돈에 대한 집착이다. 그녀는 마지막 기회라고 여겨지는 보리스를 극구 자기 곁에 두고자 하는 단호함을 보인다. 이 점에 대해 다음 사실은 흥미롭다. 그녀와 마티외가 보리스를 사이에 두고 일종의 쟁탈전을 벌인다는 사실이다. 게다가 그녀는 마티외 앞에서 보리스에 대한 강한 애착을 드러낸다. 그녀는 또한 보리스에게 큰 영향력을 행사하는 마티외에게 도전하기도 한다. 마티외는 그녀에게 보리스를 앗아 갈 정도로 위험한 인물인 것이다.

> "내가… 내가 늙은 여자라는 건 나도 잘 알아요." 그녀는 힘겹게 말을 이었다. "그건 선생님을 뵙기 전부터 잘 알고 있었으니까요. 하지만 그렇기 때문에 나는 그를 도와줄 수 있다고 생각해요. 내가 그에게 가르쳐 줄 것이 많거든요." 그녀는 도전하듯이 말을 이었다. "그리고 내가 왜 보리스한테 나이가 너무 많다는 거예요? 그는 지금 나를 사랑하고, 또 옆에 있는 사람들이 쓸데없는 충동질만 하지 않는다면 나와 같이 있는 것이 행복할 거예요."[317)]

마티외는 로라에게 보리스를 빼앗을 생각이 없다는 것을 인식시키

---

316) LAR, p. 460.
317) *Ibid.*, p. 605.

고자 한다. 마티외는 또한 보리스와 이비치에 비해 자기와 로라는 늙었고, 따라서 비슷한 처지에 있다고 말하기도 한다. 하지만 소용없다. 보리스에 대한 사랑 때문에 그녀는 탐욕스럽고 무기력한 뭔가를 볼 뿐이다. 그러면서 그녀는 자기와 마티외 사이의 일종의 연대감을 부인한다. 하지만 여기서 단언할 수 있는 것은, 보리스와 돈에 대한 집착이 그녀의 존재이유를 결정하는 두 가지 주요 요소라는 사실이다.

마티외의 절도로 다시 돌아가자. 앞서 그가 돈을 왜 필요로 하고, 어떤 과정을 거쳐 돈을 구했는지를 보았다. 여기서 관심을 끄는 것은, 그의 절도가 로라에게 어떤 효과를 낳는지를 살펴보는 것이다. 돈은 로라에게 그녀의 존재이유를 확보할 수 있는 수단 중 하나라고 했다. 게다가 이런 시각에서 보면 돈을 은행에 맡기거나 주식 등을 사지 않고 현금으로 자기 방에 있는 가방 속에 넣어 둔 것은 주목할 만하다.

로라가 현금을 자기 방에, 가능하면 자기 가까이에 두는 것을 선호하는 주된 이유는 무엇일까? 이 돈 덕택에 강하고 안전하다는 느낌을 받기 때문일 것이다. 그녀는 항상 보리스가 자기 곁에 남아 있기를 바란다. 이와 마찬가지로 자신의 존재를 반영하고 있는 돈을 바라보면서, 또 그것을 만지면서 그녀는 분명 자기의 삶을 정당화시키려고 했을 것이다.

따라서 다음 사실은 분명하다. 마티외가 로라에게서 돈을 훔친 것은 결국 그가 그녀의 존재이유에 타격을 가한 것과 동의어라는 사실이다. 그녀가 보리스를 의심하는 것은 별로 중요하지 않다. 돈을 훔친 사람이 누구든지 간에, 또 그 동기가 무엇이든지 간에,[318] 그녀는 마티외에 대해 취

318) 사르트르의 첫 번째 계획은 마티외가 이비치에 대한 사랑 때문에 로라의 돈을 훔치는 것

한 것과 같은 태도를 취할 것이다. "분노"가 그것이다. 왜냐하면 돈은 곧 그녀의 존재 자체이기 때문이다.

> 그녀는 그의 말을 듣고 있지 않은 것 같았다. 편지 얘기를 해봤자 아무 소용없는 일이었다. 그녀는 돈밖에 생각하려 들지 않았다. 분노를 솟구치게 하려면 그 생각만 해야 했다. 분노가 그녀의 유일한 구원이었다.[319)]

이처럼 마티외(비록 그가 보리스와 이비치의 보호자 역할을 한다는 생각을 가지고 있기는 하지만)의 절도는, 로라가 가진 것, 따라서 그녀의 존재 자체에 직접 타격을 가하는 것에 의해 특징지어진다. 이런 관점에서 그의 절도는 로라가 희생자인 경제적 폭력에 해당하는 것으로 보인다.

사디즘

빗나간 사디즘

사르트르의 존재론적 관점에서 폭력의 기원 문제를 밝히면서 사디즘이 타자에 대해 취하는 제2태도를 중심으로 정립되는 구체적 관계 중 하나라는 사실을 살펴본 바 있다. 이 태도는 내가 타자의 자유를 굴복시키려는 것을 겨냥하기 때문에, 사디즘에서 큰 비중을 차지하는 것은 타자의 객체화와 쌍을 이루는 나의 주체성의 경험이라는 사실도 보았다. 게다가

이었다. Jean-Paul Sartre, *Lettres au Castor et à quelques autres*, t. 1, *1926-1939*, Paris: Gallimard, 1983, p. 407.

319) LAR, p. 715.

다니엘의 심술궂음을 보면서 그가 마르셀을 탐문하는 행위의 목적이 그녀의 자유를 포획하는 데 있다는 사실도 보았다.

그런데 여기서 주목하고자 하는 것은, 바로 타자의 자유를 정면으로 겨냥한다는 면에서 사디즘은 절도와 마찬가지로 타자에 대한 폭력에 해당된다는 사실이다. 게다가 희생자의 자유를 훼손시키기 위해 사디스트는 모든 수단을 강구하는데 흔히 인간의 자유를 훼손하는 일은 '사물화'로 이해된다. 이런 현상은 고문자-사디스트의 힘에 의해 야기된다는 사실을 강조하자. 이것은 모든 사디즘에는 타자에 대한 폭력이 포함되어 있다는 것을 의미한다.

사르트르는 그의 문학작품에서 사디즘에 무관심하지 않다. 이와는 달리 그는 이것을 강하게 비판하고 고발하고 있다. 사디즘은 종종 고문과 연결된다. 앞서 프란츠가 러시아 농부들을 고문했다는 사실을 지적했다. 『알토나의 유폐자들』을 쓰기 전에 사르트르는 이미 「벽」과 『무덤 없는 주검』에서 고문 문제를 다루었다. 「승리」(Une victoire)[320]라는 제목의 텍스트에서 사르트르는 고문을 비난할 뿐만 아니라 고문자와 희생자 사이의 변증법적 관계를 심층적으로 다루고 있다. 실제로 사르트르는 『무덤 없는 주검』 이후 이 관계에 계속 관심을 가졌다.

이 모든 텍스트에는 하나의 공통점이 있다. '전쟁'을 배경으로 하고 있다는 점이다. 전쟁을 다루면서 고문을 언급하지 않는 것은 쉽지 않다. 하지만 비극적인 것은, 「에로스트라트」에서 볼 수 있는 것처럼 사디즘이 일상생활에서도 행해진다는 점이다. 여기서는 「벽」에서 팔랑헤당원들의

---

320) Jean-Paul Sartre, *Situations, V*, Paris: Gallimard, 1964, pp. 72~89.

파블로에 대한 사디즘, 「에로스트라트」에서 일베르의 르네에 대한 사디즘을 먼저 살펴보고, 이어서 『무덤 없는 주검』에 나타난 고문 문제를 집중적으로 살펴볼 것이다.

먼저 「벽」을 보자. 이 단편의 마지막 부분에서 톰과 후안을 총살한 후에 팔랑헤당원들이 파블로에게 라몬 그리스의 은신처에 대해 탐문하는 장면이 이어진다. 탐문 초기부터 팔랑헤당원 중 한 명이 파블로를 위협적인 태도로 쳐다본다. "그는 일어나서 나를 땅에 파묻어 버릴 기세로 쳐다보면서 팔을 잡았다."[321] 이처럼 시선은 파블로를 객체화시키기 위해 장교가 사용하는 첫 번째 무기이다. 하지만 파블로는 탐문을 받기 위해 현재 있는 곳으로 들어오면서 벌써 적을 바라보았다. 그들은 만나자마자 서로를 바라보면서 시선 투쟁에 돌입한 것이다.

하지만 파블로는 고문자가 아니다. 이 역할을 하는 자는 두 명의 장교이다. 그들은 파블로에게 자신들이 원하는 바를 곧장 알려 준다. 그들은 그의 친구인 라몬 그리스가 어디에 있는지를 알고 싶은 것이다. 하지만 그들은 이 목적을 달성하기 위해 파블로를 지배해야 한다는 것을 잘 안다. 그들은 그에게 협상안을 제안한다. "그의 삶과 너의 삶을 바꾸는 거야. 그가 어디에 있는지를 말하면 네 목숨을 살려 줄 것이다."[322]

지금으로서는 파블로가 이 제안을 수용할 것인지의 여부는 그다지 중요하지 않다. 중요한 것은 오히려 이 목표를 실현하기 위해 사디스트는 서두르지 않는다는 것이다. 그는 시간이 자기편인 것처럼 행동한다. 그는

---

321) Sartre, "Le mur", p. 230.
322) *Idem*.

마치 열쇠공이 여러 열쇠를 꽂아 보는 것처럼 모든 수단을 동원할 준비가 되어 있다. 이와 마찬가지로 팔랑헤당원들은 파블로에게 겁을 준다. 그리스의 은신처를 불지 않으면 파블로가 어떤 단계를 거치게 될 것이라는 점을 암시한다.

> 채찍과 장화로 요란하게 장식한 이 두 녀석도 역시 얼마 후에는 죽을 인간이었다. … 키가 작고 뚱뚱한 녀석이 채찍으로 장화를 치면서 나를 계속 노려보고 있었다. 그의 모든 행동은 민첩하고 사나운 맹수 같은 티를 내려고 계산된 것이었다.[323]

하지만 사디즘의 희생자는 언제라도 시선을 폭발시킬 수 있다. 이 사실을 고려하면 방금 인용된 부분의 마지막 문장은 의미심장하다. 왜냐하면 이 문장은 파블로가 여전히 주체성의 상태에 있음을 보여 주기 때문이다. 그가 그들의 협상안을 거절하는 것은 당연하다. 하지만 그의 승리를 말하기에는 아직 이르다. 적들은 아직 모든 카드를 꺼내지 않았다. 이번에는 과격한 수단 대신에 다른 장교가 일종의 심리적 수단을 동원한다.

> 또 한 명의 장교가 나른하게 자신의 창백한 손을 들었다. 이 나른함 역시 계산된 것이었다. … "십오 분 동안 생각할 시간을 주지." 그가 천천히 말했다. "이 녀석을 세탁실로 끌고 갔다가 십오 분 후에 다시 데리고 와. 그래도 말을 듣지 않으면 그땐 즉시 처형이야." 그들은 자신들이 무슨 짓을

323) *Idem.*

하고 있는지를 잘 알고 있었다. 나는 기다림 속에서 밤을 보냈고, 그런 후 톰과 후안이 총살당하는 동안 나를 지하실에서 한 시간이나 더 기다리게 했고, 그리고 지금은 나를 세탁실에 가두어 놓았다. 어젯밤부터 그런 술책을 준비했음에 틀림없었다. 끝내는 신경이 쇠약해질 것이라고 생각하고, 그러면 나를 굴복시킬 수 있다고 기대했던 것이다.[324)]

파블로의 생각이 이 장교의 전략과 일치하는지는 알 수 없다.[325)] 하지만 사디스트의 전략이 희생자에게 파악되면 효율성을 잃게 된다. 실제로 파블로는 아직은 새로운 탐문관에게 양보를 할 의향이 없어 보인다. 파블로는 그의 적들이 구상하는 사디즘의 마지막 단계가 고문이 될 것이라고 예상한다. "내가 그의 은신처를 불지 않을 것이라는 점을 나는 알고 있다. 그들이 나를 고문한다면 모를까(하지만 그들은 고문을 생각하지 않는 모양이었다)."[326)]

이 단계에서 사르트르에게 사디즘은 희생자의 시선의 폭발로 인해 실패로 귀착된다는 사실을 상기하자. 게다가 사르트르는 사디스트가 기쁨을 만끽하는 승리의 순간은 곧 희생자가 자유로운 결정을 내리는 순간과 동일하다고 본다. 그런데 파블로가 고문자들에게 맞서기 위해 선택한 방법은 코미디를 하는 것이다. 실제로 자기에게 주어진 15분 동안 그리스

324) *Ibid.*, pp. 230~231.

325) 『무덤 없는 주검』에서 카노리는 고문자들이 희생자들을 기다리게 하는 것이 효율적이지 않다고 주장한다. 시간을 주고 기다리게 하는 것이 희생자들의 사기를 떨어뜨리기는커녕 오히려 그들이 사기를 북돋을 수 있는 소중한 시간이 될 수도 있다는 것이다. Cf. Jean-Paul Sartre, *Morts sans sépulture*, in THI, p. 192. (이하 MSS.)

326) Sartre, "Le mur", p. 231.

의 삶이 자신의 그것보다 더 가치 있는 것이 아니라는 결론을 내리면서, 그는 팔랑헤당원들에게 그리스의 은신처를 가르쳐 주기로 결심한다. 물론 그들에게 거짓말을 하면서이다.[327]

하지만 파블로는 자기가 판 함정에 빠지고 만다. 어떤 이유로? 답을 하기 전에 파블로가 그의 코미디로 겨냥한 목표가 무엇인지를 보자. 그는 삼중의 목표를 겨냥한다. 우선, 고문당하는 것을 피하거나(팔랑헤당원들이 아직 고문을 생각하고 있는 것 같지는 않지만, 그는 그럴 가능성이 있다고 느낀다), 또는 처형당하는 것을 피하는 것이다. 그다음으로 팔랑헤당원들이 약속을 지킨다는 조건하에서(그리스의 삶과 파블로의 삶을 교환하는 것), 그리스의 동지들에 의해 나중에라도 비난당하는 것을 미연에 방지하는 것이다. 마지막으로, 그의 적들을 물리치고 주체성이 걸린 싸움, 곧 사디즘의 관계에서 승리를 쟁취하는 것이다.

파블로는 이런 삼중의 목표 실현을 믿을 만한 이유가 있다. 왜냐하면 그가 적에게 가르쳐 준 그리스의 은신처는 가짜 은신처이기 때문이다. 그는 동료인 그리스가 진짜로 숨은 곳을 알고 있다. "그는 도시에서 4킬로미터 떨어진 그의 사촌들의 집에 숨어 있었다."[328] 또한 파블로는 거짓말을 하면서 그가 자기 목숨이 걸린 도박을 하고 있다는 것을 잘 알고 있다는 사실도 지적하자. "키가 작고 뚱뚱한 자가 말했다. 네가 사실을 말한다면 약속을 지키겠어. 하지만 우리를 골탕 먹인다면 그땐 비싼 대가를 치를 거야."[329]

---

327) *Ibid.*, p. 232.
328) *Ibid.*, p. 231.
329) *Ibid.*, p. 232.

팔랑헤당원들은 큰 소동을 피우며 서둘러 파블로가 가르쳐 준 곳으로 출발한다. 파블로는 자기가 이런 상황을 연출해 낸 자, 곧 주인이라고 생각한다. 그는 그리스의 은신처로 공동묘지를 가르쳐 주었다. 그는 이렇게 상상한다. 팔랑헤당원들은 지금 공동묘지에서 묘지의 돌들을 들어 올리면서, 묘지의 문들을 하나하나 열어 보면서 자기가 쓴 각본의 피라미역을 잘 수행하고 있을 것이라고 말이다. 하지만 그의 코미디는 30여 분 만에 막을 내린다. 그들은 그의 기대와는 달리 파블로 자신을 곧바로 처형하지 않을 것이라는 사실을 가르쳐 준다. 이것은 파블로가 자기도 모르는 사이에 자기가 놓은 덫에 걸렸다는 것을 암시해 준다.

팔랑헤당원들은 왜 그를 당장 처형하지 않았을까? 이 질문은 '왜 그가 스스로 놓은 덫에 걸렸을까'라는 질문과 연결되어 있다. 실제로 파블로는 코미디의 결과를 곧 알게 된다. 우연하게도 그리스는 공동묘지, 즉 파블로가 적에게 가르쳐 준 바로 그 장소에 숨어 있었다. 그리스의 죽음을 알려 준 것은 가르시아였다.

모든 것은 마치 파블로가 팔랑헤당원들에게 그리스의 진짜 은신처를 가르쳐 준 것처럼 진행되어 버렸다. 파블로의 웃음은 운명의 아이러니의 표현이다. 하지만 이 기대치 않은 결말을 눈여겨보아야 할 이유가 있다. 왜냐하면 결국 파블로가 참여했던 투쟁의 결과가 나타나고 있기 때문이다. 그 결과는 승자도 패자도 없다는 것이다. 분명, 팔랑헤당원들-사디스트들은 자신들의 목표를 달성했다. 왜냐하면 그들이 그리스를 생포를 하지는 못했지만, 어쨌든 죽였기 때문이다. 하지만 그들의 목표는 파블로의 자유를 사로잡는 것이었다. 희생자인 그를 지배하면서 말이다. 하지만 그들은 그의 자유를 포획하는 데는 실패했다.

그렇다면 팔랑헤당원들과 파블로 사이의 관계를 어떻게 규정할 수 있을까? 당연히 완전한 사디즘으로 규정할 수는 없을 것이다. 왜냐하면 팔랑헤당원들이 그를 고문하는 데까지 나아가지는 않았기 때문이다. 그럼에도 파블로의 자유를 사로잡고 그를 지배하려 했던 그들의 행동을 우리는 '빗나간 사디즘'으로 규정하고자 한다.

실제로 팔랑헤당원들은 정해진 목표를 실현하기 위해 여러 수단을 강구했다. 우선 그들은 시선을 이용했다. 그를 땅에 파묻어 버릴 것처럼 쳐다보았다. 또한 그들의 장화, 채찍 등도 자신들의 주체성을 과시하고 또 숨기는 도구로서의 상징적 의미를 가지고 있다. 또한 그들은 회유, 위협 등을 통해 심리전도 폈다. 그로부터 다음 결론이 도출될 수 있다. 팔랑헤당원들의 사디즘은 분명 파블로에게 가해진 폭력에 해당한다는 결론이다. 다만, 이 사디즘은 고문이라는 무서운 수단이 배제된 형태의 사디즘, 곧 빗나간 사디즘이었다는 사실을 잊지 말자. 또한 희생자인 파블로도 소극을 고안해 내면서까지 그들의 사디즘에 최대한 저항했다는 사실도 지적하자.

성적 사디즘

「에로스트라트」에서 사르트르는 「벽」보다 훨씬 더 분명하게 사디즘을 묘사한다. 팔랑헤당원들의 사디즘은 스페인내전의 범위에서 행해지고 있는 것에 비해, 폴 일베르의 그것은 일상생활에서 일어나고, 또 성적 욕망과 연결되어 있다는 특징을 보인다. 실제로 권총 한 자루를 구입하고 난 뒤(그 동기는 곧 볼 것이다), 일베르는 범죄를 저지르고 싶은 충동에 사로잡힌다. "어느 날 저녁, 사람들에게 총을 쏘고 싶은 생각이 들었다."[330] 하지만 그는 이 계획을 곧장 실천에 옮기지 않는다. 이와는 달리 그는 레아, 즉 몽파르나스 호텔 앞에서 호객 행위를 하는 금발의 여자를 보고자 한다. 그는 뒤케스네 호텔의 방으로 한 달에 한 번, 첫 번째 토요일에 그녀와 함께 가곤 했다. 하지만 그날 저녁, 그녀가 그 자리에 없었다. 실망한 그는 권총을 소지한 채 모험을 감행하기로 결심한다.

일베르가 말하는 모험은 이중의 의미가 있다. 하나는 그의 기벽 때문이다. 그는 여자와 성관계를 갖는 것을 좋아하지 않는다. 하지만 레아와 함께라면 안심이다. 그녀가 그의 성적 기벽에 익숙하기 때문이다. 그로부터 일베르의 걱정이 기인한다. 다른 여자는 그의 습관을 몰라서 그의 기벽으로 인해 겁을 먹거나 위압감을 느낄 수도 있기 때문이다. 다른 하나는 여자의 기둥서방이나 불량배가 몰래 숨어 있을 수도 있다는 것이다.

하지만 그날 토요일 저녁에 일베르는 오데사가에서 종종 보았던 르네라는 갈색 피부의 여자와 스텔라 호텔의 5층으로 올라가기로 결정했다. 방으로 들어서자마자 일베르는 그녀에게 자신의 기벽에 참가해 줄 것을 요구한다. 그들이 함께 있는 동안, 일베르의 사디스트적 취향이 드러난다. 단계별로 보자.

우선, 일베르는 희생자에게 첫 번째 명령을 내린다. "내 뒤에서 여자가 여전히 숨을 헐떡거렸다. 흥분되었다. 나는 뒤를 돌아보았다. 그녀는 나에게 입술을 내밀었다. 나는 그녀를 밀쳤다. 옷을 벗어. 내가 그녀에게

---

330) Jean-Paul Sartre, "Erostrate", *Le mur*, in OR, p. 264.

말했다."[331] 그녀가 옷을 벗는 동안, 그는 의자에 조용히 앉아 있다. 그녀는 정상적인 성관계를 생각한다. 하지만 일베르의 태도는 점점 더 과격해진다. 그는 그녀의 주체성이 투사되어 육화된 그녀의 몸을 소유하고자 한다. 성관계가 아닌 방식으로이다.

> "그럼 내가 뭘 하길 바라나요?" "아무것도 아니야. 걸어. 왔다 갔다 해봐. 그 이상은 바라지 않아." 그녀는 어색한 표정으로 이리저리 걷기 시작했다. 알몸으로 걷는 것 이상으로 여자들을 어색하게 하는 것은 없다.[332]

발가벗은 르네 앞에서 일베르는 편안한 자세로 있다. 그는 자기의 완전한 주체성을 향유할 수 있는 상태에 있다. 그는 목까지 옷을 입고, 또 장갑까지 꼈지만, 그녀는 완전히 벌거벗은 채 그의 시선에 몸을 노출시키고 있다. 사르트르에게서 옷을 입는 것은 타자의 시선에 의해 객체화되는 것을 방지하는 것과 동의어라는 사실을 지적한 바 있다.

이것은 일베르의 경우에도 해당된다. 옷과 장갑으로 무장하고서 그는 희생자의 자유를 탈취하고자 한다. 하지만 르네는 아직도 이 가해자-손님의 의도가 무엇인지를 알아차리지 못하고 있다. 그녀는 단순히 이런 유희 후에 곧 정상적인 성관계가 있을 것으로 생각한다. 그녀의 생각이 틀렸다. 그녀가 걷기를 끝내자 그는 그녀에게 두 번째 명령을 내린다.

---

331) *Ibid.*, p. 265.
332) *Ibid.*, p. 266.

"앉아."

그녀는 침대 위에 앉았다. 우리는 말없이 서로를 바라보았다. 그녀의 몸에는 소름이 돋아 있었다. … 갑자기 내가 말했다.

"다리를 벌려."

그녀는 잠시 주저하다 내 말을 따랐다. 난 그녀의 다리 사이를 바라보면서 냄새를 맡았다. 그러고 나서 크게 웃었다. 눈물이 다 나올 정도였다.

나는 그녀에게 단지 이렇게만 말했다.

"알겠어?"

그리고 나는 또 웃기 시작했다. 그녀는 아연실색한 표정으로 나를 쳐다보더니 얼굴을 심하게 붉히고 다리를 오므렸다.

"더러운 자식 같으니." 그녀는 이 사이로 이 말을 내뱉었다.[333]

일베르의 요구가 비정상적이라는 사실을 알게 되자, 르네는 그의 명령에 복종하는 것을 거부한다. 사디스트는 계획을 포기하지 않는다. 그는 일을 용이하게 하기 위해 도구들을 사용한다. 그에게는 모든 도구가 유용하다. 때로는 위협적인 수단을, 때로는 평화적인 수단을 동원한다. 일베르 역시 르네가 받게 될 돈을 암시한다. 희생자가 굴복하기를 거절하면 할수록 사디스트의 쾌락은 더 커진다. 게다가 사디스트는 충분한 시간을 가지고 있으며, 모든 수단을 강구할 준비가 되어 있다. 첫 번째 수단, 곧 돈만으로 소기의 목적을 달성하지 못하자 일베르는 르네에게 권총을 내보인다. 그는 이번에는 그녀의 자유를 그녀의 신체 속에 응고시켜 사로잡

333) *Ibid.*, pp. 266~267.

는 데 성공한다.

> 그때 나는 권총을 꺼내서 그녀에게 보여 주었다. 그녀는 정색을 하며 나를 바라보더니 아무 말 없이 속바지를 떨어뜨렸다.
>
> "걸어." 내가 말했다. "왔다 갔다 해봐."
>
> 그녀는 오 분 동안 다시 걸었다.
>
> …
>
> "안녕." 나는 덧붙이면서 말했다. "값에 비해 별로 피곤하게 하지 않았을 거야."[334]

희생자가 용서를 구하며 소리를 치는 순간이 바로 고문자가 쾌락을 느끼는 순간이라는 사실을 기억하자. 또한 이 순간에 희생자의 헐떡거리는 신체는 패배의 표시라는 사실을 기억하자. 이와 마찬가지로 일베르는 호텔에서 나온 뒤에 르네의 벌거벗은 몸뚱아리를 생각하면서 그 자신이 어린아이처럼 즐거웠다고 생각한다. 하지만 이런 감정은 오래 지속되지 않는다. 기이하게도 일베르는 씁쓸한 회한에 사로잡힌다. 이것만이 전부가 아니다. 그는 르네를 호텔 방에서 쏘아 죽이지 못한 것을 후회한다. 그는 심지어 3일 밤 내내 악몽에 시달린다. 일베르가 느끼고 경험한 이런 씁쓸한 회한과 악몽의 의미는 무엇일까? 이것은 분명 그의 사디즘이 실패로 끝나고 말았다는 것을 보여 주는 징표로 보인다.

앞서 본 것처럼, 사디즘은 실패로 귀착될 수밖에 없다. 그 이유는 희

334) *Ibid.*, p. 267.

생자의 편에 있다. 희생자가 용서를 구하며 자기가 아는 정보를 사디스트에게 넘길 때, 사디스트는 자신의 전략이 성공했다고 생각한다. 하지만 실제로 희생자가 더 이상 고통을 참을 수 없어 고백하는 순간에도 그는 여전히 자유라는 것이 사르트르의 주장이다.

그다음으로, 사디즘은 목적이 달성되는 순간에 보통 성적 욕망에 그 자리를 내준다.[335] 사디스트가 희생자의 자유를 사로잡으려고 하는 반면, 성적 욕망의 주체는 상대방의 신체를 통해 자유를 소유하고자 한다. 성적 욕망은 그 주체와 상대방의 신체의 상호성을 전제로 한다. 하지만 사디스트는 자신의 자유를 끝까지 유지하려 하고, 희생자를 객체성으로 사로잡으려 한다. 일베르도 마찬가지이다. 실제로 그는 르네-희생자를 권총으로 위협해 자기 주위를 걷고 맴돌게 하고 난 뒤에, 그 자신의 성기를 주고 그것을 흔들게 한다.

> 그런 다음 나는 그녀에게 내 물건을 주고 만지게 했다. 팬티가 축축해진 것을 느꼈을 때 나는 일어나 오십 프랑짜리 지폐를 내밀었다. 그녀는 그것을 움켜쥐었다.[336]

르네로 하여금 자기 성기를 쥐고 흔들게 한 것은 일베르이다. 하지만 르네가 하는 행동에 그는 수동적으로 반응할 수밖에 없다. 이것은 일베르-고문자의 주체성이 그의 신체 속에 육화되었다는 것을 의미한다. 그

335) Cf. EN, p. 475.
336) Sartre, "Erostrate", p. 267.

는 르네-희생자의 자유를 사로잡은 순간, 그 자신은 이미 자유를 향유할 수 없는 상태에 있게 된다. 물론 이 육화 상태는 르네의 신체 위에서 이루어진다는 사실은 의심의 여지가 없다. 하지만 일베르-고문자의 신체 역시 육화 상태에 있어야 한다. 그로부터 그의 사디즘이 실패했다는 결론이 도출된다.

사디즘을 실패로 몰고 가는 또 하나의 이유는, 사디스트가 희생자를 놓아주었을 때, 희생자의 의식 속에 각인된 사디스트 자신의 이미지에 대해 속수무책이라는 사실이다. 사디스트는 희생자의 자유에 의해, 자유 속에 각인된 자신의 이미지에 대해 아무런 권한이 없다. 일베르의 씁쓸한 회한과 르네를 그 자리에서 쏘아 죽이지 못한 것에 대한 후회의 근본적인 원인은 바로 이러한 이미지에 관련된다. 이것만이 전부가 아니다. 사디즘은 또한 희생자의 시선이 폭발하면서 실패로 귀착된다. 일베르가 매번 르네의 자유를 사로잡으려 할 때마다. 그녀는 그를 바라보면서 저항하고자 했다.

여자는 치마를 벗다가 나를 의심의 눈초리로 바라보면서 멈췄다.

…

그녀는 놀라 나를 쳐다보았다.

…

그녀는 침대 위에 앉았고, 우리는 침묵 속에서 서로를 바라보았다.

…

그녀는 어안이 벙벙해서 나를 바라보았다.[337]

타자의 시선이 한 번만 폭발하더라도 그를 객체성 속에 가두고자 하는 나의 모든 시도가 허사가 된다는 사실은 앞서 지적한 바 있다. 이것은 르네의 시선에도 적용된다. 일베르-고문자가 시도하는 사디즘의 모든 단계에서 그녀는 시선을 폭발시키고 있다. 그럼에도 르네가 고통과 모욕감을 느끼며 일베르-사디스트가 행한 폭력의 희생자가 되고 있다는 것에는 의심의 여지가 없어 보인다.

불발로 끝난 사디즘

사디스트가 여러 수단을 동원해 노리는 것은 희생자의 자유라는 사실을 여러 차례 지적했다. 고문도 그런 수단 중 하나이다. 사르트르는 평생 고문 문제에 관심을 표명했다. 앞서 프란츠의 고문을 언급한 바 있고 『닫힌 방』에 나오는 유황불, 장작불, 석쇠 등과 단어들은 고문을 연상시킨다. 「벽」에서 파블로는 고문을 우려했다. 하지만 실제로 사르트르가 고문을 문학적으로 형상화시킨 작품은 『무덤 없는 주검』이다. 보부아르의 증언이 있다.[338]

사르트르는 이 극작품의 집필 의도를 이렇게 밝히고 있다. "내가 고문을 받는다면 어떻게 견딜 것인가?"라는 질문에 답을 하는 것과 "고문자와 희생자 사이에 태어나는 일종의 은밀함"에 주목하는 것이다.[339] 이

337) *Ibid.*, pp. 265~267.
338) Beauvoir, *La force des choses*, t. 1, p. 160.
339) *Combat*, 30 octobre 1946. TS, p. 285에서 재인용.

처럼 고문 문제는 『무덤 없는 주검』의 중핵에 해당한다. 게다가 이 작품의 첫 공연에서 너무 잔인하고 충격적인 고문 장면으로 인해 관객들 중 몇 명이 실신하는 사태가 발생하기도 했다. 그 이후로 이 작품의 공연에서 소르비에의 손톱을 뽑는 장면을 삭제하기도 했다.

1960년에 사르트르는 한 인터뷰에서 『무덤 없는 주검』이 부족한 작품이라고 털어놓은 바 있다. 이 작품에서 고문 희생자들의 운명이 "미리 정해졌고", 그런 만큼 "서스펜스"가 없다는 이유에서였다.[340] 하지만 이 작품은 이중으로 중요하다. 대부분의 줄거리가 가장 잔인한 두 종류의 폭력 위주로 전개되고 있기 때문이다. 고문과 두 차례의 살인이 그것이다. 같은 진영의 동지들에 의한 프랑수아의 살해와 소르비에의 살해(소르비에는 자살한다. 하지만 그의 자살은 '강요된 자살'로 보인다)에 대해서는 뒤에서 융화집단 구성원들이 행하는 서약에 의한 '자살적 살해'[341]와 관련해 다시 살펴볼 것이다.

여기서 이야기하고 싶은 점은, 이 작품이 『변증법』보다 먼저 집필되고 공연되었음에도 불구하고, 이 작품에는 융화집단과 그것의 여러 변형된 형태에 관련된 몇몇 중요 요소들이 담겨져 있다는 사실이다(이것은 『바리오나』, 그리고 『자유의 길』의 마지막 부분인 「마지막 기회」에도 해당한다). 여기서는 실제로 고문을 사용하고 있는 대독협력자들의 사디즘적 폭력을 살펴보고자 한다.

카노리, 소르비에, 뤼시, 앙리, 그리고 프랑수아, 여기 대독협력자들

340) "Sartre 1960: Entretien avec Jean-Paul Sartre"(interviewed by Jacques-Alain Miller), *Cahiers libres de la jeunesse*. TS, p. 286에서 재인용; LES, p. 134, pp. 353~354.
341) 이 책의 '2부, 2장, 자살적 타살'을 참조할 것.

의 고문의 희생자가 되지만, 결국 '승리자'[342]가 되는 다섯 명의 마키단원들(또는 지하항독운동단원들)이 있다. 그들은 지금 대독협력자들의 전략 기지 공격에 실패한 후 창고에 갇힌 채 수갑을 차고 있다. 대독협력자들은 마키단원들의 대장인 장의 은신처를 알아내고자 한다. 이런 상황은 「벽」의 상황과 유사하다. 사르트르는 이 극작품의 배경을 스페인내전으로 하려는 생각을 했다.[343] 하지만 두 작품의 유사성은 거기에서 그친다. 팔랑헤당원들은 파블로를 문초하면서 과격한 수단에 호소를 하지 않는 반면, 대독협력자들-고문자들은 마키단원들-희생자들을 직접 고문하고 있다.

대독협력자들에 의해 자행된 고문을 보기 전에 이 극작품과 「벽」, 「에로스트라트」의 공간 구조를 간단하게 비교하고자 한다. 이렇게 하는 것은 이 세 작품의 공간 구조가 고문자와 희생자 사이의 대립을 상징적으로 잘 보여 주고 있기 때문이다. 「벽」에서 팔랑헤당원들-고문자들은 파블로를 문초하기 위해 건물의 1층으로 올라오게끔 한다. "한 시간이 지난 끝에 나를 찾으러 왔고, 1층에 있는 한 방으로 데리고 갔다."[344] 파블로는 병원의 지하 감옥에 갇혀 있었다. 여기서는 팔랑헤당원들이 파블로를 1층으로 올라오게끔 했다는 사실을 눈여겨보아야 한다.

이 위치는 팔랑헤당원들의 존재론적 힘이 파블로의 그것보다 더 강하다는 것을 상징적으로 보여 준다. 파블로가 그들이 있는 곳으로 올라가는 것, 즉 수직적 이동은 그의 존재론적 위치의 개선으로 해석될 수 있다.

---

342) 『무덤 없는 주검』의 첫 제목은 "승리자들"(Les vainqueurs)이었다. *Ibid.*, pp. 132~133.
343) *Combat*, 30 octobre 1946. LES, p. 285에서 재인용.
344) Sartre, "Le mur", p. 229.

객체성에서 주체성으로의 이동이 그것이다. 또한 취조실로 들어서면서 그가 고문자들을 쳐다보았다는 사실도 기억하자.

게다가 파블로는 15분 동안 세탁소에 머물러 있었다. 이 세탁소가 어디에 있는지를 알 수 있는 단서가 없다. 하지만 팔랑헤당원들이 그에게 15분을 기다리게 한 것으로 보아 취조실에서 그다지 멀리 떨어진 곳은 아닌 것 같다. 1층일 수도 있을 것이다. 이런 가정이 옳다면, 이번 파블로의 이동은 수평적이라고 할 수 있다. 이것은 그가 15분 동안 세탁소에 가 있었지만, 그의 존재론적 힘에는 큰 변화가 없다는 것을 의미한다.

앞서 팔랑헤당원들-고문자들이 파블로-희생자에게 완전한 승리를 거두지 못했다는 사실을 설명한 바 있다. 그들이 그의 주체성과 자유를 완전히 사로잡지 못한 것이다. 또한 그들의 실패는 파블로가 코미디를 고안하는 빌미를 제공해 주었다. 이런 시각에서 보면, 그의 수평적 이동은 팔랑헤당원들의 사디즘에 대한 대응과 무관하지 않아 보인다. 그는 여전히 주체성을 간직하고 있는 것이다. 이렇듯 이 단편의 공간 구조는 사디즘에 관여하는 쌍방의 존재론적 위치의 상승, 강등과 밀접하게 연결되어 있다.

「에로스트라트」의 중심인물인 일베르는 높은 곳, 가령 노트르담의 종탑, 에펠탑의 플랫폼, 사크레쾨르 등을 좋아한다. 그 이유는 단순하다. 높은 곳에서 사람들을 바라보면서 그들에게 객체성을 부여할 수 있기 때문이다.[345)]

일베르에 의하면, 그가 있는 곳이 높으면 높을수록 그의 존재론적 힘

345) Sartre, "Erostrate", p. 262.

은 더 강해진다. 그로부터 그의 소망이 도출된다. 그는 평생 들랑브르가에 있는 아파트의 6층에서 살고 싶어 한다. 이처럼 그는 높은 곳을 자신의 존재론적 우월성을 보장해 줄 수 있는 물질적 상징으로 여긴다.

이런 관점에서 일베르가 르네와 함께 스텔라 호텔의 5층으로 올라가는 것은 흥미롭다. 실제로 그때 이 호텔에는 방이 딱 하나 남아 있었다. 대체 왜 그는 다른 호텔로 가지 않고 이 호텔을 선택했을까? 그의 선택은 우연일까? 그렇지 않은 것으로 보인다. 그는 의도적으로 이 호텔을 선택한 것 같다. 왜냐하면 방이 5층에 있다는 단 하나만의 이유로 그는 안심할 수 있었다. 그 증거는, 그곳에 오르면서 르네는 숨이 차지만, 그는 아주 편안한 상태에 있게 된다는 사실이다. 이것은 수직적 이동이 일베르-고문자와 르네-희생자에게 같은 효과를 낳지 않는다는 것을 보여 준다. 그에게는 이런 이동이 존재론적 힘의 강화인 반면, 그녀에게는 오히려 그녀의 존재론적 힘의 약화로 나타난다.

이렇듯 방에 들어가기 전에 이미 고문자는 싸움에서 유리한 위치에 있다. 하지만 일베르와 르네는 결국 다시 땅으로 내려와야 한다. 이런 하강은 두 사람에게 전혀 다른 효과를 낳는다. 내려오면서 일베르-고문자는 힘을 잃는 반면, 르네-희생자는 힘을 회복한다. 요컨대 「벽」에서와 마찬가지로 「에로스트라트」의 공간 구조는 사디스트와 그의 희생자의 존재론적 지위와 밀접하게 연결되어 있다. 앞서 일베르의 사디즘이 실패로 끝난다는 사실을 이야기했다. 그의 실패는 땅으로의 하강에 의해 상징화되고 있는 것으로 보인다.

『무덤 없는 주검』의 공간 구조는 다음 사실에 의해 특징지어진다. 극이 진행되는 동안, 대독협력자들-고문자들과 마키단원들-희생자들은 극의 시작부터 있었던 곳에 자리 잡고 있다(물론 끝에 가서는 그들이 함께 같은 장소에 있게 된다). 대독협력자들은 학교 건물 아래에 있고, 마키단원들은 같은 건물 위에 위치한 창고에 있다. 이 극작품의 공간 구조는 다음 원칙, 즉 '위' 대 '아래'의 대결의 원칙에 따라 짜여 있다고 할 수 있다.[346)]

이 원칙은 마키단원들의 하강이 그들의 존재론적 지위의 강등, 즉 주체성에서 객체성으로의 강등과 일치한다는 사실에 의해 설명될 수 있다. 대독협력자들은 조국을 배신했기 때문에 그들의 행동은 비루하고 비겁하다. 이런 비겁함은 이미 그들을 객체성 상태에 있게끔 한다. 그로부터 자신들의 존재론적 지위를 객체성에서 주체성의 상태로 끌어올리기 위해 마키단원들의 자유를 반드시 사로잡아야 하는 필요성이 도출된다.

이것은 사디스트가 겨냥하는 목적과 일치한다. 대독협력자들-고문자들과 마키단원들-희생자들 사이의 치열한 싸움, 또는 위와 아래의 대결은 『무덤 없는 주검』의 공간 구조에서 예견되고 있다. 한편, 이런 대립은 나중에는 '그들' 대 '우리'의 대결 양상으로 나타난다. 우리의 출현은 융화집단의 형성을 의미한다는 것을 기억하자. 또한 우리를 유지하기 위해 이 집단 구성원들은 서약을 통해 서로에게 폭력을 부과한다는 사실을 기억하자. 이런 사실들은 앞서 잠깐 언급했던 프랑수아의 죽음과 소르비에의 자살과 밀접하게 연결되어 있다. 분명한 것은, 『무덤 없는 주검』에서 볼 수 있는 대독협력자들과 마키단원들의 이중의 대립, 즉 위 대 아래, 그들 대 우리의 대립이 이 작품의 공간 구조에 철저하게 반영되어 있다는

---

346) Cf. Pierre Haffter, "Structures de l'espace dans *Morts sans sépulture* de Jean-Paul Sartre", *Travaux de littérature, II*, Boulogne: Adirel, 1989, p. 296.

사실이다.

이런 이중의 대립은 작품의 시작과 함께 눈에 띈다. 실제로 창고에 있는 다섯 명의 마키단원들 중 가장 나이가 어린 프랑수아는 무슨 소리든 듣고 싶어 한다. 하지만 그가 아래층의 라디오에서 흘러나오는 음악을 들었을 때, 그는 이 소리를 "그들의 소리"로 규정짓는다.[347]

다섯 명의 마키단원들은 지금 아래층에 있는 '그들'의 얼굴을 보지 못한 상태이다. 하지만 그들의 현전은 라디오 소리에 의해 환기된다. 여기서 라디오는 복수의 공간을 연결하는 역할을 한다. 이 역할로 인해 부재하는 한 진영을 포함해 두 진영의 공동 현전이 가능하다.[348] 또한 프랑수아가 사용한 소유형용사 '그들의'(leur)만으로 아직까지 정체가 드러나지 않는 '그들'의 현전을 암시하기에 충분하다.

지금으로서는 '그들'이 누구인지를 아는 것은 별로 중요하지 않다. 중요한 것은 오히려 다음 사실이다. 다섯 명의 마키단원들이 같은 운명을 예견한다고 해도, 그들이 거기에 맞서 공동으로 싸움을 준비하는 것은 아니라는 사실이다. 이것은 그들이 아직 '우리'를 형성하지는 못했다는 것을 의미한다. 그들 각자가 적과의 싸움을 준비하는 과정에서 서로 조화를 이루지 못하고 있다. 프랑수아는 무슨 소리든 소리를 듣고자 한다. 이것은 생각하는 것을 막기 위함이다. 또한 그는 계속 움직여야 한다. 뤼시 역시 그녀만의 방법을 가지고 있다. 그녀는 사랑하는 장을 생각하면서 힘을 아끼고 있다.

---

347) MSS, pp. 187~188.

348) Haffter, "Structures de l'espace dans *Morts sans sépulture* de Jean-Paul Sartre", pp. 299~300.

하지만 프랑수아는 장을 체포되지 않은 운이 좋은 사람으로 생각한다. 그는 장을 미워하게 될 것이라고 주저 없이 말한다. 카노리는 침착함을 유지하고 있다. 왜냐하면 그는 1936년 나폴리에서 벌써 비슷한 상황을 겪은 경험이 있기 때문이다. 소르비에에게 당시의 추억을 얘기하면서 그는 싸움을 준비하고 있다. 하지만 나폴리에서의 경험에도 불구하고 그는 고문자들의 공격을 끝까지 견딜 수 있는 효율적인 방법을 가지고 있지 못하다.

소르비에는 카노리와 더불어 고문자들이 원하는 것이 무엇인가를 예측하면서 준비하고 있다. 이렇게 함으로써 그는 자신에 대해 더 큰 확신을 갖는 데 도움을 받기를 원한다. 뤼시와 프랑수아는 카노리와 소르비에와는 다르게 반응한다. 뤼시는 조용히 자기가 사랑하는 사람을 생각하며 카노리와 소르비에의 대화가 자기 남동생 프랑수아의 사기를 떨어뜨릴까 봐 걱정한다. 프랑수아는 그들이 계속 말하기를 바라고 있다.

다른 동료들이 각자의 방식으로 전쟁을 준비하고 있는 동안, 앙리는 무엇을 하는가? 그는 자고 있다. 그는 극이 시작되고 난 이래로 줄곧 자고 있다. 그에게는 자는 것이 시간을 흘려보내는 것이다. 이것이 그가 선택한 방법이다. 이것만이 전부가 아니다. 그는 조롱하기도 한다. 실제로 그가 잠에서 깨어나자 그는 아래층에서 들려오는 음악 소리를 조롱한다.[349)]

하지만 앙리에게 잠을 자는 것과 조롱은 이차적인 방법일 뿐이다. 진짜 방법은 자신의 죽음의 이유를 이해하는 것이다(이것은 「벽」의 파블로의 경우이기도 하다). 소르비에는 자신과 다른 동료들의 실수로 발생한 300

349) MSS, p. 198.

명의 죽음에 대해 죄책감을 느끼고 있다. 카노리와 앙리도 마찬가지이다. 하지만 앙리는 이 실수로 인해 죽고 싶지도 않고, 또 이 실수로 300명의 희생자가 발생했다는 사실을 인정하기도 원치 않는다.

게다가 앙리가 실수를 인정하는 것을 거부하는 이유가 있다. 왜냐하면 그것을 인정하게 되면 저항운동에 참여한 것을 정당화시킬 수 없기 때문이다. 그는 자기 삶의 토대로 삼았던 존재이유를 단번에 잃고 싶지 않다.[350] 그로부터 자신의 죽음의 이유를 이해해야 할 절대적인 필요성이 기인한다. 그가 이 이유를 찾게 되면 고문자들과 끝까지 맞설 수 있을 것이다. 이것이 아주 고통스럽고 험난할 것으로 예상되는 적과의 싸움에서 그가 선택한 전략이다.

> **앙리** 삼 년 이래로 내가 내 자신을 정면으로 대하고 있는 게 처음이네. 명령을 받고 복종했네. 나는 정당화되었다고 느꼈었네. 지금은 누구도 나에게 명령을 내리지 못하네. 그 어떤 것도 나를 정당화시킬 수 없네. 남아 도는 생의 일부분, 그래, 나 자신에 대해 골몰할 수 있는 약간의 시간일세. (사이.) 카노리, 우리는 왜 죽는 건가?[351]

이처럼 앙리는 자신이 쥐새끼처럼 찍소리도 못 하고 허무하게 죽는 것을 막아 줄 수 있는 대의명분을 갖기를 바란다. "단지 우리에게 뭔가 시

---

350) 앙리는 저항운동에 참여하기 전에도 항상 무엇인가나 누군가에게 "필요한" 존재가 되고 싶어 했다. *Ibid.*, p. 204.

351) *Ibid.*, p. 201.

도할 만한 것이 남아 있다면,[352] 무엇이든 좋네. 아니면 뭐라도 숨길 것이라도 있다면… ."[353] 하지만 문제는 그 누구도 그에게 지금의 투쟁을 정당화시켜 줄 수 있는 대의명분을 줄 수 없다는 것이다. 뤼시는 대장인 장이 있다고 앙리를 설득하려 한다. 하지만 체포 이후에 앙리는 동지들에 대해 큰 의미를 부여하지 않는다. 게다가 장은 연인인 뤼시를 생각하지 결코 자기를 생각하지 않을 것이라는 게 앙리의 생각이다.[354]

하지만 앙리는 결국 고문자들에게 맞서 끝까지 싸워야 할 이유를 발견하게 된다. 곧 보겠지만, 이를 위해 그는 비싼 대가를 치러야 한다. 이처럼 창고에 갇혀 있는 다섯 명의 마키단원들은 대독협력자들의 고문에 맞설 준비를 하고 있지만 각자가 선택한 방법은 다르다. 과연 그들은 모두 무사히 이 험난한 시련을 견뎌 낼 수 있을까? "각자 너무 고통받지 않으면서 헤쳐 나가길. 수단은 중요하지 않네."[355]

드디어 시련의 시간이 왔다. 대독협력자들은 소르비에부터 시작한다. 이 단계에서 다음 사실을 지적하는 것이 유익할 것 같다. 「벽」과 「에로스트라트」의 사디즘과 비교해 『무덤 없는 주검』에서는 고문자들이 실제로 고문을 하고 있으며, 사르트르는 이로 인해 그들과 희생자들에게 발생하는 심리적 효과를 기술하려고 노력하고 있다는 사실이다. 사르트르의 저작에서 나타나는 폭력을 정의하면서 그것의 기본 구성요소 중 하나가

---

352) 마키단원들은 소르비에가 첫 번째 고문을 당하고 돌아올 때까지 대독협력자들이 원하는 정보가 무엇인지를 모르고 있다. Cf. *Ibid.*, p. 193, p. 197, p. 206.

353) *Ibid.*, p. 203.

354) 지나가면서 앙리 역시 뤼시를 좋아한다는 사실을 지적하자. *Ibid.*, p. 204.

355) *Ibid.*, p. 197.

억압적이고 강제적인 힘의 존재양태라는 사실을 지적한 바 있다. 이 구성요소가 대독협력자들의 고문과 '위'에 있다가 '아래'로 끌려온 마키단원들의 반응에서 중요한 역할을 하고 있는 것으로 보인다.

실제로 소르비에가 고통에 못 이겨 소리를 지를 때, 뤼시, 프랑수아, 앙리, 카노리는 각각 다른 반응을 보인다. 뤼시는 여전히 장을 생각하면서 용기를 북돋우고 있으나 나중에는 오열하고 만다. 프랑수아는 몸을 떨기 시작하고 비명을 지를 지경이다. 앙리는 다른 동료들이 자기 소리를 듣지 못하도록 소리를 치지 않겠다고 다짐한다(여기에는 그가 소르비에를 조금 원망한다는 사실이 함축되어 있다). 하지만 카노리는 소르비에가 소리친 것을 비난하지 않는다.

네 명의 마키단원들이 소르비에의 귀환을 기다리고 있는 동안, 대장인 장이 그곳에 나타난다. 그는 수갑을 차고 있지 않다. 대독협력자들은 그가 누구인지 모른다. 그는 단지 불심검문에 걸렸을 뿐이다. 하지만 그는 시미에에 있는 동지들에게 소중한 정보를 전달하기 위해 이곳을 빠져나가야 한다. 왜냐하면 대독협력자들이 그의 말이 사실인지를 확인하기 위해 그곳으로 갈 것이기 때문이다. 그는 그들에게 이 지역의 주민이라고 말하면서 거짓 정보를 주었다. 예상에 없던 그의 출현은 부정적으로 또 긍정적으로 해석된다. 뤼시와 프랑수아는 부정적으로, 소르비에, 앙리, 카노리는 긍정적으로 해석한다.

우선, 장의 출현은 뤼시에게는 큰 충격이다. 왜냐하면 그녀는 그를 생각하면서 고문을 참아 내려고 마음먹고 있었기 때문이다. 누나의 자격으로 그녀가 동생 프랑수아에게 장을 생각하면서 견디라고 했을 때, 프랑수아는 결국 장을 미워하게 될 것이라고 말했었다. 프랑수아는 장에게 증오의 감정을 여과 없이 드러낸다. 하지만 소르비에와 카노리는 장의 출현을 반긴다. 그 이유는 이렇다. 장이 자기들 곁에 있는 한, 그들은 대독협력자들에게 뭔가 숨길 것을 갖게 되었기 때문이다. 실제로 고문을 제일 먼저 받고 온 소르비에는 그들의 목표가 장의 은신처라는 것을 알려 준다. 이것은 이제 마키단원들이 뭔가 숨길 것을 가졌다는 것을 의미한다.

카노리는 적들에게 발설해야 할 것이 아무것도 없을 때 고문을 견디는 것이 제일 힘들다는 것을 알고 있다. 그는 장의 출현에 고무된다. 특히 장의 출현을 반기는 것은 앙리이다. 왜냐하면 그 역시 다른 동지들과 마찬가지로 뭔가 숨길 것을 갖게 되었기 때문이다. 앙리는 이렇게 판단한다. 조금 운이 좋으면 장의 출현으로 그를 필요로 하는 뭔가가 있다고 생각하면서 왜 자기가 죽는지를 알 수 있는 기회를 가지게 될 것이라고 말이다.

이런 이유로 앙리는 대장인 장이 대독협력자들에게 자기가 누군지를 밝히는 것을 극구 막고자 한다. 실제로 장은 자기에게 증오의 감정을 표시한 프랑수아에 의해 모욕을 당한 상황이다. 이때 장은 모욕감을 참지 못하고 대독협력자들에게 자기가 누군인지를 알리고, 프랑수아와 같은 고통을 느끼려고 결심한다. 이때 앙리는 적극 반대한다. 만약 장이 그들에 의해 진짜로 체포된다면, 앙리는 자기를 필요로 하는 뭔가를 잃게 되고, 그 결과 그는 짐승처럼 이유도 알 수 없이 고통받고 죽어 갈 위험에 다시 직면하기 때문이다. 이것은 또한 카노리, 소르비에, 뤼시 모두에게 해당된다.

대독협력자들은 소르비에를 고문한 후에 카노리를 내려오게 한다. 그는 소리치지는 않았지만 심한 고문을 받았다. 그가 피를 흘렸다는 것이 그 증거이다. 아직 고문하는 장면은 볼 수 없다. 지금까지 고문자들의 모습도 드러나지 않고 있다. 하지만 『무덤 없는 주검』의 2막에서 사르트르는 고문자들의 모습을 보여 준다. 클로셰, 펠르랭, 랑드리외 세 명이다. 사르트르는 또한 그들의 심리 상태, 그들이 정해 놓은 목표, 그리고 특히 끔찍하고 잔인한 고문 장면을 보여 준다.

실제로 소르비에를 고문하고 난 뒤, 세 명의 대독협력자들은 서로 다툰다. 클로셰는 다음 사람을 고문하고자 한다. 그의 상관인 랑드리외는 뭔가를 먹자고 한다. 두 사람 사이의 경쟁의식이 관심을 끈다. 사안마다 그들은 부딪친다. 펠르랭은 클로셰보다는 랑드리외와 더 가까운 것으로 보인다.[356] 랑드리외는 휴식을 취하길 원하고, 카노리가 흘린 피를 닦아내고자 하고, 음악 소리를 좋아하지 않는다. 반면, 클로셰는 고문을 계속하고자 하고, 다른 사람들에게 겁을 주기 위해 피를 그대로 두길 원하고, 음악을 좋아한다.

고문자들은 카노리에 이어 앙리를 내려오게 한다. 여기서 고문의 전 과정을 볼 수 있다. 보통 고문자는 희생자의 이름, 나이, 직업 등을 묻는다. 첫 번째 단계이다. 앙리의 경우도 마찬가지이다. 그의 경우에는 의사 경력이 펠르랭의 분노와 적개심을 야기한다. 왜냐하면 펠르랭은 부모의 가난 때문에 충분한 교육을 받을 기회를 갖지 못했기 때문이다.

하지만 대독협력자들의 공동 목표는 장의 은신처를 알아내는 것이다. 그들은 이 목표를 위해 모든 것을 할 준비가 되어 있다. 고문자들은 폭

---

356) 랑드리외와 펠르랭은 클로셰에 대해 신중한 태도를 보인다. 왜냐하면 클로셰가 사촌의 힘을 이용해 옛 상사를 해고한 적이 있기 때문이다. *Ibid.*, pp. 215~216.

력적 수단에 호소하기 전에 종종 유화적 수단을 이용한다. 랑드리외는 앙리에게 담배를 주며 그를 설득하려 하지만 소용없다. 유화책은 보통 폭력적인 수단을 강구하기 전의 서곡에 불과하다. 앙리가 거부하고 난 뒤, 랑드리외는 곧바로 그를 잔인하게 다루기 시작한다. "그래 원한다 이거지? 담배 뱉어. 클로셰, 이놈을 묶어."[357] 열쇠공이 자물쇠를 열기 위해 여러 열쇠를 시험해 보는 것처럼 고문자는 여러 도구들을 이용한다. 클로셰는 몽둥이를 이용한다.[358]

앙리는 처음에는 소리를 지르지 않는다(그는 다른 동지들을 위해 소리치지 않겠다고 다짐했다). 클로셰는 이처럼 앙리가 소리를 치지 않는 것의 의미를 잘 알고 있다. 따라서 몽둥이를 더 강하게 돌리면서 그는 고문자로서 그가 얻고자 하는 것이 무엇인지를 보여 준다. '클로셰-고문자'와 '앙리-희생자' 사이의 대화를 통해 고문의 목적이 무엇이지, 또 어떤 과정을 통해 이 목적이 실현되는지를 볼 수 있다.

고문자의 궁극적 목표는 희생자의 자유를 사로잡는 것이다. 또한 희생자가 자유를 포기하는 순간은 정확히 고문자가 원하는 정보(여기서는 장의 은신처이다)를 희생자가 단말마의 고통 속에서 소리치며 발설하는 순간과 일치한다. 소리를 지르지 않는 앙리 앞에서 클로셰가 제일 먼저 원하는 것이 바로 희생자가 소리를 치는 것이다.

클로셰 돌려. 천천히. 어때? 아무것도 아니야? 좋아. 돌려, 돌려. 기다려!

---

357) *Ibid.*, p. 220.
358) *Ibid.*, p. 221.

이놈이 괴로워하기 시작하는군. 자? 말 안 할 테야? … 가엾게도 고통이 네놈 얼굴에 나타나. (부드럽게.) 땀을 흘리는군 , 그래. (그는 앙리 얼굴의 땀을 손수건으로 닦아 준다.) 몽둥이를 돌려! 고함을 질러. 지르지 않아? 머리를 흔드는군. 네놈이 고함을 안 지르려고 하지만 고개를 흔들지 않고 못 배길걸. 괴롭지. (그는 손가락으로 앙리의 볼을 찌른다.) 이놈이 이를 악무는군. 무섭지.[359)]

이 부분에서 클로셰는 앙리를 계속 쳐다본다. 이 사실은 이중으로 중요하다. 왜냐하면 고문자는 희생자의 자유가 그의 신체 속에 육화되는 정도를 눈으로 확인할 수 있기 때문이다. 고문자는 또한 희생자 자신이 볼 수 없는 몸의 징후들을 보고 또 그것을 희생자에게 알려 주면서 그의 자유의 굴종과 몰락을 더 용이하게 할 수 있기 때문이다.

클로셰가 적용하는 방법은 거기에 그치지 않는다. 신체적 징후 이외에도 그는 앙리에게 그의 내부에서 발생하는 징후들도 알려 준다. 고문이 계속될 것이라는 점을 알려 주면서 클로셰가 얻고자 하는 것은, 고문을 더 참을 수 있을 것이라는 희망의 싹을 잘라 버리는 것이고, 또 이렇게 함으로써 가능한 한 빨리 희생자가 자유를 포기하게끔 유도하는 것이다.[360)]

클로셰의 예상대로 앙리는 점차 그에게 양보하기 시작한다. 아니, 고통 때문에 양보를 하지 않을 수 없다. 우선, 앙리가 소리를 치는 것이 그 증거이다. 물론 소리를 지르기 전에 그는 자기 시선의 힘을 잃어버린다.

359) *Idem*.
360) *Idem*.

이것은 자유와 주체성을 사이에 두고 벌어지는 싸움의 양상이 고문자에게 유리하게 돌아간다는 것을 의미한다.

> **클로셰** 우리는 네놈을 놔두지 않을 거야. 두 눈은 벌써 나를 보지 않는군. 무엇을 보고 있지? (부드럽게.) 자넨 참 좋은 친구야. 돌려. (사이. 의기양양해서.) 고함을 지를 거야. 곧 고함을 지를 거야. 난 그 고함소리가 네놈 목구멍에서 부풀어 오르고 있는 것이 눈에 보여. 목구멍에서 입술까지 올라왔네. 곧 고함을 지를 거야. 돌려! (앙리가 고함을 지른다.) 하! (사이.) 네놈이 창피한 모양이군. 그래. 더 돌려! 멈추지 마. (앙리가 고함을 지른다.) 그것 봐. 처음 고함소리가 중요한 거야. 힘이 드는 것은 처음 고함소리야. 이렇게 되면 선선히 아주 자연스럽게 말할 거야.[361]

희생자가 패배를 선언하는 순간이 고문자에게는 쾌락의 순간이다. "의기양양해서"라는 단어가 앙리를 소리치게 만든 클로셰의 심리 상태를 보여 준다. 희생자의 패배는 수치심과 짝을 이룬다. 게다가 앙리에게서 모욕감은 강할 수밖에 없다. 왜냐하면 그가 동지들에게 소리치지 않겠다고 다짐했기 때문이다.

하지만 앙리는 첫 번째 전투에서 졌다. 완전한 패배는 아니다. 그는 단지 소리를 질렀을 뿐이다. 클로셰는 첫 번째 승리에 만족할 수 없다. 장의 은신처를 알아내는 공동 목표를 달성하는 데는 실패했기 때문이다. 그로부터 더 멀리 나아가야 하는 필요성이 제기된다. 희생자를 반드시 굴복

---

361) *Ibid.*, pp. 221~222.

시켜야 한다. 클로셰가 성공했다는 결정적 증거는 바로 장의 은신처의 발설이다. 하지만 앙리는 기절하고 만다. 그를 깨우기 위해 클로셰는 그에게 알코올을 마시게 한다. 계속해서 도구를 이용해 고문을 가하고자 할 때, 랑드리외는 클로셰에게 옆에 있는 방으로 가도록 명령을 내린다.

기이한 것은, 랑드리외가 클로셰의 고문에 참여하는 것을 거절한다는 점이다. 그는 문을 닫고, 앙리가 소리치는 것을 듣지 않기 위해 라디오를 켠다. 물론 그가 장의 은신처를 알아내는 공동 목표의 달성을 거부한다고 생각해서는 안 된다. 이와는 달리, 랑드리외는 다른 두 동료들보다 대독협력자들-고문자들과 마키단원들-희생자들 사이에 벌어지고 있는 고문을 둘러싼 변증법적 관계의 특성을 더 잘 이해하고 있다.

그 증거는 바로 랑드리외가 어떤 대가를 치르고서라도 마키단원들 중에 누군가가 정보를 발설하는 것을 바란다는 사실이다. 그 주인공이 앙리이든 다른 사람이든 상관없다. "저놈이 말을 해야 해. 저놈은 비겁한 놈이야. 비겁한 놈이어야 해."[362] "말을 하는 놈이 한 놈은 있어야 해."[363] 게다가 이런 이유로 그는 나중에 프랑수아의 살인 사건 이후에 뤼시, 앙리, 카노리를 그 자리에서 처형하는 것에 반대한다. "나는 그들이 발설을 하지 않은 채 뒈지는 것을 원치 않아."[364]

거기에 중요한 질문이 제기된다. 희생자들의 자유를 포획하고 싶은 강한 의지에도 불구하고 왜 랑드리외는 클로셰에 의해 고문당한 앙리가 소리치는 것을 듣고 싶어 하지 않을까? 그 이유는 랑드리외와 클로셰 사

---

362) *Ibid.*, p. 223.
363) *Ibid.*, p. 225.
364) *Ibid.*, p. 256.

이의 경쟁관계와 밀접하게 연결되어 있다. 앞서 두 사람이 쟁점마다 서로 대립한다고 했다. 하지만 여기서 문제되는 것은 그들의 존재론적 경쟁이다. 랑드리외는 실제로 클로셰가 고문에서 기인하는 쾌락을 독점하는 것을 원치 않는다. 이미 지적했지만, 이런 쾌락은 희생자의 자유가 굴욕을 당하는 것과 짝을 이룬다.

이 쾌락의 기원에는 고문자가 자신을 희생자가 굴종하는 원인으로 여기는 태도가 놓여 있다. 고문자는 자신을 희생자가 용서를 구하는 상황의 주인이라고 여기는 것이다. 이런 관점에서 보면 랑드리외는 클로셰를 질투하고 있다. 두 사람은 함께 고문에 참가하고 있다. 하지만 주도권을 쥐고 있는 것은 클로셰이다. 계급상의 위계질서를 고려하면 당연히 랑드리외가 명령을 내리고 주도권을 쥐어야 한다. 하지만 클로셰가 모든 것을 지휘한다. 그런 만큼 고문으로 인한 쾌락의 출현에서 두 사람의 몫이 같지 않다.

실제로 앙리를 계속 고문하기 위해 클로셰가 옆방에 갔을 때, 랑드리외는 펠르랭에게 그에 대한 역겨움을 말한다. 이런 감정은 클로셰가 고문하는 도중에 하는 비열하고 잔인한 말과 행동에 의해 설명된다. 하지만 랑드리외를 역겹게 한 것은 클로셰의 지휘하에 이루어진 모든 장면으로 보인다. 소르비에와 카노리를 고문하고 난 뒤, 랑드리외는 뭔가를 먹고자 한다. 클로셰가 고문을 이어 가자는 제안을 했을 때, 랑드리외는 동의하지 않는다. 그의 거부 이유가 관심을 끈다.

클로셰 당신이 원한다면 식사를 하세요. 저는 그동안에 한 놈을 문초할게요.

랑드리외 안 돼. 그렇게 되면 너 혼자 너무 즐기게 돼.[365)]

물론 랑드리외가 상관이기 때문에 고문의 주도권을 쥘 수는 있다. 게다가 이것을 『무덤 없는 주검』의 마지막 부분에서 확인할 수 있다. 랑드리외는 뤼시, 카노리, 앙리에게 삶을 약속한다. 그들이 장의 은신처를 댄다는 조건이다. 하지만 클로셰는 그들을 총살시키고 만다. 이 작품의 대단원을 다루면서 재차 그들의 경쟁관계에 대해 말할 것이다. 하지만 지금 단계에서 단언할 수 있는 것은, 랑드리외가 이상한 행동을 하는 진짜 이유가 다름 아닌 클로셰에 대한 질투, 즉 고문의 쾌락을 독점하는 걸 두고 벌어지는 경쟁으로 보인다는 사실이다.

하지만 랑드리외, 펠르랭, 클로셰는 같은 팀에 속하고 같은 목표를 가지고 있다. 장의 은신처에 대한 정보를 알아내는 것이다. 앙리로 인해 실패를 맛본 그들은 소르비에를 다시 내려오게 한다. 그런데 소르비에는 열어 놓은 창문을 통해 자살한다. 곧이어 그의 자살을 '타살적 자살'의 범주에서 분석하고자 한다. 여기서는 대독협력자들이 그를 고문하면서 도구를 사용하고 있다는 사실을 지적하자. 앙리를 고문할 때 그들은 이미 도구를 사용했다. 하지만 어떤 도구인지는 알 수 없었다. 소르비에의 경우에는 그의 손톱을 뽑는 것으로 미루어 보아 집게를 이용하고 있는 것으로 보인다.

대독협력자들에게는 아직 프랑수아와 뤼시가 남아 있다. 프랑수아는 그들에 의해 고문을 당하지 않을 것이다. 왜냐하면 장의 반대에도 불

365) *Ibid.*, p. 214.

구하고 앙리가 뤼시와 카노리와 공모해서 그를 죽이기 때문이다. 그의 죽음 역시 '자살적 타살'의 범주에서 곧 살펴볼 것이다. 그렇다면 뤼시의 경우는 어떤가? 그녀는 그들에 의해 강간을 당한다. 장은 대독협력자들이 그녀를 다른 마키단원들보다 더 오래 붙잡고 있다는 사실을 지적한다. 그녀는 나중에 실제로 강간을 당했다고 말한다.

뤼시 나는 이제 사실을 말할 수 있어요. 나는 그것을 외칠 수 있어요. 이놈들이 내 몸을 더럽혔어요. 네놈들은 부끄러울 거다. 내 몸은 깨끗해졌어요. 네놈들의 집게는 어디에 있지? 채찍은 또 어디에 있고? 오늘 아침, 이놈들은 우리에게 살아달라고 애원하고 있어요. 싫어요. 안 돼요. 네놈들은 네놈들의 일을 끝내지 않으면 안 돼.[366]

그럼에도 뤼시는 자신이 자유를 박탈당했다는 건 극구 부인한다. 두 개의 증거가 있다. 우선, 그녀는 동지들에게 장의 은신처를 불지 않았다는 사실을 알린다. "저들에게 내가 발설하지 않았다는 것을 말해."[367] 이것은 그녀가 끝까지 자신의 자유를 간직했다는 것을 의미한다. 그다음으로 그녀는 대독협력자들이 자기 몸을 만졌을 때, 그녀 자신이 "돌"이었고, 또 그들을 "정면으로" 바라보았다고 말하고 있다.

뤼시 (격렬하게.) 그놈들은 나를 만지지 않았어. 아무도 나를 만지지 않았

366) *Ibid.*, p. 259.
367) *Ibid.*, p. 236.

어. 나는 돌이었어. 나는 그놈들의 손을 느끼지 않았어. 나는 그놈들을 똑바로 쳐다보고 생각했어. '아무 일도 일어나지 않는다.' (힘 있게.) 아무 일도 일어나지 않았어. 마지막엔 그놈들이 나를 무서워했어. (사이.) 프랑수아. 네가 실토하면 난 정말로 강간을 당한 것이 돼. 그놈들은 이렇게 말할 거야. "결국 그놈들을 굴복시켰다." 그놈들은 지금의 일을 회상하면서 미소를 지으면서 이렇게 말할 거야. "꼬마를 잘 구슬렸다." 그러니 그놈들에게 부끄러움을 주어야 해. 만약 한 번 더 그놈들을 볼 희망이 없다면, 나는 지금 당장 천장에 목을 매고 죽을 테야. 너, 말을 하지 않을 거지?[368]

이 부분에서 뤼시는 대독협력자들에 의해 존재론적으로 아무 일도 일어나지 않았다는 사실을 강조하고 있다. 하지만 이것만이 전부가 아니다. 뤼시는 또한 적들을 정면으로 쳐다보았다고 강조한다. 이것은 그녀 자신이 그들에게 객체성을 부여했다는 사실, 따라서 그녀가 싸움에서 이겼다는 사실을 의미한다. 방금 인용한 부분에서 이 승리를 끝까지 지키기 위해 그녀의 동생인 프랑수아가 그들의 고문에 굴복하지 않아야 한다는 사실을 알 수 있다. 그 반대의 경우, 그녀는 싸움에서 패배하게 될 것이다. 이것이 바로 프랑수아의 죽음에 그녀가 동의하게 되는 주요 원인이 된다.

이미 암시한 바 있는 것처럼, 『무덤 없는 주검』의 대단원은 「벽」의 그것과 상당히 흡사하다. 네 번의 연속된 실패 후에 클로셰와 랑드리외는 프랑수아를 내려오게 하는 데 동의한다. 하지만 그가 죽었다는 소식을 알게 된 후에 랑드리외는 뤼시, 카노리, 앙리를 모두 내려오게 한다. 장은 다

368) *Ibid.*, p. 237.

른 곳으로 옮겨졌다. 이 순간부터 랑드리외가 모든 일의 주도권을 쥐게 된다. 그는 세 명에게 장의 은신처에 대한 정보와 그들의 목숨을 맞바꾸자고 제안한다. 세 명의 반응은 제각각이다.

우선, 뤼시는 승리를 확인한다. "이겼다! 우리가 이겼어! 이 순간은 우리에게 많은 것을 보상해 준다."[369] 그다음으로, 앙리는 다시 고문당할 준비가 되어 있다. 클로셰의 고문으로 소리를 쳐서 수치심을 느꼈던 앙리는 다시 고문을 받게 되면 정말 소리를 치지 않겠다고 벼른다. "오늘 당신들이 나를 소리치게 할 수 있을지 알게 될 거요."[370] 그렇기 때문에 그는 랑드리외의 제안을 이해할 수 없다. 카노리는 랑드리외가 약속을 지킨다는 조건으로 그의 제안을 받아들이고자 한다. 「벽」에서와 마찬가지로 랑드리외는 세 명에게 15분의 생각할 시간을 준다.

여기서 여러 질문들이 제기된다. 대체 왜 랑드리외는 이런 제안을 한 것일까? 또 왜 카노리는 그의 제안을 받아들이고자 하는 것일까? 먼저 두 번째 질문에 답을 하도록 하자. 실제로 랑드리외 자신이 카노리에게 같은 질문을 던지고 있다.

> **랑드리외** 네 놈은 왜 실토를 하려는 거지? 죽는 게 무섭나? …
>
> **카노리** 그렇소.[371]

하지만 카노리는 랑드리외에게 한 대답을 곧바로 부인한다. "나는 겁

---

369) *Ibid.*, p. 259.
370) *Idem.*
371) *Ibid.*, p. 260.

나지 않소. 난 방금 거짓말을 했소, 난 겁나지 않소."[372] 그러니까 카노리가 랑드리외의 제안을 받아들인 이유는 무서움 때문이 아니다. 그 이유는 다른 데 있다. 카노리는 다음과 같은 추론 끝에 죽기보다는 살기를 택한 것이다. "저들은 우리를 약간 망가뜨렸어요. 하지만 우리는 아직 이용 가치가 있어요. … 자! 말을 해봐요. 세 명의 삶을 그저 허비할 수는 없소. … 당신들은 왜 죽고자 하죠? 무슨 소용이 있소? 자, 대답해 봐요. 죽음이 무슨 소용 있소?"[373] 카노리에게는 적들의 고문을 견뎌 내면서 거둔 승리만으로는 부족하다. 그는 죽고 난 뒤에 즉자존재가 되는 것을 견딜 수 없다. 그로부터 살아야 할 필요성, 즉 장의 은신처를 대독협력자들에게 알려 주어야 하는 필요성이 기인한다. 카노리의 눈으로 보면 그의 동지들은 헛되이 죽을 권리를 가지고 있지 않다.

앙리는 현재의 승리가 갖는 중요성을 강조하면서 반대해 보지만 소용없다. 뤼시의 반대는 앙리의 그것보다 더 강하다. 하지만 그녀는 결국 카노리의 생각을 받아들인다. 뤼시는 왜 생각을 바꾸게 되었는가? 두 가지 답이 가능하다. 하나는 '비'이고, 다른 하나는 전세의 역전 가능성이다. 랑드리외가 뤼시, 카노리, 앙리만을 남겨 두고 나가자, 카노리는 날씨를 환기시키면서 두 사람을 설득하려 한다. "해가 지네요. 비가 올 것 같네요."[374] 그리고 앙리가 카노리의 의견에 동조하려는 순간에 그 역시 비를 환기시킨다. 뤼시가 카노리의 제안에 동의하는 순간에는 가는 비가 굵은

372) *Ibid.*, pp. 261~262.
373) *Ibid.*, p. 261.
374) *Idem*.

비로 변한다.[375]

『알토나의 유폐자들』에서 아버지와 프란츠가 강으로 뛰어들어 자살할 때, 물이 생명, 희망 등을 상징한다는 것을 보았다. 그러면서 『무덤 없는 주검』에서도 비가 희망과 무관하지 않다는 사실을 암시한 바 있다. 그런데 사르트르는 이 작품에서 특히 비와 태양을 병치시키고 있다. 태양의 상징적 의미는 다양하다. 하지만 뤼시에게 태양은 부정적 의미를 갖는다. 왜냐하면 태양 아래에서 그녀는 대독협력자들에게 고문당한 수치심을 감출 수 없다. 또한 여기서 젖은 땅과 연결되고 있는 비도 처음에는 고통을 상징할 수 있다. 땅이 빗물을 흡수하듯이 그녀 역시 수치스러운 기억을 내면으로 흡수해야 하기 때문이다. 하지만 비는 희망을 상징한다고 할 수 있다. 그도 그럴 것이 젖은 땅은 살아 있는 존재들에게 살아가는 데 필요한 에너지를 제공해 주기 때문이다.[376]

뤼시로 하여금 카노리의 생각을 받아들이게끔 한 두 번째 이유는 전쟁 상황의 역전 가능성이다. 실제로 카노리는 대독협력자들의 임박한 패배의 가능성을 암시한다. 이처럼 뤼시가 살 수 있는 가능성은 대독협력자들의 죽음과 짝을 이룬다. 게다가 펠르랭은 다음 가능성을 우려하고 있다. "나는… 들어 봐. 나는 순교자연하는 것을 견딜 수 없을걸세. 그들이 살아남을 거고, 그들이 우리들보다 더 오래 살고, 우리가 평생 그들의 머릿속에 남아 있다고 생각해 봐."[377] 곧 클로셰가 랑드리외의 약속에도 불

---

375) *Ibid.*, pp. 265~266.

376) Cf. Rosa ALice Caubet, "Thèmes solaires dans le théâtre de Sartre", *Etudes sartriennes, I*, Paris X, 1984, p. 51.

377) MSS, p. 257.

구하고 세 명의 마키단원들을 총살시켜 버리는 이유 중 하나가 바로 펠르랭의 우려와 무관하지 않다는 것을 보게 될 것이다. 이런 전쟁 상황의 변화 가능성이 뤼시의 급격한 태도 변화와 무관하지 않다는 것은 분명하다.

하지만 위의 두 원인은 앙리, 뤼시, 특히 카노리의 태도 변화를 완전히 설명하는 데는 충분하지 못하다. 기이하게도 여기서 「벽」의 파블로가 구상한 방법과 조우하게 된다. 코미디의 고안이 그것이다. 실제로 앙리와 뤼시를 설득하기 위해 15분의 시간을 가진 카노리는 대독협력자들에게 거짓말을 해서 그들을 가짜 방향으로 유도할 것을 제안한다.[378]

여기서 중요한 것은, 장이 동지들에게 거짓말 전략을 권했다는 사실이다. 이 사실은 의미심장하다. 왜냐하면 이 전략으로 인해 장은 동지들 곁에서 겪은 소외를 극복하고 그들과 다시 하나가 되어 '우리'를 형성할 수 있기 때문이다. 물론 장의 가담은 부분적일 수밖에 없지만 말이다.

파블로의 코미디와 마찬가지로 카노리의 계획 역시 자신들의 자유에 대한 타격을 최소화하면서 뤼시와 앙리와 함께했던 싸움에서 승리를 거두고자 하는 의도 위에 정초하고 있다. 파블로가 그리스의 은신처를 대면서 그 자신을 다른 사람으로 여겼다는 사실을 기억하자. 카노리 역시 비슷한 생각을 한 것이다. 비록 그들이 장의 은신처에 대한 정보를 주더라도, 이 정보가 가짜이기 때문에 그들 세 사람은 코미디를 연출하면서 자신들의 주체성을 보호할 수 있다고 생각한 것이다.

이런 생각이 카노리로 하여금 랑드리외의 제안을 받아들이게 한 진짜 원인으로 보인다. 뤼시와 앙리가 카노리의 이런 전략을 알아차렸는지

---

378) *Ibid.*, p. 261.

는 미지수이다. 하지만 여기서 분명하게 드러나는 것은, 그가 다른 동지들과 함께 대독협력자들-고문자들과의 싸움에서 '승리자들'이 되기를 원했다는 사실이다. 두 동지들을 설득시킨 후에 카노리는 장의 가짜 은신처에 대한 정보를 준다. 하지만 결과는 비극적이다. 클로셰의 난데없는 결정 때문이다. 그는 세 명의 마키단원들을 총살할 것을 명령한다.

여기서 앞서 제기한 문제로 돌아가 보자. 왜 랑드리외는 세 명에게 비밀 정보와 목숨을 바꾸자고 제안한 것일까? 두 가지 이유를 들 수 있다. 고문자로서의 승리와 고문의 과정에서 나타나는 쾌락의 독점이다. 앞서 랑드리외가 다른 두 명의 대독협력자들보다 고문의 의미를 더 잘 이해하고 있다고 했다. 또한 고문에 대한 혐오에도 불구하고 그는 적들이 정보를 발설하는 것을 절대적으로 원한다고 했다. 이처럼 그는 마키단원들과의 싸움에서 자유의 포획에 집착했다. 그로부터 그들의 자유를 사로잡는 데 있어 고문보다는 덜 과격한, 하지만 그가 보기에는 더 효율적인 그의 제안이 기인한다.

세 명의 마키단원들이 발설한 가짜 정보에 랑드리외는 승리의 찬가를 부른다. "드디어 그들을 굴복시켰군. 자네 그들의 몰골을 보았나? 저들은 들어올 때보다 사기가 떨어진 같아."[379] 그가 고문의 쾌락을 독차지한 클로셰를 질투했다는 사실을 잊지 말자. 그로부터 랑드리외가 그 자신을 모든 사태, 특히 세 명의 적들의 항복으로 나타난 쾌락의 원인으로 여길 수 있는 확신이 기인한다. 하지만 랑드리외는 그의 공훈을 즐길 때, 세 명의 마키단원들의 자유를 사로잡지 못했다. 그들은 그에게 가짜 정보를

379) *Ibid.*, pp. 267~268.

발설하면서 그들 스스로를 다른 사람들로 여겼다. 이것은 랑드리외가 최종적으로 실패했다는 것을 의미한다.

그렇다면 뤼시, 소르비에, 프랑수아, 앙리, 카노리는 고문자들에 맞서 자유를 보호하는 데 성공했을까? 답은 '그렇다'이다. 게다가 이 답은 카노리를 통해 거짓 정보를 주는 전략 이전은 물론, 그 이후에도 유효하다. 거짓에 호소하기 전에 그들이 싸움에서 이겼다. 그들 중 누구도 고문에 굴복하지 않았다. 또한 랑드리외에게 가짜 정보를 준 이후에도 그들은 싸움에서 패하지 않았다. 왜냐하면 그들은 가짜 정보를 줄 때 자신들을 다른 사람들로 여겼기 때문이다. 하지만 그들은 결정적인 승리의 기쁨을 향유할 수가 없다. 랑드리외의 계획과는 달리 클로셰가 그들을 총살시키라는 명령을 내렸기 때문이다.

대체 클로셰는 왜 이런 결정을 내렸을까? 이번에는 그가 고문의 쾌락을 독점하는 랑드리외에 대해 질투를 했을까? 아니면 그의 사촌에게 랑드리외를 해고하라는 보고서를 보냈을까? 그럴 수 있다. 하지만 클로셰의 난데없는 결정의 진짜 이유는 펠르랭이 이야기한 우려에서 찾아야 한다. 고문을 받은 희생자 세 명의 생존 가능성이 그것이다. 다시 한번 펠르랭의 대사를 인용해 보자. "그들이 살아남을 거고, 그들이 우리들보다 더 오래 살고, 우리가 평생 그들의 머릿속에 남아 있다고 생각해 봐."

앞서 본 것처럼, 사디즘이 실패로 귀착되는 주요 이유 중 하나는 희생자들의 의식 속에 각인된 기억의 삭제 불가능성이었다. 뤼시, 앙리, 카노리가 살아 있는 한(이것이 랑드리외의 약속이었다), 클로셰와 펠르랭(랑드리외도 역시)은 그들의 머릿속에서 모욕당하는 것을 피할 수 없을 것이다. 이것이 바로 클로셰로 하여금 총살을 명령하게끔 한 주요 이유이다.

"이 순간 이후, 누구도 이 모든 것에 대해 생각하지 못할 거요. 우리를 제외한 그 누구도."[380]

클로셰-고문자의 행동이 잘못되었다는 것을 알기 위해 『알토나의 유폐자들』의 프란츠를 기다려야 했다. 클로셰는 세 명의 마키단원들-희생자들을 죽임으로써 자신의 고문을 영원히 땅에 묻고자 했다. 하지만 이 결정은 잘못된 것이다. 왜냐하면 프란츠와 마찬가지로 자기의 어깨에 "나는 고문자였다"는 부끄럽고 굴욕적인 꼬리표를 평생 동안 지고 다녀야만 하기 때문이다(물론 이것은 랑드리외와 펠르랭에게도 해당한다). 이렇듯 고문은, 사디스트가 희생자의 자유를 포획하기 위해 이용된다는 단 하나만의 이유로도 폭력을 구성한다. 그리고 이런 고문에 강간이 동반된다면(뤼시의 경우이다), 그것은 타자에게 가해지는 가장 비열한 폭력이 될 것이다.

살인

의사소통 수단으로서의 살인

사르트르에게서 출생과 마찬가지로 죽음은 우연적 사실에 속한다.[381] 하지만 인간의 출생이 스스로를 만들어 가는 가능성의 출현이라면, 죽음은 자기비판과 자기변신 능력의 완전한 사라짐이다. 인간이 살아 있다면 그의 삶은 유예 상태에 있게 된다. 항상 미결정이고, 따라서 오랜 기다림이

380) *Ibid.*, p. 268.
381) EN, pp. 630~631.

다. 하지만 죽음과 더불어 그는 외부를 가지면서 객체로 굳어지게 된다. 그의 삶은 완전히 닫히게 된다. 죽으면서 그는 자기 뒤에 그 자신이었던 모든 것을 남기게 된다.

죽음은 인간에게 새로운 무엇인가를 시도하는 것을 허락하지 않는다. 그는 자신의 과거에 아무것도 덧붙일 수 없다. 그의 죽음은 '처형'과 일치한다. 그는 영원히 그가 있었던 것으로 남아 있도록 처형당한다. 그의 삶에 대한 모든 계산이 영원히 멈추게 된다. 그가 죽는 순간, "내기는 끝났다"는 의미에서 그의 삶은 완성된다.

죽음에는 여러 종류가 있다. 자연사, 사고사, 자살, 살인 등등…. 여기서 관심을 끄는 것은 '살인', 즉 타자에게 죽음을 주는 행위 그 자체이다. 사르트르는 『말』에서 이렇게 쓰고 있다. "내 어린 시절의 싱거운 행복에 때로 음산한 맛이 감도는 것도 무리가 아니다."[382] 하지만 이런 음산한 분위기는 단지 사르트르의 어린 시절에만 국한되지 않는다. 죽음은 그의 거의 모든 문학작품에서 나타난다. 죽음과 관계되는 사르트르의 지옥의 세계를 살펴보기 전에 우리는 살인 그 자체에 대해 몇 가지 사실을 언급하고자 한다.

첫째, 살인은 타자에게 가해지는 가장 잔인한 폭력이라는 사실이다. 사르트르의 사유에서 인간은 자유롭다. 그는 자유롭게 그 자신의 삶을 마지막 순간까지 만들어 갈 수 있다. 그가 다른 사람들의 이익에 해를 가하지 않는다면 말이다. 사르트르에 의하면 죽음은 완전한 박탈을 의미한다. 타자에 의해 야기된 한 인간의 죽음은 그의 존재권리의 완전한 박탈로 이

382) LM, p. 20.

어진다. 이런 살인보다 더 끔찍하고 잔인한 폭력이 또 있을까?

둘째, 살인은 개인적이거나 집단적이라는 사실이다. 개인적 살인은 한 사람이 한 사람 또는 여러 사람에게 죽음을 주는 행위이다. 이 장에서는 주로 이런 유형의 살인이 분석 대상이 될 것이다. 집단적 살인은 여러 사람이 한 사람 또는 여러 사람에게 죽음을 가하는 행위이다. 이런 유형의 살인에 대해서는 융화집단의 범주 내에서 '자기에 대한 폭력'을 검토할 때 자세히 살펴볼 것이다. 특히 서약집단에서 서약 위반자에게 가해지는 '자살적 타살'이 거기에 해당한다. 그리고 여러 사람이 여러 사람에게 죽음을 주는 집단적 살인(특히 전쟁을 생각한다)에 대해서는 다음 두 가지 사실만을 살펴보는 것으로 그치고자 한다. 하나는 전쟁, 특히 제2차 세계대전이 사르트르의 지적 여정에 큰 영향을 끼쳤다는 사실이다.[383] 사르트르와 전쟁 사이의 관계를 제대로 살펴보려면 또 다른 연구가 필요할 것이다. 다른 하나는 사르트르가 전쟁을 문학적으로 형상화시키면서 독특한 서술 전략을 동원하고 있다는 사실이다. 전쟁, 특히 제2차 세계대전은 세계 여러 나라에서 벌어지고 또 수많은 사람들과 관계되기 때문에, 이 전쟁을 포착하고 지각하면서 문학적으로 형상화시키기 위해 작가는 가능하면 '모든 곳'에 있어야 한다. 곧 "신의 관점"을 취해야 한다. 하지만 이것은 불가능하다. 또한 유혈이 낭자하고 끔찍한 전쟁 장면을 묘사하는 대신에[384] ── 전쟁을 하는 것은 "사람을 죽이기 위한 것"이고, 따라서 전쟁

---

383) 사르트르가 제2차 세계대전으로부터 받은 영향에 대해서는 다음을 참고할 것. SX, pp. 175~176, p. 180; SF, p. 99; LC, p. 488; Beauvoir, *La force des choses*, t. 1, pp. 15~17.

384) Cf. Muriel Olmeta, "L'écriture de la guerre dans *La mort dans l'âme*", *Littératures*, printemps 1990, p. 189.

은 "피와 극적인 장면들의 연속"이다 —, 사르트르는 전쟁에 관여하고, 분산되어 있고 또 서로 대립하는 수많은 사람들이 가진 의식의 수동성과 집렬체성[385]을 부각시키면서 전쟁의 참상을 묘사하고 있다. 사르트르는 특히 『유예』에서는 동시적 기법(technique simultanéiste)[386]을, 『상심』에서는 점묘법 기법(technique de pointillisme) 등을 적용하고 있다.[387]

살인 그 자체와 관련하여 세 번째로 언급하고 싶은 점은, 살인이 어떤 경우에는 타자와의 의사소통을 위한 수단으로 사용되기도 한다는 사실이다. 사르트르에게서 인간은 자신의 잉여존재를 정당화시키기 위해 타자의 존재, 곧 타자와의 의사소통을 필요로 한다. 또한 의사소통의 통로가 나 또는 타자가 발생 주체인 기존폭력(또는 순수폭력)에 의해 봉쇄될 수 있다는 것은 분명하다. 앞서 이런 폭력에 대응하는 방식이 크게 두 가지라는 사실을 보았다. 그것을 수동적으로 감내하거나 또는 과격한 수단에 호소하는 것이 그것이었다. 살인은 두 번째 수단에 해당한다. 이런 의미에서 살인은 그 기능이 해방적이고 치유적인 기능을 가진 대항폭력에 속하는 것으로 이해될 수 있다. 이런 유형의 살인은 『파리 떼』에서 주로

---

385) 『유예』에서 라디오는 아주 중요한 역할을 한다. 라디오 앞에서 전쟁에 관련된 소식을 듣는 청취자들은 집렬체를 구성하고 있는 것으로 보인다.

386) Jean-Paul Sartre, "Prière d'insérer", *L'âge de raison* et *Le sursis*, in OR, pp. 1911~1912. 이 소설 기법을 바흐친의 카니발 개념과 비교하고 있는 다음 글을 참고할 것. Idt, "*Les chemins de la liberté*, les toboggans du romanesque", p. 87, p. 89. 또한 이 소설의 기법에 대해서는 다음을 볼 것. Gonzague Truc, *De J.-P. Sartre à L. Lavelle ou désagrégation et réintégration*, Paris: Tissot, 1946, p. 108; Gérald Joseph Prince, *Métaphysique et technique dans l'oeuvre romanesque de Sartre*, Genève: Droz, 1968, p. 81.

387) Idt, "*Les chemins de la liberté*, les toboggans du romanesque", p. 86; "Les modèles d'écriture dans *Les chemins de la liberté*", *Etudes Sartriennes I: Cahiers de sémiotique textuelle*, 2, Paris X, 1984, p. 78.

나타난다.[388)]

오레스테스의 살인

『파리 떼』에서 아르고스의 옛 왕 아가멤논은 15년 전에 지금의 왕 아이기스토스에 의해 살해되었다. 그때 전 왕비이자 현 왕비인 클리타임네스트라의 공모가 있었다. 아가멤논과 클리타임네스트라 사이에 태어난 오레스테스는 결국 아이기스토스와 자기 어머니를 살해하고 만다. 이처럼 『파리 떼』의 줄거리는 오레스테스의 살인을 중심으로 전개된다. 우리는 의사소통적이고 치유적인 기능을 강조하면서 그의 살인을 살펴보고자 한다. 여기서 문제가 되는 의사소통은 주로 오레스테스와 그의 누이동생, 그와 아르고스 주민들 사이의 그것이다.

실제로 아르고스의 주민들은 그들의 미래의 왕이 될 수도 있는 (아가멤논이 죽었기 때문이다) 오레스테스가 살아 있는지 죽었는지 모른다. 아가멤논을 살해한 후 얼마 되지 않아 아이기스토스가 오레스테스를 죽이라는 명령을 내렸다. 그 이유는 복수 가능성의 근절이다. 하지만 풍문에 따르면 오레스테스는 아직 살아 있다. 그를 죽이려던 자들이 그에게 동정심을 느껴 살려 주었다는 것이다.

사실을 말하자면 오레스테스는 살아 있다. 클리타임네스트라가 말하고 있듯이 아이기스토스는 그를 죽이기 위해 용병들에게 넘겼다. 하지

---

388) 이 세 경우를 제외하고도 사르트르의 문학작품에는 또 다른 살인 장면이 있다. 예컨대 『존경할 만한 창부』에서 흑인에게 총을 발사하는 토마스, 『톱니바퀴』에서 장의 주도로 이루어지는 살인이 동반된 파업, 『악마와 선한 신』에서 괴츠의 살인 등이 그것이다. 이런 살인들의 경우에도 결국 피살해자의 존재가 무화되는지 여부가 관건으로 보인다.

만 지금 그는 고향인 아르고스에, 그것도 주피터 앞에 있다. 그는 열여덟 살이다. 그는 필레보스라는 가명으로 코린토스 출신이라고 주장하면서 스승과 함께 세상을 배우기 위해 여행 중이다. 델포스, 이케아, 나폴리 등을 거쳐 그는 지금 아르고스에 도착했다. 때마침 죽은 자들의 축제 날이다. 여행객들은 아르고스를 방문하지 않고 멀리 돌아 피해 간다. 하지만 이곳에 도착한 오레스테스는 아르고스 주민들에 의해 지나가는 손님이나 이방인 취급당하는 것에 불만을 터트린다. 그들은 그에게 유용한 정보를 주는 것도 거절한다.

오레스테스의 스승의 표현을 빌리자면, 아르고스 주민들보다 오히려 파리 떼가 그들을 더 반긴다. 아르고스의 현재 상태를 상징하는 파리 떼는 15년 전, 즉 아가멤논이 암살되었을 때 아주 불쾌한 냄새에 이끌려서 이곳에 왔다. 하지만 실제로 파리 떼를 그곳에 보낸 것은 신이었다. 그 이후, 파리 떼는 이곳에서 잠자리나 귀뚜라미보다 더 시끄러운 소리를 내고 있다.

실제로 오레스테스는 이런 정보를 위시해 다른 여러 정보를 데메트리오스(주피터의 전쟁명이다)에게서 듣는다. 가령, 클리타임네스트라와 아이기스토스의 관계, 아가멤논의 살해, 아가멤논의 실수(중대범죄인을 공개적으로 처형하지 않는다), 아르고스 주민들의 침묵, 죽은 자들의 축제, 오레스테스 자신에 대한 이야기, 엘렉트라에 대한 이야기 등이 그것이다. 주피터는 특히 아이기스토스의 통치 방식을 비난한다. 아르고스 주민들에게 강한 공포심을 심어 주면서 통치해야 하는데 아이기스토스가 그렇게 하지 못했다는 것이다. 이 모든 사실을 알고 있는 주피터는 몰래 오레스테스와 그의 스승의 뒤를 계속 따르고 있는 중이다.

오레스테스와 주피터 사이의 대화에서 관심을 끄는 것은 특히 주피터의 충고이다. 오레스테스에게 그와 아르고스 주민들 사이에는 깊은 홈이 있다는 것을 가르쳐 주며 주피터는 재앙을 일으키지 말고 아르고스를 떠날 것을 그에게 권한다. 오레스테스가 주피터에게 대답을 하려는 순간, 그의 스승이 그를 제지한다. 하지만 오레스테스는 주피터에게 시선으로 응수한다. "그들은 시선을 겨눈다."[389] 하지만 오레스테스는 주피터의 말을 인정한다. 그와 아르고스 주민들 사이에는 깊은 홈이 패어 있는 것이다. 하지만 그에 따르면 왕은 자기 신민들과 같은 추억을 가져야 한다. 실제로 그는 자기 신민들이 되어야 했을 아르고스 주민들과 같은 역사를 만들지 못했다. 예컨대 자기 아버지가 살았고 또 그가 살고 있어야 하는 왕궁 앞에서 그는 많은 추억에도 불구하고 이렇게 자문하고 있다. "그래, 무엇이 내 것이지?"[390]

앞서 어린 사르트르가 아버지의 때 이른 죽음으로 야기된 자기 존재의 빈곤함으로 인해 고통을 받았다고 했다. 그는 이런 빈곤성을 그의 존재의 가벼움에 비교했다. 오레스테스가 스승에게 말하고 있는 것이 바로 이것이다.

> **오레스테스** 너는 나에게 자유를 주었다. 마치 바람에 끊겨 공중에 흔들거리는 저 거미줄 같은 자유를 말이다. 나는 거미줄보다도 무겁지 않다. 나는 공중에서 살고 있다. 이게 행운인 건 안다. 있는 그대로 받아들이고 있

389) LMO, p. 23.
390) *Ibid.*, p. 25.

다. … 하지만 나… 나, 나는 고맙게도 자유롭다. 아! 나는 자유롭다.[391)]

오레스테스는 자신을 태어나면서부터 아르고스에 연루된 자들 중 한 명으로 여기는 대신에 왕궁 소유권을 부인하면서 이곳을 떠나고자 한다. 그렇다고 해서 비열한 회한에 짓눌린 것은 아니다. 스승이 그의 출생의 비밀을 알려 준 뒤로 오레스테스는 아이기스토스를 추방할 생각을 해왔다. 또한 그가 아르고스 주민들 사이에 머물 수 있는 가능성이 있다고 판단하게 되면, 즉 그들과 의사소통할 수 있는 길을 찾아낼 수 있다면, 그는 심지어 어머니 클리타임네스트라를 살해하는 것도 마다하지 않을 것이다. 하지만 지금으로서는 엘렉트라와의 만남도 아르고스를 떠나겠다는 그의 의견을 바꾸기에 충분하지 않다.[392)]

오레스테스는 엘렉트라에게 신중하게 답을 한다. 그녀의 얼굴에는 소나기의 징후가 담겨 있고, 오빠에게 그가 아버지의 암살 이후 그녀가 기다리던 "누군가"일 경우 무엇을 할 것인가를 묻는 기색이 역력하다.

엘렉트라 좀 더 이야기해 주세요. 내가 기다리는 누군가 때문에 좀 더 알고 싶은 거예요. 누군가 때문에… 코린토스의 한 젊은이, 저녁이면 처녀들과 웃으며 지내는 그 젊은이들 중 한 명이, 여행 끝에 고향으로 돌아와 자기 아버지는 암살당했고, 자기 어머니는 살인자의 품에 안겨 있고, 자기 누이는 종노릇을 하고 있는 꼴을 보았다고 가정해 보세요. 이 코린토

391) *Ibid.*, pp. 26~27.
392) *Ibid.*, p. 103.

스의 젊은이는 슬며시 도망치고 말까요? 그는 절을 하며 뒷걸음질쳐서 여자친구들 곁에서 위안을 찾으러 갈까요? 아니면, 칼을 뽑아 들까요? 암살자에게 달려들어 그의 대갈통을 깨 놓을까요? 대답을 안 할 건가요?

오레스테스 모르겠소.

엘렉트라 뭐라고요? 모르겠다고요?[393)]

오레스테스는 자신의 추억과 회한을 신민들의 것으로 여기면서 아르고스를 떠나기 위해 스승에게 말을 한 필 구해 달라고 부탁한다. 누이와의 대화 중에도 그는 결정을 번복하지 않는다. 하지만 어머니와의 만남 후에 그는 결정적으로 아르고스에 머물기로 결정한다. "나는 출발하지 않을 거예요."[394)]

주피터와 마찬가지로 클리타임네스트라는 오레스테스가 자기 아들임을 알아차리고 그가 아르고스를 떠나기를 바란다. 하지만 어머니의 충고를 따르는 대신에 그는 누이의 부탁으로 죽은 자들의 축제 이후로 출발을 미룬다. "나를 위해, 제발, 필레보스, 출발을 연기하고 축제에 참석해 주세요. 아마 축제에서 재미있는 장면을 볼 수 있을 거예요."[395)]

하지만 오레스테스가 출발을 미뤘다고 해서 바로 범죄를 실행하는 것은 아니다. 그의 급격한 개종을 기술하기 전에 그와 함께 아르고스 주민들의 축제에 참석해 보자. 클리타임네스트라에 의해 신민을 위한 우화로 여겨지는 이 축제는 아가멤논 살해 이후에 시작되었다. 축제 날에 모

---

393) *Ibid.*, p. 35.
394) *Ibid.*, p. 43.
395) *Ibid.*, p. 42.

든 아르고스 주민들은 검은색 옷을 입는다(이런 의미에서 하얀색 옷을 입고 나타난 엘렉트라는 저항을 상징한다). 주민들은 모두 평소 입구가 큰 돌로 덮여 있고, 깊이를 알 수 없으며, 지옥으로 연결되어 있다는 동굴 앞에 모인다.[396] 이 돌은 한 해에 한 번 치워진다. 죽은 자들을 불러오고, 그들이 아르고스 전역을 달리고 또 퍼져 나가게 하기 위함이다. 대사제가 이 축제를 주재한다.

이것이 바로 엘렉트라가 오레스테스에게 소묘한 죽은 자들의 축제의 양상이다. 그런데 이 축제가 아르고스 주민들에게 대공포를 심어 주기 위해 고안되었다는 점이 흥미롭다. 그들은 한 해 동안 지은 죄를 사죄해야 한다. 물론 오레스테스와 스승 같은 이방인들의 눈에 이 축제는 미신에 물든 광기에 불과하다. 엘렉트라는 이 축제를 공공 참회 놀이로 여긴다. 하지만 아르고스의 주민들은 15년 동안 이 축제에 너무 익숙해 있어 엘렉트라를 비난한다. 아이기스토스에 따르면 저주받은 종족인 아트리드족의 마지막 싹인 엘렉트라는 하얀 옷을 입고서 축제를 망치고 있다. 축제에 대한 오레스테스와 엘렉트라의 이런 태도는 그들이 아르고스에서 배제되었다는 사실을 보여 준다. 결국 두 사람은 사생아이다.

아르고스 주민들이 참가하는 축제에서 가장 관심을 끄는 것은 바로 이 축제가 지라르에 의해 제시된 일종의 '희생제의'의 특징을 띤다는 점이다. 이런 특징은 아이기스토스가 이 축제를 고안해 내면서 겨냥한 목표와 무관하지 않다. 방금 이 축제가 아르고스 주민들에게 공포심을 심어 주기 위해 고안되었다고 했다. 그렇다면 그들을 공포에 빠뜨려야 하는 필

---

396) 돌의 색깔은 검정색이다. *Ibid.*, p. 47.

요성은 어디에서 기인할까? 답을 위해 다음 사실을 지적하자. 아이기스토스는 클리타임네스트라와 공모해 아가멤논을 살해하면서 그만의 왕국을 세웠다는 사실이다. 그리고 이 왕국이 지속되는 한, 그의 살해는 새로운 시대를 열었다는 효과를 계속 낼 것이다. 이런 관점에서 보면 그가 저지른 범죄는 초석적 폭력으로 여겨질 수 있다.

그런데 문제는, 이런 폭력이 아르고스 주민들에게 불행을 안겨 준다는 의미에서 해로운 폭력이라는 점이다. 파리 떼의 등장이 그 증거이다. 게다가 아가멤논은 오레스테스와 엘렉트라를 낳았기 때문에 아이기스토스는 항상 그들이 복수할 위험에 노출될 수 있다. 이런 이유로 그는 오레스테스를 용병들에게 내어 주었다. 그리고 엘렉트라는 여자여서 위험이 덜하다고 판단한 것이다. 하지만 이 판단은 잘못된 것이다. 왜냐하면 줄곧 복수의 꿈을 키워 왔고, 또 지금도 축제를 훼방 놓고 있는 장본인이 바로 그녀이기 때문이다. 그런 만큼 아이기스토스는 자신의 왕국이 파괴될 모든 가능성을 미연에 방지해야 하는 상황에 있다. 이렇듯 그에 의해 고안된 죽은 자들의 축제는 방어적 폭력의 성격을 띠는 것으로 보인다.[397]

지라르의 희생제의와는 달리 아르고스의 축제에서는 희생양이 없다. 그들은 동물도, 저주받은 인간들도 희생시키지 않는다. 그러니까 한 사회 전체를 위협하는 폭력을 집중시켜 희생시키는 희생양이 없다. 그럼에도 죽은 자들의 축제는 지라르의 희생제의와 닮은 것으로 보인다. 어떤 점에서 그럴까? 속임수를 전제로 한다는 점에서 그렇다. 지라르에 따르면 희생제의에서 행해지는 폭력은 이 제의를 진행하는 극소수의 사람들

---

397) Girard, *La violence et le sacré*, p. 24.

에게만 알려질 뿐이다. 이 폭력으로 다른 폭력을 제압하고 또 다른 폭력의 출현을 방지하려면 이 폭력의 사용이 비밀리에 이루어져야 한다. 그다음으로는 희생제의의 반복이다. 지라르에 따르면, 일단 희생제의가 치러지고, 그 효과가 발생하게 되면, 이 효과를 다시 얻기 위해 희생양을 바치는 행사를 진행한다. 행사의 주기적 반복은 결국 희생제의로 이어진다.

이런 지적들을 바탕으로 다음 사실을 단언할 수 있다. 현재 왕이 죽은 자들의 축제에서 겨냥한 목표는 자기 왕국을 위협할 수 있는 모든 폭력에 맞서는 것이라는 사실이다. 하지만 이 축제는 지금 위기에 빠져 있다. 세 가지 이유에서이다. 첫째, 이 축제의 비밀이 드러나 버렸기 때문이다. 축제가 제대로 효과를 발휘하기 위해서는 이 축제가 속임수라는 것을 축제 고안자와 공모자 정도의 극소수만이 알고 있어야 한다. 그런데 엘렉트라는 웃으면서 하얀 옷을 입고 기쁨에 넘쳐 춤을 추면서 축제를 방해하고 있다. 또한 그녀는 아르고스 주민들에게 이 축제가 코미디에 불과하다고 강변하고 있다.

축제를 위기에 빠뜨리는 두 번째 이유는, 이 축제가 가진 효용성의 "마모"(usure)[398]에도 불구하고 아이기스토스가 새로운 조치를 취하고자 하지 않는다는 것이다. 그 대신에 그는 그 자신을 빈 누에고치로 여기고, 그 자신이 죽은 아가멤논보다 더 죽은 상태에 있는 것으로 여긴다. 요컨대 아이기스토스는 15년 동안 계속된 꼭두각시 놀이에 진력이 난 상태이다. 게다가 이런 이유로 그는 주피터의 경고에도 불구하고 자신을 죽이려 하는 오레스테스를 체포하는 것을 거부한다.

---

398) *Ibid.*, p. 63.

오레스테스가 아이기스토스와 클리타임네스트라에 대해 복수를 결심하는 것 자체가 이 축제를 위기에 빠뜨리는 세 번째 이유이다. 실제로 아이기스토스는 아르고스에 오레스테스가 출현한 것을 모르고 있다. 그는 주피터의 귀띔이 있고 나서야 이 사실을 알게 된다. 앞서 오레스테스가 출발을 연기했음에도 불구화고 아직 아이기스토스에 대한 복수를 결심하지 않았다고 했다. 오레스테스는 축제가 끝나고 난 뒤에 엘렉트라에게 코린토스로 함께 가자고 제안한다. 그녀는 이 제안을 거절한다. 아니, 그녀는 이 제안을 결코 받아들일 수 없다. 그녀가 계속 꿈꿔 왔던 이 복수는 — "나는 어느 날부터인가 김이 나는 것을 보는 꿈을 꿔 왔어요. 추운 아침에 그들의 갈라진 배에서 헐떡거림과 유사한 적은 양의 김이 곧장 올라오는 것을 말이에요"[399] — 그녀가 오빠와 함께 다른 곳으로 가지 못하게 하는 가장 중요한 요인이다.

엘렉트라의 결심은 단호하다. 그런 만큼 그녀에게 자기의 정체를 밝히면서 아르고스를 떠나자는 오빠의 마지막 제안에 대해 그녀는 망설임 없이 자기 오빠는 죽었다고 선언한다. 그녀는 오레스테스의 신분을 알고 나서는 과거보다 더 혼자라고 느낀다. 하지만 그녀가 그에게 이곳을 떠나라고 말하자 — "가세요. 고매한 영혼이여. 나는 고매한 영혼만을 떠나보내네요. 내가 원하는 것은 공범자가 되는 거예요"[400] — 오레스테스는 자신이 "누구"인지를 자문한다. "맙소사, 대체 나는 누구인가? 내 누이가 나를 밀쳐 내다니. 내가 누구인지도 알지 못한 채."[401] 이런 의문으로 인해

399) LMO, p. 63.
400) *Ibid.*, p. 66.
401) *Ibid.*, p. 67.

그는 결국 아르고스를 떠나지 않게 된다.[402)]

이렇게 해서 오레스테스는 살인을 향한 첫 발을 내딛는다. 그렇다면 그를 아르고스에 붙잡은 진짜 동기는 무엇일까? 이 동기를 결정하는 두 가지 요소가 있다. 엘렉트라와의 의사소통과 아르고스 주민들 사이에서 그의 추억, 그의 땅, 그의 자리를 갖고 싶어 하는 욕망이 그것이다. 이 두 요소는 결국 그 자신의 존재이유 추구와 밀접하게 관련이 되어 있다. 아르고스에 관련된 모든 것에 대해 소유형용사 '그의'(son)의 사용권을 가지지 못했기 때문에 그가 공중에 걸린 거미줄처럼 가볍다는 것을 상기하자. 이것은 그의 존재의 빈곤성을 보여 준다. 또한 사르트르에게서 인간은 자기 자신에 관련된 진실을 알기 위해서는 타자를 통과해야 한다는 사실과 함의 범주가 있음의 범주로 환원된다는 사실을 기억하자.

이런 사실들은 그대로 오레스테스에게도 해당된다. 만약 엘렉트라가 자기의 제안을 받아들여 아르고스를 함께 떠났다면, 그는 자신의 잉여존재를 정당화시켰을 수도 있다. 사랑하는 누이를 보호하는 오빠로서의 모습을 통해서 말이다. 그녀와의 의사소통을 회복하면서 말이다. 하지만 그녀가 자기를 오빠로 인정하는 것을 거절한 이상, 그는 그녀에게 호소하면서 그 자신의 존재이유를 확보할 수 있는 기회를 상실하게 된다.

물론 오레스테스에게는 두 번째 해결책이 남아 있다. 이것은 함의 범주나 가짐의 범주에 의지하는 것이다. 이를 위해 그는 또한 아르고스 주민들에게도 호소를 해야 한다. "왕은 자신의 신민들과 같은 추억을 **가져**

---

402) *Ibid.*, pp. 67~68.

야 한다"[403]고 주장한 장본인이 오레스테스다. 하지만 아르고스 주민들과 공통점이 없는 그에게는 우선 함의 범주에 호소하는 것이 필요하다. 함의 범주는 가짐의 범주로 환원 가능하기 때문에, 그는 그의 행동의 결과에 대해 비로소 소유형용사 '그의'의 사용권을 확보할 수 있게 된다. 이 권리는 당연히 그 자신의 존재이유 확보로 이어진다. 이 경우에 그는 엘렉트라를 포함해 아르고스 주민들과 의사소통의 길을 회복하게 될 것이다.

정확히 거기에 오레스테스의 절충적인 전략이 자리한다. 엘렉트라의 곁에서 오빠로서의 지위를 되찾음과 동시에 아르고스의 주민들과의 의사소통도 회복하는 전략이다. 이 전략에는 손을 더럽히지 않는다는 조건이 붙는다. 하지만 엘렉트라는 이 조건을 강력하게 부인한다. 왜냐하면 오빠의 전략에는 복수가 완전히 누락되어 있기 때문이다. 이것은 그녀가 오빠의 평화로운 방법을 통한 존재이유의 추구에 도움을 줄 수 없다는 사실, 또한 이 경우에 그는 그녀에게 영원히 이방인으로 남게 될 것이라는 사실이 함축되어 있다.

> **엘렉트라** 당신이 백 년을 우리와 함께 산다고 해도, 당신은 여전히 이방인일 뿐이에요. 끝없는 길에 나선 이방인보다 더 낯선 이방인이네요. 사람들은 눈을 내리깔고 곁눈질할 거예요. 당신이 그들 곁을 지나가면 그들은 목소리를 낮출 거예요.[404]

---

403) 강조는 원저자의 것.
404) *Ibid.*, p. 68.

무엇을 할 것인가? 혼자 코린토스로 갈 것인가, 아니면 정면돌파를 할 것인가? 방금 오레스테스가 구상했던 전략이 절충적이었다는 사실과 평화를 전제로 하고 있음을 지적했다. 그런데 그는 제3의 길을 택하게 된다. 이것은 두 가지 목표, 즉 엘렉트라의 입장과 아르고스 주민들의 입장을 동시에 만족시키는 길이다. 그가 누이에게 새로운 길을 선택했다고 알릴 때 그의 목소리가 바뀐다.

엘렉트라 대체 뭘 할 작정인데요?

오레스테스 기다려라. 내가 지니고 있었던 결점 없는 이 가벼움에 작별을 할 시간을 다오. … 이리로 와라, 엘렉트라야. 우리의 마을을 보아라. … 이제는 이 마을을 얻을 수 있다. 난 오늘 아침부터 그걸 느꼈어. 그리고 엘렉트라, 너도 역시 내가 붙잡을 수가 있다. 나는 너희들을 다 붙들겠어. 나는 도끼가 되어 저 완고한 담벽들을 둘로 갈라 버릴 테다. 저 옹졸한 집들의 배를 갈라놓을 것이다. 떡 벌어진 상처에서 끼니와 분향 냄새가 진동할 것이다. 그래, 나는 참나무를 패는 큰 도끼가 되어 깊이 박히듯이 마을 한복판에 꽉 박힐 것이다![405]

이처럼 오레스테스는 모든 아르고스 주민들의 회한의 도둑(물론 엘렉트라의 것까지를 포함해)이 되고자 하며, 그들의 모든 회한을 자기 안에 담고자 한다. 그는 이렇게 해서 가장 무거운 존재론적 힘을 등에 지고 아르고스 주민들 사이로 곧장 떨어지고 싶어 한다. 이런 결정을 보고 주피

---

405) *Ibid.*, p. 71.

터는 마술을 부린다. 하지만 전적으로 오레스테스의 자유에서 기인한 결심, 곧 '필레보스'에서 '오레스테스'로의 변신을 막지 못한다.

엘렉트라 당신은 너무 젊어요. 너무 약하고요.

오레스테스 지금에 와서 물러나겠다는 거냐? 나를 궁전에 숨겨 다오. 오늘 저녁 나를 왕의 침소로 인도해 다오. 그러면 내가 너무 허약한지를 알게 될 거다.

엘렉트라 오레스테스!

오레스테스 엘렉트라! 네가 나를 처음으로 오레스테스라고 불렀구나.

엘렉트라 예. 바로 당신이에요. 오레스테스 오빠예요.[406]

하지만 문제는 엘렉트라에게 있다. 왜냐하면 그렇게 기다렸던 순간, 즉 오빠가 복수하려는 순간이 그녀에게는 가장 우려했던 순간이기도 하기 때문이다. 심지어 그녀는 필레보스를 완전히 상실한 것을 후회하기도 한다. 왜 이런 모순을 느끼는 것일까? 곧 이 문제로 돌아올 것이다. 오레스테스가 선택한 새로운 길은 아이기스토스의 왕국에서 거행되고 있는 죽은 자들의 축제를 위기로 몰고 가는 가장 큰 원인이다.

엘렉트라는 소망한 대로 오레스테스를 복수의 길로 안내한다. 그는 우선 누이가 보는 앞에서 아이기스토스를 죽인다. 하지만 오레스테스는 어머니를 죽이러 혼자 간다. 범죄 후에 그는 엘렉트라에게 그녀가 자기에게 속하고, 또 그들이 피로 하나가 되었다는 사실을 선언한다. 그의 두 가

---

406) *Ibid.*, p. 73.

지 목표 중 하나가 그녀와 의사소통하는 길을 마련하는 것이라는 점을 상기하자. 또한 그녀가 오랫동안 두려움 속에서 복수의 꿈이 이루어지길 학수고대했었다는 사실 또한 상기하자. 정확히 이 단계에서 그녀가 오빠의 살인 앞에서 느끼는 모순이 나타난다. 그녀가 아이기스토스와 클리타임네스트라의 죽음을 기뻐하는 것은 당연하다.[407)]

하지만 아이기스토스의 죽음과 더불어 엘렉트라의 증오심 역시 죽어 버렸다. "내가 그를 얼마나 증오했던가. 내가 그를 증오하는 것에 얼마나 기뻐했던가! … 그는 죽었다. 나의 증오심도 그와 함께 죽었다."[408)] 그런데 그녀의 적들의 사라짐은 곧 그녀의 존재이유의 사라짐과 동의어이다. 그녀는 오빠의 귀환과 아이기스토스와 클리타임네스트라가 죽는 날을 꿈꾸며 살아왔다. 하지만 복수가 행해지자 그녀는 살아가야 하는 이유를 완전히 잃어버린다. 게다가 그녀는 마지막 순간에 어머니의 죽음을 원치 않았다. 오레스테스가 왕비의 방까지 인도해 줄 것을 요청했을 때 그녀는 망설이기까지 했다.

엘렉트라가 느끼는 이런 모순적인 감정은 복수의 여신인 에리니에스에 의해 잘 나타난다. 에리니에스는 범죄 후에 아폴론 신전에 피신해 있는 남매 주위를 맴돈다.[409)] 오레스테스는 인칭대명사 '우리'(nous)를 사용하면서 범죄를 누이와 함께 결정했으며, 따라서 결과도 같이 견뎌야 한다고 말한다. 하지만 엘렉트라는 오빠가 어머니를 죽인 것을 원망한다.

---

407) *Ibid.*, pp. 89~90.
408) *Ibid.*, p. 89.
409) *Ibid.*, p. 101.

엘렉트라 오빤 내가 살인을 원했다고 주장하는 거예요?

오레스테스 사실이 아닌가?

엘렉트라 예, 사실이 아니에요…. 잠깐… 아니에요. 아! 모르겠어요. 난 이 범죄를 꿈꿨어요. 하지만 오빠, 오빠가 이 죄를 저지른 거예요. 친어머니를 죽인 범인인 거예요.[410)]

엘렉트라는 오레스테스를 증오한다고까지 말한다. 심지어 그녀는 그를 자기에게서 모든 것을 앗아 간 도둑으로 규정한다. "도둑이에요. 나는 거의 아무것도 가진 게 없어요. 약간의 침착성과 꿈만 있어요. 오빠가 모든 것을 빼앗아 갔어요. 나의 가난까지도."[411)] 오레스테스가 '진짜' 오레스테스로 변신하기 전에 그녀는 두 남매가 고아라고 생각했다. 이것은 아르고스 주민들에 의해 배척당하고, 아무것도 못 가진 채 그들이 존재의 빈곤성을 겪었다는 것을 보여 준다. 엘렉트라에게서 이 빈곤성은 오빠의 귀환과 변신, 그리고 복수를 통해 보상되었다. 또한 오레스테스에게서도 범죄를 통해 이 빈곤성이 보상되었다. 그녀와 아르고스 주민들과의 소통의 길이 열렸고, 또한 그 과정에서 그 자신의 잉여존재를 정당화시키게 된 것이다. 그런데 특히 엘렉트라에게서 복수의 실현은 그녀의 존재이유 박탈과 동의어이다. 왜냐하면 아이기스토스와 클리타임네스트라의 죽음은 그녀에게서 그들을 증오할 수 있는 기쁨을 앗아가 버렸기 때문이다. 더군다나 그녀의 공모와 도움에도 불구하고 그녀는 복수 과정에서 오빠

---

410) *Ibid.*, p. 102.
411) *Ibid.*, p. 115.

에 의해 배제되었기 때문이다. 그러니까 범죄는 오빠의 것이지 그녀의 것이 아닌 것이다.

새로운 삶의 이유를 마련하기 위해 엘렉트라에게는 단 하나의 해결책만이 남아 있다. 오빠에 대한 증오이다. 그로부터 남매의 의사소통 단절이 기인한다. 자신들이 획득한 자유와 존재론적 무게를 짊어지고 앞으로 나아가자는 오빠의 마지막 제안을 거절하면서 엘렉트라는 주피터의 법을 따르기로 결심하고 만다. 이 결심은 결국 오빠의 자유에 자기 자신의 자유를 굴종시키는 것에 대한 거부 위에서 이루어진 것이다. 실제로 그녀는 노예 생활에도 불구하고 자유로웠다. 오레스테스가 아르고스에 오기 전까지는 그랬다. 하지만 그녀의 자유는 오빠의 범죄 이후 지탱되지 못한다. 그 증거는, 큰 소리로 자신의 자유를 외치는 오빠 앞에서 그녀는 더 이상 자유롭지 않다고 느낀다는 고백 그 자체이다.

오빠에 의해 '그의' 누이로 여겨진 후에 엘렉트라가 어떻게 자유로울 수가 있을까? 그녀가 '그의' 누이가 되었다는 것은 그에 의해 소유된 아르고스의 주민들 중 한 사람이 되었다는 것을 의미한다. 물론 거기에는 오빠의 자유에 대한 인정이 전제된다. 그것도 자기의 것보다 더 강하고 우월한 오빠의 자유에 대한 인정이 말이다. 이것은 그대로 그녀의 자유가 오빠의 그것에 굴종되었다는 것을 의미한다. 이처럼 '사생아-남매'의 운명은 서로 화해할 수 없게 된다. 오레스테스는 이렇게 해서 엘렉트라와의 의사소통에서 실패하게 된다. 하지만 그가 자기에 관련된 진실을 얻기 위해서는 타자를 필요로 한다. 다행스럽게도 그에게는 아르고스의 주민들이 있다.

신전을 포위하고 있는 주민들 앞에서 무엇을 할 수 있을까? 오레스테스는 그들에게 직접 말하고자 한다. 아니, 그는 말을 해야만 한다. 그렇지 않을 경우, 그는 자신의 범죄, 그 자신의 잉여존재를 정당화시킬 수 있는 기회를 놓치게 된다. 게다가 그가 호소하는 자들 역시 자유여야 한다. 그 반대의 경우, 또 그가 엘렉트라를 잃어버린 이후, 그는 생각했던 것보다 훨씬 더 약한 존재이유만을 가지게 될 것이기 때문이다. 그로부터 '자기의'(ses) 신하들의 눈을 뜨게끔 해야 하는 필요성이 도출된다. "아르고스의 사람들은 내 사람들이오. 내가 그들의 눈을 뜨게끔 해야 하오."[412]

아르고스의 주민들에게는 다음 한 문장만으로도 안정을 느끼고 또 오레스테스를 용서하는 데 충분하다. "내가 오레스테스요. 당신들의 왕, 아가멤논의 아들이오."[413] 하지만 그는 그들을 위한 연설에서 두 가지를 강조한다. 하나는 그가 저지른 범죄는 그들의 것이 아니라 오로지 그 자신만의 것이라는 사실이다. 다른 하나는 그럼에도 그가 아이기스토스와 클리타임네스트라를 죽인 것은 그들을 위한 것이라는 사실이다.[414]

오레스테스는 결국 왕이 되는 것을 포기하고 아르고스를 떠난다. 그러면서 그는 자기 뒤에 모든 쥐를 데리고 갔던 스키로스의 플루트 연주자를 본 따 행동한다. 거기에 이 작품의 중요한 질문이 제기된다. 왜 오레스테스는 아르고스에 왕으로 머물지 않았을까? 답을 위해 우선 주피터가 한 가지 조건을 내세워 그에게 왕관을 제안했다는 사실을 이야기하자. 그 조건이란 오레스테스가 자신의 죄를 속죄하는 것이다. "만약 당신이 당신의 죄를 사죄한다면, 나는 당신들 남매를 아르고스 왕좌의 자리에 올려

412) *Ibid.*, p. 113.
413) *Ibid.*, p. 119.
414) *Ibid.*, p. 120.

주겠소."[415] 오레스테스는 이 제안을 거절한다.

> **오레스테스** 하지만 두려워 말라. 아르고스의 백성들이여. 나는 온통 피투성이가 된 내 희생자의 왕좌에 앉지 않을 것이다. 어떤 신이 내게 그 자리를 주겠다고 했지만, 나는 거절했다. 나는 땅 없는, 백성 없는 왕이 되고자 한다. 자, 잘 있거라, 백성들아. 진정 보람 있게 살도록 해라. 여기서는 모든 것이 새롭고, 모든 것이 새로 시작될 뿐이다. 나 역시 새로운 삶을 시작한다. 기이한 삶![416]

여기서 관심을 끄는 것은, 오레스테스가 주피터의 선물을 거부한다는 사실이다. 여러 차례에 걸쳐 언급한 것처럼 사르트르는 증여가 받은 자의 자유의 굴종을 유발한다고 설명한다. 이런 관점에서 보면 오레스테스가 자기에게 주어진 아르고스의 왕관을 거절한 것은 주피터에 대한 반항으로 해석된다.

그런데 오레스테스가 자신의 범죄를 아르고스 주민들에게 주지 않는다는 사실은 흥미롭다. 그는 그들을 위해 범죄를 저질렀다고 주장한다. 하지만 그는 이 범죄를 요구한다. 그들에게 범죄를 줄 가능성이 있음에도 그는 그렇게 하지 않는다. 실제로 그는 자신이 누구인지를 물으면서 그들에게 아무것도 주지 못한 것 때문에 괴로워한다. "뭐라고? 사랑하고, 미워하기 위해서는 주어야 한다. … 나는 누구이고, 나는 그들에게 무엇을

415) *Ibid.*, p. 108.
416) *Ibid.*, p. 120.

줄 것인가?"[417] 그런데 누군가에게 뭔가를 주기 위해서 무엇인가를 소유해야 하는 것은 당연하다.

거기에 오레스테스가 저지른 범죄의 중요성이 자리한다. 이 범죄로 인해 그는 아르고스 주민들에게 뭔가를 줄 수 있게 된 것이다. 함의 범주(범죄)가 가짐의 범주로 환원된다. 하지만 가짐의 범주는 다시 있음의 범주로 환원된다. 오레스테스가 범죄를 저지른 목적은 엘렉트라와 아르고스 주민들과의 의사소통의 길을 마련하면서 그 자신의 존재이유를 갖고자 하는 것이다. 그가 아이기스토스와 클리타임네스트라를 살해할 때, 그는 자신의 범죄를 소유하면서 그 자신이 행한 것, 즉 범죄를 저지른 자로 존재하게 된다. 하지만 단순히 그가 행한 것과 그가 가진 것을 관조만 한다면, 그는 그의 범죄에서 그 자신만을 볼 뿐이다.

그로부터 오레스테스가 한 행위와 그 결과물로 소유한 것에 대해 외재성을 부여해야 하는 절대적 필요성이 도출된다. 왜냐하면 바로 거기에 그의 즉자존재의 모습, 곧 그의 존재이유가 포함되어 있기 때문이다. 그가 이 목표를 위해 선택한 방법은 바로 그의 범죄를 아르고스 주민들에게 주는 것이다. 앞서 보았듯이 그는 이 범죄를 같은 목표를 위해 엘렉트라에게 주었으나 실패했다. 이것은 그들 앞에서 말을 해야만 하고, 또 그 자신의 범죄를 그들에게 주어야만 한다는 것과 동의어이다. 왜냐하면 그들과의 의사소통의 정립은 그에게서 그의 존재이유를 마련할 수 있는 마지막 해결책이기 때문이다.

다만 문제는, 주는 행위에는 받는 사람의 자유의 굴종이 내포되어 있

---

417) *Ibid.*, p. 67.

다는 데 있다. 만약 오레스테스가 그의 범죄를 아르고스 주민들에게 준다면, 그는 그들을 사로잡을 수 있을 것이다. 그들은 그의 바람대로 '그의' 신민들이 될 것이다. 하지만 그들은 '그의' 사람들이 되면서 더 이상 자유의 상태에 있지 못하게 된다. 같은 이유로 엘렉트라는 오빠에게 속하는 '그의' 누이가 되는 것을 거절한 바 있다. 더군다나 아르고스 주민들이 더 이상 자유롭지 못하다면, 오레스테스 역시 그 자신의 존재이유를 확보할 수 없게 된다. 그도 그럴 것이 사르트르에게서 자유는 자유에 의해서만 제한될 수 있기 때문이다.

이런 상황에서 오레스테스에게는 두 가지 가능성이 남게 된다. '그의' 왕국의 질서를 회복하기 위해 '그의' 자유를 아르고스 주민들에게 주는 것이 그 하나이다. 여기에는 그들의 객체화가 전제된다(이것이 주피터가 바라는 것이다. 이런 이유로 아이기스토스는 15년 전부터 계속 죽은 자들의 축제를 고안해 내고 자신들의 권력을 가리기 위해 코미디를 해왔다). 다른 하나는 오레스테스 자신의 범죄를 통해 주어진 그 자신의 존재이유를 가지고 아르고스를 떠나는 것이다. 여기에는 자유를 간직하면서 그가 아르고스 주민들도 자유의 상태에 있는 것을 방해하지 않겠다는 사실이 함축되어 있다(다만 그가 그의 범죄를 그들에게 주면서 그들을 '그의' 사람들이라고 부르는 권리는 획득했다). 이렇듯 오레스테스와 아르고스 주민들 사이의 의사소통은 이루어지자마자 곧 단절되어야 하는 것이다. 이렇듯 그는 아르고스를 떠나야 하는 입장에 있다. 왜냐하면 그 반대의 경우에 그는 자신의 존재이유를 확보하는 시도에서 실패할 것이기 때문이다.

그로부터 오레스테스의 범죄의 기능은 치유적 · 해방적 · 초석적이라는 결론을 도출할 수 있다. 아이기스토스에 의한 아가멤논의 죽음은 아르고스 주민들의 마음속에 회한, 공포, 수치만을 낳게 했다. 비록 엘렉트라가 이 폭력을 초석적인 것으로 규정하고 있지만, 그 기능은 해로운 것이었다. 그것은 후일 아르고스 주민들이 저항해야 하는 기존폭력이 되었을 뿐이다. 하지만 저항은커녕 그들은 15년 동안 아이기스토스에 의해 고안된 죽은 자들의 축제에 참여하면서 그 폭력을 수동적으로 감내했다. 물론 엘렉트라는 예외이다. 그녀는 줄곧 복수를 꿈꿔 왔다. 하지만 그녀는 적들을 증오하는 것에서만 존재이유를 찾았을 뿐이다. 그녀는 '말'로 저항하면서 아르고스 주민들의 눈을 뜨게끔 했지만 허사였다.

여러 차례의 망설임 끝에 자신의 고향 아르고스를 지배하고 있는 기존폭력에 종지부를 찍은 것은 결국 오레스테스였다. 이를 위해 그는 폭력에 호소했다. 하지만 그의 폭력은 아이기스토스에 의해 일방적으로 부과된 폭력으로 신음했던 아르고스 주민들의 해방에 기여했다는 의미에서 해방적 · 치유적이라고 할 수 있다. 이렇듯 그의 폭력의 기능은 이롭고도 초석적이다. 그도 그럴 것이 그의 폭력은 아르고스 주민들을 파리 떼로부터 해방시키고, 또 그들의 새로운 출발을 알리는 사건이기 때문이다. 다만 이 모든 것이 의미를 갖기 위해서는 오레스테스가 아르고스를 떠나야 한다는 것을 잊지 말자. 그렇다면 그는 과연 아르고스 주민들과 의사소통의 길을 여는 데 성공했는가? 답은 긍정적이다. 하지만 그가 아르고스의 왕관을 포기해야 한다는 조건하에서였다. 요컨대 오레스테스의 살인에는 기존폭력에 대해 맞서는 대항폭력의 성격이 짙게 드리워져 있다고 할 수 있다.

2장 | 자기에 대한 폭력

마조히즘

존재론적 힘의 불균형

지금까지 사르트르의 문학작품에서 주로 내가 타자에게 가하는 여러 유형의 폭력을 보았다. 하지만 나는 나의 존재결여로 인해 고통을 받기 때문에, 또 내가 나에 관련된 진실을 얻기 위해 타자를 통과해야 하기 때문에, 그의 앞에서 내가 나의 자유를 부인해야 하는 경우도 없지 않다. 이것이 마조히즘이다. 하지만 마조히즘은 궁극적으로 실패로 막을 내린다. 나는 어떤 경우에도 자유를 포기할 수 없다. 타자의 시선으로 인해 내가 객체성의 상태로 떨어지는 것, 이것은 나의 모욕과 수치의 동의어이다. 그런 만큼 나는 대부분의 경우 그의 시선에 맞서 싸우게 된다. 나의 시선을 그에게 되돌려주면서 말이다.

하지만 나의 존재론적 힘이 타자의 그것에 비해 현저히 약한 경우, 내가 나의 잉여존재를 정당화하기 위해 내 자신을 객체로 여기면서 그에게 의존하는 것은 항상 가능하다. 나는 존재론적 힘의 불균형으로 인해 그에게 나의 대자-즉자 결합에 필요한 즉자를 제공해 달라고 요청한다. 거기에는 물론 나의 자유의 포기라는 대가가 따른다. 하지만 사르트르에게서 인간은 자유롭지 않을 자유가 없다는 사실을 기억하자. 그런 만큼 타자의 강력한 존재론적 힘으로 인해 내가 나의 자유를 포기한다는 것은 결국 내가 나에게 가하는 폭력으로 규정될 수 있다. 이런 유형의 폭력이 '자기에 대한 폭력'이다.

사르트르의 문학작품에서 이런 유형의 폭력이 종종 나타난다. 타자에 대한 폭력을 분석하는 과정에서 이미 이런 유형의 폭력을 암시한 바 있다. 마르셀, 어른들(특히 부모) 앞에서 자기를 대상으로 간주하는 뤼시앵, 폰 게를라흐가의 차남 베르너, 보이지 않는 시선 아래에 놓여 있음을 느끼는 다니엘, 죽은 자들의 축제에 수동적으로 가담하는 아르고스 주민들 등등. 그런데 여기서 관심을 끄는 것은 자기에 대한 폭력이 종종 마조히즘의 형태를 띠거나(마르셀, 베르너, 다니엘, 아르고스 주민들), 아니면 코미디의 형태를 띤다(뤼시앵)는 사실이다.

위의 예들 말고도 또 다른 예들도 있다. 「방」에서 피에르에게 마조히즘적 태도로 일관하는 에브, 『자유의 길』에서 병원에 입원해 있다가 정상인들에 의해 다른 곳으로 이송되는 샤를의 경우가 그렇다. 또한 마조히즘적 코미디의 경우에는 어린 사르트르의 가족 코미디,[1)] 뒤마의 작품을 각

---

1) 앞서 제2의 아버지의 역할을 다루면서 『말』에서 볼 수 있는 풀루의 가족 코미디에 대해 언급한 바 있다. 여기서는 풀루가 대부분의 경우 주위 어른들, 특히 그의 가족 코미디의 배우들이자 까다로운 관객들이기도 한 카를레마미와 안마리 앞에서 그 자신을 객체로 내던지는 전략, 곧 마조히즘으로 일관했다는 점을 지적하는 것으로 그치고자 한다. 물론 그 목적은 그들의 박수갈채를 받으면서 환심을 사는 것이었다는 점과 그 과정에서 그는 씁쓸한 휴식과 동시에 죄책감, 수치심을 맛보면서도 그 자신의 존재 정당화를 위해 노력했다는 점은 말할 나위가 없다.

색한 『킨』(Kean)에서 킨[2] 등을 제시할 수 있다. 여기서는 에브와 샤를의 마조히즘만을 살펴보려 한다.

마조히즘의 사례들

에브의 씁쓸한 쾌락

단편 「방」의 중심인물 에브와 피에르가 같이 살고 있는 "바크가, 한 건물의 5층"의 한 방에서[3] 우리는 또 다른 유형의 마조히즘을 목격한다. 방금 『말』에서 '풀루-배우'나 『킨』에서 '킨-배우'의 마조히즘은 각자 관객들의 시선에 스스로를 객체로 내맡겨야 한다는 사실에 의해 특징지어진다는 점을 간략하게 언급했다. 하지만 이와는 달리 「방」에서의 마조히즘에는 사랑이 수반되는 특징이 있다. 다르베다 부부의 딸이자 피에르의 아내인 에브가 그 당사자이다. 그런데 그녀가 자신의 주체성을 포기하면서 휴식을 구하고자 하는 남편 피에르는 장인, 장모의 눈에는 "치료 불가능한"[4] 병에 걸린 상태이다. 그는 미쳤다.

---

2) 『킨』의 주인공 킨은 셰익스피어 작품에 등장하는 인물들을 연기하는 배우이다. 그런데 킨에 따르면 무대에 선 배우는 '가짜 자기'를 연기하는 "그림자" 또는 "신기루"에 불과하며, 따라서 배우의 숙명은 관객들의 판단에 자신을 내맡기면서 그들의 시선에 의해 객체화되는 것을 수동적으로 감내하는 것이다. Jean-Paul Sartre, *Kean*, Paris: Gallimard, 1954, p. 29, p. 194. 이와 같은 배우의 삶은 그대로 마조히즘의 희생자, 또는 이런 표현을 하자면 '순교자'의 삶이라고 할 수 있다. 정확히 이런 이유로 킨은 '진짜 자기', 즉 땅 위에 발을 딛고 사는 뼈와 살을 가진 '에드먼드 킨'으로 살아가고자 한다. 이와 같은 킨의 모습은 참여작가, 참여지식인 등의 모습으로 대중의 열광에 부응하고자 했던, 하지만 결국 환멸을 느끼게 된 사르트르가 그 자신에 대해 비판적인 태도로 그린 자화상이라는 것은 의심의 여지가 없다. 이와 같은 자화상을 그리는 작업이 후일 『말』에서 풀루의 마조히즘적 가족 코미디에 대한 비판으로까지 이어지고 있다고 할 수 있다.

3) Jean-Paul Sartre, "La Chambre", *Le mur*, in OR, p. 240.

4) *Ibid.*, p. 239.

물론 그건 피에르의 잘못이 아니었다. 그는 너무도 끔찍한 유전의 짐을 지고 있었다. 하지만 그는 항상 이 결점을 그 안에 안고 있었다. … 그가 에브에게 사랑을 구할 때, 그렇게도 에브의 마음에 들었던 그 신경질적인 우아함이나 섬세함은 광기의 꽃이었던 것이다. '에브와 결혼했을 때, 그는 이미 미쳐 있었어. 단지 보이지 않았을 뿐이지.'[5]

그럼에도 에브는 3년 전부터, 즉 결혼 이후에 피에르와 같은 아파트에서 살고 있다. 게다가 그녀는 아버지에게 현재 있는 그대로의 피에르를 사랑한다고 말한다. 그녀는 6개월 전에 플랑쇼 박사를 통해 남편이 미쳤다는 사실을 알았다. 이것만이 전부가 아니다. 에브와의 마지막 대화 내용을 남편에게 전하면서 다르베다 부인은 그들이 잠자리를 같이 한다는 사실을 알린다. 에브와 피에르가 부부로서 서로 사랑한다는 사실에는 비정상적인 것이 아무것도 없다. 하지만 그들의 사랑, 특히 피에르에 대한 에브의 사랑은 주의를 요한다. 왜냐하면 사르트르에 의하면 에브는 피에르에 대한 사랑에 실패한 이후에 마조히즘 관계를 맺고 있는 것으로 보이기 때문이다.

에브의 기이한 행동을 보도록 하자. "에브는 놀라웠다. 그녀가 남편의 상태를 알고 있는지를 물어야 할 것이다. 그는 완전히 미쳤다. 그녀는 그의 결정과 의견을 존중한다. 마치 그가 정상적인 정신을 가진 것처럼 말이다."[6] 방금 에브가 6개월 전에 남편의 정신이상을 알았다고 했다. 하

5) *Ibid.*, p. 241.
6) *Ibid.*, p. 242.

지만 그녀는 그의 곁을 떠나는 것을 거절한다. 게다가 그녀는 그를 한 명의 인간, 그것도 정상적인 인간으로 여겨 주길 바란다. 피에르는 왜 그녀가 자기 곁에 남아 있는지를 알지 못한다. 다르베다 부인은 딸의 고집을 언급한다. 다르베다 씨는 피에르와 에브 사이의 모든 관계, 모든 행동을 이상하고 변태적으로 본다. 다르베다 씨는 이렇게 자문한다. "대체 그들 사이에는 무엇이 있을까?"[7]

이 질문에 답하는 것, 이것이 피에르의 곁에 있고자 하는 에브의 비밀을 밝히는 것이다. 답을 위해 다음 사실을 지적하자. 에브는 현재 있는 그대로의 피에르, 즉 정신이상인 그를 사랑한다는 사실이다. 이 사실은 중요하다. 왜냐하면 거기에서 출발해서 그녀의 사랑이 실패일 수밖에 없다는 사실을 단언할 수 있기 때문이다. 사랑하는 자가 사랑받는 자에 의해 '불리었다'는 감정(사랑하는 자의 존재의 필수불가결성이 전제된다)을 갖기 위해서는, 사랑받는 자가 주체성의 상태에 있어야 한다. 왜냐하면 내가 객체성의 상태에 있다면, 나는 타자에게 그의 존재이유를 마련해 줄 수 없기 때문이다. 그 역도 마찬가지이다.

사정이 이렇다면, 에브가 사랑을 통해 자신의 잉여존재를 정당화하기 위해서는 피에르가 당연히 주체성의 상태에 있어야 한다. 하지만 그는 미쳤다. 에브는 이 사실을 알고 있다. 사르트르의 주장에 따르면, 그녀는 정상적으로는 자신의 존재이유를 확보할 수 없다. 그도 그럴 것이 광기는 자유롭고 정상적인 의식 상태와 반대되기 때문이다. 피에르의 경우가 그렇다.

---

7) *Ibid.*, p. 239, p. 243.

따라서 중요한 것은, 에브가 자신의 잉여존재를 정당화하기 위해 어떤 조치들을 취할 것인가를 알아보는 것이다. 답을 미리 제시하자면, 이 조치들은 거짓말과 마조히즘이다. 먼저 거짓말을 보자. 이와 관련하여 에브의 눈에 피에르의 광기는 정상적인 사람들의 판단일 뿐이라는 지적은 흥미롭다. 플랑쇼 박사의 진단에 충실하고, 또 비정상적인 존재들을 끔찍하게 여기는 다르베다 씨가 그중 한 명이다.

다르베다 씨는 인간들을 두 부류로 구분한다. 인간적인 부류와 그렇지 못한 부류이다. 첫 번째 부류의 사람들은 건전하고 정상적이다. 두 번째 부류의 사람들은 아프거나 미친 자들이다. 다르베다 씨는 두 부류 사이에 의사소통은 불가능하다고 본다. 예컨대 피에르에게 말을 하며 ― 다르베다 부인도 그렇다 ― 그는 어린아이와 노는 거인처럼 불편함을 느낀다. 그는 이처럼 병자들이나 광인들을 어린애들로 여기며, 그들 앞에서는 아무것도 할 수 없다고 불평한다. 그저 그들끼리 놀도록 내버려두어야 한다는 것이다.

게다가 다르베다 씨의 눈에 에브는 비정상적인 부류의 사람들에 속하지 않는다. 피에르나 다르베다 부인과 얘기하면서 곤란함을 느끼는 것과는 달리, 그는 논리적인 성격을 가진 에브와 이야기하는 것을 좋아한다. 그는 그녀가 피에르의 영향으로 정신이상이 되는 것을 우려한다. 그는 심지어 딸의 눈이 이상한 것은 아닌지 자문하기도 한다. 이런 이유로 그는 그녀가 피에르 곁을 떠나기를 바란다. 그는 그녀의 피에르에 대한 사랑도 인정하지 않는다. 그에 따르면 사랑은 정상적이고 건전한 사람들 사이에서만 가능한 감정일 뿐이다.

다르베다 씨는 에브의 아파트를 나서며 그녀에게 피에르를 플랑쇼 박사의 병원으로 보내자는 제안을 한다. 그녀는 이 제안을 거절한다. 그는 사위가 더 이상 인간이 아니고, 또 그녀도 "인간 세계 밖에서" 살려고 한다고 생각한다.

> '내가 에브에게 무엇을 비난하고 있는지 난 정확히 알고 있어'라고 생제르맹가로 접어들면서 생각했다. '난 그 애가 인간 세계 밖에서 살려는 걸 비난하는 거지. 피에르는 이미 인간이 아냐. 그녀가 피에르에게 하는 모든 정성, 모든 사랑은 저기 있는 사람들로부터 빼앗은 거라고도 할 수 있지. 우리는 인간을 거부할 수 있는 권리가 없어. 어떤 방해가 있어도 우리는 여럿이 어울려 살아야 해.'[8]

에브는 자신이 정상적인 부류의 사람들에 속한다는 생각을 거절할 충분한 이유가 있다. 왜냐하면 그 경우에 그녀는 피에르에 대해 정상인들과 같은 판단을 내려야 하기 때문이다. 그렇다면 이런 판단은 그녀에게 어떤 효과를 낳을까? 분명 그녀는 정당화되었다고 느낄 수 있는 기회를 완전히 상실하게 될 것이다. 그로부터 그녀가 피에르를 정상적으로 여기는 태도가 기인한다. 또한 그로부터 그를 광인으로 규정하고, 또 그렇게 하면서 그를 하나의 물건 취급하면서 사회 밖으로 축출하고 배제하려는 사람들에 대한 증오가 기인한다. "정상적인 사람들! 에브는 아주 강한 증오심을 자기 안에서 발견하는 것에 놀라며 생각했다."[9] 하지만 다음 두

---

8) *Ibid.*, p. 248.
9) *Ibid.*, p. 249.

가지 사실에 주목하자. 피에르가 미쳤다는 사실을 에브가 알고 있다는 것과 그녀는 정상적인 사람들의 부류에 속한다는 사실이다. 그녀는 아프지도 미치지도 않았다. 따라서 그녀는 스스로 거짓말을 하고 있는 것이다.

거기에 중요한 질문이 제기된다. 그녀는 이처럼 자기에게 거짓말을 하면서 존재이유를 찾을 수 있을까? 이 질문은 또한 이렇게도 제기될 수 있다. 그녀는 사랑의 목표를 이룰 수 있을까? 답은 부정적이다. 왜냐하면 그녀가 자기에게 거짓말을 하면서 피에르가 정상적인 사람들의 부류에 속한다고 주장할 때(이것은 그가 주체성을 회복할 수 있는 가능성을 의미한다), 그녀는 그에 의해 객체로 사로잡힐 위험에 노출되기 때문이다.

사르트르의 사유에서 이것은 달리 진행될 수 없다. 왜냐하면 그의 존재론에서 두 개의 자유의 융화는 실현 불가능하기 때문이다. 피에르의 주체성의 각성과 관련하여 다음 사실을 지적하자. 에브가 보기에 피에르는 다른 사람들보다 더 명석한 의식의 소유자라는 사실이다. 그로부터 에브의 사랑이 실패하는 두 번째 원인과 마조히즘으로의 이행 원인이 기인한다. 그녀의 사랑의 세 번째 실패 원인(즉 사랑은 제3자의 시선에 노출된다)을 규명한 다음에 이 문제로 돌아올 것이다.

사르트르에게서 사랑의 이상적 목표는 '우리-주체', 곧 이 관계에 참여하는 두 주체성의 융화가 실현되는 것이다. 하지만 우리-주체는 제3자의 시선하에서 우리-객체가 된다. 「방」에서 이 제3자의 역할은 특히 다르베다 씨에 의해 수행된다. 그는 매주 목요일마다 에브의 집에 잠깐 들르는 습관을 가지고 있다. 그는 이런 방문을 딸에 대한 사랑의 표시가 아니라 일종의 의무로 여긴다. 보통 방문은 세 시에서 네 시까지이다. 그는 딸에게 피에르와 함께 사는 것은 그녀의 실존의 조건을 외면하고 상상 세계에서 살기를 원하는 것과 같다는 걸 설득시키고자 한다. 그는 또한 그녀가 피에르에게 도움을 주는 데서 보람을 느낀다면, 병들어 누워 있는 다르베다 부인에게도 역시 그런 도움을 줄 수 있다는 사실을 그녀에게 상기시킨다.

아버지와 딸의 대화가 끝나고 난 뒤, 에브의 반응이 관심을 끈다. 다르베다 씨가 떠나고 난 뒤에 그녀는 이렇게 생각한다. "나는 아버지가 죽어 버렸으면 해."[10] 이것만이 전부가 아니다. 다르베다 씨가 피에르에게 던진 시선과 그가 사위를 대하던 방법을 떠올리며 그녀는 증오심을 불사른다.

에브는 자신의 잉여존재를 정당화시키기 위해 피에르를 사랑하면서 그의 주체성과 초월이 필요하다. 또한 그녀는 다르베다 씨가 그 일원인 정상적인 사람들에 대한 강한 증오심을 품고 있다. 게다가 사르트르에게서 증오는 나의 존재비밀을 담고 있는 타자의 무화, 곧 죽음의 추구와 동의어이다. 따라서 그녀가 다르베다 씨를 증오하는 것은 다음과 같은 이유에서이다. 그는 정상인의 한 사람으로서 피에르를 보고 그의 객체화된 모습을 가지고 떠나 버렸기 때문이다. 결국 에브의 피에르에 대한 사랑은 실패이다. 왜냐하면 다르베다 씨가 살아 있는 한, 피에르는 항상 비정상이고 미치광이로 남아 있기 때문이다. 그로부터 에브의 아버지에 대한 증오심이 기인한다. 또한 그녀의 남편에 대한 사랑의 실패도 기인한다. 다르베다 씨라고 하는 제3자의 시선 아래에서 그들의 우리-주체는 우리-객체로 변해 버리기 때문이다.

---

10) *Ibid.*, p. 248.

에브는 아파트에서 나간 다르베다 씨를 위에서 내려다본다. 그녀의 아버지에 대한 증오심은 일시적인 것이 아니다. 그가 남편에 대해 생각을 한다는 사실만으로 그녀는 자신들의 삶, 곧 우리-주체의 삶이 계속 그들의 영역 밖으로 흘러 나간다는 느낌을 받고 있기 때문이다.

> '아버지는 피에르를 생각한다.' 그들의 생활의 일부분이 그들의 닫힌 방을 빠져나가 햇빛이 비치는 거리로, 사람들 사이로 굴러다니는 것이다. '사람들은 왜 우릴 잊지 못하는 걸까?'[11)]

여기서 에브의 사랑이 실패한 두 번째 원인으로 돌아가 보자. 사랑받는 자인 피에르가 사랑하는 자인 그녀 자신을 언제라도 대상으로 출두시킬 수 있는 가능성이 그것이었다. 이 원인에 주목할 필요가 있다. 왜냐하면 이를 계기로 그녀의 사랑은 점차 마조히즘으로 변해 가기 때문이다. 앞서 그녀가 그를 사랑하면서 정당화되기 위해서는 그가 자유와 초월의 상태에 있어야 한다고 했다. 그런데 문제는, 그가 이런 상태에 있는 것이 그녀의 사랑의 실패를 야기한다는 점이다. 사르트르의 사유에서 나는 타자 앞에서 다음 두 가지 가능성 중 하나만을 선택하게 된다. 그를 바라보면서 그를 객체성 속에 가두든가, 아니면 그의 시선에 의해 내가 객체화되든가이다. 실제로 정상인들의 눈에 광인으로 보이는 피에르는 그녀의 눈에는 그렇지 않다. 그녀가 보기에 그는 그들보다 더 명석하다. 다시 말해 그는 초월, 자유의 상태에 있는 것이다.

---

11) *Ibid.*, p. 249.

두 개의 증거를 제시할 수 있다. 앞서 다르베다 씨-거인이 비정상인들-어린애들과 소통하면서 어떤 곤란함을 겪는지를 보았다. 하지만 다르베다 부인이 암시의 말을 이해하지 못한다고 남편을 비난하는 것처럼, 피에르는 그가 자기에게 큰 소리로 인사를 하는 것이 비정상적이라는 사실을 보여 준다.

> "잘 있었나? 피에르." 디르베다 씨는 목소리를 높이면서 말했다. … "우리도 반숙을 먹었지." 다르베다 씨는 한층 더 높은 목소리로 말했다. "맛이 좋지!"
> "전, 귀머거리가 아닙니다." 피에르가 부드러운 목소리로 말했다.[12)]

피에르가 정상적이라는 것을 보여 주는 두 번째 증거는, 다르베다 씨가 포크를 쥐는 방법에 대한 그의 반응이다. 에브가 준비한 포크를 사용하는 대신에 피에르가 그녀에게 이렇게 말하면서 다른 포크를 달라고 요구하는 일이 있었다. "주의해요." "집게 때문에 가운데를 잡아요."[13)] 다르베다 씨가 에브의 입장이었다면, 그는 피에르에게 모든 포크는 비슷하다고 설명했을 것이다. 이렇게 하는 것이 정상인들의 행동이니까 말이다. 하지만 보란 듯이 포크를 쥐고 식사를 할 때, 그는 무의식중에 실수를 한다. 어떤 실수일까? 다르베다 씨가 떠나고 난 뒤에 피에르는 조금 전의 그 장면을 회상한다. 장인이 손에 포크를 쥐는 방법에 대해 말하면서 그는

---

12) *Ibid.*, p. 242.
13) *Ibid.*, p. 243.

에브에게 포크 이야기는 하나의 유희에 불과하다는 사실을 가르쳐 준다.

"아까 그 포크 말이야?" 하고 그가 말했다. "그 양반을 놀라게 하려고 그런 거야. 거기에는 아무것도 없었어."

에브의 근심은 사라졌다. 그녀는 가볍게 웃었다.

"아주 성공적이었어요" 하고 그녀가 말했다. "당신은 아버지를 완전히 공포에 빠지게 했어요."

피에르는 미소 지었다.

"당신 봤지? 그는 포크를 한참 만지작거리더군. 그러고는 손으로 덥석 쥐었지. 문제는 그들이 물건을 쥐는 법을 모른다는 거야. 그들은 물건을 움켜쥐거든" 하고 그는 말했다.

"그건 사실이에요." 에브가 말했다.[14)]

이 부분에서 다르베다 씨의 실수는 그도 모르는 사이에 피에르에 의해 고안된 유희의 영향을 받아 행동했다는 것이다. 그런데 흥미로운 것은 에브의 반응이다. 실제로 그가 그녀에게 다른 포크를 달라고 요구했을 때 — 포크의 일화는 하나의 유희에 불과하다는 것을 잊지 말자 —, 그녀는 마치 포크에 뭔가 의심스러운 것이 있는 것처럼 격렬한 노력 끝에 자기 손에 포크를 쥐려고 한다. 하지만 피에르가 다르베다 씨에게 비난을 한 후에 그녀 역시 물건들을 꽉 쥐는지를 자문한다.[15)]

---

14) *Ibid.*, p. 251.
15) *Ibid.*, p. 252.

물론 피에르는 에브의 이상한 행동을 곧 알아차린다. 이와 관련하여 에브의 눈에 피에르는 정상적인 사람들보다 더 명석한 의식을 가지고 있다는 점을 지적하자. 그녀는 그를 사랑하면서 자신의 잉여존재를 정당화하려고 한다. 하지만 그녀의 기대와는 달리 그녀 자신은 피에르의 방에서 소외되고 있음을 느낀다. 실제로 그녀는 그의 방에 있는 물건들이 그녀에게 소속되어 있지 않다고 느낀다. 그것들이 피에르의 것들이라고 생각한다. 자기에게 속했던 가구들이나 물건들이 피에르에 의해 길들여지면, 그것들은 오직 그에게만 진짜 얼굴을 보여 준다는 것이 에브의 생각이다. 그녀는 그것들을 몇 시간 동안 바라볼 수 있다. 하지만 소용없다. 그녀는 더 이상 그것들의 주인이 아니다. 그녀는 지금 그녀 자신이 그것들을 다르베다 씨나 플랑쇼 박사 등과 같은 정상적인 사람들의 눈으로 보지 않는다고 말하는 것으로 위안을 삼고 있다.

그렇다면 에브가 한 이런 체험들의 의미는 무엇일까? 그 의미는 정확히 피에르의 명석성, 그것도 그녀의 눈에는 정상적인 사람들의 것보다 더 우월한 명석성인 것으로 보인다. 이것은 벌써 그녀가 마조히즘으로 첫 발을 내디뎠다는 것을 의미한다. 그녀는 지금까지 남편과 동등하다고 여겼으나 ―사랑은 두 주체가 가진 자유의 완벽한 동등성을 전제로 한다―, 여러 차례의 경험 이후에 그녀는 그의 존재론적 힘이 그녀 자신의 것보다 더 강하다는 것을 알게 된 것이다. 게다가 피에르의 우월성을 인정하고 난 뒤로 그녀는 정상적인 사람들을 무시하면서 피에르와의 관계에서 그녀의 패배에 대해 보상받을 수 있는 가능성을 선택하는 것 이외의 다른 길이 없다. 하지만 이런 선택의 대가는 비싸다. 그녀는 자신의 세계를 포기해야만 한다.

방금 에브가 남편의 존재론적 힘의 우위를 인정했다는 사실을 지적했다. 이것은 사랑을 통해 자신의 잉여존재를 정당화시키려는 시도가 실패했음을 의미한다. 실제로 에브는 다르베다 씨의 출발 후에 그녀의 자리는 그 어느 곳에도 없다고 생각한다.

> 그녀는 갑자기 피에르를 보고 싶은 격한 충동에 사로잡혔다. 그녀는 그와 함께 다르베다 씨를 비웃고 싶었다. 하지만 피에르는 에브를 필요로 하지 않았다. 에브는 그가 어떤 식으로 자기를 맞이해 줄지 예측할 수 없었다. 에브는 자기가 설 곳이 더 이상 아무 데도 없다고 약간 오만하게 생각했다. '정상적인 사람들은 아직도 내가 자기들 편이라고 믿지만, 난 그들 사이에서는 한 시간도 있을 수 없어. 난 저쪽, 이 벽의 저편에 살고 싶다. 하지만 저쪽에서는 날 원하지 않아.'[16]

사랑받는 사람에 의해 불리었다는 느낌을 갖는 것, 즉 그에게 필요한 존재로 여겨지는 느낌을 갖는 것, 이것이 바로 사랑하는 자의 주된 목표이다. 하지만 '피에르-사랑받는 자'는 '에브-사랑하는 자'를 필요로 하지 않는다. 이것은 에브의 사랑의 실패를 보여 주는 증거이다. 이제 그녀는 무엇을 할 것인가? 다음 두 가지 중 하나이다. 다르베다 씨가 바라는 대로 정상적인 사람들의 세계로 돌아가거나, 아니면 피에르와 함께 계속해서 사는 것이다. 에브는 첫 번째 선택지를 거부한다. 두 번째 선택지만이 남아 있다. 하지만 어떤 대가를 치르게 될 것인가? 바로 거기에 그녀의 마조

---

16) *Ibid.*, p. 250.

히즘적 태도가 나타난다.

에브는 이런 상황에서 피에르에 의한 비난을 피하기 위해 무엇을 할 수 있을까? 답은 한 가지이다. 그를 모방하는 것이다. "그녀는 속삭였다. '나는 당신처럼 생각하고 싶어요.'"[17] 그녀가 그를 모방한다면, 그녀는 두 가지 이점을 끌어낼 수 있다. 하나는 그녀가 피에르와 동등하다는 감정을 가질 수 있다. 다른 하나는 그 결과 그녀는 다른 정상인들에 대해 존재론적 우위를 가질 수 있다. 이를 위해 그녀는 스스로 자유와 초월을 포기해야 한다. 실제로 아버지의 출발 후에 그녀는 피에르의 방에 편안하게 들어가지 못한다.[18]

에브가 느끼는 불안은 피에르에 의해 객체로 사로잡히기 위해 자신의 자유를 스스로 포기했다는 것 이외의 다른 것이 아니다. 예컨대 그가 그녀에게 동상들이 방에 도착했음을 알릴 때, 그녀는 이것들을 보지도, 이것들의 소리를 듣지도, 이것들 자체를 느끼지도 못한다는 것을 알고 있다. 이것들이 실제로 존재하는지조차도 알지 못한다. 다만 그만이 그것들의 도착을 알고, 그것들을 보고 또 느낀다. 그녀는 동상들의 출현을 말하면서 그가 유희를 하는 것인지 자문한다. 하지만 그가 이것들에 대해 반응하자마자 그녀는 그를 계속 모방하고 또 그녀 자신도 이것들의 소리를 듣고 또 이것들을 느낀다고 생각한다.

그녀는 눈을 감은 채 피에르 쪽으로 몸을 기울였다. 조그만 노력하면, 그

17) *Ibid.*, p. 256.
18) *Ibid.*, p. 250.

녀도 처음으로 비극적인 세계 속으로 들어갈 수 있을 것이다. '난 동상들이 무서워'라고 그녀는 생각했다. 그것은 격렬하고 맹목적인 긍정, 하나의 주문이었다. 그녀는 있는 힘을 다해 동상들의 현존을 믿고 싶었다. 그녀의 오른쪽을 마비시켰던 불안으로 그녀는 하나의 새로운 감각, 촉각을 만들려고 노력했다. 팔과 옆구리, 어깨에서 에브는 동상이 지나가는 걸 느꼈다.[19]

에브가 동상들의 모습을 상상할 때 그녀는 진지하고 성실한가? 그녀가 실제로 이것들을 볼 수 없는데도 말이다. 그렇지 않다. 그녀는 코미디를 하고 있다. 그녀가 동상들을 느끼고 또 이것들의 소리를 듣는 척한다는 것을 보여 주는 증거가 있다. 피에르의 질문에 답하면서 그녀는 동상들의 소리가 비행기 엔진 소리와 유사하다고 답한다. 하지만 이 답은 실제로 그가 그녀에게 그만의 언어로 이미 가르쳐 준 것이었다. 그녀의 답을 듣고 그는 결국 그녀가 거짓말을 한다는 사실을 알아차리게 된다. 그는 지금까지 왜 그녀가 극구 자기 곁에 머물고자 하는지를 알지 못했다. 하지만 이제 그는 이 비밀을 알게 된 것이다.

피에르는 관대한 척 미소를 지었다.

"당신, 과장하는군." 그가 말했다. 하지만 그는 여전히 창백했다. 그는 에브의 손을 보았다. "당신 손이 떨리는군. 그것이 당신을 놀라게 했군. 아

19) *Ibid.*, pp. 258~259.

가트.[20] 하지만 그렇게 걱정할 필요 없어. 내일 안으로는 다시 오지 않을 테니까."

에브는 말할 수가 없었다. 이가 덜덜 떨려 피에르가 알아차릴까 봐 겁이 났다. 피에르는 그녀를 오랫동안 쳐다보았다.[21]

「방」의 마지막 부분에 해당하는 '요약'에서 에브는 피에르가 깨어나기 전에 그를 살해하려고 결심한다. 결심의 이유는 무엇일까? 답을 하기 위해 그녀가 그처럼 동상들을 느끼고 또 그 소리를 듣는다고 믿으면서 "씁쓸한 쾌감"을 느낀다는 사실을 지적하자. "그녀는 아무것도 하지 않았다. 그녀는 눈을 감은 채로였다. 씁쓸한 쾌감이 그녀를 전율시켰다. 그녀는 이렇게 생각했다. '나 역시 무섭다.'"[22] 이런 쾌감은 자신의 자유를 포기하면서 마조히즘적 태도를 취하는 자를 위한 보상이다.

그런데 마조히즘은 그 주체의 죄책감으로 끝난다. 왜냐하면 그가 자신의 존재이유를 확보하게 된다고 해도 그것은 스스로 자유와 주체성을 포기한 대가이기 때문이다. 이런 관점에서 보면 피에르를 죽이겠다는 에브의 결심은 결국 그녀 자신을 방어하려는 최후의 결심에서 기인하는 것으로 보인다. 그렇다면 어떤 방어일까? 에브는 피에르에게 그녀의 가장 비밀스럽고, 가장 부끄러운 모습을 들켜 버렸다. 따라서 그가 살아 있는 한 에브는 계속 그와의 관계에서 마조히즘적 태도를 취해야만 할 것이다. 다시 말해 그녀는 그에 의해 객체로 사로잡히는 존재론적 고통을 감내해

---

20) 피에르가 사용하는 에브의 가명이다. *Ibid.*, p. 239.
21) *Ibid.*, pp. 259~260.
22) *Ibid.*, p. 258.

야만 할 것이다.

그런데 에브-마조히스트는 지금까지와는 정반대의 태도로 지금의 상황을 전복시키려 할 수도 있을 것이다. 그녀는 자신의 시선을 폭발시켜 피에르를 바라보면서 그를 객체로 사로잡으려 할 수도 있다. 하지만 지금 그녀는 자신의 가장 부끄러운 비밀을 들켜 버린 극단적인 객체화의 상태에 있다. 이런 상황에 종지부를 찍는 방법은 오직 한 가지뿐이다. 증오가 그것이다. 앞서 증오는 타자 살해의 기도라고 했다. 이렇듯 에브는 피에르를 죽임으로써 그녀의 비밀을 영원히 그와 함께 사라지게끔 하고자 한다. 이것이 바로 에브가 피에르를 살해하려고 결심하는 주요 원인으로 보인다.

피에르를 죽이든 그렇지 않든 간에, 에브가 자신의 잉여존재를 정당화시키기 위해 호소한 마조히즘은 '자기에 대한 폭력'의 한 형태로 분류되어야 한다는 것은 분명하다. 왜냐하면 그녀는 자신의 자유와 주체성을 손수 부정하면서 자기에게 주어진 책임을 회피하기 때문이다. 물론 「방」에서 '정상적이고 건전한' 사람들이 '아프고 정신이 이상한' 사람들에게 가한 폭력에도 주목해야 할 것이다. 실제로 정상인들 중 한 명인 에브는 자신들의 비정상성으로 괴로워하는 사람들 사이에 끼고 싶었지만 허사였다. 그녀는 그녀 자신의 개인적인 이익만을 위해서 행동했을 뿐이다. 병들고 미친 사람들에 대한 진정한 사랑 없이는 ― 이것은 그들을 자기들과 평등하게 대한다는 것을 전제한다 ― 그들에게 가까이 갈 수도, 그들과 소통할 수도 없을 것이다. 어쩌면 이것이 에브의 자기에 대한 폭력에서 끌어낼 수 있는 교훈 중 하나가 아닐까 한다.

샤를의 극단적인 저항

「방」에서 에브의 마조히즘은 자신의 실존조건을 정면으로 바라보면서 거기에서 벗어나려는 시도의 전적인 부재로 특징지어진다. 반면, 『유예』에서 볼 수 있는 샤를의 마조히즘은 자신의 운명에 대한 극단적인 저항에 의해 특징지어진다. 그는 베르크에 위치한 한 병원에 입원해 있다. 그는 혼자 일어설 수 없는 상태이다. 수술 전에 그는 정상적인 건강 상태를 누렸다. 그 증거는 간호사인 자닌과 이야기를 나누는 한 병사를 보고 (이야기의 내용은 이 병원 환자들의 철수에 관한 것이다) 그 역시 수직적 위치를 경험했다고 말하는 것이다.

이런 이유로 샤를은 악의가 없음에도 다른 사람들을 끊임없이 조롱한다. 그는 불평분자이다. 또한 같은 이유로 그는 서서 지내는 자들에 대해 혐오감을 가지고 있다. 예컨대 임박한 전쟁을 걱정하는 자닌에게 그는 심지어 이렇게 말하고 있다. 전쟁이 발발하게 되면, 그가 등을 대고 누운 것처럼 서서 지내는 자들이 참호 속에서 배를 깔고 엎드리고, 따라서 모든 사람들이 평등하게 될 것이라고 말이다. 이렇듯 수동적 상태에 있는 그는 심지어 서서 지내는 자들이 자기와 평등하게 되기 위해 전쟁 중에 뭔가 일이 발생했으면 하고 바라기까지 한다.[23]

방금 샤를이 수동적 상태에 있다고 했다. 실제로 그는 병상의 모퉁이에 달려 있는 거울인 그의 제3의 눈을 통해 세계를 본다. 그는 스스로를 해가 나면 밖으로 내놓고, 해가 지면 안으로 들여놓는 화분으로 여긴다. 그런 만큼 전쟁이 발발하더라도 그는 이 전쟁이 전적으로 서서 지내는 자

23) LSS, p. 760.

들의 소관이라고 생각한다. 하지만 환자들의 철수 소식에 그는 감정의 동요를 숨길 수가 없다.

샤를은 자닌에게 현재 있는 곳에서 머물고 싶다는 생각을 밝힌다. 게다가 그는 새로운 도시에 대한 두려움을 내뱉는다. 이런 동요와 두려움은 어디에서 오는 것일까? 환자로 그가 이 병원에 입원해 있는 동안에 그는 이미 이곳에서 근무하는 의사들과 간호사들의 요구에 익숙해져 있다. 그는 입원 초기에는 그들에 의해 물건 취급을 당하는 것에 수치심을 느꼈다. 하지만 그는 시간이 지나면서 이런 수동성에 적응이 된 것이다. 예컨대 철수를 준비하는 동안 그가 설사를 했을 때, 그는 부끄러움 없이 루니즈 부인에게 변기를 부탁한다. 그는 자신을 상자로 여기며 자기 몸을 이리저리 움직이는 그녀의 지시에 군말없이 순응한다. 게다가 그는 자닌과 은밀한 관계를 맺고 있기도 하다.

이렇듯 샤를이 간호사들에 의해 상자 취급을 받기는 하지만, 그래도 그는 「방」의 에브처럼 씁쓸한 쾌락을 맛보기도 한다. 물론 이런 쾌락은 자기 자신의 주체성과 자유를 포기한 대가이다. 사르트르에게서 벌거벗음은 객체성과 동의어이라는 사실을 기억하자. 따라서 샤를의 행동은 마조히즘으로 규정될 수 있다. 그런 만큼 샤를은 철수와 새로운 도시에 대해 두려움을 느낄 충분한 이유를 가지고 있는 셈이다. 만약 그가 다른 곳으로 이송된다면, 그는 이곳에서 겪은 모든 절차를 그곳에서 새로이 겪게 될 것이다.

하지만 샤를에게는 환자들의 철수에 불평을 터뜨릴 만한 또 하나의 이유가 있다. 이 이유는 그가 자신의 운명을 서서 지내는 자들의 손에 맡긴 채 조용히 마조히즘적 태도를 취하며 맛보았던 씁쓸한 쾌락을 넘어서는 것이다. 전쟁을 결정하는 자들은 환자들이 아니다. 서서 지내는 자들이다. 그럼에도 '그들의' 전쟁 때문에, 즉 서서 지내는 자들의 전쟁 때문에, 그들의 눈에 그저 커다란 어린애들에 불과한 환자들이 이 전쟁에 대해 아무것도 해보지도 못한 채 피해를 보는 것이다. 그로부터 그의 분노가 솟아오른다.

> 내가 부상을 당했을 때 내 의견을 묻는 사람은 한 사람도 없었다. 이제야 비로소 놈들은 내가 존재하고 있다는 사실을 깨달았는지 나를 자기네들의 더러운 행위 속으로 끌어들이려고 한다. 놈들은 나를 꼼짝달싹 못 하게 해놓고 이렇게 말할 것이다. "죄송합니다. 용서하세요. 우린 전쟁 중이니까요." 놈들은 내가 자기네들의 학살놀이에 방해가 되지 않도록, 무슨 짐승의 똥이나 되는 것처럼 나를 어느 구석진 곳에 버릴 것이다.[24)]

샤를은 병원에서 수동적 태도를 견딜 수 있었다. 하지만 그는 열차로 이동하는 중에 서서 지내는 자들에 의해 진짜 소포처럼 취급되리라는 것을 예상한다. 이런 이유로 그는 자닌에게 환자들의 철수 때 자기 몸에 붙일 꼬리표를 언급한다.

> 하지만 난 하나의 소포이다. 놈들은 날 가지러 오기만 하면 될 것이다.
> "자닌, 꼬리표를 당신이 좀 붙여 주지 않겠소?"
> "꼬리표라니요?"

---

24) *Ibid.*, p. 775.

"수화물에 붙이는 꼬리표 말예요. 상, 하, 취급주의 등, 조심스럽게 물건을 취급해 주세요 등의 꼬리표 말예요. 하나는 배에, 하나는 등에 붙여 줄 거잖아요."[25)]

샤를의 예상이 적중한다. 철수 중에 서서 지내는 자들이 환자들을 어떻게 취급할 것인가에 대한 예상 말이다. 우선, 그는 자기를 병원의 엘리베이터에서 역까지 옮기는 인부에게 주의해 달라고 부탁했지만 소용없다. 다른 인부들과 마찬가지로 이 인부 역시 역에서 일하는 노동자에 불과했다. "덩케르크역에서 일하는 악마들."[26)] 플랫폼에서 환자들을 옮기는 사람들, 열차에서 환자들을 돌보는 사람들에게도 같은 부탁을 했지만 소용없다. 샤를이 자기를 똑바로 부축해 달라고 소리를 쳐도 그들은 단지 비웃기만 할 뿐이다.

그다음으로, 서서 지내는 자들은 환자들을 위생열차도 아니고, 일반 여객실도 아니고 분명 가축들을 실었을 화물칸에 태웠다. 마지막으로 서서 지내는 자들은 심지어 환자들 중에 남자도 있고 여자도 있다는 사실조차 고려해 넣지 않았다. 그와 같이 가게 될 간호사 중 한 명이 이 사실을 알고 불평했다. 하지만 그녀의 불평 역시 아무런 효과가 없다.

"이건 미친 짓이에요. 완전히 미친 짓."

…

25) *Ibid.*, p. 774.
26) *Ibid.*, p. 926.

"당신네들이 조금만 깊이 생각했더라도, 남자들을 여자들과 함께 태워서는 안 된다는 것쯤은 아마 이해할 수 있었을 거예요."[27]

샤를은 서서 지내는 자들의 부주의로 인해 다른 환자들과 마찬가지로 그 역시 큰 고초를 겪을 것이라는 사실을 알게 된다. 생리적 현상 때문이었다. 샤를은 다른 환자들, 특히 여성 환자들과 같은 칸에 있게 되었다. 실제로 그는 자기 주위에 여자들이 있다는 것을 알게 되었을 때, 그녀들 앞에서 생리적 현상을 해결하는 수치심을 느끼지 않기 위해 변기를 달라고 하지 않고 끝까지 참자고 결심한다. 하지만 끝까지 견딜 수 있을까?

만약 열차 안에서 샤를을 수행하는 간호사에게도 병원에서처럼 마조히즘적 태도를 취한다면, 그는 마음 편하게 여행할 수 있을 것이다. 물론 그는 수치심을 느끼지 않을 것이다. 왜냐하면 병원에서처럼 그는 자신을 하나의 물건으로 여길 것이기 때문이다. 하지만 이를 위해 그는 스스로 자신의 자유와 초월을 부인해야 할 것이다. 그에게는 두 가지 가능성이 있다. 그의 자유를 포기하면서 휴식을 취하든가, 아니면 자유를 지키기 위해 끝까지 싸우든가이다.[28]

샤를이 간호사에게 변기를 달라고 부탁하지 않고 끝까지 버틸 것을 결심했다는 사실을 기억하자. 그런데 자기 곁에 있는 환자 카트린에 비해 자기가 깨끗하고 뽀송뽀송하다고 느낀다고 무슨 소용이 있을까? 조금 후에 그는 간호사를 급히 부르면서 자기의 자유를 스스로 포기하게 된다.

---

27) *Ibid.*, p. 943.
28) *Ibid.*, pp. 944~945.

열차가 잠깐 멈췄을 때 간호사는 모든 환자들에게 변기가 필요하면 자기에게 부탁하라고 재촉한다.

"아무도 원하는 사람이 없나요? 누구든 원한다면 기차가 정차하고 있는 동안 말하는 것이 좋겠어요. 그게 훨씬 편하니까요. 무엇보다 억지로 참지 마세요. 서로 마주 보고 있다고 해서 창피하다고 생각지 마세요. 이곳에는 남자도 여자도 없어요. 다만 환자들만이 있을 뿐이에요."[29]

이 순간, 샤를은 벌써 소변이 마려웠다. 변기를 요청하는 환자들의 수가 늘어나는 것을 보고 그는 이를 꽉 깨물고 속으로 '나는 남자다'라고 생각하면서 끝까지 버티겠다고 다짐한다.

남자도 여자도 없고 환자들만이 있다. 그는 괴로워하고 있었다. 하지만 괴로워하고 있다는 사실이 자랑스러웠다. 나는 굴복하지 않을 것이다. 나는 남자다. … '나는 굴복하지 않을 것이다.' 그는 괴로워서 몸을 뒤틀면서 생각했다.[30]

샤를은 카트린 역시 자기와 함께 끝까지 버텨 줄 것을 바랐다. 그녀도 한 명의 인간이라는 것을 증명하기 위해서 말이다. 이런 이유로 그는 그녀가 마침내 간호사를 불렀을 때 실망하면서도 만족한다. 그는 그녀에

---

29) *Ibid.*, p. 957.
30) *Ibid.*, p. 958.

게서 다른 환자와 다름없는 모습을 본다. 그러면서 그는 깨끗하고 뽀송뽀송하다고 느낀다. 하지만 이런 허영에 가까운 만족은 오래가지 않는다. 라로슈 미젠역의 대합실에서 쉴 때 그는 마침내 생리적 형상에 굴복하고 만다.

> 그는 마루판에 구두를 대고 힘껏 문질렀다. 마루판 위에서, 샤를은 현기증이 그의 배로부터 머리로 치밀어 오는 것을 느끼고 있었다. 치욕, 부드럽고, 부드럽고, 편안한 치욕. 이제 그에게는 이 치욕이 남아 있을 뿐이었다. 간호사가 문 곁에 와 있었다. 그녀는 환자 한 명의 몸을 건너뛰었다. 신부는 그녀가 지나갈 수 있도록 길을 비켜섰다.
>
> "마담! 마담!" 샤를이 외쳤다.
>
> 샤를은 홀 전체가 쨍쨍 울리는 맑은 목소리로 말했다.
>
> "마담, 마담! 빨리요! 변기를 주세요, 급해요."[31]

다행히도 그 순간에 카트린은 샤를 곁에 없었다. 라로슈 미젠역에 도착한 후에 남자들과 여자들을 다른 칸에 태웠기 때문이다. 카트린이 없어서 샤를이 수치심을 조금 덜 느꼈을까? 그렇지 않을 것이다. 그는 끝까지 버티겠다는 결심에도 불구하고 굴복하고 만다. 이것은 그대로 그가 그의 자유를 지키려는 시도에서 실패했다는 것을 보여 준다. 또한 이것은 마조히즘적 태도를 취하지 않으려는 그의 단호한 저항 역시 실패했다는 것을 보여 준다. 그는 서서 지내는 자들의 자유와 초월에 기대 휴식을 취하는

31) *Ibid.*, p. 1007.

것을 택한 것이다. 물론 그 대가는 씁쓸한 쾌락이다.

이런 양가적인 감정은 샤를에게 익숙하다. 베르크 소재 병원에서 그는 이미 자기의 자유를 부인하고 자신을 하나의 물건으로 여기면서 간호사들 앞에서 휴식을 취한 바 있다. 그가 지금 옮겨 가게 되는 병원에서도 그는 여지없이 베르크에서와 같은 운명을 겪게 될 것이다. 하지만 그는 또한 마지막 순간까지 마조히즘적 휴식의 달콤함에 저항하려고 노력할 수도 있을 것이다.

자살적 타살

공포와 동지애

지금까지 개인적 이익을 위해 인간들 사이에 정립되는 마조히즘 관계를 살펴보았다. 그런데 사르트르의 문학작품에는 또 다른 유형의 마조히즘이 등장한다. 집단, 그것도 융화집단의 차원에서 이루어지는 마조히즘이 그것이다. 서약이 이 집단 구성원들의 실천적 고안물이고, 그 목표는 적의 위험으로부터 이 집단을 보호하는 데 있다는 사실은 앞서 지적한 대로이다. 이를 위해 그들 각자는 집단의 이름으로, 다른 구성원들 앞에서 자신의 자유와 초월을 포기할 것을 맹세한다. 그들이 다시 집렬체의 상태로 떨어지지 않기 위함이다. 또한 서약에 따르는 이런 조치에는 그들 사이의 인간애, 형제애(또는 동지애)를 가능케 해주는 공포가 수반되며, 이 공포는 그들 각자의 죽음을 겨냥할 수도 있다는 사실, 곧 그것이 폭력일 수 있다는 사실을 기억하자. 그런데 이 폭력의 특징은 타살이긴 하지만 서약을 통해 자발적으로 이루어진다는 의미에서 '자살적 타살'이라고 규정할 수 있겠다.

사르트르의 문학작품에는 서약 장면이 없지 않다. 아니, 꽤 여러 차례 나타난다. 이미 베르너와 레니의 서약 장면을 보았다. 그들의 서약은 집안의 관습에 불과했다. 지도자 바리오나의 지휘 아래에서 베토르의 부르주아들이 자신들의 신 앞에서 한 서약은[32] 베르너와 레니의 그것보다 더 심각하다. 왜냐하면 베토르의 주민들은 모두 서약을 어길 경우 신으로부터 처벌받는 것을 받아들이고 있기 때문이다. 거기에는 가장 강한 강제력이 작동하고 있다. 하지만 사르트르는 신적 폭력을 자세하게 그리지 않고 있다.

그런데 『무덤 없는 주검』, 『더러운 손』 등과 같은 작품에서는 공포의 실천, 즉 같은 집단의 구성원들에게 가해진 폭력이 각 작품의 중심에 놓여 있다. 소르비에의 강요된 자살, 앙리, 카노리, 뤼시 등이 공모해서 저지른 프랑수아 살해, 위고에 의한 외드레르 살해 등이 그것이다. 이 장에서는 이처럼 서약에 기초한 마조히즘적 폭력에 주목할 것이다.

소르비에의 강요된 자살

고문과 관련된 사디즘을 살펴보면서 『무덤 없는 주검』에서 마키단원들-희생자들이 대독협력자들-고문자들의 고문에 굴복하지 않기 위해 투쟁했다는 사실을 지적한 바 있다. 창고에 갇혀 있는 마키단원들 중 한 명인 소르비에는 첫 번째 고문을 잘 견뎌 냈다. 그리고 대독협력자들에 의해 고문을 당한 후에 돌아와서 동지들에게 적들이 원하는 정보가 장의 은신

32) Cf. Jean-Paul Sartre, *Bariona ou fils du tonnerre*, in LES, p. 581, p. 585.

처라는 사실을 가르쳐 준다.

이것만이 전부가 아니다. 놀랍게도 소르비에는 만약 이 정보를 알고 있었다면, 그들에게 이 정보를 발설했을 것이라고 말한다. 사실, 그는 조사를 받기 위해 끌려가기 전에 그 자신이 어떤 사람인지를 알게 될 거라고 말한다. 하지만 첫 번째 고문을 받은 후에 그는 자신감을 잃어버린다. 그는 다시 고문을 받게 되면 끝까지 버티지 못할 것이라는 사실을 동지들에게 암시한다. 심지어 그는 동지들에게 그들의 손으로 자기 입을 다물게 만들어 달라고 부탁하기도 한다. "그래, 내 입을 다물게 해줘! 내 입을 다물게 하기 위해 뭘 기다리는 거야?"[33]

앙리가 동지들 중 소르비에가 최고라고 설득하지만 소용없다. 소르비에는 첫 번째 고문 후에 그 자신이 진정으로 누구인지를 알게 된다. 그가 거의 한계에 와 있다는 것을 아는 사람은 본인만이 아니다. 대독협력자들 중 클로셰 역시 이 사실을 안다. 카노리와 앙리를 고문한 후에 클로셰는 소르비에를 다시 조사하기로 한다. 클로셰는 그가 비겁한 자이고, 따라서 거칠게 다루면 그가 실토할 것이라는 확신을 가지고 있다.

소르비에의 인내심이 한계에 달했다고 판단하면서 클로셰는 그에게 손톱을 뽑겠다고 겁을 준다. 소르비에는 장의 은신처를 말하겠다는 의사를 밝히기 전에 그들에게 모욕을 안기는 것을 잊지 않는다. "너나 나나 우린 모두 쓰레기들이야."[34] 클로셰는 병사들에게 집게로 그의 손톱을 뽑을 것을 명령한다. 하지만 소르비에는 벌써 이 싸움에서 승자가 되어 도망

33) MSS, p. 210.
34) *Ibid.*, p. 227.

갈 계책을 마련해 놓았다. 그는 우선 장의 은신처를 말하는 척한다. 그다음에 그는 자유롭게 움직이기 위해 묶여 있던 의자에서 자기를 풀어달라고 한다. 또한 그들을 안심시키기 위해 담배 한 대를 달라고 한다. 하지만 그는 이렇게 하면서 그들을 속이고 있다. 창문으로 뛰어오를 기회를 엿본 것이다.

소르비에 당신들은 무엇을 알고자 하나요? 대장이 어디에 있느냐고요? 난 알아요. 다른 사람들은 몰라요. 나만 알아요. 난 그의 참모였어요. 대장은… (갑자기 그들 뒤의 한 곳을 가리키며.) 저기야! (모두 뒤를 돌아본다. 그는 창문가로 가서 창문턱에 뛰어오른다.) 내가 이겼다! 다가오지 마. 오면 뛰어내릴 거야. 내가 이겼다! 내가 이겼어![35]

소르비에의 느닷없는 행동에 놀란 클로셰는 감언이설로 그가 창문을 통해 뛰어내리는 것을 막고자 한다. 하지만 소르비에는 창밖으로 몸을 날려 자살하고 만다.

클로셰 바보짓 하지 마라. 네가 말하면 석방해 주지.
소르비에 수작 부리지 마! (외치며.) 이봐! 앙리, 카노리, 난 말하지 않았어! (헌병들이 그에게 달려든다. 그는 창문 밖으로 몸을 내던진다.) 안녕![36]

---

35) *Idem*.
36) *Ibid*., pp. 227~228.

소르비에로 하여금 자살을 하도록 한 이유가 무엇인지를 보기 전에 다음 사실을 이야기하자. 이 예기치 못한 죽음으로 인해 랑드리외와 클로셰 사이의 갈등이 첨예화되었다는 사실이다. 창문을 열어 둔 것은 펠르랭이었다. 클로셰는 반대했다. 하지만 랑드리외가 열어 놓으라고 명령했다. 클로셰가 랑드리외를 비난한다.

하지만 여기서 관심을 끄는 것은 소르비에의 자살 그 자체이다. 자살의 이유는 무엇인가? 방금 첫 번째 심문을 받고 난 뒤에 그가 고문을 견디지 못할 것이라는 사실을 알고 있었다고 했다. 이런 이유로 그는 다른 동지들에게 부탁을 하기도 했었다. 침묵을 지키게 해달라고 말이다. 이 말은 자기를 죽여 달라는 말과 동의어이다. 게다가 창고로 돌아오면서 그는 첫 번째 고문에서 대독협력자들의 손에 죽임을 당하지 않은 것을 후회했다. 카노리는 소르비에가 발설을 하지 않을 것이라는 강한 확신을 가지고 있다. 그의 확신은 마키단원들의 행복하고도 고통스러웠던 추억들, 동지애, 인간애에서 나온 것이다.[37)]

카노리는 이런 결론을 내리고 있다. "소르비에! 장담컨대 자네는 말하지 않을 걸세. 아니, 말을 할 수 없을 거야."[38)] 분명, 첫 번째 심문에 너무 겁을 먹은 소르비에는 카노리에게 목숨을 구할 수 있다면 자기 어머니도 내어 줄 것이라고 말한 바 있다. 하지만 또한 소르비에는 1분이 모든 삶을 망칠 수 있다는 것이 정당하지 않다고 생각한다. 이런 마음의 갈등으로부터 그를 자살로 몰고 가는 주요 원인이 기인하는 것으로 보인다. 자기 자

---

37) *Ibid.*, p. 210.
38) *Idem.*

신의 진짜 모습을 알게 된 그는 다시 고문을 받는다는 생각을 견디지 못한다. 그것을 피하기 위해서는 단 하나의 수단만이 있을 뿐이다. 적에게 장의 은신처를 대는 것이다. 하지만 그 대가는 비쌀 것이다. 3년 동안 목숨을 걸고 헌신했던 모든 대의명분이 한순간에 물거품이 될 것이기 때문이다. 이 모든 것을 피하기 위해 그에게 단 하나의 길만이 남아 있다. 죽음이 그것이다.

그런데 소르비에가 마지막 순간에 선택한 죽음은 자살이다. 이 극단적인 조치의 목적은 무엇일까? 개인적으로 그는 적의 고문에 굴복하는 것을 원치 않았다. 한순간에 오랫동안 헌신했던 가치를 잃고 싶지 않은 것이다. 그런데 이것만으로는 그의 자살을 설명하는 데 충분하지 않다. 오히려 그의 자살에는 개인적 차원보다는 집단적 차원의 의미가 더 큰 것이 아닌가 한다. 그가 적과의 싸움에서 겨냥한 것은 마키단원들-희생자들 모두의 승리라고 할 수 있다.

실제로 소르비에는 창문으로 뛰어올라 자살하기 직전에 세 번에 걸쳐 이렇게 외쳤다. "내가 이겼다." 이것은 그가 장의 은신처를 발설하지 않았다는 사실, 따라서 적의 고문과 폭력에 굴복하지 않았다는 사실, 그 자신의 자유를 끝까지 간직했다는 사실을 의미한다. 또한 그의 외침은 위층 창고에 있는 동지들에게 그 자신이 말을 하지 않았다는 메시지를 전달하고자 하는 최후의 노력으로 보인다. 이 사실은 의미심장하다. 왜냐하면 그는 이렇게 하면서 그 자신이 비겁자가 아니라는 사실, 그가 그들의 집단을 배신하지 않았다는 사실, 마지막 순간까지 그들과 하나라는 사실을 알려 주고자 했던 것으로 보이기 때문이다. 요컨대 자살하면서 소르비에가 겨냥한 것, 그것은 바로 영원히 그의 동지들에게 형제로 남는 것, 즉

'우리'의 한 구성원으로 남는 것이었다고 할 수 있다.

이런 관점에서 소르비에의 자살은 일종의 '공포-폭력'이라고 할 수 있다. 그것도 그 자신이 속한 집단의 안정을 위해 행해지는 공포-폭력 말이다. 물론 『무덤 없는 주검』에서 다섯 명의 마키단원들이 서로에게 서약을 하는 장면은 나오지 않는다. 하지만 모든 것은 마치 그들이 서약을 한 것처럼 진행된다. 각 구성원의 배신의 경우, 다른 구성원들이 집단의 이름으로 그를 처단하고, 또 그 역의 경우도 마찬가지인 것처럼 말이다. 이 모든 조치는 그들에 의해 구성되는 '우리'를 지키려는 것이다. 소르비에는 자살을 했다. 이것은 엄연한 사실이다. 하지만 그의 자살은 '공포-폭력'으로 이해되어야 할 것이다. 그것도 다른 네 명과의 동지애적 관계를 유지하고 또 이를 바탕으로 이 집단의 안전을 끝까지 지키려는 조치의 일환으로 이루어진 폭력 말이다.

소르비에의 자살은 일종의 죽음으로 이루어진 서약이다. 이런 의미에서 그의 자살은 '강요된 자살', 또는 '타살적 자살'이라고 할 수 있을 것이다. 그는 자살함으로써 『무덤 없는 주검』의 첫 번째 무덤 없는 주검이 되고, 이를 통해 그는 '승리자'가 되었다고 할 수 있다. 이 작품의 원래 제목이 '승리자들'이었다는 사실을 상기하자.[39]

프랑수아의 죽음

소르비에는 마키단원들 집단의 안전을 위해 자살을 했다. 반면, 프랑수아

---

39) Eugène Roberto, *La Gorgone dans* Morts sans sépulture *de Sartre*, Presses de l'université d'Ottawa, 1987, p. 33.

는 같은 목적을 위해 동지들인 카노리, 앙리, 뤼시의 손에 의해 살해된다. 특히 비극적인 것은 누나인 뤼시도 그의 살해에 가담한다는 사실이다. 이 비극은 『무덤 없는 주검』의 3막에서 발생한다. 이 비극을 다루기 전에 먼저 창고에 모습을 나타낸 장이 어떤 상태에 있는지를 보고자 한다. 이렇게 하는 것은 갇혀 있는 그의 동지들에 의해 '우리'가 형성될 때, 특히 프랑수아의 죽음 위에서 이 '우리'가 형성될 때 장은 아무것도 할 수 없었기 때문이다. 장의 무기력을 통해 프랑수아의 죽음이 가진 성격을 좀 더 분명하게 드러낼 수 있을 것이다.

이런 관점에서 장이 혼자 고립되어 있다는 점은 의미심장하다. 그도 그럴 것이 장은 동지들과 함께하고 싶은 의지를 갖고 있지만 카노리, 앙리, 프랑수아 사이의 대화를 통해 (뤼시는 지금 끌려가 있다. 소르비에의 자살 후에 그녀를 고문하고자 했기 때문이다) 장이 그들의 집단에서 배제되어 있음을 보여 주기 때문이다. 장은 완전히 체포된 상태가 아니다. 그는 단순한 순찰에 걸렸을 뿐, 그의 정체가 드러나지 않았다. 모든 일이 순조롭게 풀린다면 그는 그곳을 빠져나갈 수 있다. 그가 창고에 모습을 나타냈을 때 수갑을 차고 있지 않았다는 사실을 기억하자. 이런 사실만으로도 그는 벌써 갇혀 있는 다른 동지들과 구분된다.

예기치 못한 장의 출현은 다른 동지들에게 두 종류의 대립되는 반응을 야기했다. 그의 출현으로 인해 그들은 대독협력자들에게 뭔가 숨길 것이 생겼다. 하지만 그의 출현으로 뤼시는 희망을 잃어버렸다. 프랑수아는 장을 미워하는 마음을 드러냈다. 프랑수아의 이런 태도에 충격을 받은 장은 스스로 적에게 자기의 정체를 밝히고 체포되려 한다. 하지만 앙리가 말린다. 하지만 장이 그들과 함께 같은 장소에 있는 한, 그는 그들로부터 고립되는 것을 피할 길이 없다.

이 점과 관련하여 다음 사실은 흥미롭다. 장이 경험하는 이런 상황은 '내부-외부'의 갈등으로 해석될 수 있다는 사실이다. 이것이 의미하는 바는, 장이 지금 그의 동지들에 의해 형성된 집단에 포함될 수 없다는 것이다. 그는 수갑도 차지 않았고 석방될 수도 있다. 이것은 그가 외부, 따라서 '삶'과 관련이 있는 외부와 연결되어 있다는 것을 보여 준다. 이와는 반대로 그의 동지들이 갇혀 있는 창고, 즉 건물 내부는 희망의 부재, 곧 '죽음'과 연결되어 있다고 할 수 있다.

그로부터 장과 그의 동지들 사이의 대립, 곧 내부-외부의 갈등이 기인한다.[40] 『무덤 없는 주검』의 다른 갈등에 대해서도 언급한 바 있다. 가령, 위-아래의 갈등, 우리-그들의 갈등이 그것이다. 이 극작품의 공간 구조는 세 개의 갈등(그중 하나는 수평적이고, 다른 두 개는 수직적이다)을 반영하고 있는 것으로 보인다. 분명한 것은, 장이 갇혀 있는 그의 동료들과 같은 운명을 겪고 있지 않다는 이유만으로 그는 자기의 의지와는 다르게 내부-외부 갈등의 한 축을 맡게 된다는 사실이다. 그는 이런 상황에 대한 이해를 돕기 위해 그들에게 과거에 겪었던 하나의 일화를 소개하고 있다. 이 일화는 출산을 하다가 죽은 자기 아내 곁에서 그가 직접 겪은 것이다.

장 물론이네. 자네들은 자네들 때문에 괴로워하고 있네. 그러니까 아무런 미련도 없지. 자네들에게 말을 안 했네만, 난 결혼했었네. 아내는 해산

---

40) Cf. Pierre Haffter, "Structures de l'espace dans *Morts sans sépulture* de Jean-Paul Sartre", *Travaux de littérature, II*, Boulogne: Adirel, 1989, p. 298.

하다가 죽었어. 난 병원 복도를 이리저리 걸어 다녔네. 아내가 죽는다는 것은 알고 있었어. 그때와 같아. 모든 게 같아. 난 그녀를 도와주려 했네. 하지만 어떻게 할 도리가 없었네. 나는 걸었어. 아내의 외침 소리를 듣기 위해 귀를 기울였지. 그녀는 소리 지르지 않았어. 기가 막힌 역할을 소화한 걸세. 자네들도 마찬가지네.[41)]

장에 의하면 지금 창고에서 벌어지는 상황이 과거 그의 부인 곁에서 겪었던 상황과 유사하다. 실제로 뤼시(그는 장의 애인이다)가 아래로 끌려간 이후, 카노리와 앙리는 자신들의 무훈담, 즉 어떻게 그들 각자가 고문을 이겨 냈는지를 말하고 있다. 두 사람 사이의 의사소통은 완벽하다. 왜냐하면 가장 사소한 징후에도 서로 이해할 수 있기 때문이다. 장은 그들의 의사소통에 끼어들려 한다. 소용없다. 왜냐하면 그는 고문을 당하지 않았기 때문이다.

(앙리와 카노리가 웃는다.)

장 (과격하게.) 웃지 말게. (그들은 웃음을 멈추고 장을 본다.) 난 다 아네. 자네들은 웃을 수 있네. 웃을 권리가 있네. 난 자네들에게 내릴 명령도 없네. (사이.) 내가 자네들에게 겁을 먹을 날이 오리라고는 생각지도 못했네…. (사이.) 하지만 어떻게 자네들은 즐거울 수 있는가?

앙리 버티는 걸세.[42)]

41) MSS, p. 231.
42) *Ibid.*, p. 230.

장과 뤼시는 사랑하는 사이라는 점을 기억하자. 대독협력자들이 뤼시를 끌고 간 후, 장은 전처의 죽음 때와 같은 상황에 처하게 된다. 분노, 고통, 모욕감에도 불구하고 그는 아무것도 할 수 없다. 그는 자기 자신에게 화를 내지만 소용없다. 당연히 그는 우울하고 불안하다. 하지만 앙리는 다르다. 그렇다고 앙리가 뤼시의 운명에 대해 무관심한 것일까? 그는 장보다 그녀에 대해 덜 걱정하는 것일까? 결코 그렇지 않다. 실제로 앙리는 장보다 더 열렬하게 뤼시가 적들의 고문을 견디고 이겨 내길 바라고 있다.

이처럼 장과 그의 동지들 사이에 놓여 있는 거리는 점점 더 멀어진다. 예컨대 장이 프랑수아를 도와 창 모퉁이를 통해 소르비에의 시신을 보게 했을 때, 앙리는 그에게 보지 말라고 충고한다. 앙리의 생각이 옳다. 왜냐하면 프랑수아는 그 광경을 보고 더 겁에 질리기 때문이다. 프랑수아는 아직까지 소르비에, 카노리, 앙리, 뤼시에 의해 형성된 집단에 완전히 속해 있지는 못하다. 물론 포로가 되기 전에는 프랑수아도 그들과 같은 집단에 속했다. 하지만 아직까지 고문을 당하지 않았기 때문에 그는 세 명과는 다른 상황에 있다. 또한 장의 운명과도 다르다. 프랑수아는 고문당한 자들의 외부에 완전하게 속해 있는 것도 아니다. 이렇게 말하자면 그는 내부-외부의 '경계'에 있다고 할 수 있다.

만약 프랑수아가 적들의 고문을 견디고 이겨 낸다면, 그는 고문당한 다른 동지들의 집단에 완전히 포함될 수 있는 권리와 자격을 갖게 될 것이다. 이와 반대되는 경우, 그는 그런 자격과 권리를 가지지 못할 것이다. 그에게 더 불리한 것은, 만약 그가 고문을 견디지 못하고 굴복한다면, 그로 인해 자살한 소르비에를 포함해 다른 세 명의 동지들에 의해 형성된

'우리'의 완전한 해체가 야기될 것이라는 점이다.

한편, 카노리는 장을 위로하려 한다. 장이 동지들과 같은 상황에 있었더라면, 그도 역시 그들과 마찬가지로 용감했을 것이라고 말이다. 게다가 장은 그들의 지도자이다. 하지만 장은 자신이 그들과 같은 운명을 가지고 있지 않다는 사실을 알고 있다.

> **장** 내가 다시 자네들의 동지가 되기 위해서 손톱을 뽑혀야 하나?
>
> **카노리** 자넨 항상 우리의 동지네.
>
> **장** 그렇지 않다는 것 잘 알고 있네. (사이.) 내가 견디지 못할 거라고 누가 그랬어? (앙리에게.) 아마 난 고함을 지르지 않을지도 몰라.[43]
>
> **앙리** 그래서?
>
> **장** 용서하게. 난 침묵을 지킬 권리가 없네.[44]

장과 그의 동지들 사이에 극복할 수 없는 간격이 있음을 보여 주는 징표는 바로 앙리와의 내기이다. 뤼시에 대한 걱정으로 장은 그녀가 자기를 생각하면서 고문을 견디고 있다고 주장한다. 하지만 앙리의 생각은 다르다(그 역시 그녀를 사랑한다는 점을 참고하자). 그녀는 오직 두 팀, 즉 마키 단원들-희생자들과 대독협력자들-고문자들 사이에 벌어지고 있는 전투에서 승리할 목적으로 고문을 견디고 있다는 것이 앙리의 주장이다. 누구의 주장이 옳은가?

---

43) 앙리는 장의 이런 말에 격분한다. 왜냐하면 그는 고문을 당할 때 고통을 못 이겨 소리를 쳤기 때문이다.

44) *Ibid.*, p. 233.

앙리 그녀의 고통이 우리 사이를 더 가깝게 하네. 자네가 그녀에게 준 쾌락은 우리들 사이를 더 멀게 하네. 오늘, 난 자네보다 그녀에게 더 가깝네.

장 그럴 리가 없네! 그럴 리가! 그녀는 고문을 받으면서도 나를 생각하고 있네. 그녀는 나만 생각하네. 내 이름을 발설하지 않기 위해 그녀는 고통과 치욕을 참는 걸세.

앙리 아니네. 그건 이기기 위해서일세.

장 거짓말! (사이.) 그녀가 말했네. '내가 다시 돌아왔을 때 내 눈에 애정이 넘쳐흐를 거예요'라고.

…

앙리 그녀가 돌아오네. 자넨 그녀의 마음을 읽을 수 있을 테지.[45)]

이 부분은 앙리가 장보다 뤼시의 운명을 더 걱정하고 있다는 사실을 보여 준다. 장은 앙리에게 이렇게 묻는다. "자네도 그녀를 사랑하는가? 그런데도 침착하게 앉아 있어?"[46)] 물론 앙리가 뤼시를 걱정하는 이유는 개인적인 사랑이 아니다. 그보다는 오히려 그가 소속된 집단의 승리이다. 누가 내기에서 이기는가? 뤼시가 돌아오자마자, 장은 그녀에게 달려간다. 그녀가 아직도 자기를 사랑하는지를 알고 싶은 것이다. 그녀는 그를 아직도 사랑하긴 한다. 하지만 그는 더 이상 부드러운 뤼시를 발견하지 못한다. "장, 나는 이제 결코 부드럽지 못할 거예요."[47)] 그녀가 자기 자신을 돌로 여겼다는 사실을 기억하자. 결국 내기에서 승리를 거둔 것은 앙

45) *Ibid.*, p. 234.
46) *Idem.*
47) *Ibid.*, p. 236.

리이다. "자, 장. 누가 옳지? 그녀는 이기고 싶은 걸세. 그게 다네."[48]

그렇다면 뤼시에게 중요한 건 무엇인가? 답은 분명하다. 싸움에서 이기는 것이다. 그녀는 자신이 속한 집단의 운명이 이제 전적으로 동생에게 달려 있다는 것을 안다. 대독협력자들-고문자들은 프랑수아가 마키단원들의 가장 약한 고리라는 것을 잘 알고 있다. 프랑수아는 그들의 승리를 보장할 수 있는 마지막 카드다. 그로부터 동생에 대한 뤼시의 단호한 자세가 기인한다. "너, 방어 잘해야 해. 그놈들이 수치심을 느껴야 해."[49]

하지만 문제는 프랑수아가 자신감을 가지지 못하고 있다는 것이다. 그는 '우리'의 형성에서 아무런 권리도 가지지 못한 장이 가장 불행한 사람이라고 스스로를 위안한다. 하지만 소용없다. 불행하게도 프랑수아의 의도는 다른 곳에 있다. 그는 장을 고발할 것이라고 선언한다. 장으로 하여금 자기들과 같은 운명을 겪는 기회를 준다는 것이다.

물론 장은 그들과 같은 기쁨을 공유하기 위해 자기를 고발하라고 말한다. 하지만 프랑수아가 장을 고발하겠다고 한 것은 그 자신의 목숨을 부지하겠다는 것이다. 그는 장을 질투한다. 앙리에 의하면 장은 살 가능성이 크다. 하지만 카노리, 앙리, 뤼시(소르비에도 포함해서)는 프랑수아가 장을 고발하는 것을 막아야 할 충분한 이유가 있다. 그렇게 되면 그들은 모든 것을 잃게 되기 때문이다. 프랑수아의 비극의 시작이다. 우선 그의 누나인 뤼시가 못을 박는다.

---

48) *Ibid.*, p. 237.
49) *Ibid.*, p. 236.

뤼시 (프랑수아의 목을 잡고 자기 쪽으로 돌리면서.) 나를 똑바로 쳐다봐! 말할 용기가 있어?

프랑수아 용기라고요! 분에 넘치는 말이에요. 난 장을 고발할 거예요. 그뿐이에요. 너무 간단해요. 그놈들이 내 곁으로 오면 내 입은 저절로 벌어져 장의 이름이 그냥 나올 거예요. 난 내 입에 맞장구칠 거예요. 용기가 뭐 필요해요? 당신들이 미친 사람들 모양으로 창백해지고 떨고 있는 것을 보면, 난 당신들의 멸시가 무섭지 않아요. (사이.) 난 누나를 구하겠어요. 그놈들은 우리를 죽이지 않을 거예요.[50)]

뤼시는 프랑수아에게 고발의 대가로 얻는 목숨을 원치 않는다는 것을 가르쳐 준다. 카노리는 프랑수아를 설득하려 한다. 그가 발설을 하더라도 대독협력자들이 목숨을 살려 주지 않을 것이라고 말이다. 하지만 프랑수아는 어떻게 하든 목숨을 구하고자 한다. 실패하는 경우에라도 그는 최소한 장이 괴로워하는 것을 보고자 한다. 앙리, 카노리, 뤼시는 그들의 집단이 위험에 노출되어 있다는 사실을 알고 있다. 자신들의 동지들 중 한 명에 의해 이 집단이 와해되는 것을 막기 위해 그들은 결단을 내린다. 프랑수아가 적에게 장의 위치를 발설하기 전에 그로 하여금 침묵을 지키게끔 하는 결단이 그것이다.

앙리는 두 번에 걸쳐 뤼시에게 의견을 묻는다. 프랑수아가 그녀의 동생이기 때문이다.

---

50) *Ibid.*, p. 238.

앙리 (일어나서 뤼시 쪽으로 간다.) 당신, 프랑수아가 말할 거라 생각해요?

뤼시 (프랑수아 쪽으로 얼굴을 돌리면서 그를 똑바로 본다.) 말할 거예요.

앙리 확신해요? (두 사람은 서로 쳐다본다.)

뤼시 (한참 주저하다가.) 네.[51)]

카노리도 뤼시와 앙리와 같은 의견이다. 앞서 프랑수아가 내부-외부의 경계에 위치해 있다는 사실을 지적한 바 있다. 프랑수아가 자기들의 집단에 완전히 속한 것은 아니라고 판단하면서 세 명은 폭력-공포에 호소하며 이 집단을 구하고자 할 것이다. 그들의 최종 목표는 프랑수아의 목숨을 담보로 대독협력자들-고문자들과의 싸움에서 이기는 것이다.

앙리 말해서는 안 돼, 프랑수아. 네가 말해도 그놈들은 죽여, 알지? 넌 굴욕 속에서 죽는 거야.

프랑수아 (무서워하면서.) 그럼, 난 말 안 하겠어요. 말 안 한다니까요. 저를 가만히 내버려 두세요.

앙리 우리는 더 이상 믿을 수가 없어. 그놈들은 네가 우리들의 약점이라는 걸 알아. 네가 실토할 때까지 너를 족칠 거야. 네가 말하지 못하도록 하는 것이 중요해.[52)]

이런 급박한 상황에서 장이 개입하려 든다. "겁먹지 말아. 프랑수아.

51) *Ibid.*, p. 239.
52) *Ibid.*, pp. 239~240.

내 손은 자유로워. 내가 너와 함께할게."[53] 장은 자신이 동지들에 의해 형성된 '우리'의 외부에 있다는 사실을 잊은 것인가? 그는 뤼시의 반대에 부딪친다.

뤼시 (장의 길을 막으며.) 왜 끼어들려고 해요?

장 당신 동생이오.

뤼시 그래서요? 어차피 내일 죽을 목숨이에요.

장 당신인 거 맞소? 난 당신이 무섭소.

뤼시 말하지 못하도록 해야 해요. 방법 같은 건 문제가 안 돼요.[54]

장은 이곳에서 살아서 나가야 한다. 그런데 다른 마키단원들의 목숨은 그의 손에 달려 있다. 따라서 그는 아무것도 할 수 없다. 프랑수아는 뤼시에게 고문을 당하더라도 끝까지 버티겠다고, 발설을 하지 않겠다고 다짐하려 한다. 하지만 그의 말을 믿을 수 없다. 결국 그는 죽어야 할 운명이다. 그는 앙리의 손에 죽는다. 특히 앙리는 장에게 이렇게 말한다. 프랑수아의 목을 조르는 순간, 자기 손이 동료들의 손이라는 느낌이 들었다고 말이다.

앙리 모든 것이 삽시간에 일어났고, 꼬마는 이젠 죽었어. (갑자기.) 날 버리지 말아 줘! 자네들은 날 버릴 권리가 없어. 내가 꼬마의 목을 조를 때

---

53) *Ibid.*, p. 240.
54) *Idem.*

난 이런 생각이 들었어. 그 손이 우리들의 손이고, 우리가 모두 목을 조르고 있다고. 그렇지 않았더라면 난 도저히 할 수 없었을 걸세…[55]

프랑수아를 죽이기 전에 앙리, 카노리, 뤼시가 서로의 의견을 구했다. 카노리는 앙리와 같은 의견이었다. "그는 죽어야 했어. 만약 내가 그와 더 가까이 있었다면 내가 목을 조였을 걸세."[56] 앙리의 행동에 대한 최고 심판관인 뤼시(그녀는 프랑수아의 누나이다)는 앙리를 미워하지 않는다고 말한다. 이렇게 해서 앙리는 장의 비난을 일소에 부친다.

장 난 자네와 같은 입장에 있고 싶지 않네.
앙리 (부드럽게.) 자넨 이 사건과 관련이 없네, 장. 자넨 이해할 수도 판단할 수도 없네.[57]

동지들의 손에 의해 프랑수아에게 부과된 죽음은 장의 완전한 소외와 동의어이다. 이제 장은 그들의 집단에서 완전히 배제되었다. 앞서 그가 그들에 의해 부분적으로나마 통합되었다는 사실을 보았다. 그가 대독 협력자들-고문자들을 속여 함정에 빠뜨리기 위한 계획을 말했을 때 그랬다. 하지만 지금은 아니다. 장은 뤼시가 자기를 사랑하는지 마지막으로 알고 싶어 한다. 그는 전혀 다른 사람이 된 뤼시만을 볼 뿐이다. 동생이 살해당하고 난 뒤에 그녀는 다른 사람이 되었고, 또 그에게 자기와 그 사이

---

55) *Ibid.*, p. 243.
56) *Idem.*
57) *Ibid.*, p. 244.

에는 아무런 공통점도 없다고 말한다. 그녀는 마침내 그보다는 그녀의 동지들을 더 가깝게 느낀다고 선언하기에 이른다.

장 (맥없이.) 당신은 자존심의 사막일 뿐이오.

뤼시 이게 내 잘못인가요? 그놈들은 내 자존심을 여지없이 짓밟았어요. 난 그놈들을 증오해요. 하지만 그놈들이 나를 붙잡고 있으니 어쩔 수 없어요. 나도 그놈들을 붙잡고 있어요. 난 당신보다 그놈들에게 더 가까이 있는 것 같아요. (웃는다.) 우리! 당신은 내가 '우리'라고 말하기를 원해요. 당신이 앙리처럼 손목이 부러졌나요? 카노리처럼 발에 상처가 있나요? 자, 이제 연극은 그만해요. 당신은 아무것도 느끼지 못해요. 당신은 모든 것을 상상하고 있는 거예요.[58)]

자존심에 상처를 입은 장은 한 손으로 나무토막을 들고 다른 한 손을 내리치면서 자해하려 한다. 하지만 다른 사람들로부터 받은 고통과 자기 자신이 부과한 고통을 어떻게 비교할 수 있는가? 이런 이유로 뤼시는 장을 비난한다. 장이 떠난 후에 뤼시는 앙리와 카노리에게 자기 곁으로 와 달라고 부탁하고, 식어 버린 프랑수아의 몸을 만질 것을 부탁한다.

뤼시 내 옆으로 가까이 오세요. (앙리, 카노리가 뤼시 곁으로 간다.) 더 가까이요. 지금 우리는 우리끼리 있어요. … 프랑수아는 죽어야 했어요. 당신들도 그걸 잘 알아요. 저기 아래층에 있는 놈들이 우리의 손을 빌어 그를

---

58) *Ibid.*, p. 259.

> 죽인 거예요. 이리 와요. 난 그의 누나예요. 그런 내가 당신들에게 죄가 없다고 하잖아요. 그에게 당신들의 손을 올려놔 주세요. 죽은 후로 그는 우리의 일원이 되었어요. 보세요. 아주 엄숙한 모습을 하고 있어요. 비밀을 지키려고 입을 꽉 다물고 있어요. 그를 어루만져 주세요.[59)]

이 부분에서 일종의 통과의례, 즉 프랑수아가 뤼시, 앙리, 카노리, 그리고 소르비에에 의해 형성된 융화집단으로 통합되는 의식이 진행된다고 할 수 있다. 프랑수아는 내부-외부의 경계에 서 있었다. 만약 그가 대독협력자들-고문자들의 고문을 못 이겨 장의 은신처를 발설했더라면, 그는 결코 동지들에 의해 구성된 '우리'에 통합되는 권리와 자격을 얻지 못했을 것이다. 하지만 그는 이 권리와 자격을 획득한다. 그는 소르비에와 마찬가지로 죽어서 그들의 동지가 된 것이다. 소르비에는 집단의 안전을 지키기 위해 자살할 수밖에 없었다. 프랑수아는 같은 목적을 위해 살해당한 것이다. 그들이 각각 다른 이유로 죽었지만, 그들의 죽음에는 한 가지 공통점이 있다. 그것은 자기 동지들에 의해 부과된 공포-폭력의 희생자가 되었다는 사실이다.

앞서 『무덤 없는 주검』에는 다섯 명의 마키단원들 사이에 서약 장면이 없다고 했다. 하지만 이 작품에서 모든 것은 마치 각자가 집단을 배반할 경우 집단의 이름으로, 또 다른 구성원들에 의해 처단당하는 것처럼 진행된다. 이런 관점에서 보면 뤼시의 다음 대사는 의미심장하다. 왜냐하면 소르비에와 프랑수아가 각각 죽음을 통해 '우리'의 유지 및 강화에 큰

---

59) *Ibid.*, pp. 249~250.

기여를 했다고 판단하면서, 뤼시는 다시 고문을 받더라도 이겨 낼 것이라고 새로이 다짐하고 있기 때문이다.

뤼시 좋아요. 내게로 가까이 다가와 앉아요. 난 당신들의 팔과 어깨를 느껴요. 무릎 위에 놓인 꼬마는 무거워요. 오히려 이게 좋아요. 내일 난 침묵을 지킬 거예요. 끝까지 침묵을 지킬 거예요. 그와 나를 위해, 소르비에와 당신들을 위해서 말이에요. 우리는 일심동체예요![60]

소르비에의 자살과 프랑수아의 죽음은 '자기에 대한 폭력'의 성격을 띤다고 할 수 있다. 그 이유는 앙리, 카노리, 뤼시가 융화집단, 즉 '우리'의 구성원의 자격으로 다른 구성원인 소르비에와 프랑수아에게 부과한 죽음이기 때문이다. 소르비에는 자살을 했지만, 그의 자살은 고문을 이기지 못하게 될 것과 그렇게 되면 '우리'가 패배한다는 것을 예상한 끝에 자행된 것이라는 면에서 일종의 '강요된' 자살이라고 할 수 있었다. 그의 죽음은 '타살적 자살'로 규정될 수 있었다. 이와 마찬가지로 프랑수아의 죽음 역시 '우리'를 지켜야 한다는 필요성에 기초한 '강요된' 살해라고 할 수 있다. 이런 의미에서 그의 죽음은 '자살적 타살'이라고 규정될 수 있을 것이다. 두 사람의 죽음은 겉으로는 다른 유형에 속하지만 속으로는 같은 성격을 가지고 있다고 할 수 있다.

---

60) *Ibid.*, p. 250.

자살적 타살의 또 다른 경우

『더러운 손』에서도 이와 비슷한 살해를 볼 수 있다. 위고가 저지른 외드레르에 대한 살해가 그것이다. 이 살해에 대해서는 다음 네 가지 점을 지적하자. 첫째, 이 극작품에서 살해의 주체와 살해당한 사람이 모두 같은 당에 속한다는 점이다. 이것은 두 사람이 공동 목표, 공동 행동을 지향하는 융화집단의 일원이라는 것을 보여 준다. 당의 해체 이전에 란드스타그를 대표하는 국회의원이었던 외드레르는 지금은 당서기이다. 당 내에서 라스콜니코프로 불리는 위고 바린은 당에 등록한 상태이다. 그의 나이는 스물한 살이고, 가족과 계급을 떠난 후에 제시카와 결혼한 사이이다. 그의 아버지는 토스크석탄협회 부회장이다. 그의 집은 부자이다. 그는 가난을 몰랐고, 그의 어린 시절은 사치 일색이었다. 그는 박사 학위를 받았다. 당에 입당한 후에 그는 기관지의 편집부에 속해 있다.

두 번째로 지적하고자 하는 점은, 외드레르와 위고가 같은 당에 속하기 때문에 결국 그들은 각자의 지위 차이에도 불구하고 '동지'라는 점이다. 그 증거는, 위고의 방을 수색하는 중에(위고는 얼마 전에 외드레르의 개인 비서로 고용되었다), 외드레르가 당에서 모든 사람은 서로 말을 놓고 지낸다는 것을 알려 주는 것이다. 하지만 문제는 지금 두 사람이 속해 있는 당이 두 파로 나뉘어 있다는 것이다. 외드레르로 대표되는 파와 루이로 대표되는 파가 그것이다.

루이 내가 대표로 있는 노동당은 외드레르에게 반대하고 있어. 그런데 현재의 노동당은 나의 노동당과 민주사회당이 연합해서 탄생했다는 것을 자넨 알고 있지. 민주사회당은 외드레르에게 표를 던졌는데 그쪽의 수

가 더 많아.[61)]

외드레르의 개인 비서로 고용되기 전에 위고는 그를 알지 못했다. 위고는 지금까지 루이와 함께 일했다. 외드레르와 루이 사이의 갈등은 위고의 외드레르 살해 동기와 밀접하게 연결되어 있다. 그런데 이 동기는 전쟁 후의 일리리(Illyrie)의 대내외 정책과 관련된다. 루이에 따르면 이 나라와 당의 현 상황은 다음과 같다.

루이 좋아. 앉아. (사이.) 내 말을 들어 봐. 정세는 다음과 같네. 한쪽은 파시스트 정부에 동조하고 있는 섭정정부가 있고, 다른 쪽에는 민주주의를 위해서, 자유와 계급 없는 사회를 위해서 투쟁하고 있는 우리 당이 있고, 그 중간에 자유주의자, 국가주의적 부르주아를 비밀리에 규합하고 있는 펜타곤당이 있어. 이 세 조직은 서로 용인할 수 없는 이해관계를 가지고 있고, 그들은 서로를 증오하고 있지. (사이.) 외드레르가 오늘 저녁에 우리를 소집한 것은 전후에 이 세 단체가 정권을 분배하기 위해서, 우리 당이 파시스트와 펜타곤과 동맹을 맺지 않으면 안 된다고 생각하고 있기 때문이지.[62)]

외드레르의 제안이 당위원회에서 수용되었다. 이 제안을 구체화하기 위해 외드레르는 열흘 후에 태공의 특사들을 영접하기로 되어 있다.

---

61) LMS, p. 50.
62) *Ibid.*, p. 48.

하지만 방금 지적한 것처럼 루이와 그의 동지들은 이 제안에 반대하는 입장이다. 이것은 비록 외드레르와 루이가 같은 당에 소속되어 있기는 하지만, 그들은 '동지-배신자'라는 것을 의미한다. "객관적으로 그는 배신자요. 내게는 그것으로 충분하오."[63] 보통, 당은 당원들의 서약을 요구한다는 사실을 지적하자. 『무덤 없는 주검』과 마찬가지로 『더러운 손』에서도 서약 장면은 나오지 않는다. 하지만 이 극작품에서 당의 구성원들은 당연히 서로에게, 그리고 당에 대해 충성을 맹세했을 것이다.

여러 증거가 있다. 예컨대 위고가 감옥에서 나와 올가의 집으로 갔을 때, 그녀는 그에게 당의 원칙에 따라 행동할 것을 요구한다. 위고는 외드레르에게 복종의 필요성에 의해 자기가 정치에 입문했다고 답을 하고 있고, 또 당이 명령하면 누구라도 살해할 수 있다고 말하고 있다. 게다가 위고가 수색에 저항하자 외드레르의 경호원인 슬리크와 조르주는 당은 임무, 원칙의 준수, 명령에 대한 복종 없이는 지탱될 수 없다고 말한다. 이 모든 사실들은 『더러운 손』에서 같은 당에 속한 자들이 서로에게 또 당에 대해 충성을 맹세했다는 것을 보여 준다.

위고가 저지른 살인에 대해 세 번째로 지적하고 싶은 점은 다음과 같다. 융화집단 안에서 배신자의 운명은 이미 정해져 있다는 사실이다. 그는 처단되어야 한다. 외드레르가 그 경우에 해당한다. 위고도 그렇다. 외드레르에게 총을 쏘고 난 후에, 또 국가 상황의 변화로 인해 루이에게 배신자로 낙인찍힌 후에, 위고는 5년의 징역형을 받았고, 수형 생활 중에 초콜릿으로 독살당할 뻔했다. 사실, 외드레르의 죽음 이후에 당은 그의 정

63) *Ibid.*, p. 50.

책을 추구하기로 했다. 또한 위고는 출소 이후(그는 2년 후에 행실이 좋다는 이유로 석방된다), 루이는 그를 제거하고자 한다. 게다가 위고는 지금 당에 유용한 인물인지를 평가받는 어려운 시험에 직면해 있다.

그런데 여기서 관심을 끄는 것은 외드레르의 배신이다. 루이가 그에게 배신자라는 선고를 내렸다는 사실을 기억하자. "객관적으로 그는 배신자요. 내게는 그것으로 충분하오." 하지만 그는 외드레르와 갈라서는 것이 불가능하다는 것을 안다. 따라서 그를 제거하는 길밖에 없다. 누가 그 일을 맡을 것인가? 답을 하기 전에 두 가지 점을 지적하자. 하나는 위고는 기자의 일에 지쳐 루이에게 직접 행동할 기회를 달라고 올가를 통해 부탁했다는 사실이다. 다른 하나는 나라 사정에 대한 루이의 입장이 어떤 것인지를 알기도 전에 그는 루이를 전적으로 지지했다는 사실이다.

위고 고함을 치고 있어요. 서로 맞붙어 싸우는 것 같군요.

올가 외드레르가 모종의 제안을 채택하기 위해 위원회를 소집했어요.

위고 어떤 제안인데요?

올가 난 몰라요. 단지 루이가 이 제안에 반대라는 것만 알아요.

위고 (웃으면서.) 그래요, 루이가 반대면 나도 반대예요. 어떤 문제인지 알 필요도 없어요.[64)]

실제로 루이와 올가 앞에서 위고는 이렇게 선언한다. "올가와 자네. 당신들이 나에게 모든 것을 가르쳐 줬소. 나는 당신들에게 모든 것을 빚

---

64) *Ibid.*, p. 44.

졌소. 내게 있어 당은 곧 당신들이오."[65] 이 부분을 강조할 이유가 있다. 신뢰에 대해 큰 중요성을 부여하고 있고, 따라서 "신념의 인간"인 위고에게서 당은 "그의 교회"이고, 이 교회의 교황은 바로 루이였기 때문이다.[66] 이것은 위고가 충성을 맹세한 대상은 당이고, 더 구체적으로는 루이였다는 것을 의미한다. 이런 이유로 위고는 후일 그가 외드레르를 암살하는 것을 원치 않는 제시카 앞에서 이렇게 반복하게 된다. 루이가 위고 자신에게 가르쳐 준 내용, 즉 "객관적으로 그는 사회적 배신자처럼 행동하지"라고 말이다.

이 두 요소(외드레르의 배신과 위고의 충성 맹세)를 중심으로 동지-적인 외드레르를 제거하려는 루이의 계획이 세워진다.

> **루이** 좋아. (위고에게.) 어떤 정세인지 잘 알겠지. 우린 이대로 탈당할 수도 없고 또한 위원회에 이의를 제출할 수도 없어. 문제는 외드레르의 책략이야. 외드레르만 없다면 우리도 다른 사람들을 우리 편에 넣을 수 있어. (사이.) 외드레르는 지난 주 화요일, 당에 비서를 주선해 달라고 요구했어. 학생이며 기혼자라는 조건이야.[67]

이렇게 해서 외드레르의 비서가 되는 것은 위고의 몫이 된다. 참고로 외드레르가 결혼한 비서를 원한 것은, 이전 비서가 사랑 때문에 죽었기 때문이었다. 루이는 처음에 위고에게 외드레르를 살해하려는 임무를 부

---

65) *Ibid.*, p. 51.
66) Marc Buffat, Les mains sales *de Jean-Paul Sartre*, Paris: Gallimard, 1991, p. 94.
67) LMS, p. 51.

여하고자 하지 않았다. 그가 보기에 위고는 그저 무정부주의적 지식인에 불과했다. 그는 그에게 다른 동지들의 일을 도와줄 것을 부탁했다. 하지만 위고는 작은 역할에 만족할 수 없다. 그는 루이에게 임무를 혼자 수행할 것을 제안한다. 올가의 지지를 받아 그는 마침내 루이를 설득하게 된다. 이렇게 해서 위고는 외드레르의 집에서 제시카와 함께 머물게 된다.

하지만 시간이 지나면서 위고는 외드레르의 인격에 매료된다. 위고는 이렇게 고백한 적이 있다. 외드레르가 만지는 모든 것은 현실적이고 진짜 같은 모습을 띤다고 말이다. 이것은 제시카의 두려움에도 불구하고 위고가 당의 명령을 시행할 수 없다는 것을 의미한다. 위고는 그렇지 않다고 설득하려 하나 소용없다. 예컨대 외드레르가 자기 집에 왕자 폴과 펜타곤을 대표하는 카르스키를 영접할 때, 위고는 그 자신이 외드레르는 물론이고 지배계급과 연합할 수 없다는 사실을 분명히 밝힌다.

더군다나 당의 명령도 없이 올가가 외드레르의 집에 폭탄을 던졌을 때, 그는 동지들에게 자기를 믿어 주지 않는 것을 강하게 비판한다. 사실, 이 행동은 위고에 대한 우정의 소산이었다. 왜냐하면 루이와 그의 동지들은 위고가 자기 임무를 수행하지 않은 것을 배신 행위로 간주했기 때문이다. 그때 위고는 그들에 대해 이렇게 말하면서 비난한 적이 있다. "왜 당신들은 나를 믿지 못하는 거죠?"[68] 위고에게는 신뢰가 곧 그의 좌우명이라는 사실을 기억하자. 어쨌든 올가는 그에게 새로운 명령을 전달한다. "하루 안에 임무를 마치지 못할 경우, 네 대신 다른 사람을 보내 임무를

---

68) *Ibid.*, p. 167.

끝마치게 할 것이다."[69]

위고가 동지들의 신뢰를 회복할 가능성, 곧 그의 존재이유를 확보할 수 있는 가능성은 단 하나이다. 당이 정한 시간 안에 외드레르를 죽이는 것이다. 위고는 올가를 원망하면서도 이것을 약속한다. 하지만 이번에는 제시카가 남편 위고에게 반대한다. "내가 외드레르를 보러 갈게요. 그에게 이렇게 말하겠어요. 자, 당신을 죽이라고 나를 여기에 보냈소. 하지만 내가 생각을 바꿨소. 나는 당신과 일을 하고 싶소."[70] 하지만 위고의 결심은 확고하다. 제시카는 그에게 그 자신이 옹호하는 생각의 정당성을 외드레르에게 증명해 보이는 선에서 그치라고 충고한다.

제시카가 보기에 위고와 외드레르 사이에 벌어진 토론은 외드레르의 승리로 끝난다.[71] 외드레르는 효율성의 정치, 수단보다는 목적의 우선성을 내세우는 정치, 현실주의적인 정치,[72] 산 사람들을 위한 정치, 요컨대 붉은 장갑, 또는 더러운 손의 정치를 설파했다. 반면, 위고는 순수함의 정치, 원칙과 대의명분의 정치, 요컨대 깨끗한 손의 정치를 지지했다. 그렇다고 해서 위고가 외드레르를 죽이는 계획을 포기한 것은 아니다. 외드레르는 제시카의 귀띔 이전에 (그녀는 외드레르에게 위고의 계획을 알려 준다) 이미 위고가 자기를 죽이려 한다는 사실을 알고 있었다. 그럼에도 외드레르는 위고를 설득하려 한다.

곧이어 이 설득의 의미를 살펴볼 것이다. 여기서 확실한 것은, 위고

69) *Ibid.*, p. 168.
70) *Ibid.*, p. 175.
71) Cf. Jean-Paul Sartre, "Entretien sur *Les mains sales* avec Paolo Caruso", 1964; TS, p. 304.
72) Cf. Jean-Paul Sartre, *L'engrenage*, Paris: Nagel, 1962, p. 113.

가 외드레르에게 완전한 패배를 인정하면서 도움을 청하려고 그의 방에 들어가는 순간, 외드레르가 제시카를 안고 있는 것을 보았고, 총으로 그를 쏘았다는 사실이다. 외드레르는 죽어 가면서 위고가 질투 때문에 총을 쏘았다고 다른 사람들을 설득하려 한다. 하지만 그렇게 되면 위고는 살인자 없는 살인을 저지르는 것이 되어 버린다. 왜냐하면 앞서 지적한 것처럼, 그는 살인을 저지르고 난 뒤에 당의 정책 변화로 인해 배신자가 되었고, 당은 뒤늦게 외드레르의 정책을 따랐기 때문이다.

그런데 이것은 결국 외드레르가 죽어서 영웅이 되었다는 것을 의미한다. 그의 공적을 위해서는 그의 죽음이 미화되어야 할 필요가 있다. 이를 위해서는 두 가지 방법이 가능하다. 하나는 위고의 입을 막는 것이다. 그렇기 때문에 루이와 그의 동지들은 위고를 감옥에 가두려고 했고, 그가 감옥에 있는 동안 독살시키려 했다. 또한 그가 출소했을 때 그를 제거하려 했다. 또 하나는 위고가 그의 범죄 동기가 정치적인 것이 아니라 질투였다는 것을 인정하는 것이다. 올가는 출소 후에 자기 집에 온 위고에게 이 두 번째 방법을 선택하라고 조언한다.

그런데 문제는 위고의 입장이다. 그는 올가의 조언을 거부할 충분한 이유가 있다. 왜냐하면 그가 그녀의 제안을 받아들이는 경우에 다음과 같은 효과가 나타날 것이기 때문이다. 그가 외드레르를 죽인 것은 아무런 소용이 없는 행동이었다는 것을 그 스스로 인정하게 되고, 그 결과 외드레르는 익명의 죽음, 당의 쓰레기, 즉 우연한 사고나 연정에 얽힌 사고의 희생자에 불과한 인물이 되어 버리는 효과가 그것이다. 토론에서 패배한 후에 위고는 자기를 믿어 준 외드레르를 좋아하게 된다. 자기에 대한 애정과 신뢰에 보답하고자 위고는 마지막 순간에 그를 정치적 이념, 정책을 고수하다 죽은, 또 그에게 합당한 영광을 안겨 주면서 자기 자신의 죽음에 책임을 지는 위대한 인물로 만들고자 했다.

요컨대 출소 후에 위고는 올가에게 객관적으로 그는 배신자라고 선언하면서 외드레르를 정말로 살해하고자 했던 것이다.

> 위고 들어 봐. 난 내가 왜 외드레르를 죽였는지 모르겠어. 하지만 그를 죽여야만 했다는 것을 알고 있어. 왜냐하면 그는 나쁜 정책을 수행하고 동지들을 기만하고 당을 부패시키는 위험을 무릅썼기 때문이지.[73)]

위고는 당연히 루이와 그의 동지들에 의해 살해당하는 것을 수용한다. 이 사실은 의미심장하다. 왜냐하면 이 사실을 바탕으로 외드레르의 죽음과 위고의 예정된 죽음이 공포-폭력에 해당한다는 사실을 말할 수 있기 때문이다. 다시 말해 이 두 죽음이 당이라는 융화집단의 안전과 존속을 위해 필요불가결한 것으로 여겨져 그 정당성을 획득할 수 있을 것이기 때문이다. 그렇기 때문에 위고는 정치적 배신자인 외드레르를 살해했다는 것이 인정되어야 한다. 만약 이렇게 인정된다면, 이 두 죽음은 당이라는 융화집단의 범주 내에서 행해진 서약에 기초한 일종의 '자기에 대한 폭력'으로 여겨질 수 있을 것이다.

위고의 살인에 대해 네 번째로 지적하고자 하는 점은, 위고와 외드레르 사이에 있었던 토론 후의 상황에 관련된 것이다. 실제로 이 토론이 있은 후에 외드레르는 위고로 하여금 거사 계획을 포기하게끔 설득하고자

73) LMS, pp. 243~244.

한다. 그런데 여기서 눈여겨보아야 할 것은, 설득을 위해 외드레르가 '말'에 호소한다는 점이다. 이 사실은 중요하다. 그도 그럴 것이 여기서 사르트르가 구상하고 있는 폭력에 대한 대안의 한 예를 볼 수 있기 때문이다. 언어 또는 의사소통이 그것이다. 실제로 위고가 올가에게 직접 행동할 수 있게 자기를 도와 달라고 부탁할 때, 그는 자신의 기자로서의 과거 활동이 무기력하다고 생각했었다. 그런데 외드레르는 쓰기 행위도 행동으로 간주될 수 있다고 강조하면서, 그에게 기자 자리를 왜 그만두었는지를 묻는다.

> **외드레르** 자넨 신문사에서 일을 했네. 위험도 있고 책임도 따랐겠지. 어떤 의미에서 그건 행동으로 여겨지기도 했지. … 그런데 자네가 비서라니. … 왜 자넨 그 신문사를 그만뒀지? 왜?[74]

물론 위고는 외드레르에게 그를 죽이러 왔다고 대답하지 않았다. 외드레르에게 자기 생각의 정당성을 이야기하라고 위고에게 제안한 것은 제시카였다. 위고는 그를 설득하는 데 실패한다. 하지만 외드레르는 자기를 죽이러 온 위고를 목숨을 걸고 설득하려 한다. 그리고 그는 성공한다. 제시카는 이런 승리를 소설적이라고 규정한다. 여기서 중요한 것은, 이런 승리가 언어, 즉 의사소통을 토대로 이루어진다는 점이다.

외드레르가 위고보다 더 말을 유창하게 하는가? 장송은 『존경할 만한 창부』에서 리지를 말로 설득하는 상원의원 클라크처럼 외드레르도

74) *Ibid.*, p. 103.

"언어의 마법"으로 위고를 설득시킨다고 주장한다.[75] 하지만 이 언어의 마법은 외드레르에게는 적용되지 않는 것처럼 보인다. 외드레르는 오히려 위고에게 믿음을 주고 또 그의 자유를 인정해 주었기 때문에 그를 설득시킬 수 있었던 것으로 보인다.[76] 곧 살펴보겠지만, 특히 쓰기 행위는 그 자체로 타자의 자유를 홀리고 굴종시키는 행위와 무관하지 않은 관용과 밀접하게 연결되어 있다. 위고로 하여금 살인 계획을 포기하게 하고, 따라서 폭력 사용을 막기 위해 외드레르가 사용한 수단이 바로 이런 관용이었던 것으로 보인다.

물론 외드레르의 말에는 상상적 차원이 빠져 있다. 하지만 그의 말이 위고의 오랜 꿈이었던 직접 행동, 즉 폭력을 포기하게끔 한 가장 효과적인 수단이었다고 할 수 있다. 따라서 중요한 것은 말, 특히 쓰기 행위로 타자의 자유에 호소할 때 실제로 어떤 일이 발생하는가를 알아보는 것이 될 것이다. 이제 사르트르가 폭력의 대안으로 제시하고 있는 장치가 어떤 것인지를 살펴보도록 하자.

75) Francis Jeanson, *Sartre*, Bruges: Desclée de Brouwer, 1966, p. 106, note 1.
76) Cf. Buffat, Les mains sales *de Jean-Paul Sartre*, p. 78.

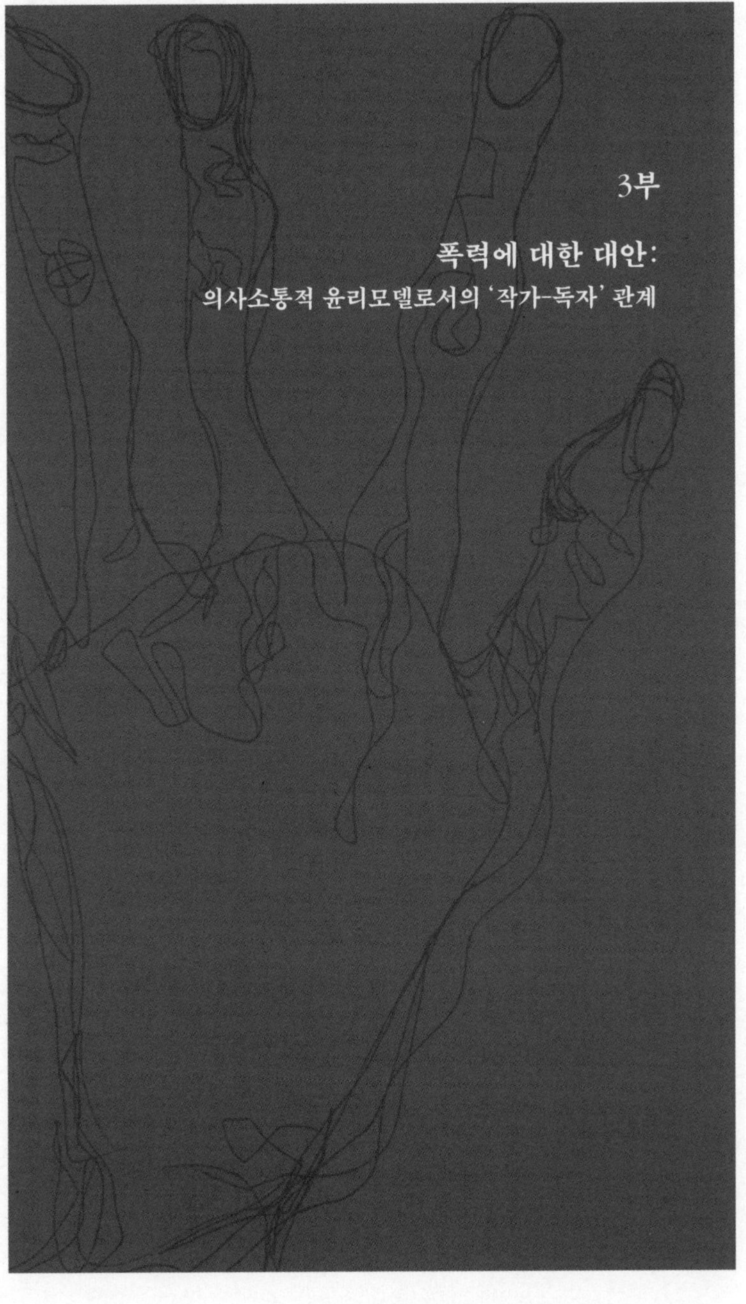

3부

폭력에 대한 대안:
의사소통적 윤리모델로서의 '작가-독자' 관계

폭력이 '악'이라면 반드시 극복되어야 한다. 사르트르는 기존폭력을 극복하기 위해 크게 두 가지 방법을 제시하는 것으로 보인다. 하나는 순수대항폭력이고, 다른 하나는 쓰기 행위, 곧 언어적 대항폭력이다. 우리는 이 두 가지 방법을 사르트르의 라 로셸에서의 경험을 바탕으로 의사소통적 윤리모델을 정립하는 과정에서 이미 제시한 바 있다. 그곳에서 만난 친구들과의 관계에서 사르트르가 보여 준 소극적·적극적 싸움과 그가 시도했던 상상력을 통한 이야기에의 호소가 그것이었다.

실제로 사르트르는 평생 기존폭력을 극복하기 위해 이 두 가지 방법에 대해 성찰했다. 그도 그럴 것이 이 두 방법이 기존폭력과의 투쟁에서 서로 길항하기도 하지만, 또 때로는 서로 상호보완적이기도 하기 때문이다. 하지만 사르트르는 기존폭력에 대한 저항에서 폭력적이고 과격한 방법으로부터 점차 비폭력적이고 평화로운 방법 쪽으로 기우는 것으로 보인다.

순수대항폭력을 통한 저항에 대해서는 1부, 2부에서 융화집단의 형성 과정과 그 이후의 존속 과정을 통해 그 유효성과 문제점을 확인할 수 있었다. 3부에서는 두 번째 방법인 언어적 대항폭력을 살펴보고자 한다. 이를 위해 특히 사르트르 참여문학론의 경전으로 여겨지는 『상황 2』에 "문학이란 무엇인가"라는 제목하에 실려 있는 「쓴다는 것은 무엇인가」, 「왜 쓰는가」,

「누구를 위해 쓰는가」라는 세 글을 통해 '작가-독자' 사이의 상호주체성 위에 실현되는 완벽한 '의사소통'에 주목하고자 한다.

게다가 사르트르에게서 이처럼 작가-독자 사이의 상호주체성 위에 실현되는 완벽한 의사소통은 '미학'과 '윤리'의 연결 가능성으로 이어진다. 윤리가 자유에 대한 요구와 신뢰의 바탕 위에서 인간 각자가 '인간'이 되는 것을 목표로 한다면, 작가와 독자의 자유를 전제로 하는 문학이 윤리와 연결되지 않을 이유가 없다는 것이 사르트르의 주장이다. 사르트르는 이런 주장을 구체화시키기 위해 '창조', '증여', '관용', '호소' 등과 같은 개념들에 의지하고 있다. 3부에서는 이런 개념들에 주목하며 이 연구의 서론에서 제시되었던 의사소통적 윤리모델 안에서 폭력적이고 과격한 방법이 아니라 비폭력적이고 평화적인 방법(여기서는 문학이다)을 통한 폭력에 대한 대안 마련의 가능성, 유효성, 한계 등을 타진해 보고자 한다.

쓰기 행위 또는 대항폭력

순수폭력에 대한 두 가지 대안

지금까지 사르트르의 관점에서 폭력의 기원, 다양한 폭력이 등장하는 그의 문학작품의 어두운 면을 살펴보았다. 그런데 여기서 관심을 갖는 것은, 그리스어 파르마콘(pharmakon)이 '독'과 '약'을 의미하는 것처럼,[1] 폭력도 이중의 기능을 갖는다는 사실이다. 해로운 기능과 이로운 기능이 그것이다. 주로 융화집단의 형성과 그 안전의 유지를 위한 조치를 강구하는 과정에서 우리는 이 사실에 주목했었다.

그리고 사르트르의 지옥의 세계를 탐색하면서 다음 사실을 확인했다. 기존폭력(폭력 no. 1)이 있을 때, 이 폭력으로 인해 피해를 본 자들이 대항폭력이라고 불렀던 또 다른 폭력(폭력 no. 2)으로 거기에 응수하려 한다는 사실이다. 그런데 이런 대항폭력이 언어를 통해 이루어지는 경우도

---

1) Cf. René Girard, *La violence et le sacré*, Paris: Grasset, 1972, p. 138.

보았다. 요한나와 엘렉트라의 경우가 거기에 해당한다. 그녀들은 각자의 시도에서 실패했다. 또한 방금 살펴본 외드레르의 경우도 마찬가지이다. 다만 그의 경우에는 요한나와 엘렉트라의 경우와는 다르게 성공했다는 차이점이 있기는 하다.

이런 지적을 토대로 이렇게 단언할 수 있다. 사르트르에게서 폭력 no. 2, 즉 대항폭력은 폭력 no. 1, 즉 그 기능이 해로운 기존폭력을 폭력으로 극복하는 과정에서 언어와 경쟁관계에 있다고 말이다. 다음 사실도 지적하자. 이 연구의 서론에서 언급했듯이, 기존폭력이 유해하다고 말하는 것은 곧 이 폭력이 그레마스의 용어로 그 희생자의 존재실현에 반대자의 역할을 수행한다는 것을 의미한다. 이것은 이 희생자가 폭력을 가한 자와 비교해 '인간'이 되는 데 불리한 위치에 있다는 것과 동의어이다. 이런 의미에서 우리는 폭력과 의사소통, 폭력과 윤리의 관계가 부정적이라고 규정했었다.

하지만 폭력과 의사소통, 폭력과 윤리의 관계가 긍정적이 될 수 있는 가능성도 있었다. 특히 기존의 폭력을 제압하기 위해 동원된 다른 폭력(대항폭력이다)이 그레마스의 용어로 폭력 희생자의 '인간' 실현에 조력자의 역할을 수행하는 경우에 그렇다. 기존폭력의 희생자는 자기에게 폭력을 가한 자와의 의사소통을 회복하고, 또 그러면서 자기가 존재한다는 사실을 소리 높여 외치기 위해 또 다른 폭력에 호소할 수도 있다. 우리는 이런 폭력의 기능을 해방적이고 치유적이라고 규정한 바 있다.

예컨대 융화집단의 형성 후에 모든 구성원들이 완전한 평등과 완벽한 상호성을 향유하지만, 이를 지속시키기 위해 그들은 서로에게 공포-폭력의 사용을 용인하면서 충성을 맹세했다. 이 경우에 행해지는 공포-

폭력의 기능은 정확히 방어적이었다. 더 큰 폭력의 도래를 작은 폭력으로 제압하는 기능이 그것이다. 이처럼 대항폭력은 인간의 존재실현, 곧 그와 다른 사람들과의 의사소통, 그리고 이를 통해 윤리를 정초하는 데 기여할 수 있다.

하지만 문제는, 대항폭력은 본성상 과격한 수단, 폭력적인 수단을 이용한다는 데 있다. 대항폭력에는 물질적 피해는 물론이고 특히 생명의 희생이 동반되는 경우가 많다. 이런 사실은 소르비에의 자살, 프랑수아의 죽음, 외드레르의 죽음 등을 통해 드러났다. 또한 대항폭력은 거의 대부분 또 다른 폭력의 발생으로 이어질 수 있는 위험에 노출되어 있다. 그로부터 대항폭력 개념 위에 정립되는 의사소통과 윤리를 계속 위협하는 요소가 기인한다. '폭력의 악순환'이 그것이다. 따라서 그로부터 기존폭력에서 벗어나기 위해 대항폭력보다 덜 폭력적이고 덜 과격한 조치를 강구할 필요성이 도출된다.

앞서 지적한 것처럼, 사르트르는 기존폭력을 극복하기 위해 쓰기 행위에 호소한다. 우리는 여기서 그가 라 로셸에서 했던 경험과 조우한다. 학교 친구들의 폭력에 대해 그가 수동적으로, 능동적으로(그들과의 싸움이나 돈을 훔치는 행위), 그리고 언어적 폭력 또는 상상력(사랑의 편지, 연애 이야기를 꾸며 낸 행위)으로 대응했다는 사실을 기억하자. 또한 사르트르에게서 나는 나의 존재이유를 확보하기 위해 타자의 도움이 절대적으로 필요하다는 사실도 기억하자.

분명, 타자는 나를 바라보며 나를 객체화시킨다는 의미에서 나의 지옥이다. 하지만 그는 나를 바라보면서 대자-즉자 결합의 실현이라는 나의 최후의 목표를 실현하는 데 꼭 필요한 나의 즉자를 제공해 준다는 면에서 필수불가결한 존재이기도 하다. 이것은 나와 타자와의 존재론적 관계에서 의사소통 개념이 중요한 역할을 한다는 것을 보여 준다. 사르트르의 인간학적 차원을 고려하더라도 이것은 마찬가지이다. 희소성의 지배를 받고 있는 이 세계에서 형제애와 인간애를 누리기 위해 나는 융화집단을 형성하면서 타자들과 협력하는 것 이외의 다른 수단을 가지고 있지 않다. 이 집단의 지속적인 안전과 존속을 위해 구성원의 자격으로 항상 서로 서약을 하며 공포-폭력을 부과하고 또 용인할 준비를 하고 있다. 이것은 결국 융화집단의 구성원들은 서로 완벽한 상호성을 실현하면서 평등하고도 완벽한 의사소통을 실현하고자 한다는 것을 보여 준다.

이렇듯 의사소통 개념은 사르트르의 인간학에서도 나와 타자 사이의 관계의 핵심에 놓여 있다. 하지만 다음 사실을 지적하자. 대항폭력이 폭력 no. 1에 의해 깨진 의사소통의 회복에 기여를 하는 것과 마찬가지로, 사르트르에게서 쓰기 행위 역시 이 역할을 수행한다는 사실이다. 쓰기 행위의 기능은 해방적이고 치유적이다. 사르트르에게서 참여작가의 말은 드러내기, 고발하기, 변화하기와 동의어이다. 따라서 그것은 기존폭력 위에 투척되는 일종의 폭탄이다. 청소년 사르트르가 라 로셸에서 친구들의 폭력에 대응할 때 말, 또는 상상적 차원이 가장 중요한 특징이었다. 거기에서 폭력 no. 1에서 벗어나기 위해 대항폭력보다 쓰기 행위에 호소하는 것을 선호할 수 있는 가능성이 나타난다. 대항폭력에 비해 쓰기 행위가 덜 효율적일 수 있다. 하지만 그것이 대항폭력보다 덜 과격한 것도 사실이다.

다른 한편, 쓰기 행위가 대항폭력처럼 '작은 실천'의 역할을 수행한다는 주장에는 이 행위가 윤리의 정초 작업에 기여한다는 사실이 함축되어 있다. 이것은 분명하다. 왜냐하면 이 행위의 해방적 역할은 폭력 no. 1의 희생자들이 가해자들과 동등하게 되는 세계를 건설하는 것을 돕는 것 이외의 다른 것이 아니기 때문이다. 앞서 지적했지만, 사르트르는 미학과 윤리, 즉 쓰기 행위의 상상적 측면과 이 행위의 실천적이고 공리적인 측면 사이의 협조 가능성을 강조하고 있다.

실제로 우리는 이런 사실을 바탕으로 의사소통적 윤리모델이라는 이 연구 전체를 관통하는 하나의 문제틀을 세우려고 노력했다. 대항폭력이 의사소통의 수단 중 하나이기 때문에, 이 모델은 또한 이 대항폭력 위에서 기능할 수도 있다. 그런데 사르트르에게서 이 모델은 문학 창작의 두 주체인 '작가-독자' 사이의 관계와도 밀접한 관계를 가지고 있는 것으로 보인다. 정확히 이 단계에서 이런 질문이 제기된다. 대체 이 두 주체가 의사소통하는 구체적 과정은 어떠한가?

상호보완적 경쟁관계

작가-독자의 관계를 직접 기술하기 전에 다음 사실을 먼저 지적하자. 대부분의 경우, 기존폭력에 대한 투쟁에서 대항폭력과 쓰기 행위는 경쟁관계에 있지만, 또 한편으로는 상호보완적이라는 사실이다. 이런 사실을 특히 『톱니바퀴』에서 장 아게라와 뤼시앵 데를리치의 화해를 통해 볼 수 있다. "모든 곳"에 퍼져 있는 폭력에 맞서고자 장은 대항폭력을 선택한다. "비참함! 폭력! 폭력에 대항하여 나는 단 하나의 무기만을 볼 뿐이네. 폭력이네!"[2)]

---

2) Jean-Paul Sartre, *L'engrenage*, Paris: Nagel, 1962, p. 159.

이렇듯 폭력에 대한 증오에도 불구하고, 또 손을 더럽히지 않고자 하는 강한 의지에도 불구하고, 장은 조국을 뒤덮고 있는 폭력에서 벗어나기 위해 대항폭력에 호소한다. 그러니까 그는 혁명을 일으킨 것이다. 장은 또한 이 혁명을 성공적으로 종결짓기 위해 벵가를 살해한다. 다시 말해 공포-폭력에 호소한 것이다. 장이 벵가를 죽인 것은 뤼시앵과의 우정 때문이다. 뤼시앵이 벵가를 죽여야 하는 상황이었으나 장이 그 역할을 대신한다. 하지만 폭력을 끔찍이 싫어하고 또 폭력이 항상 다른 폭력을 부른다는 것을 두려워하면서 폭력 행위에 가담하는 것을 거절하는 뤼시앵은 기존폭력에 대해 펜으로, 곧 쓰기 행위로 맞서고자 한다. "그러면 자넨 어떤 수단을 이용할 건데?" 장이 묻는다. "모든 수단. 책! 신문! 연극!"[3)]

혁명 후에도 장은 공포-폭력 정책, 즉 융화집단의 지속적인 유지에 적용되는 법칙을 시행한다. 이에 반해 뤼시앵은 펜을 통해 신문 『빛』(*La lumière*)에서 이 정책을 강하게 비판한다. 실제로 뤼시앵은 폭력을 극도로 싫어함에도 불구하고 그 자신이 장의 의식, 즉 비판의 거울이 되는 조건으로 혁명에 가담했었다. 그런 만큼 혁명 후에 두 사람의 충돌은 불가피하다. 장은 혁명을 계속 유효한 상태로 유지하려면 뤼시앵에게도 공포-폭력을 적용시켜야 한다. 그는 급기야 뤼시앵을 감옥에 가두기로 결심하고 뤼시앵은 감옥에서 죽는다. 죽기 전에 장은 그와 화해한다.

"난 오 년을 버티려고 했네. 내 후계자들도 내 정책 이외의 다른 정책을 펼 수가 없네. 단지 혁명만 살아남을 걸세. … 정의를 실현하려 하지 않으

---

3) *Ibid.*, p. 162.

면서 그것에 대해 말한들 무슨 소용 있겠는가? … 자넨 내가 절망했다고 생각하는가? 난 모든 걸 짊어졌네. 모든 살인과 심지어는 자네의 죽음까지. 그리고 난 내가 무섭네. … 순수하게 남아 있으려고 한 게 나쁜가? 난, 난 그렇게 생각하지 않네. 자네와 같은 사람들, 나와 같은 사람들이 있어야 한다고 생각하네. 뤼시앵, 우린 할 수 있는 걸 한 것이네. … 하지만 중요한 게 하나 있네. 자네가 나를 용서하는가를 아는 것이네." 뤼시앵은 장의 손을 힘 있게 쥔다.

"자넨 자네가 할 수 있는 일을 한 걸세."

장은 뤼시앵의 어깨를 팔로 안는다.

"내 형제여!"[4)]

이 부분은 장과 뤼시앵의 화해 이외에도 두 사람이 기존폭력에 대한 투쟁에서 대항폭력과 쓰기 행위의 상호보완성을 인정하고 있음을 보여준다. 그런데 이런 경쟁적 상호보완성은 사르트르 자신의 지적 경력에서도 나타난다. 마티외, 오레스테스, 마키단원들, 외드레르 등과 같은 인물들에서 볼 수 있는 것처럼, 사르트르는 어떤 경우에는 폭력 no. 1에서 벗어나기 위해 과격하고, 유혈이 낭자하고, 직접적인 수단을 선호한다. 하지만 이런 노선 옆에서 그는 항상 쓰기 행위라고 하는 다른 행위를 통해 새로운 길을 개척하려고 노력하고 있다. 이런 노력은 최종적으로는 참여문학론으로 구체화된다.

하지만 사르트르에게서 이 두 번째 노선이 첫 번째 노선보다 훨씬 더

---

4) *Ibid.*, pp. 188~189.

폭이 넓은 것으로 보인다. 곧 보겠지만, 그는 궁극적으로는 쓰기 행위로 다른 사람들을 구원할 수 있는 가능성을 부인한다. 그럼에도 그는 뤼시앵과 마찬가지로 마지막 순간까지 쓰기 행위에 의지해 기존폭력을 고발하고 있다. 이런 사실을 염두에 두고 이제 의사소통적 윤리모델의 한 예에 해당한다고 할 수 있는 작가-독자의 관계를 살펴보도록 하자.

작가와 독자의 공동 행진을 향하여

쓰기 행위의 동기

『상황 2』에서 "문학이란 무엇인가"라는 제목하에 묶인 글들의 서론에 해당하는 글에서 사르트르는 왜 그가 문학을 문제 삼으며, 또 이 문제의 구체적 논의가 어떤 것인가를 분명하게 지적하고 있다.

> 얼마나 어리석은 객설들인가! 조급하게 잘못 읽고 또 미처 이해하기도 전에 판단하려 하기 때문이다. 그러니 이야기를 처음부터 다시 시작하자. 이런 작업은 당신들에게도 내게도 즐거운 것이 아니다. 그러니 되새길 수밖에 없다. 그리고 비평가들이 문학이라는 말을 무슨 뜻으로 쓰는지 전혀 밝히지도 않고 문학의 이름으로 나를 단죄하는 이상, 그들에 대한 최선의 대답은 쓰기 예술을 편견 없이 검토해 보는 것이다. 쓴다는 것은 무엇인가? 왜 쓰는가? 누구를 위하여 쓰는가? 사실, 아무도 이런 물음을 스스로 제기해 본 일이 없었던 것 같다.[5]

---

5) SII, p. 58.

사르트르가 여기서 이 세 가지 질문을 던지는 것은 처음이 아니다. 그는 이 질문들을 벌써 『구토』에서 언급한 바 있다.[6] 그는 후일 『말』에서 이 질문들로 되돌아온다.[7] 실제로 "문학이란 무엇인가"라는 제목하에 묶여 있는 세 개의 글에서(「쓴다는 것은 무엇인가」, 「왜 쓰는가」, 「누구를 위해 쓰는가」) 그는 1947년경의 상황을 확인할 수 있는 나침판을 마련하고자 한다. 지나가면서 "문학이란 무엇인가"라는 제목하에 묶인 네 번째 글의 제목이 「1947년 작가의 상황」이라는 사실을 지적하자. 사르트르가 참여문학론의 이론적 토대를 제시하고 있는 이 네 개의 글 중에서 여기서는 특히 두 번째와 세 번째 글인 「왜 쓰는가」와 「누구를 위해 쓰는가」에 주목하고자 한다.

여기서 이 두 글에 주목하는 것은 크게 두 가지 이유에서이다. 하나는 이 두 글에서 사르트르가 작가의 구원의 메커니즘, 이 구원의 불가능성, 작가와 독자의 협력 필요성, 그들의 변증법적 관계 등을 다루고 있기 때문이다. 다른 하나는 이 모든 사실들이 폭력에 대한 사르트르의 가장 특징적인 대안이라고 할 수 있는 의사소통적 윤리모델과 밀접하게 연결되어 있기 때문이다. 「쓴다는 것은 무엇인가」에서 산문과 시를 구별하고 난 뒤에, 쓰기 행위(산문가의 쓰기 행위가 관건이다)[8]를 행위의 특별한 순간과 드러내기를 통한 행동으로 규정하면서 사르트르는 다음과 같은 결론

---

6) Cf. LN, pp. 138~139.

7) LM, p. 44; Geneviève Idt, "Sartre 'mythologue': Du mythe au lieu commun", *Autour de Jean-Paul Sartre: Littérature et philosophie*, Paris: Gallimard, 1981, p. 137.

8) 『상황 2』에서 정립된 참여문학은 산문에 국한된다. Cf. Sandra Briosi, "Un manifeste du désengagement", *Obliques*, n° 24-25, p. 47.

에 이르고 있다.

> 우리는 곧 문학의 목적이 무엇일 수 있을지 규명해 보려고 한다. 하지만 지금 당장이라도 이렇게 말할 수 있다. 즉 작가란 세계와 특히 인간을 다른 사람들에게 드러내 보이기를 선택한 사람인데, 그 목적은 이렇게 드러낸 대상 앞에서 그들이 전적인 책임을 지도록 하기 위한 것이다.[9]

이 부분에서 주목하고 싶은 것은, 사르트르가 산문가의 쓰기 행위를 정의하면서 두 번에 걸쳐 '인간'이라는 단어를 사용하고 있다는 점이다. 사르트르의 존재론의 차원에서 드러내기는 존재의 세 영역, 다시 말해 즉자존재, 대자존재, 대타존재 차원에서 이루어지기 때문에, 첫 번째 사용된 '인간'이라는 단어는 이 행위의 주체(작가)에 관련된다. 그는 자기 자신에 대해 말하면서 세계에 대해 말해야 하고, 또 이와 동시에 특히 다른 사람들에 대해서도 말을 해야 한다. 그런데 왜 이 드러내기가 다른 사람들을 향해야 하는가? 이 질문은 작가와 독자의 결합 필요성과 밀접하게 관련되어 있는 것으로 보인다. 이 질문에 답을 하기 위해 우선 작가가 쓰기 행위를 선택하게 되는 동기가 무엇인지부터 살펴보고자 한다.

작가가 되고자 하는 사람은 작가가 되기 전에 자기 자신을 창조하고 또 만들어 가기 위해 여러 방식을 두고 고민할 것이다. 예컨대 『구토』에서 로캉탱도 다양한 경험을 한 끝에 소설을 쓰겠다는 결심을 하고 있다.

---

9) SII, p. 74.

그는 모험(모험은 책 속에 있다), 권력, 돈(부빌시의 부르주아들은 속물들이다), 지식(독학자는 바보이다), 성적 쾌락(그건 쾌락이 아니다!), 롤르봉에 대한 작업(한 존재자는 결코 다른 존재의 실존을 정당화할 수 없다), 추억의 위안(과거는 죽었다)을 내던졌다. 또한 그는 내면적 삶의 모험(로캉탱은 숫총각도 성직자도 아니고, 심지어는 괴로워할 줄도 모른다)도 내던졌다. 사랑, 우정, 사람들을 돕는 가능성에 대해서 말하자면, 그것들은 환영일 뿐이다.[10)]

분명, 이 세계에 있는 작가들의 수만큼 쓰기 행위를 선택한 동기들이 있을 것이다. 하지만 각각의 경우를 검토하는 대신에 사르트르는 모든 작가들에게 공통되는 동기를 밝히려 한다. 작가들이 어떤 동기로 쓰기 행위를 선택했는가를 알기 위해 무엇보다도 먼저 작가 역시 한 명의 인간이라는 사실을 생각하자. 이것은 평범한 인간에게 적용되는 모든 것이 작가에게도 적용된다는 것을 의미한다. 사르트르에 의하면, 한 사람의 행위 동기는 이 사람이 처해 있는 상황과 그가 추구하는 목적과 그것을 이룰 수 있는 수단 사이의 관계에 따라 결정된다.

따라서 우리는 한정된 상황에 대한 객관적인 파악을 동기라고 부를 것이다. 이 상황이 어떤 목적의 빛으로 이 목적 달성을 위한 수단으로 소용될 수 있는 것으로 드러나는 한에서 그렇다.[11)]

---

10) Gérald Prince, "Roquentin et la lecture", *Obliques*, n° 18-19, p. 71.
11) EN, p. 522.

그런데 평범한 인간의 경우, 그가 겨냥하는 최후 목표는 대자-즉자 결합의 실현이다. 이런 융화 상태가 신의 존재방식이라는 점을 기억하고 있다. 또한 인간은 신이 되고자 하는 욕망이라는 것도 기억하고 있다. 작가도 인간인 이상, 그의 목표 역시 신이 되고자 하는 욕망과 무관하지 않다. 그리고 작가가 이 목표를 실현하기 위해 선택한 수단이 바로 쓰기 행위이다. 이렇게 해서 작가의 쓰기 행위의 동기를 결정짓는 두 개의 중요한 요소 중 하나를 포착하게 된다. '목적-수단'의 관계가 그것이다.

동기에 대한 사르트르의 정의에서 볼 수 있듯이, 인간의 모든 행위에는 어떤 목적의 빛으로 이루어진 상황에 대한 객관적인 포착이 수반된다. 인간의 최고 목표는 대자-즉자 결합의 실현이다. 그런데 여기서 주목하고자 하는 것은, 사르트르에게서 '상황' 개념과 '자유' 개념이 하나를 이룰 뿐이라는 사실이다. "이처럼 우리는 자유의 역설을 엿보기 시작한다. 자유는 상황 속에서만 존재할 뿐이고, 또 상황은 자유에 의해서만 존재할 뿐이다."[12] 얼핏 보면 인간의 기투는 그를 에워싼 외적 조건들(기후, 인종, 계급, 언어, 소속 집단의 역사, 유전, 어린 시절의 개인적 상황, 획득 습관, 삶에서의 크고 작은 사건들)에 의해 제한된다.

하지만 사르트르는 이런 생각이 피상적일 뿐이라고 주장한다. 왜냐하면 세계에 있는 모든 존재는, 그것이 인간의 의식의 빛이 가닿기 전에는, 무의미하고, 무정형이고, 중성적이기 때문이다. 가공되지 않은 날것 상태의 사물들은 인간의 자유 안에서만, 또 이 자유에 의해서만 한계로 나타날 수 있을 뿐이다. 이를 토대로 사르트르는 상황을 즉자의 우연성과

---

12) *Ibid.*, p. 569.

자유의 공동의 산물로 규정하고, 또 대자에게 있어서 자유의 몫과 가공되지 않은 존재자의 몫을 구분해 내는 것은 불가능하다고 생각한다.

이렇듯 상황 개념에는 인간의 자유가 함축되어 있다. 그리고 사르트르 존재론의 범위 내에서 인간의 자유는 절대적이다. 앞서 보았듯이 인간의 자유의 절대적 성격은 사르트르의 인간학 차원에서는 수정된다. 우연적 사실은 희소성으로 인해 인간의 모든 실천이 제한을 겪는다는 점을 보여 준다. 하지만 사르트르의 존재론적 차원에 머문다면, 인간이 상황-내-존재라고 말하는 것과 그가 그의 기투에서 자유롭다고 말하는 것은 같다.

이와 관련하여 다음 두 가지 사실을 지적하자. 하나는 사르트르에게서 인간은 현재 있는 바의 것으로 있지 않고, 또 현재 있지 않은 바의 것으로 존재한다는 사실이다. 이것은 매 순간 그는 자신의 현재 상태를 부인하면서 '앞으로' 기투해 나간다는 것을 의미한다. 여기서 '앞으로'는 그가 정한 목적성과도 무관하지 않다. 이 목적성은 인간이 처한 시공간적 상황에 따라 달라질 수 있다. 하지만 사르트르에게서 인간의 최고 목적은 그 자신의 존재이유의 확보이다. 다른 하나는 인간의 자유에 실존의 고뇌가 함축되어 있다는 사실이다. 그는 모든 상황에서 자유롭다. 하지만 그는 자유롭지 않을 자유가 없다. 따라서 그는 영원히 자유로워야 한다는 선고를 받은 것이다. 또는 항상 무엇인가를 선택해서 자기 의식의 지향성 구조를 채워야 하는 것이다.

사정이 이렇다면, 인간의 행위 선택의 동기를 결정하는 위의 두 번째 요소(상황에 대한 객관적 파악)는 그가 부딪치게 되는 실존적 조건들, 즉 그의 고뇌하는 자유와 그의 존재이유의 결핍과 밀접하게 연결되어 있다고 할 수 있다. 이제 이런 이론적 토대를 가지고 쓰기 행위의 동기로 돌아가 보자. 작가도 인간인 이상, 그의 쓰기 행위의 동기가 달려 있는 '목적-수단'의 관계는 당연히 그의 대자-즉자 결합의 추구 위에서 이루어진다. 그런데 사르트르에 의하면 작가의 목적이라는 빛에 비추어 객관적으로 파악되는 상황은 방금 지적한 그의 두 개의 존재론적 조건에 의해 특징지어진다. 고뇌하는 자유와 존재이유의 결핍이 그것이다.

> 우리는 지각할 때마다, 인간이 그 무엇을 '드러낸다'는 의식을 갖게 된다. 즉, 인간을 통해서 존재가 '거기에 있다'는 의식, 달리 말하면 인간은 사물들을 나타나게 하는 수단이라는 의식을 갖게 된다. 가지가지의 관계들을 자꾸만 더 많이 맺어 놓는 것은 이 세계에 있어서의 우리의 현존이다. 이 나무와 이 한 조각의 하늘을 연관 짓는 것은 우리이다. 우리가 있기 때문에, 아득한 옛날부터 죽어 있던 이 별과 이 초승달과 이 어두운 강이 하나의 풍경으로 통합되면서 드러나는 것이다. 이 거대한 땅덩어리들을 엮는 것은 우리의 자동차나 비행기의 속도이다. 우리가 행동할 때마다 세계는 우리에게 새로운 모습을 드러내 보인다.[13)]

이 부분에서 다음 사실을 확인할 수 있다. 인간은 그의 자유를 통해 이 세계의 사물들을 드러내는 존재이기 때문에, 그는 이것들에 비해 존재론적 우위를 가진다는 사실이다. 하지만 드러내기의 대상인 사물들은 자기와 자기 사이의 종합의 형태로 존재하는 반면, 인간만이 유일하게 그

13) SII, pp. 89~90.

자신의 존재근거 결핍으로 괴로워한다. 사르트르는 이런 존재론적 고뇌를 이번에는 사물의 "본질성"에 비교하여 그의 "비본질성"이라는 용어로 이해한다.

> 하지만 우리가 비록 존재의 탐지자이긴 하지만, 그 창조자는 아니라는 것도 우리는 또한 알고 있다. 만약 우리가 고개를 돌려 그 풍경을 보지 않게 되면, 그것은 증인 없이 어두운 영겁 속으로 그대로 가라앉고 말 것이다. 다만 가라앉을 뿐이다. 왜냐하면 그것이 아주 없어지리라 생각할 정도로 미친 사람은 없을 것이기 때문이다. 없어질 것은 도리어 우리 자신이다. 그러면 대지는 다른 의식체가 깨우러 올 때까지는 계속 혼수 상태에 빠져 있게 될 것이다. 이리하여 우리가 사물을 '드러내는' 존재라는 내적 확실성과 아울러 또 하나의 확실성이 있는데, 그것은 '드러난' 사물에 비해 우리의 존재는 본질적이 아니라는 것이다.[14)]

인간의 비본질성과 드러내기의 대상인 사물의 본질성의 비교는 무엇을 의미할 수 있을까? 만약 그것이 인간에 대한 사물의 존재론적 우위를 의미하지 않는다면 말이다. 그로부터 인간이 자신의 자유를 포기하면서 사물의 존재방식을 모방하고자 하는 태도가 기인한다. 하지만 그로부터 또한 모든 작가들의 쓰기 행위의 선택에 공통되는 동기들 중 하나가 도출된다. 작가는 쓰는 행위를 통해 드러난 사물과의 관계에서 본질성을 확보하고자 한다.

---

14) *Ibid.*, p.90.

예술 창조의 주된 동기 중 하나는 분명히 세계에 대해서 우리 자신의 존재가 본질적이라고 느끼려는 욕망이다. 내가 드러낸 들이나 바다의 이 모습을, 이 얼굴의 표정을, 나는 화폭에 옮기면서 또는 글로 옮기면서 고정시킨다. 나는 그 모습들을 긴밀히 연결시키고 질서가 없던 곳에서 질서를 만들고 사물의 다양성에 정신의 통일성을 박아 넣는다. 바꾸어 말하자면 나는 나의 창조물에 대해서 스스로 본질적이라고 느낀다.[15]

인간에게서 그 자신의 창조와의 관계에서 본질적이라고 느끼고 싶다는 것은 곧 그가 이 창조에 필수적 존재라는 사실을 느끼고자 하는 것과 동의어이다. 사르트르에게서 누군가가 누군가에게 또 무엇인가에게 필수불가결한 것은 그의 잉여존재의 정당화로 이해된다는 것을 기억하자. 이 누군가는 불린 존재가 된다. 이렇듯 작가의 존재근거 추구는 그의 쓰기 행위의 선택에서 핵심을 차지하고 있다.

이 단계에서 작가에게 근본적인 질문이 제기된다. 과연 그는 자신의 창조와의 관계에서 어떤 과정을 거쳐 스스로를 본질적이라고 느낄 수 있을까? 이 질문과 관련하여 사르트르에게서 창조와 소유가 밀접하게 관련이 되어 있다는 사실을 지적하자. 작가는 그 자신의 작품에 대해 "특별한 소유권"을 갖는다.

만일 내가 한 폭의 그림, 한 편의 드라마, 한 곡의 멜로디를 창작한다면, 그것은 어떤 구체적인 현실존재의 기원에 있어서 내가 존재하기 위해서

---

15) *Idem.*

이다. 그리고 또 이와 같은 현실존재는 내가 그것과 나 사이에 수립하는 창작의 연결이 이 현실존재에 관해서 나에게 하나의 특수한 소유권을 부여하는 한도에서밖에는 나에 대해서 흥미가 없다.[16)]

이렇듯 소유 개념은 예술 창작, 특히 쓰기 행위와 밀접하게 연결되어 있다. 앞서 작가가 쓰기 행위를 선택하는 것은 대자-즉자의 융화를 실현하기 위함이라는 사실을 지적했다. 그렇다면 여기서 '목적-수단' 관계는 구체적으로 어떤 모습을 띠게 될까? 이 질문의 기저에는 문학작품과 이것을 이 세계에 오게끔 한 주체, 곧 작가 사이에 발생하는 소유 개념이 놓여 있는 것으로 보인다.

이중의 환원: '함-가짐'과 '가짐-있음'

작가는 한 명의 인간으로서 신이 되고자 하는 욕망으로 규정된다. 작가는 이를 실현하기 위해 언어를 사용한다. 화가가 색을 이용하고, 또 음악가가 음을 이용하는 것처럼 말이다. 앞서 작가의 쓰기 행위가 이 세계의 드러내기와 짝을 이룬다는 사실을 보았다. 따라서 작가는 결국 언어를 통해 이 세계를 드러낸다. 물론 언어는 인간들 사이의 의사소통 수단 중 하나이다. 하지만 사르트르는 이 언어를 무엇보다도 사물들을 소유하기 위한 유력한 도구로 여긴다.

한때 내가 신을 문학 속에 넣은 것과 같은 방식으로, 나는 말 속에 소유권

16) EN, p. 665.

을 넣었다고 생각했다. 나는 항상 말이란 사물을 소유하는 방식이라고 생각했다.[17)]

사르트르는 언어에 대한 이런 이해를 고전적 계기로 간주한다. 하지만 중요한 것은, 이 계기가 '함', '있음'과 더불어 인간 실존의 세 범주를 구성하는 '가짐'과 연결되어 있다는 점이다. 쓰기 행위는 함의 범주에 속한다. 이 행위를 통해 이 세계에 존재하지 않았던 문학작품이 출현한다. 그런데 사르트르는 이 범주가 가짐의 범주로 환원된다고 본다.

그렇다 하더라도 그것은 쉽사리 알 수 있는 일이지만, '하고자' 하는 욕구는 환원 불가능의 것은 아니다. 사람은 이 객체와의 어떠한 관계를 유지하기 위해서 그 객체를 만든다. 이 새로운 관계는 곧바로 '가짐'에 환원될 수 있는 것이다. 예를 들어 내가 한 개의 나뭇가지를 하나의 지팡이로 깎는 일(내가 하나의 나뭇가지를 가지고 하나의 지팡이를 '만든다')은 하나의 지팡이를 갖기 위해서이다. '한다'는 것은 '갖는다'는 수단 방법으로 환원된다. 그것은 가장 흔한 경우다.[18)]

하지만 어떤 경우에는 함의 범주에서 가짐의 범주로의 환원이 직접적으로 드러나지 않는다. 예컨대 학문 연구, 스포츠, 미학적 창작 등이 그 예이다. 하지만 사르트르는 이런 행동들 역시 환원 가능하다고 본다. 정

---

17) SIX, p. 42.
18) EN, pp. 664~665.

확히 거기에 인간 실존의 세 범주에 적용되는 첫 번째 환원이 나타난다. 함의 범주에서 가짐의 범주로의 환원이 그것이다.

그렇다면 이 첫 번째 환원의 의미는 무엇일까? 답을 위해 함의 범주에는 세 가지 계기가 포함되어 있다는 사실을 지적하자. 새로운 대상의 탄생의 계기(예컨대 문학 창작의 경우에는 작품), 이 대상을 이 세계에 오게끔 하는 주체의 현전의 계기, 이 주체에 의한 대상의 소유의 계기가 그것이다. 그런데 사르트르에 따르면 함의 범주가 온전하게 가짐의 범주로 환원되기 위해서는 창조된 대상이 그 주체와 구별되어야 한다.

> 문제는 오로지 내가 생각하고 있는 이러이러한 그림이 존재한다는 것만이 아니다. 역시 그 그림이 '나에 의해서' 존재하는 것이라야만 된다. 확실히 어떤 의미로서는 내가 일종의 계속되는 창조에 의해서 그 그림을 존재하게 한다는 일, 그러므로 끊임없이 갱신되는 하나의 유출로서 '내 것'이어야 한다는 일이 이상이 될 것이다. 그러나 또 다른 하나의 의미로서는 그 그림이 '내 것'이어야 하는 것이지 '내가' 아니기 위해서는 근본적으로 나 자신에게서 구별되어 있어야만 하는 것이다.[19]

실제로 사르트르는 '나-창조자'에 의해 창조된 하나의 대상에는 이중의 측면이 있다고 주장한다. 첫 번째 측면은 창조된 대상이 '나 자신'이라는 것이다. "내가 창조한 것, 그것은 나이다. 창조라는 말로 재료와 형

19) *Idem*.

태를 존재하게끔 하는 것을 의미한다면 말이다."[20] 창조된 대상은 나의 주체성의 발산, 따라서 나의 대자의 발산이다. 두 번째 측면은 이 창조된 대상이 완전히 나와는 독립적으로 존재한다는 측면이다. 내가 이 대상으로부터 멀어져도 그것은 내 영역 밖에서 계속 존재한다. 이 대상은 그 자체로 즉자존재의 특징을 가지고 있다.

> 따라서 나의 작품은 계속되는 창조지만, 즉자 속에 응고된 창조로서 나에게 나타난다. 나의 작품은 불확정하게 나의 '표지'를 지니고 있다. 다시 말해서 나의 작품은 '나의' 사상이다. 모든 예술작품은 하나의 사상이며, 하나의 '이념'이다. 예술작품의 성격은 그 작품이 하나의 의미 이외의 아무것도 아닌 한도에서만 확실히 정신적이다. 그 반면 이런 의미, 이런 사상은 어떤 의미로는 마치 내가 그것을 끊임없이 형성하고 있는 것처럼, 그리고 마치 하나의 정신이 ―― 나의 정신일 것인 하나의 정신이 ―― 늦추지 아니하고 그것을 생각하는 것처럼 끊임없이 현세적인데도 불구하고 이 사상은 자기 홀로 스스로를 존재하게 하고 있으며, 내가 현재 그것을 생각지 않고 있을 때도 이 사상은 현세적임을 멈추지 않는다.[21]

앞서 다음 사실을 보았다. 한 행위의 주체의 자격으로 내가 어떤 대상을 만든다면, 그것은 내가 그것을 소유하기 위함이라는 사실이다. 사르트르는 이번에는 이렇게 단언한다. 내가 이 대상을 소유할 때, 나는 이 대

20) *Ibid.*, p. 680.
21) *Ibid.*, p. 665.

상과 모종의 관계를 맺는다고 말이다. 어떤 관계일까? 우선, 나는 이 대상을 이 세계에 오게끔 한 자로 그것 앞에 현전한다. 나는 그것을 '구상한' 장본인이다. 이와 동시에 나는 이 대상과 '만나는' 자이기도 하다. 나는 나의 의식의 지향성 구조를 채우기 위해 이 세계에 있는 존재들과 관계를 맺는다. 그 과정에서 나는 내 손으로 만든 대상과 만날 수도 있다. 나는 이처럼 내가 창조한 대상과 이중의 관계를 맺는다.

이것은 함의 범주에서 가짐의 범주로의 환원은 나의 최종 목표, 즉 대자-즉자 결합의 실현과 무관하지 않다는 것을 보여 준다. 그런데 여기서 관심을 끄는 가장 중요한 개념은 바로 소유 개념이다. 내가 창조한 대상을 내 의식의 지향성의 한 항으로 삼으면서 그것을 내가 소유한다는 것의 의미는 무엇일까? 사르트르도 이 질문을 던지고 있다.

> '내 것으로 삼는다'는 일은 어떠한 일인가? 바꾸어 말해서 일반적으로 어떤 객체를 소유한다는 일은 무엇을 의미하는 것이겠는가? 우리는 '함'이라고 하는 범주의 환원 가능을 보았다. 이 하다는 때로는 '있음'을, 때로는 '가짐'을 예견하게 해주었다. 그런데 '가짐'의 범주에 대해서도 동일하겠는가?[22)]

사르트르에게서 존재관계의 문제는 한 대상의 소유 문제와 쌍을 이룬다. 예컨대 A가 어떤 물건을 소유하고 있는데, B가 그것을 갖고자 한다

22) *Ibid.*, p. 675; Cf. Jean-Paul Sartre, *Carnets de la drôle de guerre(septembre 1939-mars 1940)*, Paris: Gallimard, 1995. p. 473.

고 하자. 만약 B가 그것을 갖는 데 성공한다면, A와 그 대상 사이에는 소유권 관계의 변화가 발생하게 된다. B의 행동으로 옛 소유주 A는 이 대상과의 관계에서 타격을 입는다. 사르트르는 이처럼 소유가 문제시되는 경우에 항상 내적 존재관계가 문제시된다고 본다.

> 물체와 그 소유자와의 관계를 가리키는 다음의 표현 자체가 아유화의 심오한 침투를 충분히 표시하고 있다, 소유된다는 일은, 그것은 '…의 것이 된다'는 일이다. 그것은 소유되어지고 있는 물체가 침해되는 일이란 '그 존재 속에서'라는 것을 의미함이다.[23)]

소유 개념과 관련하여 다음 사실을 지적하자. 사르트르에게서 이 개념이 인간의 존재 불충분성에 그 기원을 두고 있다는 사실이다. 그에 따르면 사물은 다른 존재와 하등의 존재관계를 맺을 필요가 없다. 이것은 그 자체로 부족함이 없는 존재이다. 그로부터 소유의 주체는 항상 인간이고, 소유대상은 사물들이라는 사실이 도출된다. 이것만이 전부가 아니다. 소유가 이처럼 인간의 존재결핍에 그 기원을 두고 있기 때문에, 그는 이 사물들을 소유하면서 그것들과 하나가 되어 자신의 존재를 강화하려 할 수도 있다.

> 소유한다는 것은 아유화의 표지 아래, 소유되어지고 있는 객체와 합일하는 일이다. 소유하고자 원하는 일은, 그것은 이와 같은 관계에 의하여 어

---

23) EN, p. 677.

떤 객체와 합일하고자 원하는 일이다. 이리하여 어떤 개별적인 객체를 욕구한다는 일은 단순히 그 객체의 욕구인 것은 아니다. 그것은 어떤 내적인 관계에 의해서, 다시 말하면 그 객체와 함께 '소유하는 자, 소유되어지는 자'라고 하는 일체를 구성하는 방식으로 그 객체와 합일하고자 하는 욕구다.[24)]

이 부분은 가짐의 범주가 그 자체로만 국한되는 것이 아니라 또 다른 범주로 환원된다는 것을 보여 준다. 있음의 범주가 그것이다. 인간은 자기가 가진 것으로 존재한다. 따라서 더 많이 가지면 가질수록 그만큼 더 존재한다. 이것이 바로 소유자와 그가 소유하는 대상 전체 사이에 맺어지는 관계에 내재되어 있다. 바로 거기에 인간 실존의 세 범주들 사이에 이루어지는 두 번째 환원이 자리한다. 가짐의 범주에서 있음의 범주로의 환원이 그것이다.

'갖는다'는 욕구는 사실상 어떠한 객체에 관해서 일종의 '존재관계'에 있고자 하는 욕구로 환원된다.[25)]

그런데 여기서 관심을 끄는 것은, 바로 작가가 자신의 쓰기 행위를 선택하면서 대자-즉자 결합을 실현하는 과정에 대한 기술이다. 내가 창조자로서 하나의 대상을 만들 때, 내가 그것을 소유하기 위함이라는 사실

24) *Ibid.*, p. 678.
25) *Idem.*

을 기억하자. 가짐의 범주가 있음의 범주로 환원되기 때문에, 나는 나의 대자-즉자 결합의 실현을 겨냥한다. 물론 내가 만든 대상을 소유하면서 그렇다. 과연 나는 거기에 성공할 수 있을까? 만약 그렇다면, 어떤 과정을 거쳐서인가? 만약 그렇지 못하다면, 왜 그런가? 작가의 목적-수단과 쓰기 행위와의 관계를 더 잘 이해하기 위해서는 이 질문들에 답을 해야 할 것이다. 소유 개념에 대한 사르트르의 사유를 바탕으로 이 질문들 하나하나를 살펴보도록 하자.

내가 만든 작품을 내가 소유하는 경우, 대체 어떤 현상이 발생하는가? 답을 먼저 하자면, 다음 두 가지 중 하나이다. 나의 '대자'와 나의 '대자'의 결합 아니면 나의 '대자'와 나의 '즉자'의 결합이 그것이다. 나에 의해 창조된 대상은 이중의 측면을 갖는다는 사실을 지적한 바 있다. 나의 주체성의 발산의 측면과 나의 영역 밖에 위치한 사물의 측면이 그것이다. 따라서 내가 나에 의해 창조된 대상을 소유할 때, 나의 관심은 온통 이 대상이 갖는 이런 이중의 특징에 가닿는다.

> 그리고 또 하나하나의 경우에 있어서의 아유화는 객체가 우리들 자신의 주관적인 유출로서 우리들에게 나타나는 동시에 또 우리들에 대해서 무관심한 외재성의 관계 속에 있는 것으로서 우리들에게 나타난다고 하는 사실에 의해 특징지어졌다. 그러므로 '내 것'은 '자아'의 절대적인 내재성과 '비아'의 절대적인 외재성 사이에 있는 하나의 매개적 존재관계로서 우리에게 나타난 것이다. 그것은 하나의 동일한 혼합에 있어서 비아가 되

는 나이며, 내가 되는 바이다.[26)]

이 부분을 면밀히 살펴볼 필요가 있다. 왜냐하면 여기에서 사르트르가 문학작품의 창작을 통해 개인의 구원 가능성을 믿게끔 한 기본적인 요소들을 볼 수 있기 때문이다. 이 요소들을 이해하기 위해 의식의 지향성 개념에 의지하자. 모든 의식은 그 무엇인가에 대한 의식이고, 또 그 존재 방식은 대자이고, 또 이 의식에 의해 선택된 이 무엇인가는 드러내기의 대상이다. 내가 만든 작품을 소유할 때, 나는 이것을 나의 의식의 무엇인가 중 하나로 선택한다. 하지만 주의하자. 이 작품은 이중의 측면을 가지고 있다. 나의 주관성의 발산과 나 자신에게 외재적인 존재의 측면이 그것이다.

이것은 다음 사실을 내다보게 한다. 내가 내 손에 의해 만들어진 작품을 내 의식의 지향성 구조의 대상으로 삼으면서 두 가지 활동을 한다는 사실이다. 어떤 활동일까? 첫째, 나의 의식은 나 자신만을 만날 뿐이다. 왜냐하면 나는 내 작품 속에 나의 모든 존재를 투사했기 때문이다. 나의 표지, 나의 사상, 나의 이념, 요컨대 나의 대자를 투사한 것이다. 둘째, 나의 의식은 나의 존재와는 아무런 관계가 없이 독립적으로 있는 하나의 사물로서의 나의 작품과 만날 뿐이다. 왜냐하면 이 작품은 이 세계에 있는 수많은 존재들 중 하나에 속하며, 따라서 나는 내 의식의 지향성 구조를 채우는 과정에서 이 작품과 조우할 수 있기 때문이다. 물론 그 존재 방식은 즉자이다.

---

26) *Idem.*

이 두 번째 활동이 성공할 경우, 어떤 현상이 발생할까? 이 경우, 나는 나의 작품을 소유하면서 나의 궁극적 목표인 대자-즉자의 결합을 실현할 수 있을 것이다. 이론상으로는 그렇다. 이것은 내가 창조한 작품과 맺는 이중의 관계에서 즉자적인 모습을 갖는 작품의 측면만을 고려한 결과이다. 사르트르에 의하면 이처럼 '소유자-소유대상'의 한 쌍에서 실현되는 나의 대자-즉자의 결합, 이것이 바로 내 자신에 의해 창조된 작품의 소유에 함축된 내용이다.

> 이리하여 아유화는 하나의 대자와 하나의 구체적인 즉자와의 사이에 있는 하나의 존재관계가 될 것이다. 또한 이 관계는 이 대자와 또 소유되는 즉자와의 사이의 통일화를 나타내는 이상적인 지시에 의해 하나로 묶일 것이다.[27)]

그런데 여기서 다음 사실에 특히 주의할 필요가 있다. 내가 창조해 낸 작품이 갖는 즉자의 모습과 보통 세계에 존재하는 사물들의 즉자의 모습은 완전히 다르다는 사실이다. 왜냐하면 세계에 있는 사물들은 완전히 우연성의 지배하에 있는 존재들인 반면, 내가 창조해 낸 작품은 내 자신에 의해 구상되고 보증된 것이기 때문이다. 이것은 내가 이 작품의 존재근거라는 것을 의미한다.[28)] 이 작품을 이 세계에 출현하게끔 한 것은 바로 나 자신이다. "소유하는 것, 이것은 내가 갖는 것이다. 즉 이 대상존재의

---

27) *Ibid.*, p. 679; Cf. CPM, p. 128; Sartre, *Carnets de la drôle de geurre*, p. 475.
28) Cf. CPM, p. 158.

고유한 목적이 되는 것이다. 만약 소유가 완전하고 구체적으로 주어진다면, 소유자는 소유대상의 존재이유이다."[29)]

앞서 한 편의 문학작품이 나에 의해 창조되는 한, 그것은 나의 주체성의 발산이라는 사실을 지적했다. 가짐의 범주가 있음의 범주로 환원된다는 사실도 여러 차례 지적했다. 사정이 이렇다면, 이제 다음 사실은 분명한 것으로 드러난다. 내가 나의 작품을 소유하면서 실현하게 되는 것은, 나의 대자와 '나', 더 정확하게는 나의 존재근거를 포함하고 있는 즉자와의 결합이거나(왜냐하면 내가 이 즉자, 곧 작품에 나의 주체성을 투사시켰기 때문이다), 아니면 '비아'와의 결합이다(왜냐하면 이 작품은 나와 완전히 독립해서 존재하기 때문이다).

> 소유에 있어서는 나는 내가 즉자적으로 존재하는 한도에서 나 자신의 근거인 것이다. 사실 소유가 연속적인 창작인 한도에서 나는 소유당하는 객체를 그 존재에 있어서 나에 의하여 근거 지어지는 것으로 파악한다. 그러나 한편 창작이 발산인 한에 있어서 이 객체는 내 속으로 흡수되고, 나일뿐이다. 그리고 한편으로 이 객체가 근원적으로 즉자인 한도에서 그것은 비아이며, 나를 마주하고 있는 나, 객체적이고, 즉자적이고, 항상적이고, 침투 불가능하고, 나에 대해서 외면적인 관계이고, 무관심적인 관계 속에 존재하는 나다.[30)]

29) EN, p. 679.
30) *Ibid.*, pp. 681~682.

정확히 이런 이유로 사르트르는 소유관계에서 중요한 개념이 바로 소유되는 사물이라고 말하고 있다. 분명한 것은 한 편의 작품을 창조하면서, 또 그것을 소유하면서 나는 모든 인간 기투의 최후 목표에 도달하는 것을 겨냥한다는 사실이다. 대자-즉자의 융화의 실현, 곧 신이 되고자 하는 욕망의 실현이 그것이다.

> 이리하여 나는 내가 나에 대해서 무관심적인 것으로서, 그리고 즉자적인 것으로서 존재하는 한도에서 나의 근거인 것이다. 그런데 이것이 바로 즉자-대자의 기도 그 자체다. 왜냐하면 이 이상적인 존재는 대자로서의 한도에서 자기 자신의 근거가 될 것인 하나의 즉자로서, 또는 자기의 근원적인 기도가 하나의 존재방식이 아닐 것이며 오히려 하나의 존재일 것인, 바로 그것이 있는 것인 즉자존재일 뿐인 하나의 대자로서 정의되기 때문이다. 그렇다고 하면 아유화는 대자의 이상의 상징이거나 또는 가치이거나밖에 다른 것이 아니다. 소유하는 대자와 소유당하는 즉자와의 이 한 쌍은, 자기-자신을 스스로 소유하기 위하여 있는 존재, 소유가 자기 자신의 창작인 존재, 다시 말해서 신에 맞먹는 것이다.[31]

인간 실존의 세 범주인 함에서 가짐으로, 또 가짐에서 있음으로의 이중의 환원에서 쟁점이 되는 것은 결국 대자-즉자의 결합이다. 그렇다면 이 결합의 의미는 무엇인가? 그 의미는 인간이 자신의 창조와의 관계에서 필수적이라고 느끼면서 자신의 잉여존재를 정당화하는 것이다. 바로

31) *Ibid.*, p. 682.

거기에 창조자의 구원 가능성이 자리한다. 게다가 사르트르 자신은 소유를 마법적 관계로 규정한다. 그런데 이 관계는 사르트르의 언어에 대한 생각과도 연결되어 있다.

> 나는 항상 이렇게 생각했습니다. 내가 책상을 내 것으로 만드는 것, 그것은 책상에 대한 '단어'를 찾는 것이라고 말입니다. 따라서 말과 나 사이에는 은밀한 관계가 있습니다. 그러니까 소유의 관계입니다. 나는 언어와 더불어 소유의 관계를 가지게 됩니다.[32)]

사르트르는 언어에 대한 어린 시절의 체험에 대해 말한다. 그는 이 체험을 모든 작가들의 경험에 적용시키고 있기도 하다. 그에 따르면 작가란 모름지기 쓰기 행위에서 의사소통보다는 오히려 "창조-소유"의 마법적 우월성을 알아차린다는 것이다.

> 모든 작가에게는 의사소통을 겨냥하지 않는 어린애 같은 측면이 있어요. 이런 측면이 바로 창조-소유의 측면입니다. '책상'이라는 말을 고안해 내는 것이 중요합니다. 책상과 말을 동등하게 여기는 것이고, 책상은 그 안에 포획됩니다. … 이 모든 것에는 비의사소통이 전제되어 있습니다. 왜냐하면 작가들이 항상 타자를 위해 글을 쓴다고 말하는 것은 장기적으로 볼 때만 사실이기 때문입니다. 그것은 애초에는 사실이 아니죠.[33)]

---

32) SIX, p. 41.
33) *Ibid.*, p. 43.

사르트르는 쓰기 행위의 동기를 설명하면서 특정 작가가 아니라 모든 작가에게 공통으로 적용되는 동기를 문제 삼고 있다. 사르트르가 거의 30여 년 동안 자신의 삶을 지배했던 이 신념을 깨기 위해서는 『말』의 출간을 기다려야 했다. 콜롱벨의 지적처럼 그는 "언어의 마법적 측면을 좋아했다".[34)]

작가의 쓰기 행위의 선택 동기를 이해하기 위해 우리는 평범한 인간이 하는 행위의 동기에 대한 정의에 주목했다. 이 정의와 관련하여 다음 두 가지 사실을 지적했다. 하나는 작가에게 자기 자신의 존재근거를 확보하면서 대자-즉자의 결합을 실현시킬 수 있다고 믿게끔 해주는 장치는 바로 인간 실존이 세 범주 사이의 이중의 환원이라는 사실이다. 다른 하나는 신이 되고자 하는 욕망의 실현을 위해 작가가 동원하는 주요 수단인 언어는 소유 개념과 무관하지 않다는 사실이다. 사르트르에 따르면 모든 작가들에게 공통된 쓰기 행위의 동기는 이 행위의 결과물인 작품을 소유하면서 그것을 통해 그 자신의 잉여존재를 정당화시키는 것이다.

그렇다면 이런 정당화는 실현 가능할까? 로캉탱-사르트르가 한 권의 소설을 쓰고자 하면서 꿈꿨던 구원은 가능할까? 지금 단계에서는 이 질문에 답을 할 수 있는 그 어떤 수단도 가지고 있지 못하다. 게다가 이 질문들은 지금까지 대답 없이 남겨 두었던 또 하나의 질문과도 상통한다. 작가의 쓰기 행위는 왜 독자들을 향해야 하는가?

---

34) Jeannette Colombel, *Sartre*, t. 2, *Une oeuvre aux mille têtes*, Paris: Librairie générale française, 1986, p. 690.

작가와 독자의 공동 행진

작가의 불가능한 구원

만약 인간이 창조를 통해 대자-즉자 결합을 실현할 수 있다면, 사르트르는 "인간은 무용한 정열이다"라고 선언하지 않았을 것이다. 사르트르는 또한 자기에게 한순간이나마 창작을 통한 구원의 가능성을 믿게끔 해주었던 언어의 마법적 특징은 극복되어야 한다고 주장한다.

> 내 생각으론 이것이 작가의 첫 행보입니다. 만약 한순간 이런 것을 하는 것을 꿈꾸지 않는다면 우리는 결코 작가가 되지 못할 거라고 생각합니다. 하지만 심지어 57세에도 이런 순간이 극복되지 않는다면 당신은 정말로 글을 쓰지 못할 것입니다. 타인과의 관계가 나타나는 순간이 옵니다. 그리고 점차 언어의 마법적 측면은 사라지게 됩니다. 하지만 이런 측면의 환상이 깨지는 것입니다. 말이 책상을 소유하기 위한 것이 아니라 타인에게 그것을 가리키기 위한 것이라는 사실을 알게 되는 순간부터죠. 이 순간에 당신은 다른 사람을 당신에게 가리키는 투명성의 집단적 관계를 갖게 됩니다. 물론 이 관계는 당신에게서 절대라는 생각을 앗아 갑니다.[35]

이 부분에서 사르트르는 다시 한번 작가의 쓰기 행위는 다른 사람들을 향해야 한다고 주장하고 있다. 이것은 그들의 도움이 없다면 작가의 기획이 실패로 끝날 수도 있다는 점을 내다보게 한다. 따라서 중요한 것

35) SIX, p. 44.

은, 쓰기 행위를 위협하는 근본적인 요소들이 어떤 것인지를 살펴보는 일이다. 앞서 살펴본 것처럼 창조자에게 그 자신이 창조한 작품을 소유하면서 그의 존재근거를 확보하게끔 해주는 요소들 중 하나는 바로 이 작품 속에 그의 존재근거에 해당하는 즉자의 측면이 들어 있다는 사실이었다. 게다가 사르트르는 이런 의미에서 소유 개념의 중요한 요소는 소유대상이라고 주장했다.

그런데 창조자에 의해 창작되는 작품에는 또 다른 특징이 있다는 사실에 주목하자. 이 작품은 창조자의 주체적 발산이라는 특징이 그것이다. 그가 이 대상을 소유할 때, 그는 두 개의 활동을 수행했다. 그의 대자와 대자의 결합과 그의 대자와 즉자의 결합이 그것이었다. 그런데 대자-즉자의 결합이라는 창조자의 최고의 목표는 두 번째 활동에서만 가능했다는 사실을 상기하자.

하지만 문제는 첫 번째 결합의 가능성이 항상 존재한다는 데 있다. 창조자는 자기가 만든 작품을 의식의 지향성 구조를 채우는 과정에서 만날 수 있고, 그렇다면 그 결과는 당연히 대자-대자의 결합일 수밖에 없을 것이다.[36] 달리 말하자면 그가 자신의 작품을 소유하면서 대자-즉자의 결합을 실현했다고 생각하는 순간, 그는 궁극적으로는 대자-대자의 결합만을 실현하고 있을 뿐이다. 이것은 그가 이 작품이 갖는 이중의 측면으로 인해 그것에 대해 본질적이라고 느끼지 못할 위험에 노출된다는 것을 의미한다. 사르트르에 의하면 음악가가 자기가 작곡한 음악을 감상하는 경우, 작가가 자기가 쓴 작품을 읽는 경우에 이런 현상이 나타난다.

---

36) Jean-Paul Sartre, *Baudelaire*, Paris: Gallimard, 1947, p. 37, p. 61.

하지만 이번에는 창조된 사물이 나에게서 벗어난다. 나는 드러내고 또 동시에 만들 수는 없다. 창조된 것은 창조 행위에 비해서 비본질적인 것으로 옮겨 간다. 무엇보다도 먼저 창조된 사물이 남들의 눈에는 결정적인 것으로 보일망정, 우리의 눈에는 항상 미결정 상태로 남아 있는 것으로 보이기 때문이다. 우리는 언제나 이 선, 이 색조, 이 말을 바꿀 수 있다. 그래서 그것은 결코 확정적인 것이 될 수 없다.[37]

사르트르가 도제 수업을 받고 있는 풋내기 화가의 일화를 통해 말하고자 하는 바가 이것이다. 사르트르는 이 일화에서 풋내기 화가는 자기가 그린 그림을 다른 사람들이 보듯이 결코 볼 수가 없다는 점을 지적한다. 이 화가의 눈에는 그의 작품이 결코 사물과 같은 하나의 '대상-존재'로 나타날 수 없다. 그가 자기 작품에서 보고 드러내는 것은 항상 그 자신에 불과할 뿐이다.[38] 요컨대 그는 자기 작품을 보면서 그것에 외재성의 차원을 부여하는 대신에 그 안에서 그 자신의 대자만을 다시 발견할 뿐이다.

하지만 우리 자신이 제작의 규칙이나 척도나 규준을 만들고, 우리의 창조적 충동이 우리의 가장 깊은 가슴속으로부터 솟아오르는 경우에 우리의 작품에서 찾아볼 수 있는 것은 우리 자신일 따름이다. 작품을 판단하는 규준을 만드는 것은 우리 자신이며, 우리가 거기에서 알아볼 수 있는 것은 우리의 역사이며 우리의 사랑이며 우리의 기쁨이다. 우리가 작품에 더

37) SII, p. 90.
38) Cf. CPM, pp. 130~131; SG, p. 534.

이상 손을 대지 않고 바라만 본다고 하더라도 우리는 그것으로부터 그런 기쁨이나 그런 사랑을 '받아들이는' 것은 전혀 불가능하다. 우리가 그 안에 그런 감정을 담아 넣었기 때문이다. 화폭이나 종이 위에서 얻은 결과를 빚어낸 수법을 너무나 잘 알고 있기 때문이다. 그 수법은 끝끝내 주관적인 발견일 따름이다. 그것은 우리 자신이며 우리의 영감이며 우리의 계략이다. 그리고 자신의 작품을 '지각하려고' 애쓸 때라도, 우리는 그것을 또다시 만들어 내고 그 제작의 작업을 머릿속에서 반복할 따름이며, 작품의 모습 하나하나가 모두 결과로밖에는 보이지 않는 것이다.[39)]

하지만 한 명의 창조자에게서 그의 작품의 객체적인 면을 확보하는 것은 그의 잉여존재 정당화에 절대적으로 필요하다. 이 객체적 측면의 부재는 그의 대자-즉자 결합의 실패로 직결된다. 그는 작품을 창조하면서 그의 존재이유, 존재근거를 향유하고자 한다. 하지만 그 자신이 이 작품을 지각할 때, 거기서 만나는 것은 그 자신일 뿐이다. 그로 인해 그가 실현하고자 하는 대자-즉자의 결합은 결코 이루어지지 않는다. 다시 말해 이 결합에서 핵심 요소인 즉자, 즉 그의 작품의 객체적인 면, 외재성의 차원이 부족한 것이다. 사르트르는 이 현상을 창조자의 본질성과 그의 작품의 비본질성 사이의 종합 불가능성으로 이해한다.

이렇듯 지각에 있어서 대상은 본질적인 것으로, 주체는 비본질적인 것으로 주어진다. 그런데 주체가 창조 행위를 통해서 본질성을 추구하고 그것

39) SII, p. 91.

을 획득하게 되는 경우에는 대상이 비본질적인 것으로 되고 만다.[40]

이렇게 해서 창조자는 예술작품의 창작을 통해 자기 자신을 구원할 수 없는 상태에 빠지게 된다. 그는 궁극적으로는 그의 작품이 갖는 이중의 측면으로 인해 그저 대자-대자의 결합만을 실현하는 위험에 봉착하게 된다. 한 대상의 창작에 적용되는 모든 것이 그대로 작가의 쓰기 행위에도 적용된다. 사르트르는 실제로 작가가 손수 쓴 작품을 읽을 때 나타나는 현상을 이렇게 기술하고 있다.

당신이 감동 속에서 쓰고, 당신으로 하여금 웃음을 자아내게 했던 구절을 다시 읽어 보라. 당신의 감동은 읽기 행위 속에 있기는 하지만 대상으로서가 아니다. 그것은 주관적 내면성으로서이다.[41]

작가는 그의 쓰기 행위를 통해 그 자신의 존재근거에 해당하는 즉자를 소유하고자 한다. 하지만 그 자신의 작품을 다시 읽으면서 그는 오직 그의 대자만을 다시 만날 뿐이다.

이렇듯 작가가 도처에서 만나는 것은 오직 '자신의' 앎, '자신의' 의지, '자신의' 기도이며 요컨대 자기 자신이다. 그는 다만 자신의 주관성과 접촉할 뿐이다. 그가 창조하는 사물은 그의 손이 미칠 수 없는 곳에 있으며, 그

40) *Idem*.

41) CPM, p. 136; Cf. *Que peut la littérature?*, Paris: Union Générale d'Editions, 1965, pp. 119~120.

는 '자신을 위해서' 창조할 수 없다. 자기가 쓴 것을 다시 읽는다 해도 때는 이미 늦은 것이다. 자기의 문장이 자기의 눈에 결코 사물로 비칠 수는 없으리라.[42]

그렇다면 이처럼 작가가 혼자 자기 작품에 객체적인 면을 부여할 수 없다는 것의 의미는 무엇일까? 그 의미는 당연히 그의 구원의 실현 불가능성이다. 이런 사실에 바탕을 두고 사르트르는 쓰기 행위가 한 편의 문학작품의 생산에서 불완전한 계기에 불과하다고 본다. 이제 작가는 무엇을 할까? 실망하고 절망해서 펜을 놓아 버릴까? 아니면 또 다른 길을 모색할까? 그로부터 쓰기 행위와 읽기 행위가 연결되어야 하는 필요성이 제기된다.

이 두 행위의 연결을 기술하기 전에 다음 사실을 지적하는 것이 좋을 듯하다. 창작을 통한 구원 개념이 보통의 경우 죽은 예술가에게 해당된다는 사실이다. 다시 말해 이 개념은 '영원성' 개념과 연결된다. 그런데 여기서 주목하고자 하는 것은, 가령 한 명의 작가가 죽은 경우, 그는 결코 대자-즉자의 결합을 실현할 수 없다는 사실이다. 왜냐하면 비록 독자가 그의 작품에 외재성의 차원을 부여한다고 해도(이 점에 대해서는 곧 살펴볼 것이다), 이 차원을 향유할 수 있는 작가의 대자는 더 이상 이 세계에 존재하지 않기 때문이다. 그로부터 사르트르의 참여문학론의 원칙 중 하나가 도출된다. 문학작품의 즉각적인 소비, 즉 이 작품에 대한 즉각적인 독서가 그것이다.

---

42) SII, pp. 92~93.

바나나는 갓 땄을 때 맛이 가장 좋은 것 같다. 이와 마찬가지로 정신의 작품은 즉석에서 소비되어야 한다.[43]

이렇듯 작가는 대자-즉자의 결합을 그가 살아 있는 동안에 실현하고자 한다. 이것은 그가 살아 있는 동안에 누리는 영광에 해당한다.[44] 이런 관점에서 보면 포로 생활 중에 『바리오나』라는 작품을 공연한 효과를 경험한 후에,[45] 사르트르가 '관객들-독자들'을 확보하기 위해 극작품 창작으로 경도된 것은 전혀 놀라운 것이 아니다.[46] 관객들-독자들의 수에 비례해 극작가-작가의 영광이 커진다는 것은 당연하다. 하지만 작가의 진정한 영광은 그의 사후에 온다고 할 수 있다. 그런데 죽음이 그의 대자-즉자의 결합에 필수 요건 중 하나인 대자를 그에게서 앗아가 버리기 때문에, 죽은 작가는 이 결합을 경험하고 향유할 기회를 전혀 가질 수 없다. 그럼에도 사르트르는 죽음을 자신의 구원의 첫 단계로 여기면서[47] 그것을 전혀 두려워하지 않을 뿐만 아니라, 그의 불멸성을 차근차근 준비한다.

이런 구원의 메커니즘은 작가의 작품이 갖는 이중적인 측면은 물론이거니와 독자의 협력과도 밀접하게 연결되어 있는 것으로 보인다. 우선, 작가에 의해 창조된 작품은 그의 주체성의 발산임과 동시에 그와는 완전

---

43) *Ibid.*, pp. 122~123; Cf. Denis Hollier, *Politique de la prose: Jean-Paul Sartre et l'an quarante*, Paris: Gallimard, 1982, pp. 147~153.

44) Cf. LM, p. 140.

45) Cf. Jean-Paul Sartre, "Forger des mythes", TS, pp. 63~64.

46) Cf. Jean-Paul Sartre, Philippe Gavi & Pierre Victor, *On a raison de se révolter*, Paris: Gallimard, 1974, p. 72.

47) Cf. LM, p. 156, pp. 160~161.

히 독립된 존재이기 때문에, 그가 죽은 경우에도 그는 이 작품을 통해 자신의 대자를 가지고 있다. 그런데 흥미로운 것은, 예컨대 30세기의 독자들이 죽은 작가의 작품을 읽어 준다면, 그의 작품 속에 물질화되어 투사되어 있던 그의 대자는 이 독자들의 시선을 통해 되살아난다는 사실이다.

> 그러다가 1955년경이 되면 유충이 탁 쪼개져서 이절판의 나비 스물다섯 마리가 태어나리라. 그 나비들은 다름 아닌 나다. 나 자신이란 말이다. 스물다섯 권, 본문 1만 8000쪽, 판화 300매, 그리고 그중에는 저자인 나 자신의 사진도 끼어 있다. 내 뼈는 가죽과 딱딱한 표지로 되어 있고, 양피지가 된 내 살에서는 아교 냄새와 곰팡이 냄새가 난다. 60킬로의 종이에 걸쳐서 나는 흐뭇하게 어깨를 편다. 나는 다시 태어나서 마침내 완전한 인간이 된다. 생각하고 이야기하고 노래하고 우레와 같은 소리를 내는 인간, 물질과 같은 단호한 부동성으로 자기 자신을 정립하는 완전한 인간이 된다. 사람들이 나를 붙들고 연다. 나를 책상 위에 펼쳐 놓고 손바닥으로 쓰다듬고 또 때로는 파닥거리게 한다. 나는 가만히 내버려 둔다. 그러다가 별안간 번쩍하면서 그들을 눈부시게 만든다. 멀리서 그들의 기를 죽인다. 나의 힘은 시간과 공간을 가로질러서 악에게 벌을 주고 선인을 보호한다. 아무도 나를 잊을 수도 없고 무시할 수도 없다. 나는 무서운 포터블형 큰 우상이다. 나의 의식은 산산조각으로 갈라진다. 그게 좋은 것이다. 다른 의식들이 나를 나누어서 짊어지니까 말이다. 남들이 나를 읽는다는 것은 내가 그들의 눈 속으로 뛰어든다는 말이다. 누가 나의 이야기를 한다는 것은, 내가 보편적이며 특이한 언어로 변모해서 그 모든 사람들의 입 속으로 들어간다는 말이다. 수백만의 시선을 위해서 나 자신을 장래의

호기심의 대상으로 만들어 놓는다. 나를 사랑할 줄 아는 사람에게 나는 뼈에 사무치는 불안을 준다. 하지만 내게 손을 대려고 하면 나는 살짝 없어져 버린다. 나는 어느 곳에도 존재하지 않는다. 결국 나는 존재한다![48]

조금 길게 인용된 이 부분에서 사르트르에 의해 제시된 작가의 구원을 결정하는 요소 중 하나를 확인할 수 있다. 독자의 읽기 행위가 그것이다. 죽었든 살아 있든 간에 작가의 구원은 전적으로 그의 작품에 대한 읽기 또는 그 주체인 독자에게 달려 있다. 이런 사실들을 바탕으로 쓰기 행위와 읽기 행위의 결합이 어떤 형태로 나타나는가, 그리고 이런 결합이 이루어질 때 어떤 현상들이 발생하는가를 살펴보도록 하자.

쓰기 행위와 읽기 행위의 결합

사르트르가 문학작품을 '팽이'와 비교하고 있다는 사실을 지적한 바 있다. 팽이가 돌기 위해서는 외부에서 끊임없이 힘이 가해져야 한다. 이와 마찬가지로 문학작품은 읽기 행위에 의해 지탱되어야 한다. 사르트르는 이렇게 주장한다. 문학작품은 읽기 행위가 지속되는 것만큼만 지속된다고, 또 읽기 행위가 없다면 그것은 그저 종이 위의 검은 흔적에 불과하다고 말이다. 이것은 사르트르의 참여문학론에서 읽기 행위가 아주 중요한 역할을 하고 있다는 사실을 내다보게 한다. 어떤 역할을 하는 것일까? 이 질문에 답을 하는 것은 또한 사르트르가 제시하고 있는 작가-독자의 관계가 이 연구의 문제틀로 삼고 있고 또 폭력에 대한 대안으로 제시하고

48) *Ibid.*, pp. 161~162.

있는 의사소통적 윤리모델과 어느 정도까지 연결되어 있는가의 문제에 답을 하는 것이기도 하다.

사르트르는 읽기 행위를 작가에 의해 창조된 작품에 객체적인 측면을 부여하는 행위로 여긴다.

> 한 권의 문학작품, 가령 한 권의 소설이 문제가 되는 경우, 내 생각으론 읽기는 의미를 포착하는 것임과 동시에 쓰이고 물질적이며 언어로 된 신체, 따라서 가시적이거나 혹은 청취 가능한, 따라서 발음된 신체를 기호로, 부재하는 것으로 당신에게 주면서 대상을 현전화하는 불명확한 기능으로 채우는 것이기도 하다.[49]

읽기 행위를 더 잘 이해하기 위해 두 가지 점을 지적하자. 하나는 사르트르의 존재론적 차원에서 자유만이 유일하게 하나의 사물이나 한 명의 인간에게 객체성을 부여할 수 있다는 것이다. 다른 하나는 읽기 행위 역시 쓰기 행위와 마찬가지로 인간의 기투에 속하기 때문에 독자라고 불리는 주체를 필요로 한다는 점이다. 이를 바탕으로 독자가 작가에 의해 창조된 작품을 읽을 때, 그는 그것에 객체성을 부여하기 위해 자유로워야 한다는 사실을 지적할 수 있다. 이것은 독자가 작품을 읽을 때 거기에 그 자신의 주체성을 흘려 넣는다는 것을 의미한다. 이 과정이 없다면 그는 작품을 객체화시킬 수 없다.

---

49) SIX, p. 54.

> 나에게서 나의 책은, 타자가 거기에 그 자신의 주체성을 흘려 넣을 때, 다시 말해 그것을 재창조할 때 존재한다. 타자의 평가라는 관점에서 이 책을 읽으면서 나는 내 스스로 거기에 불어넣을 수 없는 깊이를 발견한다.[50]

게다가 사르트르는 읽기 행위가 빛에 의해 자동적으로 반응하는 필름과 닮은 기계적 작용이 아니라고 주장한다. 읽기 행위는 인쇄된 책장을 넘기는 단순한 행위가 아니다. 이와는 달리 읽기 행위는 일종의 바라보는 행위(사르트르에게는 시선이 그 대상을 객체로 사로잡는 힘이다), 그 결과 그가 읽는 작품에 그 자신의 주체성을 투사하는 행위이다. 읽기 행위는 이처럼 행위 주체인 독자의 자유롭고 능동적인 활동이다.

> 게다가 작품은 타자에 의해 인정되고 가치평가되어야 한다. 실제로 작품은 타자에 의해, 그리고 타자를 위해 작동된다. 작품에 충만한 외재성을 주는 것에 불과할지라도 타자의 협조는 필수불가결하다. 그런데 타자는 예측 불가능한 자유이다.[51]

게다가 독자가 작가의 작품에 객체성을 부여하려면 두 사람이 동일 인물이어서는 안 된다. 작가의 구원의 실패는 자신의 작품 속에서 오직 그 자신의 대자를 재발견한다는 데 그 원인이 있었다. 작가와 그가 창조한 작품 사이의 관계는 제화공과 그가 직접 만든 구두와의 관계와 다르

---

50) CPM, p. 135.
51) *Ibid.*, p. 128.

다. 제화공은 치수가 맞다면 그의 구두를 신을 수 있다.[52] 비록 구두가 그 자신의 손에 의해 제작되었고, 그런 만큼 그의 주체성이 투사된 것은 사실이지만, 그래도 그는 이 구두에 객체성을 부여할 수 있다. 그로부터 쓰기 행위와 읽기 행위의 주체는 절대적으로 같아서는 안 된다는 결론이 도출된다.

> 쓴다는 작업은 그 변증법적 상관자로서 읽는다는 작업을 함축하는 것이며, 이 두 가지 연관된 행위는 서로 다른 두 행위자를 요청한다. 정신의 작품이라는 구체적이며 상상적인 사물을 출현시키는 것은 작가와 독자의 결합된 노력이다.[53]

이제 하나의 작품은 "상호주체성의 발산"[54]이라고 할 수 있다. 바로 거기에 사르트르의 참여문학론을 떠받치는 하나의 축이 자리한다. '타자에 의한 문학', 곧 '타자에 의한 예술'이 그것이다. 이것은 '독자에 의한' 문학의 축으로 이해된다. 이런 사실들을 토대로 독자의 존재는 문학작품의 탄생에 필수불가결한 요소라는 사실, 또한 이런 이유로 작가의 구원에도 없어서는 안 될 요소라는 사실을 단언할 수 있다. 여기서 한 가지 중요한 질문이 제기된다. 과연 독자가 작가의 작품에 외재성의 차원을 부여한다는 것은 무엇을 의미하는가?

직접 답을 하기 전에 두 가지 점을 지적하고자 한다. 하나는 읽기 행

---

52) SII, p. 93.
53) *Idem.*
54) Jean-Paul Sartre, "Ecrire pour son époque", LES, p. 673; *Que peut la littérature?*, p. 83.

위의 주체인 독자도 인간이라는 종에 속한다는 점이다. 이것은 작가와 마찬가지로 독자도 우연성의 지배를 받는 존재이고, 따라서 그 역시 대자-즉자의 결합을 실현하고자 한다는 것을 의미한다. 다른 하나는 작가에게는 쓰기 행위가 일차적이고 주된 행위인 반면, 독자에게는 읽기 행위가 이차적이고 우연한 행위라는 것이다. 이것은 작가는 그 어떤 경우에도 독자로 하여금 자신의 작품을 읽으라고 강요할 수 없다는 것을 보여 준다. 이 작품을 읽고 안 읽고는 전적으로 독자의 선택이다. 하지만 독자의 읽기 행위는 작가의 창조뿐만 아니라 그의 구원에도 필수불가결한 요소라는 것을 기억하자.

그로부터 작가가 독자를 유도하는 조치들을 강구해야 하는 절대적인 필요성이 도출된다. 곧 보겠지만 이런 조치들은 사르트르의 참여문학론의 또 다른 한 축과 무관하지 않은 것으로 보인다. '타자를 위한 문학', 곧 '타자를 위한 예술'이 그것이다. 곧 '독자를 위한 문학'이다. 하지만 여기서 중요한 것은, 사르트르는 다른 행위들에 비교했을 때 쓰기 행위에 어떤 이점을 부여하고 있는가를 알아보는 것이다. 그도 그럴 것이 작가는 작가가 되기 전에, 또는 된 후에도 쓰기 행위 이외에 다른 여러 행위들을 할 수 있는 가능성을 항상 가지고 있기 때문이다.

앞서 인간의 존재론적 조건이 그에 의해 드러나는 사물 존재의 본질성과는 달리 그 자신의 비본질성에 의해 특징지어진다는 사실을 지적한 바 있다. 이와 마찬가지로 독자가 작품을 읽을 때, 그는 자기 의식의 지향성 구조를 채우기 위해 무엇인가를 선택하는 위치에 있다. 왜냐하면 그에게 있어서 (타자에게 있어서) 모든 창조는 ― 여기서는 독자이다 ― 발견된 실재이기 때문이다. 이런 관점에서 보면 읽기 행위는 그 주체의 다른 여러 드러내는 행위와 다를 바가 전혀 없다. 하지만 문제는, 작가가 원하는 것과는 달리 독자는 항상 그의 작품에 등을 돌릴 수 있다는 데 있다.

그 이유는 분명하다. 독자는 그가 드러내면서 읽는 작가의 작품과의 관계에서 비본질적이라고 느낄 수 있기 때문이다. 하지만 사르트르에 따르면 독자의 이런 불만족은 곧 해소된다. 왜냐하면 독자의 존재는 작가에 의해 '요청'되었기 때문이다. 다시 말해 '불리었기' 때문이다. 이 사실은 작가의 문학 창작에 필수불가결한 독자의 역할 속에 함축되어 있다. 인간에게 있어서 무엇인가 또는 누군가에게 필요한 존재가 되는 것은 그의 잉여존재의 정당화와 동의어라는 사실을 기억하자. 이것이 바로 독자에게 주어지는 첫 번째 이점에 해당한다.

두 번째 이점은 독자의 읽기 행위 역시 작가의 창조 행위를 닮은 또 하나의 '창조'로 여겨진다는 데서 찾을 수 있다.[55]

> 따라서 처음부터 의의(sens)는 낱말 속에 간직되어 있는 것이 아니다. 도리어 의의가 낱말 하나하나의 의미(signification)를 이해할 수 있게 해주는 것이다. 문학이라는 대상은 비록 언어를 '거쳐서' 실현되기는 하지만 언어 '속에서' 주어지는 것은 결코 아니다. 반대로 그것은 원래가 침묵이며 말에 대한 거역이다. 따라서 책에 늘어놓은 수천 개의 낱말들을 하나하나 모두 읽는다고 해도 작품의 의의가 나타난다는 보장은 없다. 의의는 낱말들의 총화가 아니라 그것의 유기적 전체이다. 독자가 처음부터 단번에 그리고 거의 어떤 도움도 받지 않고 이 침묵의 단계에 올라서지 못한

55) 사르트르는 또한 인간의 모든 행위는 창조라고 주장한다. Cf. CPM, p. 129.

> 다면 아무것도 이루어지지 않는다. 요컨대 독자가 침묵을 '발명'하지 못한다면, 그리고 그가 깨어나게 하는 낱말과 문장들을 침묵 속에 자리 잡게 하고 침묵 속에서 지탱해 나가지 못한다면, 모든 것이 허사이다. 그리고 이 작업을 재발명이 아니라 발견이라고 부르는 것이 차라리 마땅하지 않겠느냐고 말하는 사람이 있다면, 나는 우선 이런 재발명이 최초의 발명과 똑같이 새롭고 독창적이라고 대답하겠다.[56]

하지만 사르트르는 '읽기-창조'는 '쓰기-창조'와 확연히 구분된다고 본다. 작가는 창조를 하면서 참고할 그 어떤 가치 체계도 없는 상황에 놓여 있다. 사르트르가 무신론적 입장을 견지하고 있기 때문에 상황은 더욱 암울하다. 하지만 독자는 손에 횃불을 든 것처럼 창조할 수 있다. 그의 창조를 안내하는 것은 바로 작가 자신이다. 독자의 창조는 일종의 안내된 창조이다. 다만, 작가는 독자를 그 자신의 작품을 통해 안내한다. 하지만 이 작품은 작가 자신의 주체성의 발산이기 때문에 결국 독자를 안내하는 것은 작가 자신이라고 할 수 있다.

이 마지막 지적은 읽기-창조의 세 번째 이점에 해당한다. 자기 작품의 객체적인 측면의 결핍으로 인해 대자-즉자의 결합을 실현할 수 없는 위험에 봉착할 수 있는 작가와는 달리, 독자는 이런 위험을 모른다. 왜냐하면 독자에 의해 창조된 '작품'의 객체적인 의미 ―이것은 작가에 의해 창조된 작품의 '의미'에 다름 아니다[57] ―는 작가에 의해 이미 주어져

56) SII, p. 94.

57) "의미작용이란 무엇인가? 객체화된 관념." CPM, p. 459; *Que peut la littérature?*, pp. 115~116.

있기 때문이다. 실제로 작가는 그의 작품에 대해서는 "신"의 입장에 있는 것이다.[58] 그리고 읽기의 결과에 주어진 객체적 측면은 애시당초 작가가 창조를 하면서 투사시킨 그의 주체성, 곧 그의 '의도', 따라서 그의 대자와 일치하는 것으로 보인다.

사르트르는 다음 부분에서 읽기 행위에 대한 정의를 내리면서 이 행위에 부여하고 있는 세 가지 이점을 제시하고 있는 것으로 보인다.

> 과연 읽기는 지각과 창조의 종합처럼 여겨진다. 그것은 주체의 본질성과 대상의 본질성을 동시에 상정한다. 대상이 본질적인 이유는, 그것이 엄밀히 초월적이며 그 자체의 구조를 강요하고 독자는 그것을 기다리고 지켜보아야 하기 때문이다. 주체 또한 본질적인 이유는, 대상을 드러내기 위해서(다시 말해 대상이 여기에 있게 하기 위해서)뿐만 아니라, 그 대상이 절대적으로 존재하기 위해서 (다시 말해 그것을 만들어 내기 위해서) 주체가 요청되기 때문이다. 한마디로 말해서 독자는 동시에 드러내고 창조하고, 창조하면서 드러내며, 드러냄을 통해서 창조한다는 것을 의식한다.[59]

앞서 제기된 질문으로 돌아가 보자. 작가에 의해 창조된 작품에 외재성의 차원을 부여한다는 것은 무엇을 의미하는가? 이것은 작가의 작품의 의미 파악과 같은 것으로 보인다. 하지만 독자가 작가의 작품을 읽으면서 나타나게 하는 의미는 정확히 작가의 대자와 일치한다는 사실을 지

---

58) Edouard Morat-Sir, Les mots *de Jean-Paul Sartre*, Paris: Hachette, 1975, p. 9.
59) SII, pp. 93~94.

적하자. 왜냐하면 작가는 작품에 자신의 모든 것, 예컨대 그의 이념, 의도, 생각, 표지 등을 투사했기 때문이다. 게다가 사르트르에게서 인간은 그가 말한 바로 존재한다.

사정이 이렇다면, 독자의 읽기 행위는 작가의 대자(작품 속에 투사된 대자)의 즉자(그의 작품의 의미와 일치한다)로의 변화를 초래한다. 따라서 작가의 대자-즉자 결합의 성공 여부는 당연히 독자가 그의 작품의 의미를 드러내는지의 여부에 달려 있게 된다. 또한 독자가 안내받은 창조의 성공 여부 역시 그 자신이 작품의 의미를 100퍼센트 끌어냈느냐의 여부에 달려 있게 된다.

독자가 작가의 작품의 의미를 100퍼센트 끌어내는 데 성공한다면, 독자 역시 대자-즉자의 결합을 실현시킬 수 있을 것이다. 여기서 대자는 당연히 독자의 주체성이고, 즉자는 그가 작가의 작품에서 끌어낸 의미, 곧 그의 읽기 행위의 결과물에 대한 객체적 측면이다. 물론 이 객체적 측면은 작가가 그의 작품에 투사한 주체성에 의해 보증된다. 이렇듯 독자가 작가의 작품을 읽고 그 의미를 100퍼센트 끌어낼 수 있다면, 이때 두 주체의 주체성은 서로 호응하면서 하나가 될 것이다.[60] 이와 반대되는 경우에 독자는 작품의 의미를 완전하게 파악할 때까지 노력해야 할 것이다. 그렇게 해서 작가와 독자의 주체성 사이에 있는 차이를 제거해야 할 것이다.[61]

이 단계에서 중요한 질문이 제기된다. 작가와 독자의 주체성의 일치 또는 융화는 항상 실현 가능할까? 이 질문에 대한 사르트르의 답은 부정

---

60) Cf. Georges Poulet, "Une critique d'identification", *Les chemins actuels de la critique*, Paris: Plon, pp. 9~35.

61) Cf. Jean-Paul Sartre, "L'auteur, l'œuvre et le public", TS, pp. 103~104.

적이다. 분명, 그에 의하면 "문학적 대상은 독자의 주체성 이외의 다른 실체를 갖지 않는다".[62] 또한 독자는 그 자신의 읽기-창조에서 작가에 의해 안심하고 앞으로 나아갈 수 있다는 것도 분명하다. 하지만 사르트르는 작가의 의도는 독자의 영역 밖에 있다고 본다. "독자가 아무리 멀리 나간다고 해도 작가는 그보다 더 멀리 간다."[63]

모든 것은 작가에 의해 창조된 작품 속에 있다. 그는 자신의 모든 것을 거기에 쏟아붓는다. 그는 그가 말하는 바의 것이라는 의미에서 그의 작품은 그 자신이다. 곧 그의 분신이다. 독자가 작품 속에 투사된 작가의 의도를 해독해 나갈 때, 작가는 이미 모든 것을 해놓은 상태에 있다. 왜냐하면 그는 자기 작품 속에 자기의 모든 것을 투사했기 때문이다. 이에 반해 독자는 작가의 작품을 읽으며 모든 것을 해나가야 하는 상태에 있다. 왜냐하면 그가 작품에서 끌어낸 의미와 작가가 거기에 투사한 의도 사이에는 항상 잔재가 있기 때문이다. 다시 말해 작가의 작품은 독자에게는 사정권 밖에 있다.

> 그렇기 때문에 독자에게는 모든 것이 새로 만들어져야 하는 동시에 이미 만들어져 있다. 작품은 바로 그의 능력 여하에 따라서만 존재할 따름이다. 독자가 읽고 창조하는 동안 그는 더 멀리 읽어 갈 수 있고 더 깊이 창조할 수 있으리라는 것을 안다. 그리고 바로 그런 까닭에 작품은 사물들처럼 무궁무진하고 불투명하게 보인다. 이렇듯 읽기란 우리의 주관으로

62) SII, p. 95.
63) *Ibid.*, p. 103.

부터 발생하지만, 차차로 뚫어 볼 수 없는 객체로 눈앞에서 응결해 가는 그런 특성의 절대적 창조인데, 이런 절대적 창조는 칸트가 신적 이성에만 인정했던 '이지적 직관'과 흡사한 것이라고 생각해도 좋을 것이다.[64)]

앞서 작가의 작품의 객체적인 측면을 나타내기 위해 사르트르가 독자를 위한 세 가지 이점을 마련했다는 사실을 지적한 바 있다. 그의 잉여존재의 정당화, 그의 창조에서의 작가의 안내, 그리고 읽기 행위에 의해 창조된 결과에 대한 객체적인 측면의 보장 등이 그것이다. 그런데 이번에는 작가가 독자에게 이 세 가지 이점에 대한 대가를 요구한다. 그 내용은 무엇일까? 작가가 독자에게 요구하는 것은 그의 작품의 의미를 100퍼센트 포착해 달라는 것이다. 과연 독자는 이 요구를 수용할까? 게다가 읽기 행위는 안내된 창조이다. 이것은 독자의 자유가 작가의 자유에 의해 항상 제한된다는 것이고, 그 결과 두 사람의 자유 사이에는 존재론적 힘의 불균형이 생겨나게 한다.

독자는 과연 이런 존재론적 열등 상태를 인정하고 받아들일까? 결코 그렇지 않을 것이다. 왜냐하면 앞서 이미 암시했지만, 독자에게 읽기 행위는 부차적이고 우연적인 행위이기 때문이다. 작가와의 관계에서 조금이라도 불리하거나 불편한 낌새가 나타나면, 독자는 읽기 행위를 그만둘 공산이 크다. 그로부터 작가의 고뇌가 기인한다. 왜냐하면 독자의 정신의 공모가 없다면, 어떤 경우에도 작가의 작품의 객체적 측면은 확보되지 않기 때문이다. 그로부터 또한 독자의 불만을 해소시켜 주어야 하는 전략

64) *Ibid.*, p. 96.

수립의 필요성이 기인한다. 이 새로운 전략은 호소, 증여, 관용 등과 같은 개념들과 밀접하게 연결되어 있다. 실제로 사르트르 참여문학론의 한 축은 '타자를 위한 문학', 곧 '독자를 위한 문학'이다. 분명한 것은, 만약 작가의 쓰기 행위가 다른 사람들에게로 향해야 한다면, 그것은 이 행위의 결과물인 작품의 객체적인 측면을 확보하기 위해서라는 사실이다.

독자의 자유에 대한 호소로서의 쓰기 행위

방금 살펴본 것처럼, 독자의 불만은 작가의 작품을 읽는 과정에서 그의 의도와 완전히 일치하는 의미를 끌어내지 못하는 데 그 원인이 있다. 그런데 독자에게 이런 불만이 있다면 작가는 좌불안석이다. 독자가 작가의 창조에 참여하는 것을 항상 거절할 수 있기 때문이다. 독자의 불만을 해소하기 위해 사르트르는 그의 참여문학론에 새로운 개념을 도입하고 있다. '호소'가 그것이다.

> 창조는 오직 읽기를 통해서만 완성될 수 있기 때문에, 예술가는 자기가 시작한 것을 완결시키는 수고를 남에게 맡기기 때문에, 그리고 그는 오직 독자의 의식을 통해서만 자기가 제 작품에 대해 본질적이라고 생각할 수 있기 때문에, 모든 문학작품은 호소이다.[65]

게다가 사르트르는 호소를 무엇인가의 이름으로 누군가가 누군가에게 무엇인가를 요청하는 것으로 규정한다. 작가는 그 자신의 호소를 통해

65) *Idem.*

독자에게 그 자신의 작품을 읽어 줄 것을, 이 작품의 완성에 협력해 줄 것을, 요컨대 이 작품의 객체적 측면을 부여해 줄 것을 요청한다. 무엇의 이름으로? 사르트르의 답은 다음 부분에서 볼 수 있다.

> 호소는 제시된 작업에서 스스로 나타난다. 다시 말해서 원하고 추구되어야 할 목적의 이름으로 호소자에 의해 피호소자에게 주어진 것으로 나타난다. 물론 이 목적은 수단을 상정하고 또 그것에 의존하고 있는 조건적 목적이다. 공동 작업에 대한 호소가 존재한다. 호소는 주어진 연대성에 의지하는 것이 아니라 공동 작업을 통해 형성될 연대성에 의지한다.[66]

이 부분은 누군가가 누군가에게 호소를 할 때, 그것은 그들의 공동 목표의 이름으로라는 것을 보여 준다. 사르트르의 참여문학론에서 작가와 독자에게 공동 목표는 두 사람 모두 대자-즉자의 결합을 실현하는 것이다. 그런데 인간은 다른 인간의 자유에 대해서만 호소를 할 수 있을 뿐이라는 사실은 흥미롭다. 이것은 독자에게 호소를 하기 위해 작가는 그의 자유를 먼저 인정해야만 한다는 것을 의미한다. 게다가 앞서 사르트르의 존재론 차원에서 자유만이 인간이나 사물에게 객체성을 부여할 수 있다는 사실을 보았다. 이와 마찬가지로 작가는 독자의 자유를 먼저 인정해야 한다. 그리고 그다음에 이 자유에 호소하면서 그 주체인 독자에게 창조에 협력해 달라고 요청하는 것이다.

66) CPM, p. 285.

> 내가 독자에게 호소해서 내가 시작한 일을 완성시켜 주기를 요청한다면, 내가 독자를 순수한 자유로서, 순수한 창조력으로서, 무조건적인 행위로서 생각한다는 것은 당연한 이야기이다. 따라서 나는 어떤 경우에도 그의 수동성에 호소할 수는 없다. 다시 말해서 그에게 '작용하여', 공포, 욕망, 분노와 같은 강한 감정을 단번에 전달하려고 시도할 수는 없다.[67]

이 새로운 요소를 고려해 사르트르는 쓰기 행위를 이렇게 규정한다. "쓰는 것, 그것은 내가 언어라는 수단으로 시도한 드러내기를 객체적 존재로 만들기 위해 독자에게 하는 호소이다."[68] 하지만 사르트르의 존재론에서 두 자유의 융화는 실현 불가능하다. 내가 타자의 자유를 인정하면, 나는 내 자신을 대상으로 여기게 되고, 그 역도 마찬가지이다. 마조히즘만이 나의 자유의 포기를 전제로 한다. 그리고 내가 타자 앞에서 나의 자유를 부정한다는 단 하나만의 이유로, 나는 수치심을 느끼고 또 유죄이기도 하다.

작가도 독자와의 관계에서 이런 마조히즘적 태도를 취한다. 독자의 자유에 호소하기 위해 작가는 그 자신의 자유를 포기하는 수밖에 없다. 자신의 작품에 객체적인 측면을 확보하기 위해 그는 독자의 시선하에 그의 작품을 놓아야만 한다. 독자들에 의해 더 많이 읽히면 읽힐수록 작가의 존재는 비례해서 더 강화된다. 이런 의미에서 '사르트르-작가'의 "노출주의적 태도"를 지적하는 연구자도 있다.[69]

---

67) SII, pp. 98~99.
68) *Ibid.*, p. 96.
69) Cf. Claude Burgelin, "Les mots et les morts", *Lectures de Sartre*, Presses universitaires de

하지만 사르트르는 이렇게 말한다. "우리의 자유는 결코 자연미에 의해 불리지 않는다."[70] 이것은 호소의 주체 —여기서는 작가이다— 역시 자유여야 한다는 것을 의미한다. 사르트르는 호소를 '상황 속에 있는 개인적 자유'에 의한 '상황 속에 있는 개인적 자유에 대한 인정'으로 규정한다. 바로 거기에 작가-독자의 관계에 대한 이해에서 중요한 질문이 제기된다. 작가는 독자에 대한 마조히즘적 태도에도 불구하고 어떻게 이 독자의 자유에 호소할 수 있는가? 이 질문은 이렇게 제기될 수도 있다. 나와 타자와의 관계에 관련된 사르트르의 사유와 그의 참여문학론에서의 사유는 서로 모순되지 않을까? 이 질문들은 의사소통적 윤리모델과 밀접하게 관련되어 있는 것으로 보인다.

이 질문들에 답을 하기 위해 한 번 더 작가에 의해 창조된 작품이 갖는 이중적인 면모에 주목해 보자. 이 작품이 작가의 주체성의 발산이기도 하며 또한 그와는 완전히 독립해 있는 사물이기도 하다는 사실을 여러 차례 지적한 바 있다. 작가가 그의 작품을 통해 독자의 자유에 호소하는 경우, 그는 그의 자유를 온전히 간직할 수 있다. 왜냐하면 그의 작품은 그의 자유 자체이기 때문이다. 따라서 그는 그의 자유를 포기하면서 수치심을 느끼는 것을 피할 수 있다. 왜냐하면 그의 작품은 사물과 같은 특징을 가지고 있기 때문이다. 이런 과정을 통해 사르트르는 대타존재에 관한 그의 존재론적 사유와 참여문학론에서의 작가와 독자 사이의 자유에 대한 상호인정 사이에서 모순적인 상태에 빠지지 않는다.

Lyon, 1986, p. 18.

70) SII, p. 102.

곧이어 작가의 독자에 대한 마조히즘적 태도(여기에는 수치와 모욕이 수반된다)가 증여, 관용, 요컨대 강한 자존심에 의해 감추어져 있다는 사실을 보게 될 것이다. 하지만 여기서 단언할 수 있는 것은, 작가는 그 자신의 대자를 담고 있는 작품을 통해 독자의 자유에 호소한다는 사실이다.

> 책은 나의 자유에 봉사하는 것이 아니라 그것을 요구한다. 사실, 우리는 강요나 매혹이나 탄원을 통해서 남의 자유 그 자체에 호소할 수는 없다. 그 자유에 도달하는 방법은 하나뿐이다. 그것은 우선 자유를 인정하고 다음으로 자유를 신뢰하고 마지막으로 자유의 이름으로, 다시 말해서 그것에 대한 신뢰의 이름으로 그 자유로부터 행위를 요구하는 것이다. 따라서 책은 도구처럼 어떤 목적을 위한 수단이 아니라, 독자의 자유에 대해서 자신을 목적으로 제시하는 것이다.[71]

사르트르에게서 호소는 누군가가 무엇인가의 이름으로 누군가에게 무엇인가를 '요청'하는 것으로 규정되었다. 그런데 위의 인용문에서 작가의 독자에 대한 협력의 요청이 '요구'의 형태로 이루어진다는 사실에 주목하자. "자유에 도달하는 방법은 하나뿐이다. 그것은 우선 자유를 인정하고 다음으로 자유를 신뢰하고 마지막으로 자유로부터, 자유의 이름으로, 다시 말해 독자에게 준 신뢰의 이름으로 요구한다." 사르트르에 의하면 요구라는 이 새로운 개념 역시 작가-독자의 관계에서 중요한 역할을 수행한다. 실제로 사르트르는 요구에 정언명령이 포함되어 있다고 본다.

---

71) *Ibid.*, p.97.

> 분명 요구 속에는 하나의 자유로운 의식이 의무에 관련된 다른 하나의 의식에 대한 정보가 있다. 나는 타자에게 정언명령을 전하는 것이다.[72]

작가가 독자로 하여금 그 자신의 손에 의해 창조된 작품을 읽으라고 강요할 수는 없다는 점을 지적했다. 이런 징후가 나타난다면 독자는 즉시 읽기 행위를 그칠 수 있다. 사르트르는 이렇게 말하고 있다. 독자가 작품을 읽기 시작할 때, 작품이 스스로 수행되어야 할 임무로서 현전하고 또 단번에 스스로 정언명령의 수준에 위치한다고 말이다.

> 칸트는 작품이 먼저 사실로서 존재하고 그 후에 그것이 보인다고 생각한다. 하지만 작품은 사람이 그것을 '바라볼' 때에만 존재하며, 그것은 무엇보다도 먼저 순수한 호소이자 순수한 존재의 요구인 것이다. 그것은 도구와 같이 그 존재가 분명하고 그 목적이 미결정 상태에 있는 것이 아니다. 그것은 우리가 수행해야 할 임무로서 나타나며 처음부터 정언명령의 차원에 위치한다. 물론 우리에게는 책을 그냥 책상 위에 놓아둘 전적인 자유가 있다. 하지만 일단 책을 펴들게 되면 그 책임을 져야 하는 것이다. 왜냐하면 자유가 체험되는 것은 자의적이고 주관적인 작용의 즐거움을 통해서가 아니라 그 정언명령이 요청하는 창조적 행위를 통해서이기 때문이다.[73]

---

72) CPM, p. 248; Cf. SG, p. 551.
73) SII, p. 98.

요구 개념과 관련하여 다음 사실을 지적하는 것이 도움이 될 듯하다. 사르트르에 의하면 '명령'이 이 요구의 "원초적 형태"이고, 명령은 그 안에 명령을 내린 자와 받은 자의 자유에 대한 상호인정에도 불구하고 그들 사이의 위계질서를 포함하고 있는 것으로 이해된다는 사실이다.

> 요구의 원초적 형태는 명령이다. 다음과 같은 사실을 곧바로 지적하자. 명령은 위협을 동반하는 요청과는 근본적으로 다르다는 사실이 그것이다. 요청은 위협당한 존재를 우선 대상으로 구성한다. 반대로 명령은 자유들의 상호적 인정 위에 나타난다. 단지 이 인정은 위계질서화 되어 있다. 주인은 자신을 주인으로 인정하도록 하기 위해 노예에게 이차적인 자유를 인정한다. 이에 반해 노예는 주인에게 절대적 자유를 인정한다.[74)]

이 부분은 의미심장하다. 왜냐하면 비록 사르트르가 상호성의 약속인 호소에서 출발했음에도 불구하고 여기서 작가의 자유가 독자의 자유에 대해 갖는 우월성을 인정하고 있기 때문이다. 사르트르는 요구와 호소가 같은 구조를 가지고 있다는 점을 부정하지 않는다. 이 두 개념에 관여하는 두 주체의 자유의 상호인정 구조가 그것이다. 하지만 작가가 독자의 자유에 호소하면서 그에게 자기 작품의 창조에 협력해 줄 것을 요구하는 한, 그는 독자보다 우월한 입장에 서고 만다. 바로 거기에 사르트르가 "읽기의 또 다른 변증법적 역설"이라고 부른 현상이 나타난다.

---

74) CPM, pp. 271~272.

이렇듯 작가는 독자들의 자유에 호소하기 위해 쓰고, 제 작품을 존립시켜 주기를 독자의 자유에 대해서 요청한다. 하지만 작가의 요청은 그것으로 그치는 것이 아니다. 작가는 또한 그가 독자들에게 주었던 신뢰를 자신에게 되돌려주기를 요청한다. 다시 말해서 독자들이 그의 창조적 자유를 인식하고, 동일한 성질의 호소를 통해서 이번에는 거꾸로 그의 자유를 환기시켜 주기를 요청하는 것이다. 사실 바로 이 점에서 읽기의 또 다른 변증법적 역설이 나타난다. 즉 우리들 독자는 우리의 자유를 느끼면 느낄수록 더욱, 타자인 작가의 자유를 인식하게 된다. 마찬가지로 작가가 우리에게 요구하면 할수록 우리도 더 그에게 요구하는 것이다.[75)]

여기서 독자의 불만족을 다시 목격한다. 그의 창조는 작가에 의해 안내된 창조이다. 그럼에도 그는 작가가 작품에 투사한 의도와 일치하는 의미를 끌어내야 한다. 물론 작가는 독자에게 어떤 강요도 하지 않는다. 사르트르는 이렇게 말하고 있다. "독자를 굴종시키려는 작가의 모든 시도는 그의 예술 자체를 위협하는 것이다."[76)] 하지만 작가가 독자에게 그의 자유에 대한 인정과 신뢰의 대가를 돌려 달라고 요구할 때, 존재론적으로 말해 그는 독자보다 더 우월한 위치에 있다. 왜냐하면 그의 요구에는 명령이 담겨 있기 때문이다. 과연 독자는 이런 상태에 대해 만족할 것인가?

게다가 사르트르는 위의 인용문에서 이렇게 쓰고 있다. "우리가 우리의 자유를 체험하면 할수록 우리는 타자의 자유를 더 인정한다. 그가 우

75) SII, p. 101.
76) *Ibid.*, pp. 112~113.

리에게 더 요구를 하면 할수록 우리는 그에게 더 요구한다." 하지만 독자는 작가에게 그의 잉여존재를 정당화시켜 달라고 요구하지 않는다. 오히려 독자의 도움을 필요로 하는 자는 작가 자신이다. 그의 작품의 객체적 측면을 확보하기 위해서이다. 요컨대 독자는 자신의 자유를 이차적으로 만들어 버리는 작가의 요구를 거절할 충분한 이유를 가지고 있다.

하지만 사르트르는 작가와의 관계에서 독자의 불만이 무엇인지를 잘 안다. 따라서 사르트르는 작가를 위해 또 다른 조치를 강구한다. 그것이 '증여'이다. 사르트르는 이번에는 쓰기 행위를 "순수한 제시" 또는 "독자에 대한 작가의 예의"라고 규정한다.

> 작가는 '충격을 주려고' 해서는 안 된다. 만약 그런 짓을 하면 자기모순에 빠지고 만다. 작가가 무엇을 '강력하게 요구한다' 해도 그는 다만 독자가 수행해야 할 과업을 제시하는 데 그쳐야 한다. 그렇기 때문에 '순수한 제시'라는 성질이 예술 작품에 있어서 본질적인 것으로 생각되는 것이다. … 여기서 중요한 것은 오직 일종의 신중성이며, 주네의 더욱 적절한 표현을 빌리자면 독자에 대한 작가의 예의이다.[77]

작가가 독자에게 행하는 순수한 제시의 의미는 무엇일까? 사르트르에 의하면 그것은 바로 작가가 독자에게 하는 증여로 이해된다. 이에 걸맞게 사르트르는 창조를 증여의 의식 또는 증여의 과정으로 정의한다. 작가는 자기 작품을 독자에게 주면서 이 작품의 객체적 측면을 확보하려 한

---

77) *Ibid.*, p. 99.

다. 그런데 사르트르에 따르면 모든 창조는 필연적으로 수난으로 이해된다. 왜 그럴까? 창조가 증여이기 때문이다. "인간은 자기를 타인에게 주면서 스스로를 창조한다."[78] 또한 이 증여 행위는 스스로를 단호하게 수동성의 상태에 놓으면서 이런 희생을 통해 모종의 초월적 효과를 얻고자 하는 자유이기 때문이다.

> 이렇듯, 결국 모든 창조는 증여이고, 증여 행위 없이 존재할 수 없다. "보라고 주는 것", 이것은 정말 옳다. 나는 이 세계를 보라고 준다. 나는 이 세계를 바라보여지기 위해 존재하게끔 한다. 이 행위 속에서 나는 수난처럼 나 자신을 상실한다.[79]

작가가 독자에게 취하는 이런 수동적 태도는 마조히즘적 특징을 가지고 있다. 사르트르의 존재론적 사유에서 인간의 자유의 포기는 그의 객체화로 이해된다. 게다가 이런 태도는 수치심과 모욕감과 쌍을 이룬다. 그런데 작가는 독자에게 이런 태도를 취하면서도 수치심과 모욕감을 느끼는 대신 독자에 비해 존재론적 우월성을 잃지 않는다. 이와는 달리 그는 여전히 자유의 상태에 있고, 또 '오만하다'. 이것은 어디에서 기인하는가? 답을 위해 사르트르에게서 증여는 모든 호소에 포함되어 있다는 사실을 지적하자.

---

78) CPM, p. 136.

79) *Ibid.*, p. 137; Cf. Michel Sicard, *Essais sur Sartre: Entretiens avec Sartre(1975-1979)*, Paris: Galilée, 1989, p. 365.

결국, 호소는 기투가 외부를 갖는다는 것에 대한 인정이다. 다시 말해 기투가 타자들을 위해 존재한다는 사실에 대한 인정이다. 그리고 호소는 이 개념의 본래적 의미에서 헌신이다. 다시 말해 나는 나의 기도(企圖)를 타자에게 헌신한다. 나는 이 기도를 자유롭게 그의 자유에 드러낸다. 단지 호소는 목적을 순수한 인접성(nur verweilen bei)[80]의 화석화시키는 시선에 제시하지 않는다. 이 시선은 이 기도를 무조건적으로 대상으로 만들게 된다. 호소는 자유의 행동을 통해 이 기도를 자유롭게 정립된 목적으로 준다. 이런 의미에서 호소는 관용이다. 모든 호소에는 증여가 있다.[81]

또한 사르트르에게서 호소로 여겨진 증여, 관용이 '파괴'와 무관하지 않다는 사실을 지적하자. 사르트르는 이 사실을 "포틀래치"의 예를 들어 설명한다.

이상과 같은 고찰은 보통 환원 불가능의 것으로서 간주되는 어떤 종류의 감정이나 또는 태도가, 예를 들자면 '관용' 등이 지니는 의미를 더 잘 이해할 수 있게 한다, 사실 '증여'는 하나의 원초적인 파괴형식이다. 다 알다시피 예를 들면 포틀래치는 막대한 양의 물품의 파괴를 수반한다. 이와 같은 파괴는 타인에 대한 도전이며 타인을 속박한다. 이와 같은 수준에 있어서는 객체가 파괴되거나 또는 그 객체가 타인에게 주어지거나 하는 것은 상관없는 일이다. 어차피 포틀래치는 파괴이며, 또 타인에 대한 속

---

80) Pure contiguïté. Cf. CPM, p. 595.
81) *Ibid.*, p. 293.

박이다. … 이리하여 관용이란 무엇보다도 파괴적인 작용이다.[82)]

그렇다면 파괴란 무엇인가? 사르트르는 파괴 행위가 인간의 행동인 이상(그에게서 모든 행위는 창조이다), 이 행위 역시 창조에 속한다고 본다. 그런데 파괴의 특징은 역방향으로 이루어지는 창조라는 점에 있다. 일반적으로 창조가 이 세계에 무엇인가를 출현시키는 것이라면, 파괴는 이 세계에 있는 것을 사라지게 한다. 이런 파괴 행위는 소유와 무관하지 않다. 다시 말해 이 행위 역시 가짐의 범주로 환원된다. 게다가 가짐의 범주는 재차 있음의 범주로 환원되기 때문에, 파괴자는 그 자신이 파괴하는 존재와 새로운 관계를 맺고자 하는 것이다.

여기에 어떤 소유자에게 속하는 물건이 하나 있고, 내가 그 물건을 파괴했다고 하자. 이 경우, 나는 이 물건을 부숨으로써 그와 이 물건 사이의 관계뿐만 아니라 그의 자유에 타격을 가한다.[83)] 요컨대 파괴는 그 주체로 하여금 그가 파괴하는 것에 대한 절대적이고 자유로운 주인이 되는 것을 가능케 해주는 개념이다. 물론 그 과정에서 그는 마치 창조자 자신의 작품을 소유하는 것처럼 파괴되는 것을 소유하게 된다. 이처럼 증여와 관용에 함축되어 있는 것은, 결국 타자에게 무엇인가를 주고 또 그러면서 그에게 관용을 보여 주는 사람의 소유 욕망과 파괴 욕망이다.

어떤 시기에 어떤 사람들을 사로잡는 증여열(體與熱)은 무엇보다도 파괴

---

82) EN, p. 684.
83) Cf. IFII, pp. 1393~1394.

열이다. 그것은 광란적인 태도라든지 대상물들의 파쇄를 수반하는 어떤 '사랑'과도 맞먹는다. 그러나 관용의 밑바닥에 깔린 이와 같은 파괴열은 하나의 소유열 이외의 다른 것이 아니다. 내가 내버리는 것 전부, 내가 주는 것 전부를 나는 그런 일을 행하는 증여에 의해서 최고의 방법으로 향유한다. 증여란 격렬하고도 짧은 거의 성적인 하나의 향유다. 준다는 일은 자기가 주는 대상물을 소유적으로 향유하는 일이며, 그것은 아유화적-파괴적인 하나의 접촉이다.[84)]

만약 타자가 내가 그에게 주는 것을 받는다면, 그는 나에 의해 대상으로 포착되는 것을 피할 수 없다. 다시 말해 나는 그의 자유를 홀리고 굴종시키는 것이다.[85)]

하지만 그와 동시에 증여는 증여를 받는 상대방을 홀리어 놓고 만다. … 준다는 일은 굴종시키는 일이다. … 그러므로 준다는 일은 그와 같은 파괴를 이용해서 타인을 자기에게 굴종시키는 일이며, 그 파괴에 의해서 자기의 것으로 만드는 일이다.[86)]

이런 관점에서 보면 쓰기 행위가 증여이고 관용이라는 사실은 의미심장하다.[87)] 그도 그럴 것이 읽기 행위 그 자체에, 작가의 작품을 받는 독

---

84) EN, p. 684.
85) Cf. SG, p. 639; IFII, p. 1242.
86) EN, pp. 684~685.
87) Cf. LM, p. 141.

자의 자유가 굴종하는 일이 포함되어 있기 때문이다. 독자가 작가와의 이런 관계에 만족할 리 없다는 것은 당연하다. 작가는 그의 작품의 객체적인 측면을 얻고자 자기 스스로를 수동성의 상태에 밀어 넣는 결단을 내린다. 하지만 그는 결국 그의 작품을 읽는 독자의 자유를 홀리고 굴종시키고 만다. 그런데 이것은 작가의 이중의 실패를 야기한다. 하나는 독자의 홀리고 굴종된 자유는 결코 작가의 작품에 객체적인 측면을 부여할 수 없기 때문이다. 다른 하나는 이런 상태에 불만을 품고 독자는 작가의 증여와 관용을 받길 거절할 수 있기 때문이다.

사르트르는 정확히 이 단계에서 독자의 불만을 해소하기 위해 또 다른 조치를 취하게 된다. 그것은 읽기 행위를 쓰기 행위와 같이 "관용의 실천"으로 여기는 것이다.

> 이렇듯 독자의 감정은 결코 대상에 의해서 지배되는 것이 아니며, 또한 어떤 외적 현실도 그 감정을 제약할 수 없기 때문에 그 근원은 언제나 자유에 있다. 말을 바꾸면 그것은 너그러운 마음이다. 나는 자유에서 우러나는 동시에 자유를 목적으로 삼는 감정을 관용이라고 부르려는 것이다. 그래서 읽기란 관용의 실천이다. 그리고 작가가 독자에게 요구하는 것은 추상적인 자유의 적용이 아니라, 정념, 반감, 동감, 성적 기질, 가치 체계를 포함한 그의 인격 전체의 증여이다.[88]

이 부분에서 모든 것은 마치 독자의 존재론적 우월성을 인정하면서

88) SII, p. 100.

작가가 그 자신의 자유의 홀림과 굴종을 인정하고 받아들이는 것처럼 진행된다. 하지만 이것은 피상적인 견해로 보인다. 분명, 독자도 관용을 베풀면서 작가의 자유를 홀리고 굴종시킬 수 있다. 하지만 작가의 자유는 단지 그의 작품 속에 녹아든 형태로서의 자유, 곧 물질화된 자유이다. 그의 작품이 대자와 즉자라는 이중의 면모를 가지고 있다는 것을 기억하자. 독자가 작품을 읽으면서 관용을 베풀 때 발생하는 현상은 다음 둘 중의 하나이다. 독자가 작가의 자유를 간접적으로만 사로잡던가, 아니면 작품 덕택으로 작가의 자유가 홀리고 굴종되는 것을 피할 수 있든가이다.

하지만 작가는 독자에게 마조히즘적 태도를 취하면서도, 또 자기 자신의 자유를 굴종시키면서도 수치심이나 죄책감을 느끼지 않는다. 왜냐하면 그는 이중의 면모를 가진 작품의 모습으로 독자에게 주어지기 때문이다. 이렇듯 작가는 피난처에 있다. 게다가 독자가 그 나름대로 관용을 베풀면서 작가의 자유를 굴종시킨다고 해도, 작가는 계속 자기 자신을 희생시켜야만 한다. 그는 계속 수동성의 상태에 머물러야 한다. 물론 그 목적은 그의 작품의 객체화를 얻는 것이다. 그는 그 자신이 작품에 투사했던 주체성, 곧 그의 의도와 독자가 이 작품을 읽으면서 끌어낸 의미가 같아질 때까지 자기 스스로를 작품의 형태로 계속 독자의 관용에 제시해야 하는 것이다.

특히 이 마지막 지적은 독자가 관용을 베푸는 것이 아주 힘든 일이라는 사실을 보여 준다. 독자가 작가의 자유를 홀리고 굴종시키려면, 그의 읽기 행위의 결과는 완벽해야 한다. 다시 말해 그가 작가의 작품에서 끌어낸 의미와 작가의 의도 사이에 차이가 없어야 한다. 그렇지 않다면, 독자는 작가의 자유를 완벽하게 홀리고 굴종시킬 수 없을 것이다. 따라서 독자는 다시 한번 작가로부터 작품을 통해 오는 증여와 관용을 거절할 수 있다. 이것은 작가의 모든 노력이 수포로 돌아간다는 것을 의미한다. 이런 절망적인 상황에서 사르트르는 마지막 조치를 강구한다. 독자의 '요구권'에 대한 인정이 그것이다.

요구가 호소와 같이 거기에 관여하는 두 주체의 자유에 대한 상호인정에서 출발한다고 해도, 이 요구는 최종적으로 두 자유 사이의 위계적 질서로 귀착되고 만다. 요구하는 자의 자유가 우선인 반면, 요구를 받는 자의 그것은 이차적이고 종속적인 것이 된다. 그런데 사르트르는 작가와 독자 사이의 관계에서 독자가 느끼는 불만을 해소하기 위해 이 요구권을 독자에게 주는 조치를 취하고 있다. 독자는 작가에게 자기를 위해 쓰라고 요구하는 권리를 갖는 것이다.

> 이렇듯 자신의 풍습과 세계관과 사회관과 또 그 사회 내에서의 문학관을 지닌 독자가 개입하는 것이다. 독자는 작가를 포위하고 그에게 조여든다. 독자의 단호한 혹은 은연한 요구, 그리고 그의 거부와 도피가 작품 구성의 출발점을 이루는 사실적 여건이다.[89)]

이와 관련하여 사르트르는 이렇게도 말하고 있다. "모든 정신의 작품은 그 안에 겨냥하는 독자의 이미지를 담고 있다."[90)] 바로 거기에 사르트르의 참여문학론을 떠받치는 두 축 중 하나가 자리한다. '독자를 위한 문

---

89) *Ibid.*, p. 125.
90) *Ibid.*, p. 119.

학', 곧 '타자를 위한 예술'이 그것이다. 실제로 사르트르는 "문학이란 무엇인가"라는 제목하에 실린 세 번째 글인 「누구를 위해 쓰는가」에서 12세기부터 1947년까지 작가-독자의 관계를 중심으로 문학사를 기술한다. 하지만 여기서 관심을 끄는 것은 작가에 대한 요구권 행사 이후에 어떤 현상이 일어나는가를 알아보는 일이다.

첫 번째로 발생하는 현상은 독자의 부담이 줄어드는 것이다. 독자는 작가의 작품을 읽으면서 거기에서 의미를 끌어내는 과정에서 이전보다 어려움을 덜 느끼게 된다. 이것은 당연하다. 왜냐하면 작가가 독자의 요구를 반영하고, 또 그를 위해 작품을 썼기 때문이다. 독자는 작가의 작품에서 그 자신의 이미지 또는 그가 속한 계급의 이미지를 보게 된다. 이렇게 되면 그가 독자로서 작가의 작품에 객체적인 측면을 부여하는 작업의 난이도는 이전에 비해 훨씬 낮아지게 된다.

두 번째로 발생하는 현상은, 자신의 요구권과 더불어 독자는 작가에 비해 존재론적으로 열등감을 더 이상 느끼지 않게 된다는 것이다. 이제 그는 작가의 창조에 항상 협력할 준비가 되어 있다. 작가의 호소, 증여, 관용, 요구에 기꺼이 응하면서 말이다. 왜냐하면 그렇게 하면서 독자는 작가와 완전하게 동등한 입장에 서기 때문이다.

분명, 독자의 창조, 곧 그의 읽기 행위는 항상 작가에 의해 안내된다. 하지만 독자가 작가에게 자기를 위해 써 달라는 요구권을 행사하고 난 이후, 그 또한 작가의 쓰기 행위를 안내할 수 있게 된다. 요컨대 두 행위의 주체는 '작품'의 탄생에 서로 협력하게 되는 것이다. 작가는 그가 독자와 함께 사는 세계를 드러내기 위해 노력할 것이다. 독자는 이런 그의 드러내기의 결과인 작품 속에서 자기의 모습을 보면서 거기에 어렵지 않게 객체성을 부여할 수 있을 것이다. 거기에 "관용의 협약"이 자리한다.

> 따라서 읽기란 작가와 독자 사이에서 맺어진 관용의 협약이다. 서로가 상대방을 신뢰하고, 상대방에게 기대하고, 자기 자신에게 요구하는 만큼 상대방에게도 요구한다. 그러한 신뢰 그 자체가 관용이다. 왜냐하면 그 누구도 작가로 하여금 독자가 자기의 자유를 행사하리라고 믿도록 강요할 수 없고, 또 독자로 하여금 작가가 자기의 자유를 행사했다고 믿도록 강요할 수도 없기 때문이다. 그 신뢰는 두 사람이 다 같이 취한 자유로운 결단에서 나오는 것이다. 이리하여 변증법적인 왕래가 양자 사이에서 성립된다. 내가 읽을 때 나는 요구한다. 그 요구가 충족되면, 내가 그때 읽고 있는 책은 작가로부터 더 많이 요구하도록 나에게 촉구한다. 뒤집어 말하면, 나 자신으로부터 더 많이 요구하라고 작가에게 요구하도록 만든다. 또한 역으로 작가가 요구하는 것도 내가 나의 요구를 최고도로 높이는 것이다. 이리하여 나의 자유는 자신을 나타내면서 타자의 자유를 드러내 보이는 것이다.[91]

만약 작가와 독자가 이런 관용의 협정을 맺게 된다면, 그들은 다음과 같은 이중의 종합 위에서 '작품'을 출현시키게 될 것이다. 작가와 독자의 자유의 결합과 대자-즉자의 결합이 그것이다. 우선, 작가는 그의 작품을 읽고 객체화하면서 의미를 끌어내는 독자의 자유를 만나게 된다. 왜냐하면 독자는 작품을 읽으면서 거기에 자신의 주체성을 흘려 넣기 때문이다.

91) *Ibid.*, p. 105.

바로 거기에 작가의 대자-즉자 결합이 나타난다. 그다음으로 독자 역시 대자-즉자의 결합을 실현한다. 왜냐하면 그의 읽기 행위의 결과에서 객체적인 측면(즉 작품의 의미)은, 작가 자신이 작품에 쏟아부은 주체성, 곧 그의 대자이기 때문이다.

작가와 독자가 이처럼 모두 대자-즉자의 결합을 실현한다는 것은 무엇을 의미할 수 있을까? 그것이 두 사람의 잉여존재를 정당화하는 것이 아니라면 말이다. 이것은 명백하다. 그들은 작품의 탄생이라는 공동 과업에 협력하면서 서로가 서로를 요구한다. 작가는 자기 작품에 객체성을 부여해 달라고 독자에게 요구하고, 또 독자는 작가에게 자기를 위해 작품을 써 달라고 요구한다. 또한 독자는 작가의 요구에 응해 작품을 읽고 거기에 자신의 주체성을 흘려 넣어 객체화시키고, 또 작가는 독자의 요구에 응해 그를 위해 작품을 쓰게 된다. 그 결과는 당연히 완벽한 상호주체성의 출현일 것이다.

사르트르는 정확히 이 순간이 창조가 완성되는 순간과 일치한다고 본다. 그리고 이 순간을 기술하기 위해 사르트르는 '미학적 기쁨'(이것은 독자에게서 나타난다)과 '존재론적 안정감'(이것은 작가에게서 나타난다) 개념을 도입한다. 또한 이 순간이 미학과 윤리가 결합되는 순간이기도 하다.[92] 작가와 독자의 협력의 기저에는 두 사람의 자유에 대한 상호인정이 깔려 있다. 이 결합을 눈여겨보아야 할 충분한 이유가 있다. 왜냐하면 이 결합이 이 연구의 문제틀로 소용되고 있는 의사소통적 윤리모델의 가장 중요한 요소이기 때문이다.

---

92) Colombel, *Sartre*, t. 2, p. 418, p. 739.

작가와 독자가 서로를 요구하면서 폭력적이고 과격한 수단에 결코 호소하지 않는다는 점에 주목하자. 그들의 관계에는 힘, 위협, 강제, 협박, 곧 폭력의 요소가 전혀 없다. 이와는 반대로 그들의 변증법적 관계는 오로지 자유의 상호인정과 융화 위에서만 정립될 뿐이다. 사르트르의 사유에서 인간들 사이의 관계는 갈등이라는 사실을 기억한다. 또한 그의 인간학 차원에서 두 자유의 융화는 폭력을 통해서만 가능하다는 사실도 기억한다. 하지만 사르트르는 작가와 독자와의 관계에서 오로지 비폭력적 수단인 언어, 곧 읽기-쓰기의 의사소통만으로 그들의 자유가 융화될 가능성을 제시하고 있다.

그럼에도 다음 두 가지 사실을 지적하는 것이 좋을 듯하다. 하나는 참여작가에게서 쓰기 행위는 세계의 드러내기와 동의어라는 사실이다. 다른 하나는 사르트르의 시각에서 보면 이 세계는 존재론적·인간학적 조건으로 인해 인간과 인간이 서로 싸우면서 가장 살육적인 종,[93] 가장 두려운 적이 될 수 있는 그런 세계이며, 따라서 이 세계는 폭력이 가득하다는 사실이다. 따라서 참여작가가 성실한 태도를 가지고 작품을 쓴다면, 그는 폭력이 난무하는 이런 세계에 대해 무관심할 수 없을 것이다. 다시 말해 참여작가의 임무는 이런 세계를 지배하고 있는 조건들을 드러내고, 또 이 조건들을 이용하면서 폭력의 주체가 되는 자들을 고발하고, 나아가 그들로 하여금 이 조건들을 변화시키는 데 앞장서게끔 유도하는 데 있을 것이다.

사르트르는 이렇듯 참여작가는 항상 그가 몸담고 있는 사회의 지배

93) Cf. SA, p. 374.

세력의 이익에 유해하고, 또 이 세력과 항구적인 적대관계에 있다고 본다. 요컨대 참여작가의 쓰기 행위는 부정성, 이의제기와 동의어이고, 또는 이런 의미에서 해방적이고 치유적인 기능을 가진 '언어적 폭력'으로 이해된다.[94] 여기서 청소년 사르트르가 라 로셸의 친구들이 행사한 폭력에 대항하기 위해 호소했던 작은 실천, 또는 상상력의 차원과 다시 조우하게 된다. 물론 해로운 기존폭력(폭력 no. 1)에 맞서기 위해 동원하는 대항폭력(폭력 no. 2)은 읽기 행위와 같은 기능을 수행할 수도 있다. 그리고 기존폭력에 대한 전투에서 대항폭력이 쓰기 행위보다 더 효과적일 수 있다. 그 효과는 더 직접적이고 더 즉각적이다. 하지만 대항폭력은 악순환에 빠질 위험이 크다. 또한 대항폭력으로 인한 물질적 피해와 인명 피해가 쓰기 행위보다 훨씬 더 크다.

대항폭력이 가진 이런 점들이 역으로 언어적 폭력으로서의 대항폭력 기능을 수행하는 쓰기 행위의 장점일 수 있다. 참여작가는 결코 폭력적인 수단에 호소하지 않는다. 그의 유일한 무기는 '펜'이다.[95] 비록 펜이 '칼'처럼 사용되기는 하지만, 그 비용은 비교할 수 없을 정도로 적다. 분명, 참여작가가 이 무기로 만들어 내는 효과는 대항폭력의 그것에 비해 덜 효율적이고 덜 반향이 크기는 하다. 하지만 펜은 칼보다 더 지속적이고 더 집요하다. 게다가 자유와 자유 사이의 융화와 소통을 실현하기 위해 참여작가에게 필요한 것은 독자에 대한 호소와 그의 요구권을 들어주

94) 쓰기 행위가 가진 "범죄적" 지위를 주장하는 연구자도 있다. Cf. John Ireland, *Sartre, un art déloyal: Théâtralité et engagement*, Paris: Jean Michel Place, 1994, p. 24. 사르트르는 "투쟁적"이란 단어를 사용하고 있다. Cf. IFII, p. 1400.

95) *Idem.*

는 것이다. 그에게 자기 작품을 읽으면서 거기에 객체적인 측면을 부여해 달라고 요구하는 것뿐이다. 그는 그 과정에서 독자의 자유를 홀리고 굴종시키기는 한다. 하지만 그는 이를 보상하기 위한 만반의 준비를 하고 있다. 그는 독자의 자유를 인정한다. "당신은 책상 위에 책을 놓아둘 완전한 자유가 있다." 그리고 어떤 경우에도 그는 독자에게 강요하지 않는다.

물론 독자의 임무가 결코 쉬운 것은 아니다. 일단 작가의 작품을 읽게 되면, 그는 그 의미를 작가의 의도와 일치할 때까지 끌어내야 한다. "하지만 당신이 책을 펴든다면, 당신은 거기에 대해 책임을 져야한다." 하지만 작가는 독자에게 이 책임도 경감시켜 준다. 독자의 요구권을 받아들여 그를 '위해' 작품을 쓰기 때문이다. 작가의 이런 조치에도 불구하고 독자가 과연 그의 작품의 의미를 완벽하게 끌어낼 수 있는지는 알 수 없다. 어쨌든 그들 사이에 맺어지는 관용의 협약이 이 연구의 문제틀인 의사소통적 윤리모델의 전형적인 사례 중 하나라고 할 수 있을 것이다.[96]

이런 시각에서 사르트르가 『존재와 무』에서 제시한 나와 타자 사이의 구체적 관계들 중 언어가 갖는 의미를 재평가할 수 있을 것이다. 앞서 본 것처럼 언어는 타자의 주체성을 인정하면서 내가 타자와 맺는 구체적 관계들 중 하나이다. 그런데 이 언어의 성공과 실패는 '유예' 상태에 있다. 다시 말해 언어의 성패 여부는 단번에 결정되지 않는다. 왜 그럴까? 그 이유를 작가-독자의 관계에서 찾아볼 수 있다.

사르트르가 제시하고 있는 그들 관계의 가장 이상적인 모습은 관용의 협약이었다. 이 협약에서는 그들의 자유의 완전한 평등, 완전한 융화,

96) "글을 쓰는 직업은 우선 의사소통의 수단으로 나타난다." SG, p. 535.

상호인정, 곧 완벽한 의사소통이 가능한 것으로 드러났다. 다시 말해 윤리와 미학의 종합이 가능했다. 또한 이런 종합은 '말'이라고 하는 비폭력적 수단에 의해 이루어졌다. 이 모든 것은 작가와 독자 사이에 맺어지는 언어라는 구체적 관계가 성공으로 끝날 수 있다는 것을 보여 준다. 하지만 그 과정에서 작가가 독자의 불만을 제대로 해소해 주지 못하고, 또 독자가 작가의 작품의 의미를 제대로 끌어내지 못한다면, 이 관계는 실패로 막을 내리게 된다. 이런 이유로 타자와의 구체적 관계에서 언어의 성공 여부가 유예 상태에 있다고 할 수 있는 것이다.

하지만 관용의 협약을 고수한다는 것이 얼마나 어려운 일인가! 관용을 베푸는 행위에는 얼마나 많은 장애물과 함정이 있는가! 그중에서도 관용에 포함되어 있는 독성, 즉 그것을 받는 자의 자유를 홀리고 굴종시키는 독성이 가장 위험한 함정이다(이런 위험과 함정과 관련하여 『악마와 선한 신』에 나오는 괴츠의 선행의 실패를 생각한다).[97] 그럼에도 사르트르의 존재론과 인간학 전체에서 인간들 사이의 관계가 모두 갈등과 투쟁으로 귀착되지 않고 관용의 협약, 곧 완벽한 의사소통으로 귀착될 수 있다는 가능성은, 사르트르의 윤리 정립은 물론, 그의 체계에서 이런 갈등과 투쟁에서 기인하는 폭력에 대한 대안 마련에 유력한 참고점이 될 것이다.

물론 사르트르가 제시하고 있는 작가-독자의 관계가 일상생활에서 인간들 사이의 관계에 그대로 적용되는 것은 거의 불가능에 가까울 것이다. 이런 예를 사르트르의 문학작품에서도 볼 수 있다. 앞서 보았듯이 『자

---

97) 우리는 처음에 『악마와 선한 신』에서 괴츠에 의해 저질러진 폭력, 형이상학적 폭력, 선, 관용 등과 윤리의 문제를 다루려고 했다. 하지만 아쉽게도 이 문제를 다루지 못했다. 향후 이어지는 연구에서 이 주제들을 심도 있게 다루고자 한다.

유의 길』에서 마티외와 마르셀의 경우가 그 한 예이다. 사르트르 자신과 보부아르의 관계에서 영감을 받은 것이 틀림없는 그들의 관계는 말을 통한 가장 이상적인 의사소통의 정립을 겨냥한다. "모든 것을 서로 터놓고 말한다"는 협약의 원칙이 그것이다. 하지만 그들의 관계는 낙태 문제를 둘러싼 무관심과 오해 등으로 인해 소기의 목적 달성에 실패하고 있다.

마티외와 마르셀 사이의 언어관계의 실패가 누구의 잘못 때문인가를 따지는 것은 우리의 관심사가 아니다. 다만 여기서는 두 사람 사이의 관계의 성실성이 마르셀의 '침묵'으로 인해 무너지기 시작했다는 사실을 지적하자. 그녀가 마티외에게 '모든 것을 다 얘기한다'는 약속을 지키면서 진실을 말했더라면, 그들의 협약은 깨지지 않았을 수도 있었을 것이다. 하지만 그녀는 마티외의 무관심을 탓하면서 침묵으로 일관했다. 또한 마티외는 마르셀을 원망할 수 있는 또 하나의 이유를 가지고 있다. 그것은 그녀가 다니엘과의 비밀 만남을 그에게 말하지 않은 것이다.

실제로 보부아르는 남자와 여자 사이의 협약은 늘 남자의 이중의 폭력에 노출될 위험성이 있다고 지적한다. 왜냐하면 말이 침묵보다 더 위선적이고, 또 성적 차이로 인해 남자가 "침묵의 알리바이"를 더 잘 이용할 수 있기 때문이라는 것이다.[98] 보부아르가 제시한 이런 위험성과 마티외와 마르셀 사이의 협약의 실패에도 불구하고, 사르트르와 보부아르는 현실생활에서 이상적인 '우리'를 형성하려고 시도할 수 있는 기회를 가지는 행운을 누렸다고 할 수 있다.

사르트르와 보부아르는 서로에게 상대를 평가할 수 있는 "재판관"의

98) Cf. Simone de Beauvoir, *La force de l'âge*, Paris: Gallimard, 1960, p. 31.

지위를 부여했다.[99] 가령, 사르트르는 그녀를 "유일한 은총"으로, 자기 자신보다 더 믿을 수 있고 확실한 사람으로 여겼다.[100] 그녀는 그에게 있어서 "꼬마 절대"였고, 또 모든 것을 검토하는 "검열자"[101]였으며, 그의 글을 최종적으로 검토해서 출판을 허가하는 인쇄허가자였다. 보부아르 역시 창작의 과정에서 사르트르의 많은 도움과 협력을 받았다. 이렇듯 사르트르와 보부아르는 '우리'를 형성하는 특권을 누렸고, 자신들의 자유와 주체성에 대한 완전한 평등과 인정을 추구하면서 '나-너'의 구분이 없는 융화를 실현하고자 했다.[102] 이런 의미에서 두 사람의 시도는 다분히 실험적이라고 할 수 있으며, 또한 자신들이 인간관계의 한계로 규정한 자유와 자유, 주체성과 주체성의 완벽한 결합을 겨냥한다는 의미에서 도전적이라고도 할 수 있다.

사르트르와 보부아르 사이에 맺어졌던 이런 관계에 대해 세 가지 점을 지적하고자 한다. 하나는 그들의 실험과 시도가 말을 바탕으로 이루어졌다는 점이다. 두 사람은 서로를 완벽한 대화상대자로 여겼다. 다른 하나는 그들의 관계가 사르트르가 작가-독자의 관계를 통해 보여 주고자 했던 이상적인 의사소통의 실천과 무관하지 않다는 점이다. "서로 모든 것을 터놓고 말한다"는 원칙은 작가-독자, 마티외-마르셀, 사르트르-보부아르 모두에게 적용되는 원칙이었다. 마지막 하나는 두 사람의 관계

---

99) Jean-Paul Sartre, *Lettres au Castor et à quelques autres*, t. 2, *1940-1963*, Paris: Gallimard, 1983, p. 92.

100) *Ibid.*, t. 1, p. 495.

101) Deirdre Bair, *Simone de Beauvoir*, trad. Marie-France de Paloméra, Paris: Fayard, 1990, p. 396.

102) Sartre, *Lettres au Castor et à quelques autres*, t. 1, p. 330.

는 항상 실패의 위험에 노출되어 있다는 점이다. 작가-독자의 관계를 위협하는 요소는 얼마나 많은가! 마티외와 마르셀의 관계는 이미 해체되었다. 사르트르와 보부아르의 관계의 결말은? 이 질문에 대한 답으로 오드리의 말을 듣는 것으로 대신하고자 한다. "그것은 결코 쉬운 협약이 아니었다."[103]

103) Bair, *Simone de Beauvoir*, p. 210.

결론

사르트르에 의하면 인간의 모든 기도는, 그것이 존재론적이든 인간학적이든 간에, 다음과 같은 본질적인 두 계기를 포함하고 있다. 지금 있는 것의 부정과 아직 있지 않은 것의 고안이 그것이다. 작가의 쓰기 행위는 함의 범주에 속하기 때문에 결국 이 두 계기와 무관하지 않다. 이 행위는 두 개의 기능을 가진다. 부정성(négativité)과 축성(construction)[1)]이 그것이다. 부정성은 인간들의 세계가 '목적의 도시'가 아니라는 사실을 전제한다. 이 세계를 지옥으로 만드는 가장 기본적인 요소 중 하나는 폭력이다. 지금까지 우리는 사르트르의 체계에 머물면서 이 폭력 문제에 주목해 보았다.

사르트르에게서 폭력은, 그것이 신이 되고자 하는 인간의 욕망에서 기인하든, 아니면 충족시켜야 하는 인간의 물질적 욕구에서 기인하든 — 물론 '순수폭력' 또는 '폭력 no. 1'이다 — 종식시켜야 하는 '악'이다. 폭력은 인간의 자유, 재산, 인격, 요컨대 그의 존재 자체에 타격을 가

1) SII, p. 300.

한다는 점에서 해롭다. 이런 폭력의 해로운 측면이 인간들의 시선을 통한 존재론적 투쟁과 계급투쟁에 의해 여실히 드러났다. 이런 측면은 인간의 존재실현의 통로이자 수단이기도 한 의사소통의 봉쇄에 의해 설명된다. 대부분의 경우 인간은 타자들의 존재의 희생 위에 그 자신의 존재를 실현하려는 경향이 강하다.

그런데 종식시켜야 하는 악으로 여겨지는 폭력은 이와는 다른 면모도 가지고 있다. 어떤 부류의 사람들에게 있어서 폭력은 '선'으로 여겨진다. 순수폭력 또는 폭력 no. 1을 제압하기 위해 또 다른 폭력이 동원될 수 있기 때문이다. 이런 사실은 특히 융화집단의 형성에서 목격된다. 다른 사람들에 의해 착취를 당하는 사람들은 기존폭력에 대해 두 가지 태도를 취할 수 있다. 하나는 거기에 대항할 수 있는 아무런 수단도 갖지 못한 채 무기력하게 이 폭력을 감내하는 태도이다. 다른 하나는 자신들의 삶과 죽음이 달려 있는 삶의 조건을 변화시키는 것이 불가능한 상황을 전복시키려는 태도이다.

이런 관점에서 보면 폭력 ― '대항폭력' 또는 '폭력 no. 2'이다 ― 은 목적의 도시를 건설하는 데 일조할 수도 있다. 사르트르에게서 이런 목적의 도시는 융화집단에 해당한다. 이 집단에서 모든 구성원들은 완벽한 자유를 향유하면서 동지애와 인간애를 구가한다. 그들 사이의 의사소통 역시 완벽하다. 이런 의미에서 융화집단의 형성을 가능케 하는 폭력의 기능은 해방적이고 치유적이다. 이것은 행위에 속하는 폭력도 방금 지적한 인간의 일반적인 행위가 갖는 두 가지 계기를 포함하고 있다는 것을 의미한다. 다양한 순수폭력에 의해 지배되는 세계에 대한 부정과 인간애가 지배하는 세계의 건설이 그것이다. 게다가 이런 의미에서 폭력을 의사소통적 윤리모델의 중요 요소 중 하나로 간주했었다. 요컨대 유토피아 개념이 폭력, 더 정확하게는 대항폭력의 해방적 기능에 내재되어 있다.

하지만 다음 사실을 지적하자. 융화집단의 형성과 그 유지를 설명하면서 사르트르가 잘 보여 주고 있는 것처럼, 이런 유토피아, 즉 '우리'의 세계는 폭력 없이 생각하기 힘들다. 물론 평화적 수단에 의한 유토피아의 도래도 가능하다. 하지만 현실적으로 평화적 수단에 의한 유토피아의 도래를 기대하기에는 너무 요원하다. 이렇듯 융화집단의 출현을 가능케 하기 위해서는 기존폭력이 있어야 한다는 주장이 설득력을 얻는다.

보통 한 사회에서 이 기존폭력의 주체들은 지배세력에 속하는 착취자들이다. 착취자들의 억압과 폭력으로 인해 피착취자들이 자신들의 불가능한 삶을 영위하는 것이 불가능할 때, 그들은 단결해서 뭉친다. 하지만 그들의 실천적이고 효율적인 단결에 맞서 착취자들 역시 자신들의 현재 이익을 방어하고자 한다. 이렇게 해서 격렬한 투쟁이 불가피하게 된다. 이처럼 융화집단은 폭력의 아들이다.

하지만 융화집단과 폭력과의 관계는 거기에서 그치지 않는다. 이 집단은 모든 구성원들의 피를 마시면서 유지된다. 안전을 유지하기 위해 이 집단은 그들에게 서약을 요구한다. 집단의 이름으로, 다른 구성원들 (또는 동지들) 앞에서 충성을 맹세하면서 구성원들 각자는 배신의 경우 그 자신의 처단에 자유롭게 동의한다. 또한 이렇게 하면서 그는 다른 동지들에게 집단의 이익을 위해, 그리고 자기 앞에서 같은 내용의 서약을 요구한다. 이렇듯 서약은 상호적이다. 그리고 서약에는 항상 공포와 폭력이 수반된다. 이것이 '동지애-공포'이며, 그 기능은 더 큰 폭력의 도래를 작은 폭력으로 미리 막는다는 의미에서 '방어적'이었다.

하지만 문제는 융화집단의 존속은 폭력에 전적으로 의존한다는 데 있다. 비록 이 집단의 구성원들이 '우리'가 되면서 인간애를 구현한다고 해도, 이것이 지속되려면 어쩔 수 없이 폭력에 호소해야 한다는 데 비극이 있다. 또한 이 집단은 시간이 흐름에 따라 다시 집렬체로 와해되는 위험에 맞서 그 효율성을 높이기 위해 '이타성'을 재도입해야 한다. 이런 이유로 이 집단은 마지막 단계에서 전체주의적 특징을 띠게 되고, 급기야는 지도자에 대한 일인 숭배로까지 이어지게 된다. 폭력 위에 이루어지는 유토피아는 또 다른 폭력에 호소하지 않는 한 또다시 지옥으로 변할 위험에 노출된다.

게다가 인간들의 실천은 희소성에 의해 제한된다. 물질적 인간은 그의 물질적 욕구를 충족시키는 일에 실패하면 '비존재', 곧 죽음의 나락으로 떨어지게 된다. 또한 그의 존재가 무화될 가능성의 근본적인 원인인 희소성은 순전히 우연적 사실이다. 정확히 이 차원에서 그의 역사적 · 사회적 삶의 조건은 사르트르에 의해 제시된 존재의 세 가지 영역과 관계를 맺게 된다. 대자의 방식으로 존재하는 인간은 자긍심과 불안함을 갖는다. 인간은 의식의 주체로서 이 세계의 모든 존재들에게 거리를 펼치며 의미를 부여한다는 의미에서 자긍심을 느낀다. 반면, 인간은 또한 실존적 불안과 고뇌에서 자유롭지 못하다. 사물은 이런 불안과 고뇌를 알지 못한다. 그렇기 때문에 사물은 결여 상태로 존재하는 인간에 비해 존재론적 우월성을 갖는다. 『존재와 무』의 차원에서 이런 우월성은 인간의 존재 근거 추구와 그 궤를 같이 한다. 『변증법』의 차원에서 이런 우월성은 실제로 인간이 그의 물질적 욕구를 충족시켜야 할 우연적 요소로 여겨진다. 게다가 사르트르의 존재론에서 존재의 제3영역에 해당하는 타자의 존재 역시 인간의 존재근거 추구와 그의 물질적 욕구 해소를 제한하는 중요한 요소이다.

사정이 이렇다면, 대항폭력을 바탕으로 이뤄지는 유토피아에서 과연 인간의 실존적 고뇌까지도 해소될 수 있는가의 문제가 제기될 수 있다. 이 문제는 또한 이런 형태로 제기될 수도 있다. 인간들 사이의 시선 투쟁은 대항폭력 위에 세워지는 목적의 도시에서는 사라질 것인가? 답은 부정적이다. 비록 인간이 거기에서 완벽한 자유를 누린다고 해도 사정은 마찬가지이다. 사르트르의 무신론적 가정을 받아들인다면, 인간은 이런 자유를 바탕으로 그 자신의 잉여존재를 정당화시키기 위해 노력해야 할 것이기 때문이다. 또한 나에게 적용되는 모든 것은 타자에게도 적용된다.

그로부터 인간들 사이의 끊이지 않는 시선 투쟁이 기인한다. 이 투쟁은 구성원들 모두가 평등하고 자유로운 융화집단 내에서도 결코 불식되지 않을 것이다. 따라서 그들이 향하는 최후 지향점은 존재론적이든, 인간학적이든, 모든 투쟁의 발생 가능성이 전혀 없는 목적의 도시의 건설이 될 것이다. 달리 말하자면 인간으로 하여금 이런 목적의 도시의 건설을 방해하는 가장 중요한 요인 중 하나인 폭력에 대한 투쟁에서 쟁점이 되는 것은 결국 그 자신의 구원과 다른 사람들의 구원인 셈이다.

이런 이상적인 목적의 도시의 건설에 유용한 여러 종류의 수단이 있다. 우리는 폭력에 근거한 수단을 지적했다. 사르트르의 문학작품에는 기존폭력을 끝장내기 위해 대항폭력에 호소한 인물들이 많다. 『파리 떼』의 오레스테스, 『무덤 없는 주검』의 마키단원들, 『톱니바퀴』의 장, 『악마와 선한 신』의 괴츠, 나스티, 칼 등이 그들이다.

이런 수단 옆에 사르트트는 『악마와 선한 신』에서 하인리히가 호소하는 종교적 수단과 힐다가 선호하는 관용이라는 수단을 등치시킨다. 하지만 그 자체 안에 폭력을 포함하고 있는 수단은 또 다른 폭력을 부르는 경우가 비일비재하다. 이것은 융화집단의 피할 수 없는 운명이기도 하다. 관용과 호의에는 독성이 배어 있다. 왜냐하면 이것들은 사람들의 자유를 홀리고 굴종시키기 때문이다. 종교적 수단은 신을 믿지 않는 자들을 자신들의 공동체, 곧 융화집단에서 배제한다. 요컨대 악이 없는 선은 없다.

바로 거기에 기존폭력을 제압하고 극복하는 것을 목적으로 하고, 또 그 대가 역시 비싸지 않은 또 다른 수단을 강구해야 하는 필요성이 제기된다. 사르트르에서 이 수단이 바로 말, 특히 쓰기 행위이다. 청소년 사르트르는 라 로셸에서 그의 친구들에게 당한 폭력에 이야기를 지어내면서, 즉 언어적 폭력이나 혹은 상상력에 호소하면서 맞서고자 했다. 또한 요한나, 엘렉트라, 뤼시앵 드렐리치, 외드레르 등도 기존폭력에서 벗어나기 위해 말에 호소했다. 요한나와 엘렉트라는 자신들의 시도에서 실패한 반면, 외드레르는 그 자신을 죽이고자 하는 위고를 설득하는 데 성공했다.

그런데 특히 『톱니바퀴』의 뤼시앵 드렐리치가 관심을 끈다. 기존폭력에 대한 투쟁에서 대항폭력의 유용성을 주장하는 장과 경쟁하면서 그는 쓰기 행위가 모든 종류의 폭력(기존폭력, 대항폭력, 방어적 폭력 등)에 대한 저항에서 유용한 무기라는 사실을 증명해 보였기 때문이다. 펜은 칼보다 약하다. 이런 이유로 장은 혁명집단의 지도자가 된다. 하지만 그는 혁명을 구하기 위해 폭력에 호소할 수밖에 없었다. 이에 반해 뤼시앵은 국민에게 '공포-폭력'을 자행하는 '동지-적'인 장의 억압 정치를 계속 고발했다. 물론 '펜'으로이다. 이를 바탕으로 쓰기 행위는 방어적 폭력에 대해 비판적 기능을 수행했다고 할 수 있다. 이때 방어적 폭력은 혁명집단이 융화집단의 상태를 끝까지 유지하기 위해 의지하는 서약에서 기인하는 공포-폭력을 가리킨다.

기존폭력을 물리치기 위해 장과 뤼시앵이 각각 선호하는 두 가지 수단, 즉 대항폭력과 쓰기 행위는 그대로 사르트르 자신이 선호하는 수단이기도 했다. 분명, 장이 한 것과는 반대로 사르트르는 혁명 집단을 조직하면서 활동하지 않았다. 물론 민주혁명연합(Rassemblement Démocratique et Révolutionnaire, RDR) 조직과 거기에서의 활동은 예외일 수 있다. 하지만 앞서 융화집단의 형성 과정에서 본 것처럼, 그는 대항폭력과 그 기능이 방어적인 동지애적 공포-폭력에 대해서는 찬성하는 입장을 취하기도 했다. 하지만 시간이 흐름에 따라 사르트르의 입장은 조금씩 변화한다.

두 가지 설명이 가능하다. 하나는 실제로 사르트르는 행동하는 인간이 아니었다는 것이다. 그는 세계를 급진적으로 변화시키기를 원했다. 하지만 그는 결코 정당에 가입한 적이 없다. 게다가 그는 RDR의 결성 이후 얼마 되지 않아 탈퇴했다. 다른 하나의 설명은 대항폭력 위에 형성되는 융화집단은 인간들 사이의 시선 투쟁을 완전히 불식시키지 못한다는 데서 찾아진다. 왜냐하면 자기 자신을 구원하기 위한 각자의 모든 시도는 결국 타자들의 객체화로 이어지며, 그 역도 사실이기 때문이다.

다른 사람들을 구원하면서, 또 폭력에 종지부를 찍으면서 자기를 구원하는 것, 이것이 바로 사르트르가 쓰기 행위를 통해 겨냥한 핵심적인 목표였다. 로캉탱의 꿈은 다른 사람들의 읽기 행위를 통해서만 가능할 뿐이었다. 왜냐하면 작가의 구원, 즉 그의 대자-즉자 결합에 필수불가결한 요소인 문학작품의 객체적 측면은 다른 사람들의 읽기 행위를 통해서만 주어질 수 있기 때문이다. 하지만 작가와 독자의 공동 행진은 초기 단계에서 그들의 자유의 위계질서화에 의해 특징지어진다.

그로부터 독자가 작가의 작품을 읽으면서 자신의 주체성을 흘려 넣는 일을 거절할 가능성이 도출된다. 작가는 독자의 불만을 해소하기 위해 다른 조치를 취해야 한다. 이 조치가 호소, 증여, 관용 등이다. 작가는 독자에게 자신의 작품을 주면서 그의 자유에 호소한다. 이렇게 하면서 작가는 그에게 자기 작품을 존재하게끔 해달라고 요구한다. 하지만 소용없다. 왜냐하면 증여와 관용은 항상 그 대상이 되는 자의 자유를 홀리고 굴종시키는 일을 수반하기 때문이다. 게다가 독자가 한번 작가의 작품을 손에 들고 읽기 시작하면, 그는 이 작품에 완벽한 객체성을 부여해야 할 의무를 진다. 독자가 작품에서 끌어내는 의미는 거기에 자신의 주체성을 투사시킨 작가의 주체성, 곧 의도와 일치해야 한다. 이 임무를 실현하는 것은 아주 어렵다.

바로 거기에 작가의 창조를 통한 구원을 위협하는 또 하나의 요소가 자리한다. 독자가 여전히 자기에게 부과된 임무 수행을 거절할 수 있는 가능성이다. 이런 가능성을 불식시키기 위해 작가는 마지막 조치를 취한다. 독자의 요구권을 받아들이는 것이 그것이다. 작가는 독자로부터 오는 요구를 받아들여 '독자를 위한 문학'을 표방하게 된다. 이것은 작가 자신이 독자의 자유의 우월성을 스스로 인정하는 것이다. 왜냐하면 요구는 명령 개념을 함축하고 있고, 또 이 명령은 그 자체로 존재론적 힘의 위계화를 전제하고 있기 때문이다. 명령을 내리는 자는 명령을 받는 자에 비해 존재론적으로 더 강한 힘을 가지고 있는 것으로 여겨진다. 물론 작가가 독자로부터 오는 요구를 받아들이는 것은, 그 자신이 먼저 그에게 한 요구에 이어지는 것이다. 작가는 독자에게 자신의 작품을 읽으면서 거기에 완벽한 객체성을 부여해 줄 것을 요구한다.

그런데 여기서 주목해야 할 점은, 작가가 독자의 요구를 수용하면서 그를 '위해' 쓰기 행위를 하면, 그의 행위가 투쟁적, 또는 이런 표현을 하자면, 범죄적이 된다는 사실이다. 쓰기 행위가 대항폭력과 같은 역할을 수행하게 되는 것인데, 왜냐하면 쓰기 행위는 있는 그대로의 세계를 드러내는 것과 동의어이기 때문이다. 억압적이고 해로운 폭력들로 가득한 세계를 드러내는 행위 말이다. 이것만이 전부가 아니다. 작가는 또한 어둡고 지옥과 같은 이 세계에 대해 책임 있는 자들(그들은 대부분의 경우 지배계급에 속하는 자들이다)에게 그들의 이미지를 보여 주면서 반성과 변화를 촉구한다.

이런 관점에서 보면 쓰기 행위는 일종의 '언어 폭탄'이다. 그리고 작가는 착취자들의 억압과 폭력의 희생자들인 피착취자들의 요구를 담아 작품을 창조하고자 한다. 그러면서 그는 그들의 열악한 삶의 조건이 어디에서 기인하는지를 설명하고, 나아가서는 그들 모두가 인간애를 향유할 수 있는 목적의 도시의 건설에 동참할 것을 촉구하면서 그들 곁에 있고 또 그들을 돕고자 한다.

'타자들-적들-착취자들'이 존재하는 한, 작가는 펜과 쓰기 행위를 통해 수많은 폭력이 창궐하는 지옥의 세계를 드러내고, 또 그것들을 고발하면서 변화를 시도할 것이다. 게다가 이런 의미에서 사르트르는 트로츠키의 용어를 빌어 문학의 '항구혁명'적 성격을 지적한다. "한마디로 문학은 본질상 항구혁명 상태에 있는 사회의 주체성이다."[2] 이와 관련하여 다

2) *Ibid.*, p. 196.

음 사실도 지적하자. 독자가 작품에서 작가의 의도와 일치하는 의미를 끌어내는 순간, 두 개의 주체성은 서로 구별되지 않고 융화되어 하나가 된다는 사실이다.

실제로 이 순간이 문학 창작이 완성되는 순간이다. 이 순간은 또한 그대로 작가와 독자의 자유, 관용의 협정이 체결되는 순간, 또는 이렇게 말하자면 두 사람 사이에 완전한 의사소통이 실현되는 순간이기도 하다. 사르트르의 존재론적 차원에서 인간들 사이의 자유의 융화는 실현 불가능한 것으로 여겨진다. 또한 이런 융화는 사르트르의 인간학적 차원에서는 폭력, 더 정확하게 말해 대항폭력을 통해서만 가능할 뿐이다. 그런데 우리는 작가-독자 사이의 관계에서 폭력 없이 실현되는 자유들의 상호인정과 그 융화의 장면을 목격한다. 이 장면은 또한 그대로 미학과 윤리가 결합되는 장면이기도 하다. 그도 그럴 것이 문학 창조의 완성을 보여주는 두 징후인 존재의 안정감과 미학적 쾌감이 이 창조에 관여하는 두 주체, 곧 작가와 독자에게서 동시에 나타나기 때문이다.

작가의 쓰기 행위는 궁극적으로 인간의 일반적인 행위에 포함된 두 계기, 즉 부정성과 건설과 무관하지 않아 보인다. 게다가 이런 의미를 가진 쓰기 행위와 읽기 행위가 결합된 상태는 축제, 유토피아, 목적의 도시 등과도 무관하지 않은 것으로 보인다.

> 이렇듯 계급도 독재도 고정성도 없는 사회에서는, 문학은 완전히 그 자체를 의식화하게 될 것이다. 형식과 내용, 독자와 주제가 동일하다는 것, 발언의 형식적 자유와 행위의 실질적 자유가 상호보완적이어서, 한쪽을 주장하기 위해서 다른 쪽의 것을 이용해야 한다는 것, 문학이 개인의 주체

성을 가장 잘 나타내는 것은 집단적 요청을 가장 깊이 있게 표출할 때이며, 그 반대도 역시 사실이라는 것, 문학의 기능은 구체적 보편자에 구체적 보편자를 제시하는 데 있으며, 그 목적은 만인의 자유에 호소하며 모든 사람이 인간의 자유의 왕국을 실현하고 유지하도록 하는 데 있다는 것을 이해하게 될 것이다. 물론 이것은 유토피아적인 이야기이다.[3)]

이렇듯 유토피아, 목적의 도시를 이 세계에 도래하게끔 해주는 작가와 독자의 공동 행보는 이 연구의 문제틀인 의사소통적 윤리모델로 소용될 수 있을 것이다. 바로 거기에 이 모델의 효용성의 범위가 드러난다. 여러 차례에 걸쳐 이 모델이 대항폭력에 의해서도 구현 가능하다고 했다. 융화집단의 형성이 한 예이다. 하지만 비극적인 것은, 이 집단의 형성이 폭력에 의해서만 가능하다는 것이다. 이것은 이 집단의 형성을 위해서는 비싼 대가를 치러야 한다는 것을 의미한다. 이런 집단과 비교해 볼 때, 작가-독자 관계의 모델(이 모델이 바로 의사소통적 윤리모델의 한 전형이다) 위에 건설될 공동체는 우리 인간들에게 모두가 '인간'이 되는 권리를 마음껏 누릴 수 있는 목적의 도시에서의 삶을 보증해 줄 수도 있을 것이다. 어쨌든 우리는 그렇게 희망한다.

이런 공동체에서 각자는 폭력에 종지부를 찍으면서 자기 자신을 구원하면서 다른 사람들을 구원한다. 물론 거기에 이르는 길은 힘든 여정이 될 것이다. 우리는 앞서 이상적인 의사소통을 겨냥하면서 맺어진 개인들 사이의 관계 역시 수많은 위험에 노출되어 있고, 심지어는 실패했다는 사

3) *Ibid.*, p. 197.

실을 보았다. 가령, 마티외-마르셀의 관계, 사르트르-보부아르의 관계가 그 좋은 예였다. 나에 의한 타자의 절대적 자유의 인정과 그에 의한 나의 절대적 자유의 인정, 이것은 '꿈'이다. 실현이 어려운 꿈일 수 있다. 불가능할 수도 있다. 문제는 또 있다. 개인들 사이의 관계에서도 이상적인 의사소통, 완벽한 자유에 대한 인정 등이 이렇게 어렵고, 심지어는 불가능할 수도 있는데, 하물며 복수의 인간들이 어울려 살아가는 공동체에서는 어떨까? 어쩌면 방금 말한 꿈의 실현은 어려움을 넘어 영원히 실현 불가능할지도 모른다. 하지만 우리는 모두 꿈을 꿀 수 있는 권리는 가지고 있지 않을까? 또한 이 꿈의 실현을 위해서는 우리 모두가 서로에게 모든 것을 주어야 한다. 이런 노력이 없다면 꿈은 그냥 꿈으로 머물고 말 것이다.

이런 관점에서 사르트르가 제시하고 있는 버스의 예는 이중으로 의미심장하다. 우선, 그가 가공된 물질의 상징인 버스의 예를 드는 것은, 인간들 사이의 관계가 갈등, 투쟁으로 점철되었다는 사실, 즉 이 세계가 지옥과도 같다는 것을 보여 주기 위함이다. 이 세계에서 인간은 다른 인간에 대해 '반인간'으로 변신하게 된다. 더욱 비극적인 것은 이런 상황이 개인 차원만이 아니라 집단 차원까지 해당된다는 것이다. 앞서 보았지만, 사르트르는 『변증법』에서 집렬체에서 나타나는 고독, 이타성, 적개심, 갈등, 투쟁 등을 보여 주기 위해 버스의 예를 들고 있다. 반면, 『도덕을 위한 노트』에서는 인간들 사이의 관계가 협력, 신뢰와 희망의 관계라는 것을 보여 주기 위해 버스의 예가 원용되고 있다.

> 나는 지금 버스의 계단에서 버스를 타기 위해 달려오는 사람을 돕기 위해 손을 내밀고 있다. 내가 손을 내미는 한에서 나는 행위로 존재한다. 내미

는 행위 그 자체에 돕겠다는 의사 표시가 있다. … 나는 도움이 필요한 정확한 순간에, 적당한 높이에서 그에게 손을 내민다. … 하지만 다른 한편에서 나는 증여이다. 다시 말해 내가 그에게 내미는 손은 잡아야 할 것으로 주어진다. … 나는 내 자신을 자유롭게 수동성으로 만든다. 여기서 도움은 수난, 육화이다. … 하지만 상호적으로 타인은 내 손을 주먹처럼 잡지 않는다. 그는 나의 행동을 해석한다. 그는 자신의 몸무게에 대한 나의 저항을 계산한다. 그는 이 손이 실수로 내밀어진 것이 아니라는 것을 안다. 또한 그가 당겨도 내가 쓰러지지 않을 것이라는 것도 안다. 그 상황에서 그에게 새로운 무엇인가가 나타난 것이다. 창조가 그것이다. … 따라서 도움을 받겠다고 마음먹은 사람은 도움을 자신의 목표로 삼고, 달리는 리듬을 바꾸고, 가장 쉽게 도울 수 있도록 몸의 자세를 바꿀 것이다. 그는 자신을 돕는 자인 나에게 그의 인격을 증여한다. 내가 도움을 실천하는 것을 가능케 하기 위함이다. … 이 순간에 상부상조의 인간관계가 존재하게 된다. … 마침내 두 손이 서로 맞잡는 순간, 그(도움받는 자)는 하나의 지각 속에서 두 개의 자유의 통일을 실현하게 된다. 하지만 이와 같은 특이한 형태의 통일은 결코 두 개의 자유의 융화도, 하나의 다른 하나에 대한 굴종도 아니다. 그것은 반성적인 두 단위들의 디아스포라적 형태의 실존적 현실이다. 즉, 각각의 자유는 완전히 다른 자유 속에 있는 것이다.[4)]

과연 사르트르는 이 부분에서 볼 수 있는 것과 같은 인간들 사이의 협력, 신뢰, 희망의 가능성을 끝까지 유지했을까? 특히 작가와 독자의 관

4) CPM, pp. 297~299.

계를 통한 그런 가능성의 실현을 끝까지 간직했을까? 그렇지 못한 것 같다. 심지어는 폭력, 즉 대항폭력을 통한 기존폭력의 제압 가능성도 약화된 것 같다. 우선, 그는 『말』을 쓰면서 문학에 작별을 선언했다. 이것은 곧 문학을 통한 구원의 가능성, 곧 작가-독자의 동시 구원의 가능성을 포기하는 것과 같다. "나는 굶어 죽는 어린아이들을 보았어요. 죽어 가는 아이 앞에서 『구토』는 아무런 영향을 주지 못합니다."[5] 사르트르는 『트로이의 여자들』에서는 "완전한 니힐리즘"[6]에 빠지게 된다. 물론 1968년 이후, 마오주의자들과 더불어 정치적 참여를 재개하고 사회참여에 마지막 불꽃을 태우기는 한다. 이것은 폭력, 즉 대항폭력을 통한 융화집단, 곧 '우리'의 형성을 위한 마지막 실험무대였다. 하지만 그는 그러면서도 한편으로 『집안의 천치』의 집필에 몰두했다.[7] 이것은 작가-독자 관계의 완전한 포기를 의미하는가?

이 연구의 전반부에서 다음 사실을 지적한 바 있다. 1959년에 샵살과의 인터뷰에서 자신의 모든 문학적 환상을 포기하면서도 쓰기 행위가 "의사소통이라는 필요의 가장 고귀한 형태"라는 주장을 했다는 사실이다. 사르트르는 폭력이 인간의 절대적 자유, 희소성, 복수의 인간들의 존재 등으로 인한 '의사소통 불가능성'에 그 뿌리를 두고 있다고 보고 있다. 이 모든 것은 분명, 비록 그가 기존폭력과의 투쟁에서 대항폭력의 효율성을 높이 평가하고 있다고 해도, 그는 여전히 쓰기 행위의 사회적 기능을

---

5) "Jean-Paul Sartre s'explique sur *Les mots*", *Le monde*, 18 avril 1964, p. 13.

6) "*Les troyennes*: Jean-Paul Sartre s'explique", *Bref*, n° 83, 1965. TS, p. 419에서 재인용.

7) Jean-Paul Sartre, Philippe Gavi & Pierre Victor, *On a raison de se révolter*, Paris: Gallimard, 1974, pp. 104~105.

강조하고 있다는 사실을 보여 준다 하겠다.

이런 사실에 바탕을 두고 이렇게 단언할 수 있다. "거대한 인물, 지성의 전방위에서 활동한 밤의 감시자"로서의 사르트르의 역할은, 직접적인 사회참여보다는 오히려 그의 쓰기 행위에 있었다고 말이다. 사르트르에게는 쓰기 행위가 이 세계의 악, 즉 다양한 폭력을 드러내고 고발하고 또 거기에 책임 있는 자들의 반성과 변화를 촉구하는, 그러면서 모든 인간이 '인간다운 인간'이 되는 세계의 도래를 위한 가장 중요한 수단이었다고 단언할 수 있다.

"폭력의 제국을 탐사할 때 우리는 항상 넓게 보지 못한다."[8] 한 철학자의 짧지만 섬뜩한 이 문장은 우리의 노력에도 불구하고 이 연구가 여러 가지 점에서 한계를 가진다는 것을 간접적으로 보여 주는 데 충분하다. 첫 번째 한계는 폭력을 주제로 삼았지만 이 주제를 다루면서 사르트르의 문학작품에 나타난 몇몇 폭력에 대해서는 주목하지 못했다는 점이다. 예컨대 『존경할 만한 창부』의 인종차별주의(백인과 흑인 사이의 갈등), 「어느 지도자의 유년 시절」에서 뤼시앵의 반유대주의, 전쟁, 그리고 형이상학적 폭력, 즉 신과 인간 사이의 폭력 등이 그것이다.

두 번째 한계는 주제 선정과 방법론의 문제로 인해 사르트르의 문학 세계에서 중요한 위치를 차지하고 있는 몇몇 문학작품에 충분한 주의를 기울이지 못했다는 점이다. 가령 『닫힌 방』, 『존경할 만한 창부』, 『악마와 선한 신』 등이 그것이다. 이 두 번째 한계는 또한 세 번째 한계로 이어지는데, 그것은 우리가 문학연구에서 커다란 비중을 두고 있는 '문학성'

8) Paul Ricoeur, *Histoire et vérité*, Paris: Seuil, 1955, p. 237.

(littéralité), '연극성'(théâtralité) 등의 문제, 곧 사르트르의 소설 기법의 문제, 극작법, 문체 등의 문제가 그것이다. 상호텍스트성의 문제도 있다. 사실, 사르트르의 작품은 그 이전의 여러 작가의 여러 작품들에 대해 일종의 폭력, 즉 패러디를 가하고 있는 경우가 많은데, 이 연구에서는 이 부분에 대해 거의 주의를 기울이지 못했다. 가령, 프루스트, 지드, 롤랑, 브르통, 지로두, 발자크 등의 작품들과의 관계가 그것이다. 이것은 그대로 이 연구의 빈곤성을 드러낸다고 하겠다.

하지만 방금 지적한 이런 한계는 실망스러운 요소임과 동시에 용기를 북돋아 주는 요소이기도 하다. 왜냐하면 이것들은 분명 우리의 미래의 연구 주제로 소용될 것이기 때문이다. 만약 우리가 사르트르, 그의 문학 작품, 그의 철학적 사유 등에 계속 관심을 가진다면, 우리는 이런 한계들을 하나하나 되돌아볼 수 있는 기회를 가지게 될 것이다. 지금까지 우리는 한 명의 '독자'의 자격으로 '사르트르-작가'에 의해 준비된 "유희"[9)]에 '폭력'이라는 주제를 선택하고 참여했다. 우리는 우리의 노력이 '사르트르'라는 "빙산"[10)]의 일각을 드러냈을 뿐이라는 생각을 떨칠 수 없다. 그럼에도 우리가 설정한 목적은 폭력에 무관심으로 임하는 태도를 일소하고, 우리의 '공공의 적 no. 1'인 폭력과의 싸움에서 승리하기 위해 모든 사람들의 관심과 동참을 요구하고 독려하는 것이다.

---

9) Cf. Geneviève Idt, "L'autoparodie dans *Les mots* de Sartre", *Cahiers du 20e siècle*, Paris: Klincksieck, 1976, n° 6, p. 64, note 42.

10) *Ibid.*, p. 70.

저자 후기

이 책은 필자가 1995년 12월에 프랑스 폴발레리-몽펠리에3대학(Université Paul Valéry-Montpellier III)에서 심사를 받았던 학위 논문 「장폴 사르트르의 극작품과 소설 속의 폭력」(La violence dans le théâtre et les romans de Jean-Paul Sartre)을 우리말로 정리하면서 축약, 수정한 것이다.

'폭력'이라는 주제를 다루는 경우에 크게 다음과 같은 세 개의 문제가 제기되는 것으로 보인다. '폭력은 어디에서 기인하는가?'와 '폭력은 무엇인가?'라는 폭력의 기원과 정의 문제, '폭력은 구체적으로 어떤 모습인가?'라는 폭력 현상 분석의 실제, '폭력에서 어떻게 벗어날 수 있는가?'라는 폭력 극복의 방법 모색이 그것이다.

이 책은 이와 같은 문제에 따라 크게 세 부분으로 구성되어 있다. 사르트르의 주요 철학서인 『존재와 무』, 『변증법적 이성비판』, 『도덕을 위한 노트』 등을 중심으로 폭력의 기원과 정의를 다룬 부분(1부), 사르트르의 소설과 극작품에 나타난 다양한 폭력 현상을 분석한 부분(2부), 폭력에 대한 사르트르의 대안을 제시한 부분(3부)이 그것이다. 서론에서는 이 책 전체를 관통하는 '의사소통적 윤리모델'로 명명된 문제들을 정립하고자 했다. 이를 위해 사르트르가 프랑스 북서부 대서양 연안에 위치한 라 로셸에서 보낸 청소년기에 주목했다. 사르트르는 그곳에서 보낸 3~4년 동안에 "인간관계는 폭력에 의해 정초된다"는 사실을 깨달았다고 술회하고 있다. 필자는 이와 같은 사르트르의 체험을 통해 폭력, 의사소통, 언어, 윤리가 서로 어떻게 결합될 수 있는가에 주목하면서 그의 폭력에 대한 대안으로 '문학'이 갖는 '언어적 대항폭력' 기능을 제시하려 했다.

학위 논문을 쓰고 난 후로 시간이 꽤 흘렀음에도 필자가 이 책을 펴내는 이유는 크게 다음과 같은 두 가지이다. 첫 번째 이유는 20세기 프랑스를 대표하는 철학자, 소설가, 극작가, 참여지식인 등의 직함으로 우리에게 널리 알려진 사르트르의 철학과 문학에 대한 이해의 심화이다.

1948년 단편 「벽」의 번역을 통해 국내에 소개된 이후로 사르트르에 대한 연구는 주로 『존재와 무』로 대표되는 그의 전기 사상에 초점이 맞춰졌다고 해도 과언이 아니다. 그런데 그의 사상은 제2차 세계대전을 기점으로 전기와 후기 사상으로 구분된다. 『존재와 무』로 대표되는 그의 전기 사상은 이른바 3H로 지칭되는 헤겔, 후설, 하이데거의 영향하에서 정립된 '현상학적 존재론'으로 이해된다. 하지만 전쟁 이후에 사르트르 자신의 실존주의와 마르크스주의의 결합, 거기에 프로이트의 정신분석학을 더해 "구조적 · 역사적 인간학"의 정립을 겨냥하는데, 이것이 그의 후기 사상이 집약되어 있는 『변증법적 이성비판』의 주요 목표이다. 이런 사실에도 불구하고 『변증법적 이성비판』에 대한 연구는 국내에서 충분히 이루어지지 못한 상태이다. 게다가 1983년에 유고집으로 출간된 『도덕을 위한 노트』 역시 사르트르의 주요 저서이나, 이 저서에 대한 소개와 연구 역시 거의 이루어지고 있지 못하고 있는 실정이다.

이 책에서 필자는 폭력의 기원 문제와 폭력에 대한 대안 문제를 다루면서 『존재와 무』는 물론이거니와 『변증법적 이성비판』과 『도덕을 위한 노트』를 두루 참조했다. 또한 폭력 현상 분석을 위해 사르트르의 극작품과 소설을 자료체로 삼았다. 물론 필자의 관심은 전적으로 폭력이라는 주제에 맞춰져 있다. 하지만 이 책은 '자유의 철학자'라는 사르트르의 기존의 면모를 도외시하지 않으면서도 폭력을 통해 그의 철학과 문학에 대한 전체적인 조감도를 그리는 데 일조할 수 있을 것으로 기대한다.

두 번째 이유는 폭력에 대한 관심의 촉구와 그 극복을 위한 노력이다. 많은 경우 우리는 폭력에 대해 무관심하다. 어쩌면 일상생활에서 하루, 일주일과 같은 짧은 기간 내에 우리 자신과 우리와 가까운 사람들이 폭력의 직접적인 가해자나 희생자가 되는 경우는 드물 수도 있다. 그렇기 때문에 폭력은 평소 우리와 멀리 있는 것처럼 느껴지기 십상이다. 하지만 폭력은 늘 우리 곁에 머물면서 우리를 옥죄고 있다.

또한 폭력은 종종 '기존폭력'을 물리치기 위해 사용되기도 한다. 해방적·치유적 기능을 수행하는 '순수대항폭력'이 그것이다. 이런 종류의 폭력으로 인해 우리는 종종 폭력이 다 함께 힘을 합쳐 물리쳐야 할 '공공의 적 no. 1'이라는 사실을 망각하고 지내기도 한다. 게다가 자칫 이런 종류의 폭력으로 인해 발생할 수 있는 인적·물질적 폐해를 과소평가할 수도 있다.

인류는 지금까지 폭력에 대해 여러 차례 전쟁을 선포했음에도 불구하고 아직도 완전한 승리를 거두지 못하고 있다. 그러기는커녕 폭력은 오히려 더욱 다양한 모습으로 우리 주위에 머물면서 기승을 부리고 있다. 그 결과 '폭력으로부터 벗어나기 위해'라는 구호가 여전히 유효하다. 가령 프랑스 사회학자 에드가 모랭은 21세기로 접어드는 시점에서 『20세기를 벗어나기 위하여』라는 저서의 한 장을 폭력에 할애하고 있다. 시인 자크 오디베르티의 말대로 "거대한 인물, 지성의 전방위에서 활동한 밤의 감시자"였던 사르트르의 철학과 문학에서 폭력 문제를 다룬 이 책은 폭력으로부터 벗어나기 위한 노력의 일환이라고 할 수 있다.

하지만 이처럼 폭력에서 벗어나기 위해 첫 발을 내딛는 출발점부터 아쉬운 점들이 없지 않다. 우선 사르트르에게서 중요한 의미를 가지는 몇몇 폭력 현상을 제대로 다루지 못했다. 백인의 흑인에 대한 인종차별, 반유대주의, 식민주의와 제3세계 문제 등과 같은 현상들이 그것이다. 필자는 이런 문제들에 대해 관심의 끈을 놓지 않고 있으며, 또 앞으로도 계속 관심을 가질 것이다. 그다음으로는 사르트르의 문학작품에서 중요한 주제로 나오는 이성애 및 동성애적 강간 문제를 거론하지 않았다. 사실을 말하자면 학위 논문에서는 이 문제를 심도 있게 다루었다. 하지만 이 책에서는 감수성이 예민한 독자들의 입장을 고려해 이 부분을 보류하기로 결정했다.

또한 이 책에서는 집단, 국가 사이의 폭력 문제를 거의 다루지 않았다. 그 주된 이유는 사르트르가 그의 소설과 극작품에서 집단적 폭력 현상을 직접 다룬 경우가 많지 않기 때문이다. 가령, 사르트르는 제2차 세계대전을 다루면서도 전쟁 그 자체를 문학적으로 형상화하는 소설 기법적인 측면에 더 많은 관심을 보이고 있다.

물론 극작품 『악마와 선한 신』은 예외가 될 수 있다. 이 작품에서는 지배집단과 피지배집단 사이의 투쟁이 본격적으로 다루어지고 있다. 이 책의 한 각주에서 언급했듯이 이 작품에서 폭력과 밀접하게 연결되어 있는 또 하나의 주제인 '관용'과의 관계 속에서 분석, 이해되어야 할 것이다. 실제로 필자는 학위 논문 이후에 이런 관계를 염두에 두고 사르트르의 윤리와 도덕의 정립 과정에서 중요한 주제로 여겨지는 '창조', '증여', '관용', '호소' 등과 같은 개념들에 큰 관심을 가지고 연구를 수행한 바 있다.

마지막으로 이 책의 초점이 전적으로 인간적 현상으로서의 폭력에 맞춰져 있어 홍수, 지진, 전염성이 강한 질병 등과 같은 자연적 현상으로서의 폭력을 다루지 못했다. 거기에는 그 나름의 이유가 없지 않다. 왜냐하면 사르트르 자신이 소위 '즉자존재'의 범주에 속한다고 생각하는 자연에 대해 전혀 관심을 표명하지 않았기 때문이다. 하지만 기후의 대변화, 인간과 자연 사이의 경계 붕괴, 인간과 기계 사이의 경계 붕괴, 전 세계적으로 유행하는 질병 등으로 인해 발생하는 폭력 현상에 대해서도 지속적으로 다뤄 나갈 것이다.

학위 논문을 비롯해 대부분의 학술 연구 결과가 그렇듯이 이 책도 필자 혼자만의 노력의 결과가 아니라는 점을 강조하고 싶다. 어려운 환경에서도 필자에게 학문의 길로 접어들 수 있는 소중한 기회를 열어 주신 부모님의 몫이 절반 이상이다. 그동안 필자 곁에서 힘든 과정을 묵묵히 지켜봐 준 사랑하는 아내 익수의 몫도 크다. 학위 논문의 시작과 끝을 같이 해주신 장 랑사르와 로베르 베세드 두 분 지도 교수의 몫도 작지 않다. 학위 논문 집필 도중에 랑사르 교수가 심장병으로 세상을 떠나 베세드 교수가 인계 받아 지도해 주셨다. 필자는 또한 몽펠리에3대학 도서관 사서들의 도움을 기억한다. 그분들의 도움이 없었더라면 학위 논문을 쓰는 과정은 훨씬 더 힘들었을 것이다. 이 자리를 빌어 필자에게 물심양면으로 격려, 위로, 도움을 주신 모든 분들께 진심으로 감사의 말씀을 드린다.

인문학의 위기에 겹쳐 코로나 19로 인한 어려운 출판 여건에도 불구하고 기꺼이 이 책의 출판을 허락해 주신 그린비출판사 유재건 대표님께 심심한 감사의 말씀을 드린다. 또한 처음에 1000쪽이 넘는 초고에 놀라고 당황했지만 차분하고 끈기 있게 이 책의 모든 편집을 맡아 주신 홍민기 선생께 깊은 감사의 말씀을 드린다. 편집 과정에서 선생의 조언과 도움이 없었더라면 이 책은 지금의 형태를 갖추지 못했을 것이다. 아울러 '2020년 우수출판콘텐츠 제작 지원' 사업의 일환으로 이 책의 출판을 지원해 주신 한국출판문화산업진흥원에도 심심한 감사의 말씀을 드린다.

사르트르는 모든 폭력의 기원에 인간들 사이의 '의사소통 불가능성'이 자리하고 있다고 주장한다. 혹여 필자와의 관계에서 필자의 의도와는 달리 원만치 못한 의사소통으로 인해 아픔을 겪으신 분들이 있다면, 필자는 이 기회에 그분들께 머리 숙여 용서를 구하고자 한다. 잘못을 저지르는 것은 인간의 몫이고 용서하는 것은 신의 몫이라고 하지만 말이다.

2020. 11.
연구실에서 변광배

참고문헌

1. 장폴 사르트르의 저작

A. 소설과 단편

Contat, Michel & Michel Rybalka éds., *Ecrits de jeunesse*, Paris: Gallimard, 1990.

________, *Les écrits de Sartre*, Paris: Gallimard, 1970.

La reine Albermale ou le dernier touriste, Paris: Gallimard, 1991.

Les mots, Paris: Gallimard, 1964.

La nausée, *Le mur*, *Les chemins de la liberté:* I. *L'âge de raison*, II. *Le sursis*, III. *La mort dans l'âme*, IV. *Drôle d'amitié*, *La dernière chance*, in *Œuvres romanesques*, Paris: Gallimard, 1981.

B. 극작품

Kean, Paris: Gallimard, 1954.

Le diable et le bon Dieu, Paris: Gallimard, 1951.

Les mains sales, Paris: Gallimard, 1948.

Les séquestrés d'Altona, Paris: Gallimard, 1960.

Les troyennes, Paris: Gallimard, 1965.

Nekrassov, Paris: Gallimard, 1956.

Huis clos, *La putain respectueuse*, *Les mouches*, *Morts sans sépulture*, in *Théâtre, I*, Paris: Gallimard, 1947.

C. 시나리오

L'engrenage, Paris: Nagel, 1962.

Le scénario de Freud, Paris: Gallimard, 1984.

Les faux-nez, in *La revue du cinéma*, n° 6, printemps 1947, pp. 3~27.

Les jeux sont faits, Paris: Nagel, 1968.

D. 문학이론 및 평론

Baudelaire, Paris: Gallimard, 1947.

Contat, Michel & Michel Rybalka éds., *Un théâtre de situations*, Paris: Gallimard, 1992(1973).

Saint Genet: Comédien et martyr, Paris: Gallimard, 1952.

Situations, Paris: Gallimard, I(1947); II(1948); IV(1964); IX(1972); X(1976).

L'idiot de la famille: Gustave Flaubert de 1821 à 1857, Paris: Gallimard, t. 1(1971); t. 2, t. 3(1972).

Mallarmé: La lucidité et sa face d'ombre, Paris: Gallimard, 1986.

E. 철학

Cahiers pour une morale, Paris: Gallimard, 1983.

Carnets de la drôle de guerre(septembre 1939-mars 1940), Paris: Gallimard, 1995.

Critique de la raison dialectique, t. 1, *Théorie des ensembles pratiques*(précédé de *Questions de méthode*), Paris: Gallimard, 1985(1960); t. 2, *L'intelligibilité de l'histoire*, 1985.

Esquisse d'une théorie des émotions, Paris: Hermann, 1965(1939).

Kierkegaard vivant, Colloque organisé par l'Unesco à Paris du 21 au 23 avril 1964, Paris: Gallimard, 1966.

La transcendance de l'ego: Esquisse d'une description phénoménologique, Paris: Vrin, 1978(1965).

L'être et le néant: Essais d'ontologie phénoménologique, Paris: Gallimard, 1943.

L'existentialisme est un humanisme, Paris: Nagel, 1946.

L'imaginaire: Psychologie phénoménologique de l'imagination, Paris: Gallimard, 1940.

L'imagination, Paris: PUF, 1983(1936).

Vérité et existence, Paris: Gallimard, 1989.

F. 정치평론

Gavi, Philippe, Pierre Victor & Jean-Paul Sartre, *On a raison de se révolter*, Paris: Gallimard, 1974.

L'affaire Henri Martin(commentaire de Sartre), Paris: Gallimard, 1953.

Réflexions sur la question juive, Paris: Gallimard, 1954.

Rousset, David, Gérard Rosenthal, & Jean-Paul Sartre, *Entretiens sur la politique*, Paris: Gallimard, 1949.

Situations, Paris: Gallimard, III(1948, renouvelé en 1976), V(1964); VI(1964); VII(1965); VIII(1965).

Tribunal Russell: Le jugement de Stockholm, Paris: Gallimard, t. 1, n° 147(1967); t. 2, n° 164(1968) .

G. 영상 및 음향자료

Cohen-Solal, Annie éd., *Album Sartre*, Paris: Gallimard, 1991.

Jean-Paul Sartre: La tribune des Temps modernes, 2 vols., automne 1957, Archives sonores INA, Cassettes Radio France.

Sartre et Les temps modernes, le 5 août 1995, du 13h 30 au 18h 30, France Culture.

Sartre(texte intégral d'un film réalisé par Alexandre Astruc & Michel Contat), Paris: Gallimard, 1977.

Sartre: Images d'une vie, Paris: Gallimard, 1978.

H. 대담

L'espoir maintenant: Les entretiens de 1980(entretiens avec Benny Lévy), Paris: Verdier 1991.

Simone de Beauvoir, *La cérémonie des adieux* suivi de *Entretiens avec Jean-Paul Sartre(août-septmebre 1974)*, Paris: Gallimard, 1980.

I. 편지

Lettres au Castor et à quelques autres, t. 1, *1926-1939*; t. 2, *1940-1963*, Paris: Gallimard, 1983.

2. 사르트르에 관한 저서 및 논문

A. 사르트르에게 할애된 저서

Adloff, Jean Gabriel, *Sartre: Index du corpus philosophique*, I, L'être et le néant, Critique de la raison dialectique, Paris: Klincksieck, 1981.

Albérès, R.-M., *Jean-Paul Sartre*, Paris: Editions universitaires, 1964.

Ansel, Yves, La nausée *de Jean-Paul Sartre*, Paris: Editions pédagogie moderne, 1982.

Arnold, A. James & Jean-Pierre Piriou, *Genèse et critique d'une autobiographie:* Les mots *de Jean-Paul Sartre*, Paris: Minard, 1973.

Aron, Raymond, *Histoire et dialectique de la violence*, Paris: Gallimard, 1973.

Auclair, Stéphane, *Huit jours chez monsieur Sartre*, Ozoir-la-Ferrière: Editions In Fine, 1992.

Audry, Colette, *Sartre et la réalité humaine*, Paris: Seghers, 1966.

________, *Connaissance de Sartre*(Cahiers de la compagnie Madeleine Renaud & Jean-Louis Barrault), Paris: Julliard, 1955.

Bagat, F. & M. Kail, *Jean-Paul Sartre:* Les mains sales, Paris: PUF, 1985.

Beigbeder, Marc, *L'homme Sartre: Essai de dévoilement préexistentiel*, Paris: Bordas, 1947.

Belkind, Allen, *Jean-Paul Sartre: Sartre and Existentialism in English: A Bibliographieal Guide*(with a foreword by O. F. Puicciani), The Kent University Press, 1970.

Ben-Gal, E., *Mardi, chez Sartre: Un Hébreu à Paris(1967-1980)*, Paris: Flammarion, 1992.

Bishop, Thomas, Huis clos *de Jean-Paul Sartre*, Paris: Hachette, 1975.

Bonnet, Henri, *De Malherbe à Sartre: Essai sur les progrès de la conscience esthétique*, Paris: Nizet, 1964.

Boros, Marie-Denise, *Un séquestré, l'homme Sartre: Etude du thème de la séquestration dans l'oeuvre littéraire de Jean-Paul Sartre*, Paris: Nizet, 1968.

Boschetti, Anna, *Sartre et* "Les temps modernes", Paris: Minuit, 1985.

Boutang, Pierre & Bernard Pingaud, *Sartre est-il possédé?* suivi de *Un univers tigé*, Paris: La Table ronde, 1946.

Brochier, Jean-Jacques, *Pour Sartre: Le jour où Sartre refusa le Nobel*, Paris: Editions Jean-Claude Lattès, 1995.

Broylle, Claudie & Jacques Broylle, *Les illusions retrouvées: Sartre a toujours raison contre Camus*, Paris: Grasset, 1982.

Buffat, Marc, Les mains sales *de Jean-Paul Sartre*, Paris: Gallimard, 1991.

Buisine, Alain, *Laideurs de Sartre*, Presses Universitaires de Lille, 1986.

Burgelin, Claude, Les mots *de Jean-Paul Sartre*, Paris: Gallimard, 1994.

Burnier, Michel-Antoine, *Les existentialistes et la politique*, Paris: Gallimard, 1966.

________, *Le testament de Sartre*, Paris: Olivier Orban, 1982.

Campbell, Robert, *Jean-Paul Sartre ou une littérature philosophique*, Paris: Editions Pierre Ardent, 1945.

Cannon, Betty, *Sartre et la psychanalyse*, Paris: PUF, 1993.

Clouscard, Michel, *De modernité: Rousseau ou Sartre*, Paris: Eds. Sociales, 1985.

Cohen-Solal, Annie, *Sartre(1905-1980)*, Paris: Gallimard, 1985.

Colombel, Jeannette, *Sartre ou le parti de vivre*, Paris: Grasset, 1981.

________, *Jean-Paul Sartre: Textes et débats*, t. 1, *Un homme en situations*; t. 2, *Une œuvre aux mille têtes*, Paris: Le livre de poche/Union générale française, 1986.

Contat, Michel, *Explication des* Séquestrés d'Altona *de Jean-Paul Sartre*, Paris: Minard, 1968.

Deguy, Jacques, La nausée *de Jean-Paul Sartre*, Paris: Gallimard, 1993.

Ferraro, Thierry, *Etude de* Huis clos, *Jean-Paul Sartre: Analyse et commentaires*, Alleur: Marabout, 1994.

Forment-Meurice, Marc, *Sartre et l'existentialisme*, Paris: Nathan, 1984.

Gagnebin, Laurent, *Connaître Sartre*, Paris: Editions resma, 1972.

George, François, *Sur Sartre*, Paris: Christian Bourgois, 1976.

Gerrasi, J., *Sartre: Conscience haïe de son siècle*, Monaco: Editions du rocher, 1992.

Glaster, Ingrid, *Le théâtre de Jean-Paul Sartre devant ses premiers critiques: Les pièces créées sous l'occupation allemande:* Les mouches *et* Huis clos, Paris: Jean-Michel Place, 1986.

Helbo, André, *L'enjeu du discours: Lecture de Sartre*, Bruxelles: Editions complexe, 1978.

Hervé, Pierre, *Lettre à Sartre et à quelques autres par la même occasion*, Paris: La table ronde, 1956.

Hodard, Philippe, *Sartre entre Marx et Freud*, Paris: Jean-Pierre Delarge, 1979.

Hollier, Denis, *Politique de la prose: Jean-Paul Sartre et l'an qurante*, Paris: Gallimard, 1982.

Idt, Geneviève, La nausée, *Sartre: Analyse critique*, Paris: Hatier, 1971.

________, Le mur *de Jean-Paul Sartre: Techniques et contexte d'une provocation*,

Paris: Larousse, 1972.

Ireland, John, *Sartre un art déloyal: Théâtralité et engagement*, Paris: Jean-Michel Place, 1994.

Issacharoff, Michael & Jean-Claude Vilquin, *Sartre et la mise en signe*, Paris: Klincksieck & Cie, French forum, 1982.

Jeanson, Francis, *Le problème moral et la pensée de Sartre*(préface de Jean-Paul Sartre), Paris: Seuil, 1965.

________, *Sartre*, Bruges: Desclée de Brouwer, 1966.

________, *Sartre dans sa vie*, Paris: Seuil, 1974.

________, *Sartre par lui-même*, Paris: Seuil, 1955.

Jolivet, Régis, *Sartre ou la théologie de l'absurde*, Paris: Fayard, 1965.

________, *Les doctrines existentialistes: De Kierkegaard à J.-P. Sartre*, Saint-Wandrille: Editions de Fontenelle, 1948.

Joseph, Gilbert, *Une si douce occupation: Simone de Beauvoir et Jean-Paul Sartre, 1940-1944*, Paris: Albin Michel, 1991.

Juin, Hubert, *Jean-Paul Sartre ou la condition humaine*, Bruxelles: Editions La Boétie, 1946.

Lafarge, René, *La philosophie de Jean-Paul Sartre*, Toulouse: Privat, 1967.

Laing, R. D. & D. G. Cooper, *Raison et violence: Dix ans de la philosophie de Sartre(1950-1960)*, Paris: Payot, 1971.

Lapointe, François H. & Claire Lapointe, *Jean-Paul Sartre and His Critics: An International Bibliography*, Bowling Green State University, 1981.

Laraque, Franck, *La révolte dans le théâtre de Sartre vu par un homme du tiers monde*, Paris: Jean-Pierre Delarge, 1976.

Launay, Claude, Le diable et le bon Dieu, *Sartre: Analyse critique*, Paris: Hatier, 1970.

Lecherbonnier, Bernard, Huis clos, *Sartre: Analyse critique*, Paris: Hatier, 1972.

Lefebvre, Henri, *L'existentialisme*, Paris: Editions du sagittaire, 1946.

Lévy, Benny, *Le nom de l'homme: Dialogue avec Sartre*, Lagrasse: Verdier, 1984.

Lilar, Suzanne, *A propos de Sartre et de l'amour*, Paris: Grasset, 1967.

Llech-Walter, Colette, *Héros existentialistes dans l'œuvre littéraire de J.-P. Sartre*(texte bilingue de l'auteur), Perpignan: Centre culturel espérantiste, 1958.

Lorris, Robert, *Sartre dramaturge*, Paris: Nizet, 1975.

Louette, J.-F., *Jean-Paul Sartre*, Paris: Hachette, 1993.

________, *Silence de Sartre*, Toulouse: Presses universitaires du Mirail, 1995.

Marcel, Gabriel, *L'existence et la liberté humaine chez Jean-Paul Sartre*, Paris: Vrin, 1981.

Martin-Deslias, Noël, *Jean-Paul Sartre ou la conscience ambiguë*, Paris: Nagel, 1972.

Michel, Georges, *Mes années Sartre: Histoire d'une amitié*, Paris: Hachette, 1981.

Molnar, Thomas, *Sartre: Philosophe de la contestation*, Paris: Le prieuré, 1969.

Morot-Sir, Edouard, Les mots *de Jean-Paul Sartre*, Paris: Hachette, 1975.

Mougin, Henri, *La sainte famille existentialiste*, Paris: Editions sociales, 1947.

Mounier, Emmanuel, *Introduction aux existentialismes*, Paris: Gallimard, 1962.

Noudelmann, François, Huis clos *et* Les mouches *de Jean-Paul Sartre*, Paris: Gallimard, 1993.

Pacaly, Josette, *Sartre au miroir*, Paris: Klincksieck, 1980.

Paissac, H., *Le Dieu de Sartre*, Paris: Arthaud, 1950.

Perrin, Marius, *Avec Sartre au Stalag 12D*, Paris: Jean-Pierre Delarge-Opera mundi, 1980.

Prince, G. J., *Métaphysique et technique dans l'oeuvre romanesque de Sartre*, Genève: Droz, 1968.

Pruche, Benoît, *L'homme Sartre*, Paris: Arthaud, 1949.

Pucciani, Oreste F., "Jean-Paul Sartre", *Histoire de la philosophie*, t. 3, Paris: Gallimard, 1974.

Raillard, Georges, La nausée *de J.-P. Sartre*, Paris: Hachette, 1972.

Renaut, Alain, *Sartre, le dernier philosophe*, Paris: Grasset, 1993.

Roberto, Eugène, *La Gorgone dans* Morts sans sépulture *de Sartre*, Presses de l'université d'Ottawa, 1987.

Rouger, François, *Le monde et le moi: Ontologie et système chez le premier Sartre*, Paris: Klincksieck, 1986.

Rybalka, Michel & Michel Contat, *Sartre: Bibliographie 1980-1992*, Paris: CNRS Editions, 1993.

Schwarz, Theodor, *J.-P. Sartre et le marxisme: Réflexions sur* Critique de la raison dialectique, Paris: L'âge d'homme, 1976.

Shul, Benjamin, *Sartre: Un philosophe critique littéraire*, Paris: Eds. Universitaires, 1971.

Sicard, Michel, *La critique littéraire de Jean-Paul Sartre*, t. 1, *Objet et thèmes*, Paris: Minard, 1976; t. 2, *Une écriture romanesque*, 1980.

________, *Essais sur Sartre: Entretiens avec Sartre(1975-1979)*, Paris: Galilée, 1989.

Theau, Jean, *La philosophie de J.-P. Sartre*, Presses universitaires d'Ottawa, 1977.

Troisfontaines, Roger, *Le choix de J.-P. Sartre: Exposé et critique de* L'être et le néant, Paris: Aubier, 1945.

Truc, Gonzague, *De J.-P. Sartre à L. Lavelle ou désagrégation et réintégration*, Paris: Tissot, 1946.

Varet, Gilbert, *L'ontologie de Sartre*, Paris: PUF, 1948.

Verstraeten, Pierre, *Violence et éthique: Esquisse d'une critique de la morale dialectique à partir du théâtre politique de Sartre*, Paris: Gallimard, 1972.

Werner, Eric, *De la violence au totalitarisme: Essai sur la pensée de Camus et de Sartre*, Paris: Calmann-Lévy, 1972.

B. 사르트르에 관한 논문

Anzieu, Didier, "Sur la méthode dialectique dans l'étude des groupes restreints", *Les études philosophiques*, n° 4, octobre-décembre 1962, pp. 501~509.

Bellemin-Noël, Jean, "Le diamant noir: Echographie d''Erostrate'", *Littérature*, n° 64, décembre 1986, pp. 71~89.

Bem, Jeanne, "La production du sens chez Flaubert: La contribution de Sartre", Claudine Gothot-Mersch et al., *La production du sens chez Flaubert*, Paris: Union Générale d'Editions, 1975, pp. 155~174.

Bensimon, M., "D'un mythe à l'autre: Essai sur *Les Mots* de Sartre", *Revue des sciences humaines*, juillet-septembre 1965, pp. 415~430.

Bessière, Jean, "Deux figurations contemporaines de la lecture: Sartre, Butor", *La lecture littéraire*, Colloque de Reims, Editions Clancier-Gunéaud, 1987, pp. 90~106.

Boisdeffre, Pierre de, "Regards sur l'œuvre, la morale et la pensée de J.-P. Sartre", *La revue des deux mondes*, juin-juillet-août 1980, pp. 80~86, pp. 323~332, pp. 564~572.

Boros, Marie-Denise, "La métaphore du crabe dans l'oeuvre littéraire de Jean-Paul Sartre", *PMLA*(*Publications of the Modern Language Association of America*), n° 5, October 1966, pp. 446~450.

Brombert, Victor, "Sartre et la biographie impossible", *Cahiers de l'association internationale des études Françaises*, n° 19, mars 1967, pp. 155~166.

Brun, Jean, "Un prophète sublimé à la recherche d'un message: J.-P. Sartre", *Cahiers du Sud*, n° 364, 1961, pp. 287~295.

Buisine, Alain, "Ici Sartre(dans *Lettres au Castor et à quelques autres*)", *Revue des sciences humaines*, n° 195, juillet-septembre 1984, pp. 183~203.

________, "Naissance d'un biographe: Soldat Sartre, secteur 108", *Chaiers de philosophie*, n° 10, 1990, pp. 49~66.

________, "Un style, des styles", *Romanic Review*, vol., LXXVIII, n° 4, November 1987, pp. 490~507.

Burgelin, Claude, "Lire *L'idiot de la famille*", *Littérature*, n° 6, mai 1972, pp. 111~120.

Carat, Jacques, "Sartre, ou le séquestré", *Preuves*, n° 105, novembre 1959, pp. 66~69.

Cohen, G., "De Roquentin à Flaubert", *Revue de métaphysique et de morale*, janvier-mars 1976, pp. 112~141.

Contat, M. & J. Deguy, "*Les carnets de la drôle de guerre*: Effets d'écriture, effets de lecture", *Littérature*, n° 80, décembre 1990, pp. 17~41.

Daint-Sernin, Bertrand, "Le souverain dans la *Critique de la raison dialectique*", *Revue de métaphysique et de morale*, n° 3, 1984, pp. 289~306.

Deguy, Jacques, "Sartre: Une phénomène de la réception, critique, lecture, situation dans *Qu'est-ce que la littérature?*(1947-1948)", *Revue des sciences hmaines*, n° 189, janvier-mars, 1983, pp. 37~47.

________, "Nizan et Sartre, les miroirs jumeaux de la fiction", *Europe*, n° 784-785, août-septembre, 1994, p. 88~98.

Delmas, Christine, "Mythologie et mythe: *Electre* de Giraudoux, *Les mouches* de Sartre, *Antigone* d'Anouilh", *Revue d'histoire du théâtre*, vol. 34, n° 3, 1982, pp. 249~263.

Detalle, Anny, "Le personnage de l'éternel adolescent dans le théâtre sartrien", *Littératures*, n° 9-10, printemps 1984, pp. 309~315.

Dort, Bernard, "Frantz, notre prochain", *Essais de critique*, Paris: Seuil, 1967, pp. 129~135.

Doubrovsky, S., "Sartre: Autobiographie/Autofiction", *Revue des sciences humaines*, n° 224, octobre-décembre 1991, pp. 17~26.

________, "J.-P. Sartre et le mythe de la raison dialectique", *NRF*, n° 105, septembre 1961, pp. 491~501; n° 107, novembre 1961, pp. 879~888.

Douchin, Jacques, "Sources et signification du rire dans le théâtre de J.-P. Sartre", *Revue des sciences humaines*, n° 130, avril-juin 1968, pp. 307~314.

Dreyfus, Dina, "Jean-Paul Sartre et le mal radical: De *L'être et le néant* à la *Critique de la raison dialectique*", *Mercure de France*, janvier 1964, pp. 154~167.

Dufrenne, Mikel, "La critique de la raison", *Esprit*, avril 1961, pp. 675~692.

Duméry, Henry & J.-M. Auzias, "Réflexions complémentaires sur *Le diable et le bon*

Dieu", *Esprit*, n° 1, janvier 1972, pp. 118~127.

Fernandez, Dominique, "*Les séquestrés d'Altona*", *NRF*, n° 83, novembre 1959, pp. 893~897.

Fields, Madeleine, "De la *Critique de la raison dialectique* aux *Séquestrés d'Altona*", *PMLA*, vol. 78, n° 5, December 1963, pp. 622~630.

Gauthier, Jean-Jacques, "*Le diable et le bon Dieu* de Jean-Paul Sartre", *Hommes et mondes*, n° 60, juillet 1951, pp. 286~291.

George, François, "La philosophie indépassable de notre temps", *Les temps modernes*, n°, 565-566, août-septembre 1993, pp. 133~143.

Girard, René, "L'anti-héros et les salauds", *Mercure de France*, n° 1217, mars 1965, pp. 422~423.

________, "A propos de Jean-Paul Sartre: Rupture et création littéraires", *Les chemins actuels de la critique*, Paris: Plon, 1967, p. 393~411.

Goldmann, Lucien, "Problèmes philosophiques et politiques dans le théâtre de Jean-Paul Sartre", *Structures mentales et création culturelle*, Paris: Union Générale d' Editions, Anthropos, 1970, pp. 193~238.

Gracia, Claudine, "Un écrivain à la une: Étude sur des articles de presse parus à la mort de Sartre", *Pratiques*, n° 27, juillet 1981, pp. 41~60.

Haffter, Pierre, "Structures de l'espace dans *Morts sans sépulture* de Jean-Paul Sartre", *Travaux de littérature*, II, 1989, pp. 291~304.

Idt, Geneviève, "L'enfance des hommes illustrés racontés aux enfants", *Le désir biograpnlque: L'années de sémiotique textuelle*, n° 6(publié sous la direction de Philippe Lejeune), Université Paris X, 1989, pp. 23~44.

________, "*Les mots*, sans les choses, sans les mots, *La nausée*", *Degrés*, Ière année, n° 3, juillet 1973, pp. 1~17.

________, "Modèles scolaires dans l'écriture sartrienne: *La nausée* ou la narration impossible", *Revue des sciences humaines*, n° 174, avril-juin 1979, pp. 83~103.

________, "L'autoparodie dans *Les mots* de Sartre", *Cahiers du 20e siècle*(La parodie), Paris: Klincksieck, n° 6, 1976, pp. 53~86.

________, "La littérature engagée, manifeste permanent", *Littérature*, n° 39, octobre 1980, pp. 61~71.

________, "*La cérémonie des adieux* de Simone de Beauvoir: Rite funéraire et défi littéraire", *Revue des sciences humaines*, n° 192, octobre-décembre 1983, pp. 15~33.

Lapassade, Georges, "Sartre et Rousseau", *Les études philosophiques*, n° 4, octobre-décembre 1962, pp. 511~517.

Laurent, Jacques, "Paul & Jean-Paul", *La table ronde*, n° 38, février 1951, pp. 22~53.

Lecarme, Jacques, "*Les mots* de Sartre: Un cas limite de l'autobiographie", *Revue d'histoire littéraire de la France*, n° 6, novembre-décembre 1975, pp. 1047~1066.

Le Huenen, Roland & Paul Perron, "Temporalité et démarche critique chez Jean-Paul Sartre", *Revue des sciences humaines*, 1972, n° 148, pp. 567~581.

Lejeune, Philippe, "Ça s'est fait comme ça", *Poétique*, n° 35, 1978, pp. 269~304.

Lorris, Robert, "*Les séquestrés d'Altona*: Terme de la quête orestienne", *The French Review*, vol. XLIV, n° 1, October 1970, pp. 4~14.

Louette, J.-F., "Sur la dramaturgie de *Huis clos*", *Les temps modernes*, n° 579, décembre 1994, pp. 58~84.

Marchand, Jacqueline, "Sartre, Flaubert et Dieu", *Raison présente*, n° 33, janvier-février-mars 1975, pp. 65~77.

Murat, M.-G., "Jean-Paul Sartre, un enfant séquestré", *Les temps modernes*, n° 498, janvier 1988, pp. 128~149.

Nadeau, M., "Sartre et *L'idiot de la famille*", *La quinzaine littéraire*, n° 119, 1~15 juin 1971, pp. 3~4; n° 120, 16~23 juin 1971, pp. 8~9; n° 121, 1~15 juillet, pp. 11~12.

________, "Flaubert, écrivain du second Empire", *La quinzaine littéraire*, 1 octobre 1972, pp. 19~20.

Ndiaye, C., "Roquentin et la parole vierge", *Poétique*, n° 91, septembre 1992, pp. 287~298.

Noudelmann, François, "Sartre et l'inhumain", *Les temps modernes*, n° 565-566, août-septembre 1993, pp. 48~65.

Olmeta, Muriel, "L'écriture de la guerre dans *La mort dans l'âme*", *Littératures*, n° 22, printemps 1990, pp. 179~190.

Ouellet, Réal, "J.-P. Sartre. *L'idiot de la famille*", *Etudes littéraires*, vol. 5, n° 3, décembre 1972, pp. 519~527.

Pellegrin, Jean, "L'objet à deux faces dans *La nausée*", *Revue des sciences humaines*, n° 113, janvier-mars, pp. 87~97.

Pinto, Eveline, "La névrose objective chez Sartre", *Les temps modernes*, n° 339, octobre 1974, pp. 35~76.

Prince, G., "Le comique dans l'œuvre romanesque de Sartre", *PMLA*, vol. 87, n° 2, March 1972, pp. 295~303.

Rabi, Henri, "Les thèmes majeures du théâtre de Sartre", *Esprit*, 18e année, n° 172, octobre 1950, pp. 433~456.

Richer, E. et al., "Controverses: Théâtre, roman, cinéma: *Les séquestrés d'Altona* de J.-P. Sartre", *Recherches et débats du centre catholique des intellectuels Français*, Cahiers n° 32, septembre 1960, pp. 42~66.

Ricoeur, Paul, "Réflexions sur *Le diable et le bon Dieu*", *Esprit*, n° 11, novembre 1951, pp. 711~719.

Rizk, Hadi, "Sartre, la paternité et la question éthique", *Les temps modernes*, n° 565-566, août-septembre 1993, pp. 66~76.

Rogozinski, Dolorès, "Le clin du mur", *Revue des sciences humaines*, n° 181, janvier-mars 1981, pp. 139~156.

Roubine, J. J., "Sartre devant Brecht", *Revue d'histoire littéraire de la France*, novembre-décembre 1977, n° 6, pp. 985~1001.

Sarrochi, Jean, "Sartre dramaturge: *Les mouches* et *Les séquestrés d'Altona*", *Travaux de linguistiques et de littérature*, vol. 8, n° 2, 1970, pp. 157~172.

Sicard, Michel, "Histoire d'un philosophe de l'Histoire", *NRF*, n° 298, 1 novembre 1977, pp. 92~101.

________, "Flaubert avec Sartre", Claudine Gothot-Mersch el al., *La production du sens chez Flaubert*, Paris: Union Générale d'Editions, 1975, pp. 175~196.

Simont, Juliette, "La *Critique de la raison dialectique*: Du besoin au besoin circulairement", *Les temps modernes*, n° 472, novembre 1985, pp. 733~752.

Smith, André, "*Les mots* sous l'éclairage des *Lettres au Castor*", *Etudes littéraires*, vol. 17, n° 2, automne 1984, pp. 333~355.

Vial, Jeanne, "Intérêt et limites de la *Critique de la raison dialectique*", *Les études philosophiques*, n° 4, octobre-décembre 1962, pp. 493~499.

Villani, J., "L'homme et les choses dans *Les mots* de Sartre", *L'information littéraire*, n° 1, 1988, pp. 34~39.

Zéraffa, Michel, "*Les séquestrés d'Altona*", *Europe*, novembre-décembre 1959, pp. 272~274.

3. 사르트르에 관한 내용을 부분적으로 담고 있는 저작과 논문

Albérès, R.-M., *L'aventure intellectuelle du XXe siècle: Panorama des littératures* *européennes*, Paris: Albin Michel, 1969.

_______ , *Histoire du roman moderne*, Paris: Albin Michel, 1962.

Aron, Raymond, *D'une sainte famille à l'autre: Essais sur les marxismes imaginaires*, Paris; Gallimard, 1969.

Astier, Pierre A. G., *Ecrivains français engagés: La génération littéraire de 1930*, Paris: Les nouvelles éditions Debresse, 1978.

Bair, Deirde, *Simone de Beauvoir*, Paris: Fayard, 1991.

Barilier, Etienne, *Les petits camarades: Essai sur Jean-Paul Sartre et Raymond Aron*, Paris: Julliard/L'âge d'homme, 1987.

Barrère, Jean-Bertrand, *Critique de chambre*, Paris: La palatine, 1964.

Barry, Joseph, *Bonne nuit, Œdipe*, Paris: Seuil, 1993.

Beauvoir, Simone de, *Mémoires d'une jeune fille rangée*, Paris: Gallimard, 1958.

_______ , *Faut-il brûler Sade?*, Paris: Gallimard, 1955.

_______ , *La force de l'âge*, Paris: Gallimard, 1960.

_______ , *La force des choses*, Paris: Gallimard, 1963.

_______ , *Pour une morale de l'ambiguïté* suivi de *Pyrrus et Cinéas*, Paris: Gallimard, 1974(1944).

_______ , *L'existentialisme et la sagesse des nations*, Paris: Nagel, 1986.

_______ , *Journal de guerre(septembre 1939-janvier 1941)*, Paris: Gallimard, 1990.

_______ , *Lettres à Sartre*, t. 1, *1930-1939*, Paris: Gallimard, 1990; t. 2, *1940-1963*, 1990.

Blanchot, Maurice, *La part du feu*, Paris: Gallimard, 1949.

Boisdeffre, Pierre de, *Littérature d'aujourd'hui*, 2 vols., Paris: Perrin/Union Générale d' Editions, 1958.

_______ , *Métamorphose de la littérature*, t. 2, *De Proust à Sartre*, Paris: Eds. Alsatia, 1953.

Bolle, Louis, *Les lettres et l'absolu: Valéry, Sartre, Proust*, Genève: Perret Gentil, 1959.

Buin, Yves(présen.), *Que peut la littérature?*, Paris: Union Générale d'Editions, 1965.

Cau, Jean, *Croquis de mémoire*, Paris: Julliard, 1985.

Celeux, Anne-Ivlarie, *Jean-Paul Sartre, Simone de Beauvoir: Une expérience commune, deux écritures*, Paris: Nizet, 1986.

Chapsal, Madelaine, *Les ecrivains en personne*, Paris: Union Générale d'Editions, 1973.

Clerc, Jeanne-Marie, *Ecrivains et cinéma*, t. 2, *Des mots aux images, des images aux mots adaptations et ciné-romans*, Paris: Presses universitaires de Metz-Klincksieck, 1985.

De Sartre à Foucault: Vingt ans de grands entretiens dans Le Nouvel Observateur(réalisé par Nicole Muchnik avec la collaboration de Carol Kehringer), Paris: Hachette, 1984.

Diéguez, Manuel de, *L'écrivain et son langage*, Paris: Gallimard, 1960.

Doubrovsky, Serge, *Autobiographiques: De corneille à Sartre*, Paris: PUF, 1988.

Foulquié, Paul, *L'existentialisme*, Paris: PUF, 1947.

Garaudy, Roger et al., *Marxisme et existentialisme: Controverse sur la dialectique*, Paris: Plon, 1962.

George, François, *Sillages: Essais philosophiques et littéraires*, Paris: Hachette, 1986.

Hyppolite, Jean, *Figures de la pensée philosophique*, t. 2, Paris: PUF, 1971.

Issacharoff, Michael, *L'espace et la nouvelle*, Paris: José Corti, 1976.

________, *Le spectacle du discours*, Paris: José Corti, 1985.

Lacroix, Jean, *Marxisme, existentialisme, personnalisme*, Paris: PUF, 1949.

Lejeune, Philippe, *L'autobiographie en France*, Paris: Armand Colin, 1971.

________, *Le pacte autobiographique*, Paris: Seuil, 1975.

________, *Je est un autre: L'autobiographie de la littérature aux médias*, Paris: Seuil, 1980.

________, *Moi aussi*, Paris: Seuil, 1986.

Lukács, Georg, *Existentialisme ou marxisme?*, Paris: Nagel, 1961.

Magny, Claude-Edmonde, *Essai sur les limites de la littérature: Les sandales d'Empédocle*, Paris: Payot, 1967.

________, *Littérature et critique*, Paris: Payot, 1971.

Marie, Dominique, *Création littéraire et autobiographie: Rousseau, Sartre*, Paris: Pierre Bordas et fils, 1994.

Maurois, André, *De Gide à Sartre*, Paris: Académie Perrin, 1965.

Merleau-Ponty, M., *Humanisme et terreur: Essai sur le problème communiste*, Paris: Gallimard, 1947(1980).

________, *Les aventures de la dialectique*, Paris: Gallimard, 1955.

Moeller, Charles, *Littérature du XXe siècle et christianisme*, t. 2, *La foi en Jésus-Christ*, Tournai: Casterman, 1954.

Morel, Georges, *Questions d'homme: L'autre*, Paris: Aubier, 1977.

Mueller, F.-L., *La psychologie contemporaine*, Paris: Payot, 1963.

________, *L'irrationalisme contemporaine: Schopenhauer, Nietzsche, Freud, Adler, Jung, Sartre*, Paris: Payot, 1970.

Pesch, Edgar, *L'existentialisme: Essai critique*, Paris: Editions dynamo, 1946.

Pingaud, Bernard, "Flaubert et le mythe de l'écriture", *L'expérience romanesque*, Paris: Gallimard, 1983.

Pingaud, Bernard et al., *Du rôle de l'intellectuel dans le mouvement révolutionnaire selon Jean-Paul Sartre*, Paris: Eric Losfeld, 1971.

Poulet, Georges, *Etudes sur le temps humain*, t. 3, Paris: Editions du Rocher/Plon, 1964.

________, "Une critique d'identification", *Les chemins actuels de la critique*, Paris: Plon, 1967.

Pour et contre l'existentialisme: Grand débat avec J.-B. Pontalis, J. Benda, J. Pouillon, Emmanuel Mounier, F. Jeanson, R. Vailland, Paris: Editions Atlas, 1948.

Robinet, André, *La philosophie française*, Paris: PUF, 1969.

Sagan, Françoise, *Avec mon meilleur souvenir*, Paris: Gallimard, 1984.

Simon, Pierre-Henri, *Théâtre et destin: La signification de la renaissance dramatique en France au XXe siècle*, Paris: Armand Colin, 1959.

________, *L'esprit et l'histoire: Essai sur la conscience historique dans la littérature du XXe siècle*, Paris: Payot, 1969.

________, *Témoins de l'homme: La condition humaine dans la littérature contemporaine*, Paris: Armand Colin, 1963.

________, *L'homme en procès: Malraux-Sartre-Camus-Saint-Exupéry*, Paris: Payot, 1973.

Suleiman, Susan Rubin, *Le roman à thèse ou l'autorité fictive*, Paris: PUF, 1983.

Surer, Paul, *Le Théâtre français contemporain*, Paris: SEDES, 1964.

Vedrine, Hélène, *Les phiolophes de l'histoire: Déclin ou crise?*, Paris: Payot, 1975.

________, *Les grandes conceptions de l'imaginaire: De Platon, Sartre et Lacan*, Paris: Librairie générale française/Le livre de poche, 1990.

Wahl, Jean, *Petite histoire de l'existentialisme*, Paris: Editions club maintenant, 1947.

________, *Les philosophies de l'existence*, Paris: Armand Colin, 1954,

________, *Tableau de la philosophie française*, Paris: Gallimard, 1962.

Zimma, Pierre V., *L'indifférence romanesque: Sartre, Moravia, Camus*, Paris: Le Sycomore, 1982.

4. 공동 저작, 잡지 및 신문

Autour de Jean-Paul Sartre: Littérature et philosophie, Paris: Gallimard, 1981.

Biblio, n° 1, janvier 1966, pp. 3~21.

Burgelin Claude éd., *Lectures de Sartre*, Presses Universitaires de Lyon, 1986.

Etudes sartriennes: Cahiers de sémiotique textuelle, Publidix, Université Paris X, I(n° 2, 1984), II-III(n° 5-6, 1986), IV(n° 18, 1990), V(n° 5, 1993).

Hottois, Gilbert éd., *Sur les écrits posthumes de Sartre*, Editions de l'université de Bruxelles, 1987.

"Jean-Paul Sartre s'explique sur *Les mots*"(interview par Jacqueline Piatier), *Le monde*, le 18 avril 1964; le 18, 19 avril 1980; le 15-16 avril 1990; le 24 février 1995.

L'arc: Jean-Paul Sartre, n° 30, 1966.

La nouvelle critique(Sartre est-il marxiste?), n° 173-174, mars 1966.

La quinzaine littéraire, n° 369, du 16 au 30 avril 1982.

Lecarme, Jacques et al., *Les critiques de notre temps et Sartre*, Paris: Garnier, 1973.

Le débat, n° 35, mais 1985, Paris: Gallimard, pp. 60~77.

Le nouvel observateur, n° 806, du 21 au 27 avril 1980.

Les Dieux dans la cusine: Vingt ans de philosophie en France, Paris: Aubier, 1978.

Les nouvelles littéraires, n° 2683, du 19 au avril 1979; n° 2734, du 24 avril au 1er mai 1980.

Libération, édition spéciale, 17 avril 1980.

Magazine littéraire, n° 55-56, septembre 1971; n° 103-104, septembre 1975; n° 176, septembre 1981; n° 282, novembre 1990; n° 320, avril 1994.

Omaggio à Jean-Paul Sartre: Sartre e l'arte, Roma: Accademia di Francia Carte Segrete, 1987.

Revue de philosophe: L'existentialisme, Paris: Librairie P. Téqui, Année 1946, 1947.

Revue d'esthétique: Sartre/Barthes, Paris: Jean Michel Place, 1991.

Revue internationale de philosophie: Sartre avec un inédit sur M. Mearleau-Ponty, 3e année, n° 152-153, Paris: PUF, 1985.

"Sartre, *La Nausée*", *Revue d'étude du roman du XXe siècle: Roman 20-50*, n° 5, juin 1988.

"Sartre", *Obliques*, n° 18-19; "Sartre et les arts", n° 24-25.

"Spécial Sartre", *Théâtre, l'avant-scène*, n° 402-403, Ier/15 mai 1968.

"Témoins de Sartre", *Les temps modernes*, n° 531-533, octobre-décembre 1990, 2 vols.;

"Sartre toujours", n° 539, juin 1991.

"Une traversée du siècle", *Esprit*, n° 7-8, juillet-août 1980.

5. 폭력에 관련된 저작과 논문

Actions et recherches sociales: Revue interuniversitaire de sciences et pratiques sociales, La Violence, n° 1-2 , septembre 1981, Editions erès, 1981.

Arendt, Hannah, *Du mensonge à la violence: Essais de politique contemporaine*, Paris: Calmann-Lévy/Presses pocket, 1972.

________, "Réflexsions sur la violence", *La table ronde: Analyse d'un vertige*, n° 251-252, décembre 1968-janvier 1969, pp. 63~104.

Association Choisir, *Avortement: Une loi en procès: L'affaire de Bobigny*, Paris: Gallimard, 1973.

Baechler, Jean, *Les suicides*, Paris: Calmann-Lévy, 1975.

Ballé, Catherine, *La menace, un langage de violence*, Paris: Editions du CNRS, 1976.

Baudelot, Christian & Roger Establet, *Durkheim et le suicide*, Paris: PUF, 1984.

Bergeret, Jean, *La violence fondamentale: L'inépuisable Œdipe*, Paris: Dunod, 1984.

________, *La violence totalitaire: Essai d'anthropologie politique*, Paris: PUF, 1979.

Bergeret, Jean & Alain Pessin, *La violence fondatrice*, Paris: Editions du champ urbain, 1978.

Deguy, Michel & Jean-Pierre Dupuy éds., *René Girard et le problème du mal*, Paris: Grasset, 1982.

La violence et ses causes, Paris: Unesco, 1980.

La violence: Recherches et débats, Paris: Desclée de Brouwer, 1967.

Le nouvel observateur, n° 1578, du 2 au 8 février 1995.

Le père: Métaphore paternelle et fonction du père: L'interdit, la filiation, la transmission, Paris: Denoël, 1989.

Michaud, Yves, *La violence*, Paris: PUF, 1986.

________, *Violence et politique*, Paris: Gallimard, 1978.

Moron, Pierre, *Le suicide*, Paris: PUF, n° 1569, 1975.

Orsini, Christine, *La pensée de René Girard*, Editions Retz, 1986.

Peyrefitte, Alain éd., *Réponses à la violence: Rapport du Comité d'études sur la violence, la criminalité et la délinquance*, t. 1, *Rapport général*, Paris: Presses Pocket, 1977; t.

2, *Rapport du groupe de travail*, 1977.

Picat, Jean, *Violences meurtrières et sexuelles: Essai d'approche psychopathologique*, Paris: PUF, 1982.

Revue internationale des sciences sociales: Comprendre l'agressivité, Vol. XXIII, n° 1, Paris: Unesco, 1971; *Penser la violence: Perspectives philosophiques, historiques, psychologiques et sociologiques*, n° 132, mai 1992.

Ricoeur, Paul, *Histoire et vérité*, Paris: Seuil, 1955.

Roedelsperger, Denise, *L'univers mental de la torture*, Toulouse: Privat, 1981.

Sémelin, Jacques, *Pour sortir de la violence*, Paris: Les éditions ouvrières, 1983.

Sorel, Georges, *Réflexions sur la violence*, Paris: Marcel Rivière et cie, 1946(1908).

Stirn, François, *Philosophie: Violence et pouvoir*, Paris: Hatier, 1978.

Tajan, Alfred & René Volard, *Le troisième père: Symbolisme et dynamique de la rééducation*, Paris: Payot, 1973.

Violence humaine, Paris: Le centurion, 1968.

Violences et non-violence, Paris: Nouvelles éditions rationalistes, 1980.

Wieck, David T., "L'homme et la violence: Remarques en marge du livre de Konrad Lorenz : *On Agression*", *Diogène*, n° 62, avril-juin, 1968, Paris: Gallimard, 1968, pp. 116~141.

6. 기타

Code civil, Paris: Dalloz, 1988.

Code pénal, Paris: Dalloz, 1984.

Code pénal: Nouveau Code pénal: Ancien code pénal, Paris: Dalloz, 1994.

Dubois, Jean et al., *Dictionnaire de linguistique*, Paris: Larousse, 1973.

Greimas, Algirdas Julien, *Sémantique structurale: Recherche de méthode*, Paris: PUF, 1986.

Greimas, Algirdas Julien & Joseph Courtés, *Sémiotique: Dictionnaire raisonné de la théorie du langage*, Paris: Hachette, 1979.

Lalande, André, *Vocabulaire technique et critique de la philosophie*, Paris: PUF, 2 vols., 1991(1926).

Laplanche Jean & J.-B. Pontalis, *Vocabulaire de la psychanalyse*, Paris: PUF, 1967.

Le nouveau petit Robert, Paris : Le Robert, 1993.

Le petit Robert, Paris : Le Robert, 1982.

Mauron, Charles, *Des métaphores obsédantes au mythe personnel: Introduction à la psychocritique*, Paris: José Corti, 1988(1963).

________, *L'inconscient dans l'œuvre et la vie de Racine*, Paris: José Corti, 1969.

Vauin, Robert, *Droit pénal spécial*, Paris: Dalloz, 1988.

사르트르와 폭력: 사르트르의 철학과 문학에 나타난 폭력의 얼굴들

발행일 초판1쇄 2020년 11월 20일
지은이 변광배 | **펴낸이** 유재건 | **펴낸곳** (주)그린비출판사 | **주소** 서울시 마포구 와우산로 180, 4층
주간 임유진 | **편집** 신효섭, 홍민기 | **디자인** 권희원
마케팅 유하나 | **경영관리** 유수진 | **물류유통** 유재영
전화 02-702-2717 | **팩스** 02-703-0272 | **이메일** editor@greenbee.co.kr | **등록번호** 제2017-000094호

책값은 뒤표지에 있습니다. 잘못 만들어진 책은 구입처에서 바꿔 드립니다.
ISBN 978-89-7682-642-8 93800

이 도서는 한국출판문화산업진흥원의 '2020년 우수출판콘텐츠 제작 지원' 사업 선정작입니다.

철학과 예술이 있는 삶 **그린비출판사 www.greenbee.co.kr**